Les voyages extraordinaires

COLLECTION HETZEL

LES VOYAGES EXTRAORDINAIRES

COURONNÉS PAR L'ACADÉMIE FRANÇAISE

VINGT MILLE LIEUES

SOUS

LES MERS

PAR

JULES VERNE

Illustrations par DE NEUVILLE et RIOU

GRAVÉES PAR HILDEBRAND

Jules Verne

Vingt mille lieues sous les mers

Illustrations par de Neuville et Riou
Édition présentée, établie et annotée
par Jacques Noiray

Professeur à l'Université de Paris IV

Gallimard

PRÉFACE

*Le 25 juillet 1865, pour le remercier de l'envoi de
deux romans (*Voyage au centre de la Terre *et sans
doute* De la Terre à la Lune*), George Sand écrivait à
Jules Verne :* « *J'espère que vous nous conduirez bientôt dans les profondeurs de la mer et que vous ferez
voyager vos personnages dans ces appareils de plongeurs que votre science et votre imagination peuvent
se permettre de perfectionner*[1]. » *La plupart des com-
mentateurs voient dans ces quelques lignes l'origine
de* Vingt mille lieues sous les mers. *Il se peut en effet
que Jules Verne, romancier encore débutant et toujours modeste, ait suivi le conseil d'un écrivain qu'il
admirait et dont il reconnaissait l'autorité. Mais il
semble plus simple de supposer qu'il a obéi, en cette
occasion, à la logique profonde de son imagination.
Après* Cinq semaines en ballon, *roman aérien (1862),
après* Voyage au centre de la Terre, *roman souterrain
(1864), un roman « sous-marin » devait naturellement
s'imposer à son esprit. Il n'est donc pas étonnant que
Jules Verne ait conçu la première idée d'un « voyage
sous les eaux » dès 1865, un an seulement après la
publication de son voyage dans les mondes souterrains. Le schéma de l'œuvre projetée était identique à*

1. George Sand, *Correspondance*, lettre nº 11807, datée par
Georges Lubin, Classiques Garnier, t. XIX, p. 322-323.

celui des romans précédents : un voyage « extraordinaire » ponctué d'aventures et d'épreuves, l'exploration de mondes inconnus au moyen d'un appareil de
locomotion nouveau, comme dans Cinq semaines en
ballon ou plus tard dans De la Terre à la Lune (autre
roman aérien).

Le thème du roman « sous-marin » répondait aussi,
vers 1865, aux attentes du public. Jamais en effet la
curiosité pour « les mystères des grands fonds sous-
marins » (ce sera le titre de l'ouvrage du professeur
Aronnax) n'avait été si vive que dans les années 1860-
1870, succédant à la mode des ascensions aérosta-
tiques et des voyages aériens qui avaient passionné la
France dans la décennie précédente. La guerre de
Sécession avait favorisé les expériences de navigation
sous-marine. À Paris avaient été présentés plusieurs
navires submersibles[1], dont l'un, celui de l'Américain
Hallett, se nommait justement le Nautilus[2]. Les ouvrages de vulgarisation se multipliaient. Des romanciers,
déjà, s'étaient emparés du sujet[3]. Jules Verne et son
éditeur Hetzel, toujours à l'affût de la nouveauté, ne
pouvaient pas laisser passer l'occasion. Il n'est donc
pas surprenant que Vingt mille lieues sous les mers
ait été conçu à ce moment précis, et de cette manière.
L'étonnant, au contraire, aurait été que ce roman ne
fût pas écrit.

Quand Jules Verne avait apporté à l'éditeur Pierre-
Jules Hetzel, fin 1862, son Voyage en l'air, bientôt
devenu Cinq semaines en ballon, il n'avait certainement aucune idée de l'engrenage dans lequel il venait

---

1. En particulier le *Plongeur* de l'amiral Bourgois et de l'ingénieur Brun, lancé en 1863, qui présente avec le *Nautilus* de nombreuses analogies de forme, de taille et de fonctionnement.
2. Le *Nautilus* de Hallett avait été présenté à Paris en 1858. Il le
fut encore en 1867 à l'occasion de l'Exposition. Son nom est un
hommage à l'inventeur anglais Robert Fulton, qui avait expérimenté en 1800 son *Nautilus*, le premier navire sous-marin de
l'histoire de la navigation.
3. Voir sur ce point la notice.

de mettre le doigt. Venu du théâtre, auteur de quelques drames historiques, de comédies légères et de livrets d'opéras-comiques, il n'avait rien écrit qui s'apparente à de la littérature didactique, à part quelques brefs récits pour le Musée des familles. *Il n'avait nullement l'intention de se spécialiser dans ce domaine, ni de devenir un écrivain pour la jeunesse, ce que d'ailleurs il n'a jamais été vraiment. Mais Hetzel, aidé de son conseiller Jean Macé (le futur fondateur de la Ligue de l'enseignement), y pensait pour lui. Après le succès de* Cinq semaines en ballon, *profitant du développement général de l'instruction publique et de l'intérêt grandissant des lecteurs pour les sujets de vulgarisation scientifique, l'éditeur avait formé le projet d'un périodique pour la jeunesse alliant le sérieux de la documentation et du contenu didactique avec la qualité de la fiction littéraire. Une collection d'ouvrages publiés dans la revue et destinée au même public devait compléter l'ensemble. Le 20 mars 1864 était publié le premier numéro du* Magasin d'éducation et de récréation, *bientôt suivi d'une « Bibliothèque d'éducation et de récréation », dans laquelle allait paraître la série des* Voyages extraordinaires *de Jules Verne. Celui-ci, tant bien que mal, s'était plié aux exigences de l'éditeur, acceptant même de devenir le responsable de la partie « scientifique » du* Magasin, *Jean Macé se chargeant de la partie plus proprement éducative. C'est ainsi que, vers 1865, au moment même où il formait le premier projet de* Vingt mille lieues sous les mers, *Jules Verne s'engageait bon gré mal gré dans une carrière d'écrivain vulgarisateur. Il ne s'agissait de rien de moins, dans l'idée de l'éditeur, que de mettre en roman la totalité du savoir accumulé depuis la fin du XVIIIe siècle par les explorations géographiques et ce que l'on appelait alors l'« histoire naturelle », de faire accéder, en quelque sorte, les sciences de la nature à la fiction littéraire, sans rien perdre de leur contenu spécifique. Vaste programme, projet optimiste et* *quelque peu utopique, que l'éditeur expose avec force dans l'avant-propos de l'édition grand in-8° du* Capitaine Hatteras, *le premier roman de Jules Verne à paraître en version illustrée, en novembre 1866, dans la « Bibliothèque d'éducation et de récréation » :*

[...] Les romans de M. Jules Verne sont d'ailleurs arrivés à leur point. Quand on voit le public empressé courir aux conférences qui se sont ouvertes sur mille points de la France, quand on voit qu'à côté des critiques d'art et de théâtre il a fallu faire place dans nos journaux aux comptes rendus de l'Académie des sciences, il faut bien se dire que l'art pour l'art ne suffit plus à notre époque, et que l'heure est venue où la science a sa place dans le domaine de la littérature [...]. Les ouvrages parus et ceux à paraître embrasseront ainsi dans leur ensemble le plan que s'est proposé l'auteur, quand il a donné pour sous-titre à son œuvre celui de *Voyages dans les mondes connus et inconnus.* Son but est, en effet, de résumer toutes les connaissances *géographiques, géologiques, astronomiques, physiques* amassées par la science moderne, et de refaire, sous la forme attrayante et pittoresque qui lui est propre, l'histoire de l'univers.

Le mandat que l'éditeur assigne à son écrivain, et que celui-ci s'efforcera honnêtement de remplir, prend donc la forme d'un projet romanesque de grande envergure. Le but de l'entreprise est double : encyclopédique d'abord, puisqu'il faudra faire le tour de toutes les connaissances accumulées par les sciences naturelles modernes ; récréatif aussi, puisque le contenu didactique devra, pour être mieux accepté du jeune lecteur, être présenté sous une forme « attrayante et pittoresque ». Vingt mille lieues sous les mers, *conçu au moment même où s'élaboraient ces plans, se ressentira de cette double destination : roman « géographique » certes, exploration documentée et vraisemblable des paysages marins et sous-marins, mais aussi poème et drame de la mer, récit d'aventures, œuvre de fiction et de rêverie tout entière dominée par les figures surnaturelles de Nemo et du* Nautilus.

Un roman géographique ?

Le projet des Voyages extraordinaires *se situe à la croisée de deux courants idéologiques fondamentaux dans les sociétés européennes du XIXe siècle : le culte du progrès scientifique et technique, le désir de maîtrise et de mise en valeur du globe. L'œuvre de Jules Verne exaltera l'un et l'autre, non sans quelques réticences parfois. Elle se chargera d'exposer et de transmettre le savoir théorique et technique accumulé par un siècle de découvertes dans les sciences de la nature, à condition que ce savoir ne donne pas à l'homme les moyens de transgresser l'ordre établi par le Créateur. Elle louera avec moins de réserves le mouvement d'expansion géographique, économique et politique des peuples européens dans toutes les parties du monde, dès lors que cette expansion lui paraît représenter la vocation même et la mission de l'homme blanc. Jean Chesneaux a bien relevé tout ce que la pensée de Jules Verne devait au saint-simonisme[1], et à son idéologie optimiste d'exploitation des ressources naturelles, de conquête capitaliste et coloniale. Vingt mille lieues sous les mers en porte la trace, et l'éloge vibrant que le capitaine Nemo fait de Ferdinand de Lesseps, le perceur de l'isthme de Suez, ce « grand citoyen » qui « honore plus une nation que les plus grands capitaines », se comprend mieux si l'on tient compte de cette influence.*

Les découvertes que les navigateurs européens ont réalisées entre 1750 et 1850, dans ce grand siècle d'explorations maritimes où ont été tracées, à travers les derniers espaces vierges de la planète, les dernières routes océaniques nouvelles, avaient considérablement accru les connaissances des géographes et des naturalistes modernes. On en retrouve précisément l'écho

---

1. *Une lecture politique de Jules Verne*, chap. IV.

dans Vingt mille lieues sous les mers. *Les grands noms de Cook, de La Pérouse, de Bougainville jalonnent l'évocation de l'Océanie qui domine la première partie du roman. Celui de Dumont d'Urville, surtout, le plus illustre navigateur français de l'époque romantique, est particulièrement célébré. Il permet en effet d'établir un lien entre l'exploration de l'océan Pacifique, principal enjeu de l'expansion européenne au XVIIIe siècle dans l'hémisphère Sud, et l'exploration polaire qui constitue au XIXe siècle le dernier grand projet des navigateurs européens. Les deux campagnes de Dumont d'Urville, en Océanie entre 1826 et 1829, et dans l'Antarctique entre 1838 et 1840, résument tout l'effort d'exploration maritime de son temps. Le nom de cet « intelligent navigateur » (« c'est votre capitaine Cook, à vous autres, Français ») domine l'épisode polaire qui constitue le centre de la deuxième partie du roman. On pourrait donc dire sans trop schématiser que le périple du* Nautilus *renouvelle et résume les voyages de Cook et de Dumont d'Urville, en reprenant l'essentiel des acquis obtenus par les navigateurs européens (anglais et français surtout) en un siècle d'explorations, dans les secteurs, tant de fois disputés entre les puissances, du Pacifique et de l'Antarctique. Mais Nemo va plus loin que ses devanciers. D'abord parce qu'il unifie ce qui n'était encore que des bribes, des investigations limitées dans l'espace et dans le temps, et les transforme, par la vertu du* Nautilus, *en une exploration cohérente et totale, un véritable « tour du monde sous-marin ». Le voyage de Nemo et de ses hôtes involontaires apparaît ainsi comme une récapitulation, comme le bilan d'un siècle de conquêtes fragmentaires, désormais organisées en un système unique et définitif de reconnaissance et d'explication du monde. Mais surtout, le voyage sous-marin ajoute aux explorations précédentes, nécessairement limitées à la surface des mers, une dimension nouvelle et proprement « extraordinaire », celle de la profondeur.*

Ainsi peut-il accéder à la totalité, en englobant dans une même saisie le haut et le bas, l'extérieur et l'intérieur, le visible et le caché. Le point de vue est ici radicalement différent. La vision de Nemo et de ses passagers est la seule vision complète parce qu'elle est à la fois vision du dessus et du dessous, regard à l'envers, décentré, décalé, radicalement autre. Cette étrangeté lui donne sa nouveauté et sa vérité : c'est l'absolu du savoir géographique. La science de Nemo, parce qu'elle est libérée des entraves de la nature par le miracle d'une technique véritablement surhumaine, accède elle-même à la surhumanité.

Pour échapper au reproche d'invraisemblance, et conserver, au milieu de tant de merveilles, le sérieux nécessaire au savant, le narrateur devait insister sur la véracité de son récit, et sur la réalité des spectacles décrits et des incidents relatés. Aronnax l'affirme avec force, au moment où il découvre l'Atlantide : « Je suis l'historien des choses d'apparence impossibles qui sont pourtant réelles, incontestables. Je n'ai point rêvé. J'ai vu et senti ! » Pour confirmer cette vérité, le romancier dispose de différents procédés destinés à produire l'effet de vraisemblance. Le premier, le plus efficace, c'est la forme même que prend le récit dans Vingt mille lieues sous les mers, *forme « marine » par excellence et bien adaptée au sujet, celle du journal. L'auteur de cette relation quotidienne, effectuée « avec la plus scrupuleuse exactitude » (« pas un fait n'a été omis, pas un détail n'a été exagéré ») est de plus un homme de science, « l'honorable Pierre Aronnax, professeur au Muséum de Paris », personnage peu suspect par définition de mensonge ou même d'imagination. La science propose ainsi au roman la garantie de sa méthode, faite de précision, d'exactitude et d'objectivité. Elle impose au récit une chronologie détaillée, au jour le jour, entre le 3 juillet 1867 et le « terrible jour » du 2 juin 1868, celui de l'éperonnement du navire inconnu par le* Nautilus *dans l'ouverture de la*

Manche. Le journal, qui fait coïncider le temps de l'écriture et celui de l'aventure vécue, donne aux événements rapportés une présence et une force d'émotion accrues. De plus, la date retenue pour le voyage sous-marin, 1867-1868, correspond à celle de la rédaction du roman : le narrateur fictif et l'écrivain réel sont censés prendre la plume au même moment, et tendent à se confondre. Enfin, le fait que le moment du voyage « extraordinaire » et celui de la publication du récit soient si rapprochés (moins de deux ans en moyenne) contribue encore à renforcer l'impression de véracité : nous ne sommes plus dans le passé souvent lointain de la fiction littéraire, mais dans l'histoire immédiate, dans une instantanéité qui n'appartient pas habituellement au roman, mais plutôt à la presse ou à certains genres historiques (mémoires, relations de voyage, témoignages vécus). Le lecteur, prisonnier de cette immédiateté, tendra naturellement à considérer les faits rapportés comme aussi présents, donc aussi réels, que les faits divers ou les reportages que lui offrent les journaux qu'il lit habituellement.

L'effet de cette proximité temporelle est redoublé par un autre procédé visant à produire la vraisemblance, non plus par la précision chronologique, mais par la précision géographique, cette fois. Les lieux visités par le Nautilus sont énumérés avec minutie. Le point, relevé chaque jour par le capitaine et reporté sur le livre du bord, est fréquemment rappelé dans le journal d'Aronnax. Cette précision sert à tracer de façon irréfutable la route du sous-marin. Les îles, les villes, les continents, tous les accidents géographiques (caps, baies, détroits, montagnes, etc.) rencontrés au cours du voyage sont chaque fois nommés, situés, évoqués dans leur aspect, leur histoire, leurs qualités particulières. Ainsi, le périple du Nautilus est enserré dans un maillage précis de déterminations topographiques et de nominations géographiques, qui en fixent l'itinéraire et le rendent toujours situable. Cette précision est matérialisée, rendue visible pour le lecteur, par les deux cartes publiées dans le roman, l'une pour le Pacifique, l'autre pour l'Atlantique. Le voyage, même dans les parages les moins explorés comme le pôle Sud, est toujours repéré, c'est-à-dire maîtrisé. « La cartographie, écrit justement Jean Chesneaux, est l'acte par excellence de prise de possession du monde naturel par l'homme[1]*. » Dans* Vingt mille lieues sous les mers, *les cartes, images d'un monde connaissable, annoncent la domination définitive, scientifique et technique, de l'homme sur la nature qui l'environne.*

Pourtant, le lecteur qui saurait ne pas se laisser prendre à ces effets de vraisemblance s'apercevrait facilement de leur peu de fondement réel. La chronologie du roman par exemple, malgré sa solidité apparente, souffre d'irrégularités dont une au moins est si flagrante qu'elle devrait disqualifier définitivement un romancier qui se prétend « scientifique », et le contenu didactique de son œuvre. Au début de Vingt mille lieues sous les mers, *en effet, le 30 juillet se change subitement en 30 juin, le décompte des jours revient d'un mois en arrière, et l'année 1867 compte deux mois de juillet*[2] *! Le fait que ni l'écrivain (à moins qu'il ne l'ait fait exprès, ce dont après tout il serait bien capable !), ni ses lecteurs ne s'en soient aperçus montre bien que la datation des événements, dans ce roman comme dans beaucoup d'autres du même auteur, n'a ni véritable contenu informatif ni réalité objective. C'est un simple signe vide. Peu importe la date choisie, seul compte le fait de dater. D'ailleurs, tout l'effort de chronologie n'existe dans le roman que pour aboutir à sa propre négation. Après le jour fatal de l'« hécatombe » qui marque le sommet dramatique et la première fin du roman, nous entrons dans une*

---

1. *Op. cit.*, p. 27.
2. Voir la première partie de *Vingt mille lieues sous les mers*, chapitre v, et ci-dessous notre note 1 de la p. 86. Voir aussi p. 104, note 2, et p. 339, note 1.

temporalité et une spatialité différentes, privées des jalons habituels de l'observation scientifique. L'heure est suspendue aux horloges du Nautilus, *le point n'est plus reporté sur le planisphère du bord. Ni la date ni le lieu ne sont plus repérables. Le roman, hors de toute détermination chronologique ou géographique, entre dans un univers fantastique, « entraîné dans ce domaine de l'étrange où se mouvait à l'aise l'imagination surmenée d'Egdar Poe ». Le* Nautilus, *promis au naufrage, erre pendant un temps indéterminé dans un espace sans bornes dont le centre, le Maelström, mystérieux « nombril de l'Océan », l'attire à son insu, l'attend pour une fin ambiguë, dont le lecteur ignorera toujours (du moins tant qu'il n'aura pas lu* L'Île mystérieuse) *s'il s'agit d'une disparition effective ou d'une renaissance. Le souci de la précision scientifique ne peut plus tenir alors. Il s'arrête là, dans ce blanc final du roman, dans cette angoisse, dans ce suspens tragiquement brisé par la chute dans le tourbillon. Et le lecteur comprend enfin que tous ces leurres du vraisemblable, que toutes ces fausses déterminations temporelles et spatiales, si contraignantes, si serrées en apparence, n'existaient que pour se défaire, pour mieux s'abolir dans le chaos, dans le vertige final de cette catastrophe.*

D'ailleurs, le Maelström n'est que le dernier maillon d'une chaîne de « points suprêmes » (comme dirait Michel Butor) qui jalonnent la route du Nautilus *et donnent à la géographie du roman son caractère particulier. En effet, l'itinéraire choisi par Nemo n'est pas seulement, comme le déclare le capitaine, un voyage d'études, une récapitulation de « tout ce qu'[il] a pu étudier au fond de ces mers tant de fois parcourues ». Il se concentre en fait sur une série de lieux symboliques, dont quelques-uns seulement sont réels, quoique fortement transformés par l'imagination du romancier (l'île de Vanikoro, le pôle Sud, le Maelström), mais dont la plupart sont fictifs : l'île Crespo,*

*le cimetière de corail, l'Arabian Tunnel, l'Atlantide, etc.
On pourrait dire qu'il existe dans* Vingt mille lieues
sous les mers *deux géographies différentes, et même
opposées. À la géographie « réaliste », publique en
quelque sorte, toujours situable et lisible sur la carte,
proposée ostensiblement comme l'alibi didactique du
roman, se substitue une géographie des profondeurs,
plus intime, faite de lieux cachés connus de Nemo
seul et de ses compagnons. La signification de cette
géographie secrète n'est plus d'ordre scientifique mais
symbolique. Ce qu'elle recèle, c'est une connaissance
nouvelle, qui n'est plus simplement la collection des
observations et la nomenclature des espèces : un
savoir plus profond, plus soucieux, l'« amer savoir »
que l'on retire de tout voyage. Une science nouvelle
interdite au commun des hommes et que partagent
seulement les initiés. Car cette traversée des abîmes,
Simone Vierne l'a bien montré*[1], *est de nature initiatique. Sous la conduite de Nemo, à travers une série
d'épreuves, Aronnax sera élevé à une connaissance
supérieure à laquelle ses compagnons ne seront pas
admis. Le capitaine, au début du roman, le lui avait
annoncé en des termes d'une force de séduction presque satanique :* « Vous verrez ce que n'a vu encore
aucun homme [...] et notre planète, grâce à moi, va
vous livrer ses derniers secrets. »

*Un épisode illustre clairement ce processus d'initia-
tion, celui de la découverte de l'Atlantide. Cette révélation est réservée au professeur, seul invité à suivre
le capitaine. Quand, après une marche harassante, il
aperçoit au fond du gouffre les restes de l'immense
cité engloutie, Aronnax ressent d'abord le plaisir du
touriste devant le* « paysage grandiose » *de ces ruines
pittoresquement éclairées par l'éruption du volcan
sous-marin, mêlé à l'émotion de l'archéologue à qui*

1. Simone Vierne, *Jules Verne et le roman initiatique*, éd. du
Sirac, 1973.

*apparaîtrait soudain « toute une Pompéi enfouie sous
les eaux ». Mais, passé les premiers instants de surprise, il comprend bientôt le sens profond caché sous
les apparences du spectacle. Ces vestiges ne sont pas
ceux d'une civilisation disparue comme tant d'autres,
ce sont les restes de la plus ancienne civilisation possible, c'est l'origine même de l'homme et du monde :
« Je touchais de la main ces ruines mille fois sécula-
res et contemporaines des époques géologiques ! Je
marchais là même où avaient marché les contemporains du premier homme ! » Dans les profondeurs de
l'Océan, figure de l'abîme du temps, sont conservés
les signes de l'extrême passé de l'humanité. C'est la
nuit des commencements, la nuit primordiale vers
laquelle Nemo entraîne à rebours le savant naturaliste fasciné : « Était-ce à cette place que cet homme
étrange venait se retremper dans les souvenirs de
l'histoire, et revivre de cette vie antique, lui qui ne
voulait pas de la vie moderne ? » L'Atlantide apparaît
donc bien comme le dernier vestige de ces « temps fabuleux » où l'humanité archaïque, plus grande, plus
belle, douée d'une vitalité plus puissante, bâtissait
des cités colossales « dont les gigantesques habitants
vivaient des siècles entiers, et auxquels la force ne
manquait pas pour entasser ces blocs qui résistaient
encore à l'action des eaux ». En elle se retrouve une
surhumanité perdue dont Nemo peut apparaître
comme le dernier représentant, égaré dans une époque de « modernité » qui n'est plus qu'une décadence.
Mais en même temps, le spectacle de l'Atlantide disparue nous éclaire sur notre avenir. Cette race puissante mais éteinte, cette ville colossale mais ruinée
figurent aussi la mort attendue de notre propre civilisation. Ce qu'Aronnax et Nemo rapportent de leur
voyage dans la nuit des temps, c'est bien « le secret de
la destinée humaine ». Mais ce secret de l'humanité
se confond avec l'annonce de sa propre fin.*

Un roman scientifique ?

Le cahier des charges défini par Hetzel dans l'avant-propos du Capitaine Hatteras *imposait à Jules Verne une double mission : instruire, distraire. Mais ces deux fonctions n'étaient pas placées sur le même plan. La « récréation », mise au service de l'« éducation », restait secondaire. Elle ne devait être que l'enveloppe attrayante, l'édulcorant nécessaire pour faire passer l'aridité du contenu didactique de l'œuvre, essentiel aux yeux de l'éditeur. Investi de cette mission péda-gogique et démocratique de vulgarisation, l'écrivain s'est attelé à sa tâche avec beaucoup de bonne volonté. Des sept romans qu'il a publiés entre 1863 et 1870,* Vingt mille lieues sous les mers *est certainement celui dont la teneur scientifique est la plus importante. Jusqu'alors, l'aventure primait, et si la science (géo-graphique dans* Cinq semaines en ballon *ou* Hatte-ras, *géologique dans* Voyage au centre de la Terre, *algébrique et balistique dans* De la Terre à la Lune) *était évidemment présente, elle n'occupait pas dans l'espace romanesque la place considérable qui lui est réservée ici. Ichtyologie, conchyliologie, botanique, géologie, hydrographie, météorologie : le projet océa-nographique de* Vingt mille lieues *embrasse toutes les sciences naturelles, et le roman tend bien à s'iden-tifier au « vrai livre de la mer » dont rêve le professeur Aronnax au terme de son voyage.*

Pour donner à la science une existence romanesque, il faut l'incarner dans des personnages. Jules Verne avait déjà donné vie, dans ses œuvres antérieures, à des figures de savants, mais elles appartenaient encore au domaine de la fantaisie, marquées du sceau légè-rement disqualifiant de l'originalité. Le professeur Lidenbrock, l'irascible géologue de Voyage au centre de la Terre, *Paganel, le géographe distrait des* En-fants du capitaine Grant, *restaient des personnages de comédie, sympathiques certes, mais trop ridicules pour être proposés comme modèles aux jeunes lecteurs des* Voyages extraordinaires. *Ici, nous passons aux choses sérieuses. Nous avons affaire à l'honorable Pierre Aronnax, disciple du grand Milne-Edwards, docteur en médecine et interne des hôpitaux, « professeur-suppléant au Muséum d'histoire naturelle de Paris », auteur d'un ouvrage de référence sur* Les Mystères des grands fonds sous-marins *qui lui vaut d'être consulté comme expert sur la question du fameux « narval » lors de son arrivée à New York. À travers lui se développe un double discours d'autorité : celui de la science, et celui de la morale. Car la position éminente qu'il occupe grâce à son savoir, en même temps qu'elle lui vaut le respect de ses compagnons, l'estime du capitaine Nemo et la confiance du lecteur, lui donne le droit de prononcer quelques jugements, de rappeler quelques principes, en des formules générales qui prennent valeur de maximes : « j'aime mieux chose faite que chose à faire » ; « tout homme, par cela seul qu'il est homme, vaut qu'on songe à lui » ; « personne n'est supérieur à un homme généreux et bon », etc. Aronnax, dans* Vingt mille lieues, *est le porte-parole d'une morale humaniste qui est (ou doit être, s'il se conforme au projet de son éditeur) celle de l'auteur lui-même*[1]. *Ce que représente Aronnax, aux temps dangereux du positivisme athée, c'est l'idéal d'une science mesurée, équilibrée et raisonnable, légitimée par son respect des valeurs morales et des principes religieux sur lesquels se fonde la société bourgeoise. Il est, avec le Cyrus Smith de* L'Île mystérieuse, *l'un des rares savants dans les* Voyages extraordinaires *qui puisse être proposé en modèle, parce qu'il échappe à la tentation satanique de la*

---

1. On sait que le dessinateur Riou a souligné cette relation en donnant au professeur, dans une de ses illustrations (ci-dessous, p. 84), une ressemblance évidente avec le romancier.

toute-puissance. On verra que ce n'est pas le cas de Nemo.

Il y avait là pourtant un danger, celui de la fadeur. Comment éviter de faire de ce savant trop parfait un vulgarisateur aride et un moralisateur ennuyeux ? En lui prêtant, d'abord, quelques faiblesses et quelques ridicules sympathiques qui donnent à sa psychologie un peu de complexité. On le voit, dans une petite scène de comédie assez réussie (deuxième partie, chapitre II), laisser paraître involontairement sa crainte des requins par une série de lapsus révélateurs. On le voit aussi, lorsque le Nautilus est bloqué sous la banquise (deuxième partie, chapitre XV), chercher à tromper son angoisse en prenant un livre, sans s'apercevoir que c'est le sien qu'il essaie de lire : « Est-ce bien intéressant ce que lit monsieur ? — Très intéressant, répondis-je. — Je le crois. C'est le livre de monsieur que lit monsieur ! » Ces détails comiques relèvent le personnage et l'aident à échapper à la banalité raisonnable, au sérieux insupportable dans lesquels tombent tant de savants dans les récits de vulgarisation à l'usage de la jeunesse (ceux de Lucien Biart, d'Ernest Candèze, d'Eugène Noël, etc.), dont la maison Hetzel s'était fait une spécialité depuis 1860.

Pour sauvegarder l'intérêt de son personnage, Jules Verne a exploité une idée qui donne à son roman une tonalité humoristique et facilite la lecture. Il a créé Conseil, le serviteur modèle du professeur Aronnax, flegmatique Flamand qui ne s'adresse à son maître qu'à la troisième personne (« comme il plaira à monsieur ! ») et qui, dans les circonstances les plus dramatiques, ne perd jamais son calme ni sa présence d'esprit. Mais surtout, le coup de génie du romancier a été de reporter sur ce personnage de comédie somme toute assez banal tout ce qui relève de la vulgarisation scientifique la plus ennuyeuse. Ce domestique zélé pousse le service de son maître jusqu'à devenir lui aussi une sorte de savant, mais un demi-savant seulement, dont la science se limiterait à la pure théorie. « *Classificateur enragé* », Conseil ne cherche pas à reconnaître et à nommer les espèces : « *Je n'en suis pas capable ! Cela regarde mon maître !* » Il ne saurait pas distinguer « *un cachalot d'une baleine* » ni « *un thon d'une bonite* ». Il attend qu'on lui indique le nom de l'animal concerné pour parcourir, « *avec une agilité d'acrobate* », « *toute l'échelle des embranchements, des groupes, des classes, des sous-classes, des ordres, des familles, des genres, des sous-genres, des espèces et des variétés* ». Exact contraire en cela de Ned Land qui, en vrai praticien de la mer, connaît toutes les espèces et se moque des classifications. Si bien qu'à eux deux, comme le remarque le professeur, « *Ned et Conseil auraient fait un naturaliste distingué* ». Ce rôle de classificateur attribué à un personnage comique a pour Jules Verne un double avantage : d'une part il exonère Aronnax de la charge trop pesante de la vulgarisation, d'autre part il permet de faire passer le contenu didactique du roman en lui donnant un ton léger de comédie qui aurait paru déplacé dans le discours d'un homme de science.

Le savoir dont il est question dans **Vingt mille lieues sous les mers** relève donc essentiellement de la zoologie et accessoirement de la botanique. Son domaine est ce qu'on appelait encore au XIXe siècle l'« *histoire naturelle* ». Les autres sciences ne sont qu'évoquées, ou sont même curieusement absentes. On s'attendrait à ce que la physique, la chimie et la mécanique, essentielles pour expliquer le fonctionnement du Nautilus, soient largement abordées. Il n'en est rien. Jules Verne se tient sur une prudente réserve. Il se contente de quelques allusions évasives à la machine du sous-marin, aux éléments Bunzen « *peu nombreux mais forts et grands* » qui produisent l'électricité nécessaire, aux « *électro-aimants de grande dimension* » qui agissent sur un « *système particulier de leviers et d'engrenages* » pour assurer la propulsion *du navire. Il est difficile d'être moins précis ! Quant à l'énergie qui anime le* Nautilus, *il suffit à* Nemo *de déclarer que son électricité « n'est pas celle de tout le monde » pour que* Jules Verne *le tienne quitte de toute explication. Ce laconisme, qui tient évidemment aux lacunes de la documentation du romancier et aux mystères qui entourent encore, vers 1865, les phénomènes électriques, a du moins l'avantage de préserver autour du* Nautilus *et de son fonctionnement une zone d'ombre propice à l'imagination. Il n'en indique pas moins les limites de la scientificité du roman, et des prétentions didactiques de son éditeur.*

Comme pour se faire pardonner cette imprécision, Verne *va se montrer en revanche beaucoup plus prolixe sur le sujet de la faune et de la flore sous-marines. Les sources, dans ce domaine, ne lui avaient pas manqué. Il a feuilleté les revues qui parlent au grand public de sciences et de voyages lointains :* La Science populaire, Le Tour du monde, Le Magasin pittoresque, *le* Bulletin de la Société de géographie. *Il a consulté les encyclopédies, en particulier le* Dictionnaire universel d'histoire naturelle *dirigé par* Charles d'Orbigny, *publié de 1839 à 1849. Il a pu recourir aussi aux premiers volumes du* Grand Dictionnaire *de* Pierre Larousse, *mais seulement pour les lettres A à D, en cours de livraison au moment où il préparait son roman. Il s'est servi surtout de plusieurs ouvrages de vulgarisation récemment publiés, qui témoignent de l'intérêt soutenu des lecteurs, dans ces années 1864-1868 qui sont à peu près celles de la genèse de* Vingt mille lieues sous les mers, *pour les mondes marins et sous-marins. Il a lu* Les Mystères de l'océan, *d'Arthur Mangin, chroniqueur scientifique attitré du* Magasin pittoresque *et du* Musée des familles, *paru chez Mame en 1864. Il suit de près* Le Monde de la mer *d'Alfred Frédol (pseudonyme du savant zoologiste et botaniste Alfred Moquin-Tandon), paru chez Hachette en 1865. Il a consulté aussi, sa correspondance avec son éditeur en fait foi, deux ouvrages publiés chez Hetzel en 1868 :* Le Fond de la mer *de Léon Renard, et* Le Monde sous-marin, *signé de deux lieutenants de vaisseau, Frédéric Zurcher et Élie Margollé, dont il connaissait aussi l'*Histoire de la navigation, *parue l'année précédente. Le savoir de l'écrivain vient en grande partie de ces ouvrages, qui présentent beaucoup de traits communs. Composés en même temps, pour des éditeurs concurrents, ils se recoupent souvent, se copient, s'inspirent des mêmes sources, présentent parfois les mêmes exemples, rapportent les mêmes anecdotes. Jules Verne les a parcourus, la plume à la main, notant, comparant, retenant ici ou là ce qui lui semblait le plus utile ou le plus curieux. Sa lecture est parfois hâtive, comme en témoignent certaines erreurs de date ou d'orthographe. Un relevé exhaustif de ces emprunts montrerait que ce travail de documentation est considérable, et qu'il nourrit à peu près chaque page du récit. Il ne s'agit pas là, cependant, de sources réellement scientifiques, mais seulement d'ouvrages de compilation et de vulgarisation illustrés destinés au grand public. Le savoir que l'écrivain en retire est toujours de seconde ou de troisième main. Faut-il s'en étonner, faut-il lui en faire grief ? Il y a beau temps qu'on ne le lit plus pour chercher dans son œuvre un contenu véritablement scientifique, si tant est qu'on l'ait jamais fait. La fonction de la science dans le récit vernien n'est pas d'ordre didactique, mais imaginaire et poétique. L'exemple de* Vingt mille lieues sous les mers *nous le fera bien voir.*

Il fallait pourtant incorporer au roman la masse énorme de renseignements tirée de la documentation. L'ambition du romancier était grande, et la difficulté réelle. Il ne suffisait pas, en effet, d'intégrer à la fiction un certain nombre d'éléments de savoir. Il s'agissait, pour obéir au programme imposé à Jules Verne par son éditeur, de résumer la totalité des connaissances amassées depuis un siècle dans les diverses branches de l'histoire naturelle. L'idée de somme, *héritée de l'esprit encyclopédique, domine au XIXe siècle l'entreprise scientifique, dans la théorie comme dans la vulgarisation. Elle inspire aussi naturellement le projet des* Voyages extraordinaires *en général, et celui de* Vingt mille lieues sous les mers *en particulier. Jules Verne prétend écrire ici le « vrai livre de la mer », le livre total, celui dont rêve à la fin du roman le professeur Aronnax : livre utopique où la zoologie et la botanique, l'histoire et la géographie, la géologie, l'océanographie, la météorologie s'uniraient pour constituer sur le sujet un savoir complet et définitivement clos. C'est cette maîtrise parfaite qui faisait défaut au premier ouvrage du professeur. Le capitaine Nemo le lui fait bien observer : « Vous avez poussé votre œuvre aussi loin que vous le permettait la science terrestre. Mais vous ne savez pas tout, vous n'avez pas tout vu. »* Tout *voir,* tout *savoir, tel est le but auquel aspire le savant, tel est aussi l'idéal du romancier vulgarisateur. Aronnax ne quittera pas le* Nautilus *avant d'« avoir observé la complète série des merveilles entassées sous les mers du globe ». Jules Verne n'abandonnera pas son lecteur avant de lui avoir exposé la totalité du savoir possible sur les mondes marin et sous-marin.*

Pour exprimer cette totalité, le procédé retenu par le romancier est sans doute le plus facile, mais aussi le mieux adapté à son projet encyclopédique : c'est celui de la nomenclature. Le catalogue apparaît en effet, dans Vingt mille lieues sous les mers, *comme la forme littéraire privilégiée que peut prendre l'idée de totalité. De là ces énumérations que le lecteur moderne accepte parfois difficilement (quel vernien, même fidèle, même passionné, pourrait jurer qu'il n'a jamais sauté une ligne dans le chapitre VII de la deuxième partie ?). De là ces longues listes de poissons ou de crustacés, ces curieuses litanies qui cherchent à passer pour des relevés scientifiques et ressemblent plutôt à la table alphabétique du* Monde de la mer *d'Alfred Frédol (acalèphes, acéphales nus, acéphales testacés, acétabules, actinies, agares, agathistègues, etc.). Passe encore, quand ces énumérations sont censées rendre compte des savantes observations d'Aronnax et de son fidèle Conseil. Mais le comble est atteint lorsqu'il s'agit d'énumérer, non ce que les personnages ont vu, mais ce qu'ils n'ont pu voir, comme c'est le cas en Méditerranée, où la vitesse excessive du* Nautilus *ne permet aux voyageurs d'observer « ni miralets, ni balistes, ni tétrodons, ni hippocampes, ni jouans, ni centrisques, ni blennies, ni surmulets, ni labres, ni éperlans, ni exocets, ni anchois, ni pagels, ni bogues, ni orphes, ni tous ces principaux représentants de l'ordre des pleuronectes, les limandes, les flets, les plies, les soles, les carrelets » (etc., etc.). Faut-il voir là l'excès de sérieux d'un vulgarisateur soucieux de tout dire, ou (plutôt) l'ironie d'un romancier exhibant jusqu'à l'absurde le mandat encyclopédique qui lui a été confié? En tout cas le narrateur, conscient des dangers que l'aridité de son procédé fait courir à la lisibilité du texte, se réfugie derrière l'argument irréfutable de la scientificité : ces nomenclatures « un peu sèches » sans doute, « mais très exactes », sont nécessaires ; ces noms savants peuvent paraître « légèrement barbares » certes, « mais ils sont justes et précis ». L'énumération constitue ainsi pour l'écrivain vulgarisateur un signe ostensible de savoir, un effet de la richesse de sa documentation, en même temps qu'une garantie de sérieux et de rigueur dans sa méthode (exactitude, justesse, précision) : en somme, une preuve par la quantité de la qualité scientifique du roman. Il fallait cette surabondance pour que soit atteint, ou du moins approché, l'idéal encyclopédique de totalité qui caractérise la quête du savoir dans les* Voyages extraordinaires.

Cependant, le lecteur de Vingt mille lieues sous les mers *s'aperçoit vite des incertitudes et des ambiguïtés du langage scientifique que les énumérations savantes devraient exalter. La nomenclature, même fondée sur les solides principes de l'histoire naturelle enseignée au Muséum, est en effet un acte de nomination paradoxal qui dépasse souvent son but didactique avoué pour aboutir (mais est-ce une surprise ?) dans les champs plus savoureux de la fantaisie. On sait depuis l'Antiquité que le catalogue est une structure épique. Il revenait à Jules Verne d'enrichir ce procédé homérique de toutes les ressources du langage scientifique moderne. Les noms savants des espèces marines, sous la plume du narrateur-classificateur, semblent souvent choisis pour leur rareté et leur musicalité bizarre, plutôt que pour leur exactitude naturaliste. Qu'est-ce, en effet, que pilumnes, calappiens granuleux, ébalies, cymopolies ou dorippes laineuses ? Qu'est-ce que cydippes, vénéricardes, carniaires ou féroles couronnées ? Qu'est-ce que l'échénéide ostéochère ? Peu importe, après tout (comme dirait le professeur Aronnax). Ces termes ne renvoient dans l'esprit du lecteur (et sans doute de l'auteur) à aucune réalité scientifique objective. Ils ne valent que par leur étrangeté : exotiques bibelots d'inanité sonore, curieux objets d'une collection langagière qui imite et redouble les herbiers de plantes rares et les collections de coquilles précieuses du Nautilus. Parfois, saisis par une sorte d'ivresse de la nomination, Aronnax et Conseil se lancent dans des énumérations vertigineuses qui, commencées sagement sur le mode de la description scientifique sérieuse, se terminent en avalanches verbales incontrôlées : « des littorines, des janthures, des cinéraires, des pétricoles, des lamellaires, des cabochons, des pandores », « des éponges pédiculées, foliacées, globuleuses, digitées », « des centropodes, des mulles auriflammes à tête jaune, des scares, des labres, des balistes, des gobies », « des lit-*

torines, des dauphinules, des turritelles, des janthines, des ovules, des volutes, des olives, des mitres, des casques, des pourpres, des buccins, des harpes, des rochers, des tritons, des cérites, des fuseaux, des strombes, des ptérocères, des patelles, des hyales, des cléodores, coquillages délicats et fragiles, que la science a baptisés de ses noms les plus charmants ».

Ce dernier exemple est particulièrement significatif de la manière dont l'écrivain traite son matériau scientifique. La clausule finale, affectant l'ensemble du texte d'une marque ironique, invite le lecteur à relire l'énumération qui la précède en prêtant attention aux « noms charmants » dont elle est constituée. Il s'apercevra alors que Jules Verne s'est amusé à regrouper les termes savants de façon à créer, soit des effets de sonorités et de rimes (« des littorines, des dauphinules »/« des janthines, des ovules »), soit des jeux de mots (« des ovules, des volutes, des olives »), soit des associations d'idées (« des mitres, des casques », « des buccins, des harpes »), soit des évocations inattendues renvoyant à un imaginaire héroïque (« des casques, des pourpres, des buccins »), qui rappellent que le voyage du Nautilus est placé sous le signe d'une grandeur épique héritée de l'Antiquité romaine. Rien ne serait donc plus faux que de considérer les énumérations dans Vingt mille lieues sous les mers comme de simples déballages de fichiers trop bien remplis. Ce sont au contraire des textes écrits, des textes poétiques teintés d'humour et de fantaisie, où se discerne un effort pour donner du matériau scientifique brut un traitement véritablement littéraire.

Les passages énumératifs ont encore dans le roman une autre fonction. On remarquera qu'ils se terminent souvent par un « etc. » qui ouvre le texte sur une possibilité d'expansion infinie. Il serait toujours possible de nommer davantage, tant la richesse de la nature est inépuisable. Mais il arrive un moment où l'énumération doit s'arrêter, parce qu'elle est impuissante à maîtriser l'énormité du donné dont elle doit rendre compte. Si le catalogue apparaît bien comme une tentative pour donner par les moyens du langage un équivalent du foisonnement infini de la fécondité naturelle, et en même temps comme un effort pour mettre en ordre ce foisonnement, cette double entreprise semble vouée à l'échec. L'accumulation des mots sera toujours inférieure à l'accumulation des choses, le désordre du monde excédera toujours l'ordre trop étroit du langage. Ainsi le projet d'un roman véritablement encyclopédique restera toujours de l'ordre de l'utopie : le « vrai livre de la mer », s'il existait, ne pourrait être qu'informe et interminable.

Cette impuissance du langage scientifique à dominer la débordante profusion des espèces n'est pas seulement quantitative. Elle est surtout d'ordre qualitatif. Non seulement il est impossible de dénombrer, mais surtout, le narrateur-nomenclateur s'épuise à rendre sensible au lecteur la nouveauté des « merveilles » que lui offre le voyage extraordinaire. « Quel spectacle ! Quelle plume le pourrait décrire ! » ; « Quel spectacle ! Comment le rendre ! » ; « Quel indescriptible spectacle ! » ; « Et maintenant, comment pourrais-je retracer les impressions que m'a laissées cette promenade sous les eaux ? Les mots sont impuissants à raconter de telles merveilles ! » Les récits du professeur Aronnax sont remplis de lamentations du même genre. Un étonnant lyrisme de l'impuissance parcourt la relation de ces observations sous-marines, et leur donne parfois un ton plaintif qui contraste avec l'optimisme habituel de l'homme de science. Ou plutôt, ces plaintes ne sont que l'envers d'un enthousiasme qu'il est impossible de communiquer. Elles viennent du sentiment aigu de l'indicible, de la certitude que l'expérience de la merveille ne pourra jamais s'exprimer sous la forme inappropriée du langage scientifique. L'énumération, à condition qu'elle soit exhaustive, c'est-à-dire infinie, aurait pu fournir une *première sorte (naïve) de solution. Elle est impossible. Il faudra donc recourir à d'autres procédés, qui ne seront plus d'ordre quantitatif, mais qualitatif. Il faudra que la science se dépasse elle-même, qu'elle se transcende en poésie, qu'elle abandonne le langage plat de la pure dénotation (nomenclatures et classifications) pour un langage figuré plus expressif, mieux adapté au monde inconnu qu'il s'agit de représenter.*

C'est pourquoi les énumérations de poissons ou de zoophytes sont souvent assorties de comparaisons chargées d'exprimer, mieux que la simple nomination, la qualité particulière de chaque espèce. Il ne s'agit plus de classer, mais de faire voir et sentir l'extraordinaire, et ce qu'il contient de beauté nouvelle. Merveilles de la vie sous-marine : voici que les poissons accourent en foule, « plus nombreux que les oiseaux dans l'air ». Les pomacanthes-dorés, « ornés de bandelettes émeraude, habillés de velours et de soie », passent devant les yeux « comme des seigneurs de Véronèse ». Les sélènes argentées, « dignes de leur nom », se lèvent « sur l'horizon des eaux comme autant de lunes aux reflets blanchâtres ». Les raies se développent « comme de vastes châles emportés par les courants ». Les hippocampes s'avancent « pareils aux cavaliers du jeu d'échecs ». Tout un réseau d'analogies relie les règnes et les mondes, afin de rendre sensibles la variété et le foisonnement de la vitalité naturelle. La diversité toujours renouvelée des formes, la vivacité changeante des couleurs, les effets de mouvement et de profusion, les jeux de lumière sous l'éclat des fanaux du Nautilus transforment en spectacles les heures consacrées à l'étude. Les panneaux du grand salon s'ouvrent comme des rideaux de théâtre sur des scènes de féerie. La curiosité, la surprise accompagnent et stimulent sans cesse l'observateur. Nemo l'avait bien annoncé au professeur : « Vous allez voyager dans le pays des merveilles. L'étonnement, la stupéfaction seront probablement l'état*

habituel de votre esprit. Vous ne vous blaserez pas
facilement sur le spectacle offert à vos yeux. » Tel est
le résultat du voyage « extraordinaire » : remplacer le
rationnel par le merveilleux, le savoir par le désir, l'esprit de sérieux par l'enthousiasme, plonger le voyageur (et le lecteur) dans un état dangereux sans doute
pour l'homme de science, mais propre à l'enfant, à
l'artiste et au poète : l'état de stupéfaction.

Le poème de la mer

On sait, depuis les travaux de J. Guermonprez et de
J.-H. Bornecque[1], que Rimbaud avait lu Vingt mille
lieues sous les mers. Mais ce n'est pas seulement
dans « Le bateau ivre » que l'on en trouverait la trace.
D'autres textes, comme « Mouvement », l'une des Il-
luminations, en portent la marque évidente. Il y a
dans le roman de Jules Verne un charme proprement
poétique qui donne à l'aventure marine du professeur
Aronnax et de ses compagnons une force de séduction particulière. C'est bien là « le Poème de la Mer,
infusé d'astres, et lactescent » dont parle le poète-en-
fant du « Bateau ivre ». Partout, dans le roman,
l'Océan berce de sa présence énorme le Nautilus et
ses passagers. La mer, « nourrice prodigieuse, inépuisable », source de toute vie, « véhicule d'une surnaturelle et prodigieuse existence ». La mer, lieu de solitude
et de liberté qu'aucun despote ne saurait asservir. Pour
l'exalter, l'impassible capitaine se départ quelquefois
de sa froideur habituelle : « Ah ! monsieur, vivez, vivez
au sein des mers ! Là seulement est l'indépendance !
Là je ne reconnais pas de maîtres ! Là je suis libre ! »

1. Jean Guermonprez, «Le *Nautilus* est-il le "Bateau ivre" ? »,
Journal de Genève, 13 janvier 1951, reproduit dans le *Bulletin de
la Société Jules Verne*, nouvelle série, n° 13, 1ᵉʳ trimestre 1970, p.
91-95, et Jacques-Henri Bornecque, «Le sous-marin ivre de Rimbaud », *Revue des sciences humaines*, janvier-mars 1954, p. 57-66.

Ce que Nemo propose au professeur Aronnax, c'est
un retour heureux, sans interdit ni contrainte, vers le
sein nourricier d'une mère éternellement féconde :
« elle n'est que mouvement et amour ; c'est l'infini
vivant, comme l'a dit un de vos poètes ». Ce poète,
c'est Michelet, l'auteur de La Mer, texte fondateur
qui, bien plus que les ouvrages de vulgarisation qui
ont servi à la documentation superficielle de Jules
Verne, plus même que Les Travailleurs de la mer, doit
être considéré comme la source profonde, la véritable
matrice du roman. C'est à la méditation lyrique de
l'extraordinaire poème en prose de Michelet, trois fois
cité dans Vingt mille lieues sous les mers, que doit
être rattaché le meilleur de la rêverie sur les « merveilleux spectacles » et les « redoutables mystères » de
l'Océan qui parcourt le texte de Jules Verne et lui
donne tout son prix.

   Au centre de cette rêverie, constamment associé à
l'éloge de l'élément marin, il y a Nemo, « l'homme des
eaux », maître du Nautilus et, grâce à lui, des « derniers secrets » de l'univers. Son nom, traduction
latine de l'outis homérique (« personne ») — qui est,
rappelons-le, le nom sous lequel Ulysse se présente
au Cyclope —, le replace dans la tradition épique de
l'Odyssée, cette mère de tous les périples, de tous les
récits d'aventures marines. Il ne fait pas de doute que
le romancier ait voulu, en créant cette figure dont
l'idée ne lui est peut-être pas venue dès le départ,
composer « le plus admirable type » (entendons le
modèle parfait) de ce que l'humanité pourrait produire. Le long portrait qui lui est consacré au chapitre VIII de la première partie résume tous les
caractères du surhomme romantique : « Sa taille était
haute, son front large, son nez droit, sa bouche nettement dessinée, ses dents magnifiques, ses mains
fines, allongées, éminemment "psychiques", pour employer un mot de la chirognomonie, c'est-à-dire dignes
de servir une âme haute et passionnée. » Ces traits

disent à la fois la beauté et la santé, la noblesse physique et morale, l'intelligence et la passion, la sensibilité artistique enfin. Nemo est d'abord un savant et un ingénieur, dont le savoir et la technique dépassent toute science terrestre, mais il est beaucoup plus que cela : un aristocrate, au sens plein et noble du terme, un homme d'énergie et de volonté, un artiste. En lui se réalise l'idéal du héros total, accompli dans toutes les dimensions de son être, tel qu'il peut s'incarner dans certaines figures byroniennes, ou dans le comte de Monte-Cristo d'Alexandre Dumas. Cette surhumanité s'accompagne d'une part irréductible de mystère qui en accroît la force de séduction. Son âge reste inappréciable : « *Ce personnage avait-il trente-cinq ou cinquante ans, je n'aurais pu le préciser.* » Ses origines sont inconnues comme son nom, ses mobiles sont impénétrables. Le temps n'a pas de prise sur lui, l'espace ne le retient nulle part. Aucune société, aucune famille ne le réclame au-dehors. Rien ne le définit, rien ne l'explique. En interdisant à Jules Verne, pour des motifs commerciaux, de faire de son capitaine un grand seigneur polonais en lutte contre l'oppression tsariste[1], Hetzel a rendu au romancier un fier service. Il l'a contraint à laisser dans l'ombre toutes les déterminations qui, en régime réaliste, régissent le personnage. De ce fait, il a conféré à Nemo une grandeur que toute explication aurait réduite. On le verra bien dans L'Île mystérieuse, où la nouvelle incarnation du capitaine en prince Dakkar, héros de la révolte des peuples de l'Inde contre le pouvoir colonial anglais, reste quelque peu décevante. C'est cette surhumanité, c'est ce mystère, qui expliquent l'admiration que le professeur Aronnax, jusque dans les crises finales, au milieu de l'horreur même, vouera toujours à celui qui n'est pas seulement pour lui un savant, mais un être immédiatement reconnu comme supé-

---

1. Voir sur ce point la notice de la présente édition.

rieur, un « maître homme », un « homme incomparable[1] », « l'homme des eaux, le génie des mers ».

L'instrument de cette surhumanité, son emblème,
sa condition même, c'est le Nautilus. Sans lui, Nemo
ne serait pas exactement ce qu'il est. On le verra bien
dans L'Île mystérieuse où, privé de son navire immobilisé, le capitaine perdra beaucoup de sa force
dramatique et de sa puissance de séduction. Cette
machine est sa créature, le fruit prodigieux de ses
étranges noces avec l'élément marin. Il l'aime « comme
la chair de [sa] chair », « comme un père aime son
enfant ». Il y a là bien plus qu'une simple fierté d'inventeur. Les liens qui unissent le capitaine à son navire ne sont pas de nature technique, mais humaine
et même charnelle. La correspondance étroite qui
s'établit entre eux idéalise le Nautilus comme son
créateur était lui-même idéalisé. Si Nemo est « le plus
admirable type » que l'humanité puisse produire, le
sous-marin, lui, est exalté comme « le navire par excellence ». Cette idéalisation dispense heureusement
le romancier de toute justification d'ordre technique.
Un mystère plane sur l'origine et le fonctionnement
du Nautilus, comme il planait sur les origines du
capitaine. L'électricité qui anime la machine du sous-
marin et tous les appareils du bord (« tout par l'électricité ») n'est pas de nature physique, mais magique.
Énergie merveilleuse, invisible, inépuisable comme la
foudre (« la foudre du capitaine Nemo »), qui donne
au navire la force, le mouvement, la chaleur, la
lumière, la vie en un mot. Elle est « l'âme » de la machine, une âme « haute et passionnée » comme celle de
son créateur. Entre eux, point de distance. Le Nautilus

---

1. Cette expression, qui se trouve au chapitre XIX de la deuxième
partie, reprend une formule fameuse appliquée à Jésus par
Renan, et qui fit scandale, au point d'entraîner en 1862 la suspension de son cours au Collège de France. Est-ce une coïnci-
dence ? La Vie de Jésus date de 1863, son succès fut immense et
Jules Verne pouvait fort bien s'en souvenir au moment où il
composait son roman.

est l'enveloppe protectrice, le prolongement prothéti-
que du corps de Nemo : son instrument, son « arme »
virile. Grâce à lui, il fend la glace, massacre les
cachalots, éperonne les navires. Par lui, il devient, lit-
téralement, tout-puissant.

Le peu d'intérêt accordé par Jules Verne aux aspects
proprement mécaniques du Nautilus le conduit, par
contrecoup, à développer des caractères secondaires
qui sont essentiellement d'ordre esthétique. « Chef-
d'œuvre de l'industrie moderne », le sous-marin cesse
d'être un objet technique pour devenir une sorte de
palais miraculeux fait pour l'étude, le repos, et tous
les plaisirs d'une existence qui, pour se passer hors
du monde, n'a pas rompu avec les jouissances terrestres mais se contente de les organiser autrement.
Merveille contenant des merveilles, le Nautilus se présente d'abord aux yeux stupéfaits du professeur Aronnax comme un magnifique décor et comme un lieu
de plaisirs intellectuels et sensoriels variés. Il se compose principalement d'une salle à manger, d'un grand
salon et d'une bibliothèque. La salle à manger, « ornée et meublée avec un goût sévère », expose, sur de
hauts dressoirs de chêne, « des faïences, des porcelaines, des verreries d'un prix inestimable ». Ce luxe
de grande bourgeoisie se retrouve sur la table « richement servie », dans la cuisine accommodée par un
cuisinier habile à la préparation des mets les plus bizarres et les plus savoureux : filet de tortue de mer,
foie de dauphin, conserves d'holothuries, confitures
d'anémones de mer. L'insolite y est contenu dans les
bornes de la respectabilité bourgeoise, et les « manières » du Nautilus ne le cèdent en rien à celles de la
civilisation la plus raffinée. Le grand salon, « immense
et splendidement éclairé », est à la fois un musée, un
fumoir et un « rêvoir », pour reprendre le mot de Baudelaire dans une note à la Philosophie de l'ameuble-
ment d'Edgar Poe. C'est là, sur de larges divans, que
les passagers du Nautilus, enveloppés des volutes de

la fumée de cigares confectionnés à partir d'algues riches en nicotine, peuvent se laisser aller aux plaisirs de la conversation ou de la rêverie. Dans ce vaste cabinet de curiosités, le collectionneur n'a pas séparé les chefs-d'œuvre de l'art et de la nature. Il a cherché, au contraire, à les fondre dans un ordre supérieur, qui réunit les produits du génie humain et ceux de l'invention naturelle dans une même harmonie. Le musée du Nautilus *joue alors le rôle d'un microcosme parfait, où l'art n'est plus l'opposé, mais le complément nécessaire, l'associé heureux de la nature. La bibliothèque a la même fonction. Les douze mille volumes qui la composent, et dont le nombre ne sera jamais plus accru, forment un ensemble définitif où se réunissent toutes les époques, toutes les langues, toutes les disciplines, tous les genres, tous les grands auteurs. Comme le musée du* Nautilus, *la bibliothèque constitue un* compendium *parfait, un conservatoire, un symbole du patrimoine universel. Lieu utopique, lieu total, fait de luxe, de calme et de voluptés spirituelles. Lieu paradoxal, aussi : si l'humanité disparaissait, elle survivrait encore, par la grâce du plus absolu des misanthropes, au cœur de ce microcosme secret perdu dans le silence éternel des profondeurs.*

Un objet résume l'ensemble de ces qualités : c'est l'orgue du Nautilus, *« un piano-orgue de grand modèle » qui occupe tout un panneau du salon. C'est l'instrument du capitaine, celui dont il joue, de préférence la nuit, dans les ténèbres propices à l'épanchement de sa mélancolie. C'est aussi l'emblème du sous-marin, le premier signe, pour les naufragés encore accrochés à la plate-forme du* Nautilus, *d'une présence humaine à l'intérieur du navire. Le dernier signe aussi : lorsque le professeur rejoint ses compagnons prêts à s'enfuir, « les vagues accords de l'orgue », « une harmonie triste sous un chant indéfinissable » sont la dernière impression qu'il emporte du monde qu'il va quitter. Il existe entre l'orgue et le* Nautilus *de curieux rapports d'analogie. L'orgue, composé de tuyaux, de mécanismes complexes, est une métonymie du sous-marin, une partie prise pour le tout. Il est machine comme lui, et comme lui machine spirituelle. Le but de son fonctionnement n'est pas d'ordre physique, mais esthétique et métaphysique. Ce qu'il vise à produire, c'est un effet de sublimation que Jules Verne qualifie plusieurs fois d'extase musicale, et dont le propre est d'entraîner l'âme de celui qui en joue comme de celui qui l'écoute « hors des limites de ce monde ». En ce sens, la musique est à l'orgue ce que l'électricité est au* Nautilus : *l'une comme l'autre sont des fluides qui baignent la machine et la mettent en communication immédiate avec l'univers. Ce sont des moyens de dépassement. Et la mer, réceptacle infini de cette expansion sans limites, apparaît comme le lieu symphonique où la machine et la musique viennent se fondre dans une unité suprême. L'électricité, la musique et la mer sont dans* Vingt mille lieues sous les mers *les trois composantes d'une même harmonie, dont le* Nautilus *est à la fois l'origine, le dépositaire et l'emblème.*

Cette fonction esthétique et métaphysique confère à la machine un caractère admirable qui dépasse le statut profane de la merveille pour l'élever jusqu'au sacré. Aronnax voue au couple formé par le Nautilus *et son capitaine une adoration « fanatique ». Le sous-marin devient l'« arche sainte » qui protège les voyageurs contre les monstres venus du dehors, requins, cachalots ou « sauvages ». Lieu de la clôture, de l'interdit, lieu tabou où nul ne pénètre sans initiation (les Papouas de l'île Gueboroar l'éprouvent à leurs dépens), mais d'où, inversement, nul ne peut sortir une fois qu'il y a pénétré. Telle est la règle, plusieurs fois rappelée par Nemo à Aronnax, qui régit l'existence à bord du navire : « qui entre dans le* Nautilus *ne doit plus le quitter ». C'est un engagement* définitif, l'entrée sans retour dans les ordres d'une sorte de religion nouvelle. Le Nautilus est « un monde à part », secret, c'est-à-dire séparé, « aussi étranger à la terre que les planètes qui accompagnent ce globe autour du soleil ». Ses passagers sont coupés du monde des vivants par une distance infranchissable.

Cette sécession absolue fait aussi du navire de Nemo un lieu proprement utopique, au sens social et surtout moral du terme. C'est là, dans ce phalanstère ignoré, hors de l'espace et du temps humains, que se préparent une nouvelle société, un « nouvel homme ». Autour de lui, le capitaine a réuni tous ceux que le malheur, la misère, l'oppression ont poussés comme lui à la révolte. La communauté qu'il a créée est une réponse aux injustices de l'Histoire. Elle est unie par une langue artificielle (« nautron respoc lorni virch »), par le culte des morts (le cimetière de corail), par l'amour et le respect que chaque membre de la collectivité porte à tous les autres, et par une même haine contre un ennemi mystérieux, signe d'un passé commun qui ne sera jamais éclairci. Ainsi, la société nouvelle dont le Nautilus est le réceptacle repose, non sur des principes politiques ou des idées philosophiques, mais sur une communion dans les mêmes sentiments forts. Cette utopie n'est pas rationnelle (c'est ce qui explique sans doute que les livres d'économie politique soient « sévèrement proscrits » de la bibliothèque du Nautilus), elle est purement passionnelle. Elle se fonde sur une loi d'amour dont la haine que Nemo éprouve pour les tyrans n'est que la forme inversée. On verra par deux fois le capitaine, à l'occasion de la mort d'un de ses compagnons, verser des larmes de douleur profonde. On le verra par deux fois apporter son aide aux « êtres souffrants » (le pauvre pêcheur de perles) comme aux « races opprimées » (les Crétois insurgés). L'humanité, chez lui, se mesure à cette force de compassion et de soutien, comme Aronnax finit par le comprendre : « Quels que fussent *les motifs qui l'avaient forcé à chercher l'indépendance sous les mers, avant tout il était resté un homme ! Son cœur palpitait encore aux souffrances de l'humanité, et son immense charité s'adressait aux races asservies comme aux individus !* » Cette universelle charité, qui fait le fond du personnage de Nemo, explique son lyrisme, ses accès d'enthousiasme messianique. Elle l'apparente aux grands prophètes, aux poètes pasteurs de peuples. Il est de la même espèce que les héros romantiques de la liberté, les Kosciusko, les Manin, les Botzaris, les John Brown, dont les portraits ornent les murs de sa chambre. Comme eux, il s'est dévoué à une grande idée humaine. Comme eux, il lutte pour l'indépendance et pour la fraternité.

Naissance de l'ambiguïté

Pourtant, le lecteur ne tarde pas à constater, dans le comportement du capitaine Nemo, les signes inquiétants d'une dégradation progressive. Peu à peu ses manières changent, son amabilité s'efface, et le secret que l'on devine à l'origine comme à l'horizon de toutes ses actions devient de plus en plus pesant, de plus en plus menaçant. Un mot résume cette aggravation, celui de « sombre », qui revient de plus en plus souvent pour qualifier le capitaine à partir de la deuxième partie : « *depuis quelques temps, note le professeur, cet homme devenait plus sombre, plus retiré, moins sociable. [...] Autrefois, il se plaisait à m'expliquer les merveilles sous-marines ; maintenant il m'abandonnait à mes études et ne venait plus au salon* ». Plus « sombre », plus taciturne, plus solitaire, Nemo révèle progressivement la part d'ombre que cachaient, dans la première partie du roman, sa courtoisie de « gentleman » et son amabilité de savant.

La première étape de cette dégradation, au chapitre XXIII de la première partie, c'est un incident

_d'autant plus inquiétant qu'il reste incompréhensible,
pour le lecteur comme pour les personnages, et qu'il
intervient brutalement après plusieurs épisodes euphori-
ques, comme le séjour dans l'île Gueboroar ou le
spectacle « enchanteur » de la mer de lait. C'est là que
la figure du capitaine s'inverse, que « l'archange de la
haine » se dégage pour la première fois de la figure
héroïque de l'homme des eaux : « Le capitaine Nemo
était devant moi, mais je ne le reconnus pas. Sa
physionomie était transfigurée. Son œil, brillant d'un
feu sombre, se dérobait sous son sourcil froncé. Ses
dents se découvraient à demi. Son corps raide, ses
poings fermés, sa tête retirée entre les épaules, témoignaient de la haine violente que respirait toute sa
personne. » Les trois passagers du Nautilus, enfermés
sans discussion possible dans une cellule et plongés
dans un sommeil artificiel par un narcotique mêlé à
leurs aliments, seront mis dans l'impossibilité d'assister à un événement qui restera pour eux énigmatique, mais qu'ils devinent terrible. Placé tout entier
sous le signe du cauchemar (« ægri somnia »), ce
drame sans explication et presque sans contenu appréciable (si ce n'est, au chapitre suivant, la mort du
matelot mystérieusement blessé) apparaît rétrospecti-
vement comme une répétition de la scène capitale de
l'éperonnement du navire de guerre, qui constituera
la révélation ultime et apportera, sous la forme d'un
spectacle cette fois bien visible (trop visible), le
complément qui manquait encore à l'initiation des
passagers du Nautilus. Bien d'autres épisodes accompagnent cet assombrissement du personnage de
Nemo et lui donnent sa force dramatique : l'emprisonnement dans les glaces, le combat contre les poulpes,
le défi porté à la tempête, sans parler de l'« hécatombe » finale. Toute la deuxième partie du roman
n'est qu'une montée des ténèbres, une marche à la catastrophe, que viendra couronner l'engloutissement,_

volontaire peut-être, du Nautilus *dans le gouffre du Maelström.*

Une des formes les plus inquiétantes que prend cet assombrissement, c'est l'inversion des deux qualités qui conféraient à Nemo son statut de héros romantique : l'amour de la liberté, l'« immense charité » pour l'humanité souffrante. La revendication libertaire du capitaine se retourne vite en despotisme, lorsqu'elle substitue à la passion de l'indépendance et à la défense des peuples asservis une « fantaisie » beaucoup plus dangereuse, qui soumet à l'arbitraire de caprices inexplicables des passagers qui ne sont au mieux que des voyageurs forcés privés de toute initiative (« nous allons, maître Ned, où nous conduit la fantaisie du capitaine »), et au pire des prisonniers réduits à la servitude (« c'est l'esclavage même que vous nous imposez ! — Donnez-lui le nom qu'il vous plaira »). Cette inquiétante « fantaisie » n'est que la manifestation habituelle d'une volonté de puissance de moins en moins contrôlée qui s'exprime lyriquement et s'exalte en gestes spectaculaires. Ainsi dans la prise de possession du pôle Sud (« au nom de qui, capitaine ? — Au mien, monsieur ! »), ou dans la violente harangue adressée par Nemo au vaisseau de guerre qu'il s'apprête à couler (« Frappe, navire insensé ! Prodigue tes inutiles boulets ! Tu n'échapperas pas à l'éperon du Nautilus »). Le drapeau du capitaine, « un pavillon noir, portant un N d'or écartelé sur son étamine », résume et manifeste cette démesure ambiguë : à la fois signe de pouvoir despotique, pour ce Napoléon des mers dont l'empire dépasse en étendue celui de son prédécesseur, et emblème douteux de la piraterie, déguisée sous les apparences plus nobles de l'anarchie. C'est cet orgueil démesuré qui poussera encore le capitaine, « par un inexplicable caprice », à s'amarrer sur la plate-forme de son navire pour braver, au plus fort d'une terrible tempête, la lutte des éléments déchaînés. Par ce geste de défi, c'est la puis-

*sance divine elle-même qui se trouvera provoquée :
« On eût dit que le capitaine Nemo, voulant une mort
digne de lui, cherchait à se faire foudroyer. » Nemo
paraît alors anticiper l'acte insensé de Robur qui, à la
fin de* Maître du monde, *lancera son « appareil avia-
teur », l'*Épouvante, *au plus fort de l'orage. L'orgueil
satanique semble le même, mais la sanction sera
différente : Robur, « frappé de cette foudre qu'il osait
braver en plein espace », s'abîmera dans le golfe du
Mexique avec sa machine. Nemo, lui, sera épargné.
C'est sans doute que son geste, contrairement à celui
de Robur, n'est pas un signe de pure mégalomanie,
mais plutôt la marque d'une inquiétude profonde,
d'un doute sur la légitimité de sa mission, d'une
volonté d'éprouver le Créateur, d'exiger de lui une réponse : cette révolte est aussi une prière. Le deuxième
signe de l'assombrissement du personnage de Nemo,
c'est l'inversion maligne qui fait naître la haine dans
le cœur de cet être d'abord « charitable », pitoyable aux
faibles, aux souffrants, aux innocents, aux animaux
inoffensifs, et tout imprégné de la bonté naturelle.
Cette haine, c'est l'effet d'un secret que les lecteurs ne
perceront pas plus que les hôtes du* Nautilus. *Mais
pour être inexplicable, elle n'en est pas moins terrible.
Elle transforme en bête féroce cet aristocrate si froid,
si maître de lui, en exterminateur ce savant, cet artiste,
cet homme raffiné et courtois. Au fond de la vie de
cet homme, Aronnax entrevoit « un passé formidable », dont la seule trace visible sera le portrait d'une
femme « jeune encore » et de deux petits enfants, devant lequel Nemo s'agenouille en fondant en larmes,
après avoir coulé le navire ennemi. On comprend évidemment que les « terribles représailles » exercées par
le capitaine sont liées à la mort de ces êtres chers.
C'est contre « l'oppresseur » responsable de cette souf-
france qu'il arme sa vengeance : « C'est par lui que
tout ce que j'ai aimé, chéri, vénéré, patrie, femme,
enfants, mon père, ma mère, j'ai vu tout périr ! Tout*

ce que je hais est là ! » Ce qu'on ignorera toujours, *au moins dans* Vingt mille lieues sous les mers, *c'est l'identité de cet oppresseur, et les circonstances précises qui ont entraîné la catastrophe et fait naître par contrecoup le désir de la compenser. Tout ce que l'on sait, c'est que Nemo appartient à la race des justiciers, race romantique par excellence. Son modèle, c'est Monte-Cristo (n'oublions pas que Dumas fut le grand protecteur de Jules Verne au début de sa carrière). Au héros de Dumas, Nemo emprunte cette effrayante surhumanité qui confine à l'inhumanité, cette obstination qui fait de la vengeance une idée fixe, une passion qui obsède et qui consume. Comme lui, il est immensément riche, d'une fortune donnée par le hasard, indispensable à l'exercice de la vengeance. Comme lui, il est passé par de terribles souffrances, avant de renaître, avec un nouveau nom, sous la forme invincible de l'ange exterminateur. Comme lui, il se sent investi d'une mission divine (« je suis le droit ! je suis la justice ! »), et il cherche à justifier ses actes en les plaçant sous l'autorité du Dieu rémunérateur et vengeur. C'est ainsi, semble-t-il, qu'il faut interpréter les dernières paroles du capitaine, qu'Aronnax épouvanté surprend au moment où il s'enfuit du* Nautilus : « *Dieu tout-puissant ! assez ! assez !* » Ces paroles ne sont sans doute pas, comme le suppose le professeur, « l'aveu du remords qui s'échappait ainsi de la conscience de cet homme ». Il faut plutôt, pour leur donner toute leur force, les interpréter comme un désir de pardon, la prière, le cri d'un « archange de la haine » investi par Dieu d'une mission vengeresse dont il le supplie de le libérer. Ainsi Monte-Cristo, avant d'être parvenu au terme de sa vengeance, se délivrera de ce fardeau en épargnant Danglars, le dernier et peut-être le plus coupable de ses ennemis.*

Ce qui distingue cependant Monte-Cristo de Nemo, ce sont les buts et les moyens de la vengeance. Monte-Cristo punit des personnes, dans une lutte individuelle

qui conserve les apparences archaïques d'une vendetta.
Nemo, lui, combat une entité beaucoup plus vaste, un
mystérieux oppresseur dont les contours sont peu
définis, mais qui s'identifie sans doute à un État tout
entier (la Russie, dans premiers projets du roman).
Et surtout, ses moyens sont beaucoup plus efficaces.
Il possède sur ses ennemis une supériorité que Monte-
Cristo, malgré sa richesse, ne peut atteindre, et qui est
d'ordre technique. L'instrument de la vengeance de
Nemo, c'est le Nautilus. *Sans lui, rien ne serait pos-*
sible. Avec lui, tout devient terrifiant. Vingt mille
lieues sous les mers *inaugure une nouvelle ère de la*
vengeance, une ère moderne, dans laquelle le vengeur,
disposant de moyens multipliés, se rapproche d'un
autre personnage dangereux, le savant fou, pour faire
courir de nouveaux risques à l'humanité. C'est pour-
quoi le Nautilus *se trouve impliqué dans le processus*
d'assombrissement qui frappe son créateur. Ce « chef-
d'œuvre de l'industrie moderne » devient à la fin
l'« infernal Nautilus *», le palais merveilleux se change*
en une prison de tôle dont il faut à tout prix s'évader.
C'est la science, c'est le progrès, en permettant le déve-
loppement de tels moyens de destruction, qui devien-
nent suspects à leur tour. En flattant l'orgueil, en
exaltant la volonté de puissance, en développant entre
l'ingénieur et sa machine des liens de paternité mons-
trueux, la technique isole l'homme de ses semblables et
de la nature, et le pousse à outrepasser les limites
fixées par le Créateur. C'est Ned Land, le plus simple,
le plus humain des passagers du Nautilus, *qui souli-*
gne avec force, au moment de l'épisode polaire, les
dangers de cette trangression : « On n'a jamais rien vu
de pareil. Mais ce spectacle-là pourra nous coûter cher.
Et, s'il faut tout dire, je pense que nous voyons ici
des choses que Dieu a voulu interdire aux regards de
l'homme ! »

Le périple du Nautilus, *avant même l'« hécatombe »*
finale, se fait donc au risque d'un châtiment dont l'im-
mobilisation sous les glaces et l'agonie symbolique des

*personnages privés d'air apparaît comme une préfi-
guration. Ce châtiment, c'est la mort. C'est elle qui
accompagne le navire, c'est elle qui est l'horizon, l'avenir certain du voyage. La succession des « incidents
heureux ou malheureux » rencontrés par le Nautilus,
l'enchaînement des spectacles et des événements
conduit à ce but unique. Cette mort, on l'a vu, peut
être figurée, sous le signe d'Edgar Poe, par la chute
dans le Maelström, la catastrophe dernière qui
constitue le terme indépassable de l'histoire. Mais la
route de cette catastrophe est balisée par une série de
scènes symboliques dont la signification est la même :
le Florida flottant entre deux eaux, les restes du navire
de La Pérouse à Vanikoro, le cimetière de corail où
reposent les compagnons du capitaine Nemo, l'épave
du Vengeur et le rappel de son glorieux naufrage, le
vaisseau de guerre coulé avec son équipage, autant de
signes, autant d'illustrations dramatiques de cette
obsession de la mort qui domine le roman et l'entraîne vers sa fin tragique. Pis encore, le Nautilus lui-
même, cet instrument de mort, apparaît comme une
sorte de vaisseau fantôme. Il revient au capitaine
Nemo de proclamer cette effrayante vérité : « Je suis
mort, monsieur le professeur, aussi bien mort que
ceux de vos amis qui reposent à six pieds sous terre ! »
Navire de mort conduit par des morts, le Nautilus ne
donne pas seulement la mort, il la contient, il la protège, il l'exalte. Entrer dans le navire, c'est mourir à
son tour. Ni Aronnax ni Conseil ne le comprennent
d'abord, car le professeur est aveuglé par sa passion
de la découverte, et son domestique, prisonnier de son
obsession classificatrice, n'est qu'une ombre. Mais
Ned Land, lui, le seul vivant des trois, ne s'y trompe
pas. Son désir de quitter le navire est immédiat, et
son emprisonnement prolongé le plonge dans une
« nostalgie effrayante » qui le mène au bord du sui-
cide. Il ne faudra rien de moins, pour qu'Aronnax et
Conseil se rendent à l'évidence et consentent à leur*

tour à fuir, que la « vision effrayante » du Nautilus *dans l'exercice de ses œuvres de mort. Il faudra ce sadisme de Nemo, accompagnant sous les flots le navire qu'il vient de couler pour se repaître de l'agonie de ses victimes, il faudra l'horreur de cette scène capitale que le professeur Aronnax devra lui aussi contempler, fasciné, « raidi par l'angoisse, les cheveux hérissés, l'œil démesurément ouvert, la respiration incomplète, sans souffle, sans voix ».*

Devrait-on donc, au terme du voyage, condamner définitivement le navire et son capitaine ? Jules Verne ne l'a pas voulu. Il a tenu jusqu'au bout, à travers les scènes les plus terribles, à sauvegarder l'ambiguïté de son personnage, à préserver, jusque dans l'horreur même, la possibilité de l'admiration. « Faut-il haïr cet homme ou l'admirer ? », sa haine est-elle « monstrueuse ou sublime » ? L'indécision plane jusqu'au bout, et rien ne permet de conclure. Pourtant, la dernière page laisse clairement pressentir qu'un Nemo apaisé et désormais rendu à l'humanité pourra renaître du naufrage. L'éditeur l'a voulu ainsi, l'écrivain ne l'a pas refusé, lui qui songeait déjà à donner à son roman une suite qui deviendra, en 1874-1875, L'Île mystérieuse. *Mais Nemo ne réapparaîtra que pour disparaître et mourir. Jamais il ne retrouvera le mystère, la mélancolie, la grandeur admirable, l'énergie passionnée qui donnaient à son personnage une incomparable force de séduction. Avec* Vingt mille lieues sous les mers, *Jules Verne a réussi son chef-d'œuvre : mieux qu'un récit de voyage, mieux qu'un roman d'aventures géographiques et scientifiques, mieux qu'une simple histoire de vengeance. Ou plutôt, tout cela ensemble, mais sublimé. Le poème de la mer, le drame de la révolte absolue, la dernière des grandes légendes romantiques, à jamais engloutie, à jamais conservée dans le silence des mers profondes.*

JACQUES NOIRAY

VINGT MILLE LIEUES
SOUS
LES MERS

CHAPITRE PREMIER

UN ÉCUEIL FUYANT

L'année 1866 fut marquée par un événement bizarre, un phénomène inexpliqué et inexplicable que personne n'a sans doute oublié. Sans parler des rumeurs qui agitaient les populations des ports et surexcitaient l'esprit public à l'intérieur des continents, les gens de mer furent particulièrement émus. Les négociants, armateurs, capitaines de navires,

skippers et masters[1] de l'Europe et de l'Amérique,
officiers des marines militaires de tous pays, et,
après eux, les gouvernements des divers États des
deux continents, se préoccupèrent de ce fait au plus
haut point.

En effet, depuis quelque temps, plusieurs navires
s'étaient rencontrés sur mer avec « une chose
énorme, » un objet long, fusiforme, parfois phosphorescent, infiniment plus vaste et plus rapide
qu'une baleine.

Les faits relatifs à cette apparition, consignés aux
divers livres de bord, s'accordaient assez exactement
sur la structure de l'objet ou de l'être en question, la
vitesse inouïe de ses mouvements, la puissance surprenante de sa locomotion, la vie particulière dont
il semblait doué. Si c'était un cétacé, il surpassait
en volume tous ceux que la science avait classés
jusqu'alors. Ni Cuvier, ni Lacépède, ni M. Dumeril,
ni M. de Quatrefages[2] n'eussent admis l'existence
d'un tel monstre, — à moins de l'avoir vu, ce qui
s'appelle vu de leurs propres yeux de savants.

À prendre la moyenne des observations faites à
diverses reprises, — en rejetant les évaluations ti-
mides qui assignaient à cet objet une longueur de
deux cents pieds, et en repoussant les opinions exagérées qui le disaient large d'un mille et long de
trois, — on pouvait affirmer, cependant, que cet
être phénoménal dépassait de beaucoup toutes les
dimensions admises jusqu'à ce jour par les ichthyo-
logistes, — s'il existait toutefois.

Or, il existait, le fait en lui-même n'était plus niable, et, avec ce penchant qui pousse au merveilleux
la cervelle humaine, on comprendra l'émotion produite dans le monde entier par cette surnaturelle
apparition. Quant à la rejeter au rang des fables, il
fallait y renoncer.

En effet, le 20 juillet 1866, le steamer *Governor-
Higginson*, de *Calcutta and Burnach steam navigation*

Company, avait rencontré cette masse mouvante à cinq milles dans l'est des côtes de l'Australie. Le capitaine Baker se crut, tout d'abord, en présence d'un écueil inconnu ; il se disposait même à en déterminer la situation exacte, quand deux colonnes d'eau, projetées par l'inexplicable objet, s'élancèrent en sifflant à cent cinquante pieds dans l'air. Donc, à moins que cet écueil ne fût soumis aux expansions intermittentes d'un geyser, le *Governor-Higginson* avait affaire bel et bien à quelque mammifère aquatique, inconnu jusque-là, qui rejetait par ses évents des colonnes d'eau, mélangées d'air et de vapeur.

Pareil fait fut également observé le 23 juillet de la même année, dans les mers du Pacifique, par le *Cristobal-Colon*, de *West India and Pacific steam navigation Company*. Donc, ce cétacé extraordinaire pouvait se transporter d'un endroit à un autre avec une vélocité surprenante, puisque à trois jours d'intervalle, le *Governor-Higginson* et le *Cristobal-Colon* l'avaient observé en deux points de la carte séparés par une distance de plus de sept cents lieues marines[1].

Quinze jours plus tard, à deux mille lieues de là, l'*Helvetia*, de la *Compagnie Nationale*, et le *Shannon*, du *Royal-Mail*, marchant à contrebord dans cette portion de l'Atlantique comprise entre les États-Unis et l'Europe, se signalèrent respectivement le monstre par 42° 15′ de latitude nord et 60° 35′ de longitude à l'ouest du méridien de Greenwich. Dans cette observation simultanée, on crut pouvoir évaluer la longueur minimum du mammifère à plus de trois cent cinquante pieds anglais[*], puisque le *Shannon* et l'*Helvetia* étaient de dimension inférieure à lui, bien qu'ils mesurassent cent mètres de l'étrave à l'étambot. Or, les plus vastes baleines, celles qui

* Environ 106 mètres. Le pied anglais n'est que de 30,40 centimètres.

fréquentent les parages des îles Aléoutiennes, le Kulammak et l'Umgullick, n'ont jamais dépassé la longueur de cinquante-six mètres, — si même elles l'atteignent.

Ces rapports arrivés coup sur coup, de nouvelles observations faites à bord du transatlantique *le Pereire*, un abordage entre *l'Etna*, de la ligne Inman, et le monstre, un procès-verbal dressé par les officiers de la frégate française *la Normandie*, un très-sérieux relèvement obtenu par l'état-major du commodore Fitz-James à bord du *Lord-Clyde*, émurent profondément l'opinion publique. Dans les pays d'humeur légère, on plaisanta le phénomène, mais les pays graves et pratiques, l'Angleterre, l'Amérique, l'Allemagne, s'en préoccupèrent vivement.

Partout dans les grands centres, le monstre devint à la mode ; on le chanta dans les cafés, on le bafoua dans les journaux, on le joua sur les théâtres. Les canards eurent là une belle occasion de pondre des œufs de toute couleur. On vit réapparaître dans les journaux — à court de copie — tous les êtres imaginaires et gigantesques, depuis la baleine blanche, le terrible « Moby Dick » des régions hyperboréennes[1], jusqu'au Kraken démesuré, dont les tentacules peuvent enlacer un bâtiment de cinq cents tonneaux et l'entraîner dans les abîmes de l'Océan[2]. On reproduisit même les procès-verbaux des temps anciens, les opinions d'Aristote et de Pline, qui admettaient l'existence de ces monstres, puis les récits norwégiens de l'évêque Pontoppidan, les relations de Paul Heggede, et enfin les rapports de M. Harrington[3], dont la bonne foi ne peut être soupçonnée, quand il affirme avoir vu, étant à bord du *Castillan*, en 1857, cet énorme serpent qui n'avait jamais fréquenté jusqu'alors que les mers de l'ancien *Constitutionnel*[4].

Alors éclata l'interminable polémique des crédules et des incrédules dans les sociétés savantes et les journaux scientifiques. La « question du monstre » enflamma les esprits. Les journalistes, qui font profession de science en lutte avec ceux qui font profession d'esprit, versèrent des flots d'encre pendant cette mémorable campagne ; quelques-uns même, deux ou trois gouttes de sang, car du serpent de mer, ils en vinrent aux personnalités les plus offensantes.

Six mois durant, la guerre se poursuivit avec des chances diverses. Aux articles de fond de l'Institut géographique du Brésil, de l'Académie royale des sciences de Berlin, de l'Association Britannique, de l'Institution Smithsonnienne de Washington, aux discussions du *The Indian Archipelago*, du *Cosmos* de l'abbé Moigno[1], des *Mittheilungen* de Petermann, aux chroniques scientifiques des grands journaux de la France et de l'étranger, la petite presse ripostait avec une verve intarissable. Ses spirituels écrivains parodiant un mot de Linné, cité par les adversaires du monstre, soutinrent en effet que « la nature ne faisait pas de sots[2], » et ils adjurèrent leurs contemporains de ne point donner un démenti à la nature, en admettant l'existence des Krakens, des serpents de mer, des « Moby Dick, » et autres élucubrations de marins en délire. Enfin, dans un article d'un journal satirique très-redouté, le plus aimé de ses rédacteurs, brochant sur le tout, poussa au monstre, comme Hippolyte[3], lui porta un dernier coup et l'acheva au milieu d'un éclat de rire universel. L'esprit avait vaincu la science.

Pendant les premiers mois de l'année 1867, la question parut être enterrée, et elle ne semblait pas devoir renaître, quand de nouveaux faits furent portés à la connaissance du public. Il ne s'agit plus alors d'un problème scientifique à résoudre, mais bien d'un danger réel, sérieux à éviter. La question prit une toute autre face. Le monstre redevint îlot, rocher, écueil, mais écueil fuyant, indéterminable, insaisissable.

Le 5 mars 1867, le *Moravian*, de *Montreal Ocean Company*, se trouvant pendant la nuit par 27° 30' de latitude et 72° 15' de longitude, heurta de sa hanche de tribord un roc qu'aucune carte ne marquait dans ces parages. Sous l'effort combiné du vent et de ses quatre cents chevaux-vapeur, il marchait à la vitesse de treize nœuds. Nul doute que sans la qualité supérieure de sa coque, le *Moravian*, ouvert au choc, ne se fût englouti avec les deux cent trente-sept passagers qu'il ramenait du Canada.

L'accident était arrivé vers cinq heures du matin, lorsque le jour commençait à poindre. Les officiers de quart se précipitèrent à l'arrière du bâtiment. Ils examinèrent l'Océan avec la plus scrupuleuse attention. Ils ne virent rien, si ce n'est un fort remous qui brisait à trois encâblures, comme si les nappes liquides eussent été violemment battues. Le relèvement du lieu fut exactement pris, et le *Moravian* continua sa route sans avaries apparentes. Avait-il heurté une roche sous-marine, ou quelque énorme épave d'un naufrage ? on ne put le savoir ; mais, examen fait de sa carène dans les bassins de radoub, il fut reconnu qu'une partie de la quille avait été brisée.

Ce fait, extrêmement grave en lui-même, eût peut-être été oublié comme tant d'autres, si, trois semaines après, il ne se fût reproduit dans des conditions identiques. Seulement, grâce à la nationalité du navire victime de ce nouvel abordage, grâce à la réputation de la Compagnie à laquelle ce navire appartenait, l'événement eut un retentissement immense.

Personne n'ignore le nom du célèbre armateur anglais Cunard. Cet intelligent industriel fonda, en 1840, un service postal entre Liverpool et Halifax, avec trois navires en bois et à roues d'une force de quatre cents chevaux, et d'une jauge de onze cent soixante-deux tonneaux. Huit ans après, le matériel

de la Compagnie s'accroissait de quatre navires de
six cent cinquante chevaux et de dix-huit cent vingt
tonnes, et, deux ans plus tard, de deux autres bâtiments supérieurs en puissance et en tonnage. En
1853, la compagnie Cunard, dont le privilège pour
le transport des dépêches venait d'être renouvelé,
ajouta successivement à son matériel l'*Arabia*, *le Per-
sia*, *le China*, *le Scotia*, *le Java*, *le Russia*, tous navires de première marche, et les plus vastes qui, après
le *Great-Eastern*, eussent jamais sillonné les mers.
Ainsi donc, en 1867, la Compagnie possédait douze
navires, dont huit à roues et quatre à hélices.

Si je donne ces détails très-succincts, c'est afin
que chacun sache bien quelle est l'importance de
cette compagnie de transports maritimes, connue
du monde entier pour son intelligente gestion.
Nulle entreprise de navigation transocéanienne n'a
été conduite avec plus d'habileté ; nulle affaire n'a
été couronnée de plus de succès. Depuis vingt-six
ans, les navires Cunard ont traversé deux mille fois
l'Atlantique, et jamais un voyage n'a été manqué,
jamais un retard n'a eu lieu, jamais ni une lettre, ni
un homme, ni un bâtiment n'ont été perdus. Aussi,
les passagers choisissent-ils encore, malgré la
concurrence puissante que lui fait la France, la
ligne Cunard de préférence à toute autre, ainsi qu'il
appert d'un relevé fait sur les documents officiels
des dernières années. Ceci dit, personne ne s'éton-
nera du retentissement que provoqua l'accident
arrivé à l'un de ses plus beaux steamers.

Le 13 avril 1867, la mer étant belle, la brise ma-
niable, le *Scotia* se trouvait par 15° 12' de longitude
et 45° 37' de latitude. Il marchait avec une vitesse
de treize nœuds quarante-trois centièmes sous la
poussée de ses mille chevaux-vapeur. Ses roues
battaient la mer avec une régularité parfaite. Son
tirant d'eau était alors de six mètres soixante-dix

centimètres, et son déplacement de six mille six cent
vingt-quatre mètres cubes.

À quatre heures dix-sept minutes du soir, pendant le lunch des passagers réunis dans le grand
salon, un choc, peu sensible, en somme, se produisit sur la coque du *Scotia*, par sa hanche et un peu
en arrière de la roue de babord.

Le *Scotia* n'avait pas heurté, il avait été heurté, et
plutôt par un instrument tranchant ou perforant
que contondant. L'abordage avait semblé si léger
que personne ne s'en fût inquiété à bord, sans le cri
des caliers qui remontèrent sur le pont en s'écriant :

« Nous coulons ! nous coulons ! »

Tout d'abord, les passagers furent très-effrayés ;
mais le capitaine Anderson se hâta de les rassurer.
En effet, le danger ne pouvait être imminent. Le *Scotia*, divisé en sept compartiments par des cloisons
étanches, devait braver impunément une voie d'eau.

Le capitaine Anderson se rendit immédiatement
dans la cale. Il reconnut que le cinquième compartiment avait été envahi par la mer, et la rapidité de
l'envahissement prouvait que la voie d'eau était
considérable. Fort heureusement, ce compartiment
ne renfermait pas les chaudières, car les feux se fussent subitement éteints.

Le capitaine Anderson fit stopper immédiatement, et l'un des matelots plongea pour reconnaître
l'avarie. Quelques instants après, on constatait l'existence d'un trou large de deux mètres dans la carène
du steamer. Une telle voie d'eau ne pouvait être
aveuglée, et le *Scotia*, ses roues à demi noyées, dut
continuer ainsi son voyage. Il se trouvait alors à
trois cent milles du cap Clear, et après trois jours
d'un retard qui inquiéta vivement Liverpool, il entra
dans les bassins de la Compagnie.

Les ingénieurs procédèrent alors à la visite du
Scotia, qui fut mis en cale sèche. Ils ne purent en
croire leurs yeux. À deux mètres et demi au-dessous

de la flottaison s'ouvrait une déchirure régulière, en forme de triangle isocèle. La cassure de la tôle était d'une netteté parfaite, et elle n'eût pas été frappée plus sûrement à l'emporte-pièce. Il fallait donc que l'outil perforant qui l'avait produite fût d'une trempe peu commune, — et après avoir été lancé avec une force prodigieuse, ayant ainsi percé une tôle de quatre centimètres, il avait dû se retirer de lui-même par un mouvement rétrograde et vraiment inexplicable.

Tel était ce dernier fait, qui eut pour résultat de passionner à nouveau l'opinion publique. Depuis ce moment, en effet, les sinistres maritimes qui n'avaient pas de cause déterminée furent mis sur le compte du monstre. Ce fantastique animal endossa la responsabilité de tous ces naufrages, dont le nombre est malheureusement considérable ; car sur trois mille navires dont la perte est annuellement relevée au *Bureau-Véritas*, le chiffre des navires à vapeur ou à voiles, supposés perdus corps et biens par suite d'absence de nouvelles, ne s'élève pas à moins de deux cents !

Or, ce fut le « monstre » qui, justement ou injustement, fut accusé de leur disparition, et, grâce à lui, les communications entre les divers continents devenant de plus en plus dangereuses, le public se déclara et demanda catégoriquement que les mers fussent enfin débarrassées et à tout prix de ce formidable cétacé.

CHAPITRE II

LE POUR ET LE CONTRE

À l'époque où ces événements se produisirent, je revenais d'une exploration scientifique entreprise dans les mauvaises terres du Nébraska[1], aux États-Unis. En ma qualité de professeur-suppléant au Muséum d'histoire naturelle de Paris, le gouvernement français m'avait joint à cette expédition. Après six mois passés dans le Nébraska, chargé de précieuses collections, j'arrivai à New-York vers la fin de mars. Mon départ pour la France était fixé aux premiers jours de mai. Je m'occupais donc, en attendant, de classer mes richesses minéralogiques, botaniques et zoologiques, quand arriva l'incident du *Scotia*.

J'étais parfaitement au courant de la question à l'ordre du jour, et comment ne l'aurais-je pas été ? J'avais lu et relu tous les journaux américains et européens sans être plus avancé. Ce mystère m'intriguait. Dans l'impossibilité de me former une opinion, je flottais d'un extrême à l'autre. Qu'il y eût quelque chose, cela ne pouvait être douteux, et les incrédules étaient invités à mettre le doigt sur la plaie du *Scotia*.

À mon arrivée à New-York, la question brûlait. L'hypothèse de l'îlot flottant, de l'écueil insaisissable, soutenue par quelques esprits peu compétents, était absolument abandonnée. Et, en effet, à moins que cet écueil n'eût une machine dans le ventre, comment pouvait-il se déplacer avec une rapidité si prodigieuse ?

De même fut repoussée l'existence d'une coque flottante, d'une énorme épave, et toujours à cause de la rapidité du déplacement.

Restaient donc deux solutions possibles de la question, qui créaient deux clans très-distincts de partisans : d'un côté, ceux qui tenaient pour un monstre d'une force colossale ; de l'autre, ceux qui tenaient pour un bateau « sous-marin » d'une extrême puissance motrice.

Or, cette dernière hypothèse, admissible après tout, ne put résister aux enquêtes qui furent poursuivies dans les deux mondes. Qu'un simple particulier eût à sa disposition un tel engin mécanique, c'était peu probable. Où et quand l'eût-il fait construire, et comment aurait-il tenu cette construction secrète ?

Seul, un gouvernement pouvait posséder une pareille machine destructive, et, en ces temps désastreux où l'homme s'ingénie à multiplier la puissance des armes de guerre, il était possible qu'un État essayât à l'insu des autres ce formidable engin. Après les chassepots, les torpilles, après les torpilles, les béliers sous-marins, puis, — la réaction. Du moins, je l'espère.

Les ingénieurs procédèrent à la visite du Scotia. (Page 58.)

Mais l'hypothèse d'une machine de guerre tomba encore devant la déclaration des gouvernements. Comme il s'agissait là d'un intérêt public, puisque les communications transocéaniennes en souffraient, la franchise des gouvernements ne pouvait être mise en doute. D'ailleurs, comment admettre que la construction de ce bateau sous-marin eût échappé aux yeux du public ? Garder le secret dans ces circonstances est très-difficile pour un particulier, et certainement impossible pour un État dont tous les actes sont obstinément surveillés par les puissances rivales.

La frégate l'Abraham-Lincoln. (Page 67.)

Donc, après enquêtes faites en Angleterre, en France, en Russie, en Prusse, en Espagne, en Italie, en Amérique, voire même en Turquie, l'hypothèse d'un Monitor sous-marin[1] fut définitivement rejetée.

Le monstre revint donc à flots, en dépit des incessantes plaisanteries dont le lardait la petite presse et, dans cette voie, les imaginations se laissèrent bientôt aller aux plus absurdes rêveries d'une ichthyologie fantastique.

À mon arrivée à New-York, plusieurs personnes m'avaient fait l'honneur de me consulter sur le phénomène en question. J'avais publié en France un ouvrage in-quarto en deux volumes intitulé : *les Mystères des grands fonds sous-marins*. Ce livre, particulièrement goûté du monde savant, faisait de moi un spécialiste dans cette partie assez obscure de l'histoire naturelle. Mon avis me fut demandé. Tant que je pus nier la réalité du fait, je me renfermai dans une absolue négation. Mais bientôt, collé au mur, je dus m'expliquer catégoriquement. Et même, « l'honorable Pierre Aronnax, professeur au Muséum de Paris, » fut mis en demeure par le *New-York-Herald* de formuler une opinion quelconque.

Je m'exécutai. Je parlai faute de pouvoir me taire. Je discutai la question sous toutes ses faces, politiquement et scientifiquement, et je donne ici un extrait d'un article très-nourri que je publiai dans le numéro du 30 avril.

« Ainsi donc, disais-je, après avoir examiné une à une les diverses hypothèses, toute autre supposition étant rejetée, il faut nécessairement admettre l'existence d'un animal marin d'une puissance excessive.

« Les grandes profondeurs de l'Océan nous sont totalement inconnues. La sonde n'a su les atteindre. Que se passe-t-il dans ces abîmes reculés ? Quels êtres habitent et peuvent habiter à douze ou quinze milles au-dessous de la surface des eaux[1] ? Quel est l'organisme de ces animaux ? On saurait à peine le conjecturer.

« Cependant, la solution du problème qui m'est soumis peut affecter la forme du dilemme.

« Ou nous connaissons toutes les variétés d'êtres qui peuplent notre planète, ou nous ne les connaissons pas.

« Si nous ne les connaissons pas toutes, si la nature a encore des secrets pour nous en ichthyologie, rien de plus acceptable que d'admettre l'existence de poissons ou de cétacés, d'espèces ou même de genres nouveaux, d'une organisation essentiellement "fondrière[2]", qui habitent les couches inaccessibles à la sonde, et qu'un événement quelconque, une fantaisie, un caprice, si l'on veut, ramène à de longs intervalles vers le niveau supérieur de l'Océan.

« Si, au contraire, nous connaissons toutes les espèces vivantes, il faut nécessairement chercher l'animal en question parmi les êtres marins déjà catalogués, et dans ce cas, je serais disposé à admettre l'existence d'un *Narwal géant*[3].

« Le narwal vulgaire ou licorne de mer atteint souvent une longueur de soixante pieds. Quintuplez, décuplez même cette dimension, donnez à ce cétacé une force proportionnelle à sa taille, accroissez ses armes offensives, et vous obtenez l'animal voulu. Il aura les proportions déterminées par les officiers du *Shannon*, l'instrument exigé par la perforation du *Scotia*, et la puissance nécessaire pour entamer la coque d'un steamer.

« En effet, le narwal est armé d'une sorte d'épée d'ivoire, d'une hallebarde, suivant l'expression de certains naturalistes. C'est une dent principale qui a la dureté de l'acier. On a trouvé quelques-unes de ces dents implantées dans le corps des baleines que le narwal attaque toujours avec succès. D'autres ont été arrachées, non sans peine, de carènes de vaisseaux qu'elles avaient percées d'outre en outre, comme un foret perce un tonneau. Le musée de la Faculté de médecine de Paris possède une de ces défenses longue de deux mètres vingt-cinq centimètres, et large de quarante-huit centimètres à sa base !

« Eh bien ! supposez l'arme dix fois plus forte, et l'animal dix fois plus puissant, lancez-le avec une rapidité de vingt milles à l'heure, multipliez sa masse par sa vitesse, et vous obtenez un choc capable de produire la catastrophe demandée.

« Donc, jusqu'à plus amples informations, j'opinerais pour une licorne de mer, de dimensions colossales, armée, non plus d'une hallebarde, mais d'un véritable éperon comme les frégates cuirassées ou les "rams" de guerre, dont elle aurait à la fois la masse et la puissance motrice.

« Ainsi s'expliquerait ce phénomène inexplicable, — à moins qu'il n'y ait rien, en dépit de ce qu'on a entrevu, vu, senti et ressenti, — ce qui est encore possible ! »

Ces derniers mots étaient une lâcheté de ma part ; mais je voulais jusqu'à un certain point couvrir ma dignité de professeur, et ne pas trop prêter à rire aux Américains, qui rient bien, quand ils rient. Je me réservais une échappatoire. Au fond, j'admettais l'existence du « monstre ».

Mon article fut chaudement discuté, ce qui lui valut un grand retentissement. Il rallia un certain nombre de partisans. La solution qu'il proposait, d'ailleurs, laissait libre carrière à l'imagination. L'esprit humain se plaît à ces conceptions grandioses d'êtres surnaturels. Or la mer est précisément leur meilleur véhicule, le seul milieu où ces géants, — près desquels les animaux terrestres, éléphants ou rhinocéros, ne sont que des nains, — puissent se produire et se développer. Les masses liquides transportent les plus grandes espèces connues de mammifères, et peut-être recèlent-elles des mollusques d'une incomparable taille, des crustacés effrayants à contempler, tels que seraient des homards de cent mètres ou des crabes pesant deux cents tonnes ! Pourquoi non ? Autrefois, les animaux terrestres, contemporains des époques géologiques, les quadrupèdes, les quadrumanes, les reptiles, les oiseaux étaient construits sur des gabarits gigantesques. Le Créateur les avait jetés dans un moule colossal que le temps a réduit peu à peu. Pourquoi la mer, dans ses profondeurs ignorées, n'aurait-elle pas gardé ces vastes échantillons de la vie d'un autre âge, elle qui ne se modifie jamais alors que le noyau terrestre change presque incessamment ? Pourquoi ne cacherait-elle pas dans son sein les dernières variétés de ces espèces titanesques, dont les années sont des siècles, et les siècles des millénaires ?

Mais je me laisse entraîner à des rêveries qu'il ne m'appartient plus d'entretenir ! Trêve à ces chimères que le temps a changées pour moi en réalités terribles. Je le répète, l'opinion se fit alors sur la nature du phénomène, et le public admit sans conteste l'existence d'un être prodigieux qui n'avait rien de commun avec les fabuleux serpents de mer.

Mais si les uns ne virent là qu'un problème purement scientifique à résoudre, les autres, plus positifs, surtout en Amérique et en Angleterre, furent d'avis de purger l'Océan de ce redoutable monstre, afin de rassurer les communications transocéaniennes. Les journaux industriels et commerciaux traitèrent la question principalement à ce point de vue. La *Shipping and Mercantile Gazette*, le *Lloyd*, le *Paquebot*, la *Revue maritime et coloniale*, toutes les feuilles dévouées aux Compagnies d'assurances qui menaçaient d'élever le taux de leurs primes, furent unanimes sur ce point.

L'opinion publique s'étant prononcée, les États de l'Union se déclarèrent les premiers. On fit à New-York les préparatifs d'une expédition destinée à poursuivre le narwal. Une frégate de grande marche, l'*Abraham-Lincoln*, se mit en mesure de prendre la mer au plus tôt. Les arsenaux furent ouverts au commandant Farragut[1], qui pressa activement l'armement de sa frégate.

Précisément, et ainsi que cela arrive toujours, du moment que l'on se fut décidé à poursuivre le monstre, le monstre ne reparut plus. Pendant deux mois, personne n'en entendit parler. Aucun navire ne le rencontra. Il semblait que cette Licorne eût connaissance des complots qui se tramaient contre elle. On en avait tant causé, et même par le câble transatlantique ! Aussi les plaisants prétendaient-ils que cette fine mouche avait arrêté au passage quelque télégramme dont elle faisait maintenant son profit.

Donc, la frégate armée pour une campagne lointaine et pourvue de formidables engins de pêche, on ne savait plus où la diriger. Et l'impatience allait croissant, quand, le 2 juillet, on apprit qu'un steamer de la ligne de San-Francisco de Californie à Shangaï avait revu l'animal, trois semaines auparavant, dans les mers septentrionales du Pacifique.

L'émotion causée par cette nouvelle fut extrême. On n'accorda pas vingt-quatre heures de répit au commandant Farragut. Ses vivres étaient embarqués. Ses soutes regorgeaient de charbon. Pas un homme ne manquait à son rôle d'équipage. Il n'avait qu'à allumer ses fourneaux, à chauffer, à démarrer ! On ne lui eût pas pardonné une demi-journée de retard ! D'ailleurs, le commandant Farragut ne demandait qu'à partir.

Trois heures avant que l'*Abraham-Lincoln* ne quittât la pier[2] de Brooklyn, je reçus une lettre libellée en ces termes :

« *Monsieur Aronnax,*
professeur au Muséum de Paris,
     « *Fifth Avenue hotel*[1].
     « *New-York.*

     « *Monsieur,*
     « *Si vous voulez vous joindre à l'expédition de*
l'Abraham-Lincoln, le gouvernement de l'Union verra
avec plaisir que la France soit représentée par vous
dans cette entreprise. Le commandant Farragut tient
une cabine à votre disposition.

          « *Très-cordialement, votre*

               « J.-B. HOBSON,
               « Secrétaire de la marine. »

CHAPITRE III

COMME IL PLAIRA À MONSIEUR

Trois secondes avant l'arrivée de la lettre de J.-B. Hobson, je ne songeais pas plus à poursuivre la Licorne qu'à tenter le passage du Nord-Ouest[2]. Trois secondes après avoir lu la lettre de l'honorable secrétaire de la marine, je comprenais enfin que ma véritable vocation, l'unique but de ma vie, était de chasser ce monstre inquiétant et d'en purger le monde.

Cependant, je revenais d'un pénible voyage, fatigué, avide de repos. Je n'aspirais plus qu'à revoir mon pays, mes amis, mon petit logement du Jardin des Plantes, mes chères et précieuses collections ! Mais rien ne put me retenir. J'oubliai tout, fatigues, amis, collections, et j'acceptai sans plus de réflexions l'offre du gouvernement américain.

« D'ailleurs, pensai-je, tout chemin ramène en Europe, et la Licorne sera assez aimable pour m'entraîner vers les côtes de France ! Ce digne animal se laissera prendre dans les mers d'Europe, — pour mon agrément personnel, — et je ne veux pas rapporter moins d'un demi-mètre de sa hallebarde d'ivoire au Muséum d'histoire naturelle. »

Mais, en attendant, il me fallait chercher ce narwal dans le nord de l'Océan Pacifique ; ce qui, pour revenir en France, était prendre le chemin des antipodes.

« Conseil ! » criai-je d'une voix impatiente.

Conseil était mon domestique[1]. Un garçon dévoué qui m'accompagnait dans tous mes voyages ; un brave Flamand que j'aimais et qui me le rendait bien ; un être phlegmatique par nature, régulier par principe, zélé par habitude, s'étonnant peu des surprises de la vie, très-adroit de ses mains, apte à tout service, et, en dépit de son nom, ne donnant jamais de conscils, — même quand on ne lui en demandait pas.

À se frotter aux savants de notre petit monde du Jardin des Plantes, Conseil en était venu à savoir quelque chose. J'avais en lui un spécialiste, très-ferré sur la classification en histoire naturelle, parcourant avec une agilité d'acrobate toute l'échelle des embranchements, des groupes, des classes, des sous-classes, des ordres, des familles, des genres, des sous-genres, des espèces et des variétés. Mais sa science s'arrêtait là. Classer, c'était sa vie, et il n'en savait pas davantage. Très-versé dans la théorie de la classification, peu dans la pratique, il n'eût pas distingué, je crois, un cachalot d'une baleine ! Et cependant, quel brave et digne garçon !

Conseil, jusqu'ici et depuis dix ans, m'avait suivi partout où m'entraînait la science. Jamais une réflexion de lui sur la longueur ou la fatigue d'un voyage. Nulle objection à boucler sa valise pour un pays quelconque, Chine ou Congo, si éloigné qu'il fût. Il allait là comme ici, sans en demander davantage. D'ailleurs d'une belle santé qui défiait toutes les maladies ; des muscles solides, mais pas de nerfs, pas l'apparence de nerfs, — au moral, s'entend.

Ce garçon avait trente ans, et son âge était à celui de son maître comme quinze est à vingt. Qu'on m'excuse de dire ainsi que j'avais quarante ans.

Seulement, Conseil avait un défaut. Formaliste enragé, il ne me parlait jamais qu'à la troisième personne, — au point d'en être agaçant.

« Conseil ! » répétai-je, tout en commençant d'une main fébrile mes préparatifs de départ.

Certainement, j'étais sûr de ce garçon si dévoué. D'ordinaire, je ne lui demandais jamais s'il lui convenait ou non de me suivre dans mes voyages ; mais cette fois, il s'agissait d'une expédition qui pouvait indéfiniment se prolonger, d'une entreprise hasardeuse, à la poursuite d'un animal capable de couler une frégate comme une coque de noix ! Il y avait là matière à réflexion même pour l'homme le plus impassible du monde ! Qu'allait dire Conseil ?

« Conseil ! » criai-je une troisième fois.

Conseil parut.

« Monsieur m'appelle ? dit-il en entrant.

— Oui, mon garçon. Prépare-moi, prépare-toi. Nous partons dans deux heures.

— Comme il plaira à monsieur, répondit tranquillement Conseil.

— Pas un instant à perdre. Serre dans ma malle tous mes ustensiles de voyage, des habits, des chemises, des chaussettes, sans compter, mais le plus que tu pourras, et hâte-toi !

— Et les collections de monsieur ? fit observer Conseil.

— On s'en occupera plus tard.

— Quoi ! les archiotherium, les hyracotherium, les oréodons, les chéropotamus et autres carcasses de monsieur ?

— On les gardera à l'hôtel.

— Et le babiroussa[1] vivant de monsieur ?

— On le nourrira pendant notre absence. D'ailleurs, je donnerai l'ordre de nous expédier en France notre ménagerie.

— Nous ne retournons donc pas à Paris ? demanda Conseil.

— Si... certainement... répondis-je évasivement, mais en faisant un crochet.

— Le crochet qui plaira à monsieur.

— Oh ! ce sera peu de chose ! Un chemin un peu moins direct, voilà tout. Nous prenons passage sur l'*Abraham-Lincoln*.

— Comme il conviendra à monsieur, répondit paisiblement Conseil.

— Tu sais, mon ami, il s'agit du monstre... du fameux narwal... Nous allons en purger les mers !... L'auteur d'un ouvrage in-quarto en deux volumes sur les *Mystères des grands fonds sous-marins* ne peut se dispenser de s'embarquer avec le commandant Farragut. Mission glorieuse, mais... dangereuse aussi ! On ne sait pas où l'on va ! Ces bêtes-là peuvent être très-capricieuses ! Mais nous irons quand même ! Nous avons un commandant qui n'a pas froid aux yeux !...

— Comme fera monsieur, je ferai, répondit Conseil.

— Et songes-y bien ! car je ne veux rien te cacher. C'est là un de ces voyages dont on ne revient pas toujours !

— Comme il plaira à monsieur. »

Un quart d'heure après, nos malles étaient prêtes. Conseil avait fait en un tour de main, et j'étais sûr que rien ne manquait, car ce garçon classait les

chemises et les habits aussi bien que les oiseaux ou
les mammifères.

L'ascenseur de l'hôtel nous déposa au grand ves-
tibule de l'entresol. Je descendis les quelques marches qui conduisaient au rez-de-chaussée. Je réglai
ma note à ce vaste comptoir toujours assiégé par
une foule considérable. Je donnai l'ordre d'expédier
pour Paris (France) mes ballots d'animaux empaillés
et de plantes desséchées. Je fis ouvrir un crédit suffisant au babiroussa, et, Conseil me suivant, je sau-
tai dans une voiture.

« Comme il plaira à monsieur. » (Page 71.)

Le véhicule à vingt francs la course descendit Broadway jusqu'à Union-square, suivit Fourth-Avenue jusqu'à sa jonction avec Bowery-street, prit Katrin-street et s'arrêta à la trente-quatrième pier*. Là, le Katrin-ferry-boat nous transporta, hommes, chevaux et voiture, à Brooklyn, la grande annexe de New-York, située sur la rive gauche de la rivière de l'Est, et en quelques minutes, nous arrivions au quai près duquel l'*Abraham-Lincoln* vomissait par ses deux cheminées des torrents de fumée noire.

Le cortège suivait toujours la frégate. (Page 76.)

* Sorte de quai spécial à chaque bâtiment.

Nos bagages furent immédiatement transbordés sur le pont de la frégate. Je me précipitai à bord. Je demandai le commandant Farragut. Un des matelots me conduisit sur la dunette, où je me trouvai en présence d'un officier de bonne mine qui me tendit la main.

« Monsieur Pierre Aronnax ? me dit-il.

— Lui-même, répondis-je. Le commandant Farragut ?

— En personne. Soyez le bienvenu, monsieur le professeur. Votre cabine vous attend. »

Je saluai, et laissant le commandant aux soins de son appareillage, je me fis conduire à la cabine qui m'était destinée.

L'*Abraham-Lincoln* avait été parfaitement choisi et aménagé pour sa destination nouvelle. C'était une frégate de grande marche, munie d'appareils surchauffeurs, qui permettaient de porter à sept atmosphères la tension de sa vapeur. Sous cette pression, l'*Abraham-Lincoln* atteignait une vitesse moyenne de dix-huit milles et trois dixièmes à l'heure, vitesse considérable, mais cependant insuffisante pour lutter avec le gigantesque cétacé.

Les aménagements intérieurs de la frégate répondaient à ses qualités nautiques. Je fus très-satisfait de ma cabine, située à l'arrière, qui s'ouvrait sur le carré des officiers.

« Nous serons bien ici, dis-je à Conseil.

— Aussi bien, n'en déplaise à monsieur, répondit Conseil, qu'un bernard-l'hermite dans la coquille d'un buccin. »

Je laissai Conseil arrimer convenablement nos malles, et je remontai sur le pont afin de suivre les préparatifs de l'appareillage.

À ce moment, le commandant Farragut faisait larguer les dernières amarres qui retenaient l'*Abraham-Lincoln* à la pier de Brooklyn. Ainsi donc, un quart d'heure de retard, moins même, et la frégate partait sans moi, et je manquais cette expédition extraordinaire, surnaturelle, invraisemblable, dont le récit véridique pourra bien trouver cependant quelques incrédules.

Mais le commandant Farragut ne voulait perdre ni un jour, ni une heure pour rallier les mers dans lesquelles l'animal venait d'être signalé. Il fit venir son ingénieur.

« Sommes-nous en pression ? lui demanda-t-il.

— Oui, monsieur, répondit l'ingénieur.

— Go ahead, » cria le commandant Farragut.

À cet ordre, qui fut transmis à la machine au moyen d'appareils à air comprimé, les mécaniciens firent agir la roue de la mise en train. La vapeur siffla en se précipitant dans les tiroirs entr'ouverts. Les longs pistons horizontaux gémirent et poussèrent les bielles de l'arbre. Les branches de l'hélice battirent les flots avec une rapidité croissante, et l'*Abraham-Lincoln* s'avança majestueusement au milieu d'une centaine de ferry-boats et de tenders* chargés de spectateurs, qui lui faisaient cortège.

Les quais de Brooklyn et toute la partie de New-York qui borde la rivière de l'Est étaient couverts de curieux. Trois hurrahs, partis de cinq cent mille poitrines, éclatèrent successivement. Des milliers de mouchoirs s'agitèrent au-dessus de la masse compacte et saluèrent l'*Abraham-Lincoln* jusqu'à son arrivée dans les eaux de l'Hudson, à la pointe de cette presqu'île allongée qui forme la ville de New-York.

Alors, la frégate, suivant du côté de New-Jersey l'admirable rive droite du fleuve toute chargée de villas, passa entre les forts qui la saluèrent de leurs plus gros canons. L'*Abraham-Lincoln* répondit en amenant et en hissant trois fois le pavillon américain, dont les trente-neuf étoiles[1] resplendissaient à sa corne d'artimon ; puis, modifiant sa marche

---

* Petits bateaux à vapeur qui font le service des grands steamers.

pour prendre le chenal balisé qui s'arrondit dans la baie intérieure formée par la pointe de Sandy-Hook, il rasa cette langue sablonneuse où quelques milliers de spectateurs l'acclamèrent encore une fois.

Le cortège des boats et des tenders suivait toujours la frégate, et il ne la quitte qu'à la hauteur du light-boat dont les deux feux marquent l'entrée des passes de New-York.

Trois heures sonnaient alors. Le pilote descendit dans son canot, et rejoignit la petite goélette qui l'attendait sous le vent. Les feux furent poussés ; l'hélice battit plus rapidement les flots ; la frégate longea la côte jaune et basse de Long-Island, et, à huit heures du soir, après avoir perdu dans le nord-ouest les feux de Fire-Island, elle courut à toute vapeur sur les sombres eaux de l'Atlantique.

CHAPITRE IV

NED LAND

Le commandant Farragut était un bon marin, digne de la frégate qu'il commandait. Son navire et lui ne faisaient qu'un. Il en était l'âme. Sur la question du cétacé, aucun doute ne s'élevait dans son esprit, et il ne permettait pas que l'existence de l'animal fût discutée à son bord. Il y croyait comme certaines bonnes femmes croient au Léviathan, — par foi, non par raison. Le monstre existait, il en délivrerait les mers, il l'avait juré. C'était une sorte de chevalier de Rhodes, un Dieudonné de Gozon[1], marchant à la rencontre du serpent qui désolait son île. Ou le commandant Farragut tuerait le narwal, ou le narwal tuerait le commandant Farragut. Pas de milieu.

Les officiers du bord partageaient l'opinion de leur chef. Il fallait les entendre causer, discuter, disputer, calculer les diverses chances d'une rencontre, et observer la vaste étendue de l'Océan. Plus d'un s'imposait un quart volontaire dans les barres de perroquet, qui eût maudit une telle corvée en toute autre circonstance. Tant que le soleil décrivait son arc diurne, la mâture était peuplée de matelots auxquels les planches du pont brûlaient les pieds, et qui n'y pouvaient tenir en place ! Et cependant, l'*Abraham-Lincoln* ne tranchait pas encore de son étrave les eaux suspectes du Pacifique.

Quant à l'équipage, il ne demandait qu'à rencontrer la Licorne, à la harponner, à la hisser à bord, à la dépecer. Il surveillait la mer avec une scrupuleuse attention. D'ailleurs, le commandant Farragut parlait d'une certaine somme de deux mille dollars, réservée à quiconque, mousse ou matelot, maître ou officier, signalerait l'animal. Je laisse à penser si les yeux s'exerçaient à bord de l'*Abraham-Lincoln*.

Pour mon compte, je n'étais pas en reste avec les autres, et je ne laissais à personne ma part d'observations quotidiennes. La frégate aurait eu cent fois raison de s'appeler l'*Argus*[1]. Seul entre tous, Conseil protestait par son indifférence touchant la question qui nous passionnait, et détonnait sur l'enthousiasme général du bord.

J'ai dit que le commandant Farragut avait soigneusement pourvu son navire d'appareils propres à pêcher le gigantesque cétacé. Un baleinier n'eût pas été mieux armé. Nous possédions tous les engins connus, depuis le harpon qui se lance à la main, jusqu'aux flèches barbelées des espingoles et aux balles explosibles des canardières. Sur le gaillard d'avant s'allongeait un canon perfectionné, se chargeant par la culasse, très-épais de parois, très-étroit d'âme, et dont le modèle doit figurer à l'Exposition universelle de 1867. Ce précieux instrument, d'origine américaine, envoyait, sans se gêner, un projectile conique de quatre kilogrammes à une distance moyenne de seize kilomètres.

Donc, l'*Abraham-Lincoln* ne manquait d'aucun moyen de destruction. Mais il avait mieux encore. Il avait Ned Land, le roi des harponneurs.

Ned Land était un Canadien, d'une habileté de main peu commune, et qui ne connaissait pas d'égal dans son périlleux métier. Adresse et sang-froid, audace et ruse, il possédait ces qualités à un degré supérieur, et il fallait être une baleine bien maligne, ou un cachalot singulièrement astucieux pour échapper à son coup de harpon.

Ned Land avait environ quarante ans. C'était un homme de grande taille, — plus de six pieds anglais, — vigoureusement bâti, l'air grave, peu communicatif, violent parfois, et très-rageur quand on le contrariait. Sa personne provoquait l'attention, et surtout la puissance de son regard qui accentuait singulièrement sa physionomie.

Je crois que le commandant Farragut avait sagement fait d'engager cet homme à son bord. Il valait tout l'équipage, à lui seul, pour l'œil et le bras. Je ne saurais le mieux comparer qu'à un télescope puissant qui serait en même temps un canon toujours prêt à partir.

Qui dit Canadien, dit Français, et, si peu communicatif que fût Ned Land, je dois avouer qu'il se prit d'une certaine affection pour moi. Ma nationalité l'attirait sans doute. C'était une occasion pour lui de parler, et pour moi d'entendre cette vieille langue de Rabelais qui est encore en usage dans quelques provinces canadiennes. La famille du harponneur était originaire de Québec, et formait déjà une tribu de hardis pêcheurs à l'époque où cette ville appartenait à la France.

Peu à peu, Ned prit goût à causer, et j'aimais à entendre le récit de ses aventures dans les mers

polaires. Il racontait ses pêches et ses combats avec
une grande poésie naturelle. Son récit prenait une
forme épique, et je croyais écouter quelque Homère
canadien, chantant l'Iliade des régions hyperboréennes.

Je dépeins maintenant ce hardi compagnon, tel
que je le connais actuellement. C'est que nous
sommes devenus de vieux amis, unis de cette inalté-
rable amitié qui naît et se cimente dans les plus
effrayantes conjonctures ! Ah ! brave Ned ! je ne demande qu'à vivre cent ans encore, pour me souvenir plus longtemps de toi !

Et maintenant, quelle était l'opinion de Ned Land
sur la question du monstre marin ? Je dois avouer
qu'il ne croyait guère à la Licorne, et que, seul à
bord, il ne partageait pas la conviction générale. Il
évitait même de traiter ce sujet, sur lequel je crus
devoir l'entreprendre un jour.

Par une magnifique soirée du 30 juillet, c'est-à-
dire trois semaines après notre départ, la frégate se
trouvait à la hauteur du cap Blanc, à trente milles
sous le vent des côtes patagonnes. Nous avions
dépassé le tropique du Capricorne, et le détroit de
Magellan s'ouvrait à moins de sept cents milles dans
le sud. Avant huit jours, l'*Abraham-Lincoln* sillon-
nerait les flots du Pacifique.

Assis sur la dunette, Ned Land et moi, nous
causions de choses et d'autres, regardant cette mystérieuse mer dont les profondeurs sont restées
jusqu'ici inaccessibles aux regards de l'homme.
J'amenai tout naturellement la conversation sur la
Licorne géante, et j'examinai les diverses chances
de succès ou d'insuccès de notre expédition. Puis,
voyant que Ned me laissait parler sans trop rien dire,
je le poussai plus directement.

« Comment, Ned, lui demandai-je, comment pouvez-vous ne pas être convaincu de l'existence du

cétacé que nous poursuivons ? Avez-vous donc des raisons particulières de vous montrer si incrédule ? »

Le harponneur me regarda pendant quelques instants avant de répondre, frappa de sa main son large front par un geste qui lui était habituel, ferma les yeux comme pour se recueillir, et dit enfin :

« Peut-être bien, monsieur Aronnax.

— Cependant, Ned, vous, un baleinier de profession, vous qui êtes familiarisé avec les grands mammifères marins, vous dont l'imagination doit aisément accepter l'hypothèse de cétacés énormes, vous devriez être le dernier à douter en de pareilles circonstances !

— C'est ce qui vous trompe, monsieur le professeur, répondit Ned. Que le vulgaire croie à des comètes extraordinaires qui traversent l'espace, ou à l'existence de monstres antédiluviens qui peuplent l'intérieur du globe, passe encore, mais ni l'astronome, ni le géologue n'admettent de telles chimères. De même, le baleinier. J'ai poursuivi beaucoup de cétacés, j'en ai harponné un grand nombre, j'en ai tué plusieurs, mais si puissants et si bien armés qu'ils fussent, ni leurs queues, ni leurs défenses n'auraient pu entamer les plaques de tôle d'un steamer.

— Cependant, Ned, on cite des bâtiments que la dent du narwal a traversés de part en part.

— Des navires en bois, c'est possible, répondit le Canadien, et encore, je ne les ai jamais vus. Donc, jusqu'à preuve contraire, je nie que baleines, cachalots ou licornes puissent produire un pareil effet.

— Écoutez-moi, Ned...

— Non, monsieur le professeur, non. Tout ce que vous voudrez excepté cela. Un poulpe gigantesque, peut-être ?...

— Encore moins, Ned. Le poulpe n'est qu'un mollusque, et ce nom même indique le peu de consistance de ses chairs. Eût-il cinq cents pieds de longueur, le poulpe, qui n'appartient point à l'embranchement des vertébrés, est tout à fait inoffensif pour des navires tels que le *Scotia* ou l'*Abraham-Lincoln*. Il faut donc rejeter au rang des fables les prouesses des Krakens ou autres monstres de cette espèce.

— Alors, monsieur le naturaliste, reprit Ned Land d'un ton assez narquois, vous persistez à admettre l'existence d'un énorme cétacé... ?

— Oui, Ned, je vous le répète avec une conviction qui s'appuie sur la logique des faits. Je crois à l'existence d'un mammifère, puissamment organisé, appartenant à l'embranchement des vertébrés, comme les baleines, les cachalots ou les dauphins, et muni d'une défense cornée dont la force de pénétration est extrême.

— Hum ! fit le harponneur, en secouant la tête de l'air d'un homme qui ne veut pas se laisser convaincre.

— Remarquez, mon digne Canadien, repris-je, que si un tel animal existe, s'il habite les profondeurs de l'Océan, s'il fréquente les couches liquides situées à quelques milles au-dessous de la surface des eaux, il possède nécessairement un organisme dont la solidité défie toute comparaison.

— Et pourquoi cet organisme si puissant ? demanda Ned.

— Parce qu'il faut une force incalculable pour se maintenir dans les couches profondes et résister à leur pression.

— Vraiment ? dit Ned qui me regardait en clignant de l'œil.

— Vraiment, et quelques chiffres vous le prouveront sans peine.

— Oh ! les chiffres ! répliqua Ned. On fait ce qu'on veut avec les chiffres !

— En affaires, Ned, mais non en mathématiques. Écoutez-moi. Admettons que la pression d'une atmosphère soit représentée par la pression d'une colonne d'eau haute de trente-deux pieds. En réalité, la colonne d'eau serait d'une moindre hauteur, puisqu'il s'agit de l'eau de mer dont la densité est supérieure à celle de l'eau douce. Eh bien, quand vous plongez, Ned, autant de fois trente-deux pieds d'eau au-dessus de vous, autant de fois votre corps supporte une pression égale à celle de l'atmosphère, c'est-à-dire de kilogrammes par chaque centimètre carré de sa surface. Il suit de là qu'à trois cent vingt pieds cette pression est de dix atmosphères, de cent atmosphères à trois mille deux cents pieds, et de mille atmosphères à trente-deux mille pieds, soit deux lieues et demie environ. Ce qui équivaut à dire que si vous pouviez atteindre cette profondeur dans l'Océan, chaque centimètre carré de la surface de votre corps subirait une pression de mille kilogrammes. Or, mon brave Ned, savez-vous ce que vous avez de centimètres carrés en surface ?

— Je ne m'en doute pas, monsieur Aronnax.

— Environ dix-sept mille.

— Tant que cela ?

— Et comme en réalité la pression atmosphérique est un peu supérieure au poids d'un kilogramme par centimètre carré, vos dix-sept mille centimètres carrés supportent en ce moment une pression de dix-sept mille cinq cent soixante-huit kilogrammes.

— Sans que je m'en aperçoive ?

— Sans que vous vous en aperceviez. Et si vous n'êtes pas écrasé par une telle pression, c'est que l'air pénètre à l'intérieur de votre corps avec une pression égale. De là un équilibre parfait entre la poussée intérieure et la poussée extérieure, qui se neutralisent, ce qui vous permet de les supporter sans peine. Mais dans l'eau, c'est autre chose.

— Oui, je comprends, répondit Ned, devenu plus attentif, parce que l'eau m'entoure et ne me pénètre pas.

Ned Land avait environ quarante ans. (Page 78.)

— Précisément, Ned. Ainsi donc, à trente-deux pieds au-dessous de la surface de la mer, vous subiriez une pression de dix-sept mille cinq cent soixante-huit kilogrammes ; à trois cent vingt pieds, dix fois cette pression, soit cent soixante-quinze mille six cent quatre-vingts kilogrammes ; à trois mille deux cents pieds, cent fois cette pression, soit dix-sept cent cinquante-six mille huit cents kilogrammes ; à trente-deux mille pieds, enfin, mille fois cette pression, soit dix-sept millions cinq cent soixante-

huit mille kilogrammes ; c'est-à-dire que vous seriez
aplati comme si l'on vous retirait des plateaux d'une
machine hydraulique !

— Diable ! fit Ned.

— Eh ! bien, mon digne harponneur, si des vertébrés, longs de plusieurs centaines de mètres et gros
à proportion, se maintiennent à de pareilles profondeurs, eux dont la surface est représentée par des
millions de centimètres carrés, c'est par milliards
de kilogrammes qu'il faut estimer la poussée qu'ils

...tantôt appuyé à la lisse de l'arrière. (Page 88.)

subissent. Calculez alors quelle doit être la résistance de leur charpente osseuse et la puissance de leur organisme pour résister à de telles pressions !

— Il faut, répondit Ned Land, qu'ils soient fabriqués en plaques de tôle de huit pouces, comme les frégates cuirassées.

— Comme vous dites, Ned, et songez alors aux ravages que peut produire une pareille masse lancée avec la vitesse d'un express contre la coque d'un navire.

— Oui... en effet... peut-être, répondit le Canadien, ébranlé par ces chiffres, mais qui ne voulait pas se rendre.

— Eh bien, vous ai-je convaincu ?

— Vous m'avez convaincu d'une chose, monsieur le naturaliste, c'est que si de tels animaux existent au fond des mers, il faut nécessairement qu'ils soient aussi forts que vous le dites.

— Mais s'ils n'existent pas, entêté harponneur, comment expliquez-vous l'accident arrivé au *Scotia* ?

— C'est peut-être..., dit Ned hésitant.

— Allez donc !

— Parce que... ça n'est pas vrai ! » répondit le Canadien, en reproduisant sans le savoir une célèbre réponse d'Arago[1].

Mais cette réponse prouvait l'obstination du harponneur et pas autre chose. Ce jour-là, je ne le poussai pas davantage. L'accident du *Scotia* n'était pas niable. Le trou existait si bien qu'il avait fallu le boucher, et je ne pense pas que l'existence d'un trou puisse se démontrer plus catégoriquement. Or, ce trou ne s'était pas fait tout seul, et puisqu'il n'avait pas été produit par des roches sous-marines ou des engins sous-marins, il était nécessairement dû à l'outil perforant d'un animal.

Or, suivant moi, et pour toutes les raisons précédemment déduites, cet animal appartenait à l'embranchement des vertébrés, à la classe des mammifères, au groupe des pisciformes, et finalement à l'ordre des cétacés. Quant à la famille dans laquelle il prenait rang, baleine, cachalot ou dauphin, quant au genre dont il faisait partie, quant à l'espèce dans laquelle il convenait de le ranger, c'était une question à élucider ultérieurement. Pour la résoudre, il fallait disséquer ce monstre inconnu, pour le disséquer le prendre, pour le prendre le harponner, — ce qui était l'affaire de Ned Land, — pour le harponner le voir, — ce qui était l'affaire de l'équipage, — et pour le voir le rencontrer, — ce qui était l'affaire du hasard.

CHAPITRE V

À L'AVENTURE !

Le voyage de l'*Abraham-Lincoln*, pendant quelque temps, ne fut marqué par aucun incident. Cependant une circonstance se présenta, qui mit en relief la merveilleuse habileté de Ned Land, et montra quelle confiance on devait avoir en lui.

Au large des Malouines, le 30 juin[1], la frégate communiqua avec des baleiniers américains, et nous apprîmes qu'ils n'avaient eu aucune connaissance du narwal. Mais l'un d'eux, le capitaine du *Monroe*, sachant que Ned Land était embarqué à bord de l'*Abraham-Lincoln*, demanda son aide pour chasser une baleine qui était en vue. Le commandant Farragut, désireux de voir Ned Land à l'œuvre, l'autorisa à se rendre à bord du *Monroe*. Et le hasard servit si bien notre Canadien, qu'au lieu d'une baleine, il en harponna deux d'un coup double, frappant l'une droit au cœur, et s'emparant de l'autre après une poursuite de quelques minutes !

Décidément, si le monstre a jamais affaire au harpon de Ned Land, je ne parierai pas pour le monstre.

La frégate prolongea la côte sud-est de l'Amérique avec une rapidité prodigieuse. Le 3 juillet, nous étions à l'ouvert du détroit de Magellan, à la hauteur du cap des Vierges. Mais le commandant Farragut ne voulut pas prendre ce sinueux passage, et manœuvra de manière à doubler le cap Horn.

L'équipage lui donna raison à l'unanimité. Et en effet, était-il probable que l'on pût rencontrer le narwal dans ce détroit resserré ? Bon nombre de matelots affirmaient que le monstre n'y pouvait passer, « qu'il était trop gros pour cela ! »

Le 6 juillet, vers trois heures du soir, l'*Abraham-Lincoln*, à quinze milles dans le sud, doubla cet îlot solitaire, ce roc perdu à l'extrémité du continent américain, auquel des marins hollandais imposèrent le nom de leur ville natale, le cap Horn. La route fut donnée vers le nord-ouest, et le lendemain, l'hélice de la frégate battit enfin les eaux du Pacifique.

« Ouvre l'œil ! ouvre l'œil ! » répétaient les matelots de l'*Abraham-Lincoln*.

Et ils l'ouvraient démesurément. Les yeux et les lunettes, un peu éblouis, il est vrai, par la perspective des deux mille dollars, ne restèrent pas un instant au repos. Jour et nuit, on observait la surface de l'Océan, et les nyctalopes, dont la faculté de voir dans l'obscurité accroissait les chances de cinquante pour cent, avaient beau jeu pour gagner la prime.

Moi, que l'appât de l'argent n'attirait guère, je n'étais pourtant pas le moins attentif du bord. Ne donnant que quelques minutes au repas, quelques

heures au sommeil, indifférent au soleil ou à la
pluie, je ne quittais plus le pont du navire. Tantôt
penché sur les bastingages du gaillard d'avant, tantôt appuyé à la lisse de l'arrière, je dévorais d'un œil
avide le cotonneux sillage qui blanchissait la mer
jusqu'à perte de vue ! Et que de fois j'ai partagé
l'émotion de l'état-major, de l'équipage, lorsque
quelque capricieuse baleine élevait son dos noirâtre
au-dessus des flots. Le pont de la frégate se peuplait
en un instant. Les capots vomissaient un torrent de
matelots et d'officiers. Chacun, la poitrine haletante,
l'œil trouble, observant la marche du cétacé. Je
regardais, je regardais à en user ma rétine, à en devenir aveugle, tandis que Conseil, toujours phlegmatique, me répétait d'un ton calme.

« Si monsieur voulait avoir la bonté de moins
écarquiller ses yeux, monsieur verrait bien davantage ! »

Mais, vaine émotion ! l'*Abraham-Lincoln* modifiait
sa route, courait sur l'animal signalé, simple baleine ou cachalot vulgaire, qui disparaissait bientôt
au milieu d'un concert d'imprécations !

Cependant, le temps restait favorable. Le voyage
s'accomplissait dans les meilleures conditions. C'était
alors la mauvaise saison australe, car le juillet de
cette zone correspond à notre janvier d'Europe ;
mais la mer se maintenait belle, et se laissait facilement observer dans un vaste périmètre.

Ned Land montrait toujours la plus tenace incrédulité ; il affectait même de ne point examiner la
surface des flots en dehors de son temps de bordée,
— du moins quand aucune baleine n'était en vue.
Et pourtant sa merveilleuse puissance de vision
aurait rendu de grands services. Mais, huit heures
sur douze, cet entêté Canadien lisait ou dormait
dans sa cabine. Cent fois, je lui reprochai son indifférence.

« Bah ! répondait-il, il n'y a rien, monsieur Aronnax, et, y eût-il quelque animal, quelle chance avons-nous de l'apercevoir ? Est-ce que nous ne courons pas à l'aventure ? On a revu, dit-on, cette bête introuvable dans les hautes mers du Pacifique, je veux bien l'admettre ; mais deux mois déjà se sont écoulés depuis cette rencontre, et à s'en rapporter au tempérament de votre narwal, il n'aime point à moisir longtemps dans les mêmes parages ! Il est doué d'une prodigieuse facilité de déplacement. Or, vous le savez mieux que moi, monsieur le professeur, la nature ne fait rien à contre-sens, et elle ne donnerait pas à un animal lent de sa nature la faculté de se mouvoir rapidement, s'il n'avait pas besoin de s'en servir. Donc, si la bête existe, elle est déjà loin ! »

À cela, je ne savais que répondre. Évidemment, nous marchions en aveugles. Mais le moyen de procéder autrement ? Aussi, nos chances étaient-elles fort limitées. Cependant, personne ne doutait encore du succès, et pas un matelot du bord n'eût parié contre le narwal et contre sa prochaine apparition.

Le 20 juillet, le tropique du Capricorne fut coupé par 105° de longitude, et le 27 du même mois, nous franchissions l'équateur sur le cent dixième méridien. Ce relèvement fait, la frégate prit une direction plus décidée vers l'ouest, et s'engagea dans les mers centrales du Pacifique. Le commandant Farragut pensait, avec raison, qu'il valait mieux fréquenter les eaux profondes, et s'éloigner des continents ou des îles dont l'animal avait toujours paru éviter l'approche, « sans doute parce qu'il n'y avait pas assez d'eau pour lui ! » disait le maître d'équipage. La frégate passa donc au large des Pomotou, des Marquises, des Sandwich, coupa le tropique du Cancer par 132° de longitude, et se dirigea vers les mers de Chine.

Nous étions enfin sur le théâtre des derniers ébats du monstre ! Et, pour tout dire, on ne vivait plus à bord. Les cœurs palpitaient effroyablement, et se préparaient pour l'avenir d'incurables anévrismes. L'équipage entier subissait une surexcitation nerveuse, dont je ne saurais donner l'idée. On ne mangeait pas, on ne dormait plus. Vingt fois par jour, une erreur d'appréciation, une illusion d'optique de quelque matelot perché sur les barres, causaient d'intolérables souleurs[1], et ces émotions, vingt fois répétées, nous maintenaient dans un état d'éréthisme trop violent pour ne pas amener une réaction prochaine.

Et en effet, la réaction ne tarda pas à se produire. Pendant trois mois, trois mois dont chaque jour durait un siècle ! l'*Abraham-Lincoln* sillonna toutes les mers septentrionales du Pacifique, courant aux baleines signalées, faisant de brusques écarts de route, virant subitement d'un bord sur l'autre, s'arrêtant soudain, forçant ou renversant sa vapeur, coup sur coup, au risque de déniveler sa machine, et il ne laissa pas un point inexploré des rivages du Japon à la côte américaine. Et rien ! rien que l'immensité des flots déserts ! rien qui ressemblât à un narwal gigantesque, ni à un îlot sous-marin, ni à une épave de naufrage, ni à un écueil fuyant, ni à quoi que ce fût de surnaturel !

La réaction se fit donc. Le découragement s'empara d'abord des esprits, et ouvrit une brèche à l'incrédulité. Un nouveau sentiment se produisit à bord, qui se composait de trois dixièmes de honte contre sept dixièmes de fureur. On était « tout bête » de s'être laissé prendre à une chimère, mais encore plus furieux ! Les montagnes d'arguments entassés depuis un an s'écroulèrent à la fois, et chacun ne songea plus qu'à se rattraper aux heures de repas ou de sommeil du temps qu'il avait si sottement sacrifié.

Avec la mobilité naturelle à l'esprit humain, d'un excès on se jeta dans un autre. Les plus chauds partisans de l'entreprise devinrent fatalement ses plus ardents détracteurs. La réaction monta des fonds du navire, du poste des soutiers jusqu'au carré de l'état-major, et certainement, sans un entêtement très-particulier du commandant Farragut, la frégate eût définitivement remis le cap au sud.

Cependant, cette recherche inutile ne pouvait se prolonger plus longtemps. L'*Abraham-Lincoln* n'avait rien à se reprocher, ayant tout fait pour réussir. Jamais équipage d'un bâtiment de la marine américaine ne montra plus de patience et plus de zèle, son insuccès ne saurait lui être imputé ; il ne restait plus qu'à revenir.

Une représentation dans ce sens fut faite au commandant. Le commandant tint bon. Les matelots ne cachèrent point leur mécontentement, et le service en souffrit. Je ne veux pas dire qu'il y eut révolte à bord, mais après une raisonnable période d'obstination, le commandant Farragut, comme autrefois Colomb, demanda trois jours de patience. Si dans le délai de trois jours, le monstre n'avait pas paru, l'homme de barre donnerait trois tours de roue, et l'*Abraham-Lincoln* ferait route vers les mers européennes.

Cette promesse fut faite le 2 novembre. Elle eut tout d'abord pour résultat de ranimer les défaillances de l'équipage. L'Océan fut observé avec une nouvelle attention. Chacun voulait lui jeter ce dernier coup d'œil dans lequel se résume tout le souvenir. Les lunettes fonctionnèrent avec une activité fiévreuse. C'était un suprême défi porté au narwal géant, et celui-ci ne pouvait raisonnablement se dispenser de répondre à cette sommation « à comparaître ! »

Deux jours se passèrent. L'*Abraham-Lincoln* se tenait sous petite vapeur. On employait mille moyens pour éveiller l'attention ou stimuler l'apathie de l'animal, au cas où il se fût rencontré dans ces parages. D'énormes quartiers de lard furent mis à la traîne, — pour la plus grande satisfaction des requins, je dois le dire. Les embarcations rayonnèrent dans toutes les directions autour de l'*Abraham-Lincoln*, pendant qu'il mettait en panne, et ne laissèrent pas un point de mer inexploré. Mais le soir du 4 novembre arriva sans que se fût dévoilé ce mystère sous-marin.

Le lendemain, 5 novembre, à midi, expirait le délai de rigueur. Après le point, le commandant Farragut, fidèle à sa promesse, devait donner la route au sud-est, et abandonner définitivement les régions septentrionales du Pacifique.

La frégate se trouvait alors par 31° 15' de latitude nord et par 136° 42' de longitude est. Les terres du Japon nous restaient à moins de deux cents milles sous le vent. La nuit approchait. On venait de piquer huit heures. De gros nuages voilaient le disque de la lune, alors dans son premier quartier. La mer ondulait paisiblement sous l'étrave de la frégate.

En ce moment, j'étais appuyé à l'avant, sur le bastingage de tribord. Conseil, posté près de moi, regardait devant lui. L'équipage, juché dans les haubans, examinait l'horizon qui se rétrécissait et s'obscurcissait peu à peu. Les officiers, armés de leur lorgnette de nuit, fouillaient l'obscurité croissante. Parfois le sombre Océan étincelait sous un rayon que la lune dardait entre la frange de deux nuages. Puis, toute trace lumineuse s'évanouissait dans les ténèbres.

En observant Conseil, je constatai que ce brave garçon subissait tant soit peu l'influence générale. Du moins, je le crus ainsi. Peut-être, et pour la première fois, ses nerfs vibraient-ils sous l'action d'un sentiment de curiosité.

« Allons, Conseil, lui dis-je, voilà une dernière occasion d'empocher deux mille dollars.

— Que monsieur me permette de le lui dire, répondit Conseil, je n'ai jamais compté sur cette prime, et le gouvernement de l'Union pouvait promettre cent mille dollars, il n'en aurait pas été plus pauvre.

— Tu as raison, Conseil. C'est une sotte affaire, après tout, et dans laquelle nous nous sommes lancés trop légèrement. Que de temps perdu, que d'émotions inutiles ! Depuis six mois déjà, nous serions rentrés en France...

— Dans le petit appartement de monsieur, répliqua Conseil, dans le Muséum de monsieur ! Et j'aurais déjà classé les fossiles de monsieur ! Et le babiroussa de monsieur serait installé dans sa cage du Jardin des Plantes, et il attirerait tous les curieux de la capitale !

— Comme tu dis, Conseil, et sans compter, j'imagine, que l'on se moquera de nous !

— Effectivement, répondit tranquillement Conseil, je pense que l'on se moquera de monsieur. Et, faut-il le dire... ?

— Il faut le dire, Conseil.

— Eh bien, monsieur n'aura que ce qu'il mérite !

— Vraiment !

— Quand on a l'honneur d'être un savant comme monsieur, on ne s'expose pas... »

Conseil ne put achever son compliment. Au milieu du silence général, une voix venait de se faire entendre. C'était la voix de Ned Land, et Ned Land s'écriait :

« Ohé ! la chose en question, sous le vent, par le travers à nous ! »

Les embarcations rayonnèrent autour de la frégate. (Page 92.)

CHAPITRE VI

À TOUTE VAPEUR

À ce cri, l'équipage entier se précipita vers le harponneur, commandant, officiers, maîtres, matelots, mousses, jusqu'aux ingénieurs qui quittèrent leur

Le monstre immergé à quelques toises. (Page 96.)

machine, jusqu'aux chauffeurs qui abandonnèrent leurs fourneaux. L'ordre de stopper avait été
donné, et la frégate ne courait plus que sur son
erre.

L'obscurité était profonde alors, et quelque bons
que fussent les yeux du Canadien, je me demandais
comment il avait vu et ce qu'il avait pu voir. Mon
cœur battait à se rompre.

Mais Ned Land ne s'était pas trompé, et tous, nous aperçûmes l'objet qu'il indiquait de la main.

À deux encâblures de l'*Abraham-Lincoln* et de sa hanche de tribord, la mer semblait être illuminée par dessous. Ce n'était point un simple phénomène de phosphorescence, et l'on ne pouvait s'y tromper. Le monstre, immergé à quelques toises de la surface des eaux, projetait cet éclat très-intense, mais inexplicable, que mentionnaient les rapports de plusieurs capitaines. Cette magnifique irradiation devait être produite par un agent d'une grande puissance éclairante. La partie lumineuse décrivait sur la mer un immense ovale très-allongé, au centre duquel se condensait un foyer ardent dont l'insoutenable éclat s'éteignait par dégradations successives.

« Ce n'est qu'une agglomération de molécules phosphorescentes, s'écria l'un des officiers.

— Non, monsieur, répliquai-je avec conviction. Jamais les pholades ou les salpes[1] ne produisent une si puissante lumière. Cet éclat est de nature essentiellement électrique... D'ailleurs, voyez, voyez ! il se déplace ! il se meut en avant, en arrière ! il s'élance sur nous ! »

Un cri général s'éleva de la frégate.

« Silence ! dit le commandant Farragut. La barre au vent, toute ! Machine en arrière ! »

Les matelots se précipitèrent à la barre, les ingénieurs à leur machine. La vapeur fut immédiatement renversée, et l'*Abraham-Lincoln*, abattant sur babord, décrivit un demi-cercle.

« La barre droite ! Machine en avant ! » cria le commandant Farragut.

Ces ordres furent exécutés, et la frégate s'éloigna rapidement du foyer lumineux.

Je me trompe. Elle voulut s'éloigner, mais le surnaturel animal se rapprocha avec une vitesse double de la sienne.

Nous étions haletants. La stupéfaction, bien plus que la crainte, nous tenait muets et immobiles. L'animal nous gagnait en se jouant. Il fit le tour de la frégate qui filait alors quatorze nœuds, et l'enveloppa de ses nappes électriques comme d'une poussière lumineuse. Puis il s'éloigna de deux ou trois milles, laissant une traînée phosphorescente comparable aux tourbillons de vapeur que jette en arrière la locomotive d'un express. Tout d'un coup, des obscures limites de l'horizon, où il alla prendre son élan, le monstre fonça subitement vers l'*Abraham-Lincoln* avec une effrayante rapidité, s'arrêta brusquement à vingt pieds de ses préceintes, s'éteignit, — non pas en s'abîmant sous les eaux, puisque son éclat ne subit aucune dégradation, — mais soudainement et comme si la source de cette brillante effluve se fût subitement tarie ! Puis, il reparut de l'autre côté du navire, soit qu'il l'eût tourné, soit qu'il eût glissé sous sa coque. À chaque instant, une collision pouvait se produire, qui nous eût été fatale.

Cependant, je m'étonnais des manœuvres de la frégate. Elle fuyait et n'attaquait pas. Elle était poursuivie, elle qui devait poursuivre, et j'en fis l'observation au commandant Farragut. Sa figure, d'ordinaire si impassible, était empreinte d'un indéfinissable étonnement.

« Monsieur Aronnax, me répondit-il, je ne sais à quel être formidable j'ai affaire, et je ne veux pas risquer imprudemment ma frégate au milieu de cette obscurité. D'ailleurs comment attaquer l'inconnu, comment s'en défendre ? Attendons le jour et les rôles changeront.

— Vous n'avez plus de doute, commandant, sur la nature de l'animal ?

— Non, monsieur, c'est évidemment un narwal gigantesque, mais aussi un narwal électrique.

— Peut-être, ajoutai-je, ne peut-on pas plus l'approcher qu'un gymnote ou une torpille !

— En effet, répondit le commandant, et s'il possède en lui une puissance foudroyante, c'est à coup sûr le plus terrible animal qui soit jamais sorti de la main du Créateur. C'est pourquoi, monsieur, je me tiendrai sur mes gardes. »

Tout l'équipage resta sur pied pendant la nuit. Personne ne songea à dormir. L'*Abraham-Lincoln*, ne pouvant lutter de vitesse, avait modéré sa marche et se tenait sous petite vapeur. De son côté, le narwal, imitant la frégate, se laissait bercer au gré des lames, et semblait décidé à ne point abandonner le théâtre de la lutte.

Vers minuit, cependant, il disparut, ou, pour employer une expression plus juste, il « s'éteignit » comme un gros ver luisant. Avait-il fui ? il fallait le craindre, non pas l'espérer. Mais à une heure moins sept minutes du matin, un sifflement assourdissant se fit entendre, semblable à celui que produit une colonne d'eau, chassée avec une extrême violence.

Le commandant Farragut, Ned Land et moi, nous étions alors sur la dunette, jetant d'avides regards à travers les profondes ténèbres.

« Ned Land, demanda le commandant, vous avez souvent entendu rugir des baleines ?

— Souvent, monsieur, mais jamais de pareilles baleines dont la vue m'ait rapporté deux mille dollars.

— En effet, vous avez droit à la prime. Mais, dites-moi, ce bruit n'est-il pas celui que font les cétacés rejetant l'eau par leurs évents ?

— Le même bruit, monsieur, mais celui-ci est incomparablement plus fort. Aussi, ne peut-on s'y tromper. C'est bien un cétacé qui se tient là dans nos eaux. Avec votre permission, monsieur, ajouta le harponneur, nous lui dirons deux mots demain au lever du jour.

— S'il est d'humeur à vous entendre, maître Land, répondis-je d'un ton peu convaincu.

« — Que je l'approche à quatre longueurs de harpon, riposta le Canadien, et il faudra bien qu'il m'écoute !

— Mais pour l'approcher, reprit le commandant, je devrai mettre une baleinière à votre disposition ?

— Sans doute, monsieur.

— Ce sera jouer la vie de mes hommes ?

— Et la mienne ! » répondit simplement le harponneur.

Vers deux heures du matin, le foyer lumineux reparut, non moins intense, à cinq milles au vent de l'*Abraham-Lincoln*. Malgré la distance, malgré le bruit du vent et de la mer, on entendait distinctement les formidables battements de queue de l'animal, et jusqu'à sa respiration haletante. Il semblait qu'au moment où l'énorme narwal venait respirer à la surface de l'océan, l'air s'engouffrait dans ses poumons, comme fait la vapeur dans les vastes cylindres d'une machine de deux mille chevaux.

« Hum ! pensai-je, une baleine qui aurait la force d'un régiment de cavalerie, ce serait une jolie baleine ! »

On resta sur le qui-vive jusqu'au jour, et l'on se prépara au combat. Les engins de pêche furent disposés le long des bastingages. Le second fit charger ces espingoles qui lancent un harpon à une distance d'un mille, et de longues canardières à balles explosives dont la blessure est mortelle, même aux plus puissants animaux. Ned Land s'était contenté d'affûter son harpon, arme terrible dans sa main.

À six heures, l'aube commença à poindre, et avec les premières lueurs de l'aurore disparut l'éclat électrique du narwal. À sept heures, le jour était suffisamment fait, mais une brume matinale très-épaisse rétrécissait l'horizon, et les meilleures lorgnettes ne pouvaient la percer. De là, désappointement et colère.

Je me hissai jusqu'aux barres d'artimon. Quelques officiers s'étaient déjà perchés à la tête des mâts.

À huit heures, la brume roula lourdement sur les flots, et ses grosses volutes se levèrent peu à peu. L'horizon s'élargissait et se purifiait à la fois.

Soudain, et comme la veille, la voix de Ned Land se fit entendre.

« La chose en question, par babord derrière ! » cria le harponneur.

Tous les regards se dirigèrent vers le point indiqué.

Là, à un mille et demi de la frégate, un long corps noirâtre émergeait d'un mètre au-dessus des flots. Sa queue, violemment agitée, produisait un remous considérable. Jamais appareil caudal ne battit la mer avec une telle puissance. Un immense sillage, d'une blancheur éclatante, marquait le passage de l'animal et décrivait une courbe allongée.

La frégate s'approcha du cétacé. Je l'examinai en toute liberté d'esprit. Les rapports du *Shannon* et de l'*Helvetia* avaient un peu exagéré ses dimensions, et j'estimai sa longueur à deux cent cinquante pieds seulement. Quant à sa grosseur, je ne pouvais que difficilement l'apprécier ; mais, en somme, l'animal me parut être admirablement proportionné dans les trois dimensions.

Pendant que j'observais cet être phénoménal, deux jets de vapeur et d'eau s'élancèrent de ses évents, et montèrent à une hauteur de quarante mètres, ce qui me fixa sur son mode de respiration. J'en conclus définitivement qu'il appartenait à l'embranchement des vertébrés, classe des mammifères, sous-classe des monodelphiens, groupe des pisciformes, ordre des cétacés, famille... Ici, je ne pouvais encore me prononcer. L'ordre des cétacés comprend trois familles : les baleines, les cachalots et les dauphins, et c'est dans cette dernière que sont rangés les narwals. Chacune de ces familles se divise en plusieurs genres, chaque genre en espèces, chaque espèce en variétés. Variété, espèce, genre et famille me manquaient encore, mais je ne doutais pas de compléter ma classification avec l'aide du ciel et du commandant Farragut.

L'équipage attendait impatiemment les ordres de son chef. Celui-ci, après avoir attentivement observé l'animal, fit appeler l'ingénieur. L'ingénieur accourut.

« Monsieur, dit le commandant, vous avez de la pression ?

— Oui, monsieur, répondit l'ingénieur.

— Bien. Forcez vos feux, et à toute vapeur ! »

Trois hurrahs accueillirent cet ordre. L'heure de la lutte avait sonné. Quelques instants après, les deux cheminées de la frégate vomissaient des torrents de fumée noire, et le pont frémissait sous le tremblotement des chaudières.

L'*Abraham-Lincoln*, chassé en avant par sa puissante hélice, se dirigea droit sur l'animal. Celui-ci le laissa indifféremment s'approcher à une demi-encâblure ; puis, dédaignant de plonger, il prit une petite allure de fuite, et se contenta de maintenir sa distance.

Cette poursuite se prolongea pendant trois quarts d'heure environ, sans que la frégate gagnât deux toises sur le cétacé. Il était donc évident qu'à marcher ainsi, on ne l'atteindrait jamais.

Le commandant Farragut tordait avec rage l'épaisse touffe de poils qui foisonnait sous son menton.

« Ned Land ? » cria-t-il.

Le Canadien vint à l'ordre.

« Eh bien, maître Land, demanda le commandant, me conseillez-vous encore de mettre mes embarcations à la mer ?

— Non, monsieur, répondit Ned Land, car cette bête-là ne se laissera prendre que si elle le veut bien.

— Que faire alors ?

— Forcer de vapeur si vous le pouvez, monsieur. Pour moi, avec votre permission, s'entend, je vais m'installer sur les sous-barbes de beaupré, et si nous arrivons à longueur de harpon, je harponne.

— Allez, Ned, répondit le commandant Farragut. Ingénieur, cria-t-il, faites monter la pression. »

Ned Land se rendit à son poste. Les feux furent plus activement poussés ; l'hélice donna quarante-trois tours à la minute, et la vapeur fusa par les soupapes. Le loch jeté, on constata que l'*Abraham-Lincoln* marchait à raison de dix-huit milles cinq dixièmes à l'heure.

Mais le maudit animal filait aussi avec une vitesse de dix-huit milles cinq dixièmes.

Pendant une heure encore, la frégate se maintint sous cette allure, sans gagner une toise ! C'était humiliant pour l'un des plus rapides marcheurs de la marine américaine. Une sourde colère courait parmi l'équipage. Les matelots injuriaient le mons-tre, qui, d'ailleurs, dédaignait de leur répondre. Le commandant Farragut ne se contentait plus de tor-dre sa barbiche, il la mordait.

L'ingénieur fut encore une fois appelé.

« Vous avez atteint votre maximum de pression ? lui demanda le commandant.

— Oui, monsieur, répondit l'ingénieur.

— Et vos soupapes sont chargées ?...

— À six atmosphères et demie.

— Chargez-les à dix atmosphères. »

Voilà un ordre américain s'il en fut. On n'eût pas mieux fait sur le Mississipi pour distancer « une concurrence » !

« Conseil, dis-je à mon brave serviteur qui se trou-vait près de moi, sais-tu bien que nous allons proba-blement sauter ?

— Comme il plaira à monsieur ! » répondit Conseil.

Eh bien ! je l'avouerai, cette chance, il ne me déplaisait pas de la risquer.

Les soupapes furent chargées. Le charbon s'engouffra dans les fourneaux. Les ventilateurs envoyè-
rent des torrents d'air sur les brasiers. La rapidité
de l'*Abraham-Lincoln* s'accrut. Ses mâts tremblaient
jusque dans leurs emplantures, et les tourbillons de
fumée pouvaient à peine trouver passage par les
cheminées trop étroites.

On jeta le loch une seconde fois.

« Eh bien ! timonier ? demanda le commandant
Farragut.

— Dix neuf milles trois dixièmes, monsieur.

— Forcez les feux. »

L'ingénieur obéit. Le manomètre marqua dix
atmosphères. Mais le cétacé « chauffa » lui aussi,
sans doute, car, sans se gêner, il fila ses dix-neuf
milles et trois dixièmes.

Quelle poursuite ! Non, je ne puis décrire l'émotion qui faisait vibrer tout mon être. Ned Land se
tenait à son poste, le harpon à la main. Plusieurs
fois, l'animal se laissa approcher.

« Nous le gagnons ! nous le gagnons ! » s'écriait le
Canadien.

Puis, au moment où il se disposait à frapper, le
cétacé se dérobait avec une rapidité que je ne puis
estimer à moins de trente milles à l'heure. Et même,
pendant notre maximum de vitesse, ne se permit-il
pas de narguer la frégate en en faisant le tour ! Un
cri de fureur s'échappa de toutes les poitrines !

À midi, nous n'étions pas plus avancés qu'à huit
heures du matin.

Le commandant Farragut se décida alors à employer des moyens plus directs.

« Ah ! dit-il, cet animal-là va plus vite que l'*Abraham-Lincoln* ! Eh bien ! nous allons voir s'il dis-
tancera ses boulets coniques. Maître, des hommes à
la pièce de l'avant. »

Le canon de gaillard fut immédiatement chargé et braqué. Le coup partit, mais le boulet passa à quelques pieds au-dessus du cétacé, qui se tenait à un demi mille.

« À un autre plus adroit ! cria le commandant, et cinq cents dollars à qui percera cette infernale bête ! »

Un vieux canonnier à barbe grise, — que je vois encore, — l'œil calme, la physionomie froide, s'approcha de sa pièce, la mit en position et visa longtemps. Une forte détonation éclata, à laquelle se mêlèrent les hurrahs de l'équipage.

Le boulet atteignit son but, il frappa l'animal, mais non pas normalement[1], et glissant sur sa surface arrondie, il alla se perdre à deux milles en mer.

« Ah ça ! dit le vieux canonnier, rageant, ce gueux-là est donc blindé avec des plaques de six pouces !

— Malédiction ! » s'écria le commandant Farragut.

La chasse recommença, et le commandant Farragut, se penchant vers moi, me dit :

« Je poursuivrai l'animal jusqu'à ce que ma frégate éclate !

— Oui, répondis-je, et vous aurez raison ! »

On pouvait espérer que l'animal s'épuiserait, et qu'il ne serait pas indifférent à la fatigue comme une machine à vapeur. Mais il n'en fut rien. Les heures s'écoulèrent, sans qu'il donnât aucun signe d'épuisement.

Cependant, il faut dire à la louange de l'*Abraham-Lincoln* qu'il lutta avec une infatigable ténacité. Je n'estime pas à moins de cinq cents kilomètres la distance qu'il parcourut pendant cette malencontreuse journée du 6 novembre[2] ! Mais la nuit vint et enveloppa de ses ombres le houleux océan.

En ce moment, je crus que notre expédition était terminée, et que nous ne reverrions plus jamais le fantastique animal. Je me trompais.

Un vieux canonnier à barbe grise. (Page 104.)

À dix heures cinquante minutes du soir, la clarté électrique réapparut, à trois milles au vent de la frégate, aussi pure, aussi intense que pendant la nuit dernière.

Le narwal semblait immobile. Peut-être, fatigué de sa journée, dormait-il, se laissant aller à l'ondulation des lames ? Il y avait là une chance dont le commandant Farragut résolut de profiter.

Il donna ses ordres. L'*Abraham-Lincoln* fut tenu sous petite vapeur, et s'avança prudemment pour ne pas éveiller son adversaire. Il n'est pas rare de

Pendant que l'un de nous, étendu sur le dos. (Page 109.)

rencontrer en plein océan des baleines profondément endormies que l'on attaque alors avec succès,
et Ned Land en avait harponné plus d'une pendant
son sommeil. Le Canadien alla reprendre son poste
dans les sous-barbes du beaupré.

La frégate s'approcha sans bruit, stoppa à deux
encâblures de l'animal, et courut sur son erre. On
ne respirait plus à bord. Un silence profond régnait
sur le pont. Nous n'étions pas à cent pieds du foyer
ardent, dont l'éclat grandissait et éblouissait nos
yeux.

En ce moment, penché sur la lisse du gaillard d'avant, je voyais au-dessous de moi Ned Land, accroché d'une main à la martingale, de l'autre brandissant son terrible harpon. Vingt pieds à peine le séparaient de l'animal immobile.

Tout d'un coup, son bras se détendit violemment, et le harpon fut lancé. J'entendis le choc sonore de l'arme, qui semblait avoir heurté un corps dur.

La clarté électrique s'éteignit soudain, et deux énormes trombes d'eau s'abattirent sur le pont de la frégate, courant comme un torrent de l'avant à l'arrière, renversant les hommes, brisant les saisines des dromes.

Un choc effroyable se produisit, et, lancé par-dessus la lisse, sans avoir le temps de me retenir, je fus précipité à la mer.

CHAPITRE VII

UNE BALEINE D'ESPÈCE INCONNUE

Bien que j'eusse été surpris par cette chute inattendue, je n'en conservai pas moins une impression très-nette de mes sensations.

Je fus d'abord entraîné à une profondeur de vingt pieds environ. Je suis bon nageur, sans prétendre égaler Byron et Edgard Poe, qui sont des maîtres[1], et ce plongeon ne me fit point perdre la tête. Deux vigoureux coups de talons me ramenèrent à la surface de la mer.

Mon premier soin fut de chercher des yeux la frégate. L'équipage s'était-il aperçu de ma disparition ? L'*Abraham-Lincoln* avait-il viré de bord ? Le commandant Farragut mettait-il une embarcation à la mer ? Devais-je espérer d'être sauvé ?

Les ténèbres étaient profondes. J'entrevis une masse noire qui disparaissait vers l'est, et dont les feux de position s'éteignirent dans l'éloignement. C'était la frégate. Je me sentis perdu.

« À moi ! à moi ! » criai-je, en nageant vers l'*Abraham-Lincoln* d'un bras désespéré.

Mes vêtements m'embarrassaient. L'eau les collait à mon corps, ils paralysaient mes mouvements. Je coulais ! je suffoquais !...

« À moi ! »

Ce fut le dernier cri que je jetai. Ma bouche s'emplit d'eau. Je me débattis, entraîné dans l'abîme...

Soudain, mes habits furent saisis par une main vigoureuse, je me sentis violemment ramené à la surface de la mer, et j'entendis, oui, j'entendis ces paroles prononcées à mon oreille :

« Si monsieur veut avoir l'extrême obligeance de s'appuyer sur mon épaule, monsieur nagera beaucoup plus à son aise. »

Je saisis d'une main le bras de mon fidèle Conseil.

« Toi ! dis-je, toi !

— Moi-même, répondit Conseil, et aux ordres de monsieur.

— Et ce choc t'a précipité en même temps que moi à la mer ?

— Nullement. Mais étant au service de monsieur, j'ai suivi monsieur ! »

Le digne garçon trouvait cela tout naturel !

« Et la frégate ? demandai-je.

— La frégate ! répondit Conseil en se retournant sur le dos, je crois que monsieur fera bien de ne pas trop compter sur elle !

— Tu dis ?

— Je dis qu'au moment où je me précipitai à la mer, j'entendis les hommes de barre s'écrier : "L'hélice et le gouvernail sont brisés..."

— Brisés ?

— Oui ! brisés par la dent du monstre. C'est la seule avarie, je pense, que l'*Abraham-Lincoln* ait éprouvée. Mais, circonstance fâcheuse pour nous, il ne gouverne plus.

— Alors, nous sommes perdus !

— Peut-être, répondit tranquillement Conseil. Cependant, nous avons encore quelques heures devant nous, et en quelques heures, on fait bien des choses ! »

L'imperturbable sang-froid de Conseil me remonta. Je nageai plus vigoureusement ; mais, gêné par mes vêtements qui me serraient comme une chappe de plomb, j'éprouvais une extrême difficulté à me soutenir. Conseil s'en aperçut.

« Que monsieur me permette de lui faire une incision, » dit-il.

Et glissant un couteau ouvert sous mes habits, il les fendit de haut en bas d'un coup rapide. Puis, il m'en débarrassa lestement, tandis que je nageais pour tous deux.

À mon tour, je rendis le même service à Conseil, et nous continuâmes de « naviguer » l'un près de l'autre.

Cependant, la situation n'en était pas moins terrible. Peut-être notre disparition n'avait-elle pas été remarquée, et l'eût-elle été, la frégate ne pouvait revenir sous le vent à nous, étant démontée de son gouvernail. Il ne fallait donc compter que sur ses embarcations.

Conseil raisonna froidement dans cette hypothèse et fit son plan en conséquence. Étonnante nature ! ce phlegmatique garçon était là comme chez lui !

Il fut donc décidé que notre seule chance de salut étant d'être recueillis par les embarcations de l'*Abraham-Lincoln*, nous devions nous organiser de manière à les attendre le plus longtemps possible. Je résolus alors de diviser nos forces afin de ne pas les épuiser simultanément, et voici ce qui fut convenu : pendant que l'un de nous, étendu sur le dos, se tiendrait immobile, les bras croisés, les jambes allongées, l'autre nagerait et le pousserait en avant. Ce rôle de remorqueur ne devait pas durer plus de dix minutes, et, nous relayant ainsi, nous pouvions surnager pendant quelques heures, et peut-être jusqu'au lever du jour.

Faible chance ! mais l'espoir est si fortement enraciné au cœur de l'homme ! Puis, nous étions deux. Enfin, je l'affirme, — bien que cela paraisse improbable, — si je cherchais à détruire en moi toute illusion, si je voulais « désespérer, » je ne le pouvais pas !

La collision de la frégate et du cétacé s'était produite vers onze heures du soir environ. Je comptais donc sur huit heures de nage jusqu'au lever du soleil. Opération rigoureusement praticable, en nous relayant. La mer, assez belle, nous fatiguait peu. Parfois, je cherchais à percer du regard ces épaisses ténèbres que rompait seule la phosphorescence provoquée par nos mouvements. Je regardais ces ondes lumineuses qui se brisaient sur ma main et dont la nappe miroitante se tachait de plaques livides. On eût dit que nous étions plongés dans un bain de mercure.

Vers une heure du matin, je fus pris d'une extrême fatigue. Mes membres se raidirent sous l'étreinte de crampes violentes. Conseil dut me soutenir, et le soin de notre conservation reposa sur lui seul. J'entendis bientôt haleter le pauvre garçon ; sa respiration devint courte et pressée. Je compris qu'il ne pouvait résister longtemps.

« Laisse-moi ! laisse-moi ! lui dis-je.

— Abandonner monsieur ! jamais ! répondit-il. Je compte bien me noyer avant lui ! »

En ce moment, la lune apparut à travers les franges d'un gros nuage que le vent entraînait dans l'est. La surface de la mer étincela sous ses rayons. Cette bienfaisante lumière ranima nos forces. Ma tête se redressa. Mes regards se portèrent à tous les points de l'horizon. J'aperçus la frégate. Elle était à cinq milles de nous, et ne formait plus qu'une masse sombre, à peine appréciable. Mais d'embarcations, point !

Je voulus crier. À quoi bon, à pareille distance ! Mes lèvres gonflées ne laissèrent passer aucun son. Conseil put articuler quelques mots, et je l'entendis répéter à plusieurs reprises :

« À nous ! à nous ! »

Nos mouvements un instant suspendus, nous écoutâmes. Et, fut-ce un de ces bourdonnements dont le sang oppressé emplit l'oreille, mais il me sembla qu'un cri répondait au cri de Conseil.

« As-tu entendu ? murmurai-je.

— Oui ! oui ! »

Et Conseil jeta dans l'espace un nouvel appel désespéré.

Cette fois, pas d'erreur possible ! Une voix humaine répondait à la nôtre ! Était-ce la voix de quelque infortuné, abandonné au milieu de l'Océan, quelque autre victime du choc éprouvé par le navire ? Ou plutôt une embarcation de la frégate ne nous hélait-elle pas dans l'ombre ?

Conseil fit un suprême effort, et, s'appuyant sur mon épaule, tandis que je résistais dans une dernière convulsion, il se dressa à demi hors de l'eau et retomba épuisé.

« Qu'as-tu vu ?

— J'ai vu... murmura-t-il, j'ai vu... mais ne parlons pas... gardons toutes nos forces !... »

Qu'avait-il vu ? Alors, je ne sais pourquoi, la pensée du monstre me vint pour la première fois à l'esprit !... Mais cette voix cependant ?... Les temps ne sont plus où les Jonas se réfugient dans le ventre des baleines !

Pourtant, Conseil me remorquait encore. Il relevait parfois la tête, regardait devant lui, et jetait un cri de reconnaissance auquel répondait une voix de plus en plus rapprochée. Je l'entendais à peine. Mes forces étaient à bout ; mes doigts s'écartaient ; ma main ne me fournissait plus un point d'appui ; ma bouche, convulsivement ouverte, s'emplissait d'eau salée ; le froid m'envahissait. Je relevai la tête une dernière fois, puis, je m'abîmai...

En cet instant, un corps dur me heurta. Je m'y cramponnai. Puis, je sentis qu'on me retirait, qu'on me ramenait à la surface de l'eau, que ma poitrine se dégonflait, et je m'évanouis...

Il est certain que je revins promptement à moi, grâce à de vigoureuses frictions qui me sillonnèrent le corps. J'entr'ouvris les yeux...

« Conseil ! murmurai-je.

— Monsieur m'a sonné ? » répondit Conseil.

En ce moment, aux dernières clartés de la lune qui s'abaissait vers l'horizon, j'aperçus une figure qui n'était pas celle de Conseil, et que je reconnus aussitôt.

« Ned ! m'écriai-je.

— En personne, monsieur, et qui court après sa prime ! répondit le Canadien.

— Vous avez été précipité à la mer au choc de la frégate ?

— Oui, monsieur le professeur, mais plus favorisé que vous, j'ai pu prendre pied presque immédiatement sur un îlot flottant.

— Un îlot ?

— Ou, pour mieux dire, sur notre narwal gigantesque.

— Expliquez-vous, Ned.

— Seulement, j'ai bientôt compris pourquoi mon harpon n'avait pu l'entamer et s'était émoussé sur sa peau.

— Pourquoi, Ned, pourquoi ?

— C'est que cette bête-là, monsieur le professeur, est faite en tôle d'acier ! »

Il faut ici que je reprenne mes esprits, que je revivifie mes souvenirs, que je contrôle moi-même mes assertions.

Les dernières paroles du Canadien avaient produit un revirement subit dans mon cerveau. Je me hissai rapidement au sommet de l'être ou de l'objet à demi immergé qui nous servait de refuge. Je l'éprouvai du pied. C'était évidemment un corps dur, impénétrable, et non pas cette substance molle qui forme la masse des grands mammifères marins.

Mais ce corps dur pouvait être une carapace osseuse, semblable à celle des animaux antédiluviens, et j'en serais quitte pour classer le monstre parmi les reptiles amphibies, tels que les tortues ou les alligators.

Eh bien ! non ! Le dos noirâtre qui me supportait était lisse, poli, non imbriqué. Il rendait au choc une sonorité métallique, et, si incroyable que cela fût, il semblait, que dis-je, il était fait de plaques boulonnées.

Le doute n'était pas possible ! L'animal, le monstre, le phénomène naturel qui avait intrigué le monde savant tout entier, bouleversé et fourvoyé l'imagination des marins des deux hémisphères, il fallait bien le reconnaître, c'était un phénomène plus étonnant encore, un phénomène de main d'homme.

La découverte de l'existence de l'être le plus fabuleux, le plus mythologique, n'eût pas, au même degré, surpris ma raison. Que ce qui est prodigieux vienne du Créateur, c'est tout simple. Mais trouver tout à coup, sous ses yeux, l'impossible mystérieusement et humainement réalisé, c'était à confondre l'esprit !

Il n'y avait pas à hésiter cependant. Nous étions étendus sur le dos d'une sorte de bateau sous-marin, qui présentait, autant que j'en pouvais juger, la forme d'un immense poisson d'acier. L'opinion de Ned Land était faite sur ce point. Conseil et moi, nous ne pûmes que nous y ranger.

« Mais alors, dis-je, cet appareil renferme en lui un mécanisme de locomotion et un équipage pour le manœuvrer ?

— Évidemment, répondit le harponneur, et néanmoins, depuis trois heures que j'habite cette île flottante, elle n'a pas donné signe de vie.

— Ce bateau n'a pas marché ?

— Non, monsieur Aronnax. Il se laisse bercer au gré des lames, mais il ne bouge pas.

— Nous savons, à n'en pas douter, cependant, qu'il est doué d'une grande vitesse. Or, comme il faut une machine pour produire cette vitesse et un mécanicien pour conduire cette machine, j'en conclus... que nous sommes sauvés.

— Hum ! » fit Ned Land d'un ton réservé.

En ce moment, et comme pour donner raison à mon argumentation, un bouillonnement se fit à l'arrière de cet étrange appareil, dont le propulseur était évidemment une hélice, et il se mit en mouvement. Nous n'eûmes que le temps de nous accrocher à sa partie supérieure qui émergeait de quatre-vingts centimètres environ. Très-heureusement sa vitesse n'était pas excessive.

« Tant qu'il navigue horizontalement, murmura Ned Land, je n'ai rien à dire. Mais s'il lui prend la fantaisie de plonger, je ne donnerais pas deux dollars de ma peau ! »

Moins encore, aurait pu dire le Canadien. Il devenait donc urgent de communiquer avec les êtres quelconques renfermés dans les flancs de cette machine. Je cherchai à sa surface une ouverture, un panneau, « un trou d'homme, » pour employer l'expression technique ; mais les lignes de boulons, solidement rabattues sur la jointure des tôles, étaient nettes et uniformes.

D'ailleurs, la lune disparut alors, et nous laissa dans une obscurité profonde. Il fallut attendre le jour pour aviser aux moyens de pénétrer à l'intérieur de ce bateau sous-marin.

Ainsi donc, notre salut dépendait uniquement du caprice des mystérieux timoniers qui dirigeaient cet appareil, et, s'ils plongeaient, nous étions perdus ! Ce cas excepté, je ne doutais pas de la possibilité d'entrer en relations avec eux. Et, en effet, s'ils ne faisaient pas eux-mêmes leur air, il fallait nécessai-

Nous étions sur le dos d'un bateau sous-marin. (Page 113.)

rement qu'ils revinssent de temps en temps à la surface de l'Océan pour renouveler leur provision de molécules respirables. Donc, nécessité d'une ouverture qui mettait l'intérieur du bateau en communication avec l'atmosphère.

Quant à l'espoir d'être sauvé par le commandant Farragut, il fallait y renoncer complètement. Nous étions entraînés vers l'ouest, et j'estimai que notre vitesse, relativement modérée, atteignait douze milles à l'heure. L'hélice battait les flots avec une régularité mathématique, émergeant quelquefois et faisant jaillir l'eau phosphorescente à une grande hauteur.

Vers quatre heures du matin, la rapidité de l'appareil s'accrut. Nous résistions difficilement à ce vertigineux entraînement, lorsque les lames nous battaient de plein fouet. Heureusement, Ned rencontra sous sa main un large organeau fixé à la partie supérieure du dos de tôle, et nous parvînmes à nous y accrocher solidement.

Enfin cette longue nuit s'écoula. Mon souvenir incomplet ne permet pas d'en retracer toutes les impressions. Un seul détail me revient à l'esprit. Pendant certaines accalmies de la mer et du vent, je crus entendre plusieurs fois des sons vagues, une sorte d'harmonie fugitive produite par des accords lointains. Quel était donc le mystère de cette navigation sous-marine dont le monde entier cherchait vainement l'explication ? Quels êtres vivaient dans cet étrange bateau ? Quel agent mécanique lui permettait de se déplacer avec une si prodigieuse vitesse ?

Le jour parut. Les brumes du matin nous enveloppaient, mais elles ne tardèrent pas à se déchirer. J'allais procéder à un examen attentif de la coque qui formait à sa partie supérieure une sorte de plateforme horizontale, quand je la sentis s'enfoncer peu à peu.

Notre prison s'éclaira soudain. (Page 119.)

« Eh ! mille diables ! s'écria Ned Land, frappant du pied la tôle sonore, ouvrez donc, navigateurs peu hospitaliers ! »

Mais il était difficile de se faire entendre au milieu des battements assourdissants de l'hélice. Heureusement, le mouvement d'immersion s'arrêta.

Soudain, un bruit de ferrures violemment poussées se produisit à l'intérieur du bateau. Une plaque se souleva, un homme parut, jeta un cri bizarre et disparut aussitôt.

Quelques instants après, huit solides gaillards, le visage voilé, apparaissaient silencieusement, et nous entraînaient dans leur formidable machine.

CHAPITRE VIII

MOBILIS IN MOBILE[1]

Cet enlèvement, si brutalement exécuté, s'était accompli avec la rapidité de l'éclair. Mes compagnons et moi, nous n'avions pas eu le temps de nous reconnaître. Je ne sais ce qu'ils éprouvèrent en se sentant introduits dans cette prison flottante ; mais, pour mon compte, un rapide frisson me glaça l'épiderme. À qui avions-nous affaire ? Sans doute à quelques pirates d'une nouvelle espèce qui exploitaient la mer à leur façon.

À peine l'étroit panneau fut-il refermé sur moi, qu'une obscurité profonde m'enveloppa. Mes yeux, imprégnés de la lumière extérieure, ne purent rien percevoir. Je sentis mes pieds nus se cramponner aux échelons d'une échelle de fer. Ned Land et Conseil, vigoureusement saisis, me suivaient. Au bas de l'échelle, une porte s'ouvrit et se referma immédiatement sur nous avec un retentissement sonore.

Nous étions seuls. Où ? je ne pouvais le dire, à peine l'imaginer. Tout était noir, mais d'un noir si absolu, qu'après quelques minutes, mes yeux n'avaient encore pu saisir une de ces lueurs indéterminées qui flottent dans les plus profondes nuits.

Cependant, Ned Land, furieux de ces façons de procéder, donnait un libre cours à son indignation.

« Mille diables ! s'écriait-il, voilà des gens qui en remontreraient aux Calédoniens[2] pour l'hospitalité ! Il ne leur manque plus que d'être anthropophages !

Je n'en serais pas surpris, mais je déclare que l'on ne me mangera pas sans que je proteste !

— Calmez-vous, ami Ned, calmez-vous, répondit tranquillement Conseil. Ne vous emportez pas avant l'heure. Nous ne sommes pas encore dans la rôtissoire !

— Dans la rôtissoire, non, riposta le Canadien, mais dans le four, à coup sûr ! Il y fait assez noir. Heureusement, mon "bowie-knife*" ne m'a pas quitté, et j'y vois toujours assez clair pour m'en servir. Le premier de ces bandits qui met la main sur moi...

— Ne vous irritez pas, Ned, dis-je alors au harponneur, et ne nous compromettez point par d'inutiles violences. Qui sait si on ne nous écoute pas ! Tâchons plutôt de savoir où nous sommes ! »

Je marchai en tâtonnant. Après cinq pas, je rencontrai une muraille de fer, faite de tôles boulonnées. Puis, me retournant, je heurtai une table de bois, près de laquelle étaient rangés plusieurs escabeaux. Le plancher de cette prison se dissimulait sous une épaisse natte de phormium qui assourdissait le bruit des pas. Les murs nus ne révélaient aucune trace de porte ni de fenêtre. Conseil, faisant un tour en sens inverse, me rejoignit, et nous revînmes au milieu de cette cabine, qui devait avoir vingt pieds de long sur dix pieds de large. Quant à sa hauteur, Ned Land, malgré sa grande taille, ne put la mesurer.

Une demi-heure s'était déjà écoulée sans que la situation se fût modifiée, quand, d'une extrême obscurité, nos yeux passèrent subitement à la plus violente lumière. Notre prison s'éclaira soudain, c'est-à-dire qu'elle s'emplit d'une matière lumineuse tellement vive que je ne pus d'abord en supporter l'éclat. À sa blancheur, à son intensité, je reconnus

* Couteau à large lame qu'un Américain porte toujours sur lui.

cet éclairage électrique, qui produisait autour du bateau sous-marin comme un magnifique phéno-mène de phosphorescence. Après avoir involon-tairement fermé les yeux, je les rouvris, et je vis que l'agent lumineux s'échappait d'un demi-globe dépoli qui s'arrondissait à la partie supérieure de la ca-bine.

« Enfin ! on y voit clair ! s'écria Ned Land, qui, son couteau à la main, se tenait sur la défensive.

— Oui, répondis-je, risquant l'antithèse, mais la situation n'en est pas moins obscure.

— Que monsieur prenne patience, » dit l'impas-sible Conseil.

Le soudain éclairage de la cabine m'avait permis d'en examiner les moindres détails. Elle ne conte-nait que la table et les cinq escabeaux. La porte invisible devait être hermétiquement fermée. Aucun bruit n'arrivait à notre oreille. Tout semblait mort à l'intérieur de ce bateau. Marchait-il, se maintenait-il à la surface de l'Océan, s'enfonçait-il dans ses pro-fondeurs ? Je ne pouvais le deviner.

Cependant, le globe lumineux ne s'était pas allumé sans raison. J'espérais donc que les hommes de l'équipage ne tarderaient pas à se montrer. Quand on veut oublier les gens, on n'éclaire pas les oubliettes.

Je ne me trompais pas. Un bruit de verroux se fit entendre, la porte s'ouvrit, deux hommes parurent.

L'un était de petite taille, vigoureusement musclé, large d'épaules, robuste de membres, la tête forte, la chevelure abondante et noire, la moustache épaisse, le regard vif et pénétrant, et toute sa per-sonne empreinte de cette vivacité méridionale qui caractérise en France les populations provençales. Diderot a très-justement prétendu que le geste de l'homme est métaphorique[1], et ce petit homme en était certainement la preuve vivante. On sentait que dans son langage habituel, il devait prodiguer les prosopopées, les métonymies et les hypallages. Ce que, d'ailleurs, je ne fus jamais à même de vérifier, car il employa toujours devant moi un idiome singulier et absolument incompréhensible.

Le second inconnu mérite une description plus détaillée. Un disciple de Gratiolet ou d'Engel[1] eût lu sur sa physionomie à livre ouvert. Je reconnus sans hésiter ses qualités dominantes, — la confiance en lui, car sa tête se dégageait noblement sur l'arc formé par la ligne de ses épaules, et ses yeux noirs regardaient avec une froide assurance ; — le calme, car sa peau, pâle plutôt que colorée, annonçait la tranquillité du sang ; — l'énergie, que démontrait la rapide contraction de ses muscles sourciliers ; — le courage enfin, car sa vaste respiration dénotait une grande expansion vitale.

J'ajouterai que cet homme était fier, que son regard ferme et calme semblait refléter de hautes pensées, et que de tout cet ensemble, de l'homogénéité des expressions dans les gestes du corps et du visage, suivant l'observation des physionomistes, résultait une indiscutable franchise.

Je me sentis « involontairement » rassuré en sa présence, et j'augurai bien de notre entrevue.

Ce personnage avait-il trente-cinq ou cinquante ans, je n'aurais pu le préciser. Sa taille était haute, son front large, son nez droit, sa bouche nettement dessinée, ses dents magnifiques, ses mains fines, allongées, éminemment « psychiques, » pour employer un mot de la chirognomonie[2], c'est-à-dire dignes de servir une âme haute et passionnée. Cet homme formait certainement le plus admirable type que j'eusse jamais rencontré. Détail particulier, ses yeux, un peu écartés l'un de l'autre, pouvaient embrasser simultanément près d'un quart de l'horizon. Cette faculté, — je l'ai vérifié plus tard, — se doublait d'une puissance de vision encore supérieure à celle de Ned Land. Lorsque cet inconnu fixait un objet, la ligne de ses sourcils se fronçait, ses larges paupières se rapprochaient de manière à circonscrire la pupille des yeux et à rétrécir ainsi l'étendue du champ visuel, et il regardait ! Quel regard ! comme il grossissait les objets rapetissés par l'éloignement ! comme il vous pénétrait jusqu'à l'âme ! comme il perçait ces nappes liquides, si opaques à nos yeux, et comme il lisait au plus profond des mers !...

Les deux inconnus, coiffés de bérets faits d'une fourrure de loutre marine, et chaussés de bottes de mer en peau de phoque, portaient des vêtements d'un tissu particulier, qui dégageaient la taille et laissaient une grande liberté de mouvements.

Le plus grand des deux, — évidemment le chef du bord, — nous examina avec une extrême attention, sans prononcer une parole. Puis, se retournant vers son compagnon, il s'entretint avec lui dans une langue que je ne pus reconnaître. C'était un idiome sonore, harmonieux, flexible, dont les voyelles semblaient soumises à une accentuation très-variée.

L'autre répondit par un hochement de tête, et ajouta deux ou trois mots parfaitement incompréhensibles. Puis du regard il parut m'interroger directement.

Je répondis, en bon français, que je n'entendais point son langage ; mais il ne sembla pas me comprendre, et la situation devint assez embarrassante.

« Que monsieur raconte toujours notre histoire, me dit Conseil. Ces messieurs en saisiront peut-être quelques mots ! »

Je recommençai le récit de nos aventures, articulant nettement toutes mes syllabes, et sans omettre un seul détail. Je déclinai nos noms et qualités ; puis, je présentai dans les formes le professeur Aronnax, son domestique Conseil, et maître Ned Land, le harponneur.

L'homme aux yeux doux et calmes m'écouta tranquillement, poliment même, et avec une attention remarquable. Mais rien dans sa physionomie n'indiqua qu'il eût compris mon histoire. Quand j'eus fini, il ne prononça pas un seul mot.

Restait encore la ressource de parler anglais. Peut-être se ferait-on entendre dans cette langue qui est à peu près universelle. Je la connaissais, ainsi que la langue allemande, d'une manière suffisante pour la lire couramment, mais non pour la parler correctement. Or, ici, il fallait surtout se faire comprendre.

« Allons, à votre tour, dis-je au harponneur. À vous, maître Land, tirez de votre sac le meilleur anglais qu'ait jamais parlé un anglo-saxon, et tâchez d'être plus heureux que moi. »

Ned ne se fit pas prier et recommença mon récit que je compris à peu près. Le fond fut le même, mais la forme différa. Le Canadien, emporté par son caractère, y mit beaucoup d'animation. Il se plaignit violemment d'être emprisonné au mépris du droit des gens, demanda en vertu de quelle loi on le retenait ainsi, invoqua l'*habeas corpus*[1], menaça de poursuivre ceux qui le séquestraient indûment, se démena, gesticula, cria, et finalement, il fit comprendre par un geste expressif que nous mourions de faim.

Ce qui était parfaitement vrai, mais nous l'avions à peu près oublié.

À sa grande stupéfaction, le harponneur ne parut pas avoir été plus intelligible que moi. Nos visiteurs ne sourcillèrent pas. Il était évident qu'ils ne comprenaient ni la langue d'Arago ni celle de Faraday.

Fort embarrassé, après avoir épuisé vainement nos ressources philologiques, je ne savais plus quel parti prendre, quand Conseil me dit :

« Si monsieur m'y autorise, je raconterai la chose en allemand.

— Comment ! tu sais l'allemand ? m'écriai-je.

— Comme un Flamand, n'en déplaise à monsieur.

— Cela me plaît, au contraire. Va, mon garçon. »

Et Conseil, de sa voix tranquille, raconta pour la troisième fois les diverses péripéties de notre histoire. Mais, malgré les élégantes tournures et la belle accentuation du narrateur, la langue allemande n'eut aucun succès.

Enfin, poussé à bout, je rassemblai tout ce qui me restait de mes premières études, et j'entrepris de narrer nos aventures en latin. Cicéron se fût bouché les oreilles et m'eût renvoyé à la cuisine, mais cependant, je parvins à m'en tirer. Même résultat négatif.

Cette dernière tentative définitivement avortée, les deux inconnus échangèrent quelques mots dans leur incompréhensible langage, et se retirèrent, sans même nous avoir adressé un de ces gestes rassurants qui ont cours dans tous les pays du monde. La porte se referma.

« C'est une infamie ! s'écria Ned Land, qui éclata pour la vingtième fois. Comment ! on leur parle français, anglais, allemand, latin, à ces coquins-là, et il n'en est pas un qui ait la civilité de répondre !

— Calmez-vous, Ned, dis-je au bouillant harponneur, la colère ne mènerait à rien.

— Mais savez-vous, monsieur le professeur, reprit notre irascible compagnon, que l'on mourrait parfaitement de faim dans cette cage de fer ?

— Bah ! fit Conseil, avec de la philosophie, on peut encore tenir longtemps !

— Mes amis, dis-je, il ne faut pas se désespérer. Nous nous sommes trouvés dans de plus mauvaises passes. Faites-moi donc le plaisir d'attendre pour vous former une opinion sur le commandant et l'équipage de ce bateau.

— Mon opinion est toute faite, riposta Ned Land. Ce sont des coquins...

— Bon ! et de quel pays ?

— Du pays des coquins !

— Mon brave Ned, ce pays-là n'est pas encore suffisamment indiqué sur la mappemonde, et j'avoue que la nationalité de ces deux inconnus est difficile à déterminer ! Ni Anglais, ni Français, ni Allemands, voilà tout ce que l'on peut affirmer. Cependant, je serais tenté d'admettre que ce commandant et son second sont nés sous de basses latitudes. Il y a du méridional en eux. Mais sont-ils Espagnols, Turcs, Arabes ou Indiens, c'est ce que leur type physique ne me permet pas de décider. Quant à leur langage, il est absolument incompréhensible.

— Voilà le désagrément de ne pas savoir toutes les langues, répondit Conseil, ou le désavantage de ne pas avoir une langue unique !

— Ce qui ne servirait à rien ! répondit Ned Land. Ne voyez-vous pas que ces gens-là ont un langage à eux, un langage inventé pour désespérer les braves gens qui demandent à dîner ! Mais, dans tous les pays de la terre, ouvrir la bouche, remuer les mâchoires, happer des dents et des lèvres, est-ce que cela ne se comprend pas de reste ? Est-ce que cela ne veut pas dire à Québec comme aux Pomotou, à Paris comme aux antipodes : J'ai faim ! donnez-moi à manger !...

— Oh ! fit Conseil, il y a des natures si inintelligentes !... »

Comme il disait ces mots, la porte s'ouvrit. Un stewart[*] entra. Il nous apportait des vêtements, vestes et culottes de mer, faites d'une étoffe dont je ne reconnus pas la nature. Je me hâtai de les revêtir, et mes compagnons m'imitèrent.

Pendant ce temps, le stewart, — muet, sourd peut-être, — avait disposé la table et placé trois couverts.

[*] Domestique à bord d'un steamer.

« Voilà quelque chose de sérieux, dit Conseil, et cela s'annonce bien.

— Bah ! répondit le rancunier harponneur, que diable voulez-vous qu'on mange ici ? du foie de tortue, du filet de requin, du beefteak de chien de mer !

— Nous verrons bien ! » dit Conseil.

Ce personnage avait-il trente-cinq ou cinquante ans...(Page 121.)

Les plats, recouverts de leur cloche d'argent, furent symétriquement posés sur la nappe, et nous prîmes place à table. Décidément, nous avions affaire à des gens civilisés, et sans la lumière électrique qui nous inondait, je me serais cru dans la salle à manger de l'hôtel Adelphi, à Liverpool, ou du Grand-Hôtel, à Paris. Je dois dire toutefois que le pain et le vin manquaient totalement. L'eau était fraîche et limpide, mais c'était de l'eau, — ce qui ne

Mes deux compagnons s'étendirent sur le tapis. (Page 129.)

fut pas du goût de Ned Land. Parmi les mets qui nous furent servis, je reconnus divers poissons délicatement apprêtés mais, sur certains plats, excellents d'ailleurs, je ne pus me prononcer, et je n'aurais même su dire à quel règne, végétal ou animal, leur contenu appartenait. Quant au service de table, il était élégant et d'un goût parfait. Chaque ustensile, cuiller, fourchette, couteau, assiette, portait une lettre entourée d'une devise en exergue, et dont voici le *fac-simile* exact :

Mobile dans l'élément mobile ! Cette devise s'appliquait justement à cet appareil sous-marin, à la condition de traduire la préposition *in* par *dans* et non par *sur*. La lettre N formait sans doute l'initiale du nom de l'énigmatique personnage qui commandait au fond des mers !

Ned et Conseil ne faisaient pas tant de réflexions. Ils dévoraient, et je ne tardai pas à les imiter. J'étais, d'ailleurs, rassuré sur notre sort, et il me paraissait évident que nos hôtes ne voulaient pas nous laisser mourir d'inanition.

Cependant, tout finit ici-bas, tout passe, même la faim de gens qui n'ont pas mangé depuis quinze heures. Notre appétit satisfait, le besoin de sommeil se fit impérieusement sentir. Réaction bien naturelle, après l'interminable nuit pendant laquelle nous avions lutté contre la mort.

« Ma foi, je dormirais bien, dit Conseil.

— Et moi, je dors ! » répondit Ned Land.

Mes deux compagnons s'étendirent sur le tapis de la cabine, et furent bientôt plongés dans un profond sommeil.

Pour mon compte, je cédai moins facilement à ce violent besoin de dormir. Trop de pensées s'accumulaient dans mon esprit, trop de questions insolubles s'y pressaient, trop d'images tenaient mes paupières entr'ouvertes ! Où étions-nous ? Quelle étrange puissance nous emportait ? Je sentais, — ou plutôt je croyais sentir, — l'appareil s'enfoncer vers les couches les plus reculées de la mer. De violents cauchemars m'obsédaient. J'entrevoyais dans ces mystérieux asiles tout un monde d'animaux inconnus, dont ce bateau sous-marin semblait être le congénère, vivant, se mouvant, formidable comme eux !... Puis, mon cerveau se calma, mon imagination se fondit en une vague somnolence, et je tombai bientôt dans un morne sommeil.

CHAPITRE IX

LES COLÈRES DE NED LAND

Quelle fut la durée de ce sommeil, je l'ignore ; mais il dut être long, car il nous reposa complètement de nos fatigues. Je me réveillai le premier. Mes compagnons n'avaient pas encore bougé, et demeuraient étendus dans leur coin comme des masses inertes.

À peine relevé de cette couche passablement dure, je sentis mon cerveau dégagé, mon esprit net. Je recommençai alors un examen attentif de notre cellule.

Rien n'était changé à ses dispositions intérieures. La prison était restée prison, et les prisonniers, prisonniers. Cependant le stewart, profitant de notre sommeil, avait desservi la table. Rien n'indiquait donc une modification prochaine dans cette situation, et je me demandai sérieusement si nous étions destinés à vivre indéfiniment dans cette cage.

Cette perspective me sembla d'autant plus pénible que, si mon cerveau était libre de ses obsessions de la veille, je me sentais la poitrine singulièrement oppressée. Ma respiration se faisait difficilement. L'air lourd ne suffisait plus au jeu de mes poumons. Bien que la cellule fût vaste, il était évident que nous avions consommé en grande partie l'oxygène qu'elle contenait. En effet, chaque homme dépense, en une heure, l'oxygène renfermé dans cent litres d'air, et cet air, chargé alors d'une quantité presque égale d'acide carbonique, devient irrespirable.

Il était donc urgent de renouveler l'atmosphère de notre prison, et, sans doute aussi, l'atmosphère du bateau sous-marin.

Là se posait une question à mon esprit. Comment procédait le commandant de cette demeure flottante ? Obtenait-il de l'air par des moyens chimiques, en dégageant par la chaleur l'oxygène contenu dans du chlorate de potasse, et en absorbant l'acide carbonique par la potasse caustique ? Dans ce cas, il devait avoir conservé quelques relations avec les continents, afin de se procurer les matières nécessaires à cette opération. Se bornait-il seulement à emmagasiner l'air sous de hautes pressions dans des réservoirs, puis à le répandre suivant les besoins de son équipage ? Peut-être. Ou, procédé plus commode, plus économique, et par conséquent plus probable, se contentait-il de revenir respirer à la surface des eaux, comme un cétacé, et de renouveler pour vingt-quatre heures sa provision d'atmosphère ? Quoi qu'il en soit, et quelle que fût la méthode, il me paraissait prudent de l'employer sans retard.

En effet, j'étais déjà réduit à multiplier mes inspirations pour extraire de cette cellule le peu d'oxygène qu'elle renfermait, quand, soudain, je fus rafraîchi par un courant d'air pur et tout parfumé d'émanations salines. C'était bien la brise de mer, vivifiante et chargée d'iode ! J'ouvris largement la bouche, et mes poumons se saturèrent de fraîches molécules. En même temps, je sentis un balancement, un roulis de médiocre amplitude, mais parfaitement déterminable. Le bateau, le monstre de tôle venait évidemment de remonter à la surface de l'Océan pour y respirer à la façon des baleines. Le mode de ventilation du navire était donc parfaitement reconnu.

Lorsque j'eus absorbé cet air pur à pleine poitrine, je cherchai le conduit, « l'aérifère, » si l'on veut, qui laissait arriver jusqu'à nous cette bienfaisante effluve, et je ne tardai pas à le trouver. Au-dessus de la porte s'ouvrait un trou d'aérage laissant passer une fraîche colonne d'air, qui renouvelait ainsi l'atmosphère appauvrie de la cellule.

J'en étais là de mes observations, quand Ned et Conseil s'éveillèrent presque en même temps, sous l'influence de cette aération revivifiante. Ils se frottèrent les yeux, se détirèrent les bras et furent sur pied en un instant.

« Monsieur a bien dormi ? me demanda Conseil avec sa politesse quotidienne.

— Fort bien, mon brave garçon, répondis-je. Et, vous, maître Ned Land ?

— Profondément, monsieur le professeur. Mais, je ne sais si je me trompe, il me semble que je respire comme une brise de mer ? »

Un marin ne pouvait s'y méprendre, et je racontai au Canadien ce qui s'était passé pendant son sommeil.

« Bon ! dit-il, cela explique parfaitement ces mugissements que nous entendions, lorsque le prétendu
narwal se trouvait en vue de l'*Abraham-Lincoln*.

— Parfaitement, maître Land, c'était sa respiration !

— Seulement, monsieur Aronnax, je n'ai aucune
idée de l'heure qu'il est, à moins que ce ne soit
l'heure du dîner ?

— L'heure du dîner, mon digne harponneur ?
Dites, au moins, l'heure du déjeuner, car nous sommes certainement au lendemain d'hier.

— Ce qui démontre, répondit Conseil, que nous
avons pris vingt-quatre heures de sommeil.

— C'est mon avis, répondis-je.

— Je ne vous contredis point, répliqua Ned Land.
Mais dîner ou déjeuner, le stewart sera le bien venu,
qu'il apporte l'un ou l'autre.

— L'un et l'autre, dit Conseil.

— Juste, répondit le Canadien, nous avons droit
à deux repas, et pour mon compte, je ferai honneur
à tous les deux.

— Eh bien ! Ned, attendons, répondis-je. Il est
évident que ces inconnus n'ont pas l'intention de
nous laisser mourir de faim, car, dans ce cas, le
dîner d'hier soir n'aurait aucun sens.

— À moins qu'on ne nous engraisse ! riposta Ned.

— Je proteste, répondis-je. Nous ne sommes point
tombés entre les mains de cannibales !

— Une fois n'est pas coutume, répondit sérieusement le Canadien. Qui sait si ces gens-là ne sont
pas privés depuis longtemps de chair fraîche, et
dans ce cas, trois particuliers sains et bien constitués
comme monsieur le professeur, son domestique et
moi...

— Chassez ces idées, maître Land, répondis-je au
harponneur, et surtout, ne partez pas de là pour
vous emporter contre nos hôtes, ce qui ne pourrait
qu'aggraver la situation.

— En tout cas, dit le harponneur, j'ai une faim de tous les diables, et dîner ou déjeuner, le repas n'arrive guère !

— Maître Land, répliquai-je, il faut se conformer au règlement du bord, et je suppose que notre estomac avance sur la cloche du maître-coq.

— Eh bien ! on le mettra à l'heure, répondit tranquillement Conseil.

— Je vous reconnais là, ami Conseil, riposta l'impatient Canadien. Vous usez peu votre bile et vos nerfs ! Toujours calme ! Vous seriez capable de dire vos Grâces avant votre Bénédicité, et de mourir de faim plutôt que de vous plaindre !

— À quoi cela servirait-il ? demanda Conseil.

— Mais cela servirait à se plaindre ! C'est déjà quelque chose. Et si ces pirates, — je dis pirates par respect, et pour ne pas contrarier monsieur le professeur qui défend de les appeler cannibales, — si ces pirates se figurent qu'ils vont me garder dans cette cage où j'étouffe, sans apprendre de quels jurons j'assaisonne mes emportements, ils se trompent ! Voyons, monsieur Aronnax, parlez franchement. Croyez-vous qu'ils nous tiennent longtemps dans cette boîte de fer ?

— À dire vrai, je n'en sais pas plus long que vous, ami Land.

— Mais enfin, que supposez-vous ?

— Je suppose que le hasard nous a rendus maîtres d'un secret important. Or, si l'équipage de ce bateau sous-marin a intérêt à le garder, et si cet intérêt est plus grave que la vie de trois hommes, je crois notre existence très-compromise. Dans le cas contraire, à la première occasion, le monstre qui nous a engloutis nous rendra au monde habité par nos semblables.

— À moins qu'il ne nous enrôle parmi son équipage, dit Conseil, et qu'il nous garde ainsi...

— Jusqu'au moment, répliqua Ned Land, où quelque frégate, plus rapide ou plus adroite que l'*Abraham-Lincoln*, s'emparera de ce nid de forbans, et enverra son équipage et nous respirer une dernière fois au bout de sa grand vergue.

— Bien raisonné, maître Land, répliquai-je. Mais on ne nous a pas encore fait, que je sache, de proposition à cet égard. Inutile donc de discuter le parti que nous devrons prendre, le cas échéant. Je vous le répète, attendons, prenons conseil des circonstances, et ne faisons rien, puisqu'il n'y a rien à faire.

— Au contraire ! monsieur le professeur, répondit le harponneur, qui n'en voulait pas démordre, il faut faire quelque chose.

— Eh ! quoi donc, maître Land ?

— Nous sauver.

— Se sauver d'une prison « terrestre » est souvent difficile, mais d'une prison sous-marine, cela me paraît absolument impraticable.

— Allons, ami Ned, demanda Conseil, que répondez-vous à l'objection de monsieur ? Je ne puis croire qu'un Américain soit jamais à bout de ressources ! »

Le harponneur, visiblement embarrassé, se taisait. Une fuite, dans les conditions où le hasard nous avait jetés, était absolument impossible. Mais un Canadien est à demi français, et maître Ned Land le fit bien voir par sa réponse.

« Ainsi, monsieur Aronnax, reprit-il après quelques instants de réflexion, vous ne devinez pas ce que doivent faire des gens qui ne peuvent s'échapper de leur prison ?

— Non, mon ami.

— C'est bien simple, il faut qu'ils s'arrangent de manière à y rester.

— Parbleu ! fit Conseil, vaut encore mieux être dedans que dessus ou dessous !

— Mais après avoir jeté dehors geôliers, porte-clefs et gardiens, ajouta Ned Land.

— Quoi, Ned ? vous songeriez sérieusement à vous emparer de ce bâtiment ?

— Très-sérieusement, répondit le Canadien.

— C'est impossible.

— Pourquoi donc, monsieur ? Il peut se présenter quelque chance favorable, et je ne vois pas ce qui pourrait nous empêcher d'en profiter. S'ils ne sont qu'une vingtaine d'hommes à bord de cette machine, ils ne feront pas reculer deux Français et un Canadien, je suppose ! »

Mieux valait admettre la proposition du harponneur que de la discuter. Aussi, me contentai-je de répondre :

« Laissons venir les circonstances, maître Land, et nous verrons. Mais, jusque-là, je vous en prie, contenez votre impatience. On ne peut agir que par ruse, et ce n'est pas en vous emportant que vous ferez naître des chances favorables. Promettez-moi donc que vous accepterez la situation sans trop de colère.

— Je vous le promets, monsieur le professeur, répondit Ned Land d'un ton peu rassurant. Pas un mot violent ne sortira de ma bouche, pas un geste brutal ne me trahira, quand bien même le service de la table ne se ferait pas avec toute la régularité désirable.

— J'ai votre parole, Ned, » répondis-je au Canadien.

Puis, la conversation fut suspendue, et chacun de nous se mit à réfléchir à part soi. J'avouerai que, pour mon compte, et malgré l'assurance du harponneur, je ne conservais aucune illusion. Je n'admettais pas ces chances favorables dont Ned Land avait parlé. Pour être si sûrement manœuvré, le bateau sous-marin exigeait un nombreux équipage, et conséquemment, dans le cas d'une lutte, nous aurions affaire à trop forte partie. D'ailleurs, il fallait, avant tout, être libres, et nous ne l'étions pas. Je ne voyais même aucun moyen de fuir cette cellule de tôle si hermétiquement fermée. Et pour peu que l'étrange commandant de ce bateau eût un secret à garder, — ce qui paraissait au moins probable, — il ne nous laisserait pas agir librement à son bord. Maintenant, se débarrasserait-il de nous par la violence, ou nous jetterait-il un jour sur quelque coin de terre ? c'était là l'inconnu. Toutes ces hypothèses me semblaient extrêmement plausibles, et il fallait être un harponneur pour espérer de reconquérir sa liberté.

Je compris d'ailleurs que les idées de Ned Land s'aigrissaient avec les réflexions qui s'emparaient de son cerveau. J'entendais peu à peu les jurons gronder au fond de son gosier, et je voyais ses gestes redevenir menaçants. Il se levait, tournait comme une bête fauve en cage, frappait les murs du pied et du poing. D'ailleurs, le temps s'écoulait, la faim se faisait cruellement sentir, et, cette fois, le stewart ne paraissait pas. Et c'était oublier trop longtemps notre position de naufragés, si l'on avait réellement de bonnes intentions à notre égard.

Ned Land, tourmenté par les tiraillements de son robuste estomac, se montait de plus en plus, et, malgré sa parole, je craignais véritablement une explosion, lorsqu'il se trouverait en présence de l'un des hommes du bord.

Pendant deux heures encore, la colère de Ned Land s'exalta. Le Canadien appelait, il criait, mais en vain. Les murailles de tôle étaient sourdes. Je n'entendais même aucun bruit à l'intérieur de ce bateau, qui semblait mort. Il ne bougeait pas, car j'aurais évidemment senti les frémissements de la coque sous l'impulsion de l'hélice. Plongé sans doute dans l'abîme des eaux, il n'appartenait plus à la terre. Tout ce morne silence était effrayant.

Quant à notre abandon, à notre isolement au fond de cette cellule, je n'osais estimer ce qu'il pourrait durer. Les espérances que j'avais conçues après notre entrevue avec le commandant du bord s'effaçaient peu à peu. La douceur du regard de cet homme, l'expression généreuse de sa physionomie, la noblesse de son maintien, tout disparaissait de mon souvenir. Je revoyais cet énigmatique personnage tel qu'il devait être, nécessairement impitoya-

Le Canadien s'était précipité sur ce malheureux. (Page 139.)

ble, cruel. Je le sentais en-dehors de l'humanité, inaccessible à tout sentiment de pitié, implacable ennemi de ses semblables auxquels il avait dû vouer une impérissable haine !

Mais, cet homme, allait-il donc nous laisser périr d'inanition, enfermés dans cette prison étroite, livrés à ces horribles tentations auxquelles pousse la faim farouche ? Cette affreuse pensée prit dans mon esprit une intensité terrible, et, l'imagination aidant, je me sentis envahir par une épouvante insensée. Conseil restait calme, Ned Land rugissait.

Le stewart sortit en chancelant. (Page 139.)

En ce moment, un bruit se fit entendre extérieurement. Des pas résonnèrent sur la dalle de métal. Les serrures furent fouillées, la porte s'ouvrit, le stewart parut.

Avant que j'eusse fait un mouvement pour l'en empêcher, le Canadien s'était précipité sur ce malheureux ; il l'avait renversé ; il le tenait à la gorge. Le stewart étouffait sous sa main puissante.

Conseil cherchait déjà à retirer des mains du harponneur sa victime à demi suffoquée, et j'allais joindre mes efforts aux siens, quand, subitement, je fus cloué à ma place par ces mots prononcés en français :

« Calmez-vous, maître Land, et vous, monsieur le professeur, veuillez m'écouter ! »

CHAPITRE X

L'HOMME DES EAUX

C'était le commandant du bord qui parlait ainsi.

À ces mots, Ned Land se releva subitement. Le stewart, presque étranglé, sortit en chancelant sur un signe de son maître ; mais tel était l'empire du commandant à son bord, que pas un geste ne trahit le ressentiment dont cet homme devait être animé contre le Canadien. Conseil, intéressé malgré lui, moi stupéfait, nous attendions en silence le dénouement de cette scène.

Le commandant, appuyé sur l'angle de la table, les bras croisés, nous observait avec une profonde attention. Hésitait-il à parler ? Regrettait-il ces mots qu'il venait de prononcer en français ? On pouvait le croire.

Après quelques instants d'un silence qu'aucun de nous ne songea à interrompre :

« Messieurs, dit-il d'une voix calme et pénétrante, je parle également le français, l'anglais, l'allemand et le latin. J'aurais donc pu vous répondre dès notre première entrevue, mais je voulais vous connaître d'abord, réfléchir ensuite. Votre quadruple récit, absolument semblable au fond, m'a affirmé l'identité de vos personnes. Je sais maintenant que le hasard a mis en ma présence monsieur Pierre Aronnax, professeur d'histoire naturelle au Muséum de Paris, chargé d'une mission scientifique à l'étranger, Conseil son domestique, et Ned Land, d'origine canadienne, harponneur à bord de la frégate l'*Abraham-Lincoln*, de la marine nationale des États-Unis d'Amérique. »

Je m'inclinai d'un air d'assentiment. Ce n'était pas une question que me posait le commandant. Donc, pas de réponse à faire. Cet homme s'exprimait avec une aisance parfaite, sans aucun accent. Sa phrase était nette, ses mots justes, sa facilité d'élocution remarquable. Et cependant, je ne « sentais » pas en lui un compatriote.

Il reprit la conversation en ces termes :

« Vous avez trouvé sans doute, monsieur, que j'ai longtemps tardé à vous rendre cette seconde visite. C'est que, votre identité reconnue, je voulais peser mûrement le parti à prendre envers vous. J'ai beaucoup hésité. Les plus fâcheuses circonstances vous ont mis en présence d'un homme qui a rompu avec l'humanité. Vous êtes venu troubler mon existence...

— Involontairement, dis-je.

— Involontairement ? répondit l'inconnu, en forçant un peu sa voix. Est-ce involontairement que l'*Abraham-Lincoln* me chasse sur toutes les mers ? Est-ce involontairement que vous avez pris passage à bord de cette frégate ? Est-ce involontairement que vos boulets ont rebondi sur la coque de mon navire ? Est-ce involontairement que maître Ned Land m'a frappé de son harpon ? »

Je surpris dans ces paroles une irritation contenue. Mais, à ces récriminations j'avais une réponse toute naturelle à faire, et je la fis.

« Monsieur, dis-je, vous ignorez sans doute les discussions qui ont eu lieu à votre sujet en Amérique et en Europe. Vous ne savez pas que divers accidents, provoqués par le choc de votre appareil sous-marin, ont ému l'opinion publique dans les deux continents. Je vous fais grâce des hypothèses sans nombre par lesquelles on cherchait à expliquer l'inexplicable phénomène dont seul vous aviez le secret. Mais sachez qu'en vous poursuivant jusque sur les hautes mers du Pacifique, l'*Abraham-Lincoln* croyait chasser quelque puissant monstre marin dont il fallait à tout prix délivrer l'Océan. »

Un demi-sourire détendit les lèvres du commandant, puis, d'un ton plus calme :

« Monsieur Aronnax, répondit-il, oseriez-vous affirmer que votre frégate n'aurait pas poursuivi et canonné un bateau sous-marin aussi bien qu'un monstre ? »

Cette question m'embarrassa, car certainement le commandant Farragut n'eût pas hésité. Il eût cru de son devoir de détruire un appareil de ce genre tout comme un narwal gigantesque.

« Vous comprenez donc, monsieur, reprit l'inconnu, que j'ai le droit de vous traiter en ennemis. »

Je ne répondis rien, et pour cause. À quoi bon discuter une proposition semblable, quand la force peut détruire les meilleurs arguments.

« J'ai longtemps hésité, reprit le commandant. Rien ne m'obligeait à vous donner l'hospitalité. Si je devais me séparer de vous, je n'avais aucun intérêt à vous revoir. Je vous remettais sur la plate-forme de ce navire qui vous avait servi de refuge. Je m'enfonçais sous les mers, et j'oubliais que vous aviez jamais existé. N'était-ce pas mon droit ?

— C'était peut-être le droit d'un sauvage, répondis-je, ce n'était pas celui d'un homme civilisé.

— Monsieur le professeur, répliqua vivement le commandant, je ne suis pas ce que vous appelez un homme civilisé ! J'ai rompu avec la société tout entière pour des raisons que moi seul j'ai le droit d'apprécier. Je n'obéis donc point à ses règles, et je vous engage à ne jamais les invoquer devant moi ! »

Ceci fut dit nettement. Un éclair de colère et de dédain avait allumé les yeux de l'inconnu, et dans la vie de cet homme, j'entrevis un passé formidable. Non-seulement il s'était mis en-dehors des lois humaines, mais il s'était fait indépendant, libre dans la plus rigoureuse acception du mot, hors de toute atteinte ! Qui donc oserait le poursuivre au fond des mers, puisque, à leur surface, il déjouait les efforts tentés contre lui ? Quel navire résisterait au choc de son monitor sous-marin ? Quelle cuirasse, si épaisse qu'elle fût, supporterait les coups de son éperon ? Nul, entre les hommes, ne pouvait lui demander compte de ses œuvres. Dieu, s'il y croyait, sa conscience, s'il en avait une, étaient les seuls juges dont il pût dépendre.

Ces réflexions traversèrent rapidement mon esprit, pendant que l'étrange personnage se taisait, absorbé et comme retiré en lui-même. Je le considérais avec un effroi mélangé d'intérêt, et sans doute, ainsi qu'Œdipe considérait le Sphinx.

Après un assez long silence, le commandant reprit la parole.

« J'ai donc hésité, dit-il, mais j'ai pensé que mon intérêt pouvait s'accorder avec cette pitié naturelle à laquelle tout être humain a droit. Vous resterez à mon bord, puisque la fatalité vous y a jetés. Vous y serez libres, et, en échange de cette liberté, toute relative d'ailleurs, je ne vous imposerai qu'une seule condition. Votre parole de vous y soumettre me suffira.

— Parlez, monsieur, répondis-je, je pense que cette condition est de celles qu'un honnête homme peut accepter ?

— Oui, monsieur, et la voici. Il est possible que certains événements imprévus m'obligent à vous consigner dans vos cabines pour quelques heures ou quelques jours, suivant le cas. Désirant ne jamais employer la violence, j'attends de vous, dans ce cas, plus encore que dans tous les autres, une obéissance passive. En agissant ainsi, je couvre votre responsabilité, je vous dégage entièrement, car c'est à moi de vous mettre dans l'impossibilité de voir ce qui ne doit pas être vu. Acceptez-vous cette condition ? »

Il se passait donc à bord des choses tout au moins singulières, et que ne devaient point voir des gens qui ne s'étaient pas mis hors des lois sociales ! Entre les surprises que l'avenir me ménageait, celle-ci ne devait pas être la moindre.

« Nous acceptons, répondis-je. Seulement, je vous demanderai, monsieur, la permission de vous adresser une question, une seule.

— Parlez, monsieur.

— Vous avez dit que nous serions libres à votre bord ?

— Entièrement.

— Je vous demanderai donc ce que vous entendez par cette liberté.

— Mais la liberté d'aller, de venir, de voir, d'observer même tout ce qui se passe ici, — sauf en quelques circonstances rares, — la liberté enfin dont nous jouissons nous-mêmes, mes compagnons et moi. »

Il était évident que nous ne nous entendions point.

« Pardon, monsieur, repris-je, mais cette liberté, ce n'est que celle que tout prisonnier a de parcourir sa prison ! Elle ne peut nous suffire.

— Il faudra, cependant, qu'elle vous suffise !

— Quoi ! nous devons renoncer à jamais de revoir notre patrie, nos amis, nos parents !

— Oui, monsieur. Mais renoncer à reprendre cet insupportable joug de la terre, que les hommes croient être la liberté, n'est peut-être pas aussi pénible que vous le pensez !

— Par exemple, s'écria Ned Land, jamais je ne donnerai ma parole de ne pas chercher à me sauver !

— Je ne vous demande pas de parole, maître Land, répondit froidement le commandant.

— Monsieur, répondis-je, emporté malgré moi, vous abusez de votre situation envers nous ! C'est de la cruauté !

— Non, monsieur, c'est de la clémence ! Vous êtes mes prisonniers après combat ! Je vous garde, quand je pourrais d'un mot vous replonger dans les abîmes de l'Océan ! Vous m'avez attaqué ! Vous êtes venus surprendre un secret que nul homme au monde ne doit pénétrer, le secret de toute mon existence ! Et vous croyez que je vais vous renvoyer sur cette terre qui ne doit plus me connaître ! Jamais ! En vous retenant, ce n'est pas vous que je garde, c'est moi-même ! »

Ces paroles indiquaient de la part du commandant un parti pris contre lequel ne prévaudrait aucun argument.

« Ainsi, monsieur, repris-je, vous nous donnez tout simplement à choisir entre la vie ou la mort ?

— Tout simplement.

— Mes amis, dis-je, à une question ainsi posée, il n'y a rien à répondre. Mais aucune parole ne nous lie au maître de ce bord.

— Aucune, monsieur, » répondit l'inconnu.

Puis, d'une voix plus douce, il reprit :

« Maintenant, permettez-moi d'achever ce que j'ai à vous dire. Je vous connais, monsieur Aronnax. Vous, sinon vos compagnons, vous n'aurez peut-être pas tant à vous plaindre du hasard qui vous lie à mon sort. Vous trouverez parmi les livres qui servent à mes études favorites cet ouvrage que vous avez publié sur les grands fonds de la mer. Je l'ai souvent lu. Vous avez poussé votre œuvre aussi loin que vous le permettait la science terrestre. Mais vous ne savez pas tout, vous n'avez pas tout vu. Laissez-moi donc vous dire, monsieur le professeur, que vous ne regretterez pas le temps passé à mon bord. Vous allez voyager dans le pays des merveilles. L'étonnement, la stupéfaction seront probablement l'état habituel de votre esprit. Vous ne vous blaserez pas facilement sur le spectacle incessamment offert à vos yeux. Je vais revoir dans un nouveau tour du monde sous-marin, — qui sait ? le dernier peut-être, — tout ce que j'ai pu étudier au fond de ces mers tant de fois parcourues, et vous serez mon compagnon d'études. À partir de ce jour, vous entrez dans un nouvel élément, vous verrez ce que n'a vu encore aucun homme, — car moi et les miens nous ne comptons plus, — et notre planète, grâce à moi, va vous livrer ses derniers secrets. »

Je ne puis le nier ; ces paroles du commandant firent sur moi un grand effet. J'étais pris là par mon faible, et j'oubliai, pour un instant, que la contemplation de ces choses sublimes ne pouvait valoir la liberté perdue. D'ailleurs, je comptais sur l'avenir pour trancher cette grave question. Aussi, je me contentai de répondre :

« Monsieur, si vous avez brisé avec l'humanité, je veux croire que vous n'avez pas renié tout sentiment humain. Nous sommes des naufragés charitablement recueillis à votre bord, nous ne l'oublierons pas. Quant à moi, je ne méconnais pas que, si l'intérêt de la science pouvait absorber jusqu'au besoin de liberté, ce que me promet notre rencontre m'offrirait de grandes compensations. »

Je pensais que le commandant allait me tendre la main pour sceller notre traité. Il n'en fit rien. Je le regrettai pour lui.

« Une dernière question, dis-je, au moment où cet être inexplicable semblait vouloir se retirer.

— Parlez, monsieur le professeur.

— De quel nom dois-je vous appeler ?

— Monsieur, répondit le commandant, je ne suis pour vous que le capitaine Nemo, et vos compagnons et vous, n'êtes pour moi que les passagers du *Nautilus*[1]. »

Le capitaine Nemo appela. Un stewart parut. Le capitaine lui donna ses ordres dans cette langue étrangère que je ne pouvais reconnaître. Puis, se tournant vers le Canadien et Conseil :

« Un repas vous attend dans votre cabine, leur dit-il. Veuillez suivre cet homme.

— Ça n'est pas de refus ! » répondit le harponneur.

Conseil et lui sortirent enfin de cette cellule où ils étaient renfermés depuis plus de trente heures.

« Et maintenant, monsieur Aronnax, notre déjeuner est prêt. Permettez-moi de vous précéder.

— À vos ordres, capitaine. »

Je suivis le capitaine Nemo, et dès que j'eus franchi la porte, je pris une sorte de couloir électriquement éclairé, semblable aux coursives d'un navire. Après un parcours d'une dizaine de mètres, une seconde porte s'ouvrit devant moi.

J'entrai alors dans une salle à manger, ornée et meublée avec un goût sévère. De hauts dressoirs de chêne, incrustés d'ornements d'ébène, s'élevaient aux deux extrémités de cette salle, et sur leurs rayons à ligne ondulée étincelaient des faïences, des porcelaines, des verreries d'un prix inestimable. La vaisselle plate y resplendissait sous les rayons que versait un plafond lumineux, dont de fines peintures tamisaient et adoucissaient l'éclat.

Au centre de la salle était une table richement servie. Le capitaine Nemo m'indiqua la place que je devais occuper.

« Asseyez-vous, me dit-il, et mangez comme un homme qui doit mourir de faim. »

Le déjeuner se composait d'un certain nombre de plats dont la mer seule avait fourni le contenu, et de quelques mets dont j'ignorais la nature et la provenance. J'avouerai que c'était bon, mais avec un goût particulier auquel je m'habituai facilement. Ces divers aliments me parurent riches en phosphore, et je pensai qu'ils devaient avoir une origine marine.

Le capitaine Nemo me regardait. Je ne lui demandai rien, mais il devina mes pensées, et il répondit de lui-même aux questions que je brûlais de lui adresser.

« La plupart de ces mets vous sont inconnus, me dit-il. Cependant, vous pouvez en user sans crainte. Ils sont sains et nourrissants. Depuis longtemps, j'ai renoncé aux aliments de la terre, et je ne m'en porte pas plus mal. Mon équipage, qui est vigoureux, ne se nourrit pas autrement que moi.

— Ainsi, dis-je, tous ces aliments sont des produits de la mer ?

— Oui, monsieur le professeur, la mer fournit à tous mes besoins. Tantôt, je mets mes filets à la traîne, et je les retire, prêts à se rompre. Tantôt, je vais chasser au milieu de cet élément qui paraît être inaccessible à l'homme, et je force le gibier qui gîte dans mes forêts sous-marines. Mes troupeaux, comme ceux du vieux pasteur de Neptune[1], paissent sans crainte les immenses prairies de l'Océan. J'ai là une vaste propriété que j'exploite moi-même et qui est toujours ensemencée par la main du Créateur de toutes choses. »

Je regardai le capitaine Nemo avec un certain étonnement, et je lui répondis :

« Je comprends parfaitement, monsieur, que vos filets fournissent d'excellents poissons à votre table ; je comprends moins que vous poursuiviez le gibier

J'entrai alors dans une salle à manger. (Page 146.)

aquatique dans vos forêts sous-marines ; mais je ne
comprends plus du tout qu'une parcelle de viande,
si petite qu'elle soit, figure dans votre menu.

— Aussi, monsieur, me répondit le capitaine
Nemo, ne fais-je jamais usage de la chair des animaux terrestres.

— Ceci, cependant, repris-je, en désignant un
plat où restaient encore quelques tranches de filet.

— Ce que vous croyez être de la viande, monsieur
le professeur, n'est autre chose que du filet de tor-

C'était une bibliothèque. (Page 151.)

tue de mer. Voici également quelques foies de dauphin que vous prendriez pour un ragoût de porc. Mon cuisinier est un habile préparateur, qui excelle à conserver ces produits variés de l'Océan. Goûtez à tous ces mets. Voici une conserve d'holothuries[1] qu'un Malais déclarerait sans rivale au monde, voilà une crème dont le lait a été fourni par la mamelle des cétacés, et le sucre par les grands fucus de la mer du Nord, et enfin, permettez-moi de vous offrir des confitures d'anémones qui valent celles des fruits les plus savoureux. »

Et je goûtais, plutôt en curieux qu'en gourmet, tandis que le capitaine Nemo m'enchantait par ses invraisemblables récits.

« Mais cette mer, monsieur Aronnax, me dit-il, cette nourrice prodigieuse, inépuisable, elle ne me nourrit pas seulement ; elle me vêtit[1] encore. Ces étoffes qui vous couvrent sont tissues avec le byssus de certains coquillages ; elles sont teintes avec la pourpre des anciens et nuancées de couleurs violettes que j'extrais des aplysies de la Méditerranée. Les parfums que vous trouverez sur la toilette de votre cabine sont le produit de la distillation des plantes marines. Votre lit est fait du plus doux zostère de l'Océan. Votre plume sera un fanon de baleine, votre encre la liqueur secrétée par la seiche ou l'encornet. Tout me vient maintenant de la mer comme tout lui retournera un jour !

— Vous aimez la mer, capitaine.

— Oui ! je l'aime ! La mer est tout ! Elle couvre les sept dixièmes du globe terrestre. Son souffle est pur et sain. C'est l'immense désert où l'homme n'est jamais seul, car il sent frémir la vie à ses côtés. La mer n'est que le véhicule d'une surnaturelle et prodigieuse existence ; elle n'est que mouvement et amour ; c'est l'infini vivant, comme l'a dit un de vos poètes[2]. Et en effet, monsieur le professeur, la nature s'y manifeste par ses trois règnes, minéral, végétal, animal. Ce dernier y est largement représenté par les quatre groupes des zoophytes, par trois classes des articulés, par cinq classes des mollusques, par trois classes des vertébrés, les mammifères, les reptiles et ces innombrables légions de poissons, ordre infini d'animaux qui compte plus de treize mille espèces, dont un dixième seulement appartient à l'eau douce. La mer est le vaste réservoir de la nature. C'est par la mer que le globe a pour ainsi dire commencé, et qui sait s'il ne finira pas par elle ! Là est la suprême tranquillité. La mer n'appartient pas aux despotes. À sa surface, ils peuvent encore exercer des droits iniques, s'y battre, s'y dévorer, y transporter toutes les horreurs terrestres. Mais à trente pieds au-dessous de son niveau, leur pouvoir cesse, leur influence s'éteint, leur puissance disparaît ! Ah ! monsieur, vivez, vivez au sein des mers ! Là seulement est l'indépendance ! Là je ne reconnais pas de maîtres ! Là je suis libre ! »

Le capitaine Nemo se tut subitement au milieu de cet enthousiasme qui débordait de lui. S'était-il laissé entraîner au-delà de sa réserve habituelle ? Avait-il trop parlé ? Pendant quelques instants, il se promena, très-agité. Puis, ses nerfs se calmèrent, sa physionomie reprit sa froideur accoutumée, et, se tournant vers moi :

« Maintenant, monsieur le professeur, dit-il, si vous voulez visiter le *Nautilus*, je suis à vos ordres. »

CHAPITRE XI

LE *NAUTILUS*

Le capitaine Nemo se leva. Je le suivis. Une double porte, ménagée à l'arrière de la salle, s'ouvrit, et j'entrai dans une chambre de dimension égale à celle que je venais de quitter.

C'était une bibliothèque. De hauts meubles en palissandre noir, incrustés de cuivres, supportaient sur leurs larges rayons un grand nombre de livres uniformément reliés. Ils suivaient le contour de la salle et se terminaient à leur partie inférieure par de vastes divans, capitonnés de cuir marron, qui offraient les courbes les plus confortables. De légers pupitres mobiles, en s'écartant ou se rapprochant à volonté, permettaient d'y poser le livre en lecture.

Au centre se dressait une vaste table, couverte de brochures, entre lesquelles apparaissaient quelques journaux déjà vieux. La lumière électrique inondait tout cet harmonieux ensemble, et tombait de quatre globes dépolis à demi engagés dans les volutes du plafond. Je regardais avec une admiration réelle cette salle si ingénieusement aménagée, et je ne pouvais en croire mes yeux.

« Capitaine Nemo, dis-je à mon hôte, qui venait de s'étendre sur un divan, voilà une bibliothèque qui ferait honneur à plus d'un palais des continents, et je suis vraiment émerveillé, quand je songe qu'elle peut vous suivre au plus profond des mers.

— Où trouverait-on plus de solitude, plus de silence, monsieur le professeur ? répondit le capitaine Nemo. Votre cabinet du Muséum vous offre-t-il un repos aussi complet ?

— Non, monsieur, et je dois ajouter qu'il est bien pauvre auprès du vôtre. Vous possédez là six ou sept mille volumes...

— Douze mille, monsieur Aronnax. Ce sont les seuls liens qui me rattachent à la terre. Mais le monde a fini pour moi le jour où mon *Nautilus* s'est plongé pour la première fois sous les eaux. Ce jour-là, j'ai acheté mes derniers volumes, mes dernières brochures, mes derniers journaux, et depuis lors, je veux croire que l'humanité n'a plus ni pensé, ni écrit. Ces livres, monsieur le professeur, sont d'ailleurs à votre disposition, et vous pourrez en user librement. »

Je remerciai le capitaine Nemo, et je m'approchai des rayons de la bibliothèque. Livres de science, de morale et de littérature, écrits en toute langue, y abondaient, mais je ne vis pas un seul ouvrage d'économie politique ; ils semblaient être sévèrement proscrits du bord. Détail curieux, tous ces livres étaient indistinctement classés, en quelque langue qu'ils fussent écrits, et ce mélange prouvait que le capitaine du *Nautilus* devait lire couramment les volumes que sa main prenait au hasard.

Parmi ces ouvrages, je remarquai les chefs-d'œuvre des maîtres anciens et modernes, c'est-à-dire tout ce que l'humanité a produit de plus beau dans l'histoire, la poésie, le roman et la science, depuis Homère jusqu'à Victor Hugo, depuis Xénophon jusqu'à Michelet, depuis Rabelais jusqu'à madame Sand[1]. Mais la science, plus particulièrement, faisait les frais de cette bibliothèque ; les livres de mécanique, de balistique, d'hydrographie, de météorologie, de géographie, de géologie, etc., y tenaient une place non moins importante que les ouvrages d'histoire naturelle, et je compris qu'ils formaient la principale étude du capitaine. Je vis là tout le Humboldt, tout l'Arago, les travaux de Foucault, d'Henry Sainte-Claire Deville, de Chasles, de Milne-Edwards, de Quatrefages, de Tyndall, de Faraday, de Berthelot, de l'abbé Secchi, de Petermann, du commandant Maury, d'Agassis, etc.[2], les mémoires de l'Académie des sciences, les bulletins des diverses sociétés de géographie, etc., et, en bon rang, les deux volumes qui m'avaient peut-être valu cet accueil relativement charitable du capitaine Nemo. Parmi les œuvres de Joseph Bertrand, son livre intitulé *Les Fondateurs de l'Astronomie*[3] me donna même une date certaine ; et comme je savais qu'il avait paru dans le courant de 1865, je pus en conclure que l'installation du *Nautilus* ne remontait pas à une époque postérieure[4]. Ainsi donc, depuis trois ans, au plus, le capitaine Nemo avait commencé son existence sous-marine. J'espérai, d'ailleurs, que des ouvrages plus récents encore me permettraient de fixer exactement cette époque, mais j'avais le temps de faire cette recherche, et je ne voulus pas retarder davantage notre promenade à travers les merveilles du *Nautilus*.

« Monsieur, dis-je au capitaine, je vous remercie d'avoir mis cette bibliothèque à ma disposition. Il y a là des trésors de science, et j'en profiterai.

— Cette salle n'est pas seulement une bibliothèque, dit le capitaine Nemo, c'est aussi un fumoir.

— Un fumoir ? m'écriai-je. On fume donc à bord ?

— Sans doute.

— Alors, monsieur, je suis forcé de croire que vous avez conservé des relations avec la Havane.

— Aucune, répondit le capitaine. Acceptez ce cigare, monsieur Aronnax, et, bien qu'il ne vienne pas de la Havane, vous en serez content, si vous êtes connaisseur. »

Je pris le cigare qui m'était offert, et dont la forme rappelait celui du londrès ; mais il semblait fabriqué avec des feuilles d'or. Je l'allumai à un petit brasero que supportait un élégant pied de bronze, et j'aspirai ses premières bouffées avec la volupté d'un amateur qui n'a pas fumé depuis deux jours.

« C'est excellent, dis-je, mais ce n'est pas du tabac.

— Non, répondit le capitaine, ce tabac ne vient ni de la Havane ni de l'Orient. C'est une sorte d'algue, riche en nicotine, que la mer me fournit, non sans quelque parcimonie. Regrettez-vous les londrès, monsieur ?

— Capitaine, je les méprise à partir de ce jour.

— Fumez donc à votre fantaisie, et sans discuter l'origine de ces cigares. Aucune régie ne les a contrôlés, mais ils n'en sont pas moins bons, j'imagine.

— Au contraire. »

À ce moment, le capitaine Nemo ouvrit une porte qui faisait face à celle par laquelle j'étais entré dans la bibliothèque, et je passai dans un salon immense et splendidement éclairé.

C'était un vaste quadrilatère, à pans coupés, long de dix mètres, large de six, haut de cinq. Un plafond lumineux, décoré de légères arabesques, distribuait un jour clair et doux sur toutes les merveilles entassées dans ce musée. Car c'était réellement un musée dans lequel une main intelligente et prodigue avait réuni tous les trésors de la nature et de l'art, avec ce pêle-mêle artiste qui distingue un atelier de peintre.

Une trentaine de tableaux de maîtres, à cadres uniformes, séparés par d'étincelantes panoplies, ornaient les parois tendues de tapisseries d'un dessin sévère. Je vis là des toiles de la plus haute valeur, et que, pour la plupart, j'avais admirées dans les collections particulières de l'Europe et aux expositions de peinture. Les diverses écoles des maîtres anciens étaient représentées par une madone de Raphaël, une Vierge de Léonard de Vinci, une nymphe du Corrège, une femme du Titien, une adoration de Véronèse, une assomption de Murillo, un portrait d'Holbein, un moine de Velasquez, un martyr de Ribeira, une kermesse de Rubens, deux paysages flamands de Teniers, trois petits tableaux de genre de Gérard Dow, de Metsu, de Paul Potter, deux toiles de Géricault et de Prudhon, quelques marines de Backuysen et de Vernet. Parmi les œuvres de la peinture moderne, apparaissaient des tableaux signés Delacroix, Ingres, Decamp, Troyon, Meissonnier, Daubigny, etc., et quelques admirables réductions de statues de marbre ou de bronze, d'après les plus beaux modèles de l'antiquité, se dressaient sur leurs piédestaux dans les angles de ce magnifique musée. Cet état de stupéfaction que m'avait prédit le commandant du *Nautilus* commençait déjà à s'emparer de mon esprit.

« Monsieur le professeur, dit alors cet homme étrange, vous excuserez le sans-gêne avec lequel je vous reçois, et le désordre qui règne dans ce salon.

— Monsieur, répondis-je, sans chercher à savoir qui vous êtes, m'est-il permis de reconnaître en vous un artiste ?

— Un amateur, tout au plus, monsieur. J'aimais autrefois à collectionner ces belles œuvres créées par la main de l'homme. J'étais un chercheur avide, un fureteur infatigable, et j'ai pu réunir quelques objets d'un haut prix. Ce sont mes derniers souvenirs de cette terre qui est morte pour moi. À mes yeux, vos artistes modernes ne sont déjà plus que des anciens ; ils ont deux ou trois mille ans d'existence, et je les confonds dans mon esprit. Les maîtres n'ont pas d'âge.

— Et ces musiciens ? dis je, en montrant des partitions de Weber, de Rossini, de Mozart, de Beethoven, d'Haydn, de Meyerbeer, d'Herold, de Wagner, d'Auber, de Gounod, et nombre d'autres, éparses sur un piano-orgue de grand modèle qui occupait un des panneaux du salon.

— Ces musiciens, me répondit le capitaine Nemo, ce sont des contemporains d'Orphée, car les différences chronologiques s'effacent dans la mémoire des morts, — et je suis mort, monsieur le professeur, aussi bien mort que ceux de vos amis qui reposent à six pieds sous terre ! »

Le capitaine Nemo se tut et sembla perdu dans une rêverie profonde. Je le considérais avec une vive émotion, analysant en silence les étrangetés de sa physionomie. Accoudé sur l'angle d'une précieuse table de mosaïque, il ne me voyait plus, il oubliait ma présence.

Je respectai ce recueillement, et je continuai de passer en revue les curiosités qui enrichissaient ce salon.

Auprès des œuvres de l'art, les raretés naturelles tenaient une place très-importante. Elles consistaient principalement en plantes, en coquilles et autres productions de l'Océan, qui devaient être les trouvailles personnelles du capitaine Nemo. Au milieu du salon, un jet d'eau, électriquement éclairé, retombait dans une vasque faite d'une seule tridacne.

Cette coquille, fournie par le plus grand des mollusques acéphales, mesurait sur ses bords, délicatement
festonnés, une circonférence de six mètres environ ;
elle dépassait donc en grandeur ces belles tridacnes
qui furent données à François Ier par la République
de Venise, et dont l'église Saint-Sulpice, à Paris, a
fait deux bénitiers gigantesques.

Autour de cette vasque, sous d'élégantes vitrines
fixées par des armatures de cuivre, étaient classés
et étiquetés les plus précieux produits de la mer qui
eussent jamais été livrés aux regards d'un naturaliste. On conçoit ma joie de professeur.

L'embranchement des zoophytes offrait de très-
curieux spécimens de ses deux groupes des polypes
et des échinodermes. Dans le premier groupe, des
tubipores, des gorgones disposées en éventail, des
éponges douces de Syrie, des isis des Moluques,
des pennatules, une virgulaire admirable des mers
de Norwége, des ombellulaires variées, des alcyonaires, toute une série de ces madrépores que mon
maître Milne-Edwards[1] a si sagacement classés en
sections, et parmi lesquels je remarquai d'adorables
flabellines, des oculines de l'île Bourbon, le « char
de Neptune » des Antilles, de superbes variétés de
coraux, enfin toutes les espèces de ces curieux polypiers dont l'assemblage forme des îles entières qui
deviendront un jour des continents. Dans les échinodermes, remarquables par leur enveloppe épi-
neuse, les astéries, les étoiles de mer, les pentacrines,
les comatules, les astérophons, les oursins, les holothuries, etc., représentaient la collection complète
des individus de ce groupe.

Un conchyliologue un peu nerveux se serait pâmé
certainement devant d'autres vitrines plus nombreuses où étaient classés les échantillons de l'embranchement des mollusques. Je vis là une collection
d'une valeur inestimable, et que le temps me man-
querait à décrire tout entière. Parmi ces produits, je

citerai, pour mémoire seulement, — l'élégant marteau royal de l'Océan indien, dont les régulières
taches blanches ressortaient vivement sur un fond
rouge et brun, — un spondyle impérial, aux vives
couleurs, tout hérissé d'épines, rare spécimen dans
les muséums européens, et dont j'estimai la valeur à
vingt mille francs, — un marteau commun des
mers de la Nouvelle-Hollande[1], qu'on se procure difficilement, — des bucardes exotiques du Sénégal,
fragiles coquilles blanches à doubles valves, qu'un

Un vaste quadrilatère à pans coupés. (Page 154.)

souffle eût dissipées comme une bulle de savon, —
plusieurs variétés des arrosoirs de Java, sortes de
tubes calcaires bordés de replis foliacés, et très-
disputés par les amateurs, — toute une série de troques, les uns jaune-verdâtre, pêchés dans les mers
d'Amérique, les autres d'un brun-roux, amis des eaux
de la Nouvelle-Hollande, ceux-ci, venus du golfe du
Mexique, et remarquables par leur coquille imbri-
quée, ceux-là, des stellaires trouvés dans les mers
australes, et enfin, le plus rare de tous, le magni-

La chambre du capitaine Nemo. (Page 162.)

fique éperon de la Nouvelle-Zélande ; — puis, d'admirables tellines sulfurées, de précieuses espèces de cythérées et de Vénus, le cadran treillissé des côtes de Tranquebar, le sabot marbré à nacre resplendissante, les perroquets verts des mers de Chine, le cône presque inconnu du genre *Cœnodulli*, toutes les variétés de porcelaines qui servent de monnaie dans l'Inde et en Afrique, « la Gloire de la Mer », la plus précieuse coquille des Indes orientales ; — enfin des littorines, des dauphinules, des turritelles, des janthines, des ovules, des volutes, des olives, des mitres, des casques, des pourpres, des buccins, des harpes, des rochers, des tritons, des cérites, des fuseaux, des strombes, des ptérocères, des patelles, des hyales, des cléodores, coquillages délicats et fragiles, que la science a baptisés de ses noms les plus charmants.

À part, et dans des compartiments spéciaux, se déroulaient des chapelets de perles de la plus grande beauté, que la lumière électrique piquait de pointes de feu, des perles roses, arrachées aux pinnes marines de la mer Rouge, des perles vertes de l'haliotide iris, des perles jaunes, bleues, noires, curieux produits des divers mollusques de tous les océans et de certaines moules des cours d'eau du Nord, enfin plusieurs échantillons d'un prix inappréciable qui avaient été distillés par les pintadines les plus rares. Quelques-unes de ces perles surpassaient en grosseur un œuf de pigeon ; elles valaient, et au delà, celle que le voyageur Tavernier vendit trois millions au shah de Perse, et primaient cette autre perle de l'iman de Mascate, que je croyais sans rivale au monde.

Ainsi donc, chiffrer la valeur de cette collection était, pour ainsi dire, impossible. Le capitaine Nemo avait dû dépenser des millions pour acquérir ces échantillons divers, et je me demandais à quelle source il puisait pour satisfaire ainsi ses fantaisies de collectionneur, quand je fus interrompu par ces mots :

« Vous examinez mes coquilles, monsieur le professeur. En effet, elles peuvent intéresser un naturaliste ; mais, pour moi, elles ont un charme de plus, car je les ai toutes recueillies de ma main, et il n'est pas une mer du globe qui ait échappé à mes recherches.

— Je comprends, capitaine, je comprends cette joie de se promener au milieu de telles richesses. Vous êtes de ceux qui ont fait eux-mêmes leur trésor. Aucun muséum de l'Europe ne possède une semblable collection des produits de l'Océan. Mais si j'épuise mon admiration pour elle, que me restera-t-il pour le navire qui les porte ! Je ne veux point pénétrer des secrets qui sont les vôtres ! Cependant, j'avoue que ce *Nautilus*, la force motrice qu'il renferme en lui, les appareils qui permettent de le manœuvrer, l'agent si puissant qui l'anime, tout cela excite au plus haut point ma curiosité. Je vois suspendus aux murs de ce salon des instruments dont la destination m'est inconnue. Puis-je savoir ?...

— Monsieur Aronnax, me répondit le capitaine Nemo, je vous ai dit que vous seriez libre à mon bord, et par conséquent, aucune partie du *Nautilus* ne vous est interdite. Vous pouvez donc le visiter en détail et je me ferai un plaisir d'être votre cicérone.

— Je ne sais comment vous remercier, monsieur, mais je n'abuserai pas de votre complaisance. Je vous demanderai seulement à quel usage sont destinés ces instruments de physique...

— Monsieur le professeur, ces mêmes instruments se trouvent dans ma chambre, et c'est là que j'aurai le plaisir de vous expliquer leur emploi. Mais auparavant, venez visiter la cabine qui vous est réservée. Il faut que vous sachiez comment vous serez installé à bord du *Nautilus*. »

Je suivis le capitaine Nemo, qui, par une des portes percées à chaque pan coupé du salon, me fit rentrer dans les coursives du navire. Il me conduisit vers l'avant, et là je trouvai, non pas une cabine, mais une chambre élégante, avec lit, toilette et divers autres meubles.

Je ne pus que remercier mon hôte.

« Votre chambre est contiguë à la mienne, me dit-il, en ouvrant une porte, et la mienne donne sur le salon que nous venons de quitter. »

J'entrai dans la chambre du capitaine. Elle avait un aspect sévère, presque cénobitique. Une couchette de fer, une table de travail, quelques meubles de toilette. Le tout éclairé par un demi-jour. Rien de confortable. Le strict nécessaire, seulement.

Le capitaine Nemo me montra un siège.

« Veuillez vous asseoir, » me dit-il.

Je m'assis, et il prit la parole en ces termes :

CHAPITRE XII

TOUT PAR L'ÉLECTRICITÉ

« Monsieur, dit le capitaine Nemo, me montrant les instruments suspendus aux parois de sa chambre, voici les appareils exigés par la navigation du *Nautilus*. Ici comme dans le salon, je les ai toujours sous les yeux, et ils m'indiquent ma situation et ma direction exacte au milieu de l'Océan. Les uns vous sont connus, tels que le thermomètre qui donne la température intérieure du *Nautilus* ; le baromètre, qui pèse le poids de l'air et prédit les changements de temps ; l'hygromètre, qui marque le degré de sécheresse de l'atmosphère ; le storm-glass, dont le mélange, en se décomposant, annonce l'arrivée des tempêtes ; la boussole, qui dirige ma route ; le sextant, qui par la hauteur du soleil m'apprend ma latitude ; les chronomètres, qui me permettent de calculer ma longitude ; et enfin des lunettes de jour et de nuit, qui me servent à scruter tous les points de l'horizon, quand le *Nautilus* est remonté à la surface des flots.

— Ce sont les instruments habituels au navigateur, répondis-je, et j'en connais l'usage. Mais en voici d'autres qui répondent sans doute aux exigences particulières du *Nautilus*. Ce cadran que j'aperçois et que parcourt une aiguille mobile, n'est-ce pas un manomètre ?

— C'est un manomètre, en effet. Mis en communication avec l'eau dont il indique la pression extérieure, il me donne par là même la profondeur à laquelle se maintient mon appareil.

— Et ces sondes d'une nouvelle espèce ?

— Ce sont des sondes thermométriques qui rapportent la température des diverses couches d'eau.

— Et ces autres instruments dont je ne devine pas l'emploi ?

— Ici, monsieur le professeur, je dois vous donner quelques explications, dit le capitaine Nemo. Veuillez donc m'écouter. »

Il garda le silence pendant quelques instants, puis il dit :

« Il est un agent puissant, obéissant, rapide, facile, qui se plie à tous les usages et qui règne en maître à mon bord. Tout se fait par lui. Il m'éclaire, il m'échauffe, il est l'âme de mes appareils mécaniques. Cet agent, c'est l'électricité.

— L'électricité ! m'écriai-je assez surpris.

— Oui, monsieur.

— Cependant, capitaine, vous possédez une extrême rapidité de mouvements qui s'accorde mal avec le pouvoir de l'électricité. Jusqu'ici, sa puissance dynamique est restée très-restreinte et n'a pu produire que de petites forces !

— Monsieur le professeur, répondit le capitaine Nemo, mon électricité n'est pas celle de tout le monde, et c'est là tout ce que vous me permettrez de vous en dire.

— Je n'insisterai pas, monsieur, et je me contenterai d'être très-étonné d'un tel résultat. Une seule question, cependant, à laquelle vous ne répondrez pas si elle est indiscrète. Les éléments que vous employez pour produire ce merveilleux agent doivent s'user vite. Le zinc, par exemple, comment le remplacez-vous, puisque vous n'avez plus aucune communication avec la terre ?

— Votre question aura sa réponse, répondit le capitaine Nemo. Je vous dirai, d'abord, qu'il existe au fond des mers des mines de zinc, de fer, d'argent, d'or, dont l'exploitation serait très-certainement praticable. Mais je n'ai rien emprunté à ces métaux de la terre, et j'ai voulu ne demander qu'à la mer elle-même les moyens de produire mon électricité.

— À la mer ?

— Oui, monsieur le professeur, et les moyens ne me manquaient pas. J'aurais pu, en effet, en établissant un circuit entre des fils plongés à différentes profondeurs, obtenir l'électricité par la diversité de températures qu'ils éprouvaient ; mais j'ai préféré employer un système plus pratique.

— Et lequel ?

— Vous connaissez la composition de l'eau de mer. Sur mille grammes on trouve quatre-vingt-seize centièmes et demi d'eau, et deux centièmes deux tiers environ de chlorure de sodium ; puis, en petite quantité, des chlorures de magnésium et de potassium, du bromure de magnésium, du sulfate de magnésie, du sulfate et du carbonate de chaux. Vous voyez donc que le chlorure de sodium s'y rencontre dans une proportion notable. Or, c'est ce sodium que j'extrais de l'eau de mer et dont je compose mes éléments.

— Le sodium ?

— Oui, monsieur. Mélangé avec le mercure, il forme un amalgame qui tient lieu du zinc dans les éléments Bunzen. Le mercure ne s'use jamais. Le sodium seul se consomme, et la mer me le fournit elle-même. Je vous dirai, en outre, que les piles au sodium doivent être considérées comme les plus énergiques, et que leur force électro-motrice est double de celle des piles au zinc.

— Je comprends bien, capitaine, l'excellence du sodium dans les conditions où vous vous trouvez. La mer le contient. Bien. Mais il faut encore le fabriquer, l'extraire en un mot. Et comment faites-vous ? Vos piles pourraient évidemment servir à cette extraction ; mais, si je ne me trompe, la dépense du sodium nécessitée par les appareils électriques dépasserait la quantité extraite. Il arriverait donc que vous en consommeriez pour le produire plus que vous n'en produiriez !

— Aussi, monsieur le professeur, je ne l'extrais pas par la pile, et j'emploie tout simplement la chaleur du charbon de terre.

— De terre ? dis-je en insistant.

— Disons le charbon de mer, si vous voulez, répondit le capitaine Nemo

— Et vous pouvez exploiter des mines sous-marines de houille ?

— Monsieur Aronnax, vous me verrez à l'œuvre. Je ne vous demande qu'un peu le patience, puisque vous avez le temps d'être patient. Rappelez-vous seulement ceci : Je dois tout à l'Océan ; il produit l'électricité, et l'électricité donne au *Nautilus* la chaleur, la lumière, le mouvement, la vie en un mot.

— Mais non pas l'air que vous respirez ?

— Oh ! je pourrais fabriquer l'air nécessaire à ma consommation, mais c'est inutile, puisque je remonte à la surface de la mer, quand il me plaît. Cependant, si l'électricité ne me fournit pas l'air respirable, elle manœuvre, du moins, des pompes puissantes qui l'emmagasinent dans des réservoirs spéciaux, ce qui me permet de prolonger, au besoin, et aussi longtemps que je le veux, mon séjour dans les couches profondes.

— Capitaine, répondis-je, je me contente d'admirer. Vous avez évidemment trouvé ce que les hommes trouveront sans doute un jour, la véritable puissance dynamique de l'électricité.

— Je ne sais s'ils la trouveront, répondit froidement le capitaine Nemo. Quoi qu'il en soit, vous connaissez déjà la première application que j'ai faite de ce précieux agent. C'est lui qui nous éclaire avec une égalité, une continuité que n'a pas la lumière du soleil. Maintenant, regardez cette horloge ; elle est électrique, et marche avec une régularité qui défie celle des meilleurs chronomètres. Je l'ai divisée en vingt-quatre heures, comme les horloges italiennes, car pour moi, il n'existe ni nuit, ni jour, ni soleil, ni lune, mais seulement cette lumière factice que j'entraîne jusqu'au fond des mers ! Voyez, en ce moment, il est dix heures du matin.

— Parfaitement.

— Autre application de l'électricité. Ce cadran, suspendu devant nos yeux, sert à indiquer la vitesse du *Nautilus*. Un fil électrique le met en communication avec l'hélice du loch, et son aiguille m'indique la marche réelle de l'appareil. Et, tenez, en ce moment, nous filons avec une vitesse modérée de quinze milles à l'heure.

— C'est merveilleux, répondis-je, et je vois bien, capitaine, que vous avez eu raison d'employer cet agent, qui est destiné à remplacer le vent, l'eau et la vapeur.

— Nous n'avons pas fini, monsieur Aronnax, dit le capitaine Nemo en se levant, et si vous voulez me suivre, nous visiterons l'arrière du *Nautilus*. »

En effet, je connaissais déjà toute la partie antérieure de ce bateau sous-marin, dont voici la division exacte, en allant du centre à l'éperon : la salle à manger de cinq mètres, séparée de la bibliothèque par une cloison étanche, c'est-à-dire ne pouvant être pénétrée par l'eau, — la bibliothèque de cinq mètres, — le grand salon de dix mètres, séparé de la chambre du capitaine par une seconde cloison étanche, — ladite chambre du capitaine de cinq mètres, — la mienne de deux mètres cinquante, — et enfin un réservoir d'air de sept mètres cinquante, qui s'étendait jusqu'à l'étrave. Total, trente-cinq mètres de longueur. Les cloisons étanches étaient percées de portes qui se fermaient hermétiquement au moyen d'obturateurs en caoutchouc, et elle assuraient toute sécurité à bord du *Nautilus*, au cas où une voie d'eau se fût déclarée.

Je suivis le capitaine Nemo, à travers les coursives situées en abord, et j'arrivai au centre du navire. Là, se trouvait une sorte de puits qui s'ouvrait entre deux cloisons étanches. Une échelle de fer, cramponnée à la paroi, conduisait à son extrémité supérieure. Je demandai au capitaine à quel usage servait cette échelle.

« Elle aboutit au canot, répondit-il.

— Quoi ! vous avez un canot ? répliquai-je, assez étonné.

— Sans doute. Une excellente embarcation, légère et insubmersible, qui sert à la promenade et à la pêche.

— Mais alors, quand vous voulez vous embarquer, vous êtes forcé de revenir à la surface de la mer ?

— Aucunement. Ce canot adhère à la partie supérieure de la coque du *Nautilus*, et occupe une cavité disposée pour le recevoir. Il est entièrement ponté, absolument étanche, et retenu par de solides boulons. Cette échelle conduit à un trou d'homme percé dans la coque du *Nautilus*, qui correspond à un trou pareil percé dans le flanc du canot. C'est par cette double ouverture que je m'introduis dans l'embarcation. On referme l'une, celle du *Nautilus* ; je referme l'autre, celle du canot, au moyen de vis de pression ; je largue les boulons, et l'embarcation remonte avec une prodigieuse rapidité à la surface de la mer. J'ouvre alors le panneau du pont, soigneusement clos jusque-là, je mâte, je hisse ma voile ou je prends mes avirons, et je me promène.

— Mais comment revenez-vous à bord ?

— Je ne reviens pas, monsieur Aronnax, c'est le *Nautilus* qui revient.

— À vos ordres !

— À mes ordres. Un fil électrique me rattache à lui. Je lance un télégramme, et cela suffit.

— En effet, dis-je, grisé par ces merveilles, rien n'est plus simple ! »

Après avoir dépassé la cage de l'escalier qui aboutissait à la plate-forme, je vis une cabine longue de deux mètres, dans laquelle Conseil et Ned Land, enchantés de leur repas, s'occupaient à le dévorer à belles dents. Puis, une porte s'ouvrit sur la cuisine longue de trois mètres, située entre les vastes cambuses du bord.

Là, l'électricité, plus énergique et plus obéissante que le gaz lui-même, faisait tous les frais de la cuisson. Les fils, arrivant sous les fourneaux, communiquaient à des éponges de platine une chaleur qui se distribuait et se maintenait régulièrement. Elle chauffait également des appareils distillatoires qui, par la vaporisation, fournissaient une excellente eau potable. Auprès de cette cuisine s'ouvrait une salle de bains, confortablement disposée, et dont les robinets fournissaient l'eau froide ou l'eau chaude, à volonté.

À la cuisine succédait le poste de l'équipage, long de cinq mètres. Mais la porte en était fermée, et je ne pus voir son aménagement, qui m'eût peut-être fixé sur le nombre d'hommes nécessité par la manœuvre du *Nautilus*.

Au fond s'élevait une quatrième cloison étanche qui séparait ce poste de la chambre des machines. Une porte s'ouvrit, et je me trouvai dans ce compartiment où le capitaine Nemo, — ingénieur de premier ordre, à coup sûr, — avait disposé ses appareils de locomotion.

La chambre des machines nettement éclairée. (Page 170.)

Cette chambre des machines, nettement éclairée, ne mesurait pas moins de vingt mètres en longueur. Elle était naturellement divisée en deux parties ; la première renfermait les éléments qui produisaient l'électricité, et la seconde, le mécanisme qui transmettait le mouvement à l'hélice.

Je fus surpris, tout d'abord, de l'odeur *sui generis* qui emplissait ce compartiment. Le capitaine Nemo s'aperçut de mon impression.

Nous étions assis sur un divan. (Page 172.)

« Ce sont, me dit-il, quelques dégagements de gaz, produits par l'emploi du sodium ; mais ce n'est qu'un léger inconvénient. Tous les matins, d'ailleurs, nous purifions le navire en le ventilant à grand air. »

Cependant, j'examinais avec un intérêt facile à concevoir la machine du *Nautilus*.

« Vous le voyez, me dit le capitaine Nemo, j'emploie des éléments Bunzen, et non des éléments Ruhmkorff[1]. Ceux-ci eussent été impuissants. Les éléments Bunzen sont peu nombreux, mais forts et grands, ce qui vaut mieux, expérience faite. L'électricité produite se rend à l'arrière, où elle agit par des électro-aimants de grande dimension sur un système particulier de leviers et d'engrenages qui transmettent le mouvement à l'arbre de l'hélice. Celle-ci, dont le diamètre est de six mètres et le pas de sept mètres cinquante, peut donner jusqu'à cent vingt tours par seconde.

— Et vous obtenez alors ?

— Une vitesse de cinquante milles à l'heure. »

Il y avait là un mystère, mais je n'insistai pas pour le connaître. Comment l'électricité pouvait-elle agir avec une telle puissance ? Où cette force presque illimitée prenait-elle son origine ? Était-ce dans sa tension excessive obtenue par des bobines d'une nouvelle sorte ? Était-ce dans sa transmission qu'un système de leviers inconnus[*] pouvait accroître à l'infini ? C'est ce que je ne pouvais comprendre.

« Capitaine Nemo, dis-je, je constate les résultats et je ne cherche pas à les expliquer. J'ai vu le *Nautilus* manœuvrer devant l'*Abraham-Lincoln*, et je sais à quoi m'en tenir sur sa vitesse. Mais marcher ne suffit pas. Il faut voir où l'on va ! Il faut pouvoir se

---

[*] Et précisément, on parle d'une découverte de ce genre dans laquelle un nouveau jeu de leviers produit des forces considérables. L'inventeur s'est-il donc rencontré avec le capitaine Nemo ? J. V.

diriger à droite, à gauche, en haut, en bas ! Comment
atteignez-vous les grandes profondeurs, où vous
trouvez une résistance croissante qui s'évalue par
des centaines d'atmosphères ? Comment remontez-
vous à la surface de l'Océan ? Enfin, comment vous
maintenez-vous dans le milieu qui vous convient ?
Suis-je indiscret en vous le demandant ?

— Aucunement, monsieur le professeur, me répondit le capitaine, après une légère hésitation, puisque vous ne devez jamais quitter ce bateau sous-
marin. Venez dans le salon. C'est notre véritable
cabinet de travail, et là, vous apprendrez tout ce
que vous devez savoir sur le *Nautilus* ! »

CHAPITRE XIII

QUELQUES CHIFFRES

Un instant après, nous étions assis sur un divan
du salon, le cigare aux lèvres. Le capitaine mit sous
mes yeux une épure qui donnait les plan, coupe et
élévation du *Nautilus*. Puis il commença sa description en ces termes :

« Voici, monsieur Aronnax, les diverses dimensions du bateau qui vous porte. C'est un cylindre
très-allongé, à bouts coniques. Il affecte sensiblement la forme d'un cigare, forme déjà adoptée à
Londres dans plusieurs constructions du même
genre. La longueur de ce cylindre, de tête en tête,
est exactement de soixante-dix mètres, et son bau, à
sa plus grande largeur, est de huit mètres. Il n'est
donc pas construit tout à fait au dixième comme
vos steamers de grande marche, mais ses lignes sont
suffisamment longues et sa coulée assez prolongée,

pour que l'eau déplacée s'échappe aisément et n'oppose aucun obstacle à sa marche.

« Ces deux dimensions vous permettent d'obtenir par un simple calcul la surface et le volume du *Nautilus*. Sa surface comprend mille onze mètres carrés et quarante-cinq centièmes ; son volume, quinze cents mètres cubes et deux dixièmes, — ce qui revient à dire qu'entièrement immergé, il déplace ou pèse quinze cents mètres cubes ou tonneaux.

« Lorsque j'ai fait les plans de ce navire destiné à une navigation sous-marine, j'ai voulu, qu'en équilibre dans l'eau il plongeât des neuf dixièmes, et qu'il émergeât d'un dixième seulement. Par conséquent, il ne devait déplacer dans ces conditions que les neuf dixièmes de son volume, soit treize cent cinquante-six mètres cubes et quarante-huit centièmes, c'est-à-dire ne peser que ce même nombre de tonneaux. J'ai donc dû ne pas dépasser ce poids en le construisant suivant les dimensions susdites.

« Le *Nautilus* se compose de deux coques, l'une intérieure, l'autre extérieure, réunies entre elles par des fers en T qui lui donnent une rigidité extrême. En effet, grâce à cette disposition cellulaire, il résiste comme un bloc, comme s'il était plein. Son bordé ne peut céder ; il adhère par lui-même et non par le serrage des rivets, et l'homogénéité de sa construction, due au parfait assemblage des matériaux, lui permet de défier les mers les plus violentes.

« Ces deux coques sont fabriquées en tôle d'acier dont la densité par rapport à l'eau est de sept, huit dixièmes. La première n'a pas moins de cinq centimètres d'épaisseur, et pèse trois cent quatre-vingt-quatorze tonneaux quatre-vingt-seize centièmes. La seconde enveloppe, la quille, haute de cinquante centimètres et large de vingt-cinq, pesant, à elle seule, soixante-deux tonneaux, la machine, le lest, les divers accessoires et aménagements, les cloisons et les étrésillons intérieurs, ont un poids de neuf cent soixante et un tonneaux soixante-deux centièmes, qui, ajoutés aux trois cent quatre-vingt-quatorze tonneaux et quatre-vingt-seize centièmes, forment le total exigé de treize cent cinquante-six tonneaux et quarante-huit centièmes. Est-ce entendu ?

— C'est entendu, répondis-je.

— Donc, reprit le capitaine, lorsque le *Nautilus* se trouve à flot dans ces conditions, il émerge d'un dixième. Or, si j'ai disposé des réservoirs d'une capacité égale à ce dixième, soit d'une contenance de cent cinquante tonneaux et soixante-douze centièmes, et si je les remplis d'eau, le bateau déplaçant alors quinze cent sept tonneaux, ou les pesant, sera complètement immergé. C'est ce qui arrive, monsieur le professeur. Ces réservoirs existent en abord dans les parties inférieures du *Nautilus*. J'ouvre des robinets, ils se remplissent, et le bateau s'enfonçant vient affleurer la surface de l'eau.

— Bien, capitaine, mais nous arrivons alors à la véritable difficulté. Que vous puissiez affleurer la surface de l'Océan, je le comprends. Mais plus bas, en plongeant au-dessous de cette surface, votre appareil sous-marin ne va-t-il pas rencontrer une pression et par conséquent subir une poussée de bas en haut qui doit être évaluée à une atmosphère par trente pieds d'eau, soit environ un kilogramme par centimètre carré ?

— Parfaitement, monsieur.

— Donc, à moins que vous ne remplissiez le *Nautilus* en entier, je ne vois pas comment vous pouvez l'entraîner au sein des masses liquides.

— Monsieur le professeur, répondit le capitaine Nemo, il ne faut pas confondre la statique avec la dynamique, sans quoi l'on s'expose à de graves erreurs. Il y a très-peu de travail à dépenser pour atteindre les basses régions de l'Océan, car les corps ont une tendance à devenir « fondriers[1]. » Suivez mon raisonnement.

— Je vous écoute, capitaine.

— Lorsque j'ai voulu déterminer l'accroissement de poids qu'il faut donner au *Nautilus* pour l'immerger, je n'ai eu à me préoccuper que de la réduction du volume que l'eau de mer éprouve à mesure que ses couches deviennent de plus en plus profondes.

— C'est évident, répondis-je.

— Or, si l'eau n'est pas absolument incompressible, elle est, du moins, très-peu compressible. En effet, d'après les calculs les plus récents, cette réduction n'est que de quatre cent trente-six dix millionnièmes par atmosphère, ou par chaque trente pieds de profondeur. S'agit-il d'aller à mille mètres, je tiens compte alors de la réduction du volume sous une pression équivalente à celle d'une colonne d'eau de mille mètres, c'est-à-dire sous une pression de cent atmosphères. Cette réduction sera alors de quatre cent trente-six cent millièmes. Je devrai donc accroître le poids de façon à peser quinze cent treize tonneaux soixante-dix-sept centièmes, au lieu de quinze cent sept tonneaux deux dixièmes. L'augmentation ne sera conséquemment que de six tonneaux cinquante-sept centièmes.

— Seulement ?

— Seulement, monsieur Aronnax, et le calcul est facile à vérifier. Or, j'ai des réservoirs supplémentaires capables d'embarquer cent tonneaux. Je puis donc descendre à des profondeurs considérables. Lorsque je veux remonter à la surface et l'affleurer, il me suffit de chasser cette eau, et de vider entièrement tous les réservoirs, si je désire que le *Nautilus* émerge du dixième de sa capacité totale. »

À ces raisonnements appuyés sur des chiffres, je n'avais rien à objecter.

« J'admets vos calculs, capitaine, répondis-je, et j'aurais mauvaise grâce à les contester, puisque l'expérience leur donne raison chaque jour. Mais je pressens actuellement en présence une difficulté réelle.

— Laquelle, monsieur ?

— Lorsque vous êtes par mille mètres de profondeur les parois du *Nautilus* supportent une pression de cent atmosphères. Si donc, à ce moment, vous voulez vider les réservoirs supplémentaires pour alléger votre bateau et remonter à la surface, il faut que les pompes vainquent cette pression de cent atmosphères, qui est de cent kilogrammes par centimètre carré. De là une puissance...

— Que l'électricité seule pouvait me donner, se hâta de dire le capitaine Nemo. Je vous répète, monsieur, que le pouvoir dynamique de mes machines est à peu près infini. Les pompes du *Nautilus* ont une force prodigieuse, et vous avez dû le voir, quand leurs colonnes d'eau se sont précipitées comme un torrent sur l'*Abraham-Lincoln*. D'ailleurs, je ne me sers des réservoirs supplémentaires que pour atteindre des profondeurs moyennes de quinze cents à deux mille mètres, et cela dans le but de ménager mes appareils. Aussi, lorsque la fantaisie me prend de visiter les profondeurs de l'Océan à deux ou trois lieues au-dessous de sa surface, j'emploie des manœuvres plus longues, mais non moins infaillibles.

— Lesquelles, capitaine ? demandai-je.

— Ceci m'amène naturellement à vous dire comment se manœuvre le *Nautilus*.

— Je suis impatient de l'apprendre.

— Pour gouverner ce bateau sur tribord, sur babord, pour évoluer, en un mot, suivant un plan horizontal, je me sers d'un gouvernail ordinaire à large safran, fixé sur l'arrière de l'étambot, et qu'une roue et des palans font agir. Mais je puis aussi mouvoir le *Nautilus* de bas en haut et de haut en bas, dans un plan vertical, au moyen de deux plans inclinés, attachés à ses flancs sur son centre de flottaison, plans mobiles, aptes à prendre toutes les positions, et qui se manœuvrent de l'intérieur au moyen de leviers puissants. Ces plans sont-ils maintenus parallèles au bateau, celui-ci se meut horizontalement. Sont-ils inclinés, le *Nautilus*, suivant la disposition de cette inclinaison et sous la poussée de son hélice, ou s'enfonce suivant une diagonale aussi allongée qu'il me convient, ou remonte suivant cette diagonale. Et même, si je veux revenir plus rapidement à la surface, j'embraye l'hélice, et la pression des eaux fait remonter verticalement le *Nautilus* comme un ballon qui, gonflé d'hydrogène, s'élève rapidement dans les airs.

— Bravo ! capitaine, m'écriai-je. Mais comment le timonier peut-il suivre la route que vous lui donnez au milieu des eaux ?

— Le timonier est placé dans une cage vitrée, qui fait saillie à la partie supérieure de la coque du *Nautilus*, et que garnissent des verres lenticulaires.

— Des verres capables de résister à de telles pressions ?

— Parfaitement. Le cristal, fragile au choc, offre cependant une résistance considérable. Dans des expériences de pêche à la lumière électrique faites en 1864, au milieu des mers du Nord, on a vu des plaques de cette matière, sous une épaisseur de sept millimètres seulement, résister à une pression de seize atmosphères, tout en laissant passer de puissants rayons calorifiques qui lui répartissaient inégalement la chaleur. Or, les verres dont je me sers n'ont pas moins de vingt et un centimètres à leur centre, c'est-à-dire trente fois cette épaisseur.

— Admis, capitaine Nemo ; mais enfin, pour voir, il faut que la lumière chasse les ténèbres, et je me demande comment au milieu de l'obscurité des eaux...

— En arrière de la cage du timonier est placé un puissant réflecteur électrique, dont les rayons illuminent la mer à un demi-mille de distance.

— Ah ! bravo, trois fois bravo ! capitaine. Je m'explique maintenant cette phosphorescence du prétendu narwal, qui a tant intrigué les savants ! À ce propos, je vous demanderai si l'abordage du *Nautilus* et du *Scotia*, qui a eu un si grand retentissement, a été le résultat d'une rencontre fortuite ?

— Purement fortuite, monsieur. Je naviguais à deux mètres au-dessous de la surface des eaux, quand le choc s'est produit. J'ai d'ailleurs vu qu'il n'avait eu aucun résultat fâcheux.

— Aucun, monsieur. Mais quant à votre rencontre avec l'*Abraham-Lincoln* ?...

— Monsieur le professeur, j'en suis fâché pour l'un des meilleurs navires de cette brave marine américaine, mais on m'attaquait et j'ai dû me défendre ! Je me suis contenté, toutefois, de mettre la frégate hors d'état de me nuire, — elle ne sera pas gênée de réparer ses avaries au port le plus prochain.

— Ah ! commandant, m'écriai-je avec conviction, c'est vraiment un merveilleux bateau que votre *Nautilus* !

— Oui, monsieur le professeur, répondit avec une véritable émotion le capitaine Nemo, et je l'aime comme la chair de ma chair ! Si tout est danger sur un de vos navires soumis aux hasards de l'Océan, si sur cette mer, la première impression est le sentiment de l'abîme, comme l'a si bien dit le Hollandais Jansen[1], au-dessous et à bord du *Nautilus*, le cœur de l'homme n'a plus rien à redouter. Pas de déformation à craindre, car la double coque de ce bateau a la rigidité du fer ; pas de gréement que le roulis ou le tangage fatiguent ; pas de voiles que le vent emporte ; pas de chaudières que la vapeur déchire ; pas d'incendie à redouter, puisque cet appareil est fait de tôle et non de bois ; pas de charbon qui s'épuise, puisque l'électricité est son agent mécanique ; pas de rencontre à redouter, puisqu'il est seul à naviguer dans les eaux profondes ; pas de tempête à braver, puisqu'il trouve à quelques mètres au-dessous des eaux l'absolue tranquillité ! Voilà, monsieur. Voilà le navire par excellence ! Et s'il est vrai que l'ingénieur ait plus de confiance dans le bâtiment que le constructeur, et le constructeur plus que le capitaine lui-même, comprenez donc avec quel abandon je me fie à mon *Nautilus*, puisque j'en suis tout à la fois le capitaine, le constructeur et l'ingénieur ! »

Le capitaine Nemo parlait avec une éloquence entraînante. Le feu de son regard, la passion de son geste, le transfiguraient. Oui ! il aimait son navire comme un père aime son enfant !

Mais une question, indiscrète peut-être, se posait naturellement, et je ne pus me retenir de la lui faire.

« Vous êtes donc ingénieur, capitaine Nemo ?

— Oui, monsieur le professeur, me répondit-il, j'ai étudié à Londres, à Paris, à New-York, du temps que j'étais un habitant des continents de la terre.

— Mais comment avez-vous pu construire, en secret, cet admirable *Nautilus ?*

— Chacun de ses morceaux, monsieur Aronnax, m'est arrivé d'un point différent du globe, et sous une destination déguisée. Sa quille a été forgée au Creusot, son arbre d'hélice chez Pen et Cᵒ, de Londres, les plaques de tôle de sa coque chez Leard, de Liverpool, son hélice chez Scott, de Glasgow. Ses réservoirs ont été fabriqués par Cail et Cᵉ, de Paris, sa machine par Krupp, en Prusse, son éperon dans les ateliers de Motala, en Suède, ses instruments de précision chez Hart frères, de New-York, etc., et chacun de ces fournisseurs a reçu mes plans sous des noms divers.

— Mais, repris-je, ces morceaux ainsi fabriqués, il a fallu les monter, les ajuster ?

— Monsieur le professeur, j'avais établi mes ateliers sur un îlot désert, en plein Océan. Là, mes ouvriers, c'est-à-dire mes braves compagnons que j'ai instruits et formés, et moi, nous avons achevé notre *Nautilus*. Puis, l'opération terminée, le feu a détruit toute trace de notre passage sur cet îlot que j'aurais fais sauter, si je l'avais pu.

— Alors il m'est permis de croire que le prix de revient de ce bâtiment est excessif ?

— Monsieur Aronnax, un navire en fer coûte onze cent vingt-cinq francs par tonneau. Or, le *Nautilus* en jauge quinze cents. Il revient donc à seize cent quatre-vingt-sept mille francs, soit deux millions y compris son aménagement, soit quatre ou cinq millions avec les œuvres d'art et les collections qu'il renferme.

— Une dernière question, capitaine Nemo.

— Faites, monsieur le professeur.

— Vous êtes donc riche ?

— Riche à l'infini, monsieur, et je pourrais, sans me gêner, payer les dix milliards de dettes de la France[1] ! »

Je regardai fixement le bizarre personnage qui me parlait ainsi. Abusait-il de ma crédulité ? L'avenir devait me l'apprendre.

Le capitaine Nemo prit la hauteur du soleil. (Page 184.)

CHAPITRE XIV

LE FLEUVE-NOIR

La portion du globe terrestre occupée par les eaux est évaluée à trois millions huit cent trente-deux mille cinq cent cinquante-huit myriamètres carrés, soit plus de trente-huit millions d'hectares. Cette masse liquide comprend deux milliards deux cent cinquante millions de milles cubes, et formerait une sphère d'un diamètre de soixante lieues dont le poids serait de trois quintillions de tonneaux. Et, pour comprendre ce nombre, il faut se dire que le quintillion est au milliard ce que le milliard est à l'unité, c'est-à-dire qu'il y a autant de milliards dans un quintillion que d'unités dans un milliard. Or, cette masse liquide, c'est à peu près la quantité d'eau que verseraient tous les fleuves de la terre pendant quarante mille ans.

Durant les époques géologiques, à la période du feu succéda la période de l'eau. L'Océan fut d'abord universel. Puis, peu à peu, dans les temps siluriens, des sommets de montagnes apparurent, des îles émergèrent, disparurent sous des déluges partiels, se montrèrent à nouveau, se soudèrent, formèrent des continents, et enfin les terres se fixèrent géographiquement telles que nous les voyons. Le solide avait conquis sur le liquide trente-sept millions six cent cinquante-sept milles carrés, soit douze mille neuf cent seize millions d'hectares.

La configuration des continents permet de diviser les eaux en cinq grandes parties : l'Océan glacial arctique, l'Océan glacial antarctique, l'Océan indien, l'Océan atlantique, l'Océan pacifique.

L'Océan pacifique s'étend du nord au sud entre les deux cercles polaires, et de l'ouest à l'est entre l'Asie et l'Amérique sur une étendue de cent quarante-cinq degrés en longitude. C'est la plus tranquille des mers ; ses courants sont larges et lents, ses marées médiocres, ses pluies abondantes. Tel était l'Océan que ma destinée m'appelait d'abord à parcourir dans les plus étranges conditions.

« Monsieur le professeur, me dit le capitaine Nemo, nous allons, si vous le voulez bien, relever exactement notre position, et fixer le point de départ de ce voyage. Il est midi moins le quart. Je vais remonter à la surface des eaux. »

Le capitaine pressa trois fois un timbre électrique. Les pompes commencèrent à chasser l'eau des réservoirs ; l'aiguille du manomètre marqua par les différentes pressions le mouvement ascensionnel du *Nautilus*, puis elle s'arrêta.

« Nous sommes arrivés, » dit le capitaine.

Je me rendis à l'escalier central qui aboutissait à la plate-forme. Je gravis les marches de métal, et, par les panneaux ouverts, j'arrivai sur la partie supérieure du *Nautilus*.

La plate-forme émergeait de quatre-vingts centimètres seulement. L'avant et l'arrière du *Nautilus* présentaient cette disposition fusiforme qui le faisait justement comparer à un long cigare. Je remarquai que ses plaques de tôles, imbriquées légèrement, ressemblaient aux écailles qui revêtent le corps des grands reptiles terrestres. Je m'expliquai donc très-naturellement que, malgré les meilleures lunettes, ce bateau eût toujours été pris pour un animal marin.

Vers le milieu de la plate-forme, le canot, à demi-engagé dans la coque du navire, formait une légère extumescence. En avant et en arrière s'élevaient deux cages de hauteur médiocre, à parois inclinées, et en partie fermées par d'épais verres lenticulaires : l'une destinée au timonier qui dirigeait le *Nautilus*, l'autre où brillait le puissant fanal électrique qui éclairait sa route.

La mer était magnifique, le ciel pur. À peine si le long véhicule ressentait les larges ondulations de l'Océan. Une légère brise de l'est ridait la surface des eaux. L'horizon, dégagé de brumes, se prêtait aux meilleures observations.

Nous n'avions rien en vue. Pas un écueil, pas un îlot. Plus d'*Abraham-Lincoln*. L'immensité déserte.

Le capitaine Nemo, muni de son sextant, prit la hauteur du soleil, qui devait lui donner sa latitude. Il attendit pendant quelques minutes que l'astre vint affleurer le bord de l'horizon. Tandis qu'il observait, pas un de ses muscles ne tressaillait, et l'instrument n'eût pas été plus immobile dans une main de marbre.

« Midi, dit-il. Monsieur le professeur, quand vous voudrez ?... »

Je jetai un dernier regard sur cette mer un peu jaunâtre des atterrages japonais, et je redescendis au grand salon.

Là, le capitaine fit son point et calcula chrono-métriquement sa longitude, qu'il contrôla par de précédentes observations d'angles horaires. Puis il me dit :

« Monsieur Aronnax, nous sommes par cent trente-sept degrés et quinze minutes de longitude à l'ouest...

— De quel méridien ? demandai-je vivement, espérant que la réponse du capitaine m'indiquerait peut-être sa nationalité.

— Monsieur, me répondit-il, j'ai divers chrono-mètres réglés sur les méridiens de Paris, de Greenwich et de Washington. Mais, en votre hon-neur je me servirai de celui de Paris. »

Cette réponse ne m'apprenait rien. Je m'inclinai, et le commandant reprit :

« Trente-sept degrés et quinze minutes de lon-gitude à l'ouest du méridien de Paris, et par trente degrés et sept minutes de latitude nord, c'est-à-dire à trois cents milles environ des côtes du Japon. C'est aujourd'hui 8 novembre, à midi, que commence notre voyage d'exploration sous les eaux.

— Dieu nous garde ! répondis-je.

— Et maintenant, monsieur le professeur, ajouta le capitaine, je vous laisse à vos études. J'ai donné la route à l'est-nord-est par cinquante mètres de profondeur. Voici des cartes à grands points, où vous pourrez la suivre. Le salon est à votre disposition, et je vous demande la permission de me retirer. »

Le capitaine Nemo me salua. Je restai seul, absorbé dans mes pensées. Toutes se portaient sur ce commandant du *Nautilus*. Saurais-je jamais à quelle nation appartenait cet homme étrange qui se vantait de n'appartenir à aucune ? Cette haine qu'il avait vouée à l'humanité, cette haine qui cherchait peut-être des vengeances terribles, qui l'avait provoquée ? Était-il un de ces savants méconnus, un de ces génies « auxquels on a fait du chagrin, » suivant l'expression de Conseil, un Galilée moderne, ou bien un de ces hommes de science comme l'Américain Maury, dont la carrière a été brisée par des révolutions politiques[1] ? Je ne pouvais encore le dire. Moi que le hasard venait de jeter à son bord, moi dont il tenait la vie entre les mains, il m'accueillait froidement, mais hospitalièrement. Seulement, il n'avait jamais pris la main que je lui tendais. Il ne m'avait jamais tendu la sienne.

Une heure entière, je demeurai plongé dans ces réflexions, cherchant à percer ce mystère si intéressant pour moi. Puis mes regards se fixèrent sur le vaste planisphère étalé sur la table, et je plaçai le doigt sur le point même où se croisaient la longitude et la latitude observées.

La mer a ses fleuves comme les continents. Ce sont des courants spéciaux, reconnaissables à leur température, à leur couleur, et dont le plus remarquable est connu sous le nom de courant du Gulf-Stream. La science a déterminé, sur le globe, la direction de cinq courants principaux : un dans l'Atlantique nord, un second dans l'Atlantique sud, un troisième dans le Pacifique nord, un quatrième dans le Pacifique sud, et un cinquième dans l'Océan indien sud. Il est même probable qu'un sixième courant existait autrefois dans l'Océan indien nord,

VINGT MILLE LIEUES
SOUS LES MERS

1ʳᵉ Carte
PAR
JULES VERNE

lorsque les mers Caspienne et d'Aral, réunies aux grands lacs de l'Asie, ne formaient qu'une seule et même étendue d'eau.

Or, au point indiqué sur le planisphère, se déroulait l'un de ces courants, le Kuro-Scivo des Japonais, le Fleuve-Noir, qui, sorti du golfe du Bengale où le chauffent les rayons perpendiculaires du soleil des Tropiques, traverse le détroit de Malacca, prolonge la côte d'Asie, s'arrondit dans le Pacifique nord jusqu'aux îles Aléoutiennes, charriant des troncs de camphriers et autres produits indigènes, et tranchant par le pur indigo de ses eaux chaudes avec les flots de l'Océan. C'est ce courant que le *Nautilus* allait parcourir. Je le suivais du regard, je le voyais se perdre dans l'immensité du Pacifique, et je me sentais entraîner avec lui, quand Ned Land et Conseil apparurent à la porte du salon.

Mes deux braves compagnons restèrent pétrifiés à la vue des merveilles entassées devant leurs yeux.

« Où sommes-nous ? où sommes-nous ? s'écria le Canadien. Au muséum de Québec ?

— S'il plaît à monsieur, répliqua Conseil, ce serait plutôt à l'hôtel du Sommerard[1] !

— Mes amis, répondis-je en leur faisant signe d'entrer, vous n'êtes ni au Canada ni en France, mais bien à bord du *Nautilus*, et à cinquante mètres au-dessous du niveau de la mer.

— Il faut croire monsieur, puisque monsieur l'affirme, répliqua Conseil ; mais franchement, ce salon est fait pour étonner même un Flamand comme moi.

— Étonne-toi, mon ami, et regarde, car, pour un classificateur de ta force, il y a de quoi travailler ici. »

Je n'avais pas besoin d'encourager Conseil. Le brave garçon, penché sur les vitrines, murmurait déjà des mots de la langue des naturalistes : classe des Gastéropodes, famille des Buccinoïdes, genre des

Porcelaines, espèces des *Cyprœa Madagascariensis*, etc.

Pendant ce temps, Ned Land, assez peu conchyliologue, m'interrogeait sur mon entrevue avec le capitaine Nemo. Avais-je découvert qui il était, d'où il venait, où il allait, vers quelles profondeurs il nous entraînait ? enfin mille questions auxquelles je n'avais pas le temps de répondre.

Je lui appris tout ce que je savais, ou plutôt, tout ce que je ne savais pas, et je lui demandai ce qu'il avait entendu ou vu de son côté.

« Rien vu, rien entendu, répondit le Canadien ! Je n'ai pas même aperçu l'équipage de ce bateau. Est-ce que, par hasard, il serait électrique aussi, lui ?

— Électrique !

— Par ma foi ! on serait tenté de le croire. Mais vous, monsieur Aronnax, demanda Ned Land, qui avait toujours son idée, vous ne pouvez me dire combien d'hommes il y a à bord ? Dix, vingt, cinquante, cent ?

— Je ne saurais vous répondre, maître Land. D'ailleurs, croyez-moi, abandonnez, pour le moment, cette idée de vous emparer du *Nautilus* ou de le fuir. Ce bateau est un des chefs-d'œuvre de l'industrie moderne, et je regretterais de ne pas l'avoir vu ! Bien des gens accepteraient la situation qui nous est faite, ne fût-ce que pour se promener à travers ces merveilles. Ainsi, tenez-vous tranquille, et tâchons de voir ce qui se passe autour de nous.

— Voir ! s'écria le harponneur, mais on ne voit rien, on ne verra rien de cette prison de tôle ! Nous marchons, nous naviguons en aveugles... »

Ned Land prononçait ces derniers mots, quand l'obscurité se fit subitement, mais une obscurité absolue. Le plafond lumineux s'éteignit, et si rapidement, que mes yeux en éprouvèrent une impression douloureuse, analogue à celle que produit le passage contraire des profondes ténèbres à la plus éclatante lumière.

Nous étions restés muets, ne remuant pas, ne sachant quelle surprise, agréable ou désagréable, nous attendait. Mais un glissement se fit entendre. On eût dit que des panneaux se manœuvraient sur les flancs du *Nautilus*.

« C'est la fin de la fin ! dit Ned Land.

— Ordre des Hydroméduses ! » murmura Conseil.

Soudain, le jour se fit de chaque côté du salon, à travers deux ouvertures oblongues. Les masses liquides apparurent vivement éclairées par les effluences électriques. Deux plaques de cristal nous séparaient de la mer. Je frémis, d'abord, à la pensée que cette fragile paroi pouvait se briser ; mais de fortes armatures de cuivre la maintenaient et lui donnaient une résistance presque infinie.

La mer était distinctement visible dans un rayon d'un mille autour du *Nautilus*. Quel spectacle ! Quelle plume le pourrait décrire ! Qui saurait peindre les effets de la lumière à travers ces nappes transparentes, et la douceur de ses dégradations successives jusqu'aux couches inférieures et supérieures de l'Océan !

On connaît la diaphanéité de la mer. On sait que sa limpidité l'emporte sur celle de l'eau de roche. Les substances minérales et organiques, qu'elle tient en suspension, accroissent même sa transparence. Dans certaines parties de l'Océan, aux Antilles, cent quarante-cinq mètres d'eau laissent apercevoir le lit de sable avec une surprenante netteté, et la force de pénétration des rayons solaires ne paraît s'arrêter qu'à une profondeur de trois cents mètres. Mais, dans ce milieu fluide que parcourait le *Nautilus*, l'éclat électrique se produisait au sein même des ondes. Ce n'était plus de l'eau lumineuse, mais de la lumière liquide.

Si l'on admet l'hypothèse d'Erhemberg[1], qui croit
à une illumination phosphorescente des fonds sous-
marins, la nature a certainement réservé pour les
habitants de la mer l'un de ses plus prodigieux
spectacles, et j'en pouvais juger ici par les mille jeux
de cette lumière. De chaque côté, j'avais une fenêtre
ouverte sur ces abîmes inexplorés. L'obscurité du
salon faisait valoir la clarté extérieure, et nous

Une fenêtre ouverte sur ces abîmes inexplorés. (Page 190.)

regardions comme si ce pur cristal eût été la vitre d'un immense aquarium.

Le *Nautilus* ne semblait pas bouger. C'est que les points de repère manquaient. Parfois, cependant, les lignes d'eau, divisées par son éperon, filaient devant nos regards avec une vitesse excessive.

Émerveillés, nous étions accoudés devant ces vitrines, et nul de nous n'avait encore rompu ce silence de stupéfaction, quand Conseil dit :

« Vous vouliez voir, ami Ned, eh bien, vous voyez !

— Curieux ! curieux ! faisait le Canadien, — qui, oubliant ses colères et ses projets d'évasion, subissait une attraction irrésistible, — et l'on viendrait de plus loin pour admirer ce spectacle !

— Ah ! m'écriai-je, je comprends la vie de cet homme ! Il s'est fait un monde à part qui lui réserve ses plus étonnantes merveilles !

— Mais les poissons ? fit observer le Canadien. Je ne vois pas de poissons !

— Que vous importe, ami Ned, répondit Conseil, puisque vous ne les connaissez pas.

— Moi ! un pêcheur ! » s'écria Ned Land.

Et sur ce sujet, une discussion s'éleva entre les deux amis, car ils connaissaient les poissons, mais chacun d'une façon très-différente.

Tout le monde sait que les poissons forment la quatrième et dernière classe de l'embranchement des vertébrés. On les a très-justement définis : « des vertébrés à circulation double et à sang froid, respirant par des branchies et destinés à vivre dans l'eau. » Ils composent deux séries distinctes : la série des poissons osseux, c'est-à-dire ceux dont l'épine dorsale est faite de vertèbres osseuses, et les poissons cartilagineux, c'est-à-dire ceux dont l'épine dorsale est faite de vertèbres cartilagineuses.

Le Canadien connaissait peut-être cette distinction, mais Conseil en savait bien davantage, et, maintenant, lié d'amitié avec Ned, il ne pouvait admettre qu'il fût moins instruit que lui. Aussi lui dit-il :

« Ami Ned, vous êtes un tueur de poissons, un très-habile pêcheur. Vous avez pris un grand nombre de ces intéressants animaux. Mais je gagerais que vous ne savez pas comment on les classe.

— Si, répondit sérieusement le harponneur. On les classe en poissons qui se mangent et en poissons qui ne se mangent pas !

— Voilà une distinction de gourmand, répondit Conseil. Mais dites-moi si vous connaissez la différence qui existe entre les poissons osseux et les poissons cartilagineux ?

— Peut-être bien, Conseil.

— Et la subdivision de ces deux grandes classes ?

— Je ne m'en doute pas, répondit le Canadien.

— Eh bien, ami Ned, écoutez et retenez ! Les poissons osseux se subdivisent en six ordres : Primo, les acanthoptérygiens, dont la mâchoire supérieure est complète, mobile, et dont les branchies affectent la forme d'un peigne. Cet ordre comprend quinze familles, c'est-à-dire les trois quarts des poissons connus. Type : la perche commune.

— Assez bonne à manger, répondit Ned Land.

— Secundo, reprit Conseil, les abdominaux, qui ont les nageoires ventrales suspendues sous l'abdomen et en arrière des pectorales, sans être attachées aux os de l'épaule, — ordre qui se divise en cinq familles, et qui comprend la plus grande partie des poissons d'eau douce. Type : la carpe, le brochet.

— Peuh ! fit le Canadien avec un certain mépris, des poissons d'eau douce !

— Tertio, dit Conseil, les subbrachiens, dont les ventrales sont attachées sous les pectorales et immédiatement suspendues aux os de l'épaule. Cet ordre contient quatre familles. Type : plies, limandes, turbots, barbues, soles, etc.

— Excellent ! excellent ! s'écriait le harponneur, qui ne voulait considérer les poissons qu'au point de vue comestible.

— Quarto, reprit Conseil, sans se démonter, les apodes, au corps allongé, dépourvus de nageoires ventrales, et revêtus d'une peau épaisse et souvent gluante, — ordre qui ne comprend qu'une famille. Type : l'anguille, le gymnote.

— Médiocre ! médiocre ! répondit Ned Land.

— Quinto, dit Conseil, les lophobranches, qui ont les mâchoires complètes et libres, mais dont les branchies sont formées de petites houppes, disposées par paires le long des arcs branchiaux. Cet ordre ne compte qu'une famille. Type : les hippocampes, les pégases dragons.

— Mauvais ! mauvais ! répliqua le harponneur.

— Sexto, enfin, dit Conseil, les plectognathes, dont l'os maxillaire est attaché fixement sur le côté de l'intermaxillaire qui forme la mâchoire, et dont l'arcade palatine s'engrène par suture avec le crâne, ce qui la rend immobile, — ordre qui manque de vraies ventrales, et qui se compose de deux familles. Types : les tétrodons, les poissons-lune.

— Bons à déshonorer une chaudière ! s'écria le Canadien.

— Avez-vous compris, ami Ned ? demanda le savant Conseil.

— Pas le moins du monde, ami Conseil, répondit le harponneur. Mais allez toujours, car vous êtes très-intéressant.

— Quant aux poissons cartilagineux, reprit imperturbablement Conseil, ils ne comprennent que trois ordres.

— Tant mieux, fit Ned.

— Primo, les cyclostomes, dont les mâchoires sont soudées en un anneau mobile, et dont les branchies s'ouvrent par des trous nombreux, —

ordre ne comprenant qu'une seule famille. Type : la lamproie.

— Faut l'aimer, répondit Ned Land.

— Secundo, les sélaciens, avec branchies semblables à celles des cyclostomes, mais dont la mâchoire inférieure est mobile. Cet ordre, qui est le plus important de la classe, comprend deux familles. Types : la raie et les squales.

— Quoi ! s'écria Ned, des raies et des requins dans le même ordre ! Eh bien, ami Conseil, dans l'intérêt des raies, je ne vous conseille pas de les mettre ensemble dans le même bocal !

— Tertio, répondit Conseil, les sturioniens, dont les branchies sont ouvertes, comme à l'ordinaire, par une seule fente garnie d'un opercule, — ordre qui comprend quatre genres. Type : l'esturgeon.

— Ah ! ami Conseil, vous avez gardé le meilleur pour la fin, — à mon avis, du moins. Et c'est tout ?

— Oui, mon brave Ned, répondit Conseil, et remarquez que quand on sait cela, on ne sait rien encore, car les familles se subdivisent en genres, en sous-genres, en espèces, en variétés...

— Eh bien, ami Conseil, dit le harponneur, se penchant sur la vitre du panneau, voici des variétés qui passent !

— Oui ! des poissons, s'écria Conseil. On se croirait devant un aquarium !

— Non, répondis-je, car l'aquarium n'est qu'une cage, et ces poissons-là sont libres comme l'oiseau dans l'air.

— Eh bien, ami Conseil, nommez-les donc, nommez-les donc ! disait Ned Land.

— Moi, répondit Conseil, je n'en suis pas capable ! Cela regarde mon maître ! »

Et en effet, le digne garçon, classificateur enragé, n'était point un naturaliste, et je ne sais pas s'il aurait distingué un thon d'une bonite. En un mot, le contraire du Canadien, qui nommait tous ces poissons sans hésiter.

« Un baliste, avais-je dit.

— Et un baliste chinois ! répondait Ned Land.

— Genre des balistes, famille des sclérodermes, ordre des plectognathes, » murmurait Conseil.

Décidément, à eux deux, Ned et Conseil auraient fait un naturaliste distingué.

Le Canadien ne s'était pas trompé. Une troupe de balistes, à corps comprimé, à peau grenue, armés d'un aiguillon sur leur dorsale, se jouaient autour du *Nautilus*, et agitaient les quatre rangées de piquants qui hérissent chaque côté de leur queue. Rien de plus admirable que leur enveloppe, grise par dessus, blanche par dessous, dont les taches d'or scintillaient dans le sombre remous des lames. Entre eux ondulaient des raies, comme une nappe abandonnée aux vents, et parmi elles, j'aperçus, à ma grande joie, cette raie chinoise, jaunâtre à sa partie supérieure, rose tendre sous le ventre, et munie de trois aiguillons en arrière de son œil ; espèce rare, et même douteuse au temps de Lacépède, qui ne l'avait jamais vue que dans un recueil de dessins japonais.

Pendant deux heures, toute une armée aquatique fit escorte au *Nautilus*. Au milieu de leurs jeux, de leurs bonds, tandis qu'ils rivalisaient de beauté, d'éclat et de vitesse, je distinguai le labre vert, le mulle barberin, marqué d'une double raie noire, le gobie éléotre, à caudale arrondie, blanc de couleur et tacheté de violet sur le dos, le scombre japonais, admirable maquereau de ces mers, au corps bleu et à la tête argentée, de brillants azurors dont le nom seul emporte toute description, des spares rayés, aux nageoires variées de bleu et de jaune, des spares fascés, relevés d'une bande noire sur leur caudale, des spares zonéphores élégamment corsetés dans leurs six ceintures, des aulostomes, véritables bouches en flûte ou bécasses de mer, dont quelques échantillons atteignaient une longueur d'un mètre, des salamandres du Japon, des murènes échidnées, longs serpents de six pieds, aux yeux vifs et petits, et à la vaste bouche hérissée de dents, etc.

Notre admiration se maintenait toujours au plus haut point. Nos interjections ne tarissaient pas. Ned nommait les poissons, Conseil les classait, moi, je m'extasiais devant la vivacité de leurs allures et la beauté de leurs formes. Jamais il ne m'avait été donné de surprendre ces animaux vivants, et libres dans leur élément naturel.

Je ne citerai pas toutes les variétés qui passèrent ainsi devant nos yeux éblouis, toute cette collection des mers du Japon et de la Chine. Ces poissons accouraient, plus nombreux que les oiseaux dans l'air, attirés sans doute par l'éclatant foyer de lumière électrique.

Subitement, le jour se fit dans le salon. Les panneaux de tôle se refermèrent. L'enchanteresse vision disparut. Mais longtemps, je rêvai encore, jusqu'au moment où mes regards se fixèrent sur les instruments suspendus aux parois. La boussole montrait toujours la direction au nord-nord-est, le manomètre indiquait une pression de cinq atmosphères correspondant à une profondeur de cinquante mètres, et le loch électrique donnait une marche de quinze milles à l'heure.

J'attendais le capitaine Nemo. Mais il ne parut pas. L'horloge marquait cinq heures.

Ned Land et Conseil retournèrent à leur cabine. Moi, je regagnai ma chambre. Mon dîner s'y trouvait préparé. Il se composait d'une soupe à la tortue faite des carets les plus délicats, d'un surmulet à chair blanche, un peu feuilletée, dont le foie préparé à part fit un manger délicieux, et de filets de cette viande de l'holacante-empereur, dont la saveur me parut supérieure à celle du saumon.

RAIE. — ARACANA. — BALISTES. — SCARE. — MAQUEREAU.
— GRONDIN. — MULET. — PÉLOR. — GRANDE SALAMANDRE DU JAPON.
— FISTULAIRE. — MURÈNE.

Je passai la soirée à lire, à écrire, à penser. Puis, le sommeil me gagnant, je m'étendis sur ma couche de zostère, et je m'endormis profondément, pendant que le *Nautilus* se glissait à travers le rapide courant du Fleuve-Noir.

CHAPITRE XV

UNE INVITATION PAR LETTRE

Le lendemain, 9 novembre, je ne me réveillai qu'après un long sommeil de douze heures. Conseil vint, suivant son habitude, savoir « comment monsieur avait passé la nuit, » et lui offrir ses services. Il avait laissé son ami le Canadien dormant comme un homme qui n'aurait fait que cela toute sa vie.

Je laissai le brave garçon babiller à sa fantaisie, sans trop lui répondre. J'étais préoccupé de l'absence du capitaine Nemo pendant notre séance de la veille, et j'espérais le revoir aujourd'hui.

Bientôt j'eus revêtu mes vêtements de byssus. Leur nature provoqua plus d'une fois les réflexions de Conseil. Je lui appris qu'ils étaient fabriqués avec les filaments lustrés et soyeux qui rattachent aux rochers les « jambonneaux, » sortes de coquilles très-abondantes sur les rivages de la Méditerranée. Autrefois, on en faisait de belles étoffes, des bas, des gants, car ils étaient à la fois très-moelleux et très-chauds. L'équipage du *Nautilus* pouvait donc se vêtir à bon compte, sans rien demander ni aux cotonniers, ni aux moutons, ni aux vers à soie de la terre.

Lorsque je fus habillé, je me rendis au grand salon. Il était désert.

Je me plongeai dans l'étude de ces trésors de conchyliologie, entassés sous les vitrines. Je fouillai aussi de vastes herbiers, emplis des plantes marines les plus rares, et qui, quoique desséchées, conservaient leurs admirables couleurs. Parmi ces précieuses hydrophytes, je remarquai des cladostèphes verticillées, des padines-paon, des caulerpes à feuilles de vigne, des callithamnies granifères, de délicates céramies à teintes écarlates, des agares disposées en éventails, des acétabules, semblables à des chapeaux de champignons très-déprimés, et qui furent longtemps classées parmi les zoophytes, enfin toute une série de varechs.

La journée entière se passa, sans que je fusse honoré de la visite du capitaine Nemo. Les panneaux du salon ne s'ouvrirent pas. Peut-être ne voulait-on pas nous blaser sur ces belles choses.

La direction du *Nautilus* se maintint à l'est-nord-est, sa vitesse à douze milles, sa profondeur entre cinquante et soixante mètres.

Le lendemain, 10 novembre, même abandon, même solitude. Je ne vis personne de l'équipage. Ned et Conseil passèrent la plus grande partie de la journée avec moi. Ils s'étonnèrent de l'inexplicable absence du capitaine. Cet homme singulier était-il malade ? Voulait-il modifier ses projets à notre égard ?

Après tout, suivant la remarque de Conseil, nous jouissions d'une entière liberté, nous étions délicatement et abondamment nourris. Notre hôte se tenait dans les termes de son traité. Nous ne pouvions nous plaindre, et d'ailleurs, la singularité même de notre destinée nous réservait de si belles compensations, que nous n'avions pas encore le droit de l'accuser.

Ce jour-là, je commençai le journal de ces aventures, ce qui m'a permis de les raconter avec la plus scrupuleuse exactitude, et, détail curieux, je l'écrivis sur un papier fabriqué avec la zostère marine.

Le 11 novembre, de grand matin, l'air frais répandu à l'intérieur du *Nautilus* m'apprit que nous étions revenus à la surface de l'Océan, afin de renouveler les provisions d'oxygène. Je me dirigeai vers l'escalier central, et je montai sur la plate-forme.

Il était six heures. Je trouvai le temps couvert, la mer grise, mais calme. À peine de houle. Le capitaine Nemo, que j'espérais rencontrer là, viendrait-il ? Je n'aperçus que le timonier, emprisonné dans sa cage de verre. Assis sur la saillie produite par la coque du canot, j'aspirai avec délices les émanations salines.

Peu à peu, la brume se dissipa sous l'action des rayons solaires. L'astre radieux débordait de l'horizon oriental. La mer s'enflamma sous son regard comme une traînée de poudre. Les nuages, éparpillés dans les hauteurs, se colorèrent de tons vifs admirablement nuancés, et de nombreuses « langues de chat* » annoncèrent du vent pour toute la journée.

Mais que faisait le vent à ce *Nautilus* que les tempêtes ne pouvaient effrayer !

J'admirais donc ce joyeux lever de soleil, si gai, si vivifiant, lorsque j'entendis quelqu'un monter vers la plate-forme.

Je me préparais à saluer le capitaine Nemo, mais ce fut son second, — que j'avais déjà vu pendant la première visite du capitaine, — qui apparut. Il s'avança sur la plate-forme, et ne sembla pas s'apercevoir de ma présence. Sa puissante lunette aux yeux, il scruta tous les points de l'horizon avec une attention extrême. Puis, cet examen fait, il s'approcha du panneau, et prononça une phrase dont voici exactement les termes. Je l'ai retenue, car, chaque

* Petits nuages blancs légers, dentelés sur leurs bords.

matin, elle se reproduisit dans des conditions identiques. Elle était ainsi conçue :

« Nautron respoc lorni virch[1]. »

Ce qu'elle signifiait, je ne saurais le dire.

Ces mots prononcés, le second redescendit. Je pensai que le *Nautilus* allait reprendre sa navigation sous-marine. Je regagnai donc le panneau et par les coursives je revins à ma chambre.

La mer s'enflamma sous son regard. (Page 200.)

Cinq jours s'écoulèrent ainsi, sans que la situation se modifiât. Chaque matin, je montais sur la plate-forme. La même phrase était prononcée par le même individu. Le capitaine Nemo ne paraissait pas.

J'avais pris mon parti de ne plus le voir, quand, le 16 novembre, rentré dans ma chambre avec Ned et Conseil, je trouvai sur la table un billet à mon adresse.

Je fis honneur au repas. (Page 205.)

Je l'ouvris d'une main impatiente. Il était écrit d'une écriture franche et nette, mais un peu gothique et qui rappelait les types allemands[1].

Ce billet était libellé en ces termes.

« *Monsieur le professeur Aronnax,*
à bord du Nautilus.

« *16 novembre 1867.*

« *Le capitaine Nemo invite monsieur le professeur Aronnax à une partie de chasse qui aura lieu demain matin dans ses forêts de l'île Crespo. Il espère que rien n'empêchera monsieur le professeur d'y assister, et il verra avec plaisir que ses compagnons se joignent à lui.*

« *Le commandant du* Nautilus,
« *Capitaine* NEMO. »

« Une chasse ! s'écria Ned.

— Et dans ses forêts de l'île Crespo ! ajouta Conseil.

— Mais il va donc à terre, ce particulier-là ? reprit Ned Land.

— Cela me paraît clairement indiqué, dis-je en relisant la lettre.

— Eh bien ! il faut accepter, répliqua le Canadien. Une fois sur la terre ferme, nous aviserons à prendre un parti. D'ailleurs, je ne serai pas fâché de manger quelques morceaux de venaison fraîche. »

Sans chercher à concilier ce qu'il y avait de contradictoire entre l'horreur manifeste du capitaine Nemo pour les continents et les îles, et son invitation de chasser en forêt, je me contentai de répondre :

« Voyons d'abord ce que c'est que l'île Crespo. »

Je consultai le planisphère, et, par 32° 40' de latitude nord et 167° 50' de longitude ouest, je trouvai un îlot qui fut reconnu en 1801 par le capitaine Crespo, et que les anciennes cartes espagnoles nommaient Rocca de la Plata, c'est-à-dire « Roche d'Argent ». Nous étions donc à dix-huit cents milles environ de notre point de départ, et la direction un peu modifiée du *Nautilus* le ramenait vers le sud-est.

Je montrai à mes compagnons ce petit roc perdu au milieu du Pacifique nord.

« Si le capitaine Nemo va quelquefois à terre, leur dis-je, il choisit du moins des îles absolument désertes ! »

Ned Land hocha la tête sans répondre, puis Conseil et lui me quittèrent. Après un souper qui me fut servi par le stewart muet et impassible, je m'endormis, non sans quelque préoccupation.

Le lendemain, 17 novembre, à mon réveil, je sentis que le *Nautilus* était absolument immobile. Je m'habillai lestement, et j'entrai dans le grand salon.

Le capitaine Nemo était là. Il m'attendait, se leva, salua, et me demanda s'il me convenait de l'accompagner.

Comme il ne fit aucune allusion à son absence pendant ces huit jours, je m'abstins de lui en parler, et je répondis simplement que mes compagnons et moi nous étions prêts à le suivre.

« Seulement, monsieur, ajoutai-je, je me permettrai de vous adresser une question.

— Adressez, monsieur Aronnax, et, si je puis y répondre, j'y répondrai.

— Eh bien, capitaine, comment se fait-il que vous, qui avez rompu toute relation avec la terre, vous possédiez des forêts dans l'île Crespo ?

— Monsieur le professeur, me répondit le capitaine, les forêts que je possède ne demandent au soleil ni sa lumière ni sa chaleur. Ni les lions, ni les tigres, ni les panthères, ni aucun quadrupède ne les fréquentent. Elles ne sont connues que de moi seul.

Elles ne poussent que pour moi seul. Ce ne sont point des forêts terrestres, mais bien des forêts sous-marines.

— Des forêts sous-marines ! m'écriai-je.

— Oui, monsieur le professeur.

— Et vous m'offrez de m'y conduire ?

— Précisément.

— À pied ?

— Et même à pied sec.

— En chassant ?

— En chassant.

— Le fusil à la main ?

— Le fusil à la main. »

Je regardai le commandant du *Nautilus* d'un air qui n'avait rien de flatteur pour sa personne.

« Décidément, il a le cerveau malade, pensai-je. Il a eu un accès qui a duré huit jours, et même qui dure encore. C'est dommage ! Je l'aimais mieux étrange que fou ! »

Cette pensée se lisait clairement sur mon visage, mais le capitaine Nemo se contenta de m'inviter à le suivre, et je le suivis en homme résigné à tout.

Nous arrivâmes dans la salle à manger, où le déjeuner se trouvait servi.

« Monsieur Aronnax, me dit le capitaine, je vous prierai de partager mon déjeuner sans façon. Nous causerons en mangeant. Mais, si je vous ai promis une promenade en forêt, je ne me suis point engagé à vous y faire rencontrer un restaurant. Déjeunez donc en homme qui ne dînera probablement que fort tard. »

Je fis honneur au repas. Il se composait de divers poissons et de tranches d'holothuries excellents zoophytes, relevé d'algues très-apéritives, telles que la *Porphyria laciniata* et la *Laurencia pinnatifida*. La boisson se composait d'eau limpide à laquelle, à l'exemple du capitaine, j'ajoutai quelques gouttes d'une liqueur fermentée, extraite, suivant la mode kamchatkienne, de l'algue connue sous le nom de « Rhodyménie palmée ».

Le capitaine Nemo mangea, d'abord, sans prononcer une seule parole. Puis, il me dit :

« Monsieur le professeur, quand je vous ai proposé de venir chasser dans mes forêts de Crespo, vous m'avez cru en contradiction avec moi-même. Quand je vous ai appris qu'il s'agissait de forêts sous-marines, vous m'avez cru fou. Monsieur le professeur, il ne faut jamais juger les hommes à la légère.

— Mais, capitaine, croyez que...

— Veuillez m'écouter, et vous verrez si vous devez m'accuser de folie ou de contradiction.

— Je vous écoute.

— Monsieur le professeur, vous le savez aussi bien que moi, l'homme peut vivre sous l'eau à la condition d'emporter avec lui sa provision d'air respirable. Dans les travaux sous-marins, l'ouvrier, revêtu d'un vêtement imperméable et la tête emprisonnée dans une capsule de métal, reçoit l'air de l'extérieur au moyen de pompes foulantes et de régulateurs d'écoulement.

— C'est l'appareil des scaphandres, dis-je.

— En effet, mais dans ces conditions, l'homme n'est pas libre. Il est rattaché à la pompe qui lui envoie l'air par un tuyau de caoutchouc, véritable chaîne qui le rive à la terre, et si nous devions être ainsi retenus au *Nautilus*, nous ne pourrions aller loin.

— Et le moyen d'être libre ? demandai-je.

— C'est d'employer l'appareil Rouquayrol-Denayrouze[1], imaginé par deux de vos compatriotes, mais que j'ai perfectionné pour mon usage, et qui vous permettra de vous risquer dans ces nouvelles conditions physiologiques, sans que vos organes en souffrent aucunement. Il se compose d'un réservoir en tôle épaisse, dans lequel j'emmagasine l'air sous une pression de cinquante atmosphères. Ce réservoir se fixe sur le dos au moyen de bretelles, comme un sac de soldat. Sa partie supérieure forme une boîte d'où l'air, maintenu par un mécanisme à soufflet, ne peut s'échapper qu'à sa tension normale. Dans l'appareil Rouquayrol, tel qu'il est employé, deux tuyaux en caoutchouc, partant de cette boîte, viennent aboutir à une sorte de pavillon qui emprisonne le nez et la bouche de l'opérateur ; l'un sert à l'introduction de l'air inspiré, l'autre à l'issue de l'air expiré, et la langue ferme celui-ci ou celui-là, suivant les besoins de la respiration. Mais, moi qui affronte des pressions considérables au fond des mers, j'ai dû enfermer ma tête, comme celle des scaphandres, dans une sphère de cuivre, et c'est à cette sphère qu'aboutissent les deux tuyaux inspirateurs et expirateurs.

— Parfaitement, capitaine Nemo, mais l'air que vous emportez doit s'user vite, et dès qu'il ne contient plus que quinze pour cent d'oxygène, il devient irrespirable.

— Sans doute, mais je vous l'ai dit, monsieur Aronnax, les pompes du *Nautilus* me permettent de l'emmagasiner sous une pression considérable, et, dans ces conditions, le réservoir de l'appareil peut fournir de l'air respirable pendant neuf ou dix heures.

— Je n'ai plus d'objection à faire, répondis-je. Je vous demanderai seulement, capitaine, comment vous pouvez éclairer votre route au fond de l'Océan ?

— Avec l'appareil Ruhmkorff[1], monsieur Aronnax. Si le premier se porte sur le dos, le second s'attache à la ceinture. Il se compose d'une pile de Bunzen que je mets en activité, non avec du bichromate de potasse, mais avec du sodium. Une bobine d'induction recueille l'électricité produite, et la dirige vers une lanterne d'une disposition particulière. Dans cette lanterne se trouve un serpentin de verre qui contient seulement un résidu de gaz carbonique.

Quand l'appareil fonctionne, ce gaz devient lumineux, en donnant une lumière blanchâtre et continue. Ainsi pourvu, je respire et je vois.

— Capitaine Nemo, à toutes mes objections vous faites de si écrasantes réponses que je n'ose plus douter. Cependant, si je suis bien forcé d'admettre les appareils Rouquayrol et Ruhmkorff, je demande à faire des réserves pour le fusil dont vous voulez m'armer.

— Mais ce n'est point un fusil à poudre, répondit le capitaine.

— C'est donc un fusil à vent ?

— Sans doute. Comment voulez-vous que je fabrique de la poudre à mon bord, n'ayant ni salpêtre, ni soufre, ni charbon ?

— D'ailleurs, dis-je, pour tirer sous l'eau, dans un milieu huit cent cinquante-cinq fois plus dense que l'air il faudrait vaincre une résistance considérable.

— Ce ne serait pas une raison. Il existe certains canons, perfectionnés après Fulton par les Anglais Philippe Coles et Burley, par le Français Furcy, par l'Italien Landi, qui sont munis d'un système particulier de fermeture, et qui peuvent tirer dans ces conditions. Mais je vous le répète, n'ayant pas de poudre, je l'ai remplacée par de l'air à haute pression, que les pompes du *Nautilus* me fournissent abondamment.

— Mais cet air doit rapidement s'user.

— Eh bien, n'ai-je pas mon réservoir Rouquayrol, qui peut, au besoin, m'en fournir. Il suffit pour cela d'un robinet *ad hoc*. D'ailleurs, monsieur Aronnax, vous verrez par vous-même que, pendant ces chasses sous-marines, on ne fait pas grande dépense d'air ni de balles.

— Cependant, il me semble que dans cette demi-obscurité, et au milieu de ce liquide très-dense par rapport à l'atmosphère, les coups ne peuvent porter loin et sont difficilement mortels ?

— Monsieur, avec ce fusil tous les coups sont mortels, au contraire, et dès qu'un animal est touché, si légèrement que ce soit, il tombe foudroyé.

— Pourquoi ?

— Parce que ce ne sont pas des balles ordinaires que ce fusil lance, mais de petites capsules de verre, — inventées par le chimiste autrichien Leniebrock[1], — et dont j'ai un approvisionnement considérable. Ces capsules de verre, recouvertes d'une armature d'acier, et alourdies par un culot de plomb, sont de véritables petites bouteilles de Leyde, dans lesquelles l'électricité est forcée à une très-haute tension. Au plus léger choc, elles se déchargent, et l'animal, si puissant qu'il soit, tombe mort. J'ajouterai que ces capsules ne sont pas plus grosses que du numéro quatre, et que la charge d'un fusil ordinaire pourrait en contenir dix.

— Je ne discute plus, répondis-je en me levant de table, et je n'ai plus qu'à prendre mon fusil. D'ailleurs, où vous irez, j'irai. »

Le capitaine Nemo me conduisit vers l'arrière du *Nautilus*, et, en passant devant la cabine de Ned et de Conseil, j'appelai mes deux compagnons qui nous suivirent aussitôt.

Puis, nous arrivâmes à une cellule située en abord, près de la chambre des machines, et dans laquelle nous devions revêtir nos vêtements de promenade.

CHAPITRE XVI

PROMENADE EN PLAINE

Cette cellule était, à proprement parler, l'arsenal et le vestiaire du *Nautilus*. Une douzaine d'appareils de scaphandres, suspendus à la paroi, attendaient les promeneurs.

Ned Land, en les voyant, manifesta une répugnance évidente à s'en revêtir.

« Mais, mon brave Ned, lui dis-je, les forêts de l'île de Crespo ne sont que des forêts sous-marines !

— Bon ! fit le harponneur désappointé, qui voyait s'évanouir ses rêves de viande fraîche. Et vous, monsieur Aronnax, vous allez vous introduire dans ces habits-là ?

— Il le faut bien, maître Ned.

— Libre à vous, monsieur, répondit le harponneur, haussant les épaules, mais quant à moi, à moins qu'on ne m'y force, je n'entrerai jamais là-dedans.

— On ne vous forcera pas, maître Ned, dit le capitaine Nemo.

— Et Conseil va se risquer ? demanda Ned.

— Je suis monsieur partout où va monsieur », répondit Conseil.

Sur un appel du capitaine, deux hommes de l'équipage vinrent nous aider à revêtir ces lourds vêtements imperméables, faits en caoutchouc sans couture, et préparés de manière à supporter des pressions considérables. On eût dit une armure à la fois souple et résistante. Ces vêtements formaient pantalon et veste. Le pantalon se terminait par d'épaisses chaussures, garnies de lourdes semelles de plomb. Le tissu de la veste était maintenu par des lamelles de cuivre qui cuirassaient la poitrine, la défendaient contre la poussée des eaux, et laissaient les poumons fonctionner librement ; ses manches finissaient en forme de gants assouplis, qui ne contrariaient aucunement les mouvements de la main.

Il y avait loin, on le voit, de ces scaphandres perfectionnés aux vêtements informes, tels que les cuirasses de liége, les soubrevestes, les habits de mer, les coffres, etc., qui furent inventés et prônés dans le XVIIIe siècle.

Le capitaine Nemo, un de ses compagnons, — sorte d'Hercule, qui devait être d'une force prodigieuse, — Conseil et moi, nous eûmes bientôt revêtu ces habits de scaphandres. Il ne s'agissait plus que d'emboîter notre tête dans sa sphère métallique. Mais, avant de procéder à cette opération, je demandai au capitaine la permission d'examiner les fusils qui nous étaient destinés.

L'un des hommes du *Nautilus* me présenta un fusil simple dont la crosse, faite en tôle d'acier et creuse à l'intérieur, était d'assez grande dimension. Elle servait de réservoir à l'air comprimé, qu'une soupape, manœuvrée par une gâchette, laissait échapper dans le tube de métal. Une boîte à projectiles, évidée dans l'épaisseur de la crosse, renfermait une vingtaine de balles électriques, qui, au moyen d'un ressort, se plaçaient automatiquement dans le canon du fusil. Dès qu'un coup était tiré, l'autre était prêt à partir.

« Capitaine Nemo, dis-je, cette arme est parfaite et d'un maniement facile. Je ne demande plus qu'à l'essayer. Mais comment allons-nous gagner le fond de la mer ?

— En ce moment, monsieur le professeur, le *Nautilus* est échoué par dix mètres d'eau, et nous n'avons plus qu'à partir.

— Mais comment sortirons-nous ?

— Vous l'allez voir. »

Le capitaine Nemo introduisit sa tête dans la calotte sphérique. Conseil et moi, nous en fîmes autant, non sans avoir entendu le Canadien nous lancer un « bonne chasse » ironique. Le haut de notre vêtement était terminé par un collet de cuivre taraudé, sur lequel se vissait ce casque de métal. Trois trous, protégés par des verres épais, permettaient de voir suivant toutes les directions, rien qu'en

J'étais prêt à partir. (Page 212.)

tournant la tête à l'intérieur de cette sphère. Dès qu'elle fut en place, les appareils Rouquayrol, placés sur notre dos, commencèrent à fonctionner, et, pour mon compte, je respirai à l'aise.

La lampe Ruhmkorff suspendue à ma ceinture, le fusil à la main, j'étais prêt à partir. Mais, pour être franc, emprisonné dans ces lourds vêtements et cloué au tillac par mes semelles de plomb, il m'eût été impossible de faire un pas.

Mais ce cas était prévu, car je sentis que l'on me poussait dans une petite chambre contiguë au vestiaire. Mes compagnons, également remorqués, me suivaient. J'entendis une porte, munie d'obturateurs, se refermer sur nous, et une profonde obscurité nous enveloppa.

Après quelques minutes, un vif sifflement parvint à mon oreille. Je sentis une certaine impression de froid monter de mes pieds à ma poitrine. Évidemment, de l'intérieur du bateau on avait, par un robinet, donné entrée à l'eau extérieure qui nous envahissait, et dont cette chambre fut bientôt remplie. Une seconde porte, percée dans le flanc du *Nautilus*, s'ouvrit alors. Un demi-jour nous éclaira. Un instant après, nos pieds foulaient le fond de la mer.

Et maintenant, comment pourrais-je retracer les impressions que m'a laissées cette promenade sous les eaux ? Les mots sont impuissants à raconter de telles merveilles ! Quand le pinceau lui-même est inhabile à rendre les effets particuliers à l'élément liquide, comment la plume saurait-elle les reproduire ?

Le capitaine Nemo marchait en avant, et son compagnon nous suivait à quelques pas en arrière. Conseil et moi, nous restions l'un près de l'autre, comme si un échange de paroles eût été possible à travers nos carapaces métalliques. Je ne sentais déjà plus la lourdeur de mes vêtements, de mes chaussures, de mon réservoir d'air, ni le poids de cette épaisse sphère, au milieu de laquelle ma tête ballottait comme une amande dans sa coquille. Tous ces objets, plongés dans l'eau, perdaient une partie de leur poids égale à celui du liquide déplacé, et je me trouvais très-bien de cette loi physique reconnue par Archimède. Je n'étais plus une masse inerte, et j'avais une liberté de mouvement relativement grande.

La lumière, qui éclairait le sol jusqu'à trente pieds au-dessous de la surface de l'Océan, m'étonna par sa puissance. Les rayons solaires traversaient aisément cette masse aqueuse et en dissipaient la coloration. Je distinguais nettement les objets à une distance de cent mètres. Au delà, les fonds se nuançaient des fines dégradations de l'outremer, puis ils bleuissaient dans les lointains, et s'effaçaient au milieu d'une vague obscurité. Véritablement, cette eau qui m'entourait n'était qu'une sorte d'air, plus dense que l'atmosphère terrestre, mais presque aussi diaphane. Au-dessus de moi, j'apercevais la calme surface de la mer.

Nous marchions sur un sable fin, uni, non ridé comme celui des plages qui conserve l'empreinte de la houle. Ce tapis éblouissant, véritable réflecteur, repoussait les rayons du soleil avec une surprenante intensité. De là, cette immense réverbération qui pénétrait toutes les molécules liquides. Serai-je cru si j'affirme, qu'à cette profondeur de trente pieds, j'y voyais comme en plein jour ?

Pendant un quart d'heure, je foulai ce sable ardent, semé d'une impalpable poussière de coquillages. La coque du *Nautilus*, dessinée comme un long écueil, disparaissait peu à peu, mais son fanal, lorsque la nuit se serait faite au milieu des eaux, devait faciliter notre retour à bord, en projetant ses rayons avec une netteté parfaite. Effet difficile à comprendre pour qui n'a vu que sur terre ces nappes blanchâtres si vivement accusées Là, la poussière dont l'air est saturé leur donne l'apparence d'un brouillard lumineux ; mais sur mer, comme sous mer, ces traits électriques se transmettent avec une incomparable pureté.

Cependant, nous allions toujours, et la vaste plaine de sable semblait être sans bornes. J'écartais de la main les rideaux liquides qui se refermaient derrière moi, et la trace de mes pas s'effaçait soudain sous la pression de l'eau.

Bientôt, quelques formes d'objets, à peine estompées dans l'éloignement, se dessinèrent à mes yeux. Je reconnus de magnifiques premiers plans de rochers, tapissés de zoophytes du plus bel échantillon, et je fus tout d'abord frappé d'un effet spécial à ce milieu.

Il était alors dix heures du matin. Les rayons du soleil frappaient la surface des flots sous un angle assez oblique, et au contact de leur lumière décomposée par la réfraction comme à travers un prisme, fleurs, rochers, plantules, coquillages, polypes, se nuançaient sur leurs bords des sept couleurs du spectre solaire. C'était une merveille, une fête des yeux, que cet enchevêtrement de tons colorés, une véritable kaléidoscopie de vert, de jaune, d'orange, de violet, d'indigo, de bleu, en un mot, toute la palette d'un coloriste enragé ! Que ne pouvais-je communiquer à Conseil les vives sensations qui me montaient au cerveau, et rivaliser avec lui d'interjections admiratives ! Que ne savais-je, comme le capitaine Nemo et son compagnon, échanger mes pensées au moyen de signes convenus ! Aussi, faute de mieux, je me parlais à moi-même, je criais dans la boîte de cuivre qui coiffait ma tête, dépensant peut-être en vaines paroles plus d'air qu'il ne convenait.

Devant ce splendide spectacle, Conseil s'était arrêté comme moi. Évidemment, le digne garçon, en présence de ces échantillons de zoophytes et de mollusques, classait, classait toujours. Polypes et échinodermes abondaient sur le sol. Les isis variées, les cornulaires qui vivent isolément, des touffes d'oculines vierges, désignées autrefois sous le nom de « corail blanc », les fongies hérissées en forme de champignons, les anémones adhérant par leur disque musculaire, figuraient un parterre de fleurs, émaillé de porpites parées de leur collerette de tentacules azurés, d'étoiles de mer qui constellaient le sable, et d'astrophytons verruqueux, fines dentelles brodées par la main des naïades, dont les festons se balançaient aux faibles ondulations provoquées par notre marche. C'était un véritable chagrin pour moi d'écraser sous mes pas les brillants spécimens de mollusques qui jonchaient le sol par milliers, les peignes concentriques, les marteaux, les donaces, véritables coquilles bondissantes, les troques, les casques rouges, les strombes aile-d'ange, les aplysies, et tant d'autres produits de cet inépuisable Océan. Mais il fallait marcher, et nous allions en avant, pendant que voguaient au-dessus de nos têtes des troupes de physalies, laissant leurs tentacules d'outremer flotter à la traîne, des méduses dont l'ombrelle opaline ou rose tendre, festonnée d'un liston d'azur, nous abritait des rayons solaires, et des pélagies panopyres, qui, dans l'obscurité, eussent semé notre chemin de lueurs phosphorescentes !

Toutes ces merveilles, je les entrevis dans l'espace d'un quart de mille, m'arrêtant à peine, et suivant le capitaine Nemo, qui me rappelait d'un geste. Bientôt, la nature du sol se modifia. À la plaine de sable succéda une couche de vase visqueuse que les Américains nomment « ooze[1] », uniquement composée de coquilles siliceuses ou calcaires. Puis, nous parcourûmes une prairie d'algues, plantes pélagiennes que les eaux n'avaient pas encore arrachées, et dont la végétation était fougueuse. Ces pelouses à tissu serré, douces au pied, eussent rivalisé avec les plus moelleux tapis tissés par la main des hommes. Mais, en même temps que la verdure s'étalait sous nos pas, elle n'abandonnait pas nos têtes. Un léger berceau de plantes marines, classées dans cette exubérante famille des algues, dont on connaît plus de deux mille espèces, se croisait à la surface des eaux.

Je voyais flotter de longs rubans de fucus, les uns globuleux, les autres tubulés, des laurencies, des cladostèphes, au feuillage si délié, des rhodymènies palmées, semblables à des éventails de cactus. J'observai que les plantes vertes se maintenaient plus près de la surface de la mer, tandis que les rouges occupaient une profondeur moyenne, laissant aux hydrophytes noires ou brunes le soin de former les jardins et les parterres des couches reculées de l'Océan.

Ces algues sont véritablement un prodige de la création, une des merveilles de la flore universelle. Cette famille produit à la fois les plus petits et les plus grands végétaux du globe. Car de même qu'on a compté quarante mille de ces imperceptibles plantules dans un espace de cinq millimètres carrés, de même on a recueilli des fucus dont la longueur dépassait cinq cents mètres.

Nous avions quitté le *Nautilus* depuis une heure et demie environ. Il était près de midi. Je m'en aperçus à la perpendicularité des rayons solaires qui ne se réfractaient plus. La magie des couleurs disparut peu à peu, et les nuances de l'émeraude et du saphir s'effacèrent de notre firmament. Nous marchions d'un pas régulier qui résonnait sur le sol avec une intensité étonnante. Les moindres bruits se transmettaient avec une vitesse à laquelle l'oreille n'est pas habituée sur la terre. En effet, l'eau est pour le son un meilleur véhicule que l'air, et il s'y propage avec une rapidité quadruple.

En ce moment, le sol s'abaissa par une pente prononcée. La lumière prit une teinte uniforme. Nous atteignîmes une profondeur de cent mètres, subissant alors une pression de dix atmosphères. Mais mon vêtement de scaphandre était établi dans des conditions telles que je ne souffrais aucunement de cette pression. Je sentais seulement une certaine gêne aux articulations des doigts, et encore ce malaise ne tarda-t-il pas à disparaître. Quant à la fatigue que devait amener cette promenade de deux heures sous un harnachement dont j'avais si peu l'habitude, elle était nulle. Cependant, nous voyions suffisamment à nous conduire, et il n'était pas encore nécessaire de mettre les appareils Ruhmkorff en activité.

En ce moment, le capitaine Nemo s'arrêta. Il attendit que je l'eusse rejoint, et du doigt, il me montra quelques masses obscures qui s'accusaient dans l'ombre à une petite distance.

« C'est la forêt de l'île Crespo, » pensai-je, et je ne me trompais pas.

CHAPITRE XVII

UNE FORÊT SOUS-MARINE

Nous étions enfin arrivés à la lisière de cette forêt, sans doute l'une des plus belles de l'immense domaine du capitaine Nemo. Il la considérait comme étant sienne, et s'attribuait sur elle les mêmes droits qu'avaient les premiers hommes aux premiers jours du monde. D'ailleurs, qui lui eût disputé la possession de cette propriété sous-marine ? Quel autre pionnier plus hardi serait venu, la hache à la main, en défricher les sombres taillis ?

Cette forêt se composait de grandes plantes arborescentes, et, dès que nous eûmes pénétré sous ses vastes arceaux, mes regards furent tout d'abord frappés d'une singulière disposition de leurs ramures, — disposition que je n'avais pas encore observée jusqu'alors.

PHYSALIES. — PÉLAGIES. — MÉDUSES. — ALGUES. — CORAIL.
— ACTINIE. — OCULINES. — ÉTOILE DE MER.

Aucune des herbes qui tapissaient le sol, aucune des branches qui hérissaient les arbrisseaux, ne rampait, ni ne se courbait, ni ne s'étendait dans un plan horizontal. Toutes montaient vers la surface de l'Océan. Pas de filaments, pas de rubans, si minces qu'ils fussent, qui ne se tinssent droit comme des tiges de fer. Les fucus et les lianes se développaient suivant une ligne rigide et perpendiculaire, commandée par la densité de l'élément qui les avait produits. Immobiles, d'ailleurs, lorsque je les écartais de la main, ces plantes reprenaient aussitôt leur position première. C'était ici le règne de la verticalité.

Bientôt, je m'habituai à cette disposition bizarre, ainsi qu'à l'obscurité relative qui nous enveloppait. Le sol de la forêt était semé de blocs aigus, difficiles à éviter. La flore sous-marine m'y parut être assez complète, plus riche même qu'elle ne l'eût été sous les zones arctiques ou tropicales, où ses produits sont moins nombreux. Mais, pendant quelques minutes, je confondis involontairement les règnes entre eux, prenant des zoophytes pour des hydrophytes, des animaux pour des plantes. Et qui ne s'y fût pas trompé ? La faune et la flore se touchent de si près dans ce monde sous-marin !

J'observai que toutes ces productions du règne végétal ne tenaient au sol que par un empâtement superficiel. Dépourvues de racines, indifférentes au corps solide, sable, coquillage, test[1] ou galet, qui les supporte, elles ne lui demandent qu'un point d'appui, non la vitalité. Ces plantes ne procèdent que d'elles-mêmes, et le principe de leur existence est dans cette eau qui les soutient, qui les nourrit. La plupart, au lieu de feuilles, poussaient des lamelles de formes capricieuses, circonscrites dans une gamme restreinte de couleurs, qui ne comprenait que le rose, le carmin, le vert, l'olivâtre, le fauve et le brun. Je revis là, mais non plus desséchées comme les échantillons du *Nautilus*, des padines-paons, déployées en éventails qui semblaient solliciter la brise, des céramies écarlates, des laminaires allongeant leurs jeunes pousses comestibles, des néréocystées filiformes et flexueuses, qui s'épanouissaient à une hauteur de quinze mètres, des bouquets d'acétabules, dont les tiges grandissent par le sommet, et nombre d'autres plantes pélagiennes, toutes dépourvues de fleurs. « Curieuse anomalie, bizarre élément, a dit un spirituel naturaliste[1], où le règne animal fleurit, et où le règne végétal ne fleurit pas ! »

Entre ces divers arbrisseaux, grands comme les arbres des zones tempérées, et sous leur ombre humide, se massaient de véritables buissons à fleurs vivantes, des haies de zoophytes, sur lesquels s'épanouissaient des méandrines zébrées de sillons tortueux, des cariophylles jaunâtres à tentacules diaphanes, des touffes gazonnantes de zoanthaires, — et pour compléter l'illusion, — les poissons-mouches volaient de branches en branches, comme un essaim de colibris, tandis que de jaunes lépisacanthes, à la mâchoire hérissée, aux écailles aiguës, des dactyloptères et des monocentres, se levaient sous nos pas, semblables à une troupe de bécassines.

Vers une heure, le capitaine Nemo donna le signal de la halte. J'en fus assez satisfait pour mon compte, et nous nous étendîmes sous un berceau d'alariées, dont les longues lanières amincies se dressaient comme des flèches.

Cet instant de repos me parut délicieux. Il ne nous manquait que le charme de la conversation. Mais impossible de parler, impossible de répondre. J'approchai seulement ma grosse tête de cuivre de la tête de Conseil. Je vis les yeux de ce brave garçon briller de contentement, et en signe de satisfaction, il s'agita dans sa carapace de l'air le plus comique du monde.

Après quatre heures de cette promenade, je fus très-étonné de ne pas ressentir un violent besoin de manger. À quoi tenait cette disposition de l'estomac, je ne saurais le dire. Mais, en revanche, j'éprouvais une insurmontable envie de dormir, ainsi qu'il arrive à tous les plongeurs. Aussi mes yeux se fermèrent-ils bientôt derrière leur épaisse vitre, et je tombai dans une invincible somnolence, que le mouvement de la marche avait seul pu combattre jusqu'alors. Le capitaine Nemo et son robuste compagnon, étendus dans ce limpide cristal, nous donnaient l'exemple du sommeil.

Combien de temps restai-je ainsi plongé dans cet assoupissement, je ne pus l'évaluer ; mais lorsque je me réveillai, il me sembla que le soleil s'abaissait vers l'horizon. Le capitaine Nemo s'était déjà relevé, et je commençais à me détirer les membres, quand une apparition inattendue me remit brusquement sur les pieds.

À quelques pas, une monstrueuse araignée de mer, haute d'un mètre, me regardait de ses yeux louches, prête à s'élancer sur moi. Quoique mon habit de scaphandre fût assez épais pour me défendre contre les morsures de cet animal, je ne pus retenir un mouvement d'horreur. Conseil et le matelot du *Nautilus* s'éveillèrent en ce moment. Le capitaine Nemo montra à son compagnon le hideux crustacé, qu'un coup de crosse abattit aussitôt, et je vis les horribles pattes du monstre se tordre dans des convulsions terribles.

Cette rencontre me fit penser que d'autres animaux, plus redoutables, devaient hanter ces fonds obscurs, et que mon scaphandre ne me protégerait pas contre leurs attaques. Je n'y avais pas songé jusqu'alors, et je résolus de me tenir sur mes gardes. Je supposais, d'ailleurs, que cette halte marquait le terme de notre promenade ; mais je me trompais,

Une monstrueuse araignée de mer. (Page 222.)

et, au lieu de retourner au *Nautilus*, le capitaine Nemo continua son audacieuse excursion.

Le sol se déprimait toujours, et sa pente, s'accusant davantage, nous conduisit à de plus grandes profondeurs. Il devait être à peu près trois heures, quand nous atteignîmes une étroite vallée, creusée entre de hautes parois à pic, et située par cent cin-

Un geste du capitaine nous fit faire halte. (Page 225.)

quante mètres de fond. Grâce à la perfection de nos appareils, nous dépassions ainsi de quatre-vingt-dix mètres la limite que la nature semblait avoir imposée jusqu'ici aux excursions sous-marines de l'homme.

Je dis cent cinquante mètres, bien qu'aucun instrument ne me permît d'évaluer cette distance. Mais je savais que, même dans les mers les plus limpides, les rayons solaires ne pouvaient pénétrer plus avant. Or, précisément, l'obscurité devint profonde. Aucun objet n'était visible à dix pas. Je marchais donc en tâtonnant, quand je vis briller subitement une lumière blanche assez vive. Le capitaine Nemo venait de mettre son appareil électrique en activité. Son compagnon l'imita. Conseil et moi nous suivîmes leur exemple. J'établis, en tournant une vis, la communication entre la bobine et le serpentin de verre, et la mer, éclairée par nos quatre lanternes, s'illumina dans un rayon de vingt-cinq mètres.

Le capitaine Nemo continua de s'enfoncer dans les obscures profondeurs de la forêt dont les arbrisseaux se raréfiaient de plus en plus. J'observai que la vie végétale disparaissait plus vite que la vie animale. Les plantes pélagiennes abandonnaient déjà le sol devenu aride, qu'un nombre prodigieux d'animaux, zoophytes, articulés, mollusques et poissons y pullulaient encore.

Tout en marchant, je pensais que la lumière de nos appareils Ruhmkorff devait nécessairement attirer quelques habitants de ces sombres couches. Mais s'ils nous approchèrent, ils se tinrent du moins à une distance regrettable pour des chasseurs. Plusieurs fois, je vis le capitaine Nemo s'arrêter et mettre son fusil en joue ; puis, après quelques instants d'observation, il se relevait et reprenait sa marche.

Enfin, vers quatre heures environ, cette merveilleuse excursion s'acheva. Un mur de rochers superbes et d'une masse imposante se dressa devant nous, entassement de blocs gigantesques, énorme falaise de granit, creusée de grottes obscures, mais qui ne présentait aucune rampe praticable. C'étaient les accores de l'île Crespo. C'était la terre.

Le capitaine Nemo s'arrêta soudain. Un geste de lui nous fit faire halte, et si désireux que je fusse de franchir cette muraille, je dus m'arrêter. Ici finissaient les domaines du capitaine Nemo. Il ne voulait pas les dépasser. Au delà, c'était cette portion du globe qu'il ne devait plus fouler du pied.

Le retour commença. Le capitaine Nemo avait repris la tête de sa petite troupe, se dirigeant toujours sans hésiter. Je crus voir que nous ne suivions pas le même chemin pour revenir au *Nautilus*. Cette nouvelle route, très-raide, et par conséquent très-pénible, nous rapprocha rapidement de la surface de la mer. Cependant, ce retour dans les couches supérieures ne fut pas tellement subit que la décompression se fît trop rapidement, ce qui aurait pu amener dans notre organisme des désordres graves, et déterminer ces lésions internes si fatales aux plongeurs. Très-promptement, la lumière reparut et grandit, et, le soleil étant déjà bas sur l'horizon, la réfraction borda de nouveau les divers objets d'un anneau spectral.

À dix mètres de profondeur, nous marchions au milieu d'un essaim de petits poissons de toute espèce, plus nombreux que les oiseaux dans l'air, plus agiles aussi, mais aucun gibier aquatique, digne d'un coup de fusil, ne s'était encore offert à nos regards.

En ce moment, je vis l'arme du capitaine, vivement épaulée, suivre entre les buissons un objet mobile. Le coup partit, j'entendis un faible sifflement, et un animal retomba foudroyé à quelques pas.

C'était une magnifique loutre de mer, une enhydre, le seul quadrupède qui soit exclusivement marin. Cette loutre, longue d'un mètre cinquante centimètres, devait avoir un très-grand prix. Sa peau, d'un brun marron en dessus, et argentée en dessous, faisait une de ces admirables fourrures si recherchées sur les marchés russes et chinois ; la finesse et le lustre de son poil lui assuraient une valeur minimum de deux mille francs. J'admirai fort ce curieux mammifère à la tête arrondie et ornée d'oreilles courtes, aux yeux ronds, aux moustaches blanches et semblables à celles du chat, aux pieds palmés et unguiculés, à la queue touffue. Ce précieux carnassier, chassé et traqué par les pêcheurs, devient extrêmement rare, et il s'est principalement réfugié dans les portions boréales du Pacifique, où vraisemblablement son espèce ne tardera pas à s'éteindre.

Le compagnon du capitaine Nemo vint prendre la bête, la chargea sur son épaule, et l'on se remit en route.

Pendant une heure, une plaine de sable se déroula devant nos pas. Elle remontait souvent à moins de deux mètres de la surface des eaux. Je voyais alors notre image, nettement reflétée, se dessiner en sens inverse, et, au-dessus de nous, apparaissait une troupe identique, reproduisant nos mouvements et nos gestes, de tout point semblable, en un mot, à cela près qu'elle marchait la tête en bas et les pieds en l'air.

Autre effet à noter. C'était le passage de nuages épais qui se formaient et s'évanouissaient rapidement ; mais en réfléchissant, je compris que ces prétendus nuages n'étaient dus qu'à l'épaisseur variable des longues lames de fond, et j'apercevais même les « moutons » écumeux que leur crête brisée multipliait sur les eaux. Il n'était pas jusqu'à l'ombre des grands oiseaux qui passaient sur nos têtes, dont je ne surprisse le rapide effleurement à la surface de la mer.

En cette occasion, je fus témoin de l'un des plus beaux coups de fusil qui ait jamais fait tressaillir les fibres d'un chasseur. Un grand oiseau, à large envergure, très-nettement visible, s'approchait en planant. Le compagnon du capitaine Nemo le mit en joue et le tira, lorsqu'il fut à quelques mètres seulement au-dessus des flots. L'animal tomba foudroyé, et sa chute l'entraîna jusqu'à la portée de

l'adroit chasseur qui s'en empara. C'était un albatros de la plus belle espèce, admirable spécimen des
oiseaux pélagiens.

Notre marche n'avait pas été interrompue par cet
incident. Pendant deux heures, nous suivîmes tantôt des plaines sableuses, tantôt des prairies de
varechs, fort pénibles à traverser. Franchement, je
n'en pouvais plus, quand j'aperçus une vague lueur
qui rompait, à un demi-mille, l'obscurité des eaux.
C'était le fanal du *Nautilus*. Avant vingt minutes,
nous devions être à bord, et là, je respirerais à l'aise,
car il me semblait que mon réservoir ne fournissait
plus qu'un air très-pauvre en oxygène. Mais je
comptais sans une rencontre qui retarda quelque
peu notre arrivée.

J'étais resté d'une vingtaine de pas en arrière,
lorsque je vis le capitaine Nemo revenir brusquement vers moi. De sa main vigoureuse, il me courba
à terre, tandis que son compagnon en faisait autant
de Conseil. Tout d'abord, je ne sus trop que penser
de cette brusque attaque, mais je me rassurai en
observant que le capitaine se couchait près de moi
et demeurait immobile.

J'étais donc étendu sur le sol, et précisément à
l'abri d'un buisson de varechs, quand, relevant la
tête, j'aperçus d'énormes masses passer bruyamment
en jetant des lueurs phosphorescentes.

Mon sang se glaça dans mes veines ! J'avais reconnu les formidables squales qui nous menaçaient.
C'était un couple de tintoréas, requins terribles, à la
queue énorme, au regard terne et vitreux, qui distillent une matière phosphorescente par des trous
percés autour de leur museau. Monstrueuses mou-
ches à feu, qui broient un homme tout entier dans
leurs mâchoires de fer ! Je ne sais si Conseil s'occupait à les classer, mais pour mon compte, j'observais leur ventre argenté, leur gueule formidable,

hérissée de dents, à un point de vue peu scientifique, et plutôt en victime qu'en naturaliste.

Très-heureusement, ces voraces animaux y voient mal. Ils passèrent sans nous apercevoir, nous effleurant de leurs nageoires brunâtres, et nous échappâmes, comme par miracle, à ce danger plus grand, à coup sûr, que la rencontre d'un tigre en pleine forêt.

Une demi-heure après, guidés par la traînée électrique, nous atteignions le *Nautilus*. La porte extérieure était restée ouverte, et le capitaine Nemo la referma, dès que nous fûmes rentrés dans la première cellule. Puis, il pressa un bouton. J'entendis manœuvrer les pompes au-dedans du navire, je sentis l'eau baisser autour de moi, et, en quelques instants, la cellule fut entièrement vidée. La porte intérieure s'ouvrit alors, et nous passâmes dans le vestiaire.

Là, nos habits de scaphandre furent retirés, non sans peine, et, très-harassé, tombant d'inanition et de sommeil, je regagnai ma chambre, tout émerveillé de cette surprenante excursion au fond des mers.

CHAPITRE XVIII

QUATRE MILLE LIEUES
SOUS LE PACIFIQUE

Le lendemain matin, 18 novembre, j'étais parfaitement remis de mes fatigues de la veille, et je montai sur la plate-forme, au moment où le second du *Nautilus* prononçait sa phrase quotidienne. Il me vint alors à l'esprit qu'elle se rapportait à l'état de la mer, ou plutôt qu'elle signifiait « Nous n'avons rien en vue. »

Et en effet, l'Océan était désert. Pas une voile à l'horizon. Les hauteurs de l'île Crespo avaient disparu pendant la nuit. La mer, absorbant les couleurs du prisme, à l'exception des rayons bleus, réfléchissait ceux-ci dans toutes les directions et revêtait une admirable teinte d'indigo. Une moire, à larges raies, se dessinait régulièrement sur les flots onduleux.

J'admirais ce magnifique aspect de l'Océan, quand le capitaine Nemo apparut. Il ne sembla pas s'apercevoir de ma présence, et commença une série d'observations astronomiques. Puis, son opération terminée, il alla s'accouder sur la cage du fanal, et ses regards se perdirent à la surface de l'Océan.

Cependant, une vingtaine de matelots du *Nautilus*, tous gens vigoureux et bien constitués, étaient montés sur la plate-forme. Ils venaient retirer les filets qui avaient été mis à la traîne pendant la nuit. Ces marins appartenaient évidemment à des nations différentes, bien que le type européen fût indiqué chez tous. Je reconnus, à ne pas me tromper, des Irlandais, des Français, quelques Slaves, un Grec ou un Candiote[1]. Du reste, ces hommes étaient sobres de paroles, et n'employaient entre eux que ce bizarre idiome dont je ne pouvais pas même soupçonner l'origine. Aussi, je dus renoncer à les interroger.

Les filets furent halés à bord. C'étaient des espèces de chaluts, semblables à ceux des côtes normandes, vastes poches qu'une vergue flottante et une chaîne transfilée dans les mailles inférieures tiennent entr'ouvertes. Ces poches, ainsi traînées sur leurs gantiers de fer, balayaient le fond de l'Océan et ramassaient tous ses produits sur leur passage. Ce jour-là ils ramenèrent de curieux échantillons de ces parages poissonneux, des lophies, auxquels leurs mouvements comiques ont valu le qualificatif d'histrions, des commersons noirs, munis de leurs antennes, des balistes ondulés, entourés de bandelettes rouges, des tétrodons-croissants, dont le venin est extrêmement subtil, quelques lamproies olivâtres, des macrorhynques, couverts d'écailles argentées, des trichiures, dont la puissance électrique est égale à celle du gymnote et de la torpille, des notoptères écailleux, à bandes brunes et transversales, des gades verdâtres, plusieurs variétés de gobies, etc., enfin, quelques poissons de proportions plus vastes, un caranx à tête proéminente, long d'un mètre, plusieurs beaux scombres bonites, chamarrés de couleurs bleues et argentées, et trois magnifiques thons que la rapidité de leur marche n'avait pu sauver du chalut.

J'estimai que ce coup de filet rapportait plus de mille livres de poissons. C'était une belle pêche, mais non surprenante. En effet, ces filets restent à la traîne pendant plusieurs heures et enserrent dans leur prison de fil tout un monde aquatique. Nous ne devions donc pas manquer de vivres d'une excellente qualité, que la rapidité du *Nautilus* et l'attraction de sa lumière électrique pouvaient renouveler sans cesse.

Ces divers produits de la mer furent immédiatement affalés par le panneau vers les cambuses, destinés, les uns à être mangés frais, les autres à être conservés.

La pêche finie, la provision d'air renouvelée, je pensais que le *Nautilus* allait reprendre son excursion sous-marine, et je me préparais à regagner ma chambre, quand, se tournant vers moi, le capitaine Nemo me dit sans autre préambule :

« Voyez cet océan, monsieur le professeur, n'est-il pas doué d'une vie réelle ? N'a-t-il pas ses colères et ses tendresses ? Hier, il s'est endormi comme nous, et le voilà qui se réveille après une nuit paisible ! »

Ni bonjour, ni bonsoir ! N'eût-on pas dit que cet étrange personnage continuait avec moi une conversation déjà commencée ?

« Regardez, reprit-il, il s'éveille sous les caresses du soleil ! Il va revivre de son existence diurne ! C'est une intéressante étude que de suivre le jeu de son organisme. Il possède un pouls, des artères, il a ses spasmes, et je donne raison à ce savant Maury, qui a découvert en lui une circulation aussi réelle que la circulation sanguine chez les animaux. »

Il est certain que le capitaine Nemo n'attendait de moi aucune réponse, et il me parut inutile de lui prodiguer les « Évidemment, » les « À coup sûr, » et les « Vous avez raison. » Il se parlait plutôt à lui-même, prenant de longs temps entre chaque phrase. C'était une méditation à voix haute.

« Oui, dit-il, l'Océan possède une circulation véritable, et, pour la provoquer, il a suffi au Créateur de toutes choses de multiplier en lui le calorique, le sel et les animalcules. Le calorique, en effet, crée des densités différentes, qui amènent les courants et les contre-courants. L'évaporation, nulle aux régions hyperboréennes, très-active dans les zones équatoriales, constitue un échange permanent des eaux tropicales et des eaux polaires. En outre, j'ai surpris ces courants de haut en bas et de bas en haut, qui forment la vraie respiration de l'Océan. J'ai vu la molécule d'eau de mer, échauffée à la surface, redescendre vers les profondeurs, atteindre son maximum de densité à deux degrés au-dessous de zéro, puis se refroidissant encore, devenir plus légère et remonter. Vous verrez, aux pôles, les conséquences de ce phénomène, et vous comprendrez pourquoi, par cette loi de la prévoyante nature, la congélation ne peut jamais se produire qu'à la surface des eaux ! »

Pendant que le capitaine Nemo achevait sa phrase, je me disais : « Le pôle ! Est-ce que cet audacieux personnage prétend nous conduire jusque là ! »

Cependant, le capitaine s'était tu, et regardait cet élément si complètement, si incessamment étudié par lui. Puis reprenant :

« Les sels, dit-il, sont en quantité considérable dans la mer, monsieur le professeur, et si vous enleviez tous ceux qu'elle contient en dissolution, vous en feriez une masse de quatre millions et demi de lieues cubes, qui, étalée sur le globe, formerait une couche de plus de dix mètres de hauteur. Et ne croyez pas que la présence de ces sels ne soit due qu'à un caprice de la nature. Non. Ils rendent les eaux marines moins évaporables, et empêchent les vents de leur enlever une trop grande quantité de vapeurs, qui, en se résolvant, submergeraient les zones tempérées. Rôle immense, rôle de pondérateur dans l'économie générale du globe ! »

Le capitaine Nemo s'arrêta, se leva même, fit quelques pas sur la plate-forme, et revint vers moi :

« Quant aux infusoires, reprit-il, quant à ces milliards d'animalcules, qui existent par millions dans une gouttelette, et dont il faut huit cent mille pour peser un milligramme, leur rôle n'est pas moins important. Ils absorbent les sels marins, ils s'assimilent les éléments solides de l'eau, et, véritables faiseurs de continents calcaires, ils fabriquent des coraux et des madrépores ! Et alors la goutte d'eau, privée de son aliment minéral, s'allège, remonte à la surface, y absorbe les sels abandonnés par l'évaporation, s'alourdit, redescend, et rapporte aux animalcules de nouveaux éléments à absorber. De là, un double courant ascendant et descendant, et toujours le mouvement, toujours la vie ! La vie, plus intense que sur les continents, plus exubérante, plus infinie, s'épanouissant dans toutes les parties de cet océan, élément de mort pour l'homme, a-t-on dit, élément de vie pour des myriades d'animaux, — et pour moi ! »

Quand le capitaine Nemo parlait ainsi, il se transfigurait et provoquait en moi une extraordinaire émotion.

Un grand oiseau s'approchait en planant. (Page 227.)

« Aussi, ajouta-t-il, là est la vraie existence ! Et je concevrais la fondation de villes nautiques, d'agglomérations de maisons sous-marines, qui, comme le *Nautilus*, reviendraient respirer chaque matin à la surface des mers, villes libres, s'il en fut, cités indépendantes. Et encore, qui sait si quelque despote... »

Le capitaine Nemo acheva sa phrase par un geste violent. Puis, s'adressant directement à moi, comme pour chasser une pensée funeste :

On pouvait compter ces calmars par millions. (Page 238.)

« Monsieur Aronnax, me demanda-t-il, savez-vous quelle est la profondeur de l'Océan ?

— Je sais du moins, capitaine, ce que les principaux sondages nous ont appris.

— Pourriez-vous me les citer, afin que je les contrôle au besoin ?

— En voici quelques-uns, répondis-je, qui me reviennent à la mémoire. Si je ne me trompe, on a trouvé une profondeur moyenne de huit mille deux cents mètres dans l'Atlantique nord, et de deux mille cinq cents mètres dans la Méditerranée. Les plus remarquables sondes ont été faites dans l'Atlantique sud, près du trente-cinquième degré, et elles ont donné douze mille mètres, quatorze mille quatre-vingt onze mètres, et quinze mille cent quarante-neuf mètres[1]. En somme, on estime que si le fond de la mer était nivelé, sa profondeur moyenne serait de sept kilomètres environ.

— Bien, monsieur le professeur, répondit le capitaine Nemo, nous vous montrerons mieux que cela, je l'espère. Quant à la profondeur moyenne de cette partie du Pacifique, je vous apprendrai qu'elle est seulement de quatre mille mètres. »

Ceci dit, le capitaine Nemo se dirigea vers le panneau et disparut par l'échelle. Je le suivis, et je regagnai le grand salon. L'hélice se mit aussitôt en mouvement, et le loch accusa une vitesse de vingt milles à l'heure.

Pendant les jours, pendant les semaines qui s'écoulèrent, le capitaine Nemo fut très-sobre de visites. Je ne le vis qu'à de rares intervalles. Son second faisait régulièrement le point que je trouvais reporté sur la carte, de telle sorte que je pouvais relever exactement la route du *Nautilus*.

Conseil et Land passaient de longues heures avec moi. Conseil avait raconté à son ami les merveilles de notre promenade, et le Canadien regrettait de ne nous avoir point accompagnés. Mais j'espérais que l'occasion se représenterait de visiter les forêts océaniennes.

Presque chaque jour, pendant quelques heures, les panneaux du salon s'ouvraient, et nos yeux ne se fatiguaient pas de pénétrer les mystères du monde sous-marin.

La direction générale du *Nautilus* était sud-est, et il se maintenait entre cent mètres et cent cinquante mètres de profondeur. Un jour, cependant, par je ne sais quel caprice, entraîné diagonalement au moyen de ses plans inclinés, il atteignit les couches d'eau situées par deux mille mètres. Le thermomètre indiquait une température de 4,25 centigrades, température qui, sous cette profondeur, paraît être commune à toutes les latitudes.

Le 26 novembre, à trois heures du matin, le *Nautilus* franchit le tropique du Cancer par 172° de longitude. Le 27, il passa en vue des Sandwich, où l'illustre Cook trouva la mort[1], le 14 février 1779. Nous avions alors fait quatre mille huit cent soixante lieues depuis notre point de départ. Le matin, lorsque j'arrivai sur la plate-forme, j'aperçus, à deux milles sous le vent, Haouaï, la plus considérable des sept îles qui forment cet archipel. Je distinguai nettement sa lisière cultivée, les diverses chaînes de montagnes qui courent parallèlement à la côte, et ses volcans que domine le Mouna-Rea[2], élevé de cinq mille mètres au-dessus du niveau de la mer. Entre autres échantillons de ces parages, les filets rapportèrent des flabellaires pavonées, polypes comprimés de forme gracieuse, et qui sont particuliers à cette partie de l'Océan.

La direction du *Nautilus* se maintint au sud-est. Il coupa l'Équateur, le 1er décembre, par 142° le longitude, et le 4 du même mois, après une rapide traversée que ne signala aucun incident, nous eûmes connaissance du groupe des Marquises. J'aperçus à trois milles, par 8° 57' de latitude sud et 139° 32' de longitude ouest, la pointe Martin de Nouka-Hiva, la principale de ce groupe qui appartient à la France. Je vis seulement les montagnes boisées qui se dessinaient à l'horizon, car le capitaine Nemo n'aimait pas à rallier les terres. Là, les filets rapportèrent de beaux spécimens de poissons, des coryphènes aux nageoires azurées et à la queue d'or, dont la chair est sans rivale au monde, des hologymnoses à peu près dépourvus d'écailles, mais d'un goût exquis, des ostorhynques à mâchoire osseuse, des thasards jaunâtres qui valaient la bonite, tous poissons dignes d'être classés à l'office du bord.

Après avoir quitté ces îles charmantes protégées par le pavillon français, du 4 au 11 décembre, le *Nautilus* parcourut environ deux mille milles. Cette navigation fut marquée par la rencontre d'une immense troupe de calmars, curieux mollusques, très-voisins de la seiche. Les pêcheurs français les désignent sous le nom d'encornets, et ils appartiennent à la classe des céphalopodes et à la famille des dibranchiaux, qui comprend avec eux les seiches et les argonautes. Ces animaux furent particulièrement étudiés par les naturalistes de l'antiquité, et ils fournissaient de nombreuses métaphores aux orateurs de l'Agora, en même temps qu'un plat excellent à la table des riches citoyens, s'il faut en croire Athénée, médecin grec, qui vivait avant Gallien[1].

Ce fut pendant la nuit du 9 au 10 décembre, que le *Nautilus* rencontra cette armée de mollusques qui sont particulièrement nocturnes. On pouvait les compter par millions. Ils émigraient des zones tempérées vers les zones plus chaudes, en suivant l'itinéraire des harengs et des sardines. Nous les regardions à travers les épaisses vitres de cristal, nageant à reculons avec une extrême rapidité, se mouvant au moyen de leur tube locomoteur, poursuivant les poissons et les mollusques, mangeant les petits, mangés des gros, et agitant dans une confusion indescriptible les dix pieds que la nature leur a implantés sur la tête, comme une chevelure de serpents pneumatiques. Le *Nautilus*, malgré sa vitesse, navigua pendant plusieurs heures au milieu de cette troupe d'animaux, et ses filets en ramenèrent une innombrable quantité, où je reconnus les neuf espèces que d'Orbigny[2] a classées pour l'Océan Pacifique.

On le voit, pendant cette traversée, la mer prodiguait incessamment ses plus merveilleux spectacles. Elle les variait à l'infini. Elle changeait son décor et sa mise en scène pour le plaisir de nos yeux, et nous étions appelés non-seulement à contempler les œuvres du Créateur au milieu de l'élément liquide, mais encore à pénétrer les plus redoutables mystères de l'Océan.

Pendant la journée du 11 décembre, j'étais occupé à lire dans le grand salon. Ned Land et Conseil observaient les eaux lumineuses par les panneaux entr'ouverts. Le *Nautilus* était immobile. Ses réservoirs remplis, il se tenait à une profondeur de mille mètres, région peu habitée des Océans, dans laquelle les gros poissons faisaient seuls de rares apparitions.

Je lisais en ce moment un livre charmant de Jean Macé, *Les Serviteurs de l'estomac*[1], et j'en savourais les leçons ingénieuses, lorsque Conseil interrompit ma lecture.

« Monsieur veut-il venir un instant ? me dit-il d'une voix singulière.

— Qu'y a-t-il donc, Conseil ?

— Que monsieur regarde. »

Je me levai, j'allai m'accouder devant la vitre, et je regardai.

En pleine lumière électrique, une énorme masse noirâtre, immobile, se tenait suspendue au milieu des eaux. Je l'observai attentivement, cherchant à reconnaître la nature de ce gigantesque cétacé. Mais une pensée traversa subitement mon esprit.

« Un navire ! m'écriai-je.

— Oui, répondit le Canadien, un bâtiment désemparé qui a coulé à pic ! »

Ned Land ne se trompait pas. Nous étions en présence d'un navire, dont les haubans coupés pendaient encore à leurs cadènes. Sa coque paraissait être en bon état, et son naufrage datait au plus de quelques heures. Trois tronçons de mâts, rasés à deux pieds au-dessus du pont, indiquaient que ce navire engagé avait dû sacrifier sa mâture. Mais, couché sur le flanc, il s'était rempli, et il donnait encore la bande à bâbord. Triste spectacle que celui de cette carcasse perdue sous les flots, mais plus triste encore la vue de son pont où quelques cadavres, amarrés par des cordes, gisaient encore ! J'en comptai quatre, — quatre hommes, dont l'un se tenait debout, au gouvernail, — puis une femme, à demi-sortie par la claire-voie de la dunette, et tenant un enfant dans ses bras. Cette femme était jeune. Je pus reconnaître, vivement éclairés par les feux du *Nautilus*, ses traits que l'eau n'avait pas encore décomposés. Dans un suprême effort, elle avait élevé au-dessus de sa tête son enfant, pauvre petit être dont les bras enlaçaient le cou de sa mère ! L'attitude des quatre marins me parut effrayante, tordus qu'ils étaient dans des mouvements convulsifs, et faisant un dernier effort pour s'arracher des cordes qui les liaient au navire. Seul, plus calme, la face nette et grave, ses cheveux grisonnants collés à son front, la main crispée à la roue du gouvernail, le timonier semblait encore conduire son trois-mâts naufragé à travers les profondeurs de l'Océan !

Quelle scène ! Nous étions muets, le cœur palpitant, devant ce naufrage pris sur le fait, et, pour ainsi dire, photographié à sa dernière minute ! Et je voyais déjà s'avancer, l'œil en feu, d'énormes squales, attirés par cet appât de chair humaine !

Cependant, le *Nautilus*, évoluant, tourna autour du navire submergé et, un instant, je pus lire sur son tableau d'arrière :

Florida, Sunderland.

CHAPITRE XIX

VANIKORO

Ce terrible spectacle inaugurait la série des catastrophes maritimes, que le *Nautilus* devait rencontrer sur sa route. Depuis qu'il suivait des mers plus fréquentées, nous apercevions souvent des coques naufragées qui achevaient de pourrir entre deux eaux, et, plus profondément, des canons, des boulets, des ancres, des chaînes, et mille autres objets de fer, que la rouille dévorait.

Cependant, toujours entraînés par ce *Nautilus*, où nous vivions comme isolés, le 11 décembre, nous eûmes connaissance de l'archipel des Pomotou, ancien « groupe dangereux » de Bougainville, qui s'étend sur un espace de cinq cents lieues de l'est-sud-est à l'ouest-nord-ouest, entre 13° 30′ et 23° 50′ de latitude sud, et 125° 30′ et 151° 30′ de longitude ouest, depuis l'île Ducie jusqu'à l'île Lazareff. Cet archipel couvre une superficie de trois cent soixante-dix lieues carrées, et il est formé d'une soixantaine de groupes d'îles, parmi lesquels on remarque le groupe Gambier, auquel la France a imposé son protectorat. Ces îles sont coralligènes. Un soulèvement lent, mais continu, provoqué par le travail des polypes, les reliera un jour entre elles. Puis, cette nouvelle île se soudera plus tard aux archipels voisins, et un cinquième continent s'étendra depuis la Nouvelle-Zélande et la Nouvelle-Calédonie jusqu'aux Marquises.

Le jour où je développai cette théorie devant le capitaine Nemo, il me répondit froidement :

« Ce ne sont pas de nouveaux continents qu'il faut à la terre, mais de nouveaux hommes ! »

Les hasards de sa navigation avaient précisément conduit le *Nautilus* vers l'île Clermont-Tonnerre, l'une des plus curieuses du groupe, qui fut découvert en 1822, par le capitaine Bell, de la *Minerve*. Je pus alors étudier ce système madréporique auquel sont dues les îles de cet Océan.

Les madrépores, qu'il faut se garder de confondre avec les coraux, ont un tissu revêtu d'un encroûtement calcaire, et les modifications de sa structure ont amené M. Milne-Edwards, mon illustre maître, à les classer en cinq sections. Les petits animalcules qui secrètent ce polypier vivent par milliards au fond de leurs cellules. Ce sont leurs dépôts calcaires qui deviennent rochers, récifs, îlots, îles. Ici, ils forment un anneau circulaire, entourant un lagon ou petit lac intérieur, que des brèches mettent en communication avec la mer. Là, ils figurent des barrières de récifs semblables à celles qui existent sur les côtes de la Nouvelle Calédonie et de diverses îles des Pomotou. En d'autres endroits, comme à la Réunion et à Maurice, ils élèvent des récifs frangés, hautes murailles droites, près desquelles les profondeurs de l'Océan sont considérables.

En prolongeant à quelques encablures seulement les accores de l'île Clermont-Tonnerre, j'admirai l'ouvrage gigantesque, accompli par ces travailleurs microscopiques. Ces murailles étaient spécialement l'œuvre des madréporaires désignés par les noms de millepores, de porites, d'astrées et de méandrines. Ces polypes se développent particulièrement dans les couches agitées de la surface de la mer, et par conséquent, c'est par leur partie supérieure qu'ils commencent ces substructions, lesquelles s'enfoncent peu à peu avec les débris de sécrétions qui les supportent. Telle est, du moins, la théorie de M. Darwin[1], qui explique ainsi la formation des atolls, — théorie supérieure, selon moi, à celle qui donne pour base aux travaux madréporiques des sommets de montagnes ou de volcans, immergés à quelques pieds au-dessous du niveau de la mer.

Je pus observer de très-près ces curieuses murailles, car, à leur aplomb, la sonde accusait plus de trois cents mètres de profondeur, et nos nappes électriques faisaient étinceler ce brillant calcaire.

Répondant à une question que me posa Conseil, sur la durée d'accroissement de ces barrières colossales, je l'étonnai beaucoup en lui disant que les savants portaient cet accroissement à un huitième de pouce par siècle.

« Donc, pour élever ces murailles, me dit-il, il a fallu ?...

— Cent quatre-vingt-douze mille ans, mon brave Conseil, ce qui allonge singulièrement les jours bibliques. D'ailleurs, la formation de la houille, c'est-à-dire la minéralisation des forêts enlisées par les déluges, a exigé un temps beaucoup plus considérable. Mais j'ajouterai que les jours de la Bible ne sont que des époques et non l'intervalle qui s'écoule entre deux levers de soleil, car, d'après la Bible elle-même, le soleil ne date pas du premier jour de la Création. »

Lorsque le *Nautilus* revint à la surface de l'Océan, je pus embrasser dans tout son développement cette île de Clermont-Tonnerre, basse et boisée. Ses roches madréporiques furent évidemment fertilisées par les trombes et les tempêtes. Un jour, quelque graine, enlevée par l'ouragan aux terres voisines, tomba sur les couches calcaires, mêlées des détruits décomposés de poissons et de plantes marines qui formèrent l'humus végétal. Une noix de coco, poussée par les lames, arriva sur cette côte nouvelle. Le germe prit racine. L'arbre, grandissant, arrêta la vapeur d'eau. Le ruisseau naquit. La végétation gagna peu à peu. Quelques animalcules, des vers, des insectes, abordèrent sur des troncs arrachés aux îles du vent. Les tortues vinrent pondre leurs œufs. Les oiseaux nichèrent dans les jeunes arbres. De cette façon, la vie animale se développa, et, attiré par la verdure et la fertilité, l'homme apparut. Ainsi se formèrent ces îles, œuvres immenses d'animaux microscopiques.

Vers le soir, Clermont-Tonnerre se fondit dans l'éloignement, et la route du *Nautilus* se modifia d'une manière sensible. Après avoir touché le tropique du Capricorne par le cent trente cinquième degré de longitude, il se dirigea vers l'ouest-nord-ouest, remontant toute la zone intertropicale. Quoique le soleil de l'été fût prodigue de ses rayons, nous ne souffrions aucunement de la chaleur, car à trente ou quarante mètres au-dessous de l'eau, la température ne s'élevait pas au-dessus de dix à douze degrés.

Le 15 décembre, nous laissions dans l'est le séduisant archipel de la Société, et la gracieuse Taïti, la reine du Pacifique. J'aperçus le matin, à quelques milles sous le vent, les sommets élevés de cette île. Ses eaux fournirent aux tables du bord d'excellents poissons, des maquereaux, des bonites, des albicores, et des variétés d'un serpent de mer nommé munérophis.

Le *Nautilus* avait franchi huit mille cent milles. Neuf mille sept cent vingt milles étaient relevés au loch, lorsqu'il passa entre l'archipel de Tonga-Tabou, où périrent les équipages de l'*Argo*, du *Port-au-Prince* et du *Duke-of-Portland*, et l'archipel des Navigateurs, où fut tué le capitaine de Langle, l'ami de La Pérouse. Puis, il eut connaissance de l'archipel Viti[1], où les sauvages massacrèrent les matelots de l'*Union* et le capitaine Bureau, de Nantes, commandant l'*Aimable-Joséphine*.

Cet archipel qui se prolonge sur une étendue de cent lieues du nord au sud, et sur quatre-vingt-dix lieues de l'est à l'ouest, est compris entre 6° et 2° de latitude sud, et 174° et 179° de longitude ouest. Il se compose d'un certain nombre d'îles, d'îlots et d'écueils, parmi lesquels on remarque les îles de Viti-Levou, de Vanoua-Levou et de Kandabon.

Ce fut Tasman qui découvrit ce groupe en 1643, l'année même où Torricelli inventait le baromètre, et où Louis XIV montait sur le trône. Je laisse à penser lequel de ces faits fut le plus utile à l'humanité. Vinrent ensuite Cook en 1714[1], d'Entrecas-

Nous étions en présence d'un navire. (Page 239.)

teaux en 1793, et enfin Dumont-d'Urville, en 1827, débrouilla tout le chaos géographique de cet archipel. Le *Nautilus* s'approcha de la baie de Wailea, théâtre des terribles aventures de ce capitaine Dillon, qui, le premier, éclaira le mystère du naufrage de La Pérouse[1].

Cette baie, draguée à plusieurs reprises, fournit abondamment des huîtres excellentes. Nous en

L'île de Vanikoro. (Page 248.)

mangeâmes immodérément, après les avoir ouvertes sur notre table même, suivant le précepte de Sénèque[1]. Ces mollusques appartenaient à l'espèce connue sous le nom d'*ostrea lamellosa*, qui est très commune en Corse. Ce banc de Wailea devait être considérable, et certainement, sans des causes multiples de destruction, ces agglomérations finiraient par combler les baies, puisque l'on compte jusqu'à deux millions d'œufs dans un seul individu.

Et si maître Ned Land n'eut pas à se repentir de sa gloutonnerie en cette circonstance, c'est que l'huître est le seul mets qui ne provoque jamais d'indigestion. En effet, il ne faut pas moins de seize douzaines de ces mollusques acéphales pour fournir les trois cent quinze grammes de substance azotée, nécessaires à la nourriture quotidienne d'un seul homme.

Le 25 décembre, le *Nautilus* naviguait au milieu de l'archipel des Nouvelles-Hébrides, que Quiros découvrit en 1606, que Bougainville explora en 1768, et auquel Cook donna son nom actuel en 1773. Ce groupe se compose principalement de neuf grandes îles, et forme une bande de cent vingt lieues du nord-nord-ouest au sud-sud-est, comprise entre 15° et 2° de latitude sud, et entre 164° et 168° de longitude. Nous passâmes assez près de l'île d'Aurou, qui, au moment des observations de midi, m'apparut comme une masse de bois verts, dominée par un pic d'une grande hauteur.

Ce jour-là, c'était Noël, et Ned Land me sembla regretter vivement la célébration du « Christmas », la véritable fête de la famille, dont les protestants sont fanatiques.

Je n'avais pas aperçu le capitaine Nemo depuis une huitaine de jours, quand le 27, au matin, il entra dans le grand salon, ayant toujours l'air d'un homme qui vous a quitté depuis cinq minutes. J'étais occupé à reconnaître sur le planisphère la route du

Nautilus. Le capitaine s'approcha, posa un doigt sur un point de la carte, et prononça ce seul mot :

« Vanikoro. »

Ce nom fut magique. C'était le nom des îlots sur lesquels vinrent se perdre les vaisseaux de La Pérouse. Je me relevai subitement.

« Le *Nautilus* nous porte à Vanikoro ? demandai-je.

— Oui, monsieur le professeur, répondit le capitaine.

— Et je pourrai visiter ces îles célèbres où se brisèrent la *Boussole* et l'*Astrolabe* ?

— Si cela vous plaît, monsieur le professeur.

— Quand serons-nous à Vanikoro ?

— Nous y sommes, monsieur le professeur. »

Suivi du capitaine Nemo, je montai sur la plate-forme, et de là, mes regards parcoururent avidement l'horizon.

Dans le nord-est émergeaient deux îles volcaniques d'inégale grandeur, entourées d'un récif de coraux qui mesurait quarante milles de circuit. Nous étions en présence de l'île de Vanikoro proprement dite, à laquelle Dumont d'Urville imposa le nom d'île de la Recherche, et précisément devant le petit havre de Vanou, situé par 16° 4' de latitude sud, et 164° 32' de longitude est. Les terres semblaient recouvertes de verdure depuis la plage jusqu'aux sommets de l'intérieur, que dominait le mont Kapogo, haut de quatre cent soixante-seize toises[1].

Le *Nautilus*, après avoir franchi la ceinture extérieure de roches par une étroite passe, se trouva en dedans des brisants, où la mer avait une profondeur de trente à quarante brasses. Sous le verdoyant ombrage des palétuviers, j'aperçus quelques sauvages qui montrèrent une extrême surprise à notre approche. Dans ce long corps noirâtre, s'avançant à fleur d'eau, ne voyaient-ils pas quelques cétacé formidable dont ils devaient se défier ?

En ce moment, le capitaine Nemo me demanda ce que je savais du naufrage de La Pérouse.

« Ce que tout le monde en sait, capitaine, lui répondis-je.

— Et pourriez-vous m'apprendre ce que tout le monde en sait ? me demanda-t-il d'un ton un peu ironique.

— Très-facilement. »

Je lui racontai ce que les derniers travaux de Dumont-d'Urville avaient fait connaître, travaux dont voici le résumé très-succinct.

La Pérouse et son second, le capitaine de Langle, furent envoyés par Louis XVI, en 1785, pour accomplir un voyage de circumnavigation. Ils montaient les corvettes la *Boussole* et l'*Astrolabe*, qui ne reparurent plus.

En 1791, le gouvernement français, justement inquiet du sort des deux corvettes, arma deux grandes flûtes, la *Recherche* et l'*Espérance*, qui quittèrent Brest, le 28 septembre, sous les ordres de Bruni d'Entrecasteaux. Deux mois après, on apprenait par la déposition d'un certain Bowen, commandant l'*Albermale*, que des débris de navires naufragés avaient été vus sur les côtes de la Nouvelle-Géorgie[1]. Mais d'Entrecasteaux, ignorant cette communication, — assez incertaine, d'ailleurs, — se dirigea vers les îles de l'Amirauté, désignées dans un rapport du capitaine Hunter comme étant le lieu du naufrage de La Pérouse.

Ses recherches furent vaines. L'*Espérance* et la *Recherche* passèrent même devant Vanikoro sans s'y arrêter, et, en somme, ce voyage fut très-malheureux, car il coûta la vie à d'Entrecasteaux, à deux de ses seconds et à plusieurs marins de son équipage.

Ce fut un vieux routier du Pacifique, le capitaine Dillon, qui, le premier, retrouva des traces indiscutables des naufragés. Le 15 mai 1824, son navire, le *Saint-Patrick*, passa près de l'île de Tikopia, l'une des Nouvelles-Hébrides. Là, un lascar[1], l'ayant accosté dans une pirogue, lui vendit une poignée d'épée en argent qui portait l'empreinte de caractères gravés au burin. Ce lascar prétendait, en outre, que, six ans auparavant, pendant un séjour à Vanikoro, il avait vu deux Européens qui appartenaient à des navires échoués depuis de longues années sur les récifs de l'île.

Dillon devina qu'il s'agissait des navires de La Pérouse, dont la disparition avait ému le monde entier. Il voulut gagner Vanikoro, où, suivant le lascar, se trouvaient de nombreux débris du naufrage ; mais les vents et les courants l'en empêchèrent.

Dillon revint à Calcutta. Là, il sut intéresser à sa découverte la Société Asiatique et la Compagnie des Indes. Un navire, auquel on donna le nom de la *Recherche*, fut mis à sa disposition, et il partit, le 23 janvier 1827, accompagné d'un agent français.

La *Recherche*, après avoir relâché sur plusieurs points du Pacifique, mouilla devant Vanikoro, le 7 juillet 1827, dans ce même havre de Vanou, où le *Nautilus* flottait en ce moment.

Là, il recueillit de nombreux restes du naufrage, des ustensiles de fer, des ancres, des estropes de poulies, des pierriers[2], un boulet de dix-huit, des débris d'instruments d'astronomie, un morceau de couronnement, et une cloche en bronze portant cette inscription : « *Bazin m'a fait* », marque de la fonderie de l'Arsenal de Brest vers 1785. Le doute n'était donc plus possible.

Dillon, complétant ses renseignements, resta sur le lieu du sinistre jusqu'au mois d'octobre. Puis, il quitta Vanikoro, se dirigea vers la Nouvelle-Zélande, mouilla à Calcutta, le 7 avril 1828, et revint en France, où il fut très-sympathiquement accueilli par Charles X.

Mais, à ce moment, Dumont d'Urville, sans avoir eu connaissance des travaux de Dillon, était déjà parti pour chercher ailleurs le théâtre du naufrage. Et, en effet, on avait appris par les rapports d'un baleinier que des médailles et une croix de Saint-Louis se trouvaient entre les mains des sauvages de la Louisiade[1] et de la Nouvelle-Calédonie.

Dumont d'Urville, commandant l'*Astrolabe*, avait donc pris la mer, et, deux mois après que Dillon venait de quitter Vanikoro, il mouillait devant Hobart-Town. Là, il avait connaissance des résultats obtenus par Dillon, et, de plus, il apprenait qu'un certain James Hobbs, second de l'*Union*, de Calcutta, ayant pris terre sur une île située par 8° 18' de latitude sud et 156° 30' de longitude est, avait remarqué des barres de fer et des étoffes rouges dont se servaient les naturels de ces parages.

Dumont d'Urville, assez perplexe, et ne sachant s'il devait ajouter foi à ces récits rapportés par des journaux peu dignes de confiance, se décida cependant à se lancer sur les traces de Dillon.

Le 10 février 1828, l'*Astrolabe* se présenta devant Tikopia, prit pour guide et interprète un déserteur fixé sur cette île, fit route vers Vanikoro, en eut connaissance le 12 février, prolongea ses récifs jusqu'au 14, et, le 20 seulement, mouilla au-dedans de la barrière, dans le havre de Vanou.

Le 23, plusieurs des officiers firent le tour de l'île, et rapportèrent quelques débris peu importants. Les naturels, adoptant un système de dénégations et de faux-fuyants, refusaient de les mener sur le lieu du sinistre. Cette conduite, très-louche, laissa croire qu'ils avaient maltraité les naufragés, et, en effet, ils semblaient craindre que Dumont d'Urville ne fût venu venger La Pérouse et ses infortunés compagnons.

Cependant, le 26, décidés par des présents, et comprenant qu'ils n'avaient à craindre aucune représaille, ils conduisirent le second, M. Jacquinot, sur le théâtre du naufrage.

Là, par trois ou quatre brasses d'eau, entre les récifs Pacou et Vanou, gisaient des ancres, des canons, des saumons de fer et de plomb, empâtés dans les concrétions calcaires. La chaloupe et la baleinière de l'*Astrolabe* furent dirigées vers cet endroit, et, non sans de longues fatigues, leurs équipages parvinrent à retirer une ancre pesant dix-huit cents livres, un canon de huit en fonte, un saumon[1] de plomb et deux pierriers de cuivre.

Dumont d'Urville, interrogeant les naturels, apprit aussi que La Pérouse, après avoir perdu ses deux navires sur les récifs de l'île, avait construit un bâtiment plus petit, pour aller se perdre une seconde fois... Où ? On ne savait.

Le commandant de l'*Astrolabe* fit alors élever, sous une touffe de mangliers, un cénotaphe à la mémoire du célèbre navigateur et de ses compagnons. Ce fut une simple pyramide quadrangulaire, assise sur une base de coraux, et dans laquelle n'entra aucune ferrure qui pût tenter la cupidité des naturels.

Puis, Dumont d'Urville voulut partir ; mais ses équipages étaient minés par les fièvres de ces côtes malsaines, et, très-malade lui-même, il ne put appareiller que le 17 mars.

Cependant, le gouvernement français, craignant que Dumont d'Urville ne fût pas au courant des travaux de Dillon, avait envoyé à Vanikoro la corvette la *Bayonnaise*, commandée par Legoarant de Tromelin, qui était en station sur la côte ouest de l'Amérique. La *Bayonnaise* mouilla devant Vanikoro, quelques mois après le départ de l'*Astrolabe*, ne trouva aucun document nouveau, mais constata que les sauvages avaient respecté le mausolée de La Pérouse.

Telle est la substance du récit que je fis au capitaine Nemo.

« Ainsi, me dit-il, on ne sait encore où est allé périr ce troisième navire construit par les naufragés sur l'île de Vanikoro ?

— On ne sait. »

Le capitaine Nemo ne répondit rien, et me fit signe de le suivre au grand salon. Le *Nautilus* s'enfonça de quelques mètres au-dessous des flots, et les panneaux s'ouvrirent.

Je me précipitai vers la vitre, et sous les empâtements de coraux, revêtus de fongies, de syphonules, d'alcyons, de cariophyllées, à travers des myriades de poissons charmants, des girelles, des glyphisidons, des pomphérides, des diacopes, des holocentres, je reconnus certains débris que les dragues n'avaient pu arracher, des étriers de fer, des ancres, des canons, des boulets, une garniture de cabestan, une étrave, tous objets provenant des navires naufragés et maintenant tapissés de fleurs vivantes.

Et pendant que je regardais ces épaves désolées, le capitaine Nemo me dit d'une voix grave.

« Le commandant La Pérouse partit le 7 décembre 1785 avec ses navires la *Boussole* et l'*Astrolabe*. Il mouilla d'abord à Botany-Bay, visita l'archipel des Amis, la Nouvelle-Calédonie, se dirigea vers Santa-Cruz et relâcha à Namouka, l'une des îles du groupe Hapaï. Puis, ses navires arrivèrent sur les récifs inconnus de Vanikoro. La *Boussole*, qui marchait en avant, s'engagea sur la côte méridionale. L'*Astrolabe* vint à son secours et s'échoua de même. Le premier navire se détruisit presque immédiatement. Le second, engravé sous le vent, résista quelques jours. Les naturels firent assez bon accueil aux naufragés. Ceux-ci s'installèrent dans l'île, et construisirent un bâtiment plus petit avec les débris des deux grands. Quelques matelots restèrent volontairement à Vanikoro. Les autres, affaiblis, malades, partirent avec La Pérouse. Ils se dirigèrent vers les îles Salomon, et ils périrent, corps et biens, sur la côte occidentale de l'île principale du groupe, entre les caps Déception et Satisfaction !

— Et comment le savez-vous ? m'écriai-je.

— Voici ce que j'ai trouvé sur le lieu même de ce dernier naufrage ! »

Le capitaine Nemo me montra une boîte de fer-blanc, estampillée aux armes de France, et toute corrodée par les eaux salines. Il l'ouvrit, et je vis une liasse de papiers jaunis, mais encore lisibles.

C'étaient les instructions même du ministre de la marine au commandant La Pérouse, annotées en marge de la main de Louis XVI !

« Ah ! c'est une belle mort pour un marin ! dit alors le capitaine Nemo. C'est une tranquille tombe que cette tombe de corail, et fasse le ciel que, mes compagnons et moi, nous n'en ayons jamais d'autre ! »

CHAPITRE XX

LE DÉTROIT DE TORRÈS

Pendant la nuit du 27 au 28 décembre, le *Nautilus* abandonna les parages de Vanikoro avec une vitesse excessive. Sa direction était sud-ouest, et, en trois jours, il franchit les sept cent cinquante lieues qui séparent le groupe de La Pérouse de la pointe sud-est de la Papouasie.

Le 1er janvier 1868, de grand matin, Conseil me rejoignit sur la plate-forme.

« Monsieur, me dit ce brave garçon, monsieur me permettra-t-il de lui souhaiter une bonne année ?

— Comment donc, Conseil, mais exactement comme si j'étais à Paris, dans mon cabinet du Jardin des Plantes. J'accepte tes vœux et je t'en remercie. Seulement, je te demanderai ce que tu entends par « une bonne année, » dans les circonstances où nous nous trouvons. Est-ce l'année qui amènera la fin de notre emprisonnement, ou l'année qui verra se continuer cet étrange voyage ?

— Ma foi, répondit Conseil, je ne sais trop que dire à monsieur. Il est certain que nous voyons de curieuses choses, et que, depuis deux mois, nous n'avons pas eu le temps de nous ennuyer. La dernière merveille est toujours la plus étonnante, et si cette progression se maintient, je ne sais pas comment cela finira. M'est avis que nous ne retrouverons jamais une occasion semblable.

— Jamais, Conseil.

— En outre, monsieur Nemo, qui justifie bien son nom latin, n'est pas plus gênant que s'il n'existait pas.

— Comme tu le dis, Conseil.

— Je pense donc, n'en déplaise à monsieur, qu'une bonne année serait une année qui nous permettrait de tout voir...

— De tout voir, Conseil ? Ce serait peut-être long. Mais qu'en pense Ned Land ?

— Ned Land pense exactement le contraire de moi, répondit Conseil. C'est un esprit positif et un estomac impérieux. Regarder les poissons et toujours en manger ne lui suffit pas. Le manque de vin, de pain, de viande, cela ne convient guère à un digne Saxon auquel les beefsteaks sont familiers, et que le brandy ou le gin, pris dans une proportion modérée, n'effrayent guère !

— Pour mon compte, Conseil, ce n'est point là ce qui me tourmente, et je m'accommode très-bien du régime du bord.

— Moi de même, répondit Conseil. Aussi je pense autant à rester que maître Land à prendre la fuite. Donc, si l'année qui commence n'est pas bonne pour moi, elle le sera pour lui, et réciproquement. De cette façon, il y aura toujours quelqu'un de satisfait. Enfin, pour conclure, je souhaite à monsieur ce qui fera plaisir à monsieur.

— Merci, Conseil. Seulement je te demanderai de remettre à plus tard la question des étrennes, et de les remplacer provisoirement par une bonne poignée de main. Je n'ai que cela sur moi.

— Monsieur n'a jamais été si généreux », répondit Conseil.

Et là-dessus, le brave garçon s'en alla.

Le 2 janvier, nous avions fait onze mille trois cent quarante milles, soit cinq mille deux cent cinquante

Je vis une liasse de papiers jaunis. (Page 254.)

lieues, depuis notre point de départ dans les mers du Japon. Devant l'éperon du *Nautilus* s'étendaient les dangereux parages de la mer de corail, sur la côte nord-est de l'Australie. Notre bateau prolongeait à une distance de quelques milles ce redoutable banc sur lequel les navires de Cook faillirent se perdre, le 10 juin 1770. Le bâtiment que montait Cook donna sur un roc, et s'il ne coula pas, ce fut

Le Nautilus *venait de toucher. (Page 261.)*

grâce à cette circonstance que le morceau de corail, détaché au choc, resta engagé dans la coque entr'ouverte.

J'aurais vivement souhaité de visiter ce récif long de trois cent soixante lieues, contre lequel la mer, toujours houleuse, se brisait avec une intensité formidable et comparable aux roulements du tonnerre. Mais en ce moment, les plans inclinés du *Nautilus* nous entraînaient à une grande profondeur, et je ne pus rien voir de ces hautes murailles coralligènes. Je dus me contenter des divers échantillons de poissons rapportés par nos filets. Je remarquai, entre autres, des germons, espèces de scombres grands comme des thons, aux flancs bleuâtres, et rayés de bandes transversales qui disparaissent avec la vie de l'animal. Ces poissons nous accompagnaient par troupes et fournirent à notre table une chair excessivement délicate. On prit aussi un grand nombre de spares vertors, longs d'un demi-décimètre, ayant le goût de la dorade, et des pyrapèdes volants, véritables hirondelles sous-marines, qui, par les nuits obscures, rayent alternativement les airs et les eaux de leurs lueurs phosphorescentes. Parmi les mollusques et les zoophytes, je trouvai dans les mailles du chalut diverses espèces d'alcyonaires, des oursins, des marteaux, des éperons, des cadrans, des cérites, des hyales. La flore était représentée par de belles algues flottantes, des laminaires et des macrocystes, imprégnées du mucilage qui transsudait à travers leurs pores, et parmi lesquelles je recueillis une admirable *Nemastoma Geliniaroïde*, qui fut classée parmi les curiosités naturelles du musée.

Deux jours après avoir traversé la mer de Corail, le 4 janvier, nous eûmes connaissance des côtes de la Papouasie. À cette occasion, le capitaine Nemo m'apprit que son intention était de gagner l'Océan indien par le détroit de Torrès. Sa communication se borna là. Ned vit avec plaisir que cette route le rapprochait des mers européennes.

Ce détroit de Torrès est regardé comme non moins dangereux par les écueils qui le hérissent que par les sauvages habitants qui fréquentent ses côtes. Il sépare de la Nouvelle-Hollande[1] la grande île de la Papouasie, nommée aussi Nouvelle-Guinée.

La Papouasie a quatre cents lieues de long sur cent trente lieues de large, et une superficie de quarante mille lieues géographiques. Elle est située, en latitude, entre 0° 19′ et 10° 2′ sud, et en longitude, entre 128° 23′ et 146° 15′. À midi, pendant que le second prenait la hauteur du soleil, j'aperçus les sommets des monts Arfalxs, élevés par plans et terminés par des pitons aigus.

Cette terre, découverte en 1511 par le Portugais Francisco Serrano, fut visitée successivement par don José de Menesès en 1526, par Grijalva en 1527, par le général espagnol Alvar de Saavedra en 1528, par Juigo Ortez en 1545, par le hollandais Shouten en 1616, par Nicolas Sruick en 1753, par Tasman, Dampier, Fumel, Carteret, Edwards, Bougainville, Cook, Forrest, Mac Cluer, par d'Entrecasteaux en 1792, par Duperrey en 1823, et par Dumont d'Urville en 1827. « C'est le foyer des noirs qui occupent toute la Malaisie », a dit M. de Rienzi[2], et je ne me doutais guère que les hasards de cette navigation allaient me mettre en présence des redoutables Andamènes[3].

Le *Nautilus* se présenta donc à l'entrée du plus dangereux détroit du globe, de celui que les plus hardis navigateurs osent à peine à franchir, détroit que Louis Paz de Torrès affronta en revenant des mers du Sud dans la Mélanésie, et dans lequel, en 1840, les corvettes échouées de Dumont d'Urville furent sur le point de se perdre corps et biens. Le *Nautilus* lui-même, supérieur à tous les dangers de la mer, allait, cependant, faire connaissance avec les récifs coralliens.

Le détroit de Torrès a environ trente-quatre lieues de large, mais il est obstrué par une innombrable quantité d'îles, d'îlots, de brisants, de rochers, qui rendent sa navigation presque impraticable. En conséquence, le capitaine Nemo prit toutes les précautions voulues pour le traverser. Le *Nautilus*, flottant à fleur d'eau, s'avançait sous une allure modérée. Son hélice, comme une queue de cétacé, battait les flots avec lenteur.

Profitant de cette situation, mes deux compagnons et moi, nous avions pris place sur la plateforme toujours déserte. Devant nous s'élevait la cage du timonier, et je me trompe fort, ou le capitaine Nemo devait être là, dirigeant lui-même son *Nautilus*.

J'avais sous les yeux les excellentes cartes du détroit de Torrès levées et dressées par l'ingénieur hydrographe Vincendon Dumoulin et l'enseigne de vaisseau Coupvent-Desbois, — maintenant amiral, — qui faisaient partie de l'état-major de Dumont-d'Urville pendant son dernier voyage de circumnavigation. Ce sont, avec celles du capitaine King, les meilleures cartes qui débrouillent l'imbroglio de cet étroit passage, et je les consultais avec une scrupuleuse attention.

Autour du *Nautilus* la mer bouillonnait avec furie. Le courant de flots, qui portait du sud-est au nord-ouest avec une vitesse de deux milles et demi, se brisait sur les coraux dont la tête émergeait çà et là.

« Voilà une mauvaise mer ! me dit Ned Land.

— Détestable, en effet, répondis-je, et qui ne convient guère à un bâtiment comme le *Nautilus*.

— Il faut, reprit le Canadien, que ce damné capitaine soit bien certain de sa route, car je vois là des pâtés de coraux qui mettraient sa coque en mille pièces, si elle les effleurait seulement ! »

En effet, la situation était périlleuse, mais le *Nautilus* semblait se glisser comme par enchantement au milieu de ces furieux écueils. Il ne suivait pas exactement la route de l'*Astrolabe* et de la *Zélée* qui fut fatale à Dumont d'Urville. Il prit plus au nord, rangea l'île Murray, et revint au sud-ouest, vers le passage de Cumberland. Je croyais qu'il allait y donner franchement, quand, remontant dans le nord-ouest, il se porta, à travers une grande quantité d'îles et d'îlots peu connus, vers l'île Tound et le canal Mauvais.

Je me demandais déjà si le capitaine Nemo, imprudent jusqu'à la folie, voulait engager son navire dans cette passe où touchèrent les deux corvettes de Dumont d'Urville, quand, modifiant une seconde fois sa direction et coupant droit à l'ouest, il se dirigea vers l'île Gueboroar.

Il était alors trois heures après-midi. Le flot se cassait, la marée étant presque pleine. Le *Nautilus* s'approcha de cette île que je vois encore avec sa remarquable lisière de pendanus. Nous la rangions à moins de deux milles.

Soudain, un choc me renversa. Le *Nautilus* venait de toucher contre un écueil, et il demeura immobile, donnant une légère gîte sur babord.

Quand je me relevai, j'aperçus sur la plate-forme le capitaine Nemo et son second. Ils examinaient la situation du navire, échangeant quelques mots dans leur incompréhensible idiome.

Voici quelle était cette situation. À deux milles, par tribord, apparaissait l'île Gueboroar dont la côte s'arrondissait du nord à l'ouest, comme un immense bras. Vers le sud et l'est se montraient déjà quelques têtes de coraux que le jusant laissait à découvert. Nous nous étions échoués au plein, et dans une de ces mers où les marées sont médiocres, circonstance fâcheuse pour le renflouage du *Nautilus*. Cependant, le navire n'avait aucunement souffert, tant sa coque était solidement liée. Mais s'il ne pouvait ni couler, ni s'ouvrir, il risquait fort d'être à jamais attaché sur ces écueils, et alors c'en était fait de l'appareil sous-marin du capitaine Nemo.

Je réfléchissais ainsi, quand le capitaine, froid et calme, toujours maître de lui, ne paraissant ni ému ni contrarié, s'approcha :

« Un accident ? lui dis-je.

— Non, un incident, me répondit-il.

— Mais un incident, répliquai-je, qui vous obligera peut-être à redevenir un habitant de ces terres que vous fuyez ! »

Le capitaine Nemo me regarda d'un air singulier, et fit un geste négatif. C'était me dire assez clairement que rien ne le forcerait jamais à remettre les pieds sur un continent. Puis il dit :

« D'ailleurs, monsieur Aronnax, le *Nautilus* n'est pas en perdition. Il vous transportera encore au milieu des merveilles de l'Océan. Notre voyage ne fait que commencer, et je ne désire pas me priver si vite de l'honneur de votre compagnie.

— Cependant, capitaine Nemo, repris-je sans relever la tournure ironique de cette phrase, le *Nautilus* s'est échoué au moment de la pleine mer. Or, les marées ne sont pas fortes dans le Pacifique, et, si vous ne pouvez délester le *Nautilus*, — ce qui me paraît impossible, — je ne vois pas comment il sera renfloué.

— Les marées ne sont pas fortes dans le Pacifique, vous avez raison, monsieur le professeur, répondit le capitaine Nemo, mais, au détroit de Torrès, on trouve encore une différence d'un mètre et demi entre le niveau des hautes et basses mers. C'est aujourd'hui le 4 janvier, et dans cinq jours la pleine lune. Or, je serai bien étonné si ce complaisant satellite ne soulève pas suffisamment ces masses d'eau, et ne me rend pas un service que je ne veux devoir qu'à lui seul. »

Ceci dit, le capitaine Nemo, suivi de son second, redescendit à l'intérieur du *Nautilus*. Quant au bâtiment, il ne bougeait plus et demeurait immobile, comme si les polypes coralliens l'eussent déjà maçonné dans leur indestructible ciment.

« Eh bien, monsieur ? me dit Ned Land, qui vint à moi après le départ du capitaine.

— Eh bien, ami Ned, nous attendrons tranquillement la marée du 9, car il paraît que la lune aura la complaisance de nous remettre à flot.

— Tout simplement ?

— Tout simplement.

— Et ce capitaine ne va pas mouiller ses ancres au large, mettre sa machine sur ses chaînes, et tout faire pour se déhaler ?

— Puisque la marée suffira ! » répondit simplement Conseil.

Le Canadien regarda Conseil, puis il haussa les épaules. C'était le marin qui parlait en lui.

« Monsieur, répliqua-t-il, vous pouvez me croire quand je vous dis que ce morceau de fer ne naviguera plus jamais ni sur ni sous les mers. Il n'est bon qu'à vendre au poids. Je pense donc que le moment est venu de fausser compagnie au capitaine Nemo.

— Ami Ned, répondis-je, je ne désespère pas comme vous de ce vaillant *Nautilus*, et dans quatre jours nous saurons à quoi nous en tenir sur les marées du Pacifique. D'ailleurs, le conseil de fuir pourrait être opportun si nous étions en vue des côtes de l'Angleterre ou de la Provence, mais dans les parages de la Papouasie, c'est autre chose, et il sera toujours temps d'en venir à cette extrémité, si le *Nautilus* ne parvient pas à se relever, ce que je regarderais comme un événement grave.

— Mais ne saurait-on tâter, au moins, de ce terrain ? reprit Ned Land. Voilà une île. Sur cette île, il y a des arbres. Sous ces arbres, des animaux terrestres, des porteurs de côtelettes et de roastbeefs, auxquels je donnerais volontiers quelques coups de dents.

— Ici, l'ami Ned a raison, dit Conseil, et je me range à son avis. Monsieur ne pourrait-il obtenir de son ami le capitaine Nemo de nous transporter à terre, ne fût-ce que pour ne pas perdre l'habitude de fouler du pied les parties solides de notre planète ?

— Je peux le lui demander, répondis-je, mais il refusera.

— Que monsieur se risque, dit Conseil, et nous saurons à quoi nous en tenir sur l'amabilité du capitaine. »

À ma grande surprise, le capitaine Nemo m'accorda la permission que je lui demandais, et il le fit avec beaucoup de grâce et d'empressement, sans même avoir exigé de moi la promesse de revenir à bord. Mais une fuite à travers les terres de la Nouvelle-Guinée eût été très-périlleuse, et je n'aurais pas conseillé à Ned Land de la tenter. Mieux valait être prisonnier à bord du *Nautilus*, que de tomber entre les mains des naturels de la Papouasie.

Le canot fut mis à notre disposition pour le lendemain matin. Je ne cherchai pas à savoir si le capitaine Nemo nous accompagnerait. Je pensai même qu'aucun homme de l'équipage ne nous serait donné, et que Ned Land serait seul chargé de diriger l'embarcation. D'ailleurs, la terre se trouvait à deux milles au plus, et ce n'était qu'un jeu pour le Canadien de conduire ce léger canot entre les lignes de récifs si fatales aux grands navires.

Le lendemain, 5 janvier, le canot, déponté, fut arraché de son alvéole et lancé à la mer du haut de la plate-forme. Deux hommes suffirent à cette opération. Les avirons étaient dans l'embarcation, et nous n'avions plus qu'à y prendre place.

À huit heures, armés de fusils et de haches, nous débordions du *Nautilus*. La mer était assez calme. Une petite brise soufflait de terre. Conseil et moi, placés aux avirons, nous nagions vigoureusement, et Ned gouvernait dans les étroites passes que les brisants laissaient entre eux. Le canot se maniait bien et filait rapidement.

Ned Land ne pouvait contenir sa joie. C'était un prisonnier échappé de sa prison, et il ne songeait guère qu'il lui faudrait y rentrer.

« De la viande ! répétait-il, nous allons donc manger de la viande, et quelle viande ! Du véritable gibier ! Pas de pain, par exemple ! Je ne dis pas que le poisson ne soit une bonne chose, mais il ne faut pas en abuser, et un morceau de fraîche venaison, grillé sur des charbons ardents, variera agréablement notre ordinaire.

— Gourmand ! répondait Conseil, il m'en fait venir l'eau à la bouche.

— Il reste à savoir, dis-je, si ces forêts sont giboyeuses, et si le gibier n'y est pas de telle taille qu'il puisse lui-même chasser le chasseur.

— Bon ! monsieur Aronnax, répondit le Canadien, dont les dents semblaient être affûtées comme un tranchant de hache, mais je mangerai du tigre, de l'aloyau de tigre, s'il n'y a pas d'autre quadrupède dans cette île.

— L'ami Ned est inquiétant, répondit Conseil.

— Quel qu'il soit, reprit Ned Land, tout animal à quatre pattes sans plumes, ou à deux pattes avec plumes, sera salué de mon premier coup de fusil.

— Bon ! répondis-je, voilà les imprudences de maître Land qui vont recommencer !

— N'ayez pas peur, monsieur Aronnax, répondit le Canadien, et nagez ferme ! Je ne demande pas vingt-cinq minutes pour vous offrir un mets de ma façon. »

À huit heures et demie, le canot du *Nautilus* venait s'échouer doucement sur une grève de sable, après avoir heureusement franchi l'anneau coralligène qui entourait l'île de Gueboroar.

CHAPITRE XXI

QUELQUES JOURS À TERRE

Je fus assez vivement impressionné en touchant terre. Ned Land essayait le sol du pied, comme pour en prendre possession. Il n'y avait pourtant que deux mois que nous étions, suivant l'expression du capitaine Nemo, les « passagers du *Nautilus*, » c'est-à-dire, en réalité, les prisonniers de son commandant.

En quelques minutes, nous fûmes à une portée de fusil de la côte. Le sol était presque entièrement madréporique, mais certains lits de torrents desséchés, semés de débris granitiques, démontraient que cette île était due à une formation primordiale. Tout l'horizon se cachait derrière un rideau de forêts admirables. Des arbres énormes, dont la taille atteignait parfois deux cents pieds, se reliaient l'un à l'autre par des guirlandes de lianes, vrais hamacs naturels que berçait une brise légère. C'étaient des mimosas, des ficus, des casuarinas, des teks, des hibiscus, des pendanus, des palmiers, mélangés à profusion, et sous l'abri de leur voûte verdoyante, au pied de leur stype[1] gigantesque, croissaient des orchidées, des légumineuses et des fougères.

Mais, sans remarquer tous ces beaux échantillons de la flore papouasienne, le Canadien abandonna

Tout l'horizon se cachait derrière un rideau de forêts. (Page 266.)

l'agréable pour l'utile. Il aperçut un cocotier, abattit quelques-uns de ses fruits, les brisa, et nous bûmes leur lait, nous mangeâmes leur amande, avec une satisfaction qui protestait contre l'ordinaire du *Nautilus*.

« Excellent ! disait Ned Land.

— Exquis ! répondait Conseil.

— Et je ne pense pas, dit le Canadien, que votre Nemo s'oppose à ce que nous introduisions une cargaison de cocos à son bord ?

— Je ne le crois pas, répondis-je, mais il n'y voudra pas goûter !

— Tant pis pour lui ! dit Conseil.

— Et tant mieux pour nous ! riposta Ned Land. Il en restera davantage.

— Un mot seulement, maître Land, dis-je au harponneur qui se disposait à ravager un autre cocotier, le coco est une bonne chose, mais avant d'en remplir le canot, il me paraît sage de reconnaître si l'île ne produit pas quelque substance non moins utile. Des légumes frais seraient bien reçus à l'office du *Nautilus*.

— Monsieur a raison, répondit Conseil, et je propose de réserver trois places dans notre embarcation, l'une pour les fruits, l'autre pour les légumes, et la troisième pour la venaison, dont je n'ai pas encore entrevu le plus mince échantillon.

— Conseil, il ne faut désespérer de rien, répondit le Canadien.

— Continuons donc notre excursion, repris-je, mais ayons l'œil aux aguets. Quoique l'île paraisse inhabitée, elle pourrait renfermer, cependant, quelques individus qui seraient moins difficiles que nous sur la nature du gibier !

— Hé ! hé ! fit Ned Land, avec un mouvement de mâchoire très-significatif.

— Eh bien ! Ned ! s'écria Conseil.

— Ma foi, riposta le Canadien, je commence à comprendre les charmes de l'anthropophagie !

— Ned ! Ned ! que dites-vous là ! répliqua Conseil. Vous, anthropophage ! Mais je ne serai plus en sûreté près de vous, moi qui partage votre cabine ! Devrai-je donc me réveiller un jour à demi dévoré ?

— Ami Conseil, je vous aime beaucoup, mais pas assez pour vous manger sans nécessité.

Ned Land prit sa hache. (Page 273.)

— Je ne m'y fie pas, répondit Conseil. En chasse !
Il faut absolument abattre quelque gibier pour satisfaire ce cannibale, ou bien, l'un de ces matins,
monsieur ne trouvera plus que des morceaux de domestique pour le servir. »

Tandis que s'échangeaient ces divers propos,
nous pénétrions sous les sombres voûtes de la forêt,

et pendant deux heures, nous la parcourûmes en tous sens.

Le hasard servit à souhait cette recherche de végétaux comestibles, et l'un des plus utiles produits des zones tropicales nous fournit un aliment précieux qui manquait à bord.

Je veux parler de l'arbre à pain, très-abondant dans l'île Gueboroar, et j'y remarquai principalement cette variété dépourvue de graines, qui porte en malais le nom de « Rima. »

Cet arbre se distinguait des autres arbres par un tronc droit et haut de quarante pieds. Sa cime, gracieusement arrondie et formée de grandes feuilles multilobées, désignait suffisamment aux yeux d'un naturaliste cet « artocarpus » qui a été très-heureusement naturalisé aux îles Mascareignes. De sa masse de verdure se détachaient de gros fruits globuleux, larges d'un décimètre, et pourvus extérieurement de rugosités qui prenaient une disposition hexagonale. Utile végétal dont la nature a gratifié les régions auxquelles le blé manque, et qui, sans exiger aucune culture, donne des fruits pendant huit mois de l'année.

Ned Land les connaissait bien, ces fruits. Il en avait déjà mangé pendant ses nombreux voyages, et il savait préparer leur substance comestible. Aussi leur vue excita-t-elle ses désirs, et il n'y put tenir plus longtemps.

« Monsieur, me dit-il, que je meure si je ne goûte pas un peu de cette pâte de l'arbre à pain !

— Goûtez, ami Ned, goûtez à votre aise. Nous sommes ici pour faire des expériences, faisons-les.

— Ce ne sera pas long, » répondit le Canadien.

Et, armé d'une lentille, il alluma un feu de bois mort qui pétilla joyeusement. Pendant ce temps, Conseil et moi, nous choisissions les meilleurs fruits de l'artocarpus. Quelques-uns n'avaient pas encore atteint un degré suffisant de maturité, et leur peau épaisse recouvrait une pulpe blanche, mais peu fibreuse. D'autres, en très-grand nombre, jaunâtres et gélatineux, n'attendaient que le moment d'être cueillis.

Ces fruits ne renfermaient aucun noyau. Conseil en apporta une douzaine à Ned Land, qui les plaça sur un feu de charbons, après les avoir coupés en tranches épaisses, et ce faisant, il répétait toujours :

« Vous verrez, monsieur, comme ce pain est bon !

— Surtout quand on en est privé depuis long-temps, dit Conseil.

— Ce n'est même plus du pain, ajouta le Canadien. C'est une pâtisserie délicate. Vous n'en avez jamais mangé, monsieur ?

— Non, Ned.

— Eh bien, préparez-vous à absorber une chose succulente. Si vous n'y revenez pas, je ne suis plus le roi des harponneurs ! »

Au bout de quelques minutes, la partie des fruits exposée au feu fut complètement charbonnée. À l'intérieur apparaissait une pâte blanche, sorte de mie tendre, dont la saveur rappelait celle de l'artichaut.

Il faut l'avouer, ce pain était excellent, et j'en mangeai avec grand plaisir.

« Malheureusement, dis-je, une telle pâte ne peut se garder fraîche, et il me paraît inutile d'en faire une provision pour le bord.

— Par exemple, monsieur ! s'écria Ned Land. Vous parlez là comme un naturaliste, mais moi, je vais agir comme un boulanger. Conseil, faites une récolte de ces fruits que nous reprendrons à notre retour.

— Et comment les préparerez-vous ? demandai-je au Canadien.

— En fabriquant avec leur pulpe une pâte fermentée qui se gardera indéfiniment et sans se corrompre. Lorsque je voudrai l'employer, je la ferai cuire à la cuisine du bord, et malgré sa saveur un peu acide, vous la trouverez excellente.

— Alors, maître Ned, je vois qu'il ne manque rien à ce pain...

— Si, monsieur le professeur, répondit le Canadien, il y manque quelques fruits ou tout ou moins quelques légumes !

— Cherchons les fruits et les légumes. »

Lorsque notre récolte fut terminée, nous nous mîmes en route pour compléter ce dîner « terrestre. »

Nos recherches ne furent pas vaines, et, vers midi, nous avions fait une ample provision de bananes. Ces produits délicieux de la zone torride mûrissent pendant toute l'année, et les Malais, qui leur ont donné le nom de « pisang », les mangent sans les faire cuire. Avec ces bananes, nous recueillîmes des jaks énormes dont le goût est très-accusé, des mangues savoureuses, et des ananas d'une grosseur invraisemblable. Mais cette récolte prit une grande partie de notre temps, que, d'ailleurs, il n'y avait pas lieu de regretter.

Conseil observait toujours Ned. Le harponneur marchait en avant, et, pendant sa promenade à travers la forêt, il glanait d'une main sûre d'excellents fruits qui devaient compléter sa provision.

« Enfin, demanda Conseil, il ne vous manque plus rien, ami Ned ?

— Hum ! fit le Canadien.

— Quoi ! vous vous plaignez ?

— Tous ces végétaux ne peuvent constituer un repas, répondit Ned. C'est la fin d'un repas, c'est un dessert. Mais le potage ? mais le rôti ?

— En effet, dis-je, Ned nous avait promis des côtelettes qui me semblent fort problématiques.

— Monsieur, répondit le Canadien, non-seulement la chasse n'est pas finie, mais elle n'est même pas commencée. Patience ! Nous finirons bien par rencontrer quelque animal de plume ou de poil, et, si ce n'est pas en cet endroit, ce sera dans un autre...

— Et si ce n'est pas aujourd'hui, ce sera demain, ajouta Conseil, car il ne faut pas trop s'éloigner. Je propose même de revenir au canot.

— Quoi ! déjà ! s'écria Ned.

— Nous devons être de retour avant la nuit, dis-je.

— Mais quelle heure est-il donc ? demanda le Canadien.

— Deux heures, au moins, répondit Conseil.

— Comme le temps passe sur ce sol ferme ! s'écria maître Ned Land avec un soupir de regret.

— En route », répondit Conseil

Nous revînmes donc à travers la forêt, et nous complétâmes notre récolte en faisant une razzia de choux-palmistes qu'il fallut cueillir à la cime des arbres, de petits haricots que je reconnus pour être les « abrou » des Malais, et d'ignames d'une qualité supérieure.

Nous étions surchargés quand nous arrivâmes au canot. Cependant, Ned Land ne trouvait pas encore sa provision suffisante. Mais le sort le favorisa. Au moment de s'embarquer, il aperçut plusieurs arbres, hauts de vingt-cinq à trente pieds, qui appartenaient à l'espèce des palmiers. Ces arbres, aussi précieux que l'artocarpus, sont justement comptés parmi les plus utiles produits de la Malaisie.

C'étaient des sagoutiers, végétaux qui croissent sans culture, se reproduisant, comme les mûriers, par leurs rejetons et leurs graines.

Ned Land connaissait la manière de traiter ces arbres. Il prit sa hache, et la maniant avec une grande vigueur, il eut bientôt couché sur le sol deux ou trois sagoutiers dont la maturité se reconnaissait à la poussière blanche qui saupoudrait leurs palmes.

Je le regardai faire plutôt avec les yeux d'un naturaliste qu'avec les yeux d'un homme affamé. Il commença par enlever à chaque tronc une bande d'écorce, épaisse d'un pouce, qui recouvrait un réseau de fibres allongées formant d'inextricables nœuds, que mastiquait une sorte de farine gommeuse. Cette farine, c'était le sagou, substance comestible qui sert principalement à l'alimentation des populations mélanésiennes.

Ned Land se contenta, pour le moment, de couper ces troncs par morceaux, comme il eût fait de bois à brûler, se réservant d'en extraire plus tard la farine, de la passer dans une étoffe afin de la séparer de ses ligaments fibreux, d'en faire évaporer l'humidité au soleil, et de la laisser durcir dans des moules.

Enfin, à cinq heures du soir, chargés de toutes nos richesses, nous quittions le rivage de l'île, et, une demi-heure après, nous accostions le *Nautilus*. Personne ne parut à notre arrivée. L'énorme cylindre de tôle semblait désert. Les provisions embarquées, je descendis à ma chambre. J'y trouvai mon souper prêt. Je mangeai, puis je m'endormis.

Le lendemain, 6 janvier, rien de nouveau à bord. Pas un bruit à l'intérieur, pas un signe de vie. Le canot était resté le long du bord, à la place même où nous l'avions laissé. Nous résolûmes de retourner à l'île Gueboroar. Ned Land espérait être plus heureux que la veille au point de vue du chasseur, et désirait visiter une autre partie de la forêt.

Au lever du soleil, nous étions en route. L'embarcation, enlevée par le flot qui portait à terre, atteignit l'île en peu d'instants.

Nous débarquâmes, et, pensant qu'il valait mieux s'en rapporter à l'instinct du Canadien, nous suivîmes Ned Land dont les longues jambes menaçaient de nous distancer.

Ned Land remonta la côte vers l'ouest, puis, passant à gué quelques lits de torrents, il gagna la haute plaine que bordaient d'admirables forêts. Quelques martins-pêcheurs rôdaient le long des cours d'eau, mais ils ne se laissaient pas approcher. Leur circonspection me prouva que ces volatiles savaient à quoi s'en tenir sur des bipèdes de notre espèce, et j'en conclus que, si l'île n'était pas habitée, du moins, des êtres humains la fréquentaient.

Après avoir traversé une assez grasse prairie, nous arrivâmes à la lisière d'un petit bois qu'animaient le chant et le vol d'un grand nombre d'oiseaux.

— Ce ne sont encore que des oiseaux, dit Conseil.

— Mais il y en a qui se mangent ! répondit le harponneur.

— Point, ami Ned, répliqua Conseil, car je ne vois là que de simples perroquets.

— Ami Conseil, répondit gravement Ned, le perroquet est le faisan de ceux qui n'ont pas autre chose à manger.

— Et j'ajouterai, dis-je, que cet oiseau, convenablement préparé, vaut son coup de fourchette. »

En effet, sous l'épais feuillage de ce bois, tout un monde de perroquets voltigeait de branche en branche, n'attendant qu'une éducation plus soignée pour parler la langue humaine. Pour le moment, ils caquetaient en compagnie de perruches de toutes couleurs, de graves kakatouas, qui semblaient méditer quelque problème philosophique, tandis que des loris d'un rouge éclatant passaient comme un morceau d'étamine emporté par la brise, au milieu de kalaos au vol bruyant, de papouas peints des plus fines nuances de l'azur, et de toute une variété de volatiles charmants, mais généralement peu comestibles.

Cependant, un oiseau particulier à ces terres, et qui n'a jamais dépassé la limite des îles d'Arrou et des îles des Papouas, manquait à cette collection. Mais le sort me réservait de l'admirer avant peu.

Après avoir traversé un taillis de médiocre épaisseur, nous avions retrouvé une plaine obstruée de buissons. Je vis alors s'enlever de magnifiques oiseaux que la disposition de leurs longues plumes obligeait à se diriger contre le vent. Leur vol ondulé, la grâce de leurs courbes aériennes, le chatoiement de leurs couleurs, attiraient et charmaient le regard. Je n'eus pas de peine à les reconnaître.

« Des oiseaux de paradis ! m'écriai-je.

— Ordre des passereaux, section des clystomores, répondit Conseil.

— Famille des perdreaux ? demanda Ned Land.

— Je ne crois pas, maître Land. Néanmoins, je compte sur votre adresse pour attraper un de ces charmants produits de la nature tropicale !

— On essayera, monsieur le professeur, quoique je sois plus habitué à manier le harpon que le fusil. »

Les Malais, qui font un grand commerce de ces oiseaux avec les Chinois, ont, pour les prendre, divers moyens que nous ne pouvions employer. Tantôt ils disposent des lacets au sommet des arbres élevés que les paradisiers habitent de préférence. Tantôt ils s'en emparent avec une glu tenace qui paralyse leurs mouvements. Ils vont même jusqu'à empoisonner les fontaines où ces oiseaux ont l'habitude de boire. Quant à nous, nous étions réduits à les tirer au vol, ce qui nous laissait peu de chances de les atteindre. Et en effet, nous épuisâmes vainement une partie de nos munitions.

Vers onze heures du matin, le premier plan des montagnes qui forment le centre de l'île était franchi, et nous n'avions encore rien tué. La faim nous aiguillonnait. Les chasseurs s'étaient fiés au produit de leur chasse, et ils avaient eu tort. Très-heureusement, Conseil, à sa grande surprise, fit un coup double et assura le déjeuner. Il abattit un pigeon blanc et un ramier, qui, lestement plumés et suspendus à une brochette, rôtirent devant un feu ardent de bois mort. Pendant que ces intéressants animaux cuisaient, Ned prépara des fruits de l'artocarpus. Puis, le pigeon et le ramier furent dévorés jusqu'aux os et déclarés excellents. La muscade, dont ils ont l'habitude de se gaver, parfume leur chair et en fait un manger délicieux.

« C'est comme si les poulardes se nourrissaient de truffes, dit Conseil.

— Et maintenant, Ned, que vous manque-t-il ? demandai-je au Canadien.

— Un gibier à quatre pattes, monsieur Aronnax, répondit Ned Land. Tous ces pigeons ne sont que hors-d'œuvre et amusettes de la bouche ! Aussi, tant que je n'aurai pas tué un animal à côtelettes, je ne serai pas content !

— Ni moi, Ned, si je n'attrape pas un paradisier.

— Continuons donc la chasse, répondit Conseil, mais en revenant vers la mer. Nous sommes arrivés aux premières pentes des montagnes, et je pense qu'il vaut mieux regagner la région des forêts. »

C'était un avis sensé, et il fut suivi. Après une heure de marche, nous avions atteint une véritable forêt de sagoutiers. Quelques serpents inoffensifs fuyaient sous nos pas. Les oiseaux de paradis se dérobaient à notre approche, et véritablement, je désespérais de les atteindre, lorsque Conseil, qui marchait en avant, se baissa soudain, poussa un cri de triomphe, et revint à moi, rapportant un magnifique paradisier.

« Ah ! bravo ! Conseil, m'écriai-je.

— Monsieur est bien bon, répondit Conseil.

— Mais non, mon garçon. Tu as fait là un coup de maître. Prendre un de ces oiseaux vivants, et le prendre à la main !

— Si monsieur veut l'examiner de près, il verra que je n'ai pas eu grand mérite.

— Et pourquoi, Conseil ?

— Parce que cet oiseau est ivre comme une caille.

— Ivre ?

— Oui, monsieur, ivre des muscades qu'il dévorait sous le muscadier où je l'ai pris. Voyez, ami Ned, voyez les monstrueux effets de l'intempérance !

— Mille diables ! riposta le Canadien, pour ce que j'ai bu de gin depuis deux mois, ce n'est pas la peine de me le reprocher ! »

C'était le paradisier « grand-émeraude ». (Page 279.)

Cependant, j'examinais le curieux oiseau. Conseil ne se trompait pas. Le paradisier, enivré par le suc capiteux, était réduit à l'impuissance. Il ne pouvait voler. Il marchait à peine. Mais cela m'inquiéta peu, et je le laissai cuver ses muscades.

Cet oiseau appartenait à la plus belle des huit espèces que l'on compte en Papouasie et dans les îles voisines. C'était le paradisier « grand-émeraude, » l'un des plus rares. Il mesurait trois décimètres de longueur. Sa tête était relativement petite, ses yeux placés près de l'ouverture du bec, et petits aussi. Mais il offrait une admirable réunion de nuances, étant jaune de bec, brun de pieds et d'ongles, noisette aux ailes empourprées à leurs extrémités, jaune pâle à la tête et sur le derrière du cou, couleur d'émeraude à la gorge, brun marron au ventre et à la poitrine. Deux filets cornés et duveteux s'élevaient au-dessus de sa queue, que prolongeaient de longues plumes très-légères, d'une finesse admirable, et ils complétaient l'ensemble de ce merveilleux oiseau que les indigènes ont poétiquement appelé « l'oiseau du soleil. »

Je souhaitais vivement de pouvoir ramener à Paris ce superbe spécimen des paradisiers, afin d'en faire don au Jardin des Plantes, qui n'en possède pas un seul vivant.

« C'est donc bien rare ? demanda le Canadien, du ton d'un chasseur qui estime fort peu le gibier au point de vue de l'art.

— Très-rare, mon brave compagnon, et surtout très-difficile à prendre vivant. Et même morts, ces oiseaux sont encore l'objet d'un important trafic. Aussi, les naturels ont-ils imaginé d'en fabriquer comme on fabrique des perles ou des diamants.

— Quoi ! s'écria Conseil, on fait de faux oiseaux de paradis ?

— Oui, Conseil.

Ned Land se contenta d'une douzaine de kangaroos. (Page 282.)

— Et monsieur connaît-il le procédé des indigènes ?

— Parfaitement. Les paradisiers, pendant la
mousson d'est, perdent ces magnifiques plumes qui
entourent leur queue, et que les naturalistes ont
appelées plumes subalaires. Ce sont ces plumes que

recueillent les faux-monnayeurs en volatiles, et qu'ils adaptent adroitement à quelque pauvre perruche préalablement mutilée. Puis ils teignent la suture, ils vernissent l'oiseau, et ils expédient aux muséums et aux amateurs d'Europe ces produits de leur singulière industrie.

— Bon ! fit Ned Land, si ce n'est pas l'oiseau, ce sont toujours ses plumes, et tant que l'objet n'est pas destiné à être mangé, je n'y vois pas grand mal ! »

Mais si mes désirs étaient satisfaits par la possession de ce paradisier, ceux du chasseur canadien ne l'étaient pas encore. Heureusement, vers deux heures, Ned Land abattit un magnifique cochon des bois, de ceux que les naturels appellent « barioutang ». L'animal venait à propos pour nous procurer de la vraie viande de quadrupède, et il fut bien reçu. Ned Land se montra très-glorieux de son coup de fusil. Le cochon, touché par la balle électrique, était tombé raide mort.

Le Canadien le dépouilla et le vida proprement, après en avoir retiré une demi-douzaine de côtelettes destinées à fournir une grillade pour le repas du soir. Puis, cette chasse fut reprise, qui devait encore être marquée par les exploits de Ned et de Conseil.

En effet, les deux amis, battant les buissons, firent lever une troupe de kangaroos, qui s'enfuirent en bondissant sur leurs pattes élastiques. Mais ces animaux ne s'enfuirent pas si rapidement que la capsule électrique ne pût les arrêter dans leur course.

« Ah ! monsieur le professeur, s'écria Ned Land que la rage du chasseur prenait à la tête, quel gibier excellent, cuit à l'étuvée surtout ! Quel approvisionnement pour le *Nautilus* ! Deux ! trois ! cinq à terre ! Et quand je pense que nous dévorerons toute cette chair, et que ces imbéciles du bord n'en auront pas miette ! »

Je crois que, dans l'excès de sa joie, le Canadien, s'il n'avait pas tant parlé, aurait massacré toute la bande ! Mais il se contenta d'une douzaine de ces intéressants marsupiaux, qui forment le premier ordre des mammifères aplacentaires, — nous dit Conseil.

Ces animaux étaient de petite taille. C'était une espèce de ces « kangaroos-lapins, » qui gîtent habituellement dans le creux des arbres, et dont la vélocité est extrême ; mais s'ils sont de médiocre grosseur, ils fournissent, du moins, la chair la plus estimée.

Nous étions très-satisfaits des résultats de notre chasse. Le joyeux Ned se proposait de revenir le lendemain à cette île enchantée, qu'il voulait dépeupler de tous ses quadrupèdes comestibles. Mais il comptait sans les événements.

À six heures du soir, nous avions regagné la plage. Notre canot était échoué à sa place habituelle. Le *Nautilus*, semblable à un long écueil, émergeait des îlots à deux milles du rivage.

Ned Land, sans plus tarder, s'occupa de la grande affaire du dîner. Il s'entendait admirablement à toute cette cuisine. Les côtelettes de « bari-outang », grillées sur des charbons, répandirent bientôt une délicieuse odeur qui parfuma l'atmosphère !...

Mais je m'aperçois que je marche sur les traces du Canadien. Me voici en extase devant une grillade de porc frais ! Que l'on me pardonne, comme j'ai pardonné à maître Land, et pour les mêmes motifs !

Enfin, le dîner fut excellent. Deux ramiers complétèrent ce menu extraordinaire. La pâte de sagou, le pain de l'artocarpus, quelques mangues, une demi-douzaine d'ananas, et la liqueur fermentée de certaines noix de cocos, nous mirent en joie. Je crois même que les idées de mes dignes compagnons n'avaient pas toute la netteté désirable.

« Si nous ne retournions pas ce soir au *Nautilus* ? dit Conseil.

— Si nous n'y retournions jamais ? » ajouta Ned Land.

En ce moment une pierre vint tomber à nos pieds, et coupa court à la proposition du harponneur.

CHAPITRE XXII

LA FOUDRE DU CAPITAINE NEMO

Nous avions regardé du côté de la forêt, sans nous lever, ma main s'arrêtant dans son mouvement vers ma bouche, celle de Ned Land achevant son office.

« Une pierre ne tombe pas du ciel, dit Conseil, ou bien elle mérite le nom d'aérolithe. »

Une seconde pierre, soigneusement arrondie, qui enleva de la main de Conseil une savoureuse cuisse de ramier, donna encore plus de poids à son observation.

Levés tous les trois, le fusil à l'épaule, nous étions prêts à répondre à toute attaque.

« Sont-ce des singes ? s'écria Ned Land.

— À peu près, répondit Conseil, ce sont des sauvages.

— Au canot ! » dis-je en me dirigeant vers la mer.

Il fallait, en effet, battre en retraite, car une vingtaine de naturels, armés d'arcs et de frondes, apparaissaient sur la lisière d'un taillis, qui masquait l'horizon de droite, à cent pas à peine.

Notre canot était échoué à dix toises de nous.

Les sauvages s'approchaient, sans courir, mais ils prodiguaient les démonstrations les plus hostiles. Les pierres et les flèches pleuvaient.

Ned Land n'avait pas voulu abandonner ses provisions, et malgré l'imminence du danger, son

cochon d'un côté, ses kangaroos de l'autre, il déta-
lait avec une certaine rapidité.

En deux minutes, nous étions sur la grève. Charger le canot des provisions et des armes, le pousser
à la mer, armer les deux avirons, ce fut l'affaire d'un
instant. Nous n'avions pas gagné deux encâblures,
que cent sauvages, hurlant et gesticulant, entrèrent
dans l'eau jusqu'à la ceinture. Je regardai si leur
apparition attirerait sur la plate-forme quelques
hommes du *Nautilus*. Mais non. L'énorme engin,
couché au large, demeurait absolument désert.

Vingt minutes plus tard, nous montions à bord.
Les panneaux étaient ouverts. Après avoir amarré le
canot, nous rentrâmes à l'intérieur du *Nautilus*.

Je descendis au salon, d'où s'échappaient quelques
accords. Le capitaine Nemo était là, courbé sur son
orgue et plongé dans une extase musicale.

« Capitaine ! » lui dis-je.

Il ne m'entendit pas.

« Capitaine ! » repris-je en le touchant de la main.

Il frissonna, et se retournant :

« Ah ! c'est vous, monsieur le professeur ? me dit-il.
Eh bien ! avez-vous fait bonne chasse, avez-vous
herborisé avec succès ?

— Oui, capitaine, répondis-je, mais nous avons
malheureusement ramené une troupe de bipèdes
dont le voisinage me paraît inquiétant.

— Quels bipèdes ?

— Des sauvages.

— Des sauvages ! répondit le capitaine Nemo d'un
ton ironique. Et vous vous étonnez, monsieur le
professeur, qu'ayant mis le pied sur une des terres
de ce globe, vous y trouviez des sauvages ? Des sauvages, où n'y en a-t-il pas ? Et d'ailleurs, sont-ils
pires que les autres, ceux que vous appelez des sauvages ?

— Mais, capitaine...

— Pour mon compte, monsieur, j'en ai rencontré partout.

— Eh bien, répondis-je, si vous ne voulez pas en recevoir à bord du *Nautilus*, vous ferez bien de prendre quelques précautions.

— Tranquillisez-vous, monsieur le professeur, il n'y a pas là de quoi se préoccuper.

— Mais ces naturels sont nombreux.

— Combien en avez-vous compté ?

— Une centaine, au moins.

— Monsieur Aronnax, répondit le capitaine Nemo, dont les doigts s'étaient replacés sur les touches de l'orgue, quand tous les indigènes de la Papouasie seraient réunis sur cette plage, le *Nautilus* n'aurait rien à craindre de leurs attaques ! »

Les doigts du capitaine couraient alors sur le clavier de l'instrument, et je remarquai qu'il n'en frappait que les touches noires, ce qui donnait à ses mélodies une couleur essentiellement écossaise. Bientôt, il eut oublié ma présence, et fut plongé dans une rêverie que je ne cherchai plus à dissiper.

Je remontai sur la plate-forme. La nuit était déjà venue, car, sous cette basse latitude, le soleil se couche rapidement et sans crépuscule. Je n'aperçus plus que confusément l'île Gueboroar. Mais des feux nombreux, allumés sur la plage, attestaient que les naturels ne songeaient pas à la quitter.

Je restai seul ainsi pendant plusieurs heures, tantôt songeant à ces indigènes, — mais sans les redouter autrement, car l'imperturbable confiance du capitaine me gagnait, — tantôt les oubliant, pour admirer les splendeurs de cette nuit des tropiques. Mon souvenir s'envolait vers la France, à la suite de ces étoiles zodiacales qui devaient l'éclairer dans quelques heures. La lune resplendissait au milieu des constellations du zénith. Je pensai alors que ce fidèle et complaisant satellite reviendrait après-demain, à cette même place, pour soulever ces ondes et arracher le *Nautilus* à son lit de coraux. Vers mi-nuit, voyant que tout était tranquille sur les flots assombris aussi bien que sous les arbres du rivage, je regagnai ma cabine, et je m'endormis paisiblement.

La nuit s'écoula sans mésaventure. Les Papouas s'effrayaient, sans doute, à la seule vue du monstre échoué dans la baie, car, les panneaux, restés ouverts, leur eussent offert un accès facile à l'intérieur du *Nautilus*.

À six heures du matin, — 8 janvier, — je remontai sur la plate-forme. Les ombres du matin se levaient. L'île montra bientôt, à travers les brumes dissipées, ses plages d'abord, ses sommets ensuite.

Les indigènes étaient toujours là, plus nombreux que la veille, — cinq ou six cents peut-être. Quelques-uns, profitant de la marée basse, s'étaient avancés sur les têtes de coraux, à moins de deux encâblures du *Nautilus*. Je les distinguai facilement. C'étaient bien de véritables Papouas, à taille athlétique, hommes de belle race, au front large et élevé, au nez gros mais non épaté, aux dents blanches. Leur chevelure laineuse, teinte en rouge, tranchait sur un corps noir et luisant comme celui des Nubiens. Au lobe de leur oreille, coupé et distendu, pendaient des chapelets en os. Ces sauvages étaient généralement nus. Parmi eux, je remarquai quelques femmes, habillées, des hanches au genou, d'une véritable crinoline d'herbes que soutenait une ceinture végétale. Certains chefs avaient orné leur cou d'un croissant et de colliers de verroteries rouges et blanches. Presque tous, armés d'arcs, de flèches et de boucliers, portaient à leur épaule une sorte de filet contenant ces pierres arrondies que leur fronde lance avec adresse.

Un de ces chefs, assez rapproché du *Nautilus*, l'examinait avec attention. Ce devait être un « mado » de haut rang, car il se drapait dans une natte en feuilles de bananiers, dentelée sur ses bords et relevée d'éclatantes couleurs.

J'aurais pu facilement abattre cet indigène, qui se trouvait à petite portée ; mais je crus qu'il valait mieux attendre des démonstrations véritablement hostiles. Entre Européens et sauvages, il convient que les Européens ripostent et n'attaquent pas.

Pendant tout le temps de la marée basse, ces indigènes rôdèrent près du *Nautilus*, mais ils ne se montrèrent pas bruyants. Je les entendais répéter fréquemment le mot « assai », et à leurs gestes je compris qu'ils m'invitaient à aller à terre, invitation que je crus devoir décliner.

Donc, ce jour-là, le canot ne quitta pas le bord, au grand déplaisir de maître Land qui ne put compléter ses provisions. Cet adroit Canadien employa son temps à préparer les viandes et farines qu'il avait rapportées de l'île Gueboroar. Quant aux sauvages, ils regagnèrent la terre vers onze heures du matin, dès que les têtes de corail commencèrent à disparaître sous le flot de la marée montante. Mais je vis leur nombre s'accroître considérablement sur la plage. Il était probable qu'ils venaient des îles voisines ou de la Papouasie proprement dite. Cependant, je n'avais pas aperçu une seule pirogue indigène.

N'ayant rien de mieux à faire, je songeai à draguer ces belles eaux limpides, qui laissaient voir à profusion des coquilles, des zoophytes et des plantes pélagiennes. C'était, d'ailleurs, la dernière journée que le *Nautilus* allait passer dans ces parages, si, toutefois, il flottait à la pleine mer du lendemain, suivant la promesse du capitaine Nemo.

J'appelai donc Conseil qui m'apporta une petite drague légère, à peu près semblable à celles qui servent à pêcher les huîtres.

« Et ces sauvages ? me demanda Conseil. N'en déplaise à monsieur, ils ne me semblent pas très-méchants !

— Ce sont pourtant des anthropophages, mon garçon.

— On peut être anthropophage et brave homme, répondit Conseil, comme on peut être gourmand et honnête. L'un n'exclut pas l'autre.

— Bon ! Conseil, je t'accorde que ce sont d'honnêtes anthropophages, et qu'ils dévorent honnêtement leurs prisonniers. Cependant, comme je ne tiens pas à être dévoré, même honnêtement, je me tiendrai sur mes gardes, car le commandant du *Nautilus* ne paraît prendre aucune précaution. Et maintenant à l'ouvrage. »

Pendant deux heures, notre pêche fut activement conduite, mais sans rapporter aucune rareté. La drague s'emplissait d'oreilles de Midas, de harpes, de mélanies, et particulièrement des plus beaux marteaux que j'eusse vu jusqu'à ce jour. Nous prîmes aussi quelques holoturies, des huîtres perlières, et une douzaine de petites tortues qui furent réservées pour l'office du bord.

Mais, au moment où je m'y attendais le moins, je mis la main sur une merveille, je devrais dire sur une difformité naturelle, très-rare à rencontrer. Conseil venait de donner un coup de drague, et son appareil remontait chargé de diverses coquilles assez ordinaires, quand, tout d'un coup, il me vit plonger rapidement le bras dans le filet, en retirer un coquillage, et pousser un cri de conchyliologue, c'est-à-dire le cri le plus perçant que puisse produire un gosier humain.

« Eh ! qu'a donc monsieur ? demanda Conseil, très-surpris. Monsieur a-t-il été mordu ?

— Non, mon garçon, et cependant, j'eusse volontiers payé d'un doigt ma découverte !

— Quelle découverte ?

— Cette coquille, dis-je en montrant l'objet de mon triomphe.

— Mais c'est tout simplement une olive porphyre, genre olive, ordre des pectinibranches, classe des gastéropodes, embranchement des mollusques...

— Oui, Conseil, mais au lieu d'être enroulée de droite à gauche, cette olive tourne de gauche à droite !

— Est-il possible ! s'écria Conseil.

— Oui, mon garçon, c'est une coquille sénestre !

Ces indigènes rôdèrent près du Nautilus. (Page 287.)

— Une coquille sénestre ! répétait Conseil, le cœur palpitant.

— Regarde sa spire !

— Ah ! monsieur peut m'en croire, dit Conseil en prenant la précieuse coquille d'une main tremblante, mais je n'ai jamais éprouvé une émotion pareille ! »

Et il y avait de quoi être ému ! On sait, en effet, comme l'ont fait observer les naturalistes, que la dextrosité est une loi de nature. Les astres et leurs satellites, dans leur mouvement de translation et de rotation, se meuvent de droite à gauche. L'homme se sert plus souvent de sa main droite que de sa main gauche, et, conséquemment, ses instruments et ses appareils, escaliers, serrures, ressorts de montres, etc., sont combinés de manière à être employés de droite à gauche. Or, la nature a généralement suivi cette loi pour l'enroulement de ses coquilles. Elles sont toutes dextres, à de rares exceptions, et quand, par hasard, leur spire est sénestre, les amateurs les payent au poids de l'or.

Conseil et moi, nous étions donc plongés dans la contemplation de notre trésor, et je me promettais bien d'en enrichir le Muséum, quand une pierre, malencontreusement lancée par un indigène, vint briser le précieux objet dans la main de Conseil.

Je poussai un cri de désespoir ! Conseil se jeta sur mon fusil, et visa un sauvage qui balançait sa fronde à dix mètres de lui. Je voulus l'arrêter, mais son coup partit et brisa le bracelet d'amulettes qui pendait au bras de l'indigène.

« Conseil, m'écriai-je, Conseil !

— Eh quoi ! Monsieur ne voit-il pas que ce cannibale a commencé l'attaque ?

— Une coquille ne vaut pas la vie d'un homme ! lui dis-je.

— Ah ! le gueux ! s'écria Conseil, j'aurais mieux aimé qu'il m'eût cassé l'épaule ! »

Conseil se jeta sur mon fusil. (Page 290.)

Conseil était sincère, mais je ne fus pas de son avis. Cependant, la situation avait changé depuis quelques instants, et nous ne nous en étions pas aperçus. Une vingtaine de pirogues entouraient alors le *Nautilus*. Ces pirogues, creusées dans des troncs d'arbre, longues, étroites, bien combinées pour la marche, s'équilibraient au moyen d'un double balancier en bambous qui flottait à la surface de l'eau. Elles étaient manœuvrées par d'adroits pagayeurs à demi-nus, et je ne les vis pas s'avancer sans inquiétude.

Il était évident que ces Papouas avaient eu déjà des relations avec les Européens, et qu'ils connaissaient leurs navires. Mais ce long cylindre de fer allongé dans la baie, sans mâts, sans cheminée, que devaient-ils en penser ? Rien de bon, car ils s'en étaient d'abord tenus à distance respectueuse. Cependant, le voyant immobile, ils reprenaient peu à peu confiance, et cherchaient à se familiariser avec lui. Or, c'était précisément cette familiarité qu'il fallait empêcher. Nos armes, auxquelles la détonation manquait, ne pouvaient produire qu'un effet médiocre sur ces indigènes, qui n'ont de respect que pour les engins bruyants. La foudre, sans les roulements du tonnerre, effraierait peu les hommes, bien que le danger soit dans l'éclair, non dans le bruit.

En ce moment, les pirogues s'approchèrent plus près du *Nautilus*, et une nuée de flèches s'abattit sur lui.

« Diable ! il grêle ! dit Conseil, et peut-être une grêle empoisonnée !

— Il faut prévenir le capitaine Nemo, » dis-je en rentrant par le panneau.

Je descendis au salon. Je n'y trouvai personne. Je me hasardai à frapper à la porte qui s'ouvrait sur la chambre du capitaine.

Un « entrez » me répondit. J'entrai, et je trouvai le capitaine Nemo plongé dans un calcul où les x et autres signes algébriques ne manquaient pas.

« Je vous dérange ? dis-je par politesse.

— En effet, monsieur Aronnax, me répondit le capitaine, mais je pense que vous avez eu des raisons sérieuses de me voir ?

— Très-sérieuses. Les pirogues des naturels nous entourent, et, dans quelques minutes, nous serons certainement assaillis par plusieurs centaines de sauvages.

— Ah ! fit tranquillement le capitaine Nemo, ils sont venus avec leurs pirogues ?

— Oui, monsieur.

— Eh bien, monsieur, il suffit de fermer les panneaux.

— Précisément, et je venais vous dire...

— Rien n'est plus facile », dit le capitaine Nemo.

Et, pressant un bouton électrique, il transmit un ordre au poste de l'équipage.

« Voilà qui est fait, monsieur, me dit-il, après quelques instants. Le canot est en place, et les panneaux sont fermés. Vous ne craignez pas, j'imagine, que ces messieurs défoncent des murailles que les boulets de votre frégate n'ont pu entamer ?

— Non, capitaine, mais il existe encore un danger.

— Lequel, monsieur ?

— C'est que demain, à pareille heure, il faudra rouvrir les panneaux pour renouveler l'air du *Nautilus*...

— Sans contredit, monsieur, puisque notre bâtiment respire à la manière des cétacés.

— Or, si à ce moment, les Papouas occupent la plate-forme, je ne vois pas comment vous pourrez les empêcher d'entrer.

— Alors, monsieur, vous supposez qu'ils monteront à bord ?

— J'en suis certain.

— Eh bien, monsieur, qu'ils montent. Je ne vois aucune raison pour les en empêcher. Au fond, ce sont de pauvres diables, ces Papouas, et je ne veux pas que ma visite à l'île Gueboroar coûte la vie à un seul de ces malheureux ! »

Cela dit, j'allais me retirer ; mais le capitaine Nemo me retint et m'invita à m'asseoir près de lui. Il me questionna avec intérêt sur nos excursions à terre, sur nos chasses, et n'eut pas l'air de comprendre ce besoin de viande qui passionnait le Canadien. Puis, la conversation effleura divers sujets, et, sans être plus communicatif, le capitaine Nemo se montra plus aimable.

Entre autres choses, nous en vînmes à parler de la situation du *Nautilus*, précisément échoué dans ce détroit, où Dumont-d'Urville fut sur le point de se perdre. Puis à ce propos :

« Ce fut un de vos grands marins, me dit le capitaine, un de vos plus intelligents navigateurs que ce d'Urville ! C'est votre capitaine Cook, à vous autres, Français. Infortuné savant ! Avoir bravé les banquises du pôle Sud, les coraux de l'Océanie, les cannibales du Pacifique, pour périr misérablement dans un train de chemin de fer[1] ! Si cet homme énergique a pu réfléchir pendant les dernières secondes de son existence, vous figurez-vous quelles ont dû être ses suprêmes pensées ! »

En parlant ainsi, le capitaine Nemo semblait ému, et je porte cette émotion à son actif.

Puis, la carte à la main, nous revîmes les travaux du navigateur français, ses voyages de circumnavigation, sa double tentative au pôle Sud qui amena la découverte des terres Adélie et Louis-Philippe, enfin ses levés hydrographiques des principales îles de l'Océanie.

« Ce que votre d'Urville a fait à la surface des mers, me dit le capitaine Nemo, je l'ai fait à l'intérieur de l'Océan, et plus facilement, plus complètement que lui. L'*Astrolabe* et la *Zélée*, incessamment ballotées par les ouragans, ne pouvaient valoir le *Nautilus*, tranquille cabinet de travail, et véritablement sédentaire au milieu des eaux !

— Cependant, capitaine, dis-je, il y a un point de ressemblance entre les corvettes de Dumont d'Urville et le *Nautilus*.

— Lequel, monsieur ?

— C'est que le *Nautilus* s'est échoué comme elles !

— Le *Nautilus* ne s'est pas échoué, monsieur, me répondit froidement le capitaine Nemo. Le *Nautilus* est fait pour reposer sur le lit des mers, et les pénibles travaux, les manœuvres qu'imposa à d'Urville le renflouage de ses corvettes, je ne les entreprendrai pas. L'*Astrolabe* et la *Zélée* ont failli périr, mais mon *Nautilus* ne court aucun danger. Demain, au jour dit, à l'heure dite, la marée le soulèvera paisiblement, et il reprendra sa navigation à travers les mers.

— Capitaine, dis-je, je ne doute pas...,

— Demain, ajouta le capitaine Nemo en se levant, demain, à deux heures quarante minutes du soir, le *Nautilus* flottera et quittera sans avarie le détroit de Torrès. »

Ces paroles prononcées d'un ton très-bref, le capitaine Nemo s'inclina légèrement. C'était me donner congé, et je rentrai dans ma chambre.

Là, je trouvai Conseil, qui désirait connaître le résultat de mon entrevue avec le capitaine.

« Mon garçon, répondis-je, lorsque j'ai eu l'air de croire que son *Nautilus* était menacé par les naturels de la Papouasie, le capitaine m'a répondu très-ironiquement. Je n'ai donc qu'une chose à te dire : Aie confiance en lui, et va dormir en paix.

— Monsieur n'a pas besoin de mes services ?

— Non, mon ami. Que fait Ned Land ?

— Que monsieur m'excuse, répondit Conseil, mais l'ami Ned confectionne un pâté de kangaroo qui sera une merveille ! »

Je restai seul, je me couchai, mais je dormis assez mal. J'entendais le bruit des sauvages qui piétinaient sur la plate-forme en poussant des cris assourdissants. La nuit se passa ainsi, et sans que l'équipage sortît de son inertie habituelle. Il ne s'inquiétait pas plus de la présence de ces cannibales que les soldats d'un fort blindé ne se préoccupent des fourmis qui courent sur son blindage.

À six heures du matin, je me levai. Les panneaux n'avaient pas été ouverts. L'air ne fut donc pas renouvelé à l'intérieur, mais les réservoirs, chargés à toute occurrence, fonctionnèrent à propos et lancèrent quelques mètres cubes d'oxygène dans l'atmosphère appauvrie du *Nautilus*.

Je travaillai dans ma chambre jusqu'à midi, sans avoir vu, même un instant, le capitaine Nemo. On ne paraissait faire à bord aucun préparatif de départ.

J'attendis quelque temps encore, puis, je me rendis au grand salon. La pendule marquait deux heures et demie. Dans dix minutes, le flot devait avoir atteint son maximum de hauteur, et, si le capitaine Nemo n'avait point fait une promesse téméraire, le *Nautilus* serait immédiatement dégagé. Sinon, bien des mois se passeraient avant qu'il pût quitter son lit de corail.

Cependant, quelques tressaillements avant-coureurs se firent bientôt sentir dans la coque du bateau. J'entendis grincer sur son bordage les aspérités calcaires du fond corallien.

À deux heures trente-cinq minutes, le capitaine Nemo parut dans le salon.

« Nous allons partir, dit-il.

— Ah ! fis-je.

— J'ai donné l'ordre d'ouvrir les panneaux.

— Et les Papouas ?

— Les Papouas ? répondit le capitaine Nemo, haussant légèrement les épaules.

— Ne vont-ils pas pénétrer à l'intérieur du *Nautilus* ?

— Et comment ?

— En franchissant les panneaux que vous aurez fait ouvrir.

— Monsieur Aronnax, répondit tranquillement le capitaine Nemo, on n'entre pas ainsi par les panneaux du *Nautilus*, même quand ils sont ouverts. »

Je regardai le capitaine.

« Vous ne comprenez pas ? me dit-il.

— Aucunement.

— Eh bien ! venez et vous verrez. »

Je me dirigeai vers l'escalier central. Là, Ned Land et Conseil, très intrigués, regardaient quelques hommes de l'équipage qui ouvraient les panneaux, tandis que des cris de rage et d'épouvantables vociférations résonnaient au dehors.

Les mantelets furent rabattus extérieurement. Vingt figures horribles apparurent. Mais le premier de ces indigènes qui mit la main sur la rampe de l'escalier, rejeté en arrière par je ne sais quelle force invisible, s'enfuit, poussant des cris affreux et faisant des gambades exorbitantes.

Dix de ses compagnons lui succédèrent. Dix eurent le même sort.

Conseil était dans l'extase. Ned Land, emporté par ses instincts violents, s'élança sur l'escalier. Mais, dès qu'il eut saisi la rampe à deux mains, il fut renversé à son tour.

« Mille diables ! s'écria-t-il. Je suis foudroyé ! »

Ce mot m'expliqua tout. Ce n'était plus une rampe, mais un câble de métal, tout chargé de l'électricité du bord, qui aboutissait à la plate-forme. Quiconque la touchait ressentait une formidable secousse, — et cette secousse eût été mortelle, si le capitaine Nemo eût lancé dans ce conducteur tout le courant de ses appareils ! On peut réellement dire, qu'entre ses assaillants et lui, il avait tendu un réseau électrique que nul ne pouvait impunément franchir.

Cependant, les Papouas épouvantés avaient battu en retraite, affolés de terreur. Nous, moitié riants, nous consolions et frictionnions le malheureux Ned Land qui jurait comme un possédé.

Mais, en ce moment, le *Nautilus*, soulevé par les dernières ondulations du flot, quitta son lit de corail à cette quarantième minute exactement fixée par le capitaine. Son hélice battit les eaux avec une majestueuse lenteur. Sa vitesse s'accrut peu à peu, et, naviguant à la surface de l'Océan, il abandonna sain et sauf les dangereuses passes du détroit de Torrès.

CHAPITRE XXIII

ÆGRI SOMNIA[1]

Le jour suivant, 10 janvier, le *Nautilus* reprit sa marche entre deux eaux, mais avec une vitesse remarquable que je ne puis estimer à moins de trente-cinq milles à l'heure. La rapidité de son hélice était telle que je ne pouvais ni suivre ses tours ni les compter.

Quand je songeais que ce merveilleux agent électrique, après avoir donné le mouvement, la chaleur, la lumière au *Nautilus*, le protégeait encore contre les attaques extérieures, et le transformait en une arche sainte à laquelle nul profanateur ne touchait sans être foudroyé, mon admiration n'avait plus de bornes, et de l'appareil, elle remontait aussitôt à l'ingénieur qui l'avait créé.

Nous marchions directement vers l'ouest, et, le 11 janvier, nous doublâmes ce cap Wessel, situé par 135° de longitude et 10° de latitude nord, qui forme la pointe est du golfe de Carpentarie. Les récifs étaient encore nombreux, mais plus clair-semés, et relevés sur la carte avec une extrême précision. Le *Nautilus* évita facilement les brisants de Money à bâbord, et les récifs Victoria à tribord, placés par 130° de longitude, et sur ce dixième parallèle que nous suivions rigoureusement.

Le 13 janvier, le capitaine Nemo, arrivé dans la mer de Timor, avait connaissance de l'île de ce nom par 122° de longitude. Cette île dont la superficie est de seize cent vingt-cinq lieues carrées est gouvernée par des radjahs. Ces princes se disent fils de crocodiles, c'est-à-dire issus de la plus haute origine à laquelle un être humain puisse prétendre. Aussi, ces ancêtres écailleux foisonnent dans les rivières de l'île, et sont l'objet d'une vénération particulière. On les protège, on les gâte, on les adule, on les nourrit, on leur offre des jeunes filles en pâture, et malheur à l'étranger qui porte la main sur ces lézards sacrés.

Mais le *Nautilus* n'eut rien à démêler avec ces vilains animaux. Timor ne fut visible qu'un instant, à midi, pendant que le second relevait sa position. Également, je ne fis qu'entrevoir cette petite île Rotti, qui fait partie du groupe, et dont les femmes ont une réputation de beauté très-établie sur les marchés malais.

À partir de ce point, la direction du *Nautilus*, en latitude, s'infléchit vers le sud-ouest. Le cap fut mis sur l'océan Indien. Où la fantaisie du capitaine Nemo allait-elle nous entraîner ? Remonterait-il vers les côtes de l'Asie ? Se rapprocherait-il des rivages de l'Europe. Résolutions peu probables de la part d'un homme qui fuyait les continents habités ? Descendrait-il donc vers le sud ? Irait-il doubler le cap de Bonne-Espérance, puis le cap Horn, et pousser au pôle antarctique ? Reviendrait-il enfin vers ses mers du Pacifique, où son *Nautilus* trouvait une navigation facile et indépendante ? L'avenir devait nous l'apprendre.

Après avoir prolongé les écueils de Cartier, d'Hibernia, de Seringapatam, de Scott, derniers efforts de l'élément solide contre l'élément liquide, le 14 janvier, nous étions au delà de toutes terres. La vitesse du *Nautilus* fut singulièrement ralentie, et, très-capricieux dans ses allures, tantôt il nageait au milieu des eaux, et tantôt il flottait à leur surface.

Pendant cette période du voyage, le capitaine Nemo fit d'intéressantes expériences sur les diverses températures de la mer à des couches différentes. Dans les conditions ordinaires, ces relevés s'obtiennent au moyen d'instruments assez compliqués, dont les rapports sont au moins douteux, que

Dix de ses compagnons eurent le même sort. (Page 297.)

ce soient des sondes thermométriques, dont les
verres se brisent souvent sous la pression des eaux,
ou des appareils basés sur la variation de résistance
de métaux aux courants électriques. Ces résultats
ainsi obtenus ne peuvent être suffisamment contrôlés. Au contraire, le capitaine Nemo allait lui-même
chercher cette température dans les profondeurs de
la mer, et son thermomètre, mis en communication
avec les diverses nappes liquides, lui donnait immédiatement et sûrement le degré recherché.

Son œil restait fixé sur l'horizon. (Page 307.)

C'est ainsi que, soit en surchargeant ses réservoirs, soit en descendant obliquement au moyen de ses plans inclinés, le *Nautilus* atteignit successivement des profondeurs de trois, quatre, cinq, sept, neuf et dix mille mètres, et le résultat définitif de ces expériences fut que la mer présentait une température permanente de quatre degrés et demi, à une profondeur de mille mètres, sous toutes les latitudes.

Je suivais ces expériences avec le plus vif intérêt. Le capitaine Nemo y apportait une véritable passion. Souvent, je me demandai dans quel but il faisait ces observations. Était-ce au profit de ses semblables ? Ce n'était pas probable, car, un jour ou l'autre, ses travaux devaient périr avec lui dans quelque mer ignorée ! À moins qu'il ne me destinât le résultat de ses expériences. Mais c'était admettre que mon étrange voyage aurait un terme, et ce terme, je ne l'apercevais pas encore.

Quoi qu'il en soi, le capitaine Nemo me fit également connaître divers chiffres obtenus par lui et qui établissaient le rapport des densités de l'eau dans les principales mers du globe. De cette communication, je tirai un enseignement personnel qui n'avait rien de scientifique.

C'était pendant la matinée du 15 janvier. Le capitaine, avec lequel je me promenais sur la plate-forme, me demanda si je connaissais les différentes densités que présentent les eaux de la mer. Je lui répondis négativement, et j'ajoutai que la science manquait d'observations rigoureuses à ce sujet.

« Je les ai faites, ces observations, me dit-il, et je puis en affirmer la certitude.

— Bien, répondis-je, mais le *Nautilus* est un monde à part, et les secrets de ses savants n'arrivent pas jusqu'à la terre.

— Vous avez raison, monsieur le professeur, me dit-il, après quelques instants de silence. C'est un monde à part. Il est aussi étranger à la terre que les planètes qui accompagnent ce globe autour du soleil, et l'on ne connaîtra jamais les travaux des savants de Saturne ou de Jupiter. Cependant, puisque le hasard a lié nos deux existences, je puis vous communiquer le résultat de mes observations.

— Je vous écoute, capitaine.

— Vous savez, monsieur le professeur, que l'eau de mer est plus dense que l'eau douce, mais cette densité n'est pas uniforme. En effet, si je représente par un la densité de l'eau douce, je trouve un vingt-huit millième pour les eaux de l'Atlantique, un vingt-six millième pour les eaux du Pacifique, un trente millième pour les eaux de la Méditerranée... »

Ah ! pensai-je, il s'aventure dans la Méditer-ranée ?

« Un dix-huit millième pour les eaux de la mer Ionienne, et un vingt-neuf millième pour les eaux de l'Adriatique. »

Décidément, le *Nautilus* ne fuyait pas les mers fréquentées de l'Europe, et j'en conclus qu'il nous ramènerait, — peut-être avant peu, — vers des conti-nents plus civilisés. Je pensai que Ned Land appren-drait cette particularité avec une satisfaction très-naturelle.

Pendant plusieurs jours, nos journées se pas-sèrent en expériences de toutes sortes, qui portèrent sur les degrés de salure des eaux à différentes pro-fondeurs, sur leur électrisation, sur leur coloration, sur leur transparence, et dans toutes ces circonstan-ces, le capitaine Nemo déploya une ingéniosité qui ne fut égalée que par sa bonne grâce envers moi. Puis, pendant quelques jours, je ne le revis plus, et demeurai de nouveau comme isolé à son bord.

Le 16 janvier, le *Nautilus* parut s'endormir à quel-ques mètres seulement au-dessous de la surface des flots. Ses appareils électriques ne fonctionnaient pas, et son hélice immobile le laissait errer au gré des courants. Je supposai que l'équipage s'occupait de réparations intérieures, nécessitées par la violence des mouvements mécaniques de la machine.

Mes compagnons et moi, nous fûmes alors té-moins d'un curieux spectacle. Les panneaux du salon étaient ouverts, et comme le fanal du *Nautilus* n'était pas en activité, une vague obscurité régnait au mi-lieu des eaux. Le ciel orageux et couvert d'épais nuages ne donnait aux premières couches de l'Océan qu'une insuffisante clarté.

J'observais l'état de la mer dans ces conditions, et les plus gros poissons ne m'apparaissaient plus que comme des ombres à peine figurées, quand le *Nautilus* se trouva subitement transporté en pleine lumière. Je crus d'abord que le fanal avait été rallumé, et qu'il projetait son éclat électrique dans la masse liquide. Je me trompais, et après une rapide observation, je reconnus mon erreur.

Le *Nautilus* flottait au milieu d'une couche phosphorescente, qui dans cette obscurité devenait éblouissante. Elle était produite par des myriades d'animalcules lumineux, dont l'étincellement s'accroissait en glissant sur la coque métallique de l'appareil. Je surprenais alors des éclairs au milieu de ces nappes lumineuses, comme eussent été des coulées de plomb fondu dans une fournaise ardente, ou des masses métalliques portées au rouge blanc ; de telle sorte que par opposition, certaines portions lumineuses faisaient ombre dans ce milieu igné, dont toute ombre semblait devoir être bannie. Non ! ce n'était plus l'irradiation calme de notre éclairage habituel ! Il y avait là une vigueur et un mouvement insolites ! Cette lumière, on la sentait vivante !

En effet, c'était une agglomération infinie d'infusoires pélagiens, de noctiluques miliaires, véritables globules de gelée diaphane, pourvus d'un tentacule filiforme, et dont on a compté jusqu'à vingt-cinq mille dans trente centimètres cubes d'eau. Et leur lumière était encore doublée par ces lueurs particulières aux méduses, aux astéries, aux aurélies, aux pholades-dattes, et autres zoophytes phosphorescents, imprégnés du graissin des matières organiques décomposées par la mer, et peut-être du mucus secrété par les poissons.

Pendant plusieurs heures, le *Nautilus* flotta dans ces ondes brillantes, et notre admiration s'accrut à voir les gros animaux marins s'y jouer comme des salamandres. Je vis là, au milieu de ce feu qui ne brûle pas, des marsouins élégants et rapides, infatigables clowns des mers, et des istiophores longs de trois mètres, intelligents précurseurs des ouragans, dont le formidable glaive heurtait parfois la vitre du salon. Puis apparurent des poissons plus petits, des balistes variés, des scombéroïdes-sauteurs, des nasons-loups, et cent autres qui zébraient dans leur course la lumineuse atmosphère.

Ce fut un enchantement que cet éblouissant spectacle ! Peut-être quelque condition atmosphérique augmentait-elle l'intensité de ce phénomène ? Peut-être quelque orage se déchaînait-il à la surface des flots ? Mais, à cette profondeur de quelques mètres, le *Nautilus* ne ressentait pas sa fureur, et il se balançait paisiblement au milieu des eaux tranquilles.

Ainsi nous marchions, incessamment charmés par quelque merveille nouvelle. Conseil observait et classait ses zoophytes, ses articulés, ses mollusques, ses poissons. Les journées s'écoulaient rapidement, et je ne les comptais plus. Ned, suivant son habitude, cherchait à varier l'ordinaire du bord. Véritables colimaçons, nous étions faits à notre coquille, et j'affirme qu'il est facile de devenir un parfait colimaçon.

Donc, cette existence nous paraissait facile, naturelle, et nous n'imaginions plus qu'il existât une vie différente à la surface du globe terrestre, quand un événement vint nous rappeler à l'étrangeté de notre situation.

Le 18 janvier, le *Nautilus* se trouvait par 105° de longitude et 15° de latitude méridionale. Le temps était menaçant, la mer dure et houleuse. Le vent soufflait de l'est en grande brise. Le baromètre, qui baissait depuis quelques jours, annonçait une prochaine lutte des éléments.

J'étais monté sur la plate-forme au moment où le second prenait ses mesures d'angles horaires. J'attendais, suivant la coutume, que la phrase quotidienne fût prononcée. Mais, ce jour-là, elle fut remplacée par une autre phrase non moins incompréhensible. Presque aussitôt, je vis apparaître le capitaine Nemo, dont les yeux, munis d'une lunette, se dirigèrent vers l'horizon.

Pendant quelques minutes, le capitaine resta immobile, sans quitter le point enfermé dans le champ de son objectif. Puis, il abaissa sa lunette, et échangea une dizaine de paroles avec son second. Celui-ci semblait être en proie à une émotion qu'il voulait vainement contenir. Le capitaine Nemo, plus maître de lui, demeurait froid. Il paraissait, d'ailleurs, faire certaines objections auxquelles le second répondait par des assurances formelles. Du moins, je le compris ainsi, à la différence de leur ton et de leurs gestes.

Quant à moi, j'avais soigneusement regardé dans la direction observée, sans rien apercevoir. Le ciel et l'eau se confondaient sur une ligne d'horizon d'une parfaite netteté.

Cependant, le capitaine Nemo se promenait d'une extrémité à l'autre de la plate-forme sans me regarder, peut-être sans me voir. Son pas était assuré, mais moins régulier que d'habitude. Il s'arrêtait parfois, et les bras croisés sur la poitrine, il observait la mer. Que pouvait-il chercher sur cet immense espace ? Le *Nautilus* se trouvait alors à quelques centaines de milles de la côte la plus rapprochée !

Le second avait repris sa lunette et interrogeait obstinément l'horizon, allant et venant, frappant du pied, contrastant avec son chef par son agitation nerveuse.

D'ailleurs, ce mystère allait nécessairement s'éclaircir, et avant peu, car, sur un ordre du capitaine Nemo, la machine, accroissant sa puissance propulsive, imprima à l'hélice une rotation plus rapide.

En ce moment, le second attira de nouveau l'attention du capitaine. Celui-ci suspendit sa promenade et dirigea sa lunette vers le point indiqué. Il l'observa longtemps. De mon côté, très-sérieusement intrigué, je descendis au salon, et j'en rapportai une excellente longue-vue dont je me servais ordinairement. Puis, l'appuyant sur la cage du fanal qui formait saillie à l'avant de la plate-forme, je me disposai à parcourir toute la ligne du ciel et de la mer.

Mais, mon œil ne s'était pas encore appliqué à l'oculaire, que l'instrument me fut vivement arraché des mains.

Je me retournai. Le capitaine Nemo était devant moi, mais je ne le reconnus pas. Sa physionomie était transfigurée. Son œil, brillant d'un feu sombre, se dérobait sous son sourcil froncé. Ses dents se découvraient à demi. Son corps raide, ses poings fermés, sa tête retirée entre les épaules, témoignaient de la haine violente que respirait toute sa personne. Il ne bougeait pas. Ma lunette, tombée de sa main, avait roulé à ses pieds.

Venais-je donc, sans le vouloir, de provoquer cette attitude de colère ? S'imaginait-il, cet incompréhensible personnage, que j'avais surpris quelque secret interdit aux hôtes du *Nautilus* ?

Non ! cette haine, je n'en étais pas l'objet, car il ne me regardait pas, et son œil restait obstinément fixé sur l'impénétrable point de l'horizon.

Enfin, le capitaine Nemo redevint maître de lui. Sa physionomie, si profondément altérée, reprit son calme habituel. Il adressa à son second quelques mots en langue étrangère, puis il se retourna vers moi.

« Monsieur Aronnax, me dit-il d'un ton assez impérieux, je réclame de vous l'observation de l'un des engagements qui vous lient à moi.

— De quoi s'agit-il, capitaine ?

— Il faut vous laisser enfermer, vos compagnons et vous, jusqu'au moment où je jugerai convenable de vous rendre la liberté.

— Vous êtes le maître, lui répondis-je, en le regardant fixement. Mais puis-je vous adresser une question ?

— Aucune, monsieur. »

Sur ce mot, je n'avais pas à discuter, mais à obéir, puisque toute résistance eût été impossible.

Je descendis à la cabine qu'occupaient Ned Land et Conseil, et je leur fis part de la détermination du capitaine. Je laisse à penser comment cette communication fut reçue par le Canadien. D'ailleurs, le temps manqua à toute explication. Quatre hommes de l'équipage attendaient à la porte, et ils nous conduisirent à cette cellule où nous avions passé notre première nuit à bord du *Nautilus*.

Ned Land voulut réclamer, mais la porte se ferma sur lui pour toute réponse.

« Monsieur me dira-t-il ce que cela signifie ? » me demanda Conseil.

Je racontai à mes compagnons ce qui s'était passé. Ils furent aussi étonnés que moi, mais aussi peu avancés.

Cependant, j'étais plongé dans un abîme de réflexions, et l'étrange appréhension de la physionomie du capitaine Nemo ne quittait pas ma pensée. J'étais incapable d'accoupler deux idées logiques, et je me perdais dans les plus absurdes hypothèses, quand je fus tiré de ma contention d'esprit par ces paroles de Ned Land :

« Tiens ! le déjeuner est servi ! »

En effet, la table était préparée. Il était évident que le capitaine Nemo avait donné cet ordre en même temps qu'il faisait hâter la marche du *Nautilus*.

« Monsieur me permettra-t-il de lui faire une recommandation ? me demanda Conseil.

— Oui, mon garçon, répondis-je.

— Eh bien ! que monsieur déjeune. C'est prudent, car nous ne savons ce qui peut arriver.

— Tu as raison, Conseil.

— Malheureusement, dit Ned Land, on ne nous a donné que le menu du bord.

— Ami Ned, répliqua Conseil, que diriez-vous donc, si le déjeuner avait manqué totalement ! »

Cette raison coupa net aux récriminations du harponneur.

Nous nous mîmes à table. Le repas se fit assez silencieusement. Je mangeai peu. Conseil « se força », toujours par prudence, et Ned Land, quoi qu'il en eût, ne perdit pas un coup de dent. Puis, le déjeuner terminé, chacun de nous s'accota dans son coin.

En ce moment, le globe lumineux qui éclairait la cellule s'éteignit et nous laissa dans une obscurité profonde. Ned Land ne tarda pas à s'endormir, et, ce qui m'étonna, Conseil se laissa aller aussi à un lourd assoupissement. Je me demandais ce qui avait pu provoquer chez lui cet impérieux besoin de sommeil, quand je sentis mon cerveau s'imprégner d'une épaisse torpeur. Mes yeux, que je voulais tenir ouverts, se fermèrent malgré moi. J'étais en proie à une hallucination douloureuse. Évidemment, des substances soporifiques avaient été mêlées aux aliments que nous venions de prendre ! Ce n'était donc pas assez de la prison pour nous dérober les projets du capitaine Nemo, il fallait encore le sommeil !

J'entendis alors les panneaux se refermer. Les ondulations de la mer qui provoquaient un léger mouvement de roulis, cessèrent. Le *Nautilus* avait-il donc quitté la surface de l'Océan ? Était-il rentré dans la couche immobile des eaux ?

Je voulus résister au sommeil. Ce fut impossible. Ma respiration s'affaiblit. Je sentis un froid mortel glacer mes membres alourdis et comme paralysés.

Mes paupières, véritables calottes de plomb, tombèrent sur mes yeux. Je ne pus les soulever. Un sommeil morbide, plein d'hallucinations, s'empara de tout mon être. Puis, les visions disparurent, et me laissèrent dans un complet anéantissement.

CHAPITRE XXIV

LE ROYAUME DU CORAIL

Le lendemain, je me réveillai la tête singulièrement dégagée. À ma grande surprise, j'étais dans ma chambre. Mes compagnons, sans doute, avaient été réintégrés dans leur cabine, sans qu'ils s'en fussent aperçus plus que moi. Ce qui s'était passé pendant cette nuit, ils l'ignoraient comme je l'ignorais moi-même, et pour dévoiler ce mystère, je ne comptais que sur les hasards de l'avenir.

Je songeai alors à quitter ma chambre. Étais-je encore une fois libre ou prisonnier ? Libre entièrement. J'ouvris la porte, je pris par les coursives, je montai l'escalier central. Les panneaux, fermés la veille, étaient ouverts. J'arrivai sur la plate-forme.

Ned Land et Conseil m'y attendaient. Je les interrogeai. Ils ne savaient rien. Endormis d'un sommeil pesant qui ne leur laissait aucun souvenir, ils avaient été très-surpris de se retrouver dans leur cabine.

Quant au *Nautilus*, il nous parut tranquille et mystérieux comme toujours. Il flottait à la surface des flots sous une allure modérée. Rien ne semblait changé à bord.

Ned Land, de ses yeux pénétrants, observa la mer. Elle était déserte. Le Canadien ne signala rien de nouveau à l'horizon, ni voile, ni terre. Une brise d'ouest soufflait bruyamment, et de longues lames,

Chacun de nous s'accota. (Page 309.)

échevelées par le vent, imprimaient à l'appareil un très-sensible roulis.

Le *Nautilus*, après avoir renouvelé son air, se maintint à une profondeur moyenne de quinze mètres, de manière à pouvoir revenir promptement à la surface des flots. Opération qui, contre l'habitude, fut pratiquée plusieurs fois, pendant cette journée du 19 janvier. Le second montait alors sur la plate-forme, et la phrase accoutumée retentissait à l'intérieur du navire.

Là, sur un lit, reposait un homme à figure énergique. (Page 314.)

Quant au capitaine Nemo, il ne parut pas. Des gens du bord, je ne vis que l'impassible stewart, qui me servit avec son exactitude et son mutisme ordinaires.

Vers deux heures, j'étais au salon, occupé à classer mes notes, lorsque le capitaine ouvrit la porte et parut. Je le saluai. Il me rendit un salut presque imperceptible, sans m'adresser la parole. Je me remis à mon travail, espérant qu'il me donnerait peut-être des explications sur les événements qui avaient marqué la nuit précédente. Il n'en fit rien. Je le regardai. Sa figure me parut fatiguée ; ses yeux rougis n'avaient pas été rafraîchis par le sommeil ; sa physionomie exprimait une tristesse profonde, un réel chagrin. Il allait et venait, s'asseyait et se relevait, prenait un livre au hasard, l'abandonnait aussitôt, consultait ses instruments sans prendre ses notes habituelles, et semblait ne pouvoir tenir un instant en place.

Enfin, il vint vers moi et me dit :

« Êtes-vous médecin, monsieur Aronnax ? »

Je m'attendais si peu à cette demande, que je le regardai quelque temps sans répondre.

« Êtes-vous médecin ? répéta-t-il. Plusieurs de vos collègues ont fait leurs études de médecine, Gratiolet, Moquin-Tandon et autres[1].

— En effet, dis-je, je suis docteur et interne des hôpitaux. J'ai pratiqué pendant plusieurs années avant d'entrer au Muséum.

— Bien, monsieur. »

Ma réponse avait évidemment satisfait le capitaine Nemo. Mais ne sachant où il en voulait venir, j'attendis de nouvelles questions, me réservant de répondre suivant les circonstances.

« Monsieur Aronnax, me dit le capitaine, consentiriez-vous à donner vos soins à l'un de mes hommes ?

— Vous avez un malade ?

— Oui.

— Je suis prêt à vous suivre.

— Venez. »

J'avouerai que mon cœur battait. Je ne sais pourquoi je voyais une certaine connexité entre cette maladie d'un homme de l'équipage et les événements de la veille, et ce mystère me préoccupait au moins autant que le malade.

Le capitaine Nemo me conduisit à l'arrière du *Nautilus*, et me fit entrer dans une cabine située près du poste des matelots.

Là, sur un lit, reposait un homme d'une quarantaine d'années, à figure énergique, vrai type de l'Anglo-Saxon.

Je me penchai sur lui. Ce n'était pas seulement un malade, c'était un blessé. Sa tête, emmaillotée de linges sanglants, reposait sur un double oreiller. Je détachai ces linges, et le blessé, regardant de ses grands yeux fixes, me laissa faire, sans proférer une seule plainte.

La blessure était horrible. Le crâne, fracassé par un instrument contondant, montrait la cervelle à nu, et la substance cérébrale avait subi une attrition profonde. Des caillots sanguins s'étaient formés dans la masse diffluente, qui affectait une couleur lie de vin. Il y avait eu à la fois contusion et commotion du cerveau. La respiration du malade était lente, et quelques mouvements spasmodiques des muscles agitaient sa face. La phlegmasie[1] cérébrale était complète et entraînait la paralysie du sentiment et du mouvement.

Je pris le pouls du blessé. Il était intermittent. Les extrémités du corps se refroidissaient déjà, et je vis que la mort s'approchait, sans qu'il me parût possible de l'enrayer. Après avoir pansé ce malheureux, je rajustai les linges de sa tête, et je me retournai vers le capitaine Nemo.

« D'où vient cette blessure ? lui demandai-je.

— Qu'importe ! répondit évasivement le capitaine. Un choc du *Nautilus* a brisé un des leviers de la machine, qui a frappé cet homme. Mais votre avis sur son état ? »

J'hésitais à me prononcer.

« Vous pouvez parler, me dit le capitaine. Cet homme n'entend pas le français. »

Je regardai une dernière fois le blessé, puis je répondis :

« Cet homme sera mort dans deux heures.

— Rien ne peut le sauver ?

— Rien. »

La main du capitaine Nemo se crispa, et quelques larmes glissèrent de ses yeux, que je ne croyais pas faits pour pleurer.

Pendant quelques instants, j'observai encore ce mourant dont la vie se retirait peu à peu. Sa pâleur s'accroissait encore sous l'éclat électrique qui baignait son lit de mort. Je regardais sa tête intelligente, sillonnée de rides prématurées, que le malheur, la misère peut-être, avaient creusées depuis longtemps. Je cherchais à surprendre le secret de sa vie dans les dernières paroles échappées à ses lèvres !

« Vous pouvez vous retirer, monsieur Aronnax », me dit le capitaine Nemo.

Je laissai le capitaine dans la cabine du mourant, et je regagnai ma chambre, très-ému de cette scène. Pendant toute la journée, je fus agité de sinistres pressentiments. La nuit, je dormis mal, et, entre mes songes fréquemment interrompus, je crus entendre des soupirs lointains et comme une psalmodie funèbre. Était-ce la prière des morts, murmurée dans cette langue que je ne savais comprendre ?

Le lendemain matin, je montai sur le pont. Le capitaine Nemo m'y avait précédé. Dès qu'il m'aperçut, il vint à moi.

« Monsieur le professeur, me dit-il, vous conviendrait-il de faire aujourd'hui une excursion sous-marine ?

— Avec mes compagnons ? demandai-je.

— Si cela leur plaît.

— Nous sommes à vos ordres, capitaine.

— Veuillez donc aller revêtir vos scaphandres. »

Du mourant ou du mort il ne fut pas question. Je rejoignis Ned Land et Conseil. Je leur fis connaître la proposition du capitaine Nemo. Conseil s'empressa d'accepter, et, cette fois, le Canadien se montra très-disposé à nous suivre.

Il était huit heures du matin. À huit heures et demie, nous étions vêtus pour cette nouvelle promenade, et munis des deux appareils d'éclairage et de respiration. La double porte fut ouverte, et, accompagnés du capitaine Nemo que suivaient une douzaine d'hommes de l'équipage, nous prenions pied à une profondeur de dix mètres sur le sol ferme où reposait le *Nautilus*.

Une légère pente aboutissait à un fond accidenté, par quinze brasses de profondeur environ. Ce fond différait complètement de celui que j'avais visité pendant ma première excursion sous les eaux de l'Océan pacifique. Ici, point de sable fin, point de prairies sous-marines, nulle forêt pélagienne. Je reconnus immédiatement cette région merveilleuse dont, ce jour-là, le capitaine Nemo nous faisait les honneurs. C'était le royaume du corail.

Dans l'embranchement des zoophytes et dans la classe des alcyonaires, on remarque l'ordre des gorgonaires qui renferme les trois groupes des gorgoniens, des isidiens et des coralliens. C'est à ce dernier qu'appartient le corail, curieuse substance qui fut tour à tour classée dans les règnes minéral, végétal et animal. Remède chez les anciens, bijou chez les modernes, ce fut seulement en 1694 que le Marseillais Peysonnel le rangea définitivement dans le règne animal[1].

Le corail est un ensemble d'animalcules, réunis sur un polypier de nature cassante et pierreuse. Ces polypes ont un générateur unique qui les a produits par bourgeonnement, et ils possèdent une existence propre, tout en participant à la vie commune. C'est donc une sorte de socialisme naturel. Je connaissais les derniers travaux faits sur ce bizarre zoophyte, qui se minéralise tout en s'arborisant[2], suivant la très-juste observation des naturalistes, et rien ne pouvait être plus intéressant pour moi que de visiter l'une de ces forêts pétrifiées que la nature a plantées au fond des mers.

Les appareils Ruhmkorff furent mis en activité, et nous suivîmes un banc de corail en voie de formation, qui, le temps aidant, fermera un jour cette portion de l'Océan indien. La route était bordée d'inextricables buissons formés par l'enchevêtrement d'arbrisseaux que couvraient de petites fleurs étoilées à rayons blancs. Seulement, à l'inverse des plantes de la terre, ces arborisations, fixées aux rochers du sol, se dirigeaient toutes de haut en bas.

La lumière produisait mille effets charmants en se jouant au milieu de ces ramures si vivement colorées. Il me semblait voir ces tubes membraneux et cylindriques trembler sous l'ondulation des eaux. J'étais tenté de cueillir leurs fraîches corolles ornées de délicats tentacules, les unes nouvellement épanouies, les autres naissant à peine, pendant que de légers poissons, aux rapides nageoires, les effleuraient en passant comme des volées d'oiseaux. Mais, si ma main s'approchait de ces fleurs vivantes, de ces sensitives animées, aussitôt l'alerte se mettait dans la colonie. Les corolles blanches rentraient dans leurs étuis rouges, les fleurs s'évanouissaient sous mes regards, et le buisson se changeait en un bloc de mamelons pierreux.

Le hasard m'avait mis là en présence des plus précieux échantillons de ce zoophyte. Ce corail valait celui qui se pêche dans la Méditerranée, sur les côtes de France, d'Italie et de Barbarie. Il justifiait par ses tons vifs ces noms poétiques de *fleur de sang* et d'*écume de sang* que le commerce donne à ses plus beaux produits. Le corail se vend jusqu'à cinq cents francs le kilogramme, et en cet endroit, les couches liquides recouvraient la fortune de tout un monde de corailleurs. Cette précieuse matière, souvent mélangée avec d'autres polypiers, formait alors des ensembles compactes et inextricables appelés « macciota, » et sur lesquels je remarquai d'admirables spécimens de corail rose.

Mais bientôt les buissons se resserrèrent, les arborisations grandirent. De véritables taillis pétrifiés et de longues travées d'une architecture fantaisiste s'ouvrirent devant nos pas. Le capitaine Nemo s'engagea sous une obscure galerie dont la pente douce nous conduisit à une profondeur de cent mètres. La lumière de nos serpentins produisait parfois des effets magiques, en s'accrochant aux rugueuses aspérités de ces arceaux naturels et aux pendentifs disposés comme des lustres, qu'elle piquait de pointes de feu. Entre les arbrisseaux coralliens, j'observai d'autres polypes non moins curieux, des mélites, des iris aux ramifications articulées, puis quelques touffes de corallines, les unes vertes, les autres rouges, véritables algues encroûtées dans leurs sels calcaires, que les naturalistes, après longues discussions, ont définitivement rangées dans le règne végétal. Mais, suivant la remarque d'un penseur[1], « c'est peut-être là le point réel où la vie obscurément se soulève du sommeil de pierre, sans se détacher encore de ce rude point de départ ».

Enfin, après deux heures de marche, nous avions atteint une profondeur de trois cents mètres environ, c'est-à-dire la limite extrême sur laquelle le corail commence à se former. Mais là, ce n'était plus le buisson isolé, ni le modeste taillis de basse futaie. C'était la forêt immense, les grandes végétations minérales, les énormes arbres pétrifiés, réunis par des guirlandes d'élégantes plumarias, ces lianes de la mer, toutes parées de nuances et de reflets. Nous passions librement sous leur haute ramure perdue dans l'ombre des flots, tandis qu'à nos pieds, les tubipores, les méandrines, les astrées, les fongies, les caryophylles, formaient un tapis de fleurs, semé de gemmes éblouissantes.

Quel indescriptible spectacle ! Ah ! que ne pouvions-nous communiquer nos sensations ! Pourquoi étions-nous emprisonnés sous ce masque de métal et de verre ! Pourquoi les paroles nous étaient-elles interdites de l'un à l'autre ! Que ne vivions-nous, du moins, de la vie de ces poissons qui peuplent le liquide élément, ou plutôt encore de celle de ces amphibies qui, pendant de longues heures, peuvent parcourir, au gré de leur caprice, le double domaine de la terre et des eaux !

Cependant, le capitaine Nemo s'était arrêté. Mes compagnons et moi nous suspendîmes notre marche, et, me retournant, je vis que ses hommes formaient un demi-cercle autour de leur chef. En regardant avec plus d'attention, j'observai que quatre d'entre eux portaient sur leurs épaules un objet de forme oblongue.

Nous occupions, en cet endroit, le centre d'une vaste clairière, entourée par les hautes arborisations de la forêt sous-marine. Nos lampes projetaient sur cet espace une sorte de clarté crépusculaire qui allongeait démesurément les ombres sur le sol. À la limite de la clairière, l'obscurité redevenait profonde, et ne recueillait que de petites étincelles retenues par les vives arêtes du corail.

Ned Land et Conseil étaient près de moi. Nous regardions, et il me vint à la pensée que j'allais assister à une scène étrange. En observant le sol, je vis qu'il était gonflé, en de certains points, par de légères extumescences encroûtées de dépôts calcaires, et disposées avec une régularité qui trahissait la main de l'homme.

Au milieu de la clairière, sur un piédestal de rocs grossièrement entassés, se dressait une croix de corail, qui étendait ses longs bras qu'on eût dit faits d'un sang pétrifié.

Sur un signe du capitaine Nemo, un de ses hommes s'avança, et à quelques pieds de la croix, il commença à creuser un trou avec une pioche qu'il détacha de sa ceinture.

Je compris tout ! Cette clairière c'était un cimetière, ce trou, une tombe, cet objet oblong, le corps de l'homme mort dans la nuit ! Le capitaine Nemo et les siens venaient enterrer leur compagnon dans cette demeure commune, au fond de cet inaccessible Océan !

Non ! jamais mon esprit ne fut surexcité à ce point ! Jamais idées plus impressionnantes n'envahirent mon cerveau ! Je ne voulais pas voir ce que voyaient mes yeux !

Cependant, la tombe se creusait lentement. Les poissons fuyaient çà et là leur retraite troublée. J'entendais résonner, sur le sol calcaire, le fer du pic qui étincelait parfois en heurtant quelque silex perdu au fond des eaux. Le trou s'allongeait, s'élargissait, et bientôt il fut assez profond pour recevoir le corps.

Alors, les porteurs s'approchèrent. Le corps, enveloppé dans un tissu de byssus blanc, descendit dans son humide tombe. Le capitaine Nemo, les bras croisés sur la poitrine, et tous les amis de celui qui les avait aimés s'agenouillèrent dans l'attitude de la prière... Mes deux compagnons et moi, nous nous étions religieusement inclinés.

La tombe fut alors recouverte des débris arrachés au sol, qui formèrent un léger renflement.

Quand ce fut fait, le capitaine Nemo et ses hommes se redressèrent ; puis, se rapprochant de la tombe, tous fléchirent encore le genou, et tous étendirent leur main en signe de suprême adieu...

Alors, la funèbre troupe reprit le chemin du *Nautilus*, repassant sous les arceaux de la forêt, au milieu des taillis, le long des buissons de corail, et toujours montant.

Tous s'agenouillèrent dans l'attitude de la prière. (Page 320.)

Enfin, les feux du bord apparurent. Leur traînée lumineuse nous guida jusqu'au *Nautilus*. À une heure, nous étions de retour.

Dès que mes vêtements furent changés, je remontai sur la plate-forme, et, en proie à une terrible obsession d'idées, j'allai m'asseoir près du fanal.

Le capitaine Nemo me rejoignit. Je me levai et lui dis :

« Ainsi, suivant mes prévisions, cet homme est mort dans la nuit ?

— Oui, monsieur Aronnax, répondit le capitaine Nemo.

— Et il repose maintenant près de ses compagnons, dans ce cimetière de corail ?

— Oui, oubliés de tous, mais non de nous ! Nous creusons la tombe, et les polypes se chargent d'y sceller nos morts pour l'éternité ! »

Et cachant d'un geste brusque son visage dans ses mains crispées, le capitaine essaya vainement de comprimer un sanglot. Puis il ajouta :

« C'est là notre paisible cimetière, à quelques centaines de pieds au-dessous de la surface des flots !

— Vos morts y dorment, du moins, tranquilles, capitaine, hors de l'atteinte des requins !

— Oui, monsieur, répondit gravement le capitaine Nemo, des requins et des hommes ! »

FIN DE LA PREMIÈRE PARTIE

DEUXIÈME PARTIE

VINGT MILLE LIEUES SOUS LES MERS

DEUXIÈME PARTIE

HILDIBRAND, SC.

CHAPITRE PREMIER

L'OCÉAN INDIEN

Ici commence la seconde partie de ce voyage sous les mers. La première s'est terminée sur cette émouvante scène du cimetière de corail qui a laissé dans mon esprit une impression profonde. Ainsi donc, au sein de cette mer immense, la vie du capitaine Nemo se déroulait tout entière, et il n'était pas jusqu'à sa tombe qu'il n'eût préparée dans le plus impénétrable de ses abîmes. Là, pas un des monstres de l'Océan ne viendrait troubler le dernier sommeil de ces hôtes du *Nautilus*, de ces amis, rivés les uns aux autres, dans la mort aussi bien que dans la vie ! « Nul homme, non plus ! » avait ajouté le capitaine.

Toujours cette même défiance, farouche, implacable, envers les sociétés humaines !

Pour moi, je ne me contentais plus des hypothèses qui satisfaisaient Conseil. Ce digne garçon persistait à ne voir dans le commandant du *Nautilus* qu'un de ces savants méconnus qui rendent à l'humanité mépris pour indifférence. C'était encore pour lui un génie incompris qui, las des déceptions de la terre, avait dû se réfugier dans cet inaccessible milieu où ses instincts s'exerçaient librement. Mais, à mon avis, cette hypothèse n'expliquait qu'un des côtés du capitaine Nemo.

En effet, le mystère de cette dernière nuit pendant laquelle nous avions été enchaînés dans la prison et le sommeil, la précaution si violemment prise par le capitaine d'arracher de mes yeux la lunette prête à parcourir l'horizon, la blessure mortelle de cet homme due à un choc inexplicable du *Nautilus*, tout cela me poussait dans une voie nouvelle. Non ! le capitaine Nemo ne se contentait pas de fuir les hommes ! Son formidable appareil servait non-seulement ses instincts de liberté, mais peut-être aussi les intérêts de je ne sais quelles terribles représailles.

En ce moment, rien n'est évident pour moi, je n'entrevois encore dans ces ténèbres que des lueurs, et je dois me borner à écrire, pour ainsi dire, sous la dictée des événements.

D'ailleurs rien ne nous lie au capitaine Nemo. Il sait que s'échapper du *Nautilus* est impossible. Nous ne sommes pas même prisonniers sur parole. Aucun engagement d'honneur ne nous enchaîne. Nous ne sommes que des captifs, que des prisonniers déguisés sous le nom d'hôtes par un semblant de courtoisie. Toutefois, Ned Land n'a pas renoncé à l'espoir de recouvrer sa liberté. Il est certain qu'il profitera de la première occasion que le hasard lui offrira. Je ferai comme lui sans doute. Et cependant, ce ne sera pas sans une sorte de regret que j'emporterai ce que la générosité du capitaine nous aura laissé pénétrer des mystères du *Nautilus* ! Car enfin, faut-il haïr cet homme ou l'admirer ? Est-ce une victime ou un bourreau ? Et puis, pour être franc, je voudrais, avant de l'abandonner à jamais, je voudrais avoir accompli ce tour du monde sous-marin dont les débuts sont si magnifiques. Je voudrais avoir observé la complète série des merveilles entassées sous les mers du globe. Je voudrais avoir vu ce que nul homme n'a vu encore, quand je devrais payer de ma vie cet insatiable besoin d'apprendre ! Qu'ai-je découvert jusqu'ici ? Rien, ou presque rien, puisque nous n'avons encore parcouru que six mille lieues à travers le Pacifique !

Pourtant je sais bien que le *Nautilus* se rapproche des terres habitées, et que, si quelque chance de salut s'offre à nous, il serait cruel de sacrifier mes compagnons à ma passion pour l'inconnu. Il faudra les suivre, peut-être même les guider. Mais cette occasion se présentera-t-elle jamais ? L'homme privé par la force de son libre arbitre la désire, cette occasion, mais le savant, le curieux, la redoute.

Ce jour-là, 21 janvier 1868, à midi, le second vint prendre la hauteur du soleil. Je montai sur la plate-forme, j'allumai un cigare, et je suivis l'opération. Il me parut évident que cet homme ne comprenait pas le français, car plusieurs fois je fis à voix haute des réflexions qui auraient dû lui arracher quelque signe involontaire d'attention, s'il les eût comprises, mais il resta impassible et muet.

Pendant qu'il observait au moyen du sextant, un des matelots du *Nautilus*, — cet homme vigoureux qui nous avait accompagnés lors de notre première excursion sous-marine à l'île Crespo, — vint nettoyer les vitres du fanal. J'examinai alors l'installation de cet appareil dont la puissance était centuplée par des anneaux lenticulaires disposés comme ceux des phares, et qui maintenaient sa lumière dans le plan utile. La lampe électrique était combinée de manière à donner tout son pouvoir éclairant. Sa lumière, en effet, se produisait dans le vide, ce qui assurait à la fois sa régularité et son intensité. Ce vide économisait aussi les pointes de graphite entre lesquelles se développe l'arc lumineux. Économie importante pour le capitaine Nemo, qui n'aurait pu les renouveler aisément. Mais, dans ces conditions, leur usure était presque insensible.

Lorsque le *Nautilus* se prépara à reprendre sa marche sous-marine, je redescendis au salon. Les panneaux se refermèrent, et la route fut donnée directement à l'ouest.

Nous sillonnions alors les flots de l'Océan indien, vaste plaine liquide d'une contenance de cinq cent cinquante millions d'hectares, et dont les eaux sont si transparentes qu'elles donnent le vertige à qui se penche à leur surface. Le *Nautilus* y flottait généralement entre cent et deux cents mètres de profondeur. Ce fut ainsi pendant quelques jours. À tout autre que moi, pris d'un immense amour de la mer, les heures eussent sans doute paru longues et monotones ; mais ces promenades quotidiennes sur la plate-forme où je me retrempais dans l'air vivifiant de l'Océan, le spectacle de ces riches eaux à travers les vitres du salon, la lecture des livres de la bibliothèque, la rédaction de mes mémoires, employaient tout mon temps et ne me laissaient pas un moment de lassitude ou d'ennui.

Notre santé à tous se maintenait dans un état très-satisfaisant. Le régime du bord nous convenait parfaitement, et pour mon compte, je me serais bien passé des variantes que Ned Land, par esprit de protestation, s'ingéniait à y apporter. De plus, dans cette température constante, il n'y avait pas même un rhume à craindre. D'ailleurs, ce madréporaire *Dendrophyllée*, connu en Provence sous le nom de « fenouil de mer, » et dont il existait une certaine réserve à bord, eût fourni avec la chair fondante de ses polypes une pâte excellente contre la toux.

Pendant quelques jours, nous vîmes une grande quantité d'oiseaux aquatiques, palmipèdes, mouettes ou goëlands. Quelques-uns furent adroitement tués, et, préparés·d'une certaine façon, ils fournirent un gibier d'eau très-acceptable. Parmi les grands voiliers, emportés à de longues distances de toutes terres, et qui se reposent sur les flots des fatigues du vol, j'aperçus de magnifiques albatros au cri discordant comme un braiement d'âne, oiseaux qui appartiennent à la famille des longipennes. La famille des totipalmes était représentée par des frégates rapides qui pêchaient prestement les poissons de la surface, et par de nombreux phaétons ou paille-en-queue, entre autres, ce phaéton à brins rouges, gros comme un pigeon, et dont le plumage blanc est nuancé de tons roses qui font valoir la teinte noire des ailes.

Les filets du *Nautilus* rapportèrent plusieurs sortes de tortues marines, du genre caret, à dos bombé, et dont l'écaille est très-estimée. Ces reptiles, qui plongent facilement, peuvent se maintenir longtemps sous l'eau en fermant la soupape charnue située à l'orifice externe de leur canal nasal. Quelques-uns de ces carets, lorsqu'on les prit, dormaient encore dans leur carapace, à l'abri des animaux marins. La chair de ces tortues était généralement médiocre, mais leurs œufs formaient un régal excellent.

Quant aux poissons, ils provoquaient toujours notre admiration, quand nous surprenions à travers les panneaux ouverts les secrets de leur vie aquatique. Je remarquai plusieurs espèces qu'il ne m'avait pas été donné d'observer jusqu'alors.

Je citerai principalement des ostracions particuliers à la mer Rouge, à la mer des Indes et à cette partie de l'Océan qui baigne les côtes de l'Amérique équinoxiale. Ces poissons, comme les tortues, les tatous, les oursins, les crustacés, sont protégés par une cuirasse qui n'est ni crétacée, ni pierreuse, mais véritablement osseuse. Tantôt, elle affecte la forme d'un solide triangulaire, tantôt la forme d'un solide quadrangulaire. Parmi les triangulaires, j'en notai quelques-uns d'une longueur d'un demi-décimètre, d'une chair salubre, d'un goût exquis, bruns à la queue, jaunes aux nageoires, et dont je recommande l'acclimatation même dans les eaux douces, auxquelles d'ailleurs un certain nombre de poissons de mer s'accoutument aisément. Je citerai aussi des ostracions quadrangulaires, surmontés sur le dos de quatre gros tubercules ; des ostracions mouchetés de points blancs sous la partie inférieure du corps, qui s'apprivoisent comme des oiseaux ; des trigones, pourvus d'aiguillons formés par la prolongation de leur croûte osseuse, et auxquels leur singulier grognement a valu le surnom de « cochons de mer ; » puis des dromadaires à grosses bosses en forme de cône, dont la chair est dure et coriace.

Je relève encore sur les notes quotidiennes tenues par maître Conseil certains poissons du genre tétrodons, particuliers à ces mers, des speng1ériens au dos rouge, à la poitrine blanche, qui se distinguent par trois rangées longitudinales de filaments, et des électriques, longs de sept pouces, parés des plus vives couleurs. Puis, comme·échantillons d'autres genres, des ovoïdes semblables à un œuf d'un brun noir, sillonnés de bandelettes blanches et dépourvus de queue ; des diodons, véritables porcs-épics de la mer, munis d'aiguillons et pouvant se gonfler de manière à former une pelote hérissée de dards ; des hippocampes communs à tous les océans ; des pégases volants, à museau allongé, auxquels leurs nageoires pectorales, très-étendues et disposées en forme d'ailes, permettent sinon de voler, du moins de s'élancer dans les airs ; des pigeons spatulés, dont la queue est couverte de nombreux anneaux écailleux ; des macrognathes à longue mâchoire, excellents poissons longs de vingt-cinq centimètres et brillants des plus agréables couleurs ; des calliomores livides, dont la tête est rugueuse ; des myriades de blennies-sauteurs, rayés de noir, aux longues nageoires pectorales, glissant à la surface des eaux avec une prodigieuse vélocité ; de délicieux vélifères, qui peuvent hisser leurs nageoires comme autant de voiles déployées aux courants favorables ; des kurtes splendides, auxquels la nature a prodigué le jaune, le bleu céleste, l'argent et l'or ; des trichoptères, dont les ailes sont formées de filaments ; des cottes, toujours maculées de limon, qui produisent un certain bruissement ; des trigles, dont le foie est considéré comme poison ; des bodians, qui portent sur les yeux une œillère mobile ; enfin des soufflets, au museau long et tubuleux, véritables gobes-mouches de l'Océan, armés d'un fusil que n'ont prévu ni les Chassepot ni les Remington[1], et qui tuent les insectes en les frappant d'une simple goutte d'eau.

Dans le quatre-vingt-neuvième genre des poissons classés par Lacépède[2], qui appartient à la seconde sous-classe des osseux, caractérisés par un opercule et une membrane bronchiale, je remarquai la scorpène, dont la tête est garnie d'aiguillons et qui ne

possède qu'une seule nageoire dorsale ; ces animaux sont revêtus ou privés de petites écailles,
suivant le sous-genre auquel ils appartiennent. Le
second sous-genre nous donna des échantillons de
didactyles longs de trois à quatre décimètres, rayés
de jaune, mais dont la tête est d'un aspect fantastique. Quant au premier sous-genre, il fournit plusieurs spécimens de ce poisson bizarre justement
surnommé « crapaud de mer, » poisson à tête
grande, tantôt creusée de sinus profonds, tantôt
boursouflée de protubérances ; hérissé d'aiguillons
et parsemé de tubercules, il porte des cornes irrégulières et hideuses ; son corps et sa queue sont garnis
de callosités ; ses piquants font des blessures dangereuses ; il est répugnant et horrible.

Du 21 au 23 janvier, le *Nautilus* marcha à raison
de deux cent cinquante lieues par vingt-quatre heures, soit cinq cent quarante milles, ou vingt-deux
milles à l'heure. Si nous reconnaissions au passage
les diverses variétés de poissons, c'est que ceux-ci,
attirés par l'éclat électrique, cherchaient à nous
accompagner ; la plupart, distancés par cette vitesse,
restaient bientôt en arrière ; quelques-uns cependant parvenaient à se maintenir pendant un certain
temps dans les eaux du *Nautilus*.

Le 24 au matin, par 12° 5' de latitude sud et 94°
33' de longitude, nous eûmes connaissance de l'île
Keeling, soulèvement madréporique planté de magnifiques cocos, et qui fut visitée par M. Darwin et
le capitaine Fitz-Roy. Le *Nautilus* prolongea à peu
de distance les accores de cette île déserte. Ses
dragues rapportèrent de nombreux échantillons de
polypes et d'échinodermes, et des tests[1] curieux de
l'embranchement des mollusques. Quelques précieux
produits de l'espèce des dauphinules accrurent les
trésors du capitaine Nemo, auquel je joignis une
astrée punctifère, sorte de polypier parasite souvent
fixé sur une coquille.

Bientôt l'île Keeling disparut sous l'horizon, et la route fut donnée au nord-ouest vers la pointe de la péninsule indienne.

« Des terres civilisées, me dit ce jour-là Ned Land. Cela vaudra mieux que ces îles de la Papouasie, où l'on rencontre plus de sauvages que de chevreuils ! Sur cette terre indienne, monsieur le professeur, il y a des routes, des chemins de fer, des villes anglaises, françaises et indoues. On ne ferait pas cinq milles sans y rencontrer un compatriote. Hein ! est-ce que le moment n'est pas venu de brûler la politesse au capitaine Nemo ?

— Non, Ned, non, répondis-je d'un ton très-déterminé. Laissons courir, comme vous dites, vous autres marins. Le *Nautilus* se rapproche des continents habités. Il revient vers l'Europe, qu'il nous y conduise. Une fois arrivés dans nos mers, nous verrons ce que la prudence nous conseillera de tenter. D'ailleurs, je ne suppose pas que le capitaine Nemo nous permette d'aller chasser sur les côtes du Malabar ou de Coromandel comme dans les forêts de la Nouvelle-Guinée.

— Eh bien ! monsieur, ne peut-on se passer de sa permission ? »

Je ne répondis pas au Canadien. Je ne voulais pas discuter. Au fond, j'avais à cœur d'épuiser jusqu'au bout les hasards de la destinée qui m'avait jeté à bord du *Nautilus*.

À partir de l'île Keeling, notre marche se ralentit généralement. Elle fut aussi plus capricieuse et nous entraîna souvent à de grandes profondeurs. On fit plusieurs fois usage des plans inclinés que des leviers intérieurs pouvaient placer obliquement à la ligne de flottaison. Nous allâmes ainsi jusqu'à deux et trois kilomètres, mais sans jamais avoir vérifié les grands fonds de cette mer indienne que des sondes de treize mille mètres n'ont pas pu atteindre. Quant à la température des basses couches, le

thermomètre indiqua toujours invariablement quatre degrés au-dessus de zéro. J'observai seulement
que, dans les nappes supérieures, l'eau était toujours
plus froide sur les hauts fonds qu'en pleine mer.

Le 25 janvier, l'Océan étant absolument désert, le
Nautilus passa la journée à sa surface, battant les
flots de sa puissante hélice et les faisant rejaillir à
une grande hauteur. Comment, dans ces conditions,
ne l'eût-on pas pris pour un cétacé gigantesque ? Je
passai les trois quarts de cette journée sur la plate-
forme. Je regardais la mer. Rien à l'horizon, si ce
n'est, vers quatre heures du soir, un long steamer
qui courait dans l'ouest à contre-bord. Sa mâture
fut visible un instant, mais il ne pouvait apercevoir
le *Nautilus*, trop ras sur l'eau. Je pensai que ce
bateau à vapeur appartenait à la ligne péninsulaire
et orientale qui fait le service de l'île de Ceyland à
Sydney, en touchant à la pointe du roi Georges et à
Melbourne.

À cinq heures du soir, avant ce rapide crépuscule
qui lie le jour à la nuit dans les zones tropicales,
Conseil et moi nous fûmes émerveillés par un
curieux spectacle.

Il est un charmant animal dont la rencontre, suivant les anciens, présageait des chances heureuses.
Aristote, Athénée, Pline, Oppien[1], avaient étudié ses
goûts et épuisé à son égard toute la poétique des savants de la Grèce et de l'Italie. Ils l'appelèrent *Nautilus* et *Pompylius*. Mais la science moderne n'a pas
ratifié leur appellation, et ce mollusque est maintenant connu sous le nom d'Argonaute.

Qui eût consulté Conseil eût appris de ce brave
garçon que l'embranchement des mollusques se divise en cinq classes ; que la première classe, celle
des céphalopodes, dont les sujets sont tantôt nus,
tantôt testacés, comprend deux familles, celles des
dibranchiaux et des tétrabranchiaux, qui se distinguent par le nombre de leurs branches ; que la

famille des dibranchiaux renferme trois genres, l'argonaute, le calmar et la seiche, et que la famille des tétrabranchiaux n'en contient qu'un seul, le nautile. Si après cette nomenclature, un esprit rebelle eût confondu l'argonaute, qui est *acétabulifère*, c'est-à-dire porteur de ventouses, avec le nautile, qui est *tentaculifère*, c'est-à-dire porteur de tentacules, il aurait été sans excuse.

Albatros, frégates et phaétons. (Page 329.)

Or, c'était une troupe de ces argonautes qui voyageait alors à la surface de l'Océan. Nous pouvions en compter plusieurs centaines. Ils appartenaient à l'espèce des argonautes tuberculés qui est spéciale aux mers de l'Inde.

Ces gracieux mollusques se mouvaient à reculons au moyen de leur tube locomoteur en chassant par ce tube l'eau qu'ils avaient aspirée. De leurs huit

Les argonautes. (Page 336.)

tentacules, six, allongés et amincis, flottaient sur l'eau, tandis que les deux autres, arrondis en palmes, se tendaient au vent comme une voile légère. Je voyais parfaitement leur coquille spiraliforme et ondulée que Cuvier compare justement à une élégante chaloupe. Véritable bateau en effet. Il transporte l'animal qui l'a sécrété, sans que l'animal y adhère.

« L'argonaute est libre de quitter sa coquille, dis-je à Conseil, mais il ne la quitte jamais.

— Ainsi fait le capitaine Nemo, répondit judicieusement Conseil. C'est pourquoi il eût mieux fait d'appeler son navire l'*Argonaute*. »

Pendant une heure environ, le *Nautilus* flotta au milieu de cette troupe de mollusques. Puis, je ne sais quel effroi les prit soudain. Comme à un signal, toutes les voiles furent subitement amenées ; les bras se replièrent, les corps se contractèrent, les coquilles se renversant changèrent leur centre de gravité, et toute la flottille disparut sous les flots. Ce fut instantané, et jamais navires d'une escadre ne manœuvrèrent avec plus d'ensemble.

En ce moment, la nuit tomba subitement, et les lames, à peine soulevées par la brise, s'allongèrent paisiblement sous les préceintes du *Nautilus*.

Le lendemain, 26 janvier, nous coupions l'Équateur sur le quatre-vingt-deuxième méridien, et nous rentrions dans l'hémisphère boréal.

Pendant cette journée, une formidable troupe de squales nous fit cortège. Terribles animaux qui pullulent dans ces mers et les rendent fort dangereuses. C'étaient des squales philipps au dos brun et au ventre blanchâtre, armés de onze rangées de dents, des squales œillés dont le cou est marqué d'une grande tache noire cerclée de blanc qui ressemble à un œil, des squales isabelle à museau arrondi et semé de points obscurs. Souvent, ces puissants animaux se précipitaient contre la vitre du salon avec une violence peu rassurante. Ned Land ne se possédait plus alors. Il voulait remonter à la surface des flots et harponner ces monstres, surtout certains squales émissoles dont la gueule est pavée de dents disposées comme une mosaïque, et de grands squales tigrés, longs de cinq mètres, qui le provoquaient avec une insistance toute particulière. Mais bientôt le *Nautilus*, accroissant sa vitesse, laissa facilement en arrière les plus rapides de ces requins.

Le 27 janvier, à l'ouvert du vaste golfe du Bengale, nous rencontrâmes à plusieurs reprises, spectacle sinistre ! des cadavres qui flottaient à la surface des flots. C'étaient les morts des villes indiennes, charriés par le Gange jusqu'à la haute mer, et que les vautours, les seuls ensevelisseurs du pays, n'avaient pas achevé de dévorer. Mais les squales ne manquaient pas pour les aider dans leur funèbre besogne.

Vers sept heures du soir, le *Nautilus* à demi-immergé navigua au milieu d'une mer de lait. À perte de vue l'Océan semblait être lactifié. Était-ce l'effet des rayons lunaires ? Non, car la lune, ayant deux jours à peine, était encore perdue au-dessous de l'horizon dans les rayons du soleil. Tout le ciel, quoique éclairé par le rayonnement sidéral, semblait noir par contraste avec la blancheur des eaux.

Conseil ne pouvait en croire ses yeux, et il m'interrogeait sur les causes de ce singulier phénomène. Heureusement, j'étais en mesure de lui répondre.

« C'est ce qu'on appelle une mer de lait, lui dis-je, vaste étendue de flots blancs qui se voit fréquemment sur les côtes d'Amboine[1] et dans ces parages.

— Mais, demanda Conseil, monsieur peut-il m'apprendre quelle cause produit un pareil effet, car cette eau ne s'est pas changée en lait, je suppose !

— Non, mon garçon, et cette blancheur qui te surprend n'est due qu'à la présence de myriades de bestioles infusoires, sortes de petits vers lumineux, d'un aspect gélatineux et incolore, de l'épaisseur d'un cheveu, et dont la longueur ne dépasse pas un cinquième de millimètre. Quelques-unes de ces bestioles adhèrent entre elles pendant l'espace de plusieurs lieues.

— Plusieurs lieues ! s'écria Conseil.

— Oui, mon garçon, et ne cherche pas à supputer le nombre de ces infusoires ! Tu n'y parviendrais pas, car, si je ne me trompe, certains navigateurs ont flotté sur ces mers de lait pendant plus de quarante milles. »

Je ne sais si Conseil tint compte de ma recommandation, mais il parut se plonger dans des réflexions profondes, cherchant sans doute à évaluer combien quarante milles carrés contiennent de cinquièmes de millimètres. Pour moi, je continuai d'observer le phénomène. Pendant plusieurs heures, le *Nautilus* trancha de son éperon ces flots blanchâtres, et je remarquai qu'il glissait sans bruit sur cette eau savonneuse, comme s'il eût flotté dans ces remous d'écume que les courants et les contre-courants des baies laissaient quelquefois entre eux.

Vers minuit, la mer reprit subitement sa teinte ordinaire, mais derrière nous, jusqu'aux limites de l'horizon, le ciel, réfléchissant la blancheur des flots, sembla longtemps imprégné des vagues lueurs d'une aurore boréale.

CHAPITRE II

UNE NOUVELLE PROPOSITION DU CAPITAINE NEMO

Le 28 février[1], lorsque le *Nautilus* revint à midi à la surface de la mer, par 9° 4′ de latitude nord, il se trouvait en vue d'une terre qui lui restait à huit milles dans l'ouest. J'observai tout d'abord une agglomération de montagnes, hautes de deux mille pieds environ, dont les formes se modelaient très-capricieusement. Le point terminé, je rentrai dans le salon et lorsque le relèvement eut été reporté sur la carte, je reconnus que nous étions en présence de l'île de Ceyland, cette perle qui pend au lobe intérieur de la péninsule indienne.

J'allai chercher dans la bibliothèque quelque livre relatif à cette île, l'une des plus fertiles du globe. Je trouvai précisément un volume de Sirr H. C., esq., intitulé *Ceylan and the Cingalese*[1]. Rentré au salon, je notai d'abord les relèvements de Ceyland, à laquelle l'antiquité avait prodigué tant de noms divers. Sa situation était entre 5° 55′ et 9° 49′ de latitude nord, et entre 79° 42′ et 82° 4′ de longitude à l'est du méridien de Greenwich ; sa longueur, deux cent soixante-quinze milles ; sa largeur maximum, cent cinquante milles ; sa circonférence, neuf cents milles ; sa superficie, vingt-quatre mille quatre cent quarante-huit milles, c'est-à-dire un peu inférieure à celle de l'Irlande.

Le capitaine Nemo et son second parurent en ce moment.

Le capitaine jeta un coup d'œil sur la carte. Puis, se retournant vers moi :

« L'île de Ceyland, dit-il, une terre célèbre par ses pêcheries de perles. Vous serait-il agréable, monsieur Aronnax, de visiter l'une de ses pêcheries ?

— Sans aucun doute, capitaine.

— Bien. Ce sera chose facile. Seulement, si nous voyons les pêcheries, nous ne verrons pas les pêcheurs. L'exploitation annuelle n'est pas encore commencée. N'importe. Je vais donner l'ordre de rallier le golfe de Manaar, où nous arriverons dans la nuit. »

Le capitaine dit quelques mots à son second qui sortit aussitôt. Bientôt le *Nautilus* rentra dans son liquide élément, et le manomètre indiqua qu'il s'y tenait à une profondeur de trente pieds.

La carte sous les yeux, je cherchai alors ce golfe de Manaar. Je le trouvai par le neuvième parallèle, sur la côte nord-ouest de Ceyland. Il était formé par une ligne allongée de la petite île Manaar. Pour l'atteindre, il fallait remonter tout le rivage occidental de Ceyland.

« Monsieur le professeur, me dit alors le capitaine Nemo, on pêche des perles dans le golfe du Bengale, dans la mer des Indes, dans les mers de Chine et du Japon, dans les mers du sud de l'Amérique, au golfe de Panama, au golfe de Californie ; mais c'est à Ceyland que cette pêche obtient les plus beaux résultats. Nous arrivons un peu tôt, sans doute. Les pêcheurs ne se rassemblent que pendant le mois de mars au golfe de Manaar, et là, pendant trente jours, leurs trois cents bateaux se livrent à cette lucrative exploitation des trésors de la mer. Chaque bateau est monté par dix rameurs et par dix pêcheurs. Ceux-ci, divisés en deux groupes, plongent alternativement et descendent à une profondeur de douze mètres au moyen d'une lourde pierre qu'ils saisissent entre leurs pieds et qu'une corde rattache au bateau.

— Ainsi, dis-je, c'est toujours ce moyen primitif qui est encore en usage ?

— Toujours, me répondit le capitaine Nemo, bien que ces pêcheries appartiennent au peuple le plus industrieux du globe, aux Anglais, auxquels le traité d'Amiens les a cédées en 1802.

— Il me semble, cependant, que le scaphandre, tel que vous l'employez, rendrait de grands services dans une telle opération.

— Oui, car ces pauvres pêcheurs ne peuvent demeurer longtemps sous l'eau. L'Anglais Perceval, dans son voyage à Ceyland, parle bien d'un Cafre qui restait cinq minutes sans remonter à la surface, mais le fait me paraît peu croyable. Je sais que quelques plongeurs vont jusqu'à cinquante sept secondes, et de très-habiles jusqu'à quatre-vingt-sept ; toutefois ils sont rares, et, revenus à bord, ces malheureux rendent par le nez et les oreilles de l'eau teintée de sang. Je crois que la moyenne de temps que les pêcheurs peuvent supporter est de trente secondes, pendant lesquelles ils se hâtent d'entasser dans un petit filet toutes les huîtres perlières qu'ils arrachent ; mais, généralement, ces pêcheurs ne vivent pas vieux ; leur vue s'affaiblit ; des ulcérations se déclarent à leurs yeux ; des plaies se forment sur leur corps, et souvent même ils sont frappés d'apoplexie au fond de la mer.

— Oui, dis-je, c'est un triste métier, et qui ne sert qu'à la satisfaction de quelques caprices. Mais, dites-moi, capitaine, quelle quantité d'huîtres peut pêcher un bateau dans sa journée ?   .

— Quarante à cinquante mille environ. On dit même qu'en 1814, le gouvernement anglais ayant fait pêcher pour son propre compte, ses plongeurs, dans vingt journées de travail, rapportèrent soixante-seize millions d'huîtres.

— Au moins, demandai-je, ces pêcheurs sont-ils suffisamment rétribués ?

— À peine, monsieur le professeur. À Panama, ils ne gagnent qu'un dollar par semaine. Le plus souvent, ils ont un sol par huître qui renferme une perle, et combien en ramènent-ils qui n'en contiennent pas !

— Un sol à ces pauvres gens qui enrichissent leurs maîtres ! C'est odieux.

— Ainsi, monsieur le professeur, me dit le capitaine Nemo, vos compagnons et vous, vous visiterez le banc de Manaar, et si par hasard quelque pêcheur hâtif s'y trouve déjà, eh bien, nous le verrons opérer.

— C'est convenu, capitaine.

— À propos, monsieur Aronnax, vous n'avez pas peur des requins ?

— Des requins ? » m'écriai-je.

Cette question me parut, pour le moins, très-oiseuse.

« Eh bien ? reprit le capitaine Nemo.

— Je vous avouerai, capitaine, que je ne suis pas encore très-familiarisé avec ce genre de poissons.

— Nous y sommes habitués, nous autres, répliqua le capitaine Nemo, et avec le temps, vous vous y ferez. D'ailleurs, nous serons armés, et, chemin faisant, nous pourrons peut-être chasser quelque squale. C'est une chasse intéressante. Ainsi donc, à demain, monsieur le professeur, et de grand matin. »

Cela dit d'un ton dégagé, le capitaine Nemo quitta le salon.

On vous inviterait à chasser l'ours dans les montagnes de la Suisse, que vous diriez : « Très-bien ! demain nous irons chasser l'ours. » On vous inviterait à chasser le lion dans les plaines de l'Atlas, ou le tigre dans les jungles de l'Inde, que vous diriez : « Ah ! ah ! il paraît que nous allons chasser le tigre ou le lion ! » Mais on vous inviterait à chasser le requin dans son élément naturel, que vous demanderiez peut-être à réfléchir avant d'accepter cette invitation.

Pour moi, je passai ma main sur mon front où perlaient quelques gouttes de sueur froide.

« Réfléchissons, me dis-je, et prenons notre temps. Chasser des loutres dans les forêts sous-marines, comme nous l'avons fait dans les forêts de l'île Crespo, passe encore. Mais courir le fond des mers, quand on est à peu près certain d'y rencontrer des squales, c'est autre chose ! Je sais bien que dans certains pays, aux îles Andamènes particulièrement, les nègres n'hésitent pas à attaquer le requin, un poignard dans une main et un lacet dans l'autre, mais je sais aussi que beaucoup de ceux qui affrontent ces formidables animaux ne reviennent pas vivants ! D'ailleurs, je ne suis pas un nègre, et quand je serais un nègre, je crois que, dans ce cas, une légère hésitation de ma part ne serait pas déplacée. »

Et me voilà rêvant de requins, songeant à ces vastes mâchoires armées de multiples rangées de dents, et capables de couper un homme en deux. Je me sentais déjà une certaine douleur autour des reins. Puis, je ne pouvais digérer le sans-façon avec lequel le capitaine avait fait cette déplorable invitation ! N'eût-on pas dit qu'il s'agissait d'aller traquer sous bois quelque renard inoffensif ?

« Bon ! pensai-je, jamais Conseil ne voudra venir, et cela me dispensera d'accompagner le capitaine. »

Quant à Ned Land, j'avoue que je ne me sentais pas aussi sûr de sa sagesse. Un péril, si grand qu'il fût, avait toujours un attrait pour sa nature batailleuse.

Je repris ma lecture du livre de Sirr, mais je le feuilletai machinalement. Je voyais, entre les lignes, des mâchoires formidablement ouvertes.

En ce moment, Conseil et le Canadien entrèrent, l'air tranquille et même joyeux. Ils ne savaient pas ce qui les attendait.

« Ma foi, monsieur, me dit Ned Land, votre capitaine Nemo, — que le diable emporte ! — vient de nous faire une très-aimable proposition.

— Ah ! dis-je, vous savez...

— N'en déplaise à monsieur, répondit Conseil, le commandant du *Nautilus* nous a invités à visiter demain, en compagnie de monsieur, les magnifiques pêcheries de Ceyland. Il l'a fait en termes excellents et s'est conduit en véritable gentleman.

— Il ne vous a rien dit de plus ?

— Rien, monsieur, répondit le Canadien, si ce n'est qu'il vous avait parlé de cette petite promenade.

— En effet, dis-je. Et il ne vous a donné aucun détail sur...

— Aucun, monsieur le naturaliste. Vous nous accompagnerez, n'est-il pas vrai ?

— Moi... sans doute ! Je vois que vous y prenez goût, maître Land.

— Oui ! c'est curieux, très-curieux.

— Dangereux peut-être ! ajoutai-je d'un ton insinuant.

— Dangereux, répondit Ned Land, une simple excursion sur un banc d'huîtres ! »

Décidément le capitaine Nemo avait jugé inutile d'éveiller l'idée de requins dans l'esprit de mes compagnons. Moi, je les regardais d'un œil troublé, et comme s'il leur manquait déjà quelque membre. Devais-je les prévenir ? Oui, sans doute, mais je ne savais trop comment m'y prendre.

« Monsieur, me dit Conseil, monsieur voudra-t-il nous donner des détails sur la pêche des perles ?

— Sur la pêche elle-même, demandai-je, ou sur les incidents qui...

— Sur la pêche, répondit le Canadien. Avant de s'engager sur le terrain, il est bon de le connaître.

— Eh bien ! asseyez-vous, mes amis, et je vais vous apprendre tout ce que l'anglais Sirr vient de m'apprendre à moi-même. »

Ned et Conseil prirent place sur un divan, et tout d'abord le Canadien me dit :

« Monsieur, qu'est-ce que c'est qu'une perle ?

— Mon brave Ned, répondis-je, pour le poëte, la perle est une larme de la mer ; pour les Orientaux, c'est une goutte de rosée solidifiée : pour les dames, c'est un bijou de forme oblongue, d'un éclat hyalin[1], d'une matière nacrée, qu'elles portent au doigt, au cou ou à l'oreille ; pour le chimiste, c'est un mélange de phosphate et de carbonate de chaux avec un peu de gélatine, et enfin, pour les naturalistes, c'est une simple sécrétion maladive de l'organe qui produit la nacre chez certains bivalves.

— Embranchement des mollusques, dit Conseil, classe des acéphales, ordre des testacés.

— Précisément, savant Conseil. Or, parmi ces testacés, l'oreille-de-mer iris, les turbots, les tridacnes, les pinnes-marines, en un mot tous ceux qui sé-

Des cadavres flottaient. (Page 338.)

Nous prîmes place à l'arrière du canot. (Page 354.)

crètent la nacre, c'est-à-dire cette substance bleue, bleuâtre, violette ou blanche, qui tapisse l'intérieur de leurs valves, sont susceptibles de produire des perles.

— Les moules aussi ? demanda le Canadien.

— Oui ! les moules de certains cours d'eau de l'Écosse, du pays de Galles, de l'Irlande, de la Saxe, de la Bohême, de la France.

— Bon ! on y fera attention, désormais, répondit le Canadien.

— Mais, repris-je, le mollusque par excellence qui distille la perle, c'est l'huître perlière, la *Méléagrina Margaritifera*, la précieuse pintadine. La perle n'est qu'une concrétion nacrée qui se dispose sous une forme globuleuse. Ou elle adhère à la coquille de l'huître, ou elle s'incruste dans les plis de l'animal. Sur les valves, la perle est adhérente ; sur les chairs, elle est libre. Mais elle a toujours pour noyau un petit corps dur, soit un ovule stérile, soit un grain de sable, autour duquel la matière nacrée se dépose en plusieurs années, successivement et par couches minces et concentriques.

— Trouve-t-on plusieurs perles dans une même huître ? demanda Conseil.

— Oui, mon garçon. Il y a de certaines pintadines qui forment un véritable écrin. On a même cité une huître, mais je me permets d'en douter, qui ne contenait pas moins de cent cinquante requins.

— Cent cinquante requins ! s'écria Ned Land.

— Ai-je dit requins ? m'écriai-je vivement. Je veux dire cent cinquante perles. Requins n'aurait aucun sens.

— En effet, dit Conseil. Mais monsieur nous apprendra-t-il maintenant par quels moyens on extrait ces perles ?

— On procède de plusieurs façons, et souvent même, quand les perles adhèrent aux valves, les pêcheurs les arrachent avec des pinces. Mais, le plus communément, les pintadines sont étendues sur des nattes de sparterie qui couvrent le rivage. Elles meurent ainsi à l'air libre, et, au bout de dix jours, elles se trouvent dans un état satisfaisant de putréfaction. On les plonge alors dans de vastes réservoirs d'eau de mer, puis on les ouvre et on les lave. C'est à ce moment que commence le double travail des rogueurs[1]. D'abord, ils séparent les plaques de nacre connues dans le commerce sous le nom de *franche argentée*, de *bâtarde blanche* et de *bâtarde noire*, qui sont livrées par caisses de cent vingt-cinq à cent cinquante kilogrammes. Puis, ils enlèvent le parenchyme de l'huître, ils le font bouillir, et ils le tamisent afin d'en extraire jusqu'aux plus petites perles.

— Le prix de ces perles varie suivant leur grosseur ? demanda Conseil.

— Non-seulement selon leur grosseur, répondis-je, mais aussi selon leur forme, selon leur *eau*, c'est-à-dire leur couleur, et selon leur *orient*, c'est-à-dire cet éclat chatoyant et diapré qui les rend si charmantes à l'œil. Les plus belles perles sont appelées perles vierges ou paragons ; elles se forment isolément dans le tissu du mollusque ; elles sont blanches, souvent opaques, mais quelquefois d'une transparence opaline, et le plus communément sphériques ou piriformes. Sphériques, elles forment les bracelets ; piriformes, des pendeloques, et, étant les plus précieuses, elles se vendent à la pièce. Les autres perles adhèrent à la coquille de l'huître, et, plus irrégulières, elles se vendent au poids. Enfin, dans un ordre inférieur se classent les petites perles, connues sous le nom de semences ; elles se vendent à la mesure et servent plus particulièrement à exécuter des broderies sur les ornements d'église.

— Mais ce travail, qui consiste à séparer les perles selon leur grosseur, doit être long et difficile, dit le Canadien.

— Non, mon ami. Ce travail se fait au moyen de onze tamis ou cribles percés d'un nombre variable de trous. Les perles qui restent dans les tamis, qui comptent de vingt à quatre-vingts trous, sont de premier ordre. Celles qui ne s'échappent pas des cribles percés de cent à huit cents trous sont de second ordre. Enfin, les perles pour lesquelles l'on emploie les tamis percés de neuf cents à mille trous forment la semence.

— C'est ingénieux, dit Conseil, et je vois que la division, le classement des perles, s'opère mécaniquement. Et monsieur pourra-t-il nous dire ce que rapporte l'exploitation des bancs d'huîtres perlières ?

— À s'en tenir au livre de Sirr, répondis-je, les pêcheries de Ceyland sont affermées annuellement pour la somme de trois millions de squales.

— De francs ! reprit Conseil.

— Oui, de francs ! Trois millions de francs, repris-je. Mais je crois que ces pêcheries ne rapportent plus ce qu'elles rapportaient autrefois. Il en est de même des pêcheries américaines, qui, sous le règne de Charles-Quint, produisaient quatre millions de francs, présentement réduits aux deux tiers. En somme, on peut évaluer à neuf millions de francs le rendement général de l'exploitation des perles.

— Mais, demanda Conseil, est-ce que l'on ne cite pas quelques perles célèbres qui ont été cotées à un très-haut prix ?

— Oui, mon garçon. On dit que César offrit à Servillia une perle estimée cent vingt mille francs de notre monnaie.

— J'ai même entendu raconter, dit le Canadien, qu'une certaine dame antique buvait des perles dans son vinaigre.

— Cléopâtre, riposta Conseil.

— Ça devait être mauvais, ajouta Ned Land.

— Détestable, ami Ned, répondit Conseil ; mais un petit verre de vinaigre qui coûte quinze cents mille francs, c'est d'un joli prix.

— Je regrette de ne pas avoir épousé cette dame, dit le Canadien en manœuvrant son bras d'un air peu rassurant.

— Ned Land l'époux de Cléopâtre ! s'écria Conseil.

— Mais j'ai dû me marier[1], Conseil, répondit sérieusement le Canadien, et ce n'est pas ma faute si l'affaire n'a pas réussi. J'avais même acheté un collier de perles à Kat Tender, ma fiancée, qui, d'ailleurs, en a épousé un autre. Eh bien, ce collier ne m'avait pas coûté plus d'un dollar et demi, et cependant, — monsieur le professeur voudra bien me croire, — les perles qui le composaient n'auraient pas passé par le tamis de vingt trous.

— Mon brave Ned, répondis-je en riant, c'étaient des perles artificielles, de simples globules de verre enduits à l'intérieur d'essence d'Orient.

— Eh ! cette essence d'Orient, répondit le Canadien, cela doit coûter cher.

— Si peu que rien ! Ce n'est autre chose que la substance argentée de l'écaille de l'ablette, recueillie dans l'eau et conservée dans l'ammoniaque. Elle n'a aucune valeur.

— C'est peut-être pour cela que Kat Tender en a épousé un autre, répondit philosophiquement maître Land.

— Mais, dis-je, pour en revenir aux perles de haute valeur, je ne crois pas que jamais souverain en ait possédé une supérieure à celle du capitaine Nemo.

— Celle-ci, dit Conseil, en montrant le magnifique bijou enfermé sous sa vitrine.

— Certainement, je ne me trompe pas en lui assignant une valeur de deux millions de...

— Francs ! dit vivement Conseil.

— Oui, dis-je, deux millions de francs, et, sans doute, elle n'aura coûté au capitaine que la peine de la ramasser.

— Eh ! s'écria Ned Land, qui dit que demain, pendant notre promenade, nous ne rencontrerons pas sa pareille !

— Bah ! fit Conseil

— Et pourquoi pas ?

— À quoi des millions nous serviraient-ils à bord du *Nautilus* ?

— À bord, non, dit Ned Land, mais... ailleurs.

— Oh ! ailleurs ! fit Conseil en secouant la tête.

— Au fait, dis-je, maître Land a raison. Et si nous rapportons jamais en Europe ou en Amérique une perle de quelques millions, voilà du moins qui donnera une grande authenticité, et, en même temps, un grand prix au récit de nos aventures.

— Je le crois, dit le Canadien.

— Mais, dit Conseil, qui revenait toujours au côté instructif des choses, est-ce que cette pêche des perles est dangereuse ?

— Non, répondis-je vivement, surtout si l'on prend certaines précautions.

— Que risque-t-on dans ce métier ? dit Ned Land : d'avaler quelques gorgées d'eau de mer !

— Comme vous dites, Ned. À propos, dis-je, en essayant de prendre le ton dégagé du capitaine Nemo, est-ce que vous avez peur des requins, brave Ned ?

— Moi, répondit le Canadien, un harponneur de profession ! C'est mon métier de me moquer d'eux !

— Il ne s'agit pas, dis-je, de les pêcher avec un émerillon, de les hisser sur le pont d'un navire, de leur couper la queue à coups de hache, de leur ouvrir le ventre, de leur arracher le cœur et de le jeter à la mer !

— Alors, il s'agit de... ?

— Oui, précisément.

— Dans l'eau ?

— Dans l'eau.

— Ma foi, avec un bon harpon ! Vous savez, monsieur, ces requins, ce sont des bêtes assez mal façonnées. Il faut qu'elles se retournent sur le ventre pour vous happer, et, pendant ce temps... »

Ned Land avait une manière de prononcer le mot « happer » qui donnait froid dans le dos.

« Eh bien, et toi, Conseil, que penses-tu de ces squales ?

— Moi, dit Conseil, je serai franc avec monsieur.

— À la bonne heure, pensai-je.

— Si monsieur affronte les requins, dit Conseil, je ne vois pas pourquoi son fidèle domestique ne les affronterait pas avec lui ! »

CHAPITRE III

UNE PERLE DE DIX MILLIONS

La nuit arriva. Je me couchai. Je dormis assez mal. Les squales jouèrent un rôle important dans mes rêves, et je trouvai très-juste et très-injuste à la fois cette étymologie qui fait venir le mot requin du mot « requiem. »

Le lendemain, à quatre heures du matin, je fus réveillé par le stewart que le capitaine Nemo avait spécialement mis à mon service. Je me levai rapidement, je m'habillai et je passai dans le salon.

Le capitaine Nemo m'y attendait.

« Monsieur Aronnax, me dit-il, êtes-vous prêt à partir ?

— Je suis prêt.

— Veuillez me suivre.

— Et mes compagnons, capitaine ?

— Ils sont prévenus et nous attendent.

— N'allons-nous pas revêtir nos scaphandres ? demandai-je.

— Pas encore. Je n'ai pas laissé le *Nautilus* approcher de trop près cette côte, et nous sommes assez au large du banc de Manaar ; mais j'ai fait parer le canot qui nous conduira au point précis de débarquement et nous épargnera un assez long trajet. Il emporte nos appareils de plongeurs, que nous revêtirons au moment où commencera cette exploration sous-marine. »

Le capitaine Nemo me conduisit vers l'escalier central, dont les marches aboutissaient à la plate-forme. Ned et Conseil se trouvaient là, enchantés de « la partie de plaisir » qui se préparait. Cinq matelots du *Nautilus*, les avirons armés, nous attendaient dans le canot qui avait été bossé contre le bord.

La nuit était encore obscure. Des plaques de nuages couvraient le ciel et ne laissaient apercevoir que de rares étoiles. Je portai mes yeux du côté de la terre, mais je ne vis qu'une ligne trouble qui fermait les trois quarts de l'horizon du sud-ouest au nord-ouest. Le *Nautilus*, ayant remonté pendant la nuit la côte occidentale de Ceyland, se trouvait à l'ouest de la baie, ou plutôt de ce golfe formé par cette terre et l'île de Manaar. Là, sous les sombres eaux, s'étendait le banc de pintadines, inépuisable champ de perles dont la longueur dépasse vingt milles.

Le capitaine Nemo, Conseil, Ned Land et moi, nous prîmes place à l'arrière du canot. Le patron de l'embarcation se mit à la barre ; ses quatre compagnons appuyèrent sur leurs avirons ; la bosse fut larguée et nous débordâmes.

Le canot se dirigea vers le sud. Ses nageurs ne se pressaient pas. J'observai que leurs coups d'aviron, vigoureusement engagés sous l'eau, ne se succédaient que de dix secondes en dix secondes, suivant la méthode généralement usitée dans les marines de guerre. Tandis que l'embarcation courait sur son erre, les gouttelettes liquides frappaient en crépitant le fond noir des flots comme des bavures de plomb fondu. Une petite houle, venue du large, imprimait au canot un léger roulis, et quelques crêtes de lames clapotaient à son avant.

Nous étions silencieux. À quoi songeait le capitaine Nemo ? Peut-être à cette terre dont il s'approchait, et qu'il trouvait trop près de lui, contrairement à l'opinion du Canadien, auquel elle semblait encore trop éloignée. Quant à Conseil, il était là en simple curieux.

Vers cinq heures et demie, les premières teintes de l'horizon accusèrent plus nettement la ligne supérieure de la côte. Assez plate dans l'est, elle se renflait un peu vers le sud. Cinq milles la séparaient encore, et son rivage se confondait avec les eaux brumeuses. Entre elle et nous, la mer était déserte. Pas un bateau, pas un plongeur. Solitude profonde sur ce lieu de rendez-vous des pêcheurs de perles. Ainsi que le capitaine Nemo me l'avait fait observer, nous arrivions un mois trop tôt dans ces parages.

À six heures, le jour se fit subitement, avec cette rapidité particulière aux régions tropicales, qui ne connaissent ni l'aurore ni le crépuscule. Les rayons solaires percèrent le rideau de nuages amoncelés sur l'horizon oriental, et l'astre radieux s'éleva rapidement.

Je vis distinctement la terre, avec quelques arbres épars çà et là.

Le canot s'avança vers l'île de Manaar, qui s'arrondissait dans le sud. Le capitaine Nemo s'était levé de son banc et observait la mer.

Sur un signe de lui, l'ancre fut mouillée, et la chaîne courut à peine, car le fond n'était pas à plus d'un mètre, et il formait en cet endroit l'un des plus hauts points du banc de pintadines. Le canot évita aussitôt sous la poussée du jusant qui portait au large.

« Nous voici arrivés, monsieur Aronnax, dit alors le capitaine Nemo. Vous voyez cette baie resserrée. C'est ici même que dans un mois se réuniront les nombreux bateaux de pêche des exploitants, et ce sont ces eaux que leurs plongeurs iront audacieusement fouiller. Cette baie est heureusement disposée pour ce genre de pêche. Elle est abritée des vents les plus forts, et la mer n'y est jamais très-houleuse, circonstance très-favorable au travail des plongeurs. Nous allons maintenant revêtir nos scaphandres, et nous commencerons notre promenade. »

Je ne répondis rien, et tout en regardant ces flots suspects, aidé des matelots de l'embarcation, je commençai à revêtir mon lourd vêtement de mer.

Ned Land brandissait un énorme harpon. (Page 357.)

Le capitaine Nemo et mes deux compagnons s'habillaient aussi. Aucun des hommes du *Nautilus* ne devait nous accompagner dans cette nouvelle excursion.

Bientôt nous fûmes emprisonnés jusqu'au cou dans le vêtement de caoutchouc, et des bretelles fixèrent sur notre dos les appareils à air. Quant aux appareils Ruhmkorff, il n'en était pas question. Avant d'introduire ma tête dans sa capsule de cuivre, j'en fis l'observation au capitaine.

« Ces appareils nous seraient inutiles, me répondit le capitaine. Nous n'irons pas à de grandes profondeurs, et les rayons solaires suffiront à éclairer notre marche. D'ailleurs, il n'est pas prudent d'emporter sous ces eaux une lanterne électrique. Son éclat pourrait attirer inopinément quelque dangereux habitant de ces parages. »

Pendant que le capitaine Nemo prononçait ces paroles, je me retournai vers Conseil et Ned Land. Mais ces deux amis avaient déjà emboîté leur tête dans la calotte métallique, et ils ne pouvaient ni entendre ni répondre.

Une dernière question me restait à adresser au capitaine Nemo :

« Et nos armes, lui demandai-je, nos fusils ?

— Des fusils ! à quoi bon ? Vos montagnards n'attaquent-ils pas l'ours un poignard à la main, et l'acier n'est-il pas plus sûr que le plomb ? Voici une lame solide. Passez-la à votre ceinture et partons. »

Je regardai mes compagnons. Ils étaient armés comme nous, et, de plus, Ned Land brandissait un énorme harpon qu'il avait déposé dans le canot avant de quitter le *Nautilus*.

Puis, suivant l'exemple du capitaine, je me laissai coiffer de la pesante sphère de cuivre, et nos réservoirs à air furent immédiatement mis en activité.

Un instant après, les matelots de l'embarcation nous débarquaient les uns après les autres, et, par

Je m'approchai de ce mollusque phénoménal. (Page 362.)

un mètre et demi d'eau, nous prenions pied sur un sable uni. Le capitaine Nemo nous fit un signe de la main. Nous le suivîmes, et par une pente douce nous disparûmes sous les flots.

Là, les idées qui obsédaient mon cerveau m'abandonnèrent. Je redevins étonnamment calme. La facilité de mes mouvements accrut ma confiance, et l'étrangeté du spectacle captiva mon imagination.

Le soleil envoyait déjà sous les eaux une clarté suffisante. Les moindres objets restaient perceptibles. Après dix minutes de marche, nous étions par cinq mètres d'eau, et le terrain devenait à peu près plat.

Sur nos pas, comme des compagnies de bécassines dans un marais, se levaient des volées de poissons curieux du genre des monoptères, dont les sujets n'ont d'autre nageoire que celle de la queue. Je reconnus le javanais, véritable serpent long de huit décimètres, au ventre livide, que l'on confondrait facilement avec le congre sans les lignes d'or de ses flancs. Dans le genre des stromatées, dont le corps est très-comprimé et ovale, j'observai des parus aux couleurs éclatantes portant comme une faux leur nageoire dorsale, poissons comestibles qui, séchés et marinés, forment un mets excellent connu sous le nom de *karawade ;* puis des tranquebars, appartenant au genre des aspidophoroïdes, dont le corps est recouvert d'une cuirasse écailleuse à huit pans longitudinaux.

Cependant l'élévation progressive du soleil éclairait de plus en plus la masse des eaux. Le sol changeait peu à peu. Au sable fin succédait une véritable chaussée de rochers arrondis, revêtus d'un tapis de mollusques et de zoophytes. Parmi les échantillons de ces deux embranchements, je remarquai des placènes à valves minces et inégales, sorte d'ostracées particulières à la mer Rouge et à l'océan Indien, des lucines orangées à coquille orbiculaire, des tarières subulées, quelques-unes de ces pourpres persiques qui fournissaient au *Nautilus* une teinture admirable, des rochers cornus, longs de quinze centimètres, qui se dressaient sous les flots comme des mains prêtes à vous saisir, des turbinelles cornigères, toutes hérissées d'épines, des lingules hiantes, des anatines, coquillages comestibles qui alimentent les marchés de l'Hindoustan, des pélagies panopyres, légèrement lumineuses, et enfin d'admirables oculines flabelliformes, magnifiques éventails qui forment l'une des plus riches arborisations de ces mers.

Au milieu de ces plantes vivantes et sous les berceaux d'hydrophytes couraient de gauches légions d'articulés, particulièrement des ranines dentées, dont la carapace représente un triangle un peu arrondi, des birgues spéciales à ces parages, des parthénopes horribles, dont l'aspect répugnait aux regards. Un animal non moins hideux que je rencontrai plusieurs fois, ce fut ce crabe énorme observé par M. Darwin, auquel la nature a donné l'instinct et la force nécessaire pour se nourrir de noix de cocos ; il grimpe aux arbres du rivage, il fait tomber la noix qui se fend dans sa chute, et il l'ouvre avec ses puissantes pinces. Ici, sous ces flots clairs, ce crabe courait avec une agilité sans pareille, tandis que des chélonées franches, de cette espèce qui fréquente les côtes du Malabar, se déplaçaient lentement entre les roches ébranlées.

Vers sept heures, nous arpentions enfin le banc de pintadines, sur lequel les huîtres perlières se reproduisent par millions. Ces mollusques précieux adhéraient aux rocs et y étaient fortement attachés par ce byssus de couleur brune qui ne leur permet pas de se déplacer. En quoi ces huîtres sont inférieures aux moules elles-mêmes, auxquelles la nature n'a pas refusé toute faculté de locomotion.

La pintadine *meleagrina*, la mère perle, dont les valves sont à peu près égales, se présente sous la forme d'une coquille arrondie, aux épaisses parois, très-rugueuses à l'extérieur. Quelques-unes de ces coquilles étaient feuilletées et sillonnées de bandes verdâtres qui rayonnaient de leur sommet. Elles appartenaient aux jeunes huîtres. Les autres, à surface rude et noire, vieilles de dix ans et plus, mesuraient jusqu'à quinze centimètres de largeur.

Le capitaine Nemo me montra de la main cet amoncellement prodigieux de pintadines, et je compris que cette mine était véritablement inépuisable, car la force créatrice de la nature l'emporte sur l'instinct destructif de l'homme. Ned Land, fidèle à cet instinct, se hâtait d'emplir des plus beaux mollusques un filet qu'il portait à son côté.

Mais nous ne pouvions nous arrêter. Il fallait suivre le capitaine qui semblait se diriger par des sentiers connus de lui seul. Le sol remontait sensiblement, et parfois mon bras, que j'élevais, dépassait la surface de la mer. Puis le niveau du banc se rabaissait capricieusement. Souvent nous tournions de hauts rocs effilés en pyramidions. Dans leurs sombres anfractuosités de gros crustacés, pointés sur leurs hautes pattes comme des machines de guerre, nous regardaient de leurs yeux fixes, et sous nos pieds rampaient des myrianes, des glycères, des aricies et des annélides, qui allongeaient démesurément leurs antennes et leurs cyrrhes[1] tentaculaires.

En ce moment s'ouvrit devant nos pas une vaste grotte, creusée dans un pittoresque entassement de rochers tapissés de toutes les hautes-lisses de la flore sous-marine. D'abord, cette grotte me parut profondément obscure. Les rayons solaires semblaient s'y éteindre par dégradations successives. Sa vague transparence n'était plus que de la lumière noyée.

Le capitaine Nemo y entra. Nous après lui. Mes yeux s'accoutumèrent bientôt à ces ténèbres relatives. Je distinguai les retombées si capricieusement contournées de la voûte que supportaient des piliers naturels, largement assis sur leur base granitique, comme les lourdes colonnes de l'architecture toscane. Pourquoi notre incompréhensible guide nous entraînait-il au fond de cette crypte sous-marine ? J'allais le savoir avant peu.

Après avoir descendu une pente assez raide, nos pieds foulèrent le fond d'une sorte de puits circulaire. Là, le capitaine Nemo s'arrêta, et de la main il nous indiqua un objet que je n'avais pas encore aperçu.

C'était une huître de dimension extraordinaire, une tridacne gigantesque, un bénitier qui eût contenu un lac d'eau sainte, une vasque dont la largeur dépassait deux mètres, et conséquemment plus grande que celle qui ornait le salon du *Nautilus*.

Je m'approchai de ce mollusque phénoménal. Par son byssus il adhérait à une table de granit, et là il se développait isolément dans les eaux calmes de la grotte. J'estimai le poids de cette tridacne à trois cents kilogrammes. Or, une telle huître contient quinze kilos de chair, et il faudrait l'estomac d'un Gargantua pour en absorber quelques douzaines.

Le capitaine Nemo connaissait évidemment l'existence de ce bivalve. Ce n'était pas la première fois qu'il le visitait, et je pensais qu'en nous conduisant en cet endroit il voulait seulement nous montrer une curiosité naturelle. Je me trompais. Le capitaine Nemo avait un intérêt particulier à constater l'état actuel de cette tridacne.

Les deux valves du mollusque étaient entr'ouvertes. Le capitaine s'approcha et introduisit son poignard entre les coquilles pour les empêcher de se rabattre ; puis, de la main, il souleva la tunique membraneuse et frangée sur ses bords qui formait le manteau de l'animal.

Là, entre les plis foliacés, je vis une perle libre dont la grosseur égalait celle d'une noix de cocotier. Sa forme globuleuse, sa limpidité parfaite, son orient admirable en faisaient un bijou d'un inestimable prix. Emporté par la curiosité, j'étendais la main pour la saisir, pour la peser, pour la palper ! Mais le capitaine m'arrêta, fit un signe négatif, et, retirant son poignard par un mouvement rapide, il laissa les deux valves se refermer subitement.

Je compris alors quel était le dessein du capitaine Nemo. En laissant cette perle enfouie sous le manteau de la tridacne, il lui permettait de s'accroître insensiblement. Avec chaque année la sécrétion du mollusque y ajoutait de nouvelles couches concentriques. Seul le capitaine connaissait la grotte où « mûrissait » cet admirable fruit de la nature ; seul il l'élevait, pour ainsi dire, afin de la transporter un jour dans son précieux musée. Peut-être même, suivant l'exemple des Chinois et des Indiens, avait-il déterminé la production de cette perle en introduisant sous les plis du mollusque quelque morceau de verre et de métal, qui s'était peu à peu recouvert de la matière nacrée. En tout cas, comparant cette perle à celles que je connaissais déjà, à celles qui brillaient dans la collection du capitaine, j'estimai sa valeur à dix millions de francs au moins. Superbe curiosité naturelle et non bijou de luxe, car je ne sais quelles oreilles féminines auraient pu la supporter.

La visite à l'opulente tridacne était terminée. Le capitaine Nemo quitta la grotte, et nous remontâmes sur le banc de pintadines, au milieu de ces eaux claires que ne troublait pas encore le travail des plongeurs.

Nous marchions isolément, en véritables flâneurs, chacun s'arrêtant ou s'éloignant au gré de sa fantaisie. Pour mon compte, je n'avais plus aucun souci des dangers que mon imagination avait exagérés si ridiculement. Le haut-fond se rapprochait sensiblement de la surface de la mer, et bientôt par un mètre d'eau ma tête dépassa le niveau océanique. Conseil me rejoignit, et collant sa grosse capsule à la mienne, il me fit des yeux un salut amical. Mais ce plateau élevé ne mesurait que quelques toises, et bientôt nous fûmes rentrés dans notre élément. Je crois avoir maintenant le droit de le qualifier ainsi.

Dix minutes après, le capitaine Nemo s'arrêtait soudain. Je crus qu'il faisait halte pour retourner sur ses pas. Non. D'un geste, il nous ordonna de nous blottir près de lui au fond d'une large anfractuosité. Sa main se dirigea vers un point de la masse liquide, et je regardai attentivement.

À cinq mètres de moi, une ombre apparut et s'abaissa jusqu'au sol. L'inquiétante idée des requins traversa mon esprit. Mais je me trompais, et, cette fois encore, nous n'avions pas affaire aux monstres de l'Océan.

C'était un homme, un homme vivant, un Indien, un noir, un pêcheur, un pauvre diable, sans doute, qui venait glaner avant la récolte. J'apercevais les fonds de son canot mouillé à quelques pieds au-dessus de sa tête. Il plongeait, et remontait successivement. Une pierre taillée en pain de sucre et qu'il serrait du pied, tandis qu'une corde la rattachait à son bateau, lui servait à descendre plus rapidement au fond de la mer. C'était là tout son outillage. Arrivé au sol, par cinq mètres de profondeur environ, il se précipitait à genoux et remplissait son sac de pintadines ramassées au hasard. Puis, il remontait, vidait son sac, ramenait sa pierre, et recommençait son opération qui ne durait que trente secondes.

Ce plongeur ne nous voyait pas. L'ombre du rocher nous dérobait à ses regards. Et d'ailleurs, comment ce pauvre Indien aurait-il jamais supposé que des hommes, des êtres semblables à lui, fussent là, sous les eaux, épiant ses mouvements, ne perdant aucun détail de sa pêche !

Plusieurs fois, il remonta ainsi et plongea de nouveau. Il ne rapportait pas plus d'une dizaine de pintadines à chaque plongée, car il fallait les arracher du banc auquel elles s'accrochaient par leur robuste byssus. Et combien de ces huîtres étaient privées de ces perles pour lesquelles il risquait sa vie !

Je l'observais avec une attention profonde. Sa manœuvre se faisait régulièrement, et pendant une demi-heure, aucun danger ne parut le menacer. Je me familiarisais donc avec le spectacle de cette pêche intéressante, quand, tout d'un coup, à un moment où l'Indien était agenouillé sur le sol, je lui vis faire un geste d'effroi, se relever et prendre son élan pour remonter à la surface des flots.

Je compris son épouvante. Une ombre gigantesque apparaissait au-dessus du malheureux plongeur. C'était un requin de grande taille qui s'avançait diagonalement, l'œil en feu, les mâchoires ouvertes !

J'étais muet d'horreur, incapable de faire un mouvement.

Le vorace animal, d'un vigoureux coup de nageoire, s'élança vers l'Indien, qui se jeta de côté et évita la morsure du requin, mais non le battement de sa queue, car cette queue, le frappant à la poitrine, l'étendit sur le sol.

Cette scène avait duré quelques secondes à peine. Le requin revint, et, se retournant sur le dos, il s'apprêtait à couper l'Indien en deux, quand je sentis le capitaine Nemo, posté près de moi, se lever subitement. Puis, son poignard à la main, il marcha droit au monstre, prêt à lutter corps à corps avec lui.

Le squale, au moment où il allait happer le malheureux pêcheur, aperçut son nouvel adversaire, et se replaçant sur le ventre, il se dirigea rapidement vers lui.

Je vois encore la pose du capitaine Nemo. Replié sur lui-même, il attendait avec un admirable sang-froid le formidable squale, et lorsque celui-ci se précipita sur lui, le capitaine, se jetant de côté avec une prestesse prodigieuse, évita le choc et lui enfonça son poignard dans le ventre. Mais, tout n'était pas dit. Un combat terrible s'engagea.

Le requin avait rugi, pour ainsi dire. Le sang sortait à flots de ses blessures. La mer se teignit de rouge, et, à travers ce liquide opaque, je ne vis plus rien.

Plus rien, jusqu'au moment où, dans une éclaircie, j'aperçus l'audacieux capitaine, cramponné à l'une des nageoires de l'animal, luttant corps à corps avec le monstre, labourant de coups de poignards le ventre de son ennemi, sans pouvoir toutefois porter le coup définitif, c'est-à-dire l'atteindre en plein cœur. Le squale, se débattant, agitait la masse des eaux avec furie, et leur remous menaçait de me renverser.

J'aurais voulu courir au secours du capitaine. Mais, cloué par l'horreur, je ne pouvais remuer.

Je regardais, l'œil hagard. Je voyais les phases de la lutte se modifier. Le capitaine tomba sur le sol, renversé par la masse énorme qui pesait sur lui. Puis, les mâchoires du requin s'ouvrirent démesurément comme une cisaille d'usine, et c'en était fait du capitaine si, prompt comme la pensée, son harpon à la main, Ned Land, se précipitant vers le requin, ne l'eût frappé de sa terrible pointe.

Les flots s'imprégnèrent d'une masse de sang. Ils s'agitèrent sous les mouvements du squale qui les battait avec une indescriptible fureur. Ned Land n'avait pas manqué son but. C'était le râle du monstre. Frappé au cœur, il se débattait dans des spasmes épouvantables, dont le contre-coup renversa Conseil.

Cependant, Ned Land avait dégagé le capitaine. Celui-ci, relevé sans blessures, alla droit à l'Indien, coupa vivement la corde qui le liait à sa pierre, le prit dans ses bras et, d'un vigoureux coup de talon, il remonta à la surface de la mer.

Nous le suivîmes tous trois, et, en quelques instants, miraculeusement sauvés, nous atteignions l'embarcation du pêcheur.

Le premier soin du capitaine Nemo fut de rappeler ce malheureux à la vie. Je ne savais s'il réussirait. Je l'espérais, car l'immersion de ce pauvre diable n'avait pas été longue. Mais le coup de queue du requin pouvait l'avoir frappé à mort.

Heureusement, sous les vigoureuses frictions de Conseil et du capitaine, je vis, peu à peu, le noyé revenir au sentiment. Il ouvrit les yeux. Quelle dut être sa surprise, son épouvante même, à voir les quatre grosses têtes de cuivre qui se penchaient sur lui !

Et surtout, que dut-il penser, quand le capitaine Nemo, tirant d'une poche de son vêtement un sachet de perles, le lui eut mis dans la main ? Cette magnifique aumône de l'homme des eaux au pauvre Indien de Ceyland fut acceptée par celui-ci d'une main tremblante. Ses yeux effarés indiquaient du reste qu'il ne savait à quels êtres surhumains il devait à la fois la fortune et la vie.

Sur un signe du capitaine, nous regagnâmes le banc de pintadines, et, suivant la route déjà parcourue, après une demi-heure de marche nous rencontrions l'ancre qui rattachait au sol le canot du *Nautilus*.

Une fois embarqués, chacun de nous, avec l'aide des matelots, se débarrassa de sa lourde carapace de cuivre.

La première parole du capitaine Nemo fut pour le Canadien.

« Merci, maître Land, lui dit-il.

— C'est une revanche, capitaine, répondit Ned Land. Je vous devais cela. »

Un pâle sourire glissa sur les lèvres du capitaine, et ce fut tout.

« Au *Nautilus*, » dit-il.

L'embarcation vola sur les flots. Quelques minutes plus tard, nous rencontrions le cadavre du requin qui flottait.

Un combat terrible s'engagea. (Page 365.)

À la couleur noire marquant l'extrémité de ses nageoires, je reconnus le terrible mélanoptère de la mer des Indes, de l'espèce des requins proprement dits. Sa longueur dépassait vingt-cinq pieds ; sa bouche énorme occupait le tiers de son corps. C'était un adulte, ce qui se voyait aux six rangées de dents, disposées en triangles isocèles sur la mâchoire supérieure.

Conseil le regardait avec un intérêt tout scientifique, et je suis sûr qu'il le rangeait, non sans raison, dans la classe des cartilagineux, ordre des chondroptérygiens à branchies fixes, famille des sélaciens, genre des squales.

Pendant que je considérais cette masse inerte, une douzaine de ces voraces mélanoptères apparut tout d'un coup autour de l'embarcation ; mais, sans se préoccuper de nous, ils se jetèrent sur le cadavre et s'en disputèrent les lambeaux.

À huit heures et demie, nous étions de retour à bord du *Nautilus*.

Des pans de rochers recouverts d'une fourrure d'algues. (Page 374.)

Là, je me pris à réfléchir sur les incidents de notre excursion au banc de Manaar. Deux observations s'en dégageaient inévitablement. L'une, portant sur l'audace sans pareille du capitaine Nemo, l'autre sur son dévouement pour un être humain, l'un des représentants de cette race qu'il fuyait sous les mers. Quoi qu'il en dît, cet homme étrange n'était pas parvenu encore à tuer son cœur tout entier.

Lorsque je lui fis cette observation, il me répondit d'un ton légèrement ému :

« Cet Indien, monsieur le professeur, c'est un habitant du pays des opprimés, et je suis encore, et, jusqu'à mon dernier souffle, je serai de ce pays-là ! »

CHAPITRE IV

LA MER ROUGE

Pendant la journée du 29 janvier, l'île de Ceyland disparut sous l'horizon, et le *Nautilus*, avec une vitesse de vingt milles à l'heure, se glissa dans ce labyrinthe de canaux qui séparent les Maledives des Laquedives. Il rangea même l'île Kittan, terre d'origine madréporique, découverte par Vasco de Gama en 1499, et l'une des dix-neuf principales îles de cet archipel des Laquedives, situé entre 10° et 14° 30′ de latitude nord, et 69° et 50° 72′ de longitude est.

Nous avions fait alors seize mille deux cent vingt milles, ou sept mille cinq cents lieues depuis notre point de départ dans les mers du Japon.

Le lendemain, — 30 janvier, — lorsque le *Nautilus* remonta à la surface de l'Océan, il n'avait plus aucune terre en vue. Il faisait route au nord-nord-ouest, et se dirigeait vers cette mer d'Oman, creusée entre l'Arabie et la péninsule indienne, qui sert de débouché au golfe Persique.

C'était évidemment une impasse, sans issue possible. Où nous conduisait donc le capitaine Nemo ? Je n'aurais pu le dire. Ce qui ne satisfit pas le Canadien, qui, ce jour-là, me demanda où nous allions.

« Nous allons, maître Ned, où nous conduit la fantaisie du capitaine.

— Cette fantaisie, répondit le Canadien, ne peut nous mener loin. Le golfe Persique n'a pas d'issue, et si nous y entrons, nous ne tarderons guère à revenir sur nos pas.

— Eh bien ! nous reviendrons, maître Land, et si après le golfe Persique, le *Nautilus* veut visiter la mer Rouge, le détroit de Babel-Mandeb est toujours là pour lui livrer passage.

— Je ne vous apprendrai pas, monsieur, répondit Ned Land, que la mer Rouge est non moins fermée que le golfe, puisque l'isthme de Suez n'est pas encore percé[1], et, le fût-il, un bateau mystérieux comme le nôtre ne se hasarderait pas dans ses canaux coupés d'écluses. Donc, la mer Rouge n'est pas encore le chemin qui nous ramènera en Europe.

— Aussi, n'ai-je pas dit que nous reviendrions en Europe.

— Que supposez-vous donc ?

— Je suppose qu'après avoir visité ces curieux parages de l'Arabie et de l'Égypte, le *Nautilus* redescendra l'Océan indien, peut-être à travers le canal de Mozambique, peut-être au large des Mascareignes, de manière à gagner le cap de Bonne-Espérance.

— Et une fois au cap de Bonne-Espérance ? demanda le Canadien avec une insistance toute particulière.

— Eh bien, nous pénétrerons dans cet Atlantique que nous ne connaissons pas encore. Ah çà ! ami Ned, vous vous fatiguez donc de ce voyage sous les mers ? Vous vous blasez donc sur le spectacle incessamment varié des merveilles sous-marines ? Pour mon compte, je verrai avec un extrême dépit finir ce voyage qu'il aura été donné à si peu d'hommes de faire.

— Mais savez-vous, monsieur Aronnax, répondit le Canadien, que voilà bientôt trois mois que nous sommes emprisonnés à bord de ce *Nautilus* ?

— Non, Ned, je ne le sais pas, je ne veux pas le savoir, et je ne compte ni les jours, ni les heures.

— Mais la conclusion ?

— La conclusion viendra en son temps. D'ailleurs, nous n'y pouvons rien, et nous discutons inutilement. Si vous veniez me dire, mon brave Ned : "Une chance d'évasion nous est offerte," je la discuterais avec vous. Mais tel n'est pas le cas et, à vous parler franchement, je ne crois pas que le capitaine Nemo s'aventure jamais dans les mers européennes. »

Par ce court dialogue, on verra que, fanatique du *Nautilus*, j'étais incarné dans la peau de son commandant.

Quant à Ned Land, il termina la conversation par ces mots, en forme de monologue : « Tout cela est bel et bon, mais, à mon avis, où il y a de la gêne, il n'y a plus de plaisir. »

Pendant quatre jours, jusqu'au 3 février, le *Nautilus* visita la mer d'Oman, sous diverses vitesses et à diverses profondeurs. Il semblait marcher au hasard, comme s'il eût hésité sur la route à suivre, mais il ne dépassa jamais le tropique du Cancer.

En quittant cette mer, nous eûmes un instant connaissance de Mascate, la plus importante ville du pays d'Oman. J'admirai son aspect étrange, au milieu des noirs rochers qui l'entourent et sur lesquels se détachent en blanc ses maisons et ses forts. J'aperçus le dôme arrondi de ses mosquées, la pointe élégante de ses minarets, ses fraîches et verdoyantes terrasses. Mais ce ne fut qu'une vision, et le *Nautilus* s'enfonça bientôt sous les flots sombres de ces parages.

Puis, il prolongea à une distance de six milles les côtes arabiques du Mahrah et de l'Hadramant[1], et sa ligne ondulée de montagnes, relevée de quelques ruines anciennes. Le 5 février, nous donnions enfin dans le golfe d'Aden, véritable entonnoir introduit dans ce goulot de Babel-Mandeb, qui entonne les eaux indiennes dans la mer Rouge.

Le 6 février, le *Nautilus* flottait en vue d'Aden, perché sur un promontoire qu'un isthme étroit réunit au continent, sorte de Gibraltar inaccessible, dont les Anglais ont refait les fortifications, après s'en être emparés en 1839. J'entrevis les minarets octogones de cette ville qui fut autrefois l'entrepôt le plus riche et le plus commerçant de la côte, au dire de l'historien Edrisi[2].

Je croyais bien que le capitaine Nemo, parvenu à ce point, allait revenir en arrière ; mais je me trompais, et, à ma grande surprise, il n'en fut rien.

Le lendemain, 7 février, nous embouquions le détroit de Babel-Mandeb, dont le nom veut dire en langue arabe : « la porte des Larmes. » Sur vingt milles de large, il ne compte que cinquante-deux kilomètres de long, et pour le *Nautilus* lancé à toute vitesse, le franchir fut l'affaire d'une heure à peine. Mais je ne vis rien, pas même cette île de Périm, dont le gouvernement britannique a fortifié la position d'Aden. Trop de steamers anglais ou français des lignes de Suez à Bombay, à Calcutta, à Melbourne, à Bourbon, à Maurice, sillonnaient cet étroit passage, pour que le *Nautilus* tentât de s'y montrer. Aussi se tint-il prudemment entre deux eaux.

Enfin, à midi, nous sillonnions les flots de la mer Rouge.

La mer Rouge, lac célèbre des traditions bibliques, que les pluies ne rafraîchissent guère, qu'aucun

fleuve important n'arrose, qu'une excessive évaporation pompe incessamment et qui perd chaque
année une tranche liquide haute d'un mètre et
demi ! Singulier golfe, qui, fermé et dans les conditions d'un lac, serait peut-être entièrement dessé-
ché ; inférieur en ceci à ses voisines la Caspienne
ou l'Asphaltite[1], dont le niveau a seulement baissé
jusqu'au point où leur évaporation a précisément
égalé la somme des eaux reçues dans leur sein.

Cette mer Rouge a deux mille six cents kilomètres de longueur sur une largeur moyenne de deux
cent quarante. Au temps des Ptolémées et des em-
pereurs romains, elle fut la grande artère commer-
ciale du monde, et le percement de l'isthme lui
rendra cette antique importance que les railways de
Suez ont déjà ramenée en partie.

Je ne voulus même pas chercher à comprendre ce
caprice du capitaine Nemo qui pouvait le décider à
nous entraîner dans ce golfe. Mais j'approuvai sans
réserve le *Nautilus* d'y être entré. Il prit une allure
moyenne, tantôt se tenant à la surface, tantôt plongeant pour éviter quelque navire, et je pus observer
ainsi le dedans et le dessus de cette mer si curieuse.

Le 8 février, dès les premières heures du jour,
Moka nous apparut, ville maintenant ruinée, dont
les murailles tombent au seul bruit du canon, et
qu'abritent çà et là quelques dattiers verdoyants.
Cité importante, autrefois, qui renfermait six marchés publics, vingt-six mosquées, et à laquelle ses
murs, défendus par quatorze forts, faisaient une
ceinture de trois kilomètres.

Puis, le *Nautilus* se rapprocha des rivages africains où la profondeur de la mer est plus considérable. Là, entre deux eaux d'une limpidité de cristal,
par les panneaux ouverts, il nous permit de contempler d'admirables buissons de coraux éclatants, et
de vastes pans de rochers revêtus d'une splendide
fourrure verte d'algues et de fucus. Quel indescrip-

tible spectacle, et quelle variété de sites et de paysages à l'arasement de ces écueils et de ces îlots volcaniques qui confinent à la côte libyenne ! Mais où ces arborisations apparurent dans toute leur beauté, ce fut vers les rives orientales que le *Nautilus* ne tarda pas à rallier. Ce fut sur les côtes du Téhama, car alors non-seulement ces étalages de zoophytes fleurissaient au-dessous du niveau de la mer, mais ils formaient aussi des entrelacements pittoresques qui se déroulaient à dix brasses au-dessus ; ceux-ci plus capricieux, mais moins colorés que ceux-là dont l'humide vitalité des eaux entretenait la fraîcheur.

Que d'heures charmantes je passai ainsi à la vitre du salon ! Que d'échantillons nouveaux de la flore et de la faune sous-marine j'admirai sous l'éclat de notre fanal électrique ! Des fongies agariciformes, des actinies de couleur ardoisée, entre autres le *thalassianthus aster*, des tubipores disposés comme des flûtes et n'attendant que le souffle du dieu Pan, des coquilles particulières à cette mer, qui s'établissent dans les excavations madréporiques et dont la base est contournée en courte spirale, et enfin mille spécimens d'un polypier que je n'avais pas observé encore, la vulgaire éponge.

La classe des spongiaires, première du groupe des polypes, a été précisément créée par ce curieux produit dont l'utilité est incontestable. L'éponge n'est point un végétal comme l'admettent encore quelques naturalistes, mais un animal du dernier ordre, un polypier inférieur à celui du corail. Son animalité n'est pas douteuse, et on ne peut même adopter l'opinion des anciens qui la regardaient comme un être intermédiaire entre la plante et l'animal. Je dois dire cependant que les naturalistes ne sont pas d'accord sur le mode d'organisation de l'éponge. Pour les uns, c'est un polypier, et pour

d'autres tels que M. Milne Edwards, c'est un individu isolé et unique.

La classe des spongiaires contient environ trois
cents espèces qui se rencontrent dans un grand
nombre de mers, et même dans certains cours
d'eau où elles ont reçu le nom de « fluviatiles. »
Mais leurs eaux de prédilection sont celles de la
Méditerranée, de l'archipel grec, de la côte de Syrie
et de la mer Rouge. Là se reproduisent et se développent ces éponges fines-douces dont la valeur
s'élève jusqu'à cent cinquante francs, l'éponge
blonde de Syrie, l'éponge dure de Barbarie, etc.
Mais puisque je ne pouvais espérer d'étudier ces
zoophytes dans les échelles du Levant[1], dont nous
étions séparés par l'infranchissable isthme de Suez,
je me contentai de les observer dans les eaux de la
mer Rouge.

J'appelai donc Conseil près de moi, pendant que
le *Nautilus*, par une profondeur moyenne de huit à
neuf mètres, rasait lentement tous ces beaux rochers de la côte orientale.

Là croissaient des éponges de toutes formes, des
éponges pédiculées, foliacées, globuleuses, digitées.
Elles justifiaient assez exactement ces noms de cor-
beilles, de calices, de quenouilles, de cornes d'élan,
de pied de lion, de queue de paon, de gant de Neptune, que leur ont attribués les pêcheurs, plus poëtes
que les savants. De leur tissu fibreux, enduit d'une
substance gélatineuse à demi fluide, s'échappaient
incessamment de petits filets d'eau, qui après avoir
porté la vie dans chaque cellule en étaient expulsés
par un mouvement contractile. Cette substance disparaît après la mort du polype, et se putréfie en dégageant de l'ammoniaque. Il ne reste plus alors que
ces fibres cornées ou gélatineuses dont se compose
l'éponge domestique, qui prend une teinte roussâ-
tre, et qui s'emploie à des usages divers, selon son

degré d'élasticité, de perméabilité ou de résistance à la macération.

Ces polypiers adhéraient aux rochers, aux coquilles des mollusques et même aux tiges d'hydrophytes. Ils garnissaient les plus petites anfractuosités, les uns s'étalant, les autres se dressant ou pendant comme des excroissances coralligènes. J'appris à Conseil que ces éponges se pêchaient de deux manières, soit à la drague, soit à la main. Cette dernière méthode qui nécessite l'emploi des plongeurs est préférable, car en respectant le tissu du polypier, elle lui laisse une valeur très-supérieure.

Les autres zoophytes qui pullulaient auprès des spongiaires consistaient principalement en méduses d'une espèce très-élégante ; les mollusques étaient représentés par des variétés de calmars, qui, d'après d'Orbigny[1], sont spéciales à la mer Rouge, et les reptiles par des tortues *virgata*, appartenant au genre des Chélonées, qui fournirent à notre table un mets sain et délicat.

Quant aux poissons, ils étaient nombreux et souvent remarquables. Voici ceux que les filets du *Nautilus* rapportaient plus fréquemment à bord : des raies, parmi lesquelles les limmes de forme ovale, de couleur brique, au corps semé d'inégales taches bleues et reconnaissables à leur double aiguillon denté, des arnacks au dos argenté, des pastenagues à la queue pointillée, et des bockats, vastes manteaux longs de deux mètres qui ondulaient entre les eaux, des aodons, absolument dépourvus de dents, sortes de cartilagineux qui se rapprochent du squale, des ostracions-dromadaires dont la bosse se termine par un aiguillon recourbé, long d'un pied et demi, des ophidies, véritables murènes à la queue argentée, au dos bleuâtre, aux pectorales brunes bordées d'un liséré gris, des fiatoles, espèces de stromatées, zébrés d'étroites raies d'or et parés

des trois couleurs de la France, des blennies-gara-
mits, longs de quatre décimètres, de superbes
caranx, décorés de sept bandes transversales d'un
beau noir, de nageoires bleues et jaunes, et d'écailles
d'or et d'argent, des centropodes, des mulles auriflammes à tête jaune, des scares, des labres, des
balistes, des gobies, etc., et mille autres poissons
communs aux Océans que nous avions déjà traversés.

Le 9 février, le *Nautilus* flottait dans cette partie
la plus large de la mer Rouge, qui est comprise
entre Souakin sur la côte ouest et Quonfodah sur la
côte est, sur un diamètre de cent quatre-vingt-dix
milles.

Ce jour-là à midi, après le point, le capitaine Nemo
monta sur la plate-forme où je me trouvais. Je me
promis de ne point le laisser redescendre sans
l'avoir au moins pressenti sur ses projets ultérieurs.
Il vint à moi dès qu'il m'aperçut, m'offrit gracieusement un cigare et me dit :

« Eh bien ! monsieur le professeur, cette mer
Rouge vous plaît-elle ? Avez-vous suffisamment
observé les merveilles qu'elle recouvre, ses poissons
et ses zoophytes, ses parterres d'éponges et ses forêts
de corail ? Avez-vous entrevu les villes jetées sur ses
bords ?

— Oui, capitaine Nemo, répondis-je, et le *Nautilus* s'est merveilleusement prêté à toute cette étude.
Ah ! c'est un intelligent bateau !

— Oui, monsieur, intelligent, audacieux et invul-
nérable ! Il ne redoute ni les terribles tempêtes de la
mer Rouge, ni ses courants, ni ses écueils.

— En effet, dis-je, cette mer est citée entre les
plus mauvaises, et si je ne me trompe, au temps des
Anciens, sa renommée était détestable.

— Détestable, monsieur Aronnax. Les historiens
grecs et latins n'en parlent pas à son avantage, et
Strabon[1] dit qu'elle est particulièrement dure à

l'époque des vents Étésiens[1] et de la saison des pluies. L'Arabe Édrisi qui la dépeint sous le nom de golfe de Colzoum raconte que les navires périssaient en grand nombre sur ses bancs de sable, et que personne ne se hasardait à y naviguer la nuit. C'est, prétend-il, une mer sujette à d'affreux ouragans, semée d'îles inhospitalières, et « qui n'offre rien de bon » ni dans ses profondeurs, ni à sa surface. En effet, telle est l'opinion qui se trouve dans Arrien, Agatharchide et Artémidore[2].

— On voit bien, répliquai-je, que ces historiens n'ont pas navigué à bord du *Nautilus*.

La pêche des éponges. (Page 377.)

— En effet, répondit en souriant le capitaine, et sous ce rapport, les modernes ne sont pas plus avancés que les anciens. Il a fallu bien des siècles pour trouver la puissance mécanique de la vapeur ! Qui sait si dans cent ans, on verra un second *Nautilus* ! Les progrès sont lents, monsieur Aronnax.

— C'est vrai, répondis-je, votre navire avance d'un siècle, de plusieurs peut-être, sur son époque. Quel malheur qu'un secret pareil doive mourir avec son inventeur ! »

Le capitaine Nemo ne me répondit pas. Après quelques minutes de silence :

« Vous me parliez, dit-il, de l'opinion des anciens historiens sur les dangers qu'offre la navigation de la mer Rouge ?

— C'est vrai, répondis-je, mais leurs craintes n'étaient-elles pas exagérées ?

— Oui et non, monsieur Aronnax, me répondit le capitaine Nemo, qui me parut posséder à fond "sa mer Rouge." Ce qui n'est plus dangereux pour un navire moderne, bien gréé, solidement construit, maître de sa direction grâce à l'obéissante vapeur, offrait des périls de toutes sortes aux bâtiments des anciens. Il faut se représenter ces premiers navigateurs s'aventurant sur des barques faites de planches cousues avec des cordes de palmier, calfatées de résine pilée et enduites de graisse de chiens de mer. Ils n'avaient pas même d'instruments pour relever leur direction, et ils marchaient à l'estime au milieu de courants qu'ils connaissaient à peine. Dans ces conditions, les naufrages étaient et devaient être nombreux. Mais de notre temps, les steamers qui font le service entre Suez et les mers du Sud n'ont plus rien à redouter des colères de ce golfe, en dépit des moussons contraires. Leurs capitaines et leurs passagers ne se préparent pas au départ par des sacrifices propitiatoires, et, au retour, ils ne vont plus, ornés de guirlandes et de bandelettes dorées, remercier les dieux dans le temple voisin.

— J'en conviens, dis-je, et la vapeur me paraît avoir tué la reconnaissance dans le cœur des marins. Mais, capitaine, puisque vous semblez avoir spécialement étudié cette mer, pouvez-vous m'apprendre quelle est l'origine de son nom ?

— Il existe, monsieur Aronnax, de nombreuses explications à ce sujet. Voulez-vous connaître l'opinion d'un chroniqueur du XIVe siècle ?

— Volontiers.

— Ce fantaisiste prétend que son nom lui fut donné après le passage des Israélites, lorsque le Pharaon eut péri dans les flots qui se refermèrent à la voix de Moïse :

> *En signe de cette merveille,*
> *Devint la mer rouge et vermeille.*
> *Non puis ne surent la nommer*
> *Autrement que la rouge mer.*

— Explication de poëte, capitaine Nemo, répondis-je, mais je ne saurais m'en contenter. Je vous demanderai donc votre opinion personnelle.

— La voici. Suivant moi, monsieur Aronnax, il faut voir dans cette appellation de mer Rouge une traduction du mot hébreu « Edrom », et si les anciens lui donnèrent ce nom, ce fut à cause de la coloration particulière de ses eaux.

— Jusqu'ici cependant je n'ai vu que des flots limpides et sans aucune teinte particulière.

— Sans doute, mais en avançant vers le fond du golfe, vous remarquerez cette singulière apparence. Je me rappelle avoir vu la baie de Tor entièrement rouge, comme un lac de sang.

— Et cette couleur, vous l'attribuez à la présence d'une algue microscopique ?

— Oui. C'est une matière mucilagineuse pourpre produite par ces chétives plantules connues sous le nom de *trichodesmies*, et dont il faut quarante mille pour occuper l'espace d'un millimètre carré. Peut-être en rencontrerez-vous, quand nous serons à Tor.

— Ainsi, capitaine Nemo, ce n'est pas la première fois que vous parcourez la mer Rouge à bord du *Nautilus* ?

— Non, monsieur.

— Alors, puisque vous parliez plus haut du passage des Israélites et de la catastrophe des Égyptiens, je vous demanderai si vous avez reconnu sous les eaux des traces de ce grand fait historique ?

— Non, monsieur le professeur, et cela pour une excellente raison.

— Laquelle ?

— C'est que l'endroit même où Moïse a passé avec tout son peuple est tellement ensablé maintenant que les chameaux y peuvent à peine baigner leurs jambes. Vous comprenez que mon *Nautilus* n'aurait pas assez d'eau pour lui.

— Et cet endroit ?... demandai-je.

— Cet endroit est situé un peu au-dessus de Suez, dans ce bras qui formait autrefois un profond estuaire, alors que la mer Rouge s'étendait jusqu'aux lacs amers. Maintenant, que ce passage soit miraculeux ou non, les Israélites n'en ont pas moins passé là pour gagner la Terre promise, et l'armée de Pharaon a précisément péri en cet endroit. Je pense donc que des fouilles pratiquées au milieu de ces sables mettraient à découvert une grande quantité d'armes et d'instruments d'origine égyptienne.

— C'est évident, répondis-je, et il faut espérer pour les archéologues que ces fouilles se feront tôt ou tard, lorsque des villes nouvelles s'établiront sur cet isthme, après le percement du canal de Suez. Un canal bien inutile pour un navire tel que le *Nautilus* !

— Sans doute, mais utile au monde entier, dit le capitaine Nemo. Les anciens avaient bien compris cette utilité pour leurs affaires commerciales d'établir une communication entre la mer Rouge et la Méditerranée ; mais ils ne songèrent point à creuser un canal direct, et ils prirent le Nil pour intermédiaire. Très-probablement, le canal qui réunissait le Nil à la mer Rouge fut commencé sous Sésostris, si l'on en croit la tradition. Ce qui est certain, c'est que, 615 ans avant Jésus-Christ, Necos entreprit les travaux d'un canal alimenté par les eaux du Nil, à travers la plaine d'Égypte qui regarde l'Arabie. Ce canal se remontait en quatre jours, et sa largeur était telle que deux trirèmes pouvaient y passer de front. Il fut continué par Darius, fils d'Hystaspe, et probablement achevé par Ptolémée II. Strabon le vit employé à la navigation ; mais la faiblesse de sa pente entre son point de départ, près de Bubaste, et la mer Rouge, ne le rendait navigable que pendant quelques mois de l'année. Ce canal servit au commerce jusqu'au siècle des Antonins ; abandonné, ensablé, puis rétabli par les ordres du calife Omar, il fut définitivement comblé en 761 ou 762 par le calife Al-Mansor, qui voulut empêcher les vivres d'arriver à Mohammed-ben-Abdallah, révolté contre lui. Pendant l'expédition d'Égypte, votre général Bonaparte retrouva les traces de ces travaux dans le désert de Suez, et, surpris par la marée, il faillit périr quelques heures avant de rejoindre Hadjaroth, là même où Moïse avait campé trois mille trois cents ans avant lui.

— Eh bien, capitaine, ce que les anciens n'avaient osé entreprendre, cette jonction entre les deux mers qui abrégera de neuf mille kilomètres la route de Cadix aux Indes, M. de Lesseps l'a fait, et avant peu, il aura changé l'Afrique en une île immense.

— Oui, monsieur Aronnax, et vous avez le droit d'être fier de votre compatriote. C'est un homme qui honore plus une nation que les plus grands capitaines ! Il a commencé comme tant d'autres par les ennuis et les rebuts, mais il a triomphé, car il a le génie de la volonté. Et il est triste de penser que cette œuvre, qui aurait dû être une œuvre internationale, qui aurait suffi à illustrer un règne, n'aura réussi que par l'énergie d'un seul homme. Donc, honneur à M. de Lesseps[1] !

— Oui, honneur à ce grand citoyen, répondis-je, tout surpris de l'accent avec lequel le capitaine Nemo venait de parler.

— Malheureusement, reprit-il, je ne puis vous conduire à travers ce canal de Suez, mais vous pourrez apercevoir les longues jetées de Port-Saïd après-demain, quand nous serons dans la Méditerranée.

— Dans la Méditerranée ! m'écriai-je.

— Oui, monsieur le professeur. Cela vous étonne ?

— Ce qui m'étonne, c'est de penser que nous y serons après-demain.

— Vraiment ?

— Oui, capitaine, bien que je dusse être habitué à ne m'étonner de rien depuis que je suis à votre bord !

— Mais à quel propos cette surprise ?

— À propos de l'effroyable vitesse que vous serez forcé d'imprimer au *Nautilus* s'il doit se retrouver après-demain en pleine Méditerranée, ayant fait le tour de l'Afrique et doublé le cap de Bonne-Espérance !

— Et qui vous dit qu'il fera le tour de l'Afrique, monsieur le professeur ? Qui vous parle de doubler le cap de Bonne-Espérance ?

— Cependant, à moins que le *Nautilus* ne navigue en terre ferme et qu'il ne passe par-dessus l'isthme...

— Ou par-dessous, monsieur Aronnax.

— Par-dessous ?

— Sans doute, répondit tranquillement le capitaine Nemo. Depuis longtemps la nature a fait sous cette langue de terre ce que les hommes font aujourd'hui à sa surface.

— Quoi ! il existerait un passage !

— Oui, un passage souterrain que j'ai nommé Arabian-Tunnel. Il prend au-dessous de Suez et aboutit au golfe de Péluse.

— Mais cet isthme n'est composé que de sables mouvants ?

— Jusqu'à une certaine profondeur. Mais à cinquante mètres seulement se rencontre une inébranlable assise de roc.

— Et c'est par hasard que vous avez découvert ce passage ? demandai-je de plus en plus surpris.

— Hasard et raisonnement, monsieur le professeur, et même, raisonnement plus que hasard.

— Capitaine, je vous écoute, mais mon oreille résiste à ce qu'elle entend.

— Ah monsieur ! *Aures habent et non audient*[1] est de tous les temps. Non seulement ce passage existe, mais j'en ai profité plusieurs fois. Sans cela, je ne me serais pas aventuré aujourd'hui dans cette impasse de la mer Rouge.

— Est-il indiscret de vous demander comment vous avez découvert ce tunnel ?

— Monsieur, me répondit le capitaine, il ne peut y avoir rien de secret entre gens qui ne doivent plus se quitter. »

Je ne relevai pas l'insinuation et j'attendis le récit du capitaine Nemo.

« Monsieur le professeur, me dit-il, c'est un simple raisonnement de naturaliste qui m'a conduit à découvrir ce passage que je suis seul à connaître. J'avais remarqué que dans la mer Rouge et dans la Méditerranée, il existait un certain nombre de poissons d'espèces absolument identiques, des ophidies, des fiatoles, des girelles, des persègues, des joels, des exocets. Certain de ce fait je me demandai s'il n'existait pas de communication entre les deux mers. Si elle existait, le courant souterrain devait forcément aller de la mer Rouge à la Méditerranée par le seul effet de la différence des niveaux. Je pêchai donc un grand nombre de poissons aux environs de Suez. Je leur passai à la queue un anneau de cuivre, et je les rejetai à la mer. Quelques mois plus tard, sur les côtes de Syrie, je reprenais quelques échantillons de mes poissons ornés de leur anneau indicateur. La communication entre les deux m'était donc démontrée. Je la cherchai avec mon *Nautilus*, je la découvris, je m'y aventurai, et avant peu, monsieur le professeur, vous aussi vous aurez franchi mon tunnel arabique ! »

CHAPITRE V

ARABIAN-TUNNEL

Ce jour même, je rapportai à Conseil et à Ned Land la partie de cette conversation qui les intéressait directement. Lorsque je leur appris que, dans deux jours, nous serions au milieu des eaux de la Méditerranée, Conseil battit des mains, mais le Canadien haussa les épaules.

« Un tunnel sous-marin ! s'écria-t-il, une communication entre les deux mers ! Qui a jamais entendu parler de cela ?

— Ami Ned, répondit Conseil, aviez-vous jamais entendu parler du *Nautilus* ? Non ! il existe cependant. Donc, ne haussez pas les épaules si légèrement, et ne repoussez pas les choses sous prétexte que vous n'en avez jamais entendu parler.

— Nous verrons bien ! riposta Ned Land, en secouant la tête. Après tout, je ne demande pas mieux que de croire à son passage, à ce capitaine, et fasse le ciel qu'il nous conduise, en effet, dans la Méditerranée. »

Le soir même, par 21° 30′ de latitude nord, le *Nautilus*, flottant à la surface de la mer, se rapprocha de la côte arabe. J'aperçus Djeddah, important comptoir de l'Égypte, de la Syrie, de la Turquie et des Indes. Je distinguai assez nettement l'ensemble de ses constructions, les navires amarrés le long des quais, et ceux que leur tirant d'eau obligeait à mouiller en rade. Le soleil, assez bas sur l'horizon, frappait en plein les maisons de la ville et faisait ressortir leur blancheur. En dehors, quelques cabanes de bois ou de roseaux indiquaient le quartier habité par les Bédouins.

Bientôt Djeddah s'effaça dans les ombres du soir, et le *Nautilus* rentra sous les eaux légèrement phosphorescentes.

Le lendemain, 10 février, plusieurs navires apparurent qui couraient à contre-bord de nous. Le *Nautilus* reprit sa navigation sous-marine ; mais à midi, au moment du point, la mer étant déserte, il remonta jusqu'à sa ligne de flottaison.

Accompagné de Ned et de Conseil, je vins m'asseoir sur la plate-forme. La côte à l'est se montrait comme une masse à peine estompée dans un humide brouillard.

Appuyés sur les flancs du canot, nous causions de choses et d'autres, quand Ned Land, tendant sa main vers un point de la mer, me dit :

« Voyez-vous là quelque chose, monsieur le professeur ?

— Non, Ned, répondis-je, mais je n'ai pas vos yeux, vous le savez.

— Regardez bien, reprit Ned, là, par tribord devant, à peu près à la hauteur du fanal ! Vous ne voyez pas une masse qui semble remuer ?

— En effet, dis-je, après une attentive observation, j'aperçois comme un long corps noirâtre à la surface des eaux.

— Un autre *Nautilus* ? dit Conseil.

— Non, répondit le Canadien, mais je me trompe fort, ou c'est là quelque animal marin.

— Y a-t-il des baleines dans la mer Rouge ? demanda Conseil.

— Oui, mon garçon, répondis-je, on en rencontre quelquefois.

— Ce n'est point une baleine, reprit Ned Land, qui ne perdait pas des yeux l'objet signalé. Les baleines et moi, nous sommes de vieilles connaissances, et je ne me tromperais pas à leur allure.

— Attendons, dit Conseil. Le *Nautilus* se dirige de ce côté, et avant peu nous saurons à quoi nous en tenir. »

En effet, cet objet noirâtre ne fut bientôt qu'à un mille de nous. Il ressemblait à un gros écueil échoué en pleine mer. Qu'était-ce ? Je ne pouvais encore me prononcer.

« Ah ! il marche ! il plonge ! s'écria Ned Land. Mille diables ! Quel peut être cet animal ? Il n'a pas la queue bifurquée comme les baleines ou les cachalots, et ses nageoires ressemblent à des membres tronqués.

— Mais alors..., fis-je.

— Bon, reprit le Canadien, le voilà sur le dos, et il dresse ses mamelles en l'air !

— C'est une sirène, s'écria Conseil, une véritable sirène, n'en déplaise à monsieur. »

Ce nom de sirène me mit sur la voie, et je compris que cet animal appartenait à cet ordre d'êtres marins, dont la fable a fait les sirènes, moitié femmes et moitié poissons.

« Non, dis-je à Conseil, ce n'est point une sirène, mais un être curieux dont il reste à peine quelques échantillons dans la mer Rouge. C'est un dugong.

— Ordre des siréniens, groupe des pisciformes, sous-classe des monodelphiens, classe des mammifères, embranchement des vertébrés, » répondit Conseil.

Et lorsque Conseil avait ainsi parlé, il n'y avait plus rien à dire.

Cependant Ned Land regardait toujours. Ses yeux brillaient de convoitise à la vue de cet animal. Sa main semblait prête à le harponner. On eût dit qu'il

« Voyez-vous là quelque chose ? » (Page 387.)

attendait le moment de se jeter à la mer pour l'attaquer dans son élément.

« Oh ! monsieur, me dit-il d'une voix tremblante d'émotion, je n'ai jamais tué de "cela". »

Tout le harponneur était dans ce mot.

En cet instant, le capitaine Nemo parut sur la plate-forme. Il aperçut le dugong. Il comprit l'attitude du Canadien, et s'adressant directement à lui :

« Si vous teniez un harpon, maître Land, est-ce qu'il ne vous brûlerait pas la main ?

— Comme vous dites, monsieur.

Le gigantesque animal soulevait l'embarcation. (Page 394.)

— Et il ne vous déplairait pas de reprendre pour un jour votre métier de pêcheur, et d'ajouter ce cétacé à la liste de ceux que vous avez déjà frappés ?

— Cela ne me déplairait point.

— Eh bien, vous pouvez essayer.

— Merci, monsieur, répondit Ned Land dont les yeux s'enflammèrent.

— Seulement, reprit le capitaine, je vous engage à ne pas manquer cet animal, et cela dans votre intérêt.

— Est-ce que ce dugong est dangereux à attaquer ? demandai-je malgré le haussement d'épaule du Canadien.

— Oui, quelquefois, répondit le capitaine. Cet animal revient sur ses assaillants et chavire leur embarcation. Mais pour maître Land, ce danger n'est pas à craindre. Son coup d'œil est prompt, son bras est sûr. Si je lui recommande de ne pas manquer ce dugong, c'est qu'on le regarde justement comme un fin gibier, et je sais que maître Land ne déteste pas les bons morceaux.

— Ah ! fit le Canadien, cette bête-là se donne aussi le luxe d'être bonne à manger ?

— Oui, maître Land. Sa chair, une viande véritable, est extrêmement estimée, et on la réserve dans toute la Malaisie pour la table des princes. Aussi fait-on à cet excellent animal une chasse tellement acharnée que, de même que le lamantin, son congénère, il devient de plus en plus rare.

— Alors, monsieur le capitaine, dit sérieusement Conseil, si par hasard celui-ci était le dernier de sa race, ne conviendrait-il pas de l'épargner, — dans l'intérêt de la science ?

— Peut-être, répliqua le Canadien ; mais, dans l'intérêt de la cuisine, il vaut mieux lui donner la chasse.

— Faites donc, maître Land, » répondit le capitaine Nemo.

En ce moment sept hommes de l'équipage, muets et impassibles comme toujours, montèrent sur la plate-forme. L'un portait un harpon et une ligne semblable à celles qu'emploient les pêcheurs de baleines. Le canot fut déponté, arraché de son alvéole, lancé à la mer. Six rameurs prirent place sur leurs bancs et le patron se mit à la barre. Ned, Conseil et moi, nous nous assîmes à l'arrière.

« Vous ne venez pas, capitaine ? demandai-je.

— Non, monsieur, mais je vous souhaite une bonne chasse. »

Le canot déborda, et, enlevé par ses six avirons, il se dirigea rapidement vers le dugong, qui flottait alors à deux milles du *Nautilus*.

Arrivé à quelques encablures du cétacé, il ralentit sa marche, et les rames plongèrent sans bruit dans les eaux tranquilles. Ned Land, son harpon à la main, alla se placer debout sur l'avant du canot. Le harpon qui sert à frapper la baleine est ordinairement attaché à une très-longue corde qui se dévide rapidement lorsque l'animal blessé l'entraîne avec lui. Mais ici la corde ne mesurait pas plus d'une dizaine de brasses, et son extrémité était seulement frappée sur un petit baril qui, en flottant, devait indiquer la marche du dugong sous les eaux.

Je m'étais levé et j'observais distinctement l'adversaire du Canadien. Ce dugong, qui porte aussi le nom d'halicore, ressemblait beaucoup au lamantin. Son corps oblong se terminait par une caudale très-allongée et ses nageoires latérales par de véritables doigts. Sa différence avec le lamantin consistait en ce que sa mâchoire supérieure était armée de deux dents longues et pointues, qui formaient de chaque côté des défenses divergentes.

Ce dugong, que Ned Land se préparait à attaquer, avait des dimensions colossales, et sa longueur dépassait au moins sept mètres. Il ne bougeait pas et semblait dormir à la surface des flots, circonstance qui rendait sa capture plus facile.

Le canot s'approcha prudemment à trois brasses de l'animal. Les avirons restèrent suspendus sur leurs dames. Je me levai à demi. Ned Land, le corps un peu rejeté en arrière, brandissait son harpon d'une main exercée.

Soudain, un sifflement se fit entendre, et le dugong disparut. Le harpon, lancé avec force, n'avait frappé que l'eau sans doute.

« Mille diables ! s'écria le Canadien furieux, je l'ai manqué !

— Non, dis-je, l'animal est blessé, voici son sang, mais votre engin ne lui est pas resté dans le corps.

— Mon harpon ! mon harpon ! » cria Ned Land.

Les matelots se remirent à nager, et le patron dirigea l'embarcation vers le baril flottant. Le harpon repêché, le canot se mit à la poursuite de l'animal.

Celui-ci revenait de temps en temps à la surface de la mer pour respirer. Sa blessure ne l'avait pas affaibli, car il filait avec une rapidité extrême. L'embarcation, manœuvrée par des bras vigoureux, volait sur ses traces. Plusieurs fois elle l'approcha à quelques brasses, et le Canadien se tenait prêt à frapper ; mais le dugong se dérobait par un plongeon subit, et il était impossible de l'atteindre.

On juge de la colère qui surexcitait l'impatient Ned Land. Il lançait au malheureux animal les plus énergiques jurons de la langue anglaise. Pour mon compte, je n'en étais encore qu'au dépit de voir le dugong déjouer toutes nos ruses.

On le poursuivit sans relâche pendant une heure, et je commençais à croire qu'il serait très-difficile de s'en emparer, quand cet animal fut pris d'une malencontreuse idée de vengeance dont il eut à se repentir. Il revint sur le canot pour l'assaillir à son tour.

Cette manœuvre n'échappa point au Canadien.

« Attention ! » dit-il.

Le patron prononça quelques mots de sa langue bizarre, et sans doute il prévint ses hommes de se tenir sur leur garde.

Le dugong, arrivé à vingt pieds du canot, s'arrêta, huma brusquement l'air avec ses vastes narines percées non à l'extrémité, mais à la partie supérieure de son museau. Puis, prenant son élan, il se précipita sur nous.

Le canot ne put éviter son choc ; à demi renversé, il embarqua une ou deux tonnes d'eau qu'il fallut vider ; mais, grâce à l'habileté du patron, abordé de biais et non de plein, il ne chavira pas. Ned Land, cramponné à l'étrave, lardait de coups de harpon le gigantesque animal, qui, de ses dents incrustées dans le plat-bord, soulevait l'embarcation hors de l'eau comme un lion fait d'un chevreuil. Nous étions renversés les uns sur les autres, et je ne sais trop comment aurait fini l'aventure, si le Canadien, toujours acharné contre la bête, ne l'eût enfin frappée au cœur.

J'entendis le grincement des dents sur la tôle, et le dugong disparut, entraînant le harpon avec lui. Mais bientôt le baril revint à la surface, et peu d'instants après, apparut le corps de l'animal, retourné sur le dos. Le canot le rejoignit, le prit à la remorque et se dirigea vers le *Nautilus*.

Il fallut employer des palans d'une grande puissance pour hisser le dugong sur la plate-forme. Il pesait cinq mille kilogrammes. On le dépeça sous les yeux du Canadien, qui tenait à suivre tous les détails de l'opération. Le jour même, le stewart me servit au dîner quelques tranches de cette chair habilement apprêtée par le cuisinier du bord. Je la trouvai excellente, et même supérieure à celle du veau, sinon du bœuf.

Le lendemain 11 février, l'office du *Nautilus* s'enrichit encore d'un gibier délicat. Une compagnie d'hirondelles de mer s'abattit sur le *Nautilus*. C'était une espèce de *sterna nilotica*, particulière à l'Égypte, dont le bec est noir, la tête grise et pointillée, l'œil entouré de points blancs, le dos, les ailes et la queue grisâtres, le ventre et la gorge blancs, les pattes rouges. On prit aussi quelques douzaines de canards du Nil, oiseaux sauvages d'un haut goût, dont le cou et le dessus de la tête sont blancs et tachetés de noir.

La vitesse du *Nautilus* était alors modérée. Il s'avançait en flânant, pour ainsi dire. J'observai que l'eau de la mer Rouge devenait de moins en moins salée, à mesure que nous approchions de Suez.

Vers cinq heures du soir, nous relevions au nord le cap de Ras-Mohammed. C'est ce cap qui forme l'extrémité de l'Arabie Pétrée, comprise entre le golfe de Suez et le golfe d'Acabah.

Le *Nautilus* pénétra dans le détroit de Jubal, qui conduit au golfe de Suez. J'aperçus distinctement une haute montagne, dominant entre les deux golfes le Ras-Mohammed. C'était le mont Horeb, ce Sinaï, au sommet duquel Moïse vit Dieu face à face, et que l'esprit se figure incessamment couronné d'éclairs.

À six heures, le *Nautilus*, tantôt flottant, tantôt immergé, passait au large de Tor, assise au fond d'une baie dont les eaux paraissaient teintées de rouge, observation déjà faite par le capitaine Nemo. Puis la nuit se fit, au milieu d'un lourd silence que rompaient parfois le cri du pélican et de quelques oiseaux de nuit, le bruit du ressac irrité par les rocs ou le gémissement lointain d'un steamer battant les eaux du golfe de ses pales sonores.

De huit à neuf heures, le *Nautilus* demeura à quelques mètres sous les eaux. Suivant mon calcul, nous devions être très-près de Suez. À travers les panneaux du salon, j'apercevais des fonds de rochers vivement éclairés par notre lumière électrique. Il me semblait que le détroit se rétrécissait de plus en plus.

À neuf heures un quart, le bateau étant revenu à la surface, je montai sur la plate-forme. Très-impatient de franchir le tunnel du capitaine Nemo, je ne pouvais tenir en place, et je cherchais à respirer l'air frais de la nuit.

Bientôt, dans l'ombre, j'aperçus un feu pâle, à demi décoloré par la brume, qui brillait à un mille de nous.

« Un phare flottant, » dit-on près de moi.

Je me retournai et je reconnus le capitaine.

« C'est le feu flottant de Suez, reprit-il. Nous ne tarderons pas à gagner l'orifice du tunnel.

— L'entrée n'en doit pas être facile ?

— Non, monsieur. Aussi j'ai pour habitude de me tenir dans la cage du timonier pour diriger moi-même la manœuvre. Et maintenant, si vous voulez descendre, monsieur Aronnax, le *Nautilus* va s'enfoncer sous les flots, et il ne reviendra à leur surface qu'après avoir franchi l'Arabian-Tunnel. »

Je suivis le capitaine Nemo. Le panneau se ferma, les réservoirs d'eau s'emplirent, et l'appareil s'immergea d'une dizaine de mètres.

Au moment où je me disposais à regagner ma chambre, le capitaine m'arrêta.

« Monsieur le professeur, me dit-il, vous plairait-il de m'accompagner dans la cage du pilote ?

— Je n'osais vous le demander, répondis-je.

— Venez donc. Vous verrez ainsi tout ce que l'on peut voir de cette navigation à la fois sous-terrestre et sous-marine. »

Le capitaine Nemo me conduisit vers l'escalier central. À mi-rampe, il ouvrit une porte, suivit les coursives supérieures et arriva dans la cage du pilote, qui, on le sait, s'élevait à l'extrémité de la plate-forme.

C'était une cabine mesurant six pieds sur chaque face, à peu près semblable à celles qu'occupent les timoniers des steamboats du Mississipi ou de l'Hudson. Au milieu se manœuvrait une roue disposée verticalement engrenée sur les drosses du gouvernail qui couraient jusqu'à l'arrière du *Nautilus*. Quatre hublots de verres lenticulaires, évidés dans les parois de la cabine, permettaient à l'homme de barre de regarder dans toutes les directions.

Cette cabine était obscure ; mais bientôt mes yeux s'accoutumèrent à cette obscurité, et j'aperçus le pilote, un homme vigoureux, dont les mains s'appuyaient sur les jantes de la roue. Au-dehors, la mer apparaissait vivement éclairée par le fanal qui rayonnait en arrière de la cabine, à l'autre extrémité de la plate-forme.

« Maintenant, dit le capitaine Nemo, cherchons notre passage. »

Des fils électriques reliaient la cage du timonier avec la chambre des machines, et de là, le capitaine pouvait communiquer simultanément à son *Nautilus* la direction et le mouvement. Il pressa un bouton de métal, et aussitôt la vitesse de l'hélice fut très-diminuée.

Je regardais en silence la haute muraille très-accore que nous longions en ce moment, inébranlable base du massif sableux de la côte. Nous la suivîmes ainsi pendant une heure, à quelques mètres de distance seulement. Le capitaine Nemo ne quittait pas du regard la boussole suspendue dans la cabine à ses deux cercles concentriques. Sur un simple geste, le timonier modifiait à chaque instant la direction du *Nautilus*.

Je m'étais placé au hublot de bâbord, et j'apercevais de magnifiques substructions de coraux, des zoophytes, des algues et des crustacés agitant leurs pattes énormes, qui s'allongeaient hors des anfractuosités du roc.

À dix heures un quart, le capitaine Nemo prit lui-même la barre. Une large galerie, noire et profonde, s'ouvrait devant nous. Le *Nautilus* s'y engouffra hardiment. Un bruissement inaccoutumé se fit entendre sur ses flancs. C'étaient les eaux de la mer Rouge que la pente du tunnel précipitait vers la Méditerranée. Le *Nautilus* suivit le torrent, rapide comme une flèche, malgré les efforts de sa machine qui, pour résister, battait les flots à contre-hélice.

Sur les murailles étroites du passage, je ne voyais plus que des raies éclatantes, des lignes droites, des sillons de feu tracés par la vitesse sous l'éclat de l'électricité. Mon cœur palpitait, et je le comprimais de la main.

À dix heures trente-cinq minutes, le capitaine Nemo abandonna la roue du gouvernail, et se retournant vers moi :

« La Méditerranée, » me dit-il.

En moins de vingt minutes, le *Nautilus*, entraîné par ce torrent, venait de franchir l'isthme de Suez.

CHAPITRE VI

L'ARCHIPEL GREC[1]

Le lendemain, 12 février, au lever du jour, le *Nautilus* remonta à la surface des flots. Je me précipitai sur la plate-forme. À trois milles dans le sud se dessinait la vague silhouette de Péluse. Un torrent nous avait portés d'une mer à l'autre. Mais ce tunnel, facile à descendre, devait être impraticable à remonter.

Vers sept heures, Ned et Conseil me rejoignirent. Ces deux inséparables compagnons avaient tranquillement dormi, sans se préoccuper autrement des prouesses du *Nautilus*.

« Eh bien, monsieur le naturaliste, demanda le Canadien d'un ton légèrement goguenard, et cette Méditerranée ?

— Nous flottons à sa surface, ami Ned.

— Hein ! fit Conseil, cette nuit même ?...

— Oui, cette nuit même, en quelques minutes, nous avons franchi cet isthme infranchissable.

— Je n'en crois rien, répondit le Canadien.

— Et vous avez tort, maître Land, repris-je. Cette côte basse qui s'arrondit vers le sud est la côte égyptienne.

— À d'autres, monsieur, répliqua l'entêté Canadien.

— Mais puisque monsieur l'affirme, lui dit Conseil, il faut croire monsieur.

— D'ailleurs, Ned, le capitaine Nemo m'a fait les honneurs de son tunnel, et j'étais près de lui, dans la cage du timonier, pendant qu'il dirigeait lui-même le *Nautilus* à travers cet étroit passage.

— Vous entendez, Ned ? dit Conseil.

— Et vous qui avez de si bons yeux, ajoutai-je, vous pouvez, Ned, apercevoir les jetées de Port-Saïd qui s'allongent dans la mer. »

Le Canadien regarda attentivement.

« En effet, dit-il, vous avez raison, monsieur le professeur, et votre capitaine est un maître homme. Nous sommes dans la Méditerranée. Bon. Causons donc, s'il vous plaît, de nos petites affaires, mais de façon à ce que personne ne puisse nous entendre. »

Je vis bien où le Canadien voulait en venir. En tout cas, je pensai qu'il valait mieux causer, puisqu'il le désirait, et tous les trois nous allâmes nous asseoir près du fanal, où nous étions moins exposés à recevoir l'humide embrun des lames.

Le capitaine Nemo prit la barre. (Page 398.)

« Maintenant, Ned, nous vous écoutons, dis-je. Qu'avez-vous à nous apprendre ?

— Ce que j'ai à vous apprendre est très-simple, répondit le Canadien. Nous sommes en Europe, et avant que les caprices du capitaine Nemo nous entraînent jusqu'au fond des mers polaires ou nous ramènent en Océanie, je demande à quitter le *Nautilus*. »

« Un homme ! un naufragé ! » m'écriai-je. (Page 408.)

J'avouerai que cette discussion avec le Canadien m'embarrassait toujours. Je ne voulais en aucune façon entraver la liberté de mes compagnons, et cependant je n'éprouvais nul désir de quitter le capitaine Nemo. Grâce à lui, grâce à son appareil, je complétais chaque jour mes études sous-marines, et je refaisais mon livre des fonds sous-marins au milieu même de son élément. Retrouverais-je jamais une telle occasion d'observer les merveilles de l'Océan ? Non, certes ! Je ne pouvais donc me faire à cette idée d'abandonner le *Nautilus* avant notre cycle d'investigations accompli.

« Ami Ned, dis-je, répondez-moi franchement. Vous ennuyez-vous à bord ? Regrettez-vous que la destinée vous ait jeté entre les mains du capitaine Nemo ? »

Le Canadien resta quelques instants sans répondre. Puis, se croisant les bras :

« Franchement, dit-il, je ne regrette pas ce voyage sous les mers. Je serai content de l'avoir fait ; mais pour l'avoir fait, il faut qu'il se termine. Voilà mon sentiment.

— Il se terminera, Ned.

— Où et quand ?

— Où ? je n'en sais rien. Quand ? je ne peux le dire, ou plutôt je suppose qu'il s'achèvera, lorsque ces mers n'auront plus rien à nous apprendre. Tout ce qui a commencé a forcément une fin en ce monde.

— Je pense comme monsieur, répondit Conseil, et il est fort possible qu'après avoir parcouru toutes les mers du globe, le capitaine Nemo nous donne la volée à tous trois.

— La volée ! s'écria le Canadien. Une volée, voulez-vous dire ?

— N'exagérons pas, maître Land, repris-je. Nous n'avons rien à craindre du capitaine, mais je ne partage pas non plus les idées de Conseil. Nous sommes maîtres des secrets du *Nautilus*, et je n'espère pas que son commandant, pour nous rendre notre liberté, se résigne à les voir courir le monde avec nous.

— Mais alors, qu'espérez-vous donc ? demanda le Canadien.

— Que des circonstances se rencontreront dont nous pourrons, dont nous devrons profiter, aussi bien dans six mois que maintenant.

— Ouais ! fit Ned Land. Et où serons-nous dans six mois, s'il vous plaît, monsieur le naturaliste ?

— Peut-être ici, peut-être en Chine. Vous le savez, le *Nautilus* est un rapide marcheur. Il traverse les océans comme une hirondelle traverse les airs, ou un express les continents. Il ne craint point les mers fréquentées. Qui nous dit qu'il ne va pas rallier les côtes de France, d'Angleterre ou d'Amérique, sur lesquelles une fuite pourra être aussi avantageusement tentée qu'ici ?

— Monsieur Aronnax, répondit le Canadien, vos arguments pèchent par la base. Vous parlez au futur : "Nous serons là ! Nous serons ici !" Moi je parle au présent : "Nous sommes ici, et il faut en profiter". »

J'étais pressé de près par la logique de Ned Land, et je me sentais battu sur ce terrain. Je ne savais plus quels arguments faire valoir en ma faveur.

« Monsieur, reprit Ned, supposons, par impossible, que le capitaine Nemo vous offre aujourd'hui même la liberté. Accepterez-vous ?

— Je ne sais, répondis-je.

— Et s'il ajoute que cette offre qu'il vous fait aujourd'hui, il ne la renouvellera pas plus tard, accepterez-vous ? »

Je ne répondis pas.

« Et qu'en pense l'ami Conseil ? demanda Ned Land.

— L'ami Conseil, répondit tranquillement ce digne garçon, l'ami Conseil n'a rien à dire. Il est absolument désintéressé dans la question. Ainsi que son maître, ainsi que son camarade Ned, il est célibataire. Ni femme, ni parents, ni enfants ne l'attendent au pays. Il est au service de monsieur, il pense comme monsieur, il parle comme monsieur, et, à son grand regret, on ne doit pas compter sur lui pour faire une majorité. Deux personnes seulement sont en présence : monsieur d'un côté, Ned Land de l'autre. Cela dit, l'ami Conseil écoute, et il est prêt à marquer les points. »

Je ne pus m'empêcher de sourire, à voir Conseil annihiler si complétement sa personnalité. Au fond, le Canadien devait être enchanté de ne pas l'avoir contre lui.

« Alors, monsieur, dit Ned Land, puisque Conseil n'existe pas, ne discutons qu'entre nous deux. J'ai parlé, vous m'avez entendu. Qu'avez-vous à répondre ? »

Il fallait évidemment conclure, et les faux-fuyants me répugnaient.

« Ami Ned, dis-je, voici ma réponse. Vous avez raison contre moi, et mes arguments ne peuvent tenir devant les vôtres. Il ne faut pas compter sur la bonne volonté du capitaine Nemo. La prudence la plus vulgaire lui défend de nous mettre en liberté. Par contre, la prudence veut que nous profitions de la première occasion de quitter le *Nautilus*.

— Bien, monsieur Aronnax, voilà qui est sagement parlé.

— Seulement, dis-je, une observation, une seule. Il faut que l'occasion soit sérieuse. Il faut que notre première tentative de fuite réussisse ; car si elle avorte, nous ne retrouverons pas l'occasion de la reprendre, et le capitaine Nemo ne nous pardonnera pas.

— Tout cela est juste, répondit le Canadien. Mais votre observation s'applique à toute tentative de fuite, qu'elle ait lieu dans deux ans ou dans deux jours. Donc, la question est toujours celle-ci : si une occasion favorable se présente, il faut la saisir.

— D'accord. Et maintenant, me direz-vous, Ned, ce que vous entendez par une occasion favorable ?

— Ce serait celle qui, par une nuit sombre, amènerait le *Nautilus* à peu de distance d'une côte européenne.

— Et vous tenteriez de vous sauver à la nage ?

— Oui, si nous étions suffisamment rapprochés d'un rivage, et si le navire flottait à la surface. Non, si nous étions éloignés, et si le navire naviguait sous les eaux.

— Et dans ce cas ?

— Dans ce cas, je chercherais à m'emparer du canot. Je sais comment il se manœuvre. Nous nous introduirions à l'intérieur, et les boulons enlevés, nous remonterions à la surface, sans même que le timonier, placé à l'avant, s'aperçût de notre fuite.

— Bien, Ned. Épiez donc cette occasion ; mais n'oubliez pas qu'un échec nous perdrait.

— Je ne l'oublierai pas, monsieur.

— Et maintenant, Ned, voulez-vous connaître toute ma pensée sur votre projet ?

— Volontiers, monsieur Aronnax.

— Eh bien, je pense, — je ne dis pas j'espère, — je pense que cette occasion favorable ne se présentera pas.

— Pourquoi cela ?

— Parce que le capitaine Nemo ne peut se dissimuler que nous n'avons pas renoncé à l'espoir de recouvrer notre liberté, et qu'il se tiendra sur ses gardes, surtout dans les mers et en vue des côtes européennes.

— Je suis de l'avis de monsieur, dit Conseil.

— Nous verrons bien, répondit Ned Land, qui secouait la tête d'un air déterminé.

— Et maintenant, Ned Land, ajoutai-je, restons-en là. Plus un mot sur tout ceci. Le jour où vous serez prêt, vous nous préviendrez et nous vous suivrons. Je m'en rapporte complètement à vous. »

Cette conversation, qui devait avoir plus tard de si graves conséquences, se termina ainsi. Je dois dire maintenant que les faits semblèrent confirmer mes prévisions au grand désespoir du Canadien. Le capitaine Nemo se défiait-il de nous dans ces mers fréquentées, ou voulait-il seulement se dérober à la vue des nombreux navires de toutes nations qui sillonnent la Méditerranée ? Je l'ignore, mais il se maintint le plus souvent entre deux eaux et au large des côtes. Ou le *Nautilus* émergeait, ne laissant passer que la cage du timonier, ou il s'en allait à de grandes profondeurs, car entre l'Archipel grec et l'Asie Mineure nous ne trouvions pas le fond par deux mille mètres.

Aussi, je n'eus connaissance de l'île de Carpathos, l'une des Sporades, que par ce vers de Virgile que le capitaine Nemo me cita[1], en posant son doigt sur un point du planisphère :

> *Est in Carpathio Neptuni gurgite vates*
> *Cœruleus Proteüs...*

C'était, en effet, l'antique séjour de Protée, le vieux pasteur des troupeaux de Neptune, maintenant l'île de Scarpanto, située entre Rhodes et la Crète. Je n'en vis que les soubassements granitiques à travers la vitre du salon.

Le lendemain, 14 février, je résolus d'employer quelques heures à étudier les poissons de l'Archipel ; mais par un motif quelconque, les panneaux demeurèrent hermétiquement fermés. En relevant la direction du *Nautilus*, je remarquai qu'il marchait vers Candie, l'ancienne île de Crète. Au moment où je m'étais embarqué sur l'*Abraham-Lincoln*, cette île venait de s'insurger tout entière contre le despotisme turc[2]. Mais ce qu'était devenue cette insurrection depuis cette époque, je l'ignorais absolument, et ce n'était pas le capitaine Nemo, privé de toute communication avec la terre, qui aurait pu me l'apprendre.

Je ne fis donc aucune allusion à cet événement, lorsque, le soir, je me trouvai seul avec lui dans le salon. D'ailleurs, il me sembla taciturne, préoccupé. Puis, contrairement à ses habitudes, il ordonna d'ouvrir les deux panneaux du salon, et, allant de l'un à l'autre, il observa attentivement la masse des eaux. Dans quel but ? je ne pouvais le deviner, et, de mon côté, j'employai mon temps à étudier les poissons qui passaient devant mes yeux.

Entre autres, je remarquai ces gobies aphyses, citées par Aristote et vulgairement connues sous le nom de « loches de mer, » que l'on rencontre particulièrement dans les eaux salées avoisinant le delta du Nil. Près d'elles se déroulaient des pagres à demi phosphorescents, sortes de spares que les Égyptiens rangeaient parmi les animaux sacrés, et dont l'arrivée dans les eaux du fleuve, dont elles annonçaient le fécond débordement, était fêtée par des cérémonies religieuses. Je notai également des cheilines longues de trois décimètres, poissons osseux à écailles transparentes, dont la couleur livide est mélangée de taches rouges ; ce sont de grands mangeurs de végétaux marins, ce qui leur donne un goût exquis ; aussi ces cheilines étaient-elles très-recherchées des gourmets de l'ancienne Rome, et leurs entrailles, accommodées avec des laites de murènes, des cervelles de paons et des langues de phénicoptères, composaient ce plat divin qui ravissait Vitellius.

Un autre habitant de ces mers attira mon attention et ramena dans mon esprit tous les souvenirs de l'antiquité. Ce fut le remora qui voyage attaché au ventre des requins ; au dire des anciens, ce petit poisson, accroché à la carène d'un navire, pouvait l'arrêter dans sa marche, et l'un d'eux, retenant le vaisseau d'Antoine pendant la bataille d'Actium, facilita ainsi la victoire d'Auguste. À quoi tiennent les destinées des nations ! J'observai également d'admirables anthias qui appartiennent à l'ordre des lutjans, poissons sacrés pour les Grecs qui leur attribuaient le pouvoir de chasser les monstres marins des eaux qu'ils fréquentaient ; leur nom signifie *fleur*, et ils le justifiaient par leurs couleurs chatoyantes, leurs nuances comprises dans la gamme du rouge depuis la pâleur du rose jusqu'à l'éclat du rubis, et les fugitifs reflets qui moiraient leur nageoire dorsale. Mes yeux ne pouvaient se détacher de ces merveilles de la mer, quand ils furent frappés soudain par une apparition inattendue.

Au milieu des eaux, un homme apparut, un plongeur portant à sa ceinture une bourse de cuir. Ce n'était pas un corps abandonné aux flots. C'était un homme vivant qui nageait d'une main vigoureuse, disparaissant parfois pour aller respirer à la surface et replongeant aussitôt.

Je me retournai vers le capitaine Nemo, et d'une voix émue :

« Un homme ! un naufragé ! m'écriai-je. Il faut le sauver à tout prix ! »

Le capitaine ne me répondit pas et vint s'appuyer à la vitre.

L'homme s'était rapproché, et, la face collée au panneau, il nous regardait.

À ma profonde stupéfaction, le capitaine Nemo lui fit un signe. Le plongeur lui répondit de la main, remonta immédiatement vers la surface de la mer, et ne reparut plus.

« Ne vous inquiétez pas, me dit le capitaine. C'est Nicolas, du cap Matapan, surnommé le Pesce[1]. Il est bien connu dans toutes les Cyclades. Un hardi plongeur ! L'eau est son élément, et il y vit plus que sur terre, allant sans cesse d'une île à l'autre et jusqu'à la Crète.

— Vous le connaissez, capitaine ?

— Pourquoi pas, monsieur Aronnax ? »

Cela dit, le capitaine Nemo se dirigea vers un meuble placé près du panneau gauche du salon. Près de ce meuble, je vis un coffre cerclé de fer, dont le couvercle portait sur une plaque de cuivre le chiffre du *Nautilus*, avec sa devise *Mobilis in mobile*.

En ce moment, le capitaine, sans se préoccuper de ma présence, ouvrit le meuble, sorte de coffre-fort qui renfermait un grand nombre de lingots.

C'étaient des lingots d'or. D'où venait ce précieux métal qui représentait une somme énorme ? Où le capitaine recueillait-il cet or, et qu'allait-il faire de celui-ci ?

Je ne prononçai pas un mot. Je regardai. Le capitaine Nemo prit un à un ces lingots et les rangea méthodiquement dans le coffre qu'il remplit entièrement. J'estimai qu'il contenait alors plus de mille kilogrammes d'or, c'est-à-dire près de cinq millions de francs.

Le coffre fut solidement fermé, et le capitaine écrivit sur son couvercle une adresse en caractères qui devaient appartenir au grec moderne.

Ceci fait, le capitaine Nemo pressa un bouton dont le fil correspondait avec le poste de l'équipage. Quatre hommes parurent, et non sans peine ils poussèrent le coffre hors du salon. Puis, j'entendis qu'ils le hissaient au moyen de palans sur l'escalier de fer.

En ce moment, le capitaine Nemo se tourna vers moi :

« Et vous disiez, monsieur le professeur ? me demanda-t-il.

— Je ne disais rien, capitaine.

— Alors, monsieur, vous me permettrez de vous souhaiter le bon soir. »

Et sur ce, le capitaine Nemo quitta le salon.

Je rentrai dans ma chambre très-intrigué, on le conçoit. J'essayai vainement de dormir. Je cherchais une relation entre l'apparition de ce plongeur et ce coffre rempli d'or. Bientôt, je sentis à certains mouvements de roulis et de tangage, que le *Nautilus* quittant les couches inférieures revenait à la surface des eaux.

Puis, j'entendis un bruit de pas sur la plate-forme. Je compris que l'on détachait le canot, qu'on le lançait à la mer. Il heurta un instant les flancs du *Nautilus*, et tout bruit cessa.

Deux heures après, le même bruit, les mêmes allées et venues se reproduisaient. L'embarcation, hissée à bord, était rajustée dans son alvéole, et le *Nautilus* se replongeait sous les flots.

Ainsi donc, ces millions avaient été transportés à leur adresse. Sur quel point du continent ? Quel était le correspondant du capitaine Nemo ?

Le lendemain, je racontai à Conseil et au Canadien les événements de cette nuit, qui surexcitaient ma curiosité au plus haut point. Mes compagnons ne furent pas moins surpris que moi.

« Mais où prend-il ces millions ? » demanda Ned Land.

À cela, pas de réponse possible. Je me rendis au salon après avoir déjeuné, et je me mis au travail. Jusqu'à cinq heures du soir, je rédigeai mes notes. En ce moment, — devais-je l'attribuer à une disposition personnelle, — je sentis une chaleur extrême, et je dus enlever mon vêtement de byssus. Effet incompréhensible, car nous n'étions pas sous de hautes latitudes, et d'ailleurs le *Nautilus*, immergé, ne devait éprouver aucune élévation de température. Je regardai le manomètre. Il marquait une profondeur de soixante pieds, à laquelle la chaleur atmosphérique n'aurait pu atteindre.

Je continuai mon travail, mais la température s'éleva au point de devenir intolérable.

« Est-ce que le feu serait à bord ? » me demandai-je.

J'allais quitter le salon, quand le capitaine Nemo entra. Il s'approcha du thermomètre, le consulta, et se retournant vers moi :

« Quarante-deux degrés, dit-il.

Le capitaine Nemo ouvrit le meuble. (Page 409.)

— Je m'en aperçois, capitaine, répondis-je, et pour peu que cette chaleur augmente, nous ne pourrons la supporter.

— Oh ! monsieur le professeur, cette chaleur n'augmentera que si nous le voulons bien.

— Vous pouvez donc la modérer à votre gré ?

— Non, mais je puis m'éloigner du foyer qui la produit.

— Elle est donc extérieure ?

— Sans doute. Nous flottons dans un courant d'eau bouillante.

— Est-il possible ? m'écriai-je.

— Regardez. »

Les panneaux s'ouvrirent, et je vis la mer entièrement blanche autour du *Nautilus*. Une fumée de vapeurs sulfureuses se déroulait au milieu des flots qui bouillonnaient comme l'eau d'une chaudière. J'appuyai ma main sur une des vitres, mais la chaleur était telle que je dus la retirer.

« Où sommes-nous ? demandai-je.

— Près de l'île Santorin, monsieur le professeur, me répondit le capitaine, et précisément dans ce canal qui sépare Néa-Kamenni de Paléa-Kamenni. J'ai voulu vous donner le curieux spectacle d'une éruption sous-marine.

— Je croyais, dis-je, que la formation de ces îles nouvelles était terminée.

— Rien n'est jamais terminé dans les parages volcaniques, répondit le capitaine Nemo, et le globe y est toujours travaillé par les feux souterrains. Déjà, en l'an dix-neuf de notre ère, suivant Cassiodore et Pline, une île nouvelle, Théia la divine, apparut à la place même où se sont récemment formés ces îlots. Puis, elle s'abîma sous les flots, pour se remonter en l'an soixante-neuf et s'abîmer encore une fois. Depuis cette époque jusqu'à nos jours, le travail plutonien fut suspendu. Mais, le 3 février 1866, un nouvel îlot, qu'on nomma l'îlot de George, émergea au milieu des vapeurs sulfureuses, près de Néa-Kamenni, et s'y souda, le 6 du même mois. Sept jours après, le 13 février, l'îlot Aphroessa parut, laissant entre Néa-Kamenni et lui un canal de dix mètres. J'étais dans ces mers quand le phénomène se produisit, et j'ai pu en observer toutes les phases. L'îlot Aphroessa, de forme arrondie, mesurait trois cents pieds de diamètre sur trente pieds de hauteur. Il se composait de laves noires et vitreuses, mêlées de fragments feldspathiques. Enfin, le 10 mars, un îlot plus petit, appelé Réka, se montra près de Néa-

Kamenni, et depuis lors, ces trois îlots, soudés ensemble, ne forment plus qu'une seule et même île.

— Et le canal où nous sommes en ce moment ? demandai-je.

— Le voici, répondit le capitaine Nemo, en me montrant une carte de l'Archipel. Vous voyez que j'y ai porté les nouveaux îlots.

— Mais ce canal se comblera un jour ?

— C'est probable, monsieur Aronnax, car, depuis 1866, huit petits îlots de lave ont surgi en face du port Saint-Nicolas de Paléa-Kamenni. Il est donc évident que Néa et Paléa se réuniront dans un temps rapproché. Si, au milieu du Pacifique, ce sont les infusoires qui forment les continents, ici, ce sont les phénomènes éruptifs. Voyez, monsieur, voyez le travail qui s'accomplit sous ces flots. »

Je revins vers la vitre. Le *Nautilus* ne marchait plus. La chaleur devenait intolérable. De blanche qu'elle était, la mer se faisait rouge, coloration due à la présence d'un sel de fer. Malgré l'hermétique fermeture du salon, une odeur sulfureuse insupportable se dégageait, et j'apercevais des flammes écarlates dont la vivacité tuait l'éclat de l'électricité.

J'étais en nage, j'étouffais, j'allais cuire. Oui, en vérité, je me sentais cuire !

« On ne peut rester plus longtemps dans cette eau bouillante, dis-je au capitaine.

— Non, ce ne serait pas prudent, » répondit l'impassible Nemo.

Un ordre fut donné. Le *Nautilus* vira de bord et s'éloigna de cette fournaise qu'il ne pouvait impunément braver. Un quart d'heure plus tard, nous respirions à la surface des flots.

La pensée me vint alors que si Ned Land avait choisi ces parages pour effectuer notre fuite, nous ne serions pas sortis vivants de cette mer de feu.

Le lendemain, 16 février, nous quittions ce bassin qui, entre Rhodes et Alexandrie, compte des profondeurs de trois mille mètres, et le *Nautilus*, passant au large de Cerigo[1], abandonnait l'Archipel grec, après avoir doublé le cap Matapan.

CHAPITRE VII

LA MÉDITERRANÉE
EN QUARANTE-HUIT HEURES

La Méditerranée, la mer bleue par excellence, « la grande mer » des Hébreux, la « mer » des Grecs, le « mare nostrum » des Romains, bordée d'orangers, d'aloës, de cactus, de pins maritimes, embaumée du parfum des myrtes, encadrée de rudes montagnes, saturée d'un air pur et transparent, mais incessamment travaillée par les feux de la terre, est un véritable champ de bataille où Neptune et Pluton se disputent encore l'empire du monde. C'est là, sur ses rivages et sur ses eaux, dit Michelet[2], que l'homme se retrempe dans l'un des plus puissants climats du globe.

Mais si beau qu'il soit, je n'ai pu prendre qu'un aperçu rapide de ce bassin, dont la superficie couvre deux millions de kilomètres carrés. Les connaissances personnelles du capitaine Nemo me firent même défaut, car l'énigmatique personnage ne parut pas une seule fois pendant cette traversée à grande vitesse. J'estime à six cents lieues environ le chemin que le *Nautilus* parcourut sous les flots de cette mer, et ce voyage, il l'accomplit en deux fois vingt-quatre heures. Partis le matin du 16 février des parages de la Grèce, le 18, au soleil levant, nous avions franchi le détroit de Gibraltar.

Il fut évident pour moi que cette Méditerranée, resserrée au milieu de ces terres qu'il voulait fuir, déplaisait au capitaine Nemo. Ses flots et ses brises lui rapportaient trop de souvenirs, sinon trop de regrets. Il n'avait plus ici cette liberté d'allures, cette indépendance de manœuvres que lui laissaient les océans, et son *Nautilus* se sentait à l'étroit entre ces rivages rapprochés de l'Afrique et de l'Europe.

Aussi, notre vitesse fut-elle de vingt-cinq milles à l'heure, soit douze lieues de quatre kilomètres. Il va sans dire que Ned Land, à son grand ennui, dut renoncer à ses projets de fuite. Il ne pouvait se servir du canot entraîné à raison de douze à treize mètres par seconde. Quitter le *Nautilus* dans ces conditions, c'eût été sauter d'un train marchant avec cette rapidité, manœuvre imprudente s'il en fut. D'ailleurs, notre appareil ne remontait que la nuit à la surface des flots, afin de renouveler sa provision d'air, et il se dirigeait seulement suivant les indications de la boussole et les relèvements du loch.

Je ne vis donc de l'intérieur de cette Méditerranée que ce que le voyageur d'un express aperçoit du paysage qui fuit devant ses yeux, c'est-à-dire les horizons lointains, et non les premiers plans qui passent comme un éclair. Cependant, Conseil et moi, nous pûmes observer quelques-uns de ces poissons méditerranéens, que la puissance de leurs nageoires maintenait quelques instants dans les eaux du *Nautilus*. Nous restions à l'affût devant les vitres du salon, et nos notes me permettent de refaire en quelques mots l'ichthyologie de cette mer.

Des divers poissons qui l'habitent, j'ai vu les uns, entrevu les autres, sans parler de ceux que la vitesse du *Nautilus* déroba à mes yeux. Qu'il me soit donc permis de les classer d'après cette classification fantaisiste. Elle rendra mieux mes rapides observations.

Au milieu de la masse des eaux vivement éclairées par les nappes électriques, serpentaient quelques-

unes de ces lamproies longues d'un mètre, qui sont
communes à presque tous les climats. Des oxyrhyn-
ques, sortes de raies, larges de cinq pieds, au ventre
blanc, au dos gris-cendré et tacheté, se développaient
comme de vastes châles emportés par les courants.
D'autres raies passaient si vite que je ne pouvais
reconnaître si elles méritaient ce nom d'aigles qui
leur fut donné par les Grecs, ou ces qualifications
de rat, de crapaud et de chauve-souris, dont les
pêcheurs modernes les ont affublées. Des squales-
milandres, longs de douze pieds et particulièrement
redoutés des plongeurs, luttaient de rapidité entre
eux. Des renards marins, longs de huit pieds et
doués d'une extrême finesse d'odorat, apparaissaient
comme de grandes ombres bleuâtres. Des dorades,
du genre spare, dont quelques-unes mesuraient
jusqu'à treize décimètres, se montraient dans leur
vêtement d'argent et d'azur entouré de bandelettes,
qui tranchait sur le ton sombre de leurs nageoires ;
poissons consacrés à Vénus, et dont l'œil est en-
châssé dans un sourcil d'or ; espèce précieuse, amie
de toutes les eaux, douces ou salées, habitant les
fleuves, les lacs et les océans, vivant sous tous les
climats, supportant toutes les températures, et dont
la race, qui remonte aux époques géologiques de la
terre, a conservé toute sa beauté des premiers jours.
Des esturgeons magnifiques, longs de neuf à dix
mètres, animaux de grande marche, heurtaient d'une
queue puissante la vitre des panneaux, montrant
leur dos bleuâtre à petites taches brunes ; ils ressemblent aux squales dont ils n'égalent pas la force,
et se rencontrent dans toutes les mers ; au printemps, ils aiment à remonter les grands fleuves, à
lutter contre les courants du Volga, du Danube, du
Pô, du Rhin, de la Loire, de l'Oder, et se nourrissent
de harengs, de maquereaux, de saumons et de
gades ; bien qu'ils appartiennent à la classe des cartilagineux, ils sont délicats ; on les mange frais,

séchés, marinés ou salés, et, autrefois, on les portait triomphalement sur la table des Lucullus. Mais de ces divers habitants de la Méditerranée, ceux que je pus observer le plus utilement, lorsque le *Nautilus* se rapprochait de la surface, appartenaient au soixante-troisième genre des poissons osseux. C'étaient des scombres-thons, au dos bleu-noir, au ventre cuirassé d'argent, et dont les rayons dorsaux jettent des lueurs d'or. Ils ont la réputation de suivre la marche des navires dont ils recherchent l'ombre fraîche sous les feux du ciel tropical, et ils ne la démentirent pas en accompagnant le *Nautilus* comme ils accompagnèrent autrefois les vaisseaux de La Pérouse. Pendant de longues heures, ils luttèrent de vitesse avec notre appareil. Je ne pouvais me lasser d'admirer ces animaux véritablement taillés pour la course, leur tête petite, leur corps lisse et fusiforme qui chez quelques-uns dépassait trois mètres, leurs pectorales douées d'une remarquable vigueur et leurs caudales fourchues. Ils nageaient en triangle, comme certaines troupes d'oiseaux dont ils égalaient la rapidité, ce qui faisait dire aux anciens que la géométrie et la stratégie leur étaient familières. Et cependant ils n'échappent point aux poursuites des Provençaux, qui les estiment comme les estimaient les habitants de la Propontide[1] et de l'Italie, et c'est en aveugles, en étourdis, que ces précieux animaux vont se jeter et périr par milliers dans les madragues marseillaises.

Je citerai, pour mémoire seulement, ceux des poissons méditerranéens que Conseil ou moi nous ne fîmes qu'entrevoir. C'étaient des gymnotes-fierasfers blanchâtres qui passaient comme d'insaisissables vapeurs, des murènes-congres, serpents de trois à quatre mètres enjolivés de vert, de bleu et de jaune, des gades-merlus, longs de trois pieds, dont le foie formait un morceau délicat, des cœpoles-ténias qui flottaient comme de fines algues, des trigles que les

poëtes appellent poissons-lyres et les marins pois-
sons-siffleurs, et dont le museau est orné de deux
lames triangulaires et dentelées qui figurent l'instrument du vieil Homère, des trigles-hirondelles,
nageant avec la rapidité de l'oiseau dont ils ont pris
le nom, des holocentres-mérous, à tête rouge, dont
la nageoire dorsale est garnie de filaments, des
aloses agrémentées de taches noires, grises, brunes,
bleues, jaunes, vertes, qui sont sensibles à la voix
argentine des clochettes, et de splendides turbots,
ces faisans de la mer, sortes de losanges à nageoires
jaunâtres, pointillés de brun, et dont le côté supérieur, le côté gauche, est généralement marbré de
brun et de jaune, enfin des troupes d'admirables
mulles-rougets, véritables paradisiers de l'Océan,
que les Romains payaient jusqu'à dix mille sester-
ces la pièce, et qu'ils faisaient mourir sur leur table,
pour suivre d'un œil cruel leurs changements de
couleurs depuis le rouge cinabre de la vie jusqu'au
blanc pâle de la mort.

Et si je ne pus observer ni miralets, ni balistes, ni
tétrodons, ni hippocampes, ni jouans, ni centrisques,
ni blennies, ni surmulets, ni labres, ni éperlans, ni
exocets, ni anchois, ni pagels, ni bogues, ni orphes,
ni tous ces principaux représentants de l'ordre des
pleuronectes, les limandes, les flez, les plies, les
soles, les carrelets, communs à l'Atlantique et à la
Méditerranée, il faut en accuser la vertigineuse
vitesse qui emportait le *Nautilus* à travers ces eaux
opulentes.

Quant aux mammifères marins, je crois avoir
reconnu en passant à l'ouvert de l'Adriatique, deux
ou trois cachalots, munis d'une nageoire dorsale du
genre des physétères, quelques dauphins du genre
des globicéphales, spéciaux à la Méditerranée et
dont la partie antérieure de la tête est zébrée de
petites lignes claires, et aussi une douzaine de phoques au ventre blanc, au pelage noir, connus sous le

*Tétraodon. — Cheval marin. — Esturgeon. — Poisson lune.
— Syngnathe. — Plie. — Espadon. — Grondin. — Vieille ou Labre.
— Rascasse. — Bonite.*

nom de moines et qui ont absolument l'air de dominicains longs de trois mètres.

Pour sa part, Conseil croit avoir aperçu une tortue large de six pieds, ornée de trois arêtes saillantes dirigées longitudinalement. Je regrettai de ne pas avoir vu ce reptile, car, à la description que m'en fit Conseil, je crus reconnaître le luth qui forme une espèce assez rare. Je ne remarquai, pour mon compte, que quelques caouannes à carapace allongée.

Quant aux zoophytes, je pus admirer, pendant quelques instants, une admirable galéolaire orangée qui s'accrocha à la vitre du panneau de bâbord ; c'était un long filament ténu, s'arborisant en branches infinies et terminées par la plus fine dentelle qu'eussent jamais filée les rivales d'Arachné[1]. Je ne pus, malheureusement, pêcher cet admirable échantillon, et aucun autre zoophyte méditerranéen ne se fût sans doute offert à mes regards, si le *Nautilus*, dans la soirée du 16, n'eût singulièrement ralenti sa vitesse. Voici dans quelles circonstances.

Nous passions alors entre la Sicile et la côte de Tunis. Dans cet espace resserré entre le cap Bon et le détroit de Messine, le fond de la mer remonte presque subitement. Là s'est formée une véritable crête sur laquelle il ne reste que dix-sept mètres d'eau, tandis que de chaque côté la profondeur est de cent soixante-dix mètres. Le *Nautilus* dut donc manœuvrer prudemment à fin de ne pas se heurter contre cette barrière sous-marine.

Je montrai à Conseil, sur la carte de la Méditerranée, l'emplacement qu'occupait ce long récif.

« Mais, n'en déplaise à monsieur, fit observer Conseil, c'est comme un isthme véritable qui réunit l'Europe à l'Afrique.

— Oui, mon garçon, répondis-je, il barre en entier le détroit de Libye, et les sondages de Smith ont prouvé que les continents étaient autrefois réunis entre le cap Boco et le cap Furina.

— Je le crois volontiers, dit Conseil.

— J'ajouterai, repris-je, qu'une barrière semblable existe entre Gibraltar et Ceuta, qui, aux temps géologiques, fermait complétement la Méditerranée.

— Eh ! fit Conseil, si quelque poussée volcanique relevait un jour ces deux barrières au-dessus des flots !

— Ce n'est guère probable, Conseil.

— Enfin, que monsieur me permette d'achever, si ce phénomène se produisait, ce serait fâcheux pour monsieur de Lesseps, qui se donne tant de mal pour percer son isthme !

— J'en conviens, mais, je te le répète, Conseil, ce phénomène ne se produira pas. La violence des forces souterraines va toujours diminuant. Les volcans, si nombreux aux premiers jours du monde, s'éteignent peu à peu ; la chaleur interne s'affaiblit, la température des couches inférieures du globe baisse d'une quantité appréciable par siècle, et au détriment de notre globe, car cette chaleur, c'est sa vie.

— Cependant, le soleil...

— Le soleil est insuffisant, Conseil. Peut-il rendre la chaleur à un cadavre ?

— Non, que je sache.

— Eh bien, mon ami, la terre sera un jour ce cadavre refroidi. Elle deviendra inhabitable et sera inhabitée comme la lune, qui depuis longtemps a perdu sa chaleur vitale.

— Dans combien de siècles ? demanda Conseil.

— Dans quelques centaines de mille ans, mon garçon.

— Alors, répondit Conseil, nous avons le temps d'achever notre voyage, si toutefois Ned Land ne s'en mêle pas ! »

Le fond était encombré de sinistres épaves. (Page 426.)

Et Conseil, rassuré, se remit à étudier le haut-fond
que le *Nautilus* rasait de près avec une vitesse modérée.

Là, sous un sol rocheux et volcanique, s'épanouis-
sait toute une flore vivante, des éponges, des holothuries, des cydippes hyalines ornées de cyrrhes
rougeâtres et qui émettaient une légère phosphorescence, des beroës, vulgairement connus sous le
nom de concombres de mer et baignés dans les mi-

roitements d'un spectre solaire, des comatules ambulantes, larges d'un mètre, et dont la pourpre rougissait les eaux, des euryales arborescentes de la plus grande beauté, des pavonacées à longues tiges, un grand nombre d'oursins comestibles d'espèces variées, et des actinies vertes au tronc grisâtre, au disque brun, qui se perdaient dans leur chevelure olivâtre de tentacules.

Conseil s'était occupé plus particulièrement d'observer les mollusques et les articulés, et bien que la nomenclature en soit un peu aride, je ne veux pas faire tort à ce brave garçon en omettant ses observations personnelles.

Dans l'embranchement des mollusques, il cite de nombreux pétoncles pectiniformes, des spondyles pieds-d'âne qui s'entassaient les uns sur les autres, des donaces triangulaires, des hyales tridentées, à nageoires jaunes et à coquilles transparentes, des pleurobranches orangés, des œufs pointillés ou semés de points verdâtres, des aplysies connues aussi sous le nom de lièvres de mer, des dolabelles, des acères charnus, des ombrelles spéciales à la Méditerranée, des oreilles de mer dont la coquille produit une nacre très-recherchée, des pétoncles flammulés, des anomies que les Languedociens, dit-on, préfèrent aux huîtres, des clovis si chers aux Marseillais, des praires doubles, blanches et grasses, quelques-uns de ces clams qui abondent sur les côtes de l'Amérique du Nord et dont il se fait un débit si considérable à New-York, des peignes operculaires de couleurs variées, des lithodomes enfoncés dans leurs trous et dont je goûtais fort le goût poivré, des vénéricardes sillonnées dont la coquille à sommet bombé présentait des côtes saillantes, des cynthies hérissées de tubercules écarlates, des carniaires à pointe recourbée et semblables à de légères gondoles, des féroles couronnées, des atlantes à coquilles spiraliformes, des téthys grises, tachetées de blanc et recouvertes de leur mantille frangée, des éolides semblables à de petites limaces, des cavolines rampant sur le dos, des auricules et entre autres l'auricule myosotis, à coquille ovale, des scalaires fauves, des littorines, des janthures, des cinéraires, des pétricoles, des lamellaires, des cabochons, des pandores, etc.

Quant aux articulés, Conseil les a, sur ses notes, très-justement divisés en six classes, dont trois appartiennent au monde marin. Ce sont les classes des crustacés, des cirrhopodes et des annélides.

Les crustacés se subdivisent en neuf ordres, et le premier de ces ordres comprend les décapodes, c'està-dire les animaux dont la tête et le thorax sont le plus généralement soudés entre eux, dont l'appareil buccal est composé de plusieurs paires de membres, et qui possèdent quatre, cinq ou six paires de pattes thoraciques ou ambulatoires. Conseil avait suivi la méthode de notre maître Milne Edwards, qui fait trois sections des décapodes : les brachyoures, les macroures et les anomoures. Ces noms sont légèrement barbares, mais ils sont justes et précis. Parmi les brachyoures, Conseil cite des amathies dont le front est armé de deux grandes pointes divergentes, l'inachus scorpion, qui, — je ne sais pourquoi, — symbolisait la sagesse chez les Grecs, des lambres-masséna, des lambres-spinimanes, probablement égarés sur ce haut-fond, car d'ordinaire ils vivent à de grandes profondeurs, des xanthes, des pilumnes, des rhomboïdes, des calappiens granuleux, — très-faciles à digérer, fait observer Conseil, — des corystes édentés, des ébalies, des cymopolies, des dorippes laineuses, etc. Parmi les macroures, subdivisés en cinq familles, les cuirassés, les fouisseurs, les astaciens, les salicoques et les ochyzopodes, il cite des langoustes communes, dont la chair est si estimée chez les femelles, des scyllares-ours ou cigales de mer, des gébies riveraines, et toutes sortes d'espèces comestibles, mais il ne dit rien de la subdivision des astaciens qui comprend les homards, car les langoustes sont les seuls homards de la Méditerranée. Enfin, parmi les anomoures, il vit des dromies communes, abritées derrière cette coquille abandonnée dont elles s'emparent, des homoles à front épineux, des bernard-l'hermite, des porcellanes, etc.

Là s'arrêtait le travail de Conseil. Le temps lui avait manqué pour compléter la classe des crustacés par l'examen des stomapodes, des amphipodes, des homopodes, des isopodes, des trilobites, des branchiapodes, des ostracodes et des entomostracées. Et pour terminer l'étude des articulés marins, il aurait dû citer la classe des cirrhopodes qui renferme les cyclopes, les argules, et la classe des annélides qu'il n'eût pas manqué de diviser en tubicoles et en dorsibranches. Mais le *Nautilus*, ayant dépassé le haut-fond du détroit de Libye, reprit dans les eaux plus profondes sa vitesse accoutumée. Dès lors plus de mollusques, plus d'articulés, plus de zoophytes. À peine quelques gros poissons qui passaient comme des ombres.

Pendant la nuit du 16 au 17 février, nous étions entrés dans ce second bassin méditerranéen, dont les plus grandes profondeurs se trouvent par trois mille mètres. Le *Nautilus*, sous l'impulsion de son hélice, glissant sur ses plans inclinés, s'enfonça jusqu'aux dernières couches de la mer.

Là, à défaut des merveilles naturelles, la masse des eaux offrit à mes regards bien des scènes émouvantes et terribles. En effet, nous traversions alors toute cette partie de la Méditerranée si féconde en sinistres. De la côte algérienne aux rivages de la Provence, que de navires ont fait naufrage, que de bâtiments ont disparu ! La Méditerranée n'est qu'un lac, comparée aux vastes plaines liquides du Pacifique, mais c'est un lac capricieux, aux flots changeants, aujourd'hui propice et caressant pour la frêle tartane qui semble flotter entre le double outre-mer des eaux et du ciel, demain, rageur, tourmenté, démonté par les vents, brisant les plus forts navires de ses lames courtes qui les frappent à coups précipités.

Ainsi, dans cette promenade rapide à travers les couches profondes, que d'épaves j'aperçus gisant sur le sol, les unes déjà empâtées par les coraux, les autres revêtues seulement d'une couche de rouille, des ancres, des canons, des boulets, des garnitures de fer, des branches d'hélice, des morceaux de machines, des cylindres brisés, des chaudières défoncées, puis des coques flottant entre deux eaux, celles-ci droites, celles-là renversées.

De ces navires naufragés, les uns avaient péri par collision, les autres pour avoir heurté quelque écueil de granit. J'en vis qui avaient coulé à pic, la mâture droite, le gréement raidi par l'eau. Ils avaient l'air d'être à l'ancre dans une immense rade foraine et d'attendre le moment du départ. Lorsque le *Nautilus* passait entre eux et les enveloppait de ses nappes électriques, il semblait que ces navires allaient le saluer de leur pavillon et lui envoyer leur numéro d'ordre ! Mais non, rien que le silence et la mort sur ce champ des catastrophes !

J'observai que les fonds méditerranéens étaient plus encombrés de ces sinistres épaves à mesure que le *Nautilus* se rapprochait du détroit de Gibraltar. Les côtes d'Afrique et d'Europe se resserrent alors, et dans cet étroit espace, les rencontres sont fréquentes. Je vis là de nombreuses carènes de fer, des ruines fantastiques de steamers, les uns couchés, les autres debout, semblables à des animaux formidables. Un de ces bateaux aux flancs ouverts, sa cheminée courbée, ses roues dont il ne restait plus que la monture, son gouvernail séparé de l'étambot et retenu encore par une chaîne de fer, son tableau d'arrière rongé par les sels marins, se présentait sous un aspect terrible ! Combien d'existences brisées dans son naufrage ! Combien de victimes entraînées sous les flots ! Quelque matelot du bord avait-il survécu pour raconter ce terrible désastre, ou les flots gardaient-ils encore le secret de ce sinistre ? Je ne sais pourquoi, il me vint à la pensée que ce bateau enfoui sous la mer pouvait être l'*Atlas*, disparu corps et biens depuis une vingtaine d'années, et dont on n'a jamais entendu parler ! Ah ! quelle sinistre histoire serait à faire que celle de ces fonds méditerranéens, de ce vaste ossuaire, où tant de richesses se sont perdues, où tant de victimes ont trouvé la mort !

Cependant, le *Nautilus*, indifférent et rapide, courait à toute hélice au milieu de ces ruines. Le 18 février, vers trois heures du matin, il se présentait à l'entrée du détroit de Gibraltar.

Là existent deux courants : un courant supérieur, depuis longtemps reconnu, qui amène les eaux de l'Océan dans le bassin de la Méditerranée ; puis un contre-courant inférieur, dont le raisonnement a démontré aujourd'hui l'existence. En effet, la somme des eaux de la Méditerranée, incessamment accrue par les flots de l'Atlantique et par les fleuves qui s'y jettent, devrait élever chaque année le niveau de cette mer, car son évaporation est insuffisante pour rétablir l'équilibre. Or, il n'en est pas ainsi, et on a dû naturellement admettre l'existence d'un courant inférieur qui par le détroit de Gibraltar verse dans le bassin de l'Atlantique le trop-plein de la Méditerranée.

Fait exact, en effet. C'est de ce contre-courant que profita le *Nautilus*. Il s'avança rapidement par l'étroite passe. Un instant je pus entrevoir les admirables ruines du temple d'Hercule enfoui, au dire de Pline et d'Avienus[1], avec l'île basse qui le supportait, et quelques minutes plus tard nous flottions sur les flots de l'Atlantique.

CHAPITRE VIII

LA BAIE DE VIGO

L'Atlantique ! vaste étendue d'eau dont la super-ficie couvre vingt-cinq millions de milles carrés, longue de neuf mille milles sur une largeur moyenne de deux mille sept cents. Importante mer presque ignorée des anciens, sauf peut-être des Carthaginois, ces Hollandais de l'antiquité, qui dans leurs pérégri-nations commerciales suivaient les côtes ouest de l'Europe et de l'Afrique ! Océan dont les rivages aux sinuosités parallèles embrassent un périmètre im-mense, arrosé par les plus grands fleuves du monde, le Saint-Laurent, le Mississipi, l'Amazone, la Plata, l'Orénoque, le Niger, le Sénégal, l'Elbe, la Loire, le Rhin, qui lui apportent les eaux des pays les plus civilisés et des contrées les plus sauvages ! Magnifi-que plaine, incessamment sillonnée par les navires de toutes les nations, abritée sous tous les pavillons du monde, et que terminent ces deux pointes terri-bles, redoutées des navigateurs, le cap Horn et le cap des Tempêtes !

Le *Nautilus* en brisait les eaux sous le tranchant de son éperon, après avoir accompli près de dix mille lieues en trois mois et demi, parcours supérieur à l'un des grands cercles de la terre. Où allions-nous maintenant, et que nous réservait l'avenir ?

Le *Nautilus*, sorti du détroit de Gibraltar, avait pris le large. Il revint à la surface des flots, et nos promenades quotidiennes sur la plate-forme nous furent ainsi rendues.

*Morue. — Poissons volants. — Rémora. — Baudroie.
— Hareng. — Lion de mer — Tortue à écailles — Tortue luth.*

J'y montai aussitôt accompagné de Ned Land et de Conseil. À une distance de douze milles apparaissait vaguement le cap Saint-Vincent qui forme la pointe sud-ouest de la péninsule hispanique. Il ventait un assez fort coup de vent du sud. La mer était grosse, houleuse. Elle imprimait de violentes secousses de roulis au *Nautilus*. Il était presque impossible de se maintenir sur la plate-forme que d'énormes paquets de mer battaient à chaque instant. Nous redescendîmes donc après avoir humé quelques bouffées d'air.

Je regagnai ma chambre. Conseil revint à sa cabine ; mais le Canadien, l'air assez préoccupé, me suivit. Notre rapide passage à travers la Méditerranée ne lui avait pas permis de mettre ses projets à exécution, et il dissimulait peu son désappointement.

Lorsque la porte de ma chambre fut fermée, il s'assit et me regarda silencieusement.

« Ami Ned, lui dis-je, je vous comprends, mais vous n'avez rien à vous reprocher. Dans les conditions où naviguait le *Nautilus*, songer à le quitter eût été de la folie ! »

Ned Land ne répondit rien. Ses lèvres serrées, ses sourcils froncés, indiquaient chez lui la violente obsession d'une idée fixe.

« Voyons, repris-je, rien n'est désespéré encore. Nous remontons la côte du Portugal. Non loin sont la France, l'Angleterre, où nous trouverions facilement un refuge. Ah ! si le *Nautilus*, sorti du détroit de Gibraltar, avait mis le cap au sud, s'il nous eût entraînés vers ces régions où les continents manquent, je partagerais vos inquiétudes. Mais, nous le savons maintenant, le capitaine Nemo ne fuit pas les mers civilisées, et dans quelques jours, je crois que vous pourrez agir avec quelque sécurité. »

Ned Land me regarda plus fixement encore, et desserrant enfin les lèvres :

« C'est pour ce soir, » dit-il.

Je me redressai subitement. J'étais, je l'avoue, peu préparé à cette communication. J'aurais voulu répondre au Canadien, mais les mots ne me vinrent pas.

« Nous étions convenus d'attendre une circonstance, reprit Ned Land. La circonstance, je la tiens. Ce soir, nous ne serons qu'à quelques milles de la côte espagnole. La nuit est sombre. Le vent souffle du large. J'ai votre parole, monsieur Aronnax, et je compte sur vous. »

Comme je me taisais toujours, le Canadien se leva, et se rapprochant de moi :

« Ce soir, à neuf heures, dit-il. J'ai prévenu Conseil. À ce moment-là, le capitaine Nemo sera enfermé dans sa chambre et probablement couché. Ni les mécaniciens, ni les hommes de l'équipage ne peuvent nous voir. Conseil et moi, nous gagnerons l'escalier central. Vous, monsieur Aronnax, vous resterez dans la bibliothèque à deux pas de nous, attendant mon signal. Les avirons, le mât et la voile sont dans le canot. Je suis même parvenu à y porter quelques provisions. Je me suis procuré une clef anglaise pour dévisser les écrous qui attachent le canot à la coque du *Nautilus*. Ainsi tout est prêt. À ce soir.

— La mer est mauvaise, dis-je.

— J'en conviens, répond le Canadien, mais il faut risquer cela. La liberté vaut qu'on la paye. D'ailleurs, l'embarcation est solide, et quelques milles avec un vent qui porte ne sont pas une affaire. Qui sait si demain nous ne serons pas à cent lieues au large ? Que les circonstances nous favorisent, et, entre dix et onze heures, nous serons débarqués sur quelque point de la terre ferme ou morts. Donc, à la grâce de Dieu et à ce soir ! »

Sur ce mot, le Canadien se retira, me laissant presque abasourdi. J'avais imaginé que, le cas échéant, j'aurais eu le temps de réfléchir, de discuter. Mon opiniâtre compagnon ne me le permettait pas. Que lui aurais-je dit, après tout ? Ned Land avait cent fois raison. C'était presque une circonstance, il en profitait. Pouvais-je revenir sur ma parole et assumer cette responsabilité de compromettre dans un intérêt tout personnel l'avenir de mes compagnons ? Demain, le capitaine Nemo ne pouvait-il pas nous entraîner au large de toutes terres ?

En ce moment, un sifflement assez fort m'apprit que les réservoirs se remplissaient, et le *Nautilus* s'enfonça sous les flots de l'Atlantique.

Je demeurai dans ma chambre. Je voulais éviter le capitaine pour cacher à ses yeux l'émotion qui me dominait. Triste journée que je passai ainsi, entre le désir de rentrer en possession de mon libre arbitre et le regret d'abandonner ce merveilleux *Nautilus*, laissant inachevées mes études sous-marines ! Quitter ainsi cet océan, « mon Atlantique, » comme je me plaisais à le nommer, sans en avoir observé les dernières couches, sans lui avoir dérobé ces secrets que m'avaient révélés les mers des Indes et du Pacifique ! Mon roman me tombait des mains dès le premier volume, mon rêve s'interrompait au plus beau moment ! Quelles heures mauvaises s'écoulèrent ainsi, tantôt me voyant en sûreté, à terre, avec mes compagnons, tantôt souhaitant, en dépit de ma raison, que quelque circonstance imprévue empêchât la réalisation des projets de Ned Land.

Deux fois je vins au salon. Je voulais consulter le compas. Je voulais voir si la direction du *Nautilus* nous rapprochait, en effet, ou nous éloignait de la côte. Mais non. Le *Nautilus* se tenait toujours dans les eaux portugaises. Il pointait au nord en prolongeant les rivages de l'Océan.

Il fallait donc en prendre son parti et se préparer à fuir. Mon bagage n'était pas lourd. Mes notes, rien de plus.

Le temple d'Hercule. (Page 427.)

Quant au capitaine Nemo, je me demandai ce qu'il penserait de notre évasion, quelles inquiétudes, quels torts peut-être elle lui causerait, et ce qu'il ferait dans le double cas où elle serait ou révélée ou manquée ! Sans doute je n'avais pas à me plaindre de lui, au contraire. Jamais hospitalité ne fut plus franche que la sienne. En le quittant, je ne pouvais être taxé d'ingratitude. Aucun serment ne nous liait à lui. C'était sur la force des choses seule qu'il comptait et non sur notre parole pour nous fixer à jamais

auprès de lui. Mais cette prétention hautement
avouée de nous retenir éternellement prisonniers à
son bord justifiait toutes nos tentatives.

Je n'avais pas revu le capitaine depuis notre visite
à l'île de Santorin. Le hasard devait-il me mettre en
sa présence avant notre départ ? Je le désirais et je
le craignais tout à la fois. J'écoutai si je ne l'enten-
drais pas marcher dans sa chambre contiguë à la

L'amiral incendia et saborda ses galions. (Page 441.)

mienne. Aucun bruit ne parvint à mon oreille. Cette chambre devait être déserte.

Alors j'en vins à me demander si cet étrange personnage était à bord. Depuis cette nuit pendant laquelle le canot avait quitté le *Nautilus* pour un service mystérieux, mes idées s'étaient, en ce qui le concerne, légèrement modifiées. Je pensais, bien qu'il eût pu dire, que le capitaine Nemo devait avoir conservé avec la terre quelques relations d'une certaine espèce. Ne quittait-il jamais le *Nautilus* ? Des semaines entières s'étaient souvent écoulées sans que je l'eusse rencontré. Que faisait-il pendant ce temps, et alors que je le croyais en proie à des accès de misanthropie, n'accomplissait-il pas au loin quelque acte secret dont la nature m'échappait jusqu'ici ?

Toutes ces idées et mille autres m'assaillirent à la fois. Le champ des conjectures ne peut être qu'infini dans l'étrange situation où nous sommes[1]. J'éprouvais un malaise insupportable. Cette journée d'attente me semblait éternelle. Les heures sonnaient trop lentement au gré de mon impatience.

Mon dîner me fut comme toujours servi dans ma chambre. Je mangeai mal, étant trop préoccupé. Je quittai la table à sept heures. Cent vingt minutes, — je les comptais, — me séparaient encore du moment où je devais rejoindre Ned Land. Mon agitation redoublait. Mon pouls battait avec violence. Je ne pouvais rester immobile. J'allais et venais, espérant calmer par le mouvement le trouble de mon esprit. L'idée de succomber dans notre téméraire entreprise était le moins pénible de mes soucis ; mais à la pensée de voir notre projet découvert avant d'avoir quitté le *Nautilus*, à la pensée d'être ramené devant le capitaine Nemo irrité, ou, ce qui eût été pis, contristé de mon abandon, mon cœur palpitait.

Je voulus revoir le salon une dernière fois. Je pris par les coursives, et j'arrivai dans ce musée où j'avais passé tant d'heures agréables et utiles. Je re-

gardai toutes ces richesses, tous ces trésors, comme
un homme à la veille d'un éternel exil et qui part
pour ne plus revenir. Ces merveilles de la nature,
ces chefs-d'œuvre de l'art, entre lesquels depuis tant
de jours se concentrait ma vie, j'allais les abandonner pour jamais. J'aurais voulu plonger mes regards
par la vitre du salon à travers les eaux de l'Atlantique ; mais les panneaux étaient hermétiquement
fermés et un manteau de tôle me séparait de cet
Océan que je ne connaissais pas encore.

En parcourant ainsi le salon, j'arrivai près de la
porte, ménagée dans le pan coupé, qui s'ouvrait sur
la chambre du capitaine. À mon grand étonnement,
cette porte était entre-bâillée. Je reculai involontairement. Si le capitaine Nemo était dans sa chambre, il pouvait me voir. Cependant, n'entendant
aucun bruit, je m'approchai. La chambre était
déserte. Je poussai la porte. Je fis quelques pas à
l'intérieur. Toujours le même aspect sévère, cénobitique.

En cet instant, quelques eaux-fortes suspendues à
la paroi et que je n'avais pas remarquées pendant ma
première visite frappèrent mes regards. C'étaient des
portraits, des portraits de ces grands hommes historiques dont l'existence n'a été qu'un perpétuel dévouement à une grande idée humaine, Kosciusko,
le héros tombé au cri de *Finis Poloniæ*, Botzaris, le
Léonidas de la Grèce moderne, O'Connell, le dé-
fenseur de l'Irlande, Washington, le fondateur de
l'Union américaine, Manin, le patriote italien, Lincoln, tombé sous la balle d'un esclavagiste, et enfin,
ce martyr de l'affranchissement de la race noire,
John Brown, suspendu à son gibet, tel que l'a si
terriblement dessiné le crayon de Victor Hugo[1].

Quel lien existait-il entre ces âmes héroïques et
l'âme du capitaine Nemo ? Pouvais-je enfin, de cette
réunion de portraits, dégager le mystère de son
existence ? Était-il le champion des peuples oppri-

més, le libérateur des races esclaves ? Avait-il figuré dans les dernières commotions politiques ou sociales de ce siècle ? Avait-il été l'un des héros de la terrible guerre américaine, guerre lamentable et à jamais glorieuse ?...

Tout à coup l'horloge sonna huit heures. Le battement du premier coup de marteau sur le timbre m'arracha à mes rêves. Je tressaillis comme si un œil invisible eût pu plonger au plus secret de mes pensées, et je me précipitai hors de la chambre.

Là, mes regards s'arrêtèrent sur la boussole. Notre direction était toujours au nord. Le loch indiquait une vitesse modérée, le manomètre, une profondeur de soixante pieds environ. Les circonstances favorisaient donc les projets du Canadien.

Je regagnai ma chambre. Je me vêtis chaudement, bottes de mer, bonnet de loutre, casaque de byssus doublée de peau de phoque. J'étais prêt. J'attendis. Les frémissements de l'hélice troublaient seuls le silence profond qui régnait à bord. J'écoutais, je tendais l'oreille. Quelque éclat de voix ne m'apprendrait-il pas, tout à coup, que Ned Land venait d'être surpris dans ses projets d'évasion ? Une inquiétude mortelle m'envahit. J'essayai vainement de reprendre mon sang-froid.

À neuf heures moins quelques minutes, je collai mon oreille près de la porte du capitaine. Nul bruit. Je quittai ma chambre, et je revins au salon qui était plongé dans une demi-obscurité, mais désert.

J'ouvris la porte communiquant avec la bibliothèque. Même clarté insuffisante, même solitude. J'allai me poster près de la porte qui donnait sur la cage de l'escalier central. J'attendis le signal de Ned Land.

En ce moment, les frémissements de l'hélice diminuèrent sensiblement, puis ils cessèrent tout à fait. Pourquoi ce changement dans les allures du *Nauti-*

VINGT MILLE LIEUES
SOUS LES MERS

2ᵉ Carte
PAR
JULES VERNE

lus ? Cette halte favorisait-elle ou gênait-elle les desseins de Ned Land, je n'aurais pu le dire.

Le silence n'était plus troublé que par les battements de mon cœur.

Soudain, un léger choc se fit sentir. Je compris que le *Nautilus* venait de s'arrêter sur le fond de l'océan. Mon inquiétude redoubla. Le signal du Canadien ne m'arrivait pas. J'avais envie de rejoindre Ned Land pour l'engager à remettre sa tentative. Je sentais que notre navigation ne se faisait plus dans les conditions ordinaires...

En ce moment, la porte du grand salon s'ouvrit, et le capitaine Nemo parut. Il m'aperçut, et, sans autre préambule :

« Ah ! Monsieur le professeur, dit-il d'un ton aimable, je vous cherchais. Savez-vous votre histoire d'Espagne ? »

On saurait à fond l'histoire de son propre pays que, dans les conditions où je me trouvais, l'esprit troublé, la tête perdue, on ne pourrait en citer un mot.

« Eh bien ? reprit le capitaine Nemo, vous avez entendu ma question ? Savez-vous l'histoire d'Espagne ?

— Très-mal, répondis-je.

— Voilà bien les savants, dit le capitaine, ils ne savent pas. Alors, asseyez-vous, ajouta-t-il, et je vais vous raconter un curieux épisode de cette histoire. »

Le capitaine s'étendit sur un divan, et, machinalement, je pris place auprès de lui, dans la pénombre.

« Monsieur le professeur, me dit-il, écoutez-moi bien. Cette histoire vous intéressera par un certain côté, car elle répondra à une question que sans doute vous n'avez pu résoudre.

— Je vous écoute, capitaine, dis-je, ne sachant où mon interlocuteur voulait en venir, et me demandant si cet incident se rapportait à nos projets de fuite.

— Monsieur le professeur, reprit le capitaine Nemo, si vous le voulez bien, nous remonterons à 1702. Vous n'ignorez pas qu'à cette époque, votre roi Louis XIV, croyant qu'il suffisait d'un geste de potentat pour faire rentrer les Pyrénées sous terre, avait imposé le duc d'Anjou, son petit-fils, aux Espagnols. Ce prince, qui régna plus ou moins mal sous le nom de Philippe V, eut affaire, au-dehors, à forte partie.

« En effet, l'année précédente, les maisons royales de Hollande, d'Autriche et d'Angleterre, avaient conclu à la Haye un traité d'alliance, dans le but d'arracher la couronne d'Espagne à Philippe V, pour la placer sur la tête d'un archiduc, auquel elles donnèrent prématurément le nom de Charles III.

« L'Espagne dut résister à cette coalition. Mais elle était à peu près dépourvue de soldats et de marins. Cependant, l'argent ne lui manquait pas, à la condition toutefois que ses galions, chargés de l'or et de l'argent de l'Amérique, entrassent dans ses ports. Or, vers la fin de 1702, elle attendait un riche convoi que la France faisait escorter par une flotte de vingt-trois vaisseaux commandés par l'amiral de Château-Renaud, car les marines coalisées couraient alors l'Atlantique.

« Ce convoi devait se rendre à Cadix, mais l'amiral, ayant appris que la flotte anglaise croisait dans ces parages, résolut de rallier un port de France.

« Les commandants espagnols du convoi protestèrent contre cette décision. Ils voulurent être conduits dans un port espagnol, et, à défaut de Cadix, dans la baie de Vigo, située sur la côte nord-ouest de l'Espagne, et qui n'était pas bloquée.

« L'amiral de Château-Renaud eut la faiblesse d'obéir à cette injonction, et les galions entrèrent dans la baie de Vigo.

« Malheureusement cette baie forme une rade ouverte qui ne peut être aucunement défendue. Il fallait donc se hâter de décharger les galions avant l'arrivée des flottes coalisées, et le temps n'eût pas manqué à ce débarquement, si une misérable question de rivalité n'eût surgi tout à coup.

« Vous suivez bien l'enchaînement des faits ? me demanda le capitaine Nemo.

— Parfaitement, dis-je, ne sachant encore à quel propos m'était faite cette leçon d'histoire.

— Je continue. Voici ce qui se passa. Les commerçants de Cadix avaient un privilége d'après lequel ils devaient recevoir toutes les marchandises qui venaient des Indes occidentales. Or, débarquer les lingots des galions au port de Vigo, c'était aller contre leur droit. Ils se plaignirent donc à Madrid, et ils obtinrent du faible Philippe V que le convoi, sans procéder à son déchargement, resterait en séquestre dans la rade de Vigo jusqu'au moment où les flottes ennemies se seraient éloignées.

« Or, pendant que l'on prenait cette décision, le 22 octobre 1702, les vaisseaux anglais arrivèrent dans la baie de Vigo. L'amiral de Château-Renaud, malgré ses forces inférieures, se battit courageusement. Mais quand il vit que les richesses du convoi allaient tomber entre les mains des ennemis, il incendia et saborda les galions qui s'engloutirent avec leurs immenses trésors. »

Le capitaine Nemo s'était arrêté. Je l'avoue, je ne voyais pas encore en quoi cette histoire pouvait m'intéresser.

« Eh bien ? lui demandai-je.

— Eh bien, monsieur Aronnax, me répondit le capitaine Nemo, nous sommes dans cette baie de Vigo, et il ne tient qu'à vous d'en pénétrer les mystères. »

Le capitaine se leva et me pria de le suivre. J'avais eu le temps de me remettre. J'obéis. Le salon était obscur, mais à travers les vitres transparentes étincelaient les flots de la mer. Je regardai.

Autour du *Nautilus*, dans un rayon d'un demi-mille, les eaux apparaissaient imprégnées de lumière électrique. Le fond sableux était net et clair. Des hommes de l'équipage, revêtus de scaphandres, s'occupaient à déblayer des tonneaux à demi pourris, des caisses éventrées, au milieu d'épaves encore noircies. De ces caisses, de ces barils, s'échappaient des lingots d'or et d'argent, des cascades de piastres et de bijoux. Le sable en était jonché. Puis, chargés de ce précieux butin, ces hommes revenaient au *Nautilus*, y déposaient leur fardeau et allaient reprendre cette inépuisable pêche d'argent et d'or.

Je comprenais. C'était ici le théâtre de la bataille du 22 octobre 1702. Ici même avaient coulé les galions chargés pour le compte du gouvernement espagnol. Ici le capitaine Nemo venait encaisser, suivant ses besoins, les millions dont il lestait son *Nautilus*. C'était pour lui, pour lui seul que l'Amérique avait livré ses précieux métaux. Il était l'héritier direct et sans partage de ces trésors arrachés aux Incas et aux vaincus de Fernand Cortez !

« Saviez-vous, monsieur le professeur, me demanda-t-il en souriant, que la mer contînt tant de richesse ?

— Je savais, répondis-je, que l'on évalue à deux millions de tonnes l'argent qui est tenu en suspension dans ses eaux.

— Sans doute, mais pour extraire cet argent, les dépenses l'emporteraient sur le profit. Ici, au contraire, je n'ai qu'à ramasser ce que les hommes ont perdu, et non-seulement dans cette baie de Vigo, mais encore sur mille théâtres de naufrages dont ma carte sous-marine a noté la place. Comprenez-vous maintenant que je sois riche à milliards ?

De ces caisses, s'échappaient des lingots. (Page 442.)

— Je le comprends, capitaine. Permettez-moi, pourtant, de vous dire qu'en exploitant précisément cette baie de Vigo, vous n'avez fait que devancer les travaux d'une société rivale.

— Et laquelle ?

— Une société qui a reçu du gouvernement espagnol le privilège de rechercher les galions engloutis. Les actionnaires sont alléchés par l'appât d'un énorme bénéfice, car on évalue à cinq cents millions la valeur de ces richesses naufragées.

— Cinq cents millions ! me répondit le capitaine Nemo. Ils y étaient, mais ils n'y sont plus.

— En effet, dis-je. Aussi un bon avis à ces actionnaires serait-il acte de charité. Qui sait pourtant s'il serait bien reçu. Ce que les joueurs regrettent pardessus tout, d'ordinaire, c'est moins la perte de leur argent que celle de leurs folles espérances. Je les plains moins après tout que ces milliers de malheureux auxquels tant de richesses bien réparties eussent pu profiter, tandis qu'elles seront à jamais stériles pour eux ! »

Je n'avais pas plutôt exprimé ce regret que je sentis qu'il avait dû blesser le capitaine Nemo.

« Stériles ! répondit-il en s'animant. Croyez-vous donc, monsieur, que ces richesses soient perdues, alors que c'est moi qui les ramasse ? Est-ce pour moi, selon vous, que je me donne la peine de recueillir ces trésors ? Qui vous dit que je n'en fais pas un bon usage ? Croyez-vous que j'ignore qu'il existe des êtres souffrants, des races opprimées sur cette terre, des misérables à soulager, des victimes à venger ? Ne comprenez-vous pas ?... »

Le capitaine Nemo s'arrêta sur ces dernières paroles, regrettant peut-être d'avoir trop parlé. Mais j'avais deviné. Quels que fussent les motifs qui l'avaient forcé à chercher l'indépendance sous les mers, avant tout il était resté un homme ! Son cœur palpitait encore aux souffrances de l'humanité, et son immense charité s'adressait aux races asservies comme aux individus !

Et je compris alors à qui étaient destinés ces millions expédiés par le capitaine Nemo, lorsque le *Nautilus* naviguait dans les eaux de la Crète insurgée !

Un taillis d'arbres morts. (Page 451.)

CHAPITRE IX

UN CONTINENT DISPARU

Le lendemain matin, 19 février, je vis entrer le Canadien dans ma chambre. J'attendais sa visite. Il avait l'air très-désappointé.

« Eh bien, monsieur ? me dit-il.

— Eh bien, Ned, le hasard s'est mis contre nous hier.

— Oui ! il a fallu que ce damné capitaine s'arrêtât précisément à l'heure où nous allions fuir son bateau.

— Oui, Ned, il avait affaire chez son banquier.

— Son banquier !

— Ou plutôt sa maison de banque. J'entends par là cet Océan où ses richesses sont plus en sûreté qu'elles ne le seraient dans les caisses d'un État. »

Je racontai alors au Canadien les incidents de la veille, dans le secret espoir de le ramener à l'idée de ne point abandonner le capitaine ; mais mon récit n'eut d'autre résultat que le regret énergiquement exprimé par Ned de n'avoir pu faire pour son compte une promenade sur le champ de bataille de Vigo.

« Enfin, dit-il, tout n'est pas fini ! Ce n'est qu'un coup de harpon perdu ! Une autre fois nous réussirons, et dès ce soir s'il le faut...

— Quelle est la direction du *Nautilus* ? demandai-je.

— Je l'ignore, répondit Ned.

— Eh bien ! à midi, nous verrons le point. »

Le Canadien retourna près de Conseil. Dès que je fus habillé, je passai dans le salon. Le compas n'était pas rassurant. La route du *Nautilus* était sud-sud-ouest. Nous tournions le dos à l'Europe.

J'attendis avec une certaine impatience que le point fût reporté sur la carte. Vers onze heures et demie, les réservoirs se vidèrent, et notre appareil remonta à la surface de l'Océan. Je m'élançai vers la plate-forme. Ned Land m'y avait précédé.

Plus de terres en vue. Rien que la mer immense. Quelques voiles à l'horizon, de celles sans doute qui vont chercher jusqu'au cap San-Roque les vents favorables pour doubler le cap de Bonne-Espérance. Le temps était couvert. Un coup de vent se préparait.

Ned, rageant, essayait de percer l'horizon brumeux. Il espérait encore que, derrière tout ce brouillard, s'étendait cette terre si désirée.

À midi, le soleil se montra un instant. Le second profita de cette éclaircie pour prendre sa hauteur. Puis, la mer devenant plus houleuse, nous redescendîmes, et le panneau fut refermé.

Une heure après, lorsque je consultai la carte, je vis que la position du *Nautilus* y était indiquée par 16° 17' de longitude et 33° 22' de latitude, à cent cinquante lieues de la côte la plus rapprochée. Il n'y avait pas moyen de songer à fuir, et je laisse à penser quelles furent les colères du Canadien, quand je lui fis connaître notre situation.

Pour mon compte, je ne me désolai pas outremesure. Je me sentis comme soulagé du poids qui m'oppressait, et je pus reprendre avec une sorte de calme relatif mes travaux habituels.

Le soir, vers onze heures, je reçus la visite très-inattendue du capitaine Nemo. Il me demanda fort gracieusement si je me sentais fatigué d'avoir veillé la nuit précédente. Je répondis négativement.

« Alors, monsieur Aronnax, je vous proposerai une curieuse excursion.

— Proposez, capitaine.

— Vous n'avez encore visité les fonds sous-marins que le jour et sous la clarté du soleil. Vous conviendrait-il de les voir par une nuit obscure ?

— Très-volontiers.

— Cette promenade sera fatigante, je vous en préviens. Il faudra marcher longtemps et gravir une montagne. Les chemins ne sont pas très-bien entretenus.

— Ce que vous me dites là, capitaine, redouble ma curiosité. Je suis prêt à vous suivre.

— Venez donc, monsieur le professeur, nous allons revêtir nos scaphandres. »

Arrivé au vestiaire, je vis que ni mes compagnons ni aucun homme de l'équipage ne devait nous suivre pendant cette excursion. Le capitaine Nemo ne m'avait pas même proposé d'emmener Ned ou Conseil.

En quelques instants, nous eûmes revêtu nos appareils. On plaça sur notre dos les réservoirs abondamment chargés d'air, mais les lampes électriques n'étaient pas préparées. Je le fis observer au capitaine.

« Elles nous seraient inutiles, » répondit-il.

Je crus avoir mal entendu, mais je ne pus réitérer mon observation, car la tête du capitaine avait déjà disparu dans son enveloppe métallique. J'achevai de me harnacher, je sentis qu'on me plaçait dans la main un bâton ferré, et quelques minutes plus tard, après la manœuvre habituelle, nous prenions pied sur le fond de l'Atlantique, à une profondeur de trois cents mètres.

Minuit approchait. Les eaux étaient profondément obscures, mais le capitaine Nemo me montra dans le lointain un point rougeâtre, une sorte de large lueur, qui brillait à deux milles environ du *Nautilus*. Ce qu'était ce feu, quelles matières l'alimentaient, pourquoi et comment il se revivifiait dans la masse liquide, je n'aurais pu le dire. En tout cas, il nous éclairait, vaguement il est vrai, mais je m'accoutumai bientôt à ces ténèbres particulières, et je compris, dans cette circonstance, l'inutilité des appareils Ruhmkorff.

Le capitaine Nemo et moi, nous marchions l'un près de l'autre, directement sur le feu signalé. Le sol plat montait insensiblement. Nous faisions de larges enjambées, nous aidant du bâton ; mais notre marche était lente, en somme, car nos pieds s'enfonçaient souvent dans une sorte de vase pétrie avec des algues et semée de pierres plates.

Tout en avançant, j'entendais une sorte de grésillement au-dessus de ma tête. Ce bruit redoublait parfois et produisait comme un pétillement continu. J'en compris bientôt la cause. C'était la pluie qui tombait violemment en crépitant à la surface des flots. Instinctivement, la pensée me vint que j'allais être trempé ! Par l'eau, au milieu de l'eau ! Je ne pus m'empêcher de rire à cette idée baroque. Mais pour tout dire, sous l'épais habit du scaphandre, on ne sent plus le liquide élément, et l'on se croit au milieu d'une atmosphère un peu plus dense que l'atmosphère terrestre, voilà tout.

Après une demi-heure de marche, le sol devint rocailleux. Les méduses, les crustacés microscopiques, les pennatules l'éclairaient légèrement de lueurs phosphorescentes. J'entrevoyais des monceaux de pierres que couvraient quelques millions de zoophytes et des fouillis d'algues. Le pied me glissait souvent sur ces visqueux tapis de varech, et sans mon bâton ferré, je serais tombé plus d'une fois. En me retournant, je voyais toujours le fanal blanchâtre du *Nautilus* qui commençait à pâlir dans l'éloignement.

Ces amoncellements pierreux dont je viens de parler étaient disposés sur le fond océanique suivant une certaine régularité que je ne m'expliquais pas. J'apercevais de gigantesques sillons qui se perdaient dans l'obscurité lointaine et dont la longueur échappait à toute évaluation. D'autres particularités se présentaient aussi, que je ne savais admettre. Il me semblait que mes lourdes semelles de plomb écrasaient une litière d'ossements qui craquaient avec un bruit sec. Qu'était donc cette vaste plaine que je parcourais ainsi ? J'aurais voulu interroger le capitaine, mais son langage par signes, qui lui permettait de causer avec ses compagnons, lorsqu'ils le suivaient dans ses excursions sous-marines, était encore incompréhensible pour moi.

Cependant, la clarté rougeâtre qui nous guidait, s'accroissait et enflammait l'horizon. La présence de ce foyer sous les eaux m'intriguait au plus haut degré. Était-ce quelque effluence électrique qui se manifestait ? Allais-je vers un phénomène naturel encore inconnu des savants de la terre ? Ou même, — car cette pensée traversa mon cerveau, — la main de l'homme intervenait-elle dans cet embrasement ? Soufflait-elle cet incendie ? Devais-je rencontrer, sous ces couches profondes, des compagnons, des amis du capitaine Nemo, vivant comme lui de cette existence étrange, et auxquels il allait rendre visite ? Trouverais-je là-bas toute une colonie d'exilés, qui, las des misères de la terre, avaient cherché et trouvé l'indépendance au plus profond de l'Océan ? Toutes ces idées folles, inadmissibles, me poursuivaient, et dans cette disposition d'esprit, surexcité sans cesse par la série de merveilles qui passaient sous mes yeux, je n'aurais pas été surpris de rencontrer, au fond de cette mer, une de ces villes sous-marines que rêvait le capitaine Nemo !

Notre route s'éclairait de plus en plus. La lueur blanchissante rayonnait au sommet d'une montagne haute de huit cents pieds environ. Mais ce que j'apercevais n'était qu'une simple réverbération développée par le cristal des couches d'eau. Le foyer, source de cette inexplicable clarté, occupait le versant opposé de la montagne.

Au milieu des dédales pierreux qui sillonnaient le fond de l'Atlantique, le capitaine Nemo s'avançait sans hésitation. Il connaissait cette sombre route. Il l'avait souvent parcourue, sans doute, et ne pouvait s'y perdre. Je le suivais avec une confiance inébranlable. Il m'apparaissait comme un des génies de la mer, et quand il marchait devant moi, j'admirais sa haute stature qui se découpait en noir sur le fond lumineux de l'horizon.

Il était une heure du matin. Nous étions arrivés aux premières rampes de la montagne. Mais pour les aborder, il fallut s'aventurer par les sentiers difficiles d'un vaste taillis.

Oui ! un taillis d'arbres morts, sans feuilles, sans séve, arbres minéralisés sous l'action des eaux, et que dominaient çà et là des pins gigantesques. C'était comme une houillère encore debout, tenant par ses racines au sol effondré, et dont la ramure, à la manière des fines découpures de papier noir, se dessinait nettement sur le plafond des eaux. Que l'on se figure une forêt du Hartz, accrochée aux flancs d'une montagne, mais une forêt engloutie. Les sentiers étaient encombrés d'algues et de fucus, entre lesquels grouillait un monde de crustacés. J'allais, gravissant les rocs, enjambant les troncs étendus, brisant les lianes de mer qui se balançaient d'un arbre à l'autre, effarouchant les poissons qui volaient de branche en branche. Entraîné, je ne sentais plus la fatigue. Je suivais mon guide qui ne se fatiguait pas.

Quel spectacle ! Comment le rendre ? Comment peindre l'aspect de ces bois et de ces rochers dans ce milieu liquide, leurs dessous sombres et farouches, leurs dessus colorés de tons rouges sous cette clarté que doublait la puissance réverbérante des eaux ? Nous gravissions des rocs qui s'éboulaient ensuite par pans énormes avec un sourd grondement d'avalanche. À droite, à gauche, se creusaient de ténébreuses galeries où se perdait le regard. Ici s'ouvraient de vastes clairières, que la main de l'homme semblait avoir dégagées, et je me demandais parfois si quelque habitant de ces régions sous-marines n'allait pas tout à coup m'apparaître.

Mais le capitaine Nemo montait toujours. Je ne voulais pas rester en arrière. Je le suivais hardiment. Mon bâton me prêtait un utile secours. Un faux pas eût été dangereux sur ces étroites passes évidées aux flancs des gouffres ; mais j'y marchais d'un pied ferme et sans ressentir l'ivresse du vertige. Tantôt je sautais une crevasse dont la profondeur m'eût fait reculer au milieu des glaciers de la terre ; tantôt je m'aventurais sur le tronc vacillant des arbres jetés d'un abîme à l'autre, sans regarder sous mes pieds, n'ayant des yeux que pour admirer les sites sauvages de cette région. Là, des rocs monumentaux, penchant sur leurs bases irrégulièrement découpées, semblaient défier les lois de l'équilibre. Entre leurs genoux de pierre, des arbres poussaient comme un jet sous une pression formidable, et soutenaient ceux qui les soutenaient eux-mêmes. Puis, des tours naturelles, de larges pans taillés à pic comme des courtines, s'inclinaient sous un angle que les lois de la gravitation n'eussent pas autorisé à la surface des régions terrestres.

Et moi-même ne sentais-je pas cette différence due à la puissante densité de l'eau, quand, malgré mes lourds vêtements, ma tête de cuivre, mes semelles de métal, je m'élevais sur des pentes d'une impraticable raideur, les franchissant pour ainsi dire avec la légèreté d'un isard ou d'un chamois !

Au récit que je fais de cette excursion sous les eaux, je sens bien que je ne pourrai être vraisemblable ! Je suis l'historien des choses d'apparence impossibles qui sont pourtant réelles, incontestables. Je n'ai point rêvé. J'ai vu et senti !

Deux heures après avoir quitté le *Nautilus*, nous avions franchi la ligne des arbres, et à cent pieds au-dessus de nos têtes se dressait le pic de la montagne dont la projection faisait ombre sur l'éclatante irradiation du versant opposé. Quelques arbrisseaux pétrifiés couraient çà et là en zigzags grimaçants. Les poissons se levaient en masse sous nos pas comme des oiseaux surpris dans les hautes herbes. La masse rocheuse était creusée d'impénétrables anfractuosités, de grottes profondes, d'insondables trous, au fond desquels j'entendais remuer des choses formidables. Le sang me refluait jusqu'au cœur, quand j'apercevais une antenne énorme qui me barrait la route, ou quelque pince effrayante se refermant avec bruit dans l'ombre des cavités ! Des milliers de points lumineux brillaient au milieu des ténèbres. C'étaient les yeux de crustacés gigantesques, tapis dans leur tanière, des homards géants se redressant comme des hallebardiers et remuant leurs pattes avec un cliquetis de ferraille, des crabes titanesques, braqués comme des canons sur leurs affûts, et des poulpes effroyables entrelaçant leurs tentacules comme une broussaille vivante de serpents.

Quel était ce monde exorbitant que je ne connaissais pas encore ? À quel ordre appartenaient ces articulés auxquels le roc formait comme une seconde carapace ? Où la nature avait-elle trouvé le secret de leur existence végétative, et depuis combien de siècles vivaient-ils ainsi dans les dernières couches de l'Océan ?

Mais je ne pouvais m'arrêter. Le capitaine Nemo, familiarisé avec ces terribles animaux, n'y prenait plus garde. Nous étions arrivés à un premier plateau, où d'autres surprises m'attendaient encore. Là se dessinaient de pittoresques ruines, qui trahissaient la main de l'homme, et non plus celle du Créateur. C'étaient de vastes amoncellements de pierres où l'on distinguait de vagues formes de châteaux, de temples, revêtus d'un monde de zoophytes en fleurs, et auxquels, au lieu de lierre, les algues et les fucus faisaient un épais manteau végétal.

Mais qu'était donc cette portion du globe engloutie par les cataclysmes ? Qui avait disposé ces roches et ces pierres comme des dolmens des temps antéhistoriques ? Où étais-je, où m'avait entraîné la fantaisie du capitaine Nemo ?

J'aurais voulu l'interroger. Ne le pouvant, je l'arrêtai. Je saisis son bras. Mais lui, secouant la tête, et me montrant le dernier sommet de la montagne, sembla me dire :

« Viens ! viens encore ! viens toujours ! »

Je le suivis dans un dernier élan, et en quelques minutes, j'eus gravi le pic qui dominait d'une dizaine de mètres toute cette masse rocheuse.

Je regardai ce côté que nous venions de franchir. La montagne ne s'élevait que de sept à huit cents pieds au-dessus de la plaine ; mais de son versant

Des homards géants, des crabes titanesques. (Page 453.)

opposé, elle dominait d'une hauteur double le fond en contre-bas de cette portion de l'Atlantique. Mes regards s'étendaient au loin et embrassaient un vaste espace éclairé par une fulguration violente. En effet, c'était un volcan que cette montagne. À cinquante pieds au-dessous du pic, au milieu d'une pluie de pierres et de scories, un large cratère vomissait des torrents de lave, qui se dispersaient en cascade de feu au sein de la masse liquide. Ainsi posé, ce volcan, comme un immense flambeau, éclairait la plaine inférieure jusqu'aux dernières limites de l'horizon.

J'ai dit que le cratère sous-marin rejetait des laves, mais non des flammes. Il faut aux flammes l'oxygène de l'air, et elles ne sauraient se développer sous les eaux ; mais des coulées de lave, qui ont en elles le principe de leur incandescence, peuvent se porter au rouge blanc, lutter victorieusement contre l'élément liquide et se vaporiser à son contact. De rapides courants entraînaient tous ces gaz en diffusion, et les torrents laviques glissaient jusqu'au bas de la montagne, comme les déjections du Vésuve sur un autre Torre del Greco.

En effet, là, sous mes yeux, ruinée, abîmée, jetée bas, apparaissait une ville détruite, ses toits effondrés, ses temples abattus, ses arcs disloqués, ses colonnes gisant à terre, où l'on sentait encore les solides proportions d'une sorte d'architecture toscane ; plus loin, quelques restes d'un gigantesque aqueduc ; ici l'exhaussement empâté d'une acropole, avec les formes flottantes d'un Parthénon ; là, des vestiges de quai, comme si quelque antique port eût abrité jadis sur les bords d'un océan disparu les vaisseaux marchands et les trirèmes de guerre ; plus loin encore de longues lignes de murailles écroulées, de larges rues désertes, toute une Pompéi enfouie sous les eaux, que le capitaine Nemo ressuscitait à mes regards !

Là, sous mes yeux, apparaissait une ville détruite. (Page 455.)

Où étais-je ? Où étais-je ? Je voulais le savoir à tout prix, je voulais parler, je voulais arracher la sphère de cuivre qui emprisonnait ma tête.

Mais le capitaine Nemo vint à moi et m'arrêta d'un geste. Puis, ramassant un morceau de pierre crayeuse, il s'avança vers un roc de basalte noir et traça ce seul mot :

ATLANTIDE.

Quel éclair traversa mon esprit ! L'Atlantide, l'ancienne Méropide de Théopompe[1], l'Atlantide de

Platon, ce continent né par Origène, Porphyre, Jamblique, D'Anville, Malte-Brun, Humboldt[1], qui mettaient sa disparition au compte des récits légendaires, admis par Posidonius, Pline, Ammien-Marcellin, Tertullien, Engel, Sherer, Tournefort, Buffon, d'Avezac[2], je l'avais là sous les yeux, portant encore les irrécusables témoignages de sa catastrophe ! C'était donc cette région engloutie qui existait en dehors de l'Europe, de l'Asie, de la Libye, au-delà des colonnes d'Hercule, où vivait ce peuple puissant des Atlantes, contre lequel se firent les premières guerres de l'ancienne Grèce !

L'historien qui a consigné dans ses écrits les hauts faits de ces temps héroïques, c'est Platon lui-même. Son dialogue de Timée et de Critias[3] a été, pour ainsi dire, tracé sous l'inspiration de Solon, poëte et législateur.

Un jour, Solon s'entretenait avec quelques sages vieillards de Saïs, ville déjà vieille de huit cents ans, ainsi que le témoignaient ses annales gravées sur le mur sacré de ses temples. L'un de ces vieillards raconta l'histoire d'une autre ville plus ancienne de mille ans. Cette première cité athénienne, âgée de neuf cents siècles, avait été envahie et en partie détruite par les Atlantes. Ces Atlantes, disait-il, occupaient un continent immense plus grand que l'Afrique et l'Asie réunies, qui couvrait une surface comprise du douzième degré de latitude au quarantième degré nord. Leur domination s'étendait même à l'Égypte. Ils voulurent l'imposer jusqu'en Grèce, mais ils durent se retirer devant l'indomptable résistance des Hellènes. Des siècles s'écoulèrent. Un cataclysme se produisit, inondations, tremblements de terre. Une nuit et un jour suffirent à l'anéantissement de cette Atlantide, dont les plus hauts sommets, Madère, les Açores, les Canaries, les îles du cap Vert, émergent encore.

Tels étaient ces souvenirs historiques que l'inscription du capitaine Nemo faisait palpiter dans mon esprit. Ainsi donc, conduit par la plus étrange destinée, je foulais du pied l'une des montagnes de ce continent ! Je touchais de la main ces ruines mille fois séculaires et contemporaines des époques géologiques ! Je marchais là même où avaient marché les contemporains du premier homme ! J'écrasais sous mes lourdes semelles ces squelettes d'animaux des temps fabuleux, que ces arbres, maintenant minéralisés, couvraient autrefois de leur ombre !

Ah ! pourquoi le temps me manquait-il ! J'aurais voulu descendre les pentes abruptes de cette montagne, parcourir en entier ce continent immense qui sans doute reliait l'Afrique à l'Amérique, et visiter ces grandes cités antédiluviennes. Là, peut-être, sous mes regards, s'étendaient Makhimos, la guerrière, Eusebès, la pieuse, dont les gigantesques habitants vivaient des siècles entiers, et auxquels la force ne manquait pas pour entasser ces blocs qui résistaient encore à l'action des eaux. Un jour peut-être, quelque phénomène éruptif les ramènera à la surface des flots, ces ruines englouties ! On a signalé de nombreux volcans sous-marins dans cette portion de l'Océan, et bien des navires ont senti des secousses extraordinaires en passant sur ces fonds tourmentés. Les uns ont entendu des bruits sourds qui annonçaient la lutte profonde des éléments ; les autres ont recueilli des cendres volcaniques projetées hors de la mer. Tout ce sol jusqu'à l'Équateur est encore travaillé par les forces plutoniennes. Et qui sait si, dans une époque éloignée, accrus par les déjections volcaniques et par les couches successives de laves, des sommets de montagnes ignivomes n'apparaîtront pas à la surface de l'Atlantique !

Pendant que je rêvais ainsi, tandis que je cherchais à fixer dans mon souvenir tous les détails de ce paysage grandiose, le capitaine Nemo, accoudé sur une stèle moussue, demeurait immobile et comme pétrifié dans une muette extase. Songeait-il à ces générations disparues et leur demandait-il le secret de la destinée humaine ? Était-ce à cette place que cet homme étrange venait se retremper dans les souvenirs de l'histoire, et revivre de cette vie antique, lui qui ne voulait pas de la vie moderne ? Que n'aurais-je donné pour connaître ses pensées, pour les partager, pour les comprendre !

Nous restâmes à cette place pendant une heure entière, contemplant la vaste plaine sous l'éclat des laves qui prenaient parfois une intensité surprenante. Les bouillonnements intérieurs faisaient courir de rapides frissonnements sur l'écorce de la montagne. Des bruits profonds, nettement transmis par ce milieu liquide, se répercutaient avec une majestueuse ampleur.

En ce moment, la lune apparut un instant à travers la masse des eaux et jeta quelques pâles rayons sur le continent englouti. Ce ne fut qu'une lueur, mais d'un indescriptible effet. Le capitaine se leva, jeta un dernier regard à cette immense plaine ; puis de la main il me fit signe de le suivre.

Nous descendîmes rapidement la montagne. La forêt minérale une fois dépassée, j'aperçus le fanal du *Nautilus* qui brillait comme une étoile. Le capitaine marcha droit à lui, et nous étions rentrés à bord au moment où les premières teintes de l'aube blanchissaient la surface de l'Océan.

CHAPITRE X

LES HOUILLÈRES SOUS-MARINES

Le lendemain, 20 février, je me réveillai fort tard. Les fatigues de la nuit avaient prolongé mon sommeil jusqu'à onze heures. Je m'habillai promptement. J'avais hâte de connaître la direction du *Nautilus*. Les instruments m'indiquèrent qu'il courait toujours vers le sud avec une vitesse de vingt milles à l'heure par une profondeur de cent mètres.

Conseil entra. Je lui racontai notre excursion nocturne, et, les panneaux étant ouverts, il put encore entrevoir une partie de ce continent submergé.

En effet, le *Nautilus* rasait à dix mètres du sol seulement la plaine de l'Atlantide. Il filait comme un ballon emporté par le vent au-dessus des prairies terrestres ; mais il serait plus vrai de dire que nous étions dans ce salon comme dans le wagon d'un train express. Les premiers plans qui passaient devant nos yeux, c'étaient des rocs découpés fantastiquement, des forêts d'arbres passés du règne végétal au règne animal, et dont l'immobile silhouette grimaçait sous les flots. C'étaient aussi des masses pierreuses enfouies sous des tapis d'axidies et d'anémones, hérissées de longues hydrophytes verticales, puis des blocs de laves étrangement contournés qui attestaient toute la fureur des expansions plutoniennes.

Tandis que ces sites bizarres resplendissaient sous nos feux électriques, je racontais à Conseil l'histoire de ces Atlantes, qui, au point de vue purement imaginaire, inspirèrent à Bailly[1] tant de pages charmantes. Je lui disais les guerres de ces peuples héroïques. Je discutais la question de l'Atlantide en homme qui ne peut plus douter. Mais Conseil, distrait, m'écoutait peu, et son indifférence à traiter ce point historique me fut bientôt expliquée.

En effet, de nombreux poissons attiraient ses regards, et quand passaient des poissons, Conseil, emporté dans les abîmes de la classification, sortait du monde réel. Dans ce cas, je n'avais plus qu'à le suivre et à reprendre avec lui nos études ichthyologiques.

Du reste, ces poissons de l'Atlantique ne différaient pas sensiblement de ceux que nous avions observés jusqu'ici. C'étaient des raies d'une taille gigantesque, longues de cinq mètres et douées d'une grande force musculaire, qui leur permet de s'élancer au-dessus des flots, des squales d'espèces diverses, entre autres, un glauque de quinze pieds, à dents triangulaires et aiguës, que sa transparence rendait presque invisible au milieu des eaux, des sagres bruns, des humantins en forme de prismes et cuirassés d'une peau tuberculeuse, des esturgeons semblables à leurs congénères de la Méditerranée, des syngnathes-trompettes, longs d'un pied et demi, jaune-brun, pourvus de petites nageoires grises, sans dents ni langue, et qui défilaient comme de fins et souples serpents.

Parmi les poissons osseux, Conseil nota des makaïras noirâtres, longs de trois mètres et armés à leur mâchoire supérieure d'une épée perçante, des vives, aux couleurs animées, connues du temps d'Aristote sous le nom de dragons marins et que les aiguillons de leur dorsale rendent très-dangereux à saisir, puis, des coryphènes, au dos brun rayé de petites raies bleues et encadré dans une bordure d'or, de belles dorades, des chrysotoses-lune, sortes de disques à reflets d'azur, qui, éclairés en-dessus par les rayons solaires, formaient comme des taches d'argent, enfin des xyphias-espadons, longs de huit mètres, marchant par troupes, portant des nageoires jaunâtres taillées en faux et de longs glaives de six pieds, intrépides animaux, plutôt herbivores que piscivores, qui obéissaient au moindre signe de leurs femelles comme des maris bien stylés.

Mais tout en observant ces divers échantillons de la faune marine, je ne laissais pas d'examiner les longues plaines de l'Atlantide. Parfois, de capricieux accidents du sol obligeaient le *Nautilus* à ralentir sa vitesse, et il se glissait alors avec l'adresse d'un cétacé dans d'étroits étranglements de collines. Si ce labyrinthe devenait inextricable, l'appareil s'élevait alors comme un aérostat, et l'obstacle franchi, il reprenait sa course rapide à quelques mètres au-dessus du fond. Admirable et charmante navigation, qui rappelait les manœuvres d'une promenade aérostatique, avec cette différence toutefois que le *Nautilus* obéissait passivement à la main de son timonier.

Vers quatre heures du soir, le terrain, généralement composé d'une vase épaisse et entremêlée de branches minéralisées, se modifia peu à peu ; il devint plus rocailleux et parut semé de conglomérats, de tufs basaltiques, avec quelques semis de laves et d'obsidiennes sulfureuses. Je pensai que la région des montagnes allait bientôt succéder aux longues plaines, et, en effet, dans certaines évolutions du *Nautilus*, j'aperçus l'horizon méridional barré par une haute muraille qui semblait fermer toute issue. Son sommet dépassait évidemment le niveau de l'Océan. Ce devait être un continent, ou tout au moins une île, soit une des Canaries, soit une des îles du cap Vert. Le point n'ayant pas été fait, — à dessein peut-être, — j'ignorais notre position. En tout cas, une telle muraille me parut marquer la fin de cette Atlantide, dont nous n'avions parcouru, en somme, qu'une minime portion.

La nuit n'interrompit pas mes observations. J'étais resté seul. Conseil avait regagné sa cabine. Le *Nautilus*, ralentissant son allure, voltigeait au-dessus des masses confuses du sol, tantôt les effleurant comme s'il eût voulu s'y poser, tantôt remontant capricieusement à la surface des flots. J'entrevoyais alors quelques vives constellations à travers le cristal des eaux, et précisément cinq ou six de ces étoiles zodiacales qui traînent à la queue d'Orion.

Longtemps encore, je serais resté à ma vitre, admirant les beautés de la mer et du ciel, quand les panneaux se refermèrent. À ce moment, le *Nautilus* était arrivé à l'aplomb de la haute muraille. Comment manœuvrerait-il, je ne pouvais le deviner. Je regagnai ma chambre. Le *Nautilus* ne bougeait plus. Je m'endormis avec la ferme intention de me réveiller après quelques heures de sommeil.

Mais, le lendemain, il était huit heures lorsque je revins au salon. Je regardai le manomètre. Il m'apprit que le *Nautilus* flottait à la surface de l'Océan. J'entendais, d'ailleurs, un bruit de pas sur la plate-forme. Cependant aucun roulis ne trahissait l'ondulation des lames supérieures.

Je montai jusqu'au panneau. Il était ouvert. Mais, au lieu du grand jour que j'attendais, je me vis environné d'une obscurité profonde. Où étions-nous ? M'étais-je trompé ? Faisait-il encore nuit ? Non ! Pas une étoile ne brillait, et la nuit n'a pas de ces ténèbres absolues.

Je ne savais que penser, quand une voix me dit :

« C'est vous, monsieur le professeur ?

— Ah ! capitaine Nemo, répondis-je, où sommes-nous ?

— Sous terre, monsieur le professeur.

— Sous terre ! m'écriai-je. Et le *Nautilus* flotte encore ?

— Il flotte toujours.

— Mais, je ne comprends pas ?

— Attendez quelques instants. Notre fanal va s'allumer, et, si vous aimez les situations claires, vous serez satisfait. »

Je mis le pied sur la plate-forme et j'attendis. L'obscurité était si complète que je n'apercevais même pas le capitaine Nemo. Cependant, en regardant au zénith, exactement au-dessus de ma tête, je crus saisir une lueur indécise, une sorte de demi-jour qui emplissait un trou circulaire. En ce moment, le fanal s'alluma soudain, et son vif éclat fit évanouir cette vague lumière.

Je regardai, après avoir un instant fermé mes yeux éblouis par le jet électrique. Le *Nautilus* était stationnaire. Il flottait auprès d'une berge disposée comme un quai. Cette mer qui le supportait en ce moment, c'était un lac emprisonné dans un cirque de murailles qui mesurait deux milles de diamètre, soit six milles de tour. Son niveau, — le manomètre l'indiquait, — ne pouvait être que le niveau extérieur, car une communication existait nécessairement entre ce lac et la mer. Les hautes parois, inclinées sur leur base, s'arrondissaient en voûte et figuraient un immense entonnoir retourné, dont la hauteur comptait cinq ou six cents mètres. Au sommet s'ouvrait un orifice circulaire par lequel j'avais surpris cette légère clarté, évidemment due au rayonnement diurne.

Avant d'examiner plus attentivement les dispositions intérieures de cette énorme caverne, avant de me demander si c'était là l'ouvrage de la nature ou de l'homme, j'allai vers le capitaine Nemo.

« Où sommes-nous ? dis-je.

— Au centre même d'un volcan éteint, me répondit le capitaine, un volcan dont la mer a envahi l'intérieur à la suite de quelque convulsion du sol. Pendant que vous dormiez, monsieur le professeur, le *Nautilus* a pénétré dans ce lagon par un canal naturel ouvert à dix mètres au-dessous de la surface de l'Océan. C'est ici son port d'attache, un port sûr, commode, mystérieux, abrité de tous les rhumbs du vent ! Trouvez-moi sur les côtes de vos continents ou de vos îles une rade qui vaille ce refuge assuré contre la fureur des ouragans.

— En effet, répondis-je, ici vous êtes en sûreté, capitaine Nemo. Qui pourrait vous atteindre au centre d'un volcan ? Mais, à son sommet, n'ai-je pas aperçu une ouverture ?

— Oui, son cratère, un cratère empli jadis de laves, de vapeurs et de flammes, et qui maintenant donne passage à cet air vivifiant que nous respirons.

— Mais quelle est donc cette montagne volcanique ? demandai-je.

— Elle appartient à un des nombreux îlots dont cette mer est semée. Simple écueil pour les navires, pour nous caverne immense. Le hasard me l'a fait découvrir, et, en cela, le hasard m'a bien servi.

— Mais ne pourrait-on descendre par cet orifice qui forme le cratère du volcan ?

— Pas plus que je ne saurais y monter. Jusqu'à une centaine de pieds, la base intérieure de cette

Le Nautilus *flottait auprès d'une berge. (Page 464.)*

montagne est praticable, mais au-dessus, les parois surplombent, et leurs rampes ne pourraient être franchies.

— Je vois, capitaine, que la nature vous sert partout et toujours. Vous êtes en sûreté sur ce lac, et nul que vous n'en peut visiter les eaux. Mais, à quoi bon ce refuge ? Le *Nautilus* n'a pas besoin de port.

— Non, monsieur le professeur, mais il a besoin d'électricité pour se mouvoir, d'éléments pour produire son électricité, de sodium pour alimenter ses

Il risqua vingt fois sa vie. (Page 472.)

éléments, de charbon pour faire son sodium, et de houillères pour extraire son charbon. Or, précisément ici, la mer recouvre des forêts entières qui furent enlisées dans les temps géologiques ; minéralisées maintenant et transformées en houille, elles sont pour moi une mine inépuisable.

— Vos hommes, capitaine, font donc ici le métier de mineurs ?

— Précisément. Ces mines s'étendent sous les flots comme les houillères de Newcastle. C'est ici que, revêtus du scaphandre, le pic et la pioche à la main, mes hommes vont extraire cette houille, que je n'ai pas même demandée aux mines de la terre. Lorsque je brûle ce combustible pour la fabrication du sodium, la fumée qui s'échappe par le cratère de cette montagne lui donne encore l'apparence d'un volcan en activité.

— Et nous les verrons à l'œuvre, vos compagnons ?

— Non, pas cette fois, du moins, car je suis pressé de continuer notre tour du monde sous-marin. Aussi, me contenterai-je de puiser aux réserves de sodium que je possède. Le temps de les embarquer, c'est-à-dire un jour seulement, et nous reprendrons notre voyage. Si donc vous voulez parcourir cette caverne et faire le tour du lagon, profitez de cette journée, monsieur Aronnax. »

Je remerciai le capitaine, et j'allai chercher mes deux compagnons qui n'avaient pas encore quitté leur cabine. Je les invitai à me suivre sans leur dire où ils se trouvaient.

Ils montèrent sur la plate-forme. Conseil, qui ne s'étonnait de rien, regarda comme une chose très-naturelle de se réveiller sous une montagne après s'être endormi sous les flots. Mais Ned Land n'eut d'autre idée que de chercher si la caverne présentait quelque issue.

Après déjeuner, vers dix heures, nous descendions sur la berge.

« Nous voici donc encore une fois à terre, dit Conseil.

— Je n'appelle pas cela "la terre", répondit le Canadien. Et d'ailleurs, nous ne sommes pas dessus, mais dessous. »

Entre le pied des parois de la montagne et les eaux du lac se développait un rivage sablonneux qui, dans sa plus grande largeur, mesurait cinq cents pieds. Sur cette grève, on pouvait faire aisément le tour du lac. Mais la base des hautes parois formait un sol tourmenté, sur lequel gisaient, dans un pittoresque entassement, des blocs volcaniques et d'énormes pierres ponces. Toutes ces masses désagrégées, recouvertes d'un émail poli sous l'action des feux souterrains, resplendissaient au contact des jets électriques du fanal. La poussière micacée du rivage, que soulevaient nos pas, s'envolait comme une nuée d'étincelles.

Le sol s'élevait sensiblement en s'éloignant du relais des flots, et nous fûmes bientôt arrivés à des rampes longues et sinueuses, véritables raidillons qui permettaient de s'élever peu à peu, mais il fallait marcher prudemment au milieu de ces conglomérats, qu'aucun ciment ne reliait entre eux, et le pied glissait sur ces trachytes vitreux, faits de cristaux de feldspath et de quartz.

La nature volcanique de cette énorme excavation s'affirmait de toutes parts. Je le fis observer à mes compagnons.

« Vous figurez-vous, leur demandai-je, ce que devait être cet entonnoir, lorsqu'il s'emplissait de laves bouillonnantes, et que le niveau de ce liquide incandescent s'élevait jusqu'à l'orifice de la montagne, comme la fonte sur les parois d'un fourneau ?

— Je me le figure parfaitement, répondit Conseil. Mais monsieur me dira-t-il pourquoi le grand fondeur a suspendu son opération, et comment il se fait que la fournaise est remplacée par les eaux tranquilles d'un lac ?

— Très-probablement, Conseil, parce que quelque convulsion a produit au-dessous de la surface de l'Océan cette ouverture qui a servi de passage au *Nautilus*. Alors les eaux de l'Atlantique se sont précipitées à l'intérieur de la montagne. Il y a eu lutte terrible entre les deux éléments, lutte qui s'est terminée à l'avantage de Neptune. Mais bien des siècles se sont écoulés depuis lors, et le volcan submergé s'est changé en grotte paisible.

— Très-bien, répliqua Ned Land. J'accepte l'explication, mais je regrette, dans notre intérêt, que cette ouverture dont parle monsieur le professeur ne se soit pas produite au-dessus du niveau de la mer.

— Mais, ami Ned, répliqua Conseil, si ce passage n'eût pas été sous-marin, le *Nautilus* n'aurait pu y pénétrer !

— Et j'ajouterai, maître Land, que les eaux ne se seraient pas précipitées sous la montagne et que le volcan serait resté volcan. Donc vos regrets sont superflus. »

Notre ascension continua. Les rampes se faisaient de plus en plus raides et étroites. De profondes excavations les coupaient parfois, qu'il fallait franchir. Des masses surplombantes voulaient être tournées. On se glissait sur les genoux, on rampait sur le ventre. Mais, l'adresse de Conseil et la force du Canadien aidant, tous les obstacles furent surmontés.

À une hauteur de trente mètres environ, la nature du terrain se modifia, sans qu'il devînt plus praticable. Aux conglomérats et aux trachytes succédèrent de noirs basaltes ; ceux-ci étendus par nappes toutes grumelées de soufflures ; ceux-là formant des prismes réguliers, disposés comme une colonnade qui supportait les retombées de cette voûte im-

mense, admirable spécimen de l'architecture naturelle. Puis, entre ces basaltes serpentaient de
longues coulées de laves refroidies, incrustées de
raies bitumineuses, et, par places, s'étendaient de
larges tapis de soufre. Un jour plus puissant, entrant par le cratère supérieur, inondait d'une vague
clarté toutes ces déjections volcaniques, à jamais
ensevelies au sein de la montagne éteinte.

Cependant, notre marche ascensionnelle fut bientôt arrêtée, à une hauteur de deux cent cinquante
pieds environ, par d'infranchissables obstacles. La
voussure intérieure revenait en surplomb, et la montée dut se changer en promenade circulaire. À ce
dernier plan, le règne végétal commençait à lutter
avec le règne minéral. Quelques arbustes et même
certains arbres sortaient des anfractuosités de la
paroi. Je reconnus des euphorbes qui laissaient couler leur suc caustique. Des héliotropes, très-inhabi-
les à justifier leur nom[1], puisque les rayons solaires
n'arrivaient jamais jusqu'à eux, penchaient triste-
ment leurs grappes de fleurs aux couleurs et aux
parfums à demi passés. Çà et là, quelques chry-
santhèmes poussaient timidement au pied d'aloës à
longues feuilles tristes et maladifs. Mais, entre les
coulées de laves, j'aperçus de petites violettes, encore parfumées d'une légère odeur, et j'avoue que je
les respirai avec délices. Le parfum, c'est l'âme de la
fleur, et les fleurs de la mer, ces splendides hydrophytes, n'ont pas d'âme !

Nous étions arrivés au pied d'un bouquet de
dragonniers robustes, qui écartaient les roches sous
l'effort de leurs musculeuses racines, quand Ned
Land s'écria :

« Ah ! monsieur, une ruche !

— Une ruche ! répliquai-je, en faisant un geste de
parfaite incrédulité.

— Oui ! une ruche, répéta le Canadien, et des
abeilles qui bourdonnent autour. »

Je m'approchai et je dus me rendre à l'évidence. Il y avait là, à l'orifice d'un trou creusé dans le tronc d'un dragonnier, quelques milliers de ces ingénieux insectes, si communs dans toutes les Canaries, et dont les produits y sont particulièrement estimés.

Tout naturellement, le Canadien voulut faire sa provision de miel, et j'aurais eu mauvaise grâce à m'y opposer. Une certaine quantité de feuilles sèches mélangées de soufre s'allumèrent sous l'étincelle de son briquet, et il commença à enfumer les abeilles. Les bourdonnements cessèrent peu à peu, et la ruche éventrée livra plusieurs livres d'un miel parfumé. Ned Land en remplit son havre-sac.

« Quand j'aurai mélangé ce miel avec la pâte de l'artocarpus, nous dit-il, je serai en mesure de vous offrir un gâteau succulent.

— Parbleu ! fit Conseil, ce sera du pain d'épice.

— Va pour le pain d'épice, dis-je, mais reprenons cette intéressante promenade. »

À certains détours du sentier que nous suivions alors, le lac apparaissait dans toute son étendue. Le fanal éclairait en entier sa surface paisible qui ne connaissait ni les rides ni les ondulations. Le *Nautilus* gardait une immobilité parfaite. Sur sa plate-forme et sur la berge s'agitaient les hommes de son équipage, ombres noires nettement découpées au milieu de cette lumineuse atmosphère.

En ce moment, nous contournions la crête la plus élevée de ces premiers plans de roches qui soutenaient la voûte. Je vis alors que les abeilles n'étaient pas les seuls représentants du règne animal à l'intérieur de ce volcan. Des oiseaux de proie planaient et tournoyaient çà et là dans l'ombre, ou s'enfuyaient de leurs nids perchés sur des pointes de roc. C'étaient des éperviers au ventre blanc, et des crécelles criardes. Sur les pentes détalaient aussi, de toute la rapidité de leurs échasses, de belles et grasses outardes. Je laisse à penser si la convoitise du Canadien fut

allumée à la vue de ce gibier savoureux, et s'il re-
gretta de ne pas avoir un fusil entre ses mains. Il
essaya de remplacer le plomb par les pierres, et
après plusieurs essais infructueux, il parvint à blesser une de ces magnifiques outardes. Dire qu'il
risqua vingt fois sa vie pour s'en emparer, ce n'est
que vérité pure, mais il fit si bien que l'animal alla
rejoindre dans son sac les gâteaux de miel.

Nous dûmes alors redescendre vers le rivage, car
la crête devenait impraticable. Au-dessus de nous,
le cratère béant apparaissait comme une large ouverture de puits. De cette place, le ciel se laissait distinguer assez nettement, et je voyais courir des nuages
échevelés par le vent d'ouest, qui laissaient traîner
jusqu'au sommet de la montagne leurs brumeux
haillons. Preuve certaine que ces nuages se tenaient
à une hauteur médiocre, car le volcan ne s'élevait
pas à plus de huit cents pieds au-dessus du niveau
de l'Océan.

Une demi-heure après le dernier exploit du Canadien, nous avions regagné le rivage intérieur. Ici, la
flore était représentée par de larges tapis de cette
criste-marine, petite plante ombellifère très-bonne à
confire, qui porte aussi les noms de perce-pierre, de
passe-pierre et de fenouil-marin. Conseil en récolta
quelques bottes. Quant à la faune, elle comptait par
milliers des crustacés de toutes sortes, des homards,
des crabes-tourteaux, des palémons, des mysis, des
faucheurs, des galatées et un nombre prodigieux de
coquillages, porcelaines, rochers et patelles.

En cet endroit s'ouvrait une magnifique grotte.
Mes compagnons et moi nous prîmes plaisir à nous
étendre sur son sable fin. Le feu avait poli ses
parois émaillées et étincelantes, toutes saupoudrées
de la poussière du mica. Ned Land en tâtait les
murailles et cherchait à sonder leur épaisseur. Je ne
pus m'empêcher de sourire. La conversation se mit
alors sur ses éternels projets d'évasion, et je crus

pouvoir, sans trop m'avancer, lui donner cette espérance : c'est que le capitaine Nemo n'était descendu au sud que pour renouveler sa provision de sodium. J'espérais donc que, maintenant, il rallierait les côtes de l'Europe et de l'Amérique ; ce qui permettrait au Canadien de reprendre avec plus de succès sa tentative avortée.

Nous étions étendus depuis une heure dans cette grotte charmante. La conversation, animée au début, languissait alors. Une certaine somnolence s'emparait de nous. Comme je ne voyais aucune raison de résister au sommeil, je me laissai aller à un assoupissement profond. Je rêvais, — on ne choisit pas ses rêves, — je rêvais que mon existence se réduisait à la vie végétative d'un simple mollusque. Il me semblait que cette grotte formait la double valve de ma coquille...

Tout d'un coup, je fus réveillé par la voix de Conseil.

« Alerte ! Alerte ! criait ce digne garçon.

— Qu'y a-t-il ? demandai-je, me soulevant à demi.

— L'eau nous gagne ! »

Je me redressai. La mer se précipitait comme un torrent dans notre retraite, et, décidément, puisque nous n'étions pas des mollusques, il fallait se sauver.

En quelques instants, nous fûmes en sûreté sur le sommet de la grotte même.

« Que se passe-t-il donc ? demanda Conseil. Quelque nouveau phénomène ?

— Eh non ! mes amis, répondis-je, c'est la marée, ce n'est que la marée qui a failli nous surprendre comme le héros de Walter Scott[1] ! L'Océan se gonfle au-dehors, et par une loi toute naturelle d'équilibre, le niveau du lac monte également. Nous en sommes quittes pour un demi-bain. Allons nous changer au *Nautilus*. »

Trois quarts d'heure plus tard, nous avions achevé notre promenade circulaire et nous rentrions à bord. Les hommes de l'équipage achevaient en ce moment d'embarquer les provisions de sodium, et le *Nautilus* aurait pu partir à l'instant.

Cependant, le capitaine Nemo ne donna aucun ordre. Voulait-il attendre la nuit et sortir secrètement par son passage sous-marin ? Peut-être.

Quoi qu'il en soit, le lendemain, le *Nautilus*, ayant quitté son port d'attache, naviguait au large de toute terre, et à quelques mètres au-dessous des flots de l'Atlantique.

CHAPITRE XI

LA MER DE SARGASSES

La direction du *Nautilus* ne s'était pas modifiée. Tout espoir de revenir vers les mers européennes devait donc être momentanément rejeté. Le capitaine Nemo maintenait le cap vers le sud. Où nous entraînait-il ? Je n'osais l'imaginer.

Ce jour-là, le *Nautilus* traversa une singulière portion de l'Océan atlantique. Personne n'ignore l'existence de ce grand courant d'eau chaude, connu sous le nom de Gulf Stream. Après être sorti des canaux de Floride il se dirige vers le Spitzberg. Mais avant de pénétrer dans le golfe du Mexique, vers le quarante-quatrième degré de latitude nord, ce courant se divise en deux bras ; le principal se porte vers les côtes d'Irlande et de Norwége, tandis que le second fléchit vers le sud à la hauteur des Açores ; puis frappant les rivages africains et décrivant un ovale allongé, il revient vers les Antilles.

Or, ce second bras, — c'est plutôt un collier qu'un bras, — entoure de ses anneaux d'eau chaude cette portion de l'Océan froide, tranquille, immobile, que l'on appelle la mer de Sargasses. Véritable lac en plein Atlantique, les eaux du grand courant ne mettent pas moins de trois ans à en faire le tour.

La mer de Sargasses, à proprement parler, couvre toute la partie immergée de l'Atlantide. Certains auteurs ont même admis que ces nombreuses herbes dont elle est semée sont arrachées aux prairies de cet ancien continent. Il est plus probable, cependant, que ces herbages, algues et fucus, enlevés aux rivages de l'Europe et de l'Amérique, sont entraînés jusqu'à cette zone par le Gulf-Stream. Ce fut là une des raisons qui amenèrent Colomb à supposer l'existence d'un nouveau monde. Lorsque les navires de ce hardi chercheur arrivèrent à la mer de Sargasses, ils naviguèrent non sans peine au milieu de ces herbes qui arrêtaient leur marche au grand effroi des équipages, et ils perdirent trois longues semaines à les traverser.

Telle était cette région que le *Nautilus* visitait en ce moment, une prairie véritable, un tapis serré d'algues, de fucus natans, de raisins du tropique, si épais, si compact, que l'étrave d'un bâtiment ne l'eût pas déchiré sans peine. Aussi, le capitaine Nemo, ne voulant pas engager son hélice dans cette masse herbeuse, se tint-il à quelques mètres de profondeur au-dessous de la surface des flots.

Ce nom de Sargasses vient du mot espagnol « sargazzo » qui signifie varech. Ce varech, le varechnageur ou porte-baie, forme principalement ce banc immense. Et voici pourquoi, suivant le savant Maury, l'auteur de la *Géographie physique du globe*[1], ces hydrophytes se réunissent dans ce paisible bassin de l'Atlantique :

« L'explication qu'on en peut donner, dit-il, me semble résulter d'une expérience connue de tout le monde. Si l'on place dans un vase des fragments de bouchons ou de corps flottants quelconques, et que l'on imprime à l'eau de ce vase un mouvement circulaire, on verra les fragments éparpillés se réunir en groupe au centre de la surface liquide, c'est-à-dire au point le moins agité. Dans le phénomène qui nous occupe, le vase, c'est l'Atlantique, le Gulf-Stream, c'est le courant circulaire, et la mer de Sargasses, le point central où viennent se réunir les corps flottants. »

Je partage l'opinion de Maury, et j'ai pu étudier le phénomène dans ce milieu spécial où les navires

La mer se précipitait comme un torrent. (Page 473.)

pénètrent rarement. Au-dessus de nous flottaient des corps de toute provenance, entassés au milieu de ces herbes brunâtres, des troncs d'arbres arrachés aux Andes ou aux Montagnes-Rocheuses et flottés par l'Amazone ou le Mississipi, de nombreuses épaves, des restes de quilles ou de carènes, des bordages défoncés et tellement alourdis par les coquilles et les anatifes qu'ils ne pouvaient remonter à la surface de l'Océan. Et le temps justifiera un jour cette autre opinion de Maury, que ces matières, ainsi accumulées pendant des siècles, se minéraliseront

J'entendais résonner les sons de l'orgue. (Page 479.)

sous l'action des eaux et formeront alors d'inépuisables houillères. Réserve précieuse que prépare la prévoyante nature pour ce moment où les hommes auront épuisé les mines des continents.

Au milieu de cet inextricable tissu d'herbes et de fucus, je remarquai de charmants alcyons stellés aux couleurs roses, des actinies qui laissaient traîner leur longue chevelure de tentacules, des méduses vertes, rouges, bleues, et particulièrement ces grands rhizostomes de Cuvier, dont l'ombrelle bleuâtre est bordée d'un feston violet.

Toute cette journée du 22 février se passa dans la mer de Sargasses, où les poissons, amateurs de plantes marines et de crustacés, trouvent une abondante nourriture. Le lendemain, l'Océan avait repris son aspect accoutumé.

Depuis ce moment, pendant dix-neuf jours, du 23 février au 12 mars, le *Nautilus*, tenant le milieu de l'Atlantique, nous emporta avec une vitesse constante de cent lieues par vingt-quatre heures. Le capitaine Nemo voulait évidemment accomplir son programme sous-marin, et je ne doutais pas qu'il ne songeât, après avoir doublé le cap Horn, à revenir vers les mers australes du Pacifique.

Ned Land avait donc eu raison de craindre. Dans ces larges mers, privées d'îles, il ne fallait plus tenter de quitter le bord. Nul moyen non plus de s'opposer aux volontés du capitaine Nemo. Le seul parti était de se soumettre ; mais ce qu'on ne devait plus attendre de la force ou de la ruse, j'aimais à penser qu'on pourrait l'obtenir par la persuasion. Ce voyage terminé, le capitaine Nemo ne consentirait-il pas à nous rendre la liberté sous serment de ne jamais révéler son existence ? Serment d'honneur que nous aurions tenu. Mais il fallait traiter cette délicate question avec le capitaine. Or, serais-je bien venu à réclamer cette liberté ? Lui-même n'avait-il pas déclaré, dès le début et d'une façon formelle, que le secret de sa vie exigeait notre emprisonnement perpétuel à bord du *Nautilus* ? Mon silence, depuis quatre mois, ne devait-il pas lui paraître une acceptation tacite de cette situation ? Revenir sur ce sujet n'aurait-il pas pour résultat de donner des soupçons qui pourraient nuire à nos projets, si quelque circonstance favorable se présentait plus tard de les reprendre ? Toutes ces raisons, je les pesais, je les retournais dans mon esprit, je les soumettais à Conseil qui n'était pas moins embarrassé que moi. En somme, bien que je ne fusse pas facile à décourager, je comprenais que les chances de jamais revoir mes semblables diminuaient de jour en jour, surtout en ce moment où le capitaine Nemo courait en téméraire vers le sud de l'Atlantique !

Pendant les dix-neuf jours que j'ai mentionnés plus haut, aucun incident particulier ne signala notre voyage. Je vis peu le capitaine. Il travaillait. Dans la bibliothèque je trouvais souvent des livres qu'il laissait entr'ouverts, et surtout des livres d'histoire naturelle. Mon ouvrage sur les fonds sousmarins, feuilleté par lui, était couvert de notes en marge, qui contredisaient parfois mes théories et mes systèmes. Mais le capitaine se contentait d'épurer ainsi mon travail, et il était rare qu'il discutât avec moi. Quelquefois, j'entendais résonner les sons mélancoliques de son orgue, dont il jouait avec beaucoup d'expression, mais la nuit seulement, au milieu de la plus secrète obscurité, lorsque le *Nautilus* s'endormait dans les déserts de l'Océan.

Pendant cette partie du voyage, nous naviguâmes des journées entières à la surface des flots. La mer était comme abandonnée. À peine quelques navires à voiles, en charge pour les Indes, se dirigeant vers le cap de Bonne-Espérance. Un jour nous fûmes poursuivis par les embarcations d'un baleinier qui nous prenait sans doute pour quelque énorme baleine d'un haut prix. Mais le capitaine Nemo ne voulut pas faire perdre à ces braves gens leur temps et leurs peines, et il termina la chasse en plongeant sous les eaux. Cet incident avait paru vivement intéresser Ned Land. Je ne crois pas me tromper en disant que le Canadien avait dû regretter que notre cétacé de tôle ne pût être frappé à mort par le harpon de ces pêcheurs.

Les poissons observés par Conseil et par moi, pendant cette période, différaient peu de ceux que nous avions déjà étudiés sous d'autres latitudes. Les principaux furent quelques échantillons de ce terrible genre de cartilagineux, divisé en trois sousgenres qui ne comptent pas moins de trente-deux espèces : des squales galonnés, longs de cinq mètres, à tête déprimée et plus large que le corps, à nageoire caudale arrondie, et dont le dos porte sept grandes bandes noires parallèles et longitudinales ; puis des squales-perlons, gris-cendrés, percés de sept ouvertures branchiales et pourvus d'une seule nageoire dorsale placée à peu près vers le milieu du corps.

Passaient aussi de grands chiens de mer, poissons voraces s'il en fut. On a le droit de ne point croire aux récits des pêcheurs, mais voici ce qu'ils racontent. On a trouvé dans le corps de l'un de ces animaux une tête de buffle et un veau tout entier ; dans un autre, deux thons et un matelot en uniforme ; dans un autre, un soldat avec son sabre ; dans un autre enfin, un cheval avec son cavalier. Tout ceci, à vrai dire, n'est pas article de foi. Toujours est-il qu'aucun de ces animaux ne se laissa prendre aux filets du *Nautilus*, et que je ne pus vérifier leur voracité.

Des troupes élégantes et folâtres de dauphins nous accompagnèrent pendant des jours entiers. Ils allaient par bandes de cinq ou six, chassant en meute comme les loups dans les campagnes ; d'ailleurs, non moins voraces que les chiens de mer, si j'en crois un professeur de Copenhague, qui retira de l'estomac d'un dauphin treize marsouins et quinze phoques. C'était, il est vrai, un épaulard, appartenant à la plus grande espèce connue, et dont la longueur dépasse quelquefois vingt-quatre pieds. Cette famille des delphiniens compte dix genres, et ceux que j'aperçus tenaient du genre des delphinorhynques, remarquables par un museau excessivement étroit et quatre fois long comme le crâne. Leur corps, mesurant trois mètres, noir en dessus, était en dessous d'un blanc rosé semé de petites taches très-rares.

Je citerai aussi, dans ces mers, de curieux échantillons de ces poissons de l'ordre des acanthoptérygiens et de la famille des sciénoïdes. Quelques auteurs, — plus poëtes que naturalistes, — prétendent que ces poissons chantent mélodieusement, et que leurs voix réunies forment un concert qu'un chœur de voix humaines ne saurait égaler. Je ne dis pas non, mais ces sciènes ne nous donnèrent aucune sérénade à notre passage, et je le regrette.

Pour terminer enfin, Conseil classa une grande quantité de poissons volants. Rien n'était plus curieux que de voir les dauphins leur donner la chasse avec une précision merveilleuse. Quelle que fût la portée de son vol, quelque trajectoire qu'il décrivît, même au-dessus du *Nautilus*, l'infortuné poisson trouvait toujours la bouche du dauphin ouverte pour le recevoir. C'étaient ou des pirapèdes, ou des trigles-milans, à bouche lumineuse, qui, pendant la nuit, après avoir tracé des raies de feu dans l'atmosphère, plongeaient dans les eaux sombres comme autant d'étoiles filantes.

Jusqu'au 13 mars, notre navigation se continua dans ces conditions. Ce jour-là, le *Nautilus* fut employé à des expériences de sondages qui m'intéressèrent vivement.

Nous avions fait alors près de treize mille lieues depuis notre départ dans les hautes mers du Pacifique. Le point nous mettait par 45° 37' de latitude sud et 37° 53' de longitude ouest. C'étaient ces mêmes parages où le capitaine Denham de l'*Hérald* fila quatorze mille mètres de sonde sans trouver de fond. Là aussi, le lieutenant Parcker de la frégate américaine *Congress* n'avait pu atteindre le sol sous-marin par quinze mille cent quarante mètres[1].

Le capitaine Nemo résolut d'envoyer son *Nautilus* à la plus extrême profondeur à fin de contrôler ces différents sondages. Je me préparai à noter tous les résultats de l'expérience. Les panneaux du salon furent ouverts, et les manœuvres commencèrent pour atteindre ces couches si prodigieusement reculées.

On pense bien qu'il ne fut pas question de plonger en remplissant les réservoirs. Peut-être n'eussent-ils pu accroître suffisamment la pesanteur spécifique du *Nautilus*. D'ailleurs, pour remonter, il aurait fallu chasser cette surcharge d'eau, et les pompes n'auraient pas été assez puissantes pour vaincre la pression extérieure.

Le capitaine Nemo résolut d'aller chercher le fond océanique par une diagonale suffisamment allongée, au moyen de ses plans latéraux qui furent placés sous un angle de quarante-cinq degrés avec les lignes d'eau du *Nautilus*. Puis, l'hélice fut portée à son maximum de vitesse, et sa quadruple branche battit les flots avec une indescriptible violence.

Sous cette poussée puissante, la coque du *Nautilus* frémit comme une corde sonore et s'enfonça régulièrement sous les eaux. Le capitaine et moi, postés dans le salon, nous suivions l'aiguille du manomètre qui déviait rapidement. Bientôt fut dépassée cette zone habitable où résident la plupart des poissons. Si quelques-uns de ces animaux ne peuvent vivre qu'à la surface des mers ou des fleuves, d'autres, moins nombreux, se tiennent à des profondeurs assez grandes. Parmi ces derniers, j'observai l'hexanche, espèce de chien de mer muni de six fentes respiratoires, le télescope aux yeux énormes, le malarmat-cuirassé, aux thoracines grises, aux pectorales noires, que protégeait son plastron de plaques osseuses d'un rouge pâle, puis enfin le grenadier, qui, vivant par douze cents mètres de profondeur, supportait alors une pression de cent vingt atmosphères.

Je demandai au capitaine Nemo s'il avait observé des poissons à des profondeurs plus considérables.

« Des poissons ? me répondit-il, rarement. Mais dans l'état actuel de la science, que présume-t-on, que sait-on ?

— Le voici, capitaine. On sait que en allant vers les basses couches de l'Océan, la vie végétale disparaît plus vite que la vie animale. On sait que, là où se rencontrent encore des êtres animés, ne végète plus une seule hydrophyte. On sait que les pèlerines, les huîtres vivent par deux mille mètres d'eau, et que Mac Clintock, le héros des mers polaires[1], a retiré une étoile vivante d'une profondeur de deux mille cinq cents mètres. On sait que l'équipage du *Bull-Dog*, de la Marine Royale, a pêché une astérie par deux mille six cent vingt brasses, soit plus d'une lieue de profondeur. Mais, capitaine Nemo, peut-être me direz-vous qu'on ne sait rien ?

— Non, monsieur le professeur, répondit le capitaine, je n'aurai pas cette impolitesse. Toutefois, je vous demanderai comment vous expliquez que des êtres puissent vivre à de telles profondeurs ?

— Je l'explique par deux raisons, répondis-je. D'abord, parce que les courants verticaux, déterminés par les différences de salure et de densité des eaux, produisent un mouvement qui suffit à entretenir la vie rudimentaire des encrines et des astéries.

— Juste, fit le capitaine.

— Ensuite, parce que, si l'oxygène est la base de la vie, on sait que la quantité d'oxygène dissous dans l'eau de mer augmente avec la profondeur au lieu de diminuer, et que la pression des couches basses contribue à l'y comprimer.

— Ah ! on sait cela ? répondit le capitaine Nemo, d'un ton légèrement surpris. Eh bien, monsieur le professeur, on a raison de le savoir, car c'est la vérité. J'ajouterai, en effet, que la vessie natatoire des poissons renferme plus d'azote que d'oxygène, quand ces animaux sont pêchés à la surface des eaux, et plus d'oxygène que d'azote, au contraire, quand ils sont tirés des grandes profondeurs. Ce qui donne raison à votre système. Mais continuons nos observations. »

Mes regards se reportèrent sur le manomètre. L'instrument indiquait une profondeur de six mille mètres. Notre immersion durait depuis une heure. Le *Nautilus*, glissant sur ses plans inclinés, s'enfonçait toujours. Les eaux désertes étaient admirablement transparentes et d'une diaphanéité que rien ne saurait peindre. Une heure plus tard, nous étions par treize mille mètres, — trois lieues et quart environ, — et le fond de l'Océan ne se laissait pas pressentir.

Cependant, par quatorze mille mètres, j'aperçus des pics noirâtres qui surgissaient au milieu des eaux. Mais ces sommets pouvaient appartenir à des montagnes hautes comme l'Himalaya ou le Mont-Blanc, plus hautes même, et la profondeur de ces abîmes demeurait inévaluable.

Le *Nautilus* descendit plus bas encore, malgré les puissantes pressions qu'il subissait. Je sentais ses tôles trembler sous la jointure de leurs boulons ; ses barreaux s'arquaient ; ses cloisons gémissaient ; les vitres du salon semblaient se gondoler sous la pression des eaux. Et ce solide appareil eût cédé sans doute, si, ainsi que l'avait dit son capitaine, il n'eût été capable de résister comme un bloc plein.

En rasant les pentes de ces roches perdues sous les eaux, j'apercevais encore quelques coquilles, des serpules, des spirorbis vivantes, et certains échantillons d'astéries.

Mais bientôt ces derniers représentants de la vie animale disparurent, et, au-dessous de trois lieues, le *Nautilus* dépassa les limites de l'existence sous-marine, comme fait le ballon qui s'élève dans les airs au-dessus des zones respirables. Nous avions atteint une profondeur de seize mille mètres, — quatre lieues, — et les flancs du *Nautilus* supportaient alors une pression de seize cents atmosphères, c'est-à-dire seize cents kilogrammes par chaque centimètre carré de sa surface !

« Quelle situation, m'écriai-je ! Parcourir dans ces régions profondes où l'homme n'est jamais parvenu ! Voyez, capitaine, voyez ces rocs magnifiques, ces grottes inhabitées, ces derniers réceptacles du globe, où la vie n'est plus possible ! Quels sites inconnus et pourquoi faut-il que nous soyons réduits à n'en conserver que le souvenir ?

— Vous plairait-il, me demanda le capitaine Nemo, d'en rapporter mieux que le souvenir ?

— Que voulez-vous dire par ces paroles ?

— Je veux dire que rien n'est plus facile que de prendre une vue photographique de cette région sous-marine ! »

Je n'avais pas eu le temps d'exprimer la surprise que me causait cette nouvelle proposition, que, sur un appel du capitaine Nemo, un objectif était apporté dans le salon. Par les panneaux largement ouverts, le milieu liquide éclairé électriquement se distribuait avec une clarté parfaite. Nulle ombre, nulle dégradation de notre lumière factice. Le soleil n'eût pas été plus favorable à une opération de cette nature. Le *Nautilus*, sous la poussée de son hélice, maîtrisée par l'inclinaison de ses plans, demeurait immobile. L'instrument fut braqué sur ces sites du fond océanique, et en quelques secondes, nous avions obtenu un négatif d'une extrême pureté.

C'est l'épreuve positive que j'en donne ici[1]. On y voit ces roches primordiales qui n'ont jamais connu la lumière des cieux, ces granits inférieurs qui forment la puissante assise du globe, ces grottes profondes évidées dans la masse pierreuse, ces profils d'une incomparable netteté et dont le trait terminal se détache en noir, comme s'il était dû au pinceau de certains artistes flamands. Puis, au-delà, un horizon de montagnes, une admirable ligne ondulée qui compose les arrière-plans du paysage. Je ne puis décrire cet ensemble de roches lisses, noires, polies, sans une mousse, sans une tache, aux formes étrangement découpées et solidement établies sur ce tapis de sable qui étincelait sous les jets de la lumière électrique.

Cependant, le capitaine Nemo, après avoir terminé son opération, m'avait dit :

« Remontons monsieur le professeur. Il ne faut pas abuser de cette situation ni exposer trop longtemps le *Nautilus* à de pareilles pressions.

— Remontons ! répondis-je.

— Tenez-vous bien. »

Je n'avais pas encore eu le temps de comprendre pourquoi le capitaine me faisait cette recommandation, quand je fus précipité sur le tapis.

Son hélice embrayée sur un signal du capitaine, ses plans dressés verticalement, le *Nautilus*, emporté comme un ballon dans les airs, s'enlevait avec une rapidité foudroyante. Il coupait la masse des eaux avec un frémissement sonore. Aucun détail n'était visible. En quatre minutes, il avait franchi les quatre lieues qui le séparaient de la surface de l'Océan, et, après avoir émergé comme un poisson volant, il retombait en faisant jaillir les flots à une prodigieuse hauteur[2].

C'est l'épreuve positive que j'en donne ici. (Page 486.)

CHAPITRE XII

CACHALOTS ET BALEINES

Pendant la nuit du 13 au 14 mars, le *Nautilus* reprit sa direction vers le sud. Je pensais qu'à la hauteur du cap Horn, il mettrait le cap à l'ouest afin de rallier les mers du Pacifique et d'achever son tour

Quand Ned rencontrait le capitaine... (Page 488.)

du monde. Il n'en fit rien et continua de remonter vers les régions australes. Où voulait-il donc aller ? Au pôle ? C'était insensé. Je commençai à croire que les témérités du capitaine justifiaient suffisamment les appréhensions de Ned Land.

Le Canadien, depuis quelque temps, ne me parlait plus de ses projets de fuite. Il était devenu moins communicatif, presque silencieux. Je voyais combien cet emprisonnement prolongé lui pesait. Je sentais ce qui s'amassait de colère en lui. Lorsqu'il rencontrait le capitaine, ses yeux s'allumaient d'un feu sombre, et je craignais toujours que sa violence naturelle ne le portât à quelque extrémité.

Ce jour-là, 14 mars, Conseil et lui vinrent me trouver dans ma chambre. Je leur demandai la raison de leur visite.

« Une simple question à vous poser, monsieur, me répondit le Canadien.

— Parlez, Ned.

— Combien d'hommes croyez-vous qu'il y ait à bord du *Nautilus* ?

— Je ne saurais le dire, mon ami.

— Il me semble, reprit Ned Land, que sa manœuvre ne nécessite pas un nombreux équipage.

— En effet, répondis-je, dans les conditions où il se trouve, une dizaine d'hommes au plus doivent suffire à le manœuvrer.

— Eh bien, dit le Canadien, pourquoi y en aurait-il davantage ?

— Pourquoi ? » répliquai-je.

Je regardai fixement Ned Land, dont les intentions étaient faciles à deviner.

« Parce que, dis-je, si j'en crois mes pressentiments, si j'ai bien compris l'existence du capitaine, le *Nautilus* n'est pas seulement un navire. Ce doit être un lieu de refuge pour ceux qui, comme son commandant, ont rompu toute relation avec la terre.

— Peut-être, dit Conseil, mais enfin le *Nautilus* ne peut contenir qu'un certain nombre d'hommes, et monsieur ne pourrait-il évaluer ce maximum ?

— Comment cela, Conseil ?

— Par le calcul. Étant donnée la capacité du navire que monsieur connaît, et, par conséquent, la quantité d'air qu'il renferme ; sachant d'autre part ce que chaque homme dépense dans l'acte de la respiration, et comparant ces résultats avec la nécessité où le *Nautilus* est de remonter toutes les vingt-quatre heures... »

La phrase de Conseil n'en finissait pas, mais je vis bien où il voulait en venir.

« Je te comprends, dis-je ; mais ce calcul-là, facile à établir d'ailleurs, ne peut donner qu'un chiffre très-incertain.

— N'importe, reprit Ned Land, en insistant.

— Voici le calcul, répondis-je. Chaque homme dépense en une heure l'oxygène contenu dans cents litres d'air, soit en vingt-quatre heures l'oxygène contenu dans deux mille quatre cents litres. Il faut donc chercher combien de fois le *Nautilus* renferme deux mille quatre cents litres d'air.

— Précisément, dit Conseil.

— Or, repris-je, la capacité du *Nautilus* étant de quinze cents tonneaux, et celle du tonneau de mille litres, le *Nautilus* renferme quinze cent mille litres d'air, qui, divisés par deux mille quatre cents... »

Je calculai rapidement au crayon :

« ... donnent au quotient six cent vingt-cinq. Ce qui revient à dire que l'air contenu dans le *Nautilus* pourrait rigoureusement suffire à six cent vingt-cinq hommes pendant vingt-quatre heures.

— Six cent vingt-cinq ! répéta Ned.

— Mais tenez pour certain, ajoutai-je, que, tant passagers que marins ou officiers, nous ne formons pas la dixième partie de ce chiffre.

— C'est encore trop pour trois hommes ! murmura Conseil.

— Donc, mon pauvre Ned, je ne puis que vous conseiller la patience.

— Et même mieux que la patience, répondit Conseil, la résignation. »

Conseil avait employé le mot juste.

« Après tout, reprit-il, le capitaine ne peut pas aller toujours au sud ! Il faudra bien qu'il s'arrête, ne fût-ce que devant la banquise, et qu'il revienne vers des mers plus civilisées ! Alors, il sera temps de reprendre les projets de Ned Land. »

Le Canadien secoua la tête, passa la main sur son front, ne répondit pas, et se retira.

« Que monsieur me permette de lui faire une observation, me dit alors Conseil. Ce pauvre Ned pense à tout ce qu'il ne peut pas avoir. Tout lui revient de sa vie passée. Tout lui semble regrettable de ce qui nous est interdit. Ses anciens souvenirs l'oppressent et il a le cœur gros. Il faut le comprendre. Qu'est-ce qu'il a à faire ici ? Rien. Il n'est pas un savant comme monsieur, et ne saurait prendre le même goût que nous aux choses admirables de la mer. Il risquerait tout pour pouvoir entrer dans une taverne de son pays ! »

Il est certain que la monotonie du bord devait paraître insupportable au Canadien, habitué à une vie libre et active. Les événements qui pouvaient le passionner étaient rares. Cependant, ce jour-là, un incident vint lui rappeler ses beaux jours de harponneur.

Vers onze heures du matin, étant à la surface de l'Océan, le *Nautilus* tomba au milieu d'une troupe de baleines. Rencontre qui ne me surprit pas, car je savais que ces animaux, chassés à outrance, se sont réfugiés dans les bassins des hautes latitudes.

Le rôle joué par la baleine dans le monde marin, et son influence sur les découvertes géographiques, ont été considérables. C'est elle, qui, entraînant à sa suite, les Basques d'abord, puis les Asturiens, les Anglais et les Hollandais, les enhardit contre les dangers de l'Océan et les conduisit d'une extrémité de la terre à l'autre. Les baleines aiment à fréquenter les mers australes et boréales. D'anciennes légendes prétendent même que ces cétacés amenèrent les pêcheurs jusqu'à sept lieues seulement du pôle nord. Si le fait est faux, il sera vrai un jour, et c'est probablement ainsi, en chassant la baleine dans les régions arctiques ou antarctiques, que les hommes atteindront ce point inconnu du globe.

Nous étions assis sur la plate-forme par une mer tranquille. Mais le mois d'octobre de ces latitudes nous donnait de belles journées d'automne. Ce fut le Canadien, — il ne pouvait s'y tromper, — qui signala une baleine à l'horizon dans l'est. En regardant attentivement, on voyait son dos noirâtre s'élever et s'abaisser alternativement au-dessus des flots, à cinq milles du *Nautilus*.

« Ah ! s'écria Ned Land, si j'étais à bord d'un baleinier, voilà une rencontre qui me ferait plaisir ! C'est un animal de grande taille ! Voyez avec quelle puissance ses évents rejettent des colonnes d'air et de vapeur ! Mille diables ! pourquoi faut-il que je sois enchaîné sur ce morceau de tôle !

— Quoi ! Ned, répondis-je, vous n'êtes pas encore revenu de vos vieilles idées de pêche ?

— Est-ce qu'un pêcheur de baleines, monsieur, peut oublier son ancien métier ? Est-ce qu'on se lasse jamais des émotions d'une pareille chasse ?

— Vous n'avez jamais pêché dans ces mers, Ned ?

— Jamais, monsieur. Dans les mers boréales seulement, et autant dans le détroit de Bering que dans celui de Davis.

— Alors la baleine australe vous est encore inconnue. C'est la baleine franche que vous avez chassée jusqu'ici, et elle ne se hasarderait pas à passer les eaux chaudes de l'Équateur.

— Ah ! monsieur le professeur, que me dites-vous là ? répliqua le Canadien d'un ton passablement incrédule.

— Je dis ce qui est.

— Par exemple ! Moi qui vous parle, en soixante-cinq, voilà deux ans et demi, j'ai amariné près du Groenland une baleine qui portait encore dans son flanc le harpon poinçonné d'un baleinier de Bering. Or, je vous demande, comment après avoir été frappé à l'ouest de l'Amérique, l'animal serait venu se faire tuer à l'est, s'il n'avait, après avoir doublé, soit le cap Horn, soit le cap de Bonne-Espérance, franchi l'Équateur ?

— Je pense comme l'ami Ned, dit Conseil, et j'attends ce que répondra monsieur.

— Monsieur vous répondra, mes amis, que les baleines sont localisées, suivant leurs espèces, dans certaines mers qu'elles ne quittent pas. Et si l'un de ces animaux est venu du détroit de Bering dans celui de Davis c'est tout simplement parce qu'il existe un passage d'une mer à l'autre[1] soit sur les côtes de l'Amérique, soit sur celles de l'Asie.

— Faut-il vous croire ? demanda le Canadien, en fermant un œil.

— Il faut croire monsieur, répondit Conseil.

— Dès lors, reprit le Canadien, puisque je n'ai jamais pêché dans ces parages, je ne connais point les baleines qui les fréquentent ?

— Je vous l'ai dit, Ned.

— Raison de plus pour faire leur connaissance, répliqua Conseil.

— Voyez ! voyez ! s'écria le Canadien, la voix émue. Elle s'approche. Elle vient sur nous ! Elle me nargue ! Elle sait que je ne peux rien contre elle ! »

Ned frappait du pied. Sa main frémissait en brandissant un harpon imaginaire.

« Ces cétacés, demanda-t-il, sont-ils aussi gros que ceux des mers boréales ?

— À peu près, Ned.

— C'est que j'ai vu de grosses baleines, monsieur, des baleines qui mesuraient jusqu'à cent pieds de longueur ! Je me suis même laissé dire que le Hullamock et l'Umgallick des îles Aléoutiennes dépassaient quelquefois cent cinquante pieds.

— Ceci me paraît exagéré, répondis-je. Ces animaux ne sont que des baleinoptères, pourvus de nageoires dorsales, et de même que les cachalots, ils sont généralement plus petits que la baleine franche.

— Ah ! s'écria le Canadien, dont les regards ne quittaient pas l'Océan, elle se rapproche, elle vient dans les eaux du *Nautilus* ! »

Puis, reprenant sa conversation :

« Vous parlez, dit-il, du cachalot comme d'une petite bête ! On cite cependant des cachalots gigantesques. Ce sont des cétacés intelligents. Quelques-uns, dit-on, se couvrent d'algues et de fucus. On les prend pour des îlots. On campe dessus, on s'y installe, on fait du feu...

— On y bâtit des maisons, dit Conseil.

— Oui, farceur, répondit Ned Land. Puis, un beau jour l'animal plonge et entraîne tous ses habitants au fond de l'abîme.

— Comme dans les voyages de Simbad le marin[1], répliquai-je en riant.

— Ah ! maître Land, il paraît que vous aimez les histoires extraordinaires ! Quels cachalots que les vôtres ! J'espère que vous n'y croyez pas !

— Monsieur le naturaliste, répondit sérieusement le Canadien, il faut tout croire de la part des baleines ! — Comme elle marche, celle-ci ! Comme elle se dérobe ! — On prétend que ces animaux-là peuvent faire le tour du monde en quinze jours.

— Je ne dis pas non.

— Mais, ce que vous ne savez sans doute pas, monsieur Aronnax, c'est que, au commencement du monde, les baleines filaient plus rapidement encore.

— Ah ! vraiment, Ned ! Et pourquoi cela ?

— Parce qu'alors, elles avaient la queue en travers, comme les poissons, c'est-à-dire que cette queue, comprimée verticalement, frappait l'eau de gauche à droite et de droite à gauche. Mais le Créateur, s'apercevant qu'elles marchaient trop vite, leur tordit la queue, et depuis ce temps-là, elles battent les flots de haut en bas au détriment de leur rapidité.

— Bon, Ned, dis-je, en reprenant une expression du Canadien, faut-il vous croire ?

— Pas trop, répondit Ned Land, et pas plus que si je vous disais qu'il existe des baleines longues de trois cents pieds et pesant cent mille livres.

— C'est beaucoup, en effet, dis-je. Cependant, il faut avouer que certains cétacés acquièrent un développement considérable, puisque, dit-on, ils fournissent jusqu'à cent vingt tonnes d'huile.

— Pour ça, je l'ai vu, dit le Canadien.

— Je le crois volontiers, Ned, comme je crois que certaines baleines égalent en grosseur cent éléphants. Jugez des effets produits par une telle masse lancée à toute vitesse !

— Est-il vrai, demanda Conseil, qu'elles peuvent couler des navires ?

— Des navires, je ne le crois pas, répondis-je. On raconte, cependant, qu'en 1820, précisément dans ces mers du sud, une baleine se précipita sur l'*Essex* et le fit reculer avec une vitesse de quatre mètres par seconde. Des lames pénétrèrent par l'arrière, et l'*Essex* sombra presque aussitôt. »

Ned me regarda d'un air narquois.

« Pour mon compte, dit-il, j'ai reçu un coup de queue de baleine, — dans mon canot, cela va sans dire. Mes compagnons et moi, nous avons été lancés à une hauteur de six mètres. Mais auprès de la baleine de monsieur le professeur, la mienne n'était qu'un baleineau.

— Est-ce que ces animaux-là vivent longtemps ? demanda Conseil.

— Mille ans, répondit le Canadien sans hésiter.

— Et comment le savez-vous, Ned ?

— Parce qu'on le dit.

— Et pourquoi le dit-on ?

— Parce qu'on le sait.

— Non, Ned, on ne le sait pas, mais on le suppose, et voici le raisonnement sur lequel on s'appuie. Il y a quatre cents ans, lorsque les pêcheurs chassèrent pour la première fois les baleines, ces animaux avaient une taille supérieure à celle qu'ils acquièrent aujourd'hui. On suppose donc, assez logiquement, que l'infériorité des baleines actuelles vient de ce qu'elles n'ont pas eu le temps d'atteindre leur complet développement. C'est ce qui a fait dire à Buffon que ces cétacés pouvaient et devaient même vivre mille ans. Vous entendez ? »

Ned Land n'entendait pas. Il n'écoutait plus. La baleine s'approchait toujours. Il la dévorait des yeux.

« Ah ! s'écria-t-il, ce n'est plus une baleine, c'est dix, c'est vingt, c'est un troupeau tout entier ! Et ne pouvoir rien faire ! Être là pieds et poings liés !

— Mais, ami Ned, dit Conseil, pourquoi ne pas demander au capitaine Nemo la permission de chasser ?... »

Conseil n'avait pas achevé sa phrase, que Ned Land s'était affalé par le panneau et courait à la recherche du capitaine. Quelques instants après, tous deux reparaissaient sur la plate-forme.

Le capitaine Nemo observa le troupeau de cétacés qui se jouait sur les eaux à un mille du *Nautilus*.

« Ce sont des baleines australes, dit-il. Il y a là la fortune d'une flotte de baleiniers.

— Eh ! bien, monsieur, demanda le Canadien, ne pourrais-je leur donner la chasse, ne fût-ce que pour ne pas oublier mon ancien métier de harponneur ?

— À quoi bon, répondit le capitaine Nemo, chasser uniquement pour détruire ! Nous n'avons que faire d'huile de baleine à bord.

— Cependant, monsieur, reprit le Canadien, dans la mer Rouge, vous nous avez autorisés à poursuivre un dugong !

— Il s'agissait alors de procurer de la viande fraîche à mon équipage. Ici, ce serait tuer pour tuer. Je sais bien que c'est un privilège réservé à l'homme, mais je n'admets pas ces passe-temps meurtriers. En détruisant la baleine australe comme la baleine franche, êtres inoffensifs et bons, vos pareils, maître Land, commettent une action blâmable. C'est ainsi qu'ils ont déjà dépeuplé toute la baie de Baffin, et qu'ils anéantiront une classe d'animaux utiles. Laissez donc tranquilles ces malheureux cétacés. Ils ont bien assez de leurs ennemis naturels, les cachalots, les espadons et les scies, sans que vous vous en mêliez. »

Je laisse à imaginer la figure que faisait le Canadien pendant ce cours de morale. Donner de semblables raisons à un chasseur, c'était perdre ses paroles. Ned Land regardait le capitaine Nemo et ne comprenait évidemment pas ce qu'il voulait lui dire. Cependant, le capitaine avait raison. L'acharnement barbare et inconsidéré des pêcheurs fera disparaître un jour la dernière baleine de l'Océan.

Le Nautilus *tomba
au milieu d'un troupeau de baleines. (Page 491.)*

Ned Land siffla entre les dents son *Yankee doodle*[1], fourra ses mains dans ses poches et nous tourna le dos.

Cependant le capitaine Nemo observait le troupeau de cétacés, et s'adressant à moi :

« J'avais raison de prétendre que, sans compter l'homme, les baleines ont assez d'autres ennemis naturels. Celles-ci vont avoir affaire à forte partie avant peu. Apercevez-vous, monsieur Aronnax, à

J'ai amariné, près du Groenland, une baleine. (Page 492.)

huit milles sous le vent ces points noirâtres qui sont en mouvement ?

— Oui, capitaine, répondis-je.

— Ce sont des cachalots, animaux terribles que j'ai quelquefois rencontrés par troupes de deux ou trois cents ! Quant à ceux-là, bêtes cruelles et malfaisantes, on a raison de les exterminer. »

Le Canadien se retourna vivement à ces derniers mots.

« Eh bien, capitaine, dis-je, il est temps encore, dans l'intérêt même des baleines...

— Inutile de s'exposer, monsieur le professeur. Le *Nautilus* suffira à disperser ces cachalots. Il est armé d'un éperon d'acier qui vaut bien le harpon de maître Land, j'imagine. »

Le Canadien ne se gêna pas pour hausser les épaules. Attaquer des cétacés à coups d'éperon ! qui avait jamais entendu parler de cela ?

« Attendez, monsieur Aronnax, dit le capitaine Nemo. Nous vous montrerons une chasse que vous ne connaissez pas encore. Pas de pitié pour ces féroces cétacés. Ils ne sont que bouche et dents ! »

Bouche et dents ! On ne pouvait mieux peindre le cachalot macrocéphale, dont la taille dépasse quelquefois vingt-cinq mètres. La tête énorme de ce cétacé occupe environ le tiers de son corps. Mieux armé que la baleine, dont la mâchoire supérieure est seulement garnie de fanons, il est muni de vingt-cinq grosses dents, hautes de vingt centimètres, cylindriques et coniques à leur sommet, et qui pèsent deux livres chacune. C'est à la partie supérieure de cette énorme tête et dans de grandes cavités séparées par des cartilages, que se trouvent trois à quatre cents kilogrammes de cette huile précieuse, dite « blanc de baleine ». Le cachalot est un animal disgracieux, plutôt têtard que poisson, suivant la remarque de Frédol[1]. Il est mal construit, étant pour ainsi dire « manqué » dans toute la partie gauche de sa charpente, et n'y voyant guère que de l'œil droit.

Cependant, le monstrueux troupeau s'approchait toujours. Il avait aperçu les baleines et se préparait à les attaquer. On pouvait préjuger, d'avance, la victoire des cachalots, non seulement parce qu'ils sont mieux bâtis pour l'attaque que leurs inoffensifs adversaires, mais aussi parce qu'ils peuvent rester plus longtemps sous les flots, sans venir respirer à leur surface.

Il n'était que temps d'aller au secours des baleines. Le *Nautilus* se mit entre deux eaux. Conseil, Ned et moi, nous prîmes place devant les vitres du salon. Le capitaine Nemo se rendit près du timonier pour manœuvrer son appareil comme un engin de destruction. Bientôt, je sentis les battements de l'hélice se précipiter et notre vitesse s'accroître.

Le combat était déjà commencé entre les cachalots et les baleines, lorsque le *Nautilus* arriva. Il manœuvra de manière à couper la troupe des macrocéphales. Ceux-ci, tout d'abord, se montrèrent peu émus à la vue du nouveau monstre qui se mêlait à la bataille. Mais bientôt ils durent se garer de ses coups.

Quelle lutte ! Ned Land lui-même, bientôt enthousiasmé, finit par battre des mains. Le *Nautilus* n'était plus qu'un harpon formidable, brandi par la main de son capitaine. Il se lançait contre ces masses charnues et les traversait de part en part, laissant après son passage deux grouillantes moitiés d'animal. Les formidables coups de queue qui frappaient ses flancs, il ne les sentait pas. Les chocs qu'il produisait, pas davantage. Un cachalot exterminé, il courait à un autre, virait sur place pour ne pas manquer sa proie, allant de l'avant, de l'arrière, docile à son gouvernail, plongeant quand le cétacé s'enfonçait dans les couches profondes, remontant avec lui lorsqu'il revenait à la surface, le frappant de plein ou d'écharpe, le coupant ou le déchirant, et dans toutes les directions et sous toutes les allures, le perçant de son terrible éperon.

Quel carnage ! Quel bruit à la surface des flots ! Quels sifflements aigus et quels ronflements particuliers à ces animaux épouvantés ! Au milieu de ces couches ordinairement si paisibles, leur queue créait de véritables houles.

Pendant une heure se prolongea cet homérique massacre, auquel les macrocéphales ne pouvaient se soustraire. Plusieurs fois, dix ou douze réunis essayèrent d'écraser le *Nautilus* sous leur masse. On voyait, à la vitre, leur gueule énorme pavée de dents, leur œil formidable. Ned Land, qui ne se possédait plus, les menaçait et les injuriait. On sentait qu'ils se cramponnaient à notre appareil, comme des chiens qui coiffent un ragot[1] sous les taillis. Mais le *Nautilus*, forçant son hélice, les emportait, les entraînait, ou les ramenait vers le niveau supérieur des eaux, sans se soucier ni de leur poids énorme, ni de leurs puissantes étreintes.

Enfin la masse des cachalots s'éclaircit. Les flots redevinrent tranquilles. Je sentis que nous remontions à la surface de l'Océan. Le panneau fut ouvert, et nous nous précipitâmes sur la plate-forme.

La mer était couverte de cadavres mutilés. Une explosion formidable n'eût pas divisé, déchiré, déchiqueté avec plus de violence ces masses charnues. Nous flottions au milieu de corps gigantesques, bleuâtres sur le dos, blanchâtres sous le ventre, et tout bossués d'énormes protubérances. Quelques cachalots épouvantés fuyaient à l'horizon. Les flots étaient teints en rouge sur un espace de plusieurs milles, et le *Nautilus* flottait au milieu d'une mer de sang.

Le capitaine Nemo nous rejoignit.

« Eh bien, maître Land ? dit-il.

— Eh bien, monsieur, répondit le Canadien, chez lequel l'enthousiasme s'était calmé, c'est un spectacle terrible, en effet. Mais je ne suis pas un boucher, je suis un chasseur, et ceci n'est qu'une boucherie.

— C'est un massacre d'animaux malfaisants, répondit le capitaine, et le *Nautilus* n'est pas un couteau de boucher.

— J'aime mieux mon harpon, répondit le Canadien.

— Chacun son arme, » répondit le capitaine, en regardant fixement Ned Land.

Je craignais que celui-ci ne se laissât emporter à quelque violence qui aurait eu des conséquences déplorables. Mais sa colère fut détournée par la vue d'une baleine que le *Nautilus* accostait en ce moment.

L'animal n'avait pu échapper à la dent des cachalots. Je reconnus la baleine australe, à tête déprimée, qui est entièrement noire. Anatomiquement, elle se distingue de la baleine blanche et du Nord-Caper par la soudure des sept vertèbres cervicales, et elle compte deux côtes de plus que ses congénères. Le malheureux cétacé, couché sur le flanc, le ventre troué de morsures, était mort. Au bout de sa nageoire mutilée pendait encore un petit baleineau qu'il n'avait pu sauver du massacre. Sa bouche ouverte laissait couler l'eau qui murmurait comme un ressac à travers ses fanons.

Le capitaine Nemo conduisit le *Nautilus* près du cadavre de l'animal. Deux de ses hommes montèrent sur le flanc de la baleine, et je vis, non sans étonnement, qu'ils retiraient de ses mamelles tout le lait qu'elles contenaient, c'est-à-dire la valeur de deux à trois tonneaux.

Le capitaine m'offrit une tasse de ce lait encore chaud. Je ne pus m'empêcher de lui marquer ma répugnance pour ce breuvage. Il m'assura que ce lait était excellent, et qu'il ne se distinguait en aucune façon du lait de vache.

Je le goûtai et je fus de son avis. C'était donc pour nous une réserve utile, car, ce lait, sous la forme de beurre salé ou de fromage, devait apporter une agréable variété à notre ordinaire.

De ce jour-là, je remarquai avec inquiétude que les dispositions de Ned Land envers le capitaine Nemo devenaient de plus en plus mauvaises, et je résolus de surveiller de près les faits et gestes du Canadien.

CHAPITRE XIII

LA BANQUISE

Le *Nautilus* avait repris son imperturbable direction vers le sud. Il suivait le cinquantième méridien avec une vitesse considérable. Voulait-il donc atteindre le pôle ? Je ne le pensais pas, car jusqu'ici toutes les tentatives pour s'élever jusqu'à ce point du globe avaient échoué. La saison, d'ailleurs, était déjà fort avancée, puisque le 13 mars des terres antarctiques correspond au 13 septembre des régions boréales, qui commence la période équinoxiale.

Le 14 mars, j'aperçus des glaces flottantes par 55° de latitude, simples débris blafards de vingt à vingt-cinq pieds, formant des écueils sur lesquels la mer déferlait. Le *Nautilus* se maintenait à la surface de l'Océan. Ned Land, ayant déjà pêché dans les mers arctiques, était familiarisé avec ce spectacle des icebergs. Conseil et moi, nous l'admirions pour la première fois.

Dans l'atmosphère, vers l'horizon du sud, s'étendait une bande blanche d'un éblouissant aspect. Les baleiniers anglais lui ont donné le nom de « ice-blinck[1]. » Quelque épais que soient les nuages, ils ne peuvent l'obscurcir. Elle annonce la présence d'un pack ou banc de glace.

En effet, bientôt apparurent des blocs plus considérables dont l'éclat se modifiait suivant les caprices de la brume. Quelques-unes de ces masses montraient des veines vertes, comme si le sulfate de cuivre en eût tracé les lignes ondulées. D'autres, semblables à d'énormes améthystes, se laissaient pénétrer par la lumière. Celles-ci réverbéraient les rayons du jour sur les mille facettes de leurs cristaux. Celles-là, nuancées des vifs reflets du calcaire, auraient suffi à la construction de toute une ville de marbre.

Plus nous descendions au sud, plus ces îles flottantes gagnaient en nombre et en importance. Les oiseaux polaires y nichaient par milliers. C'étaient des pétrels, des damiers, des puffins, qui nous assourdissaient de leurs cris. Quelques-uns, prenant le *Nautilus* pour le cadavre d'une baleine, venaient s'y reposer et piquaient de coups de bec sa tôle sonore.

Pendant cette navigation au milieu des glaces, le capitaine Nemo se tint souvent sur la plate-forme. Il observait avec attention ces parages abandonnés. Je voyais son calme regard s'animer parfois. Se disait-il que dans ces mers polaires interdites à l'homme, il était là chez lui, maître de ces infranchissables espaces ? Peut-être. Mais il ne parlait pas. Il restait immobile, ne revenant à lui que lorsque ses instincts de manœuvrier reprenaient le dessus. Dirigeant alors son *Nautilus* avec une adresse consommée, il évitait habilement le choc de ces masses dont quelques-unes mesuraient une longueur de plusieurs milles sur une hauteur qui variait de soixante-dix à quatre-vingts mètres. Souvent l'horizon paraissait entièrement fermé. À la hauteur du soixantième degré de latitude, toute passe avait disparu. Mais le capitaine Nemo, cherchant avec soin, trouvait bientôt quelque étroite ouverture par laquelle il se glissait audacieusement, sachant bien, cependant, qu'elle se refermerait derrière lui.

Ce fut ainsi que le *Nautilus*, guidé par cette main habile, dépassa toutes ces glaces, classées, suivant leur forme ou leur grandeur, avec une précision qui enchantait Conseil : ice-bergs ou montagnes, ice-fields ou champs unis et sans limites, drift-ice ou glaces flottantes, packs ou champs brisés, nommés palchs quand ils sont circulaires, et streams lorsqu'ils sont faits de morceaux allongés.

La température était assez basse. Le thermomètre, exposé à l'air extérieur, marquait deux à trois degrés au-dessous de zéro. Mais nous étions chaudement habillés de fourrures, dont les phoques ou les ours marins avaient fait les frais. L'intérieur du *Nautilus*, régulièrement chauffé par ses appareils électriques, défiait les froids les plus intenses. D'ailleurs, il lui eût suffi de s'enfoncer à quelques mètres au-dessous des flots pour y trouver une température supportable.

Deux mois plus tôt, nous aurions joui sous cette latitude d'un jour perpétuel ; mais déjà la nuit se faisait pendant trois ou quatre heures, et plus tard, elle devait jeter six mois d'ombre sur ces régions circumpolaires.

Le 15 mars, la latitude des îles New-Shetland et des Orkney du Sud fut dépassée. Le capitaine m'apprit qu'autrefois de nombreuses tribus de phoques habitaient ces terres ; mais les baleiniers anglais et américains, dans leur rage de destruction, massacrant les adultes et les femelles pleines, là où existait l'animation de la vie, avaient laissé après eux le silence de la mort.

Le 16 mars, vers huit heures du matin, le *Nautilus*, suivant le cinquante-cinquième méridien, coupa le cercle polaire antarctique. Les glaces nous entouraient de toutes parts et fermaient l'horizon. Cependant, le capitaine Nemo marchait de passe en passe et s'élevait toujours.

« Mais où va-t-il ? demandai-je.

— Devant lui, répondit Conseil. Après tout, lorsqu'il ne pourra pas aller plus loin, il s'arrêtera.

— Je n'en jurerais pas ! » répondis-je.

Et, pour être franc, j'avouerai que cette excursion aventureuse ne me déplaisait point. À quel degré m'émerveillaient les beautés de ces régions nouvelles, je ne saurais l'exprimer. Les glaces prenaient des attitudes superbes. Ici, leur ensemble formait une ville orientale, avec ses minarets et ses mosquées innombrables. Là, une cité écroulée et comme jetée à terre par une convulsion du sol. Aspects incessamment variés par les obliques rayons du soleil, ou perdus dans les brumes grises au milieu des ouragans de neige. Puis, de toutes parts des détonations, des éboulements, de grandes culbutes d'ice-bergs, qui changeaient le décor comme le paysage d'un diorama[1].

Lorsque le *Nautilus* était immergé au moment où se rompaient ces équilibres, le bruit se propageait sous les eaux avec une effrayante intensité, et la chute de ces masses créait de redoutables remous jusque dans les couches profondes de l'Océan. Le *Nautilus* roulait et tanguait alors comme un navire abandonné à la furie des éléments.

Souvent, ne voyant plus aucune issue, je pensais que nous étions définitivement prisonniers ; mais, l'instinct le guidant, sur le plus léger indice le capitaine Nemo découvrait des passes nouvelles. Il ne se trompait jamais en observant les minces filets d'eau bleuâtre qui sillonnaient les ice-fields. Aussi ne mettais-je pas en doute qu'il n'eût aventuré déjà le *Nautilus* au milieu des mers antarctiques.

Cependant, dans la journée du 16 mars, les champs de glace nous barrèrent absolument la route. Ce n'était pas encore la banquise, mais de vastes ice-fields cimentés par le froid. Cet obstacle ne pouvait arrêter le capitaine Nemo, et il se lança contre l'ice-field avec une effroyable violence. Le *Nautilus* entrait comme un coin dans cette masse friable, et la divisait avec des craquements terribles. C'était l'antique bélier poussé par une puissance infinie. Les débris de glace, haut projetés, retombaient en grêle autour de nous. Par sa seule force d'impulsion, notre appareil se creusait un chenal. Quelquefois, emporté par son élan, il montait sur le champ de glace et l'écrasait de son poids, ou par instants, enfourné sous l'ice-field, il le divisait par un simple mouvement de tangage qui produisait de larges déchirures.

Pendant ces journées, de violents grains nous assaillirent. Par certaines brumes épaisses, on ne se fût pas vu d'une extrémité de la plate-forme à l'autre. Le vent sautait brusquement à tous les points du compas. La neige s'accumulait en couches si dures qu'il fallait la briser à coups de pics. Rien qu'à la température de cinq degrés au-dessous de zéro, toutes les parties extérieures du *Nautilus* se recouvraient de glaces. Un gréement n'aurait pu se manœuvrer, car tous les garants eussent été engagés dans la gorge des poulies. Un bâtiment sans voiles et mû par un moteur électrique qui se passait de charbon, pouvait seul affronter d'aussi hautes latitudes.

Dans ces conditions, le baromètre se tint généralement très-bas. Il tomba même à 73,5 cm. Les indications de la boussole n'offraient plus aucune garantie. Ses aiguilles affolées marquaient des directions contradictoires, en s'approchant du pôle magnétique méridional qui ne se confond pas avec le sud du monde. En effet, suivant Hansten, ce pôle est situé à peu près par 70° de latitude et 130° de longitude, et d'après les observations de Duperrey[1], par 135° de longitude et 70° 30′ de latitude. Il fallait faire alors des observations nombreuses sur les

compas transportés à différentes parties du navire
et prendre une moyenne. Mais souvent, on s'en rapportait à l'estime pour relever la route parcourue,
méthode peu satisfaisante au milieu de ces passes
sinueuses dont les points de repère changent incessamment.

Enfin, le 18 mars, après vingt assauts inutiles, le
Nautilus se vit définitivement enrayé. Ce n'étaient
plus ni les streams, ni les palks[1], ni les ice-fields,
mais une interminable et immobile barrière formée
de montagnes soudées entre elles.

Ce ne sont que bouche et dents. (Page 499.)

« La banquise ! » me dit le Canadien.

Je compris que pour Ned Land comme pour tous les navigateurs qui nous avaient précédés, c'était l'infranchissable obstacle. Le soleil ayant un instant paru vers midi, le capitaine Nemo obtint une observation assez exacte qui donnait notre situation par 51° 30′ de longitude et 67° 39′ de latitude méridionale. C'était déjà un point avancé des régions antarctiques.

De mer, de surface liquide, il n'y avait plus apparence devant nos yeux. Sous l'éperon du *Nautilus* s'étendait une vaste plaine tourmentée, enchevêtrée de blocs confus, avec tout ce pêle-mêle capricieux qui caractérise la surface d'un fleuve quelque temps avant la débâcle des glaces, mais sur des proportions gigantesques. Çà et là, des pics aigus, des aiguilles déliées s'élevant à une hauteur de deux cents pieds ; plus loin, une suite de falaises taillées à pic et revêtues de teintes grisâtres, vastes miroirs qui reflétaient quelques rayons de soleil à demi noyés dans les brumes. Puis, sur cette nature désolée, un silence farouche, à peine rompu par le battement d'ailes des pétrels ou des puffins. Tout était gelé alors, même le bruit.

Le *Nautilus* dut donc s'arrêter dans son aventureuse course au milieu des champs de glace.

« Monsieur, me dit ce jour-là Ned Land, si votre capitaine va plus loin !

— Eh bien ?

— Ce sera un maître homme.

— Pourquoi, Ned ?

— Parce que personne ne peut franchir la banquise. Il est puissant, votre capitaine ; mais, mille diables ! il n'est pas plus puissant que la nature, et là où elle a mis des bornes, il faut que l'on s'arrête bon gré mal gré.

— En effet, Ned Land, et cependant j'aurais voulu savoir ce qu'il y a derrière cette banquise ! Un mur, voilà ce qui m'irrite le plus !

`« *La banquise* » dit Ned Land. (Page 509.)`

— Monsieur a raison, dit Conseil. Les murs n'ont été inventés que pour agacer les savants. Il ne devrait y avoir de murs nulle part.

— Bon ! fit le Canadien. Derrière cette banquise, on sait bien ce qui se trouve.

— Quoi donc ? demandai-je.

— De la glace, et toujours de la glace !

— Vous êtes certain de ce fait, Ned, répliquai-je, mais moi je ne le suis pas. Voilà pourquoi je voudrais aller voir.

— Eh bien, monsieur le professeur, répondit le Canadien, renoncez à cette idée. Vous êtes arrivé à la banquise, ce qui est déjà suffisant, et vous n'irez pas plus loin, ni votre capitaine Nemo, ni son *Nautilus*. Et qu'il le veuille ou non, nous reviendrons vers le nord, c'est-à-dire au pays des honnêtes gens. »

Je dois convenir que Ned Land avait raison, et tant que les navires ne seront pas faits pour naviguer sur les champs de glace, ils devront s'arrêter devant la banquise.

En effet, malgré ses efforts, malgré les moyens puissants employés pour disjoindre les glaces, le *Nautilus* fut réduit à l'immobilité. Ordinairement, qui ne peut aller plus loin en est quitte pour revenir sur ses pas. Mais ici, revenir était aussi impossible qu'avancer, car les passes s'étaient refermées derrière nous, et pour peu que notre appareil demeurât stationnaire, il ne tarderait pas à être bloqué. Ce fut même ce qui arriva vers deux heures du soir, et la jeune glace se forma sur ses flancs avec une étonnante rapidité. Je dus avouer que la conduite du capitaine Nemo était plus qu'imprudente.

J'étais en ce moment sur la plate-forme. Le capitaine qui observait la situation depuis quelques instants, me dit :

« Eh bien, monsieur le professeur, qu'en pensez-vous ?

— Je pense que nous sommes pris, capitaine.

— Pris ! Et comment l'entendez-vous ?

— J'entends que nous ne pouvons aller ni en avant ni en arrière, ni d'aucun côté. C'est, je crois, ce qui s'appelle "pris", du moins sur les continents habités.

— Ainsi, monsieur Aronnax, vous pensez que le *Nautilus* ne pourra pas se dégager ?

— Difficilement, capitaine, car la saison est déjà trop avancée pour que vous comptiez sur une débâcle des glaces.

— Ah ! monsieur le professeur, répondit le capitaine Nemo d'un ton ironique, vous serez toujours le même ! Vous ne voyez qu'empêchements et obstacles ! Moi, je vous affirme que non-seulement le *Nautilus* se dégagera, mais qu'il ira plus loin encore !

— Plus loin au sud ? demandai-je en regardant le capitaine.

— Oui, monsieur, il ira au pôle.

— Au pôle ! m'écriai-je, ne pouvant retenir un mouvement d'incrédulité.

— Oui ! répondit froidement le capitaine, au pôle antarctique, à ce point inconnu où se croisent tous les méridiens du globe. Vous savez si je fais du *Nautilus* ce que je veux. »

Oui ! je le savais. Je savais cet homme audacieux jusqu'à la témérité ! Mais vaincre ces obstacles qui hérissent le pôle sud, plus inaccessible que ce pôle nord non encore atteint par les plus hardis navigateurs, n'était-ce pas une entreprise absolument insensée, et que, seul, l'esprit d'un fou pouvait concevoir !

Il me vint alors à l'idée de demander au capitaine Nemo s'il avait déjà découvert ce pôle que n'avait jamais foulé le pied d'une créature humaine.

« Non, monsieur, me répondit-il, et nous le découvrirons ensemble. Là où d'autres ont échoué, je n'échouerai pas. Jamais je n'ai promené mon *Nautilus* aussi loin sur les mers australes ; mais, je vous le répète, il ira plus loin encore.

— Je veux vous croire, capitaine, repris-je d'un ton un peu ironique. Je vous crois ! Allons en avant ! Il n'y a pas d'obstacles pour nous ! Brisons cette banquise ! Faisons-la sauter, et si elle résiste, donnons des ailes au *Nautilus*, afin qu'il puisse passer par-dessus !

— Par-dessus ? monsieur le professeur, répondit tranquillement le capitaine Nemo. Non point par-dessus, mais par-dessous.

— Par-dessous ! » m'écriai-je.

Une subite révélation des projets du capitaine venait d'illuminer mon esprit. J'avais compris. Les merveilleuses qualités du *Nautilus* allaient le servir encore dans cette surhumaine entreprise !

« Je vois que nous commençons à nous entendre, monsieur le professeur, me dit le capitaine, souriant à demi. Vous entrevoyez déjà la possibilité, — moi, je dirai le succès, — de cette tentative. Ce qui est impraticable avec un navire ordinaire devient facile au *Nautilus*. Si un continent émerge au pôle, il s'arrêtera devant ce continent. Mais si au contraire, c'est la mer libre qui le baigne, il ira au pôle même !

— En effet, dis-je, entraîné par le raisonnement du capitaine, si la surface de la mer est solidifiée par les glaces, ses couches inférieures sont libres, par cette raison providentielle qui a placé à un degré supérieur à celui de la congélation le maximum de densité de l'eau de mer. Et, si je ne me trompe, la partie immergée de cette banquise est à la partie émergeante comme quatre est à un ?

— À peu près, monsieur le professeur. Pour un pied que les ice-bergs ont au-dessus de la mer, ils en ont trois au-dessous. Or, puisque ces montagnes de glaces ne dépassent pas une hauteur de cent mètres, elles ne s'enfoncent que de trois cents. Or, qu'est-ce que trois cents mètres pour le *Nautilus* ?

— Rien, monsieur.

— Il pourra même aller chercher à une profondeur plus grande cette température uniforme des eaux marines, et là nous braverons impunément les trente ou quarante degrés de froid de la surface.

— Juste, monsieur, très-juste, répondis-je en m'animant.

— La seule difficulté, reprit le capitaine Nemo, sera de rester plusieurs jours immergés sans renouveler notre provision d'air.

— N'est-ce que cela ? répliquai-je. Le *Nautilus* a de vastes réservoirs, nous les remplirons, et ils nous fourniront tout l'oxygène dont nous aurons besoin.

— Bien imaginé, monsieur Aronnax, répondit en souriant le capitaine. Mais ne voulant pas que vous puissiez m'accuser de témérité, je vous soumets d'avance toutes mes objections.

— En avez-vous encore ?

— Une seule. Il est possible, si la mer existe au pôle sud, que cette mer soit entièrement prise, et, par conséquent, que nous ne puissions revenir à sa surface !

— Bon, monsieur, oubliez-vous que le *Nautilus* est armé d'un redoutable éperon, et ne pourrons-nous le lancer diagonalement contre ces champs de glace, qui s'ouvriront au choc ?

— Eh ! monsieur le professeur, vous avez des idées aujourd'hui !

— D'ailleurs, capitaine, ajoutai-je en m'enthousiasmant de plus belle, pourquoi ne rencontrerait-on pas la mer libre au pôle sud comme au pôle nord ? Les pôles du froid et les pôles de la terre ne se confondent ni dans l'hémisphère austral ni dans l'hémisphère boréal, et, jusqu'à preuve contraire, on doit supposer ou un continent ou un océan dégagé de glaces à ces deux points du sol.

— Je le crois aussi, monsieur Aronnax, répondit le capitaine Nemo. Je vous ferai seulement observer qu'après avoir émis tant d'objections contre mon projet, maintenant vous m'écrasez d'arguments en sa faveur. »

Le capitaine Nemo disait vrai. J'en étais arrivé à le vaincre en audace ! c'était moi qui l'entraînais au pôle ! Je le devançais, je le distançais... Mais non ! pauvre fou. Le capitaine Nemo savait mieux que toi le pour et le contre de la question, et il s'amusait à te voir emporté dans les rêveries de l'impossible !

Cependant, il n'avait pas perdu un instant. À un signal le second parut. Ces deux hommes s'entretinrent rapidement dans leur incompréhensible langage, et soit que le second eût été antérieurement prévenu, soit qu'il trouvât le projet praticable, il ne laissa voir aucune surprise.

Mais si impassible qu'il fût il ne montra pas une plus complète impassibilité que Conseil, lorsque j'annonçai à ce digne garçon notre intention de pousser jusqu'au pôle sud. Un « comme il plaira à monsieur » accueillit ma communication, et je dus m'en contenter. Quant à Ned Land, si jamais épaules se levèrent haut, ce furent celles du Canadien.

« Voyez-vous, monsieur, me dit-il, vous et votre capitaine Nemo, vous me faites pitié !

— Mais nous irons au pôle, maître Ned.

— Possible, mais vous n'en reviendrez pas ! »

Et Ned Land rentra dans sa cabine, « pour ne pas faire un malheur, » dit-il en me quittant.

Cependant, les préparatifs de cette audacieuse tentative venaient de commencer. Les puissantes pompes du *Nautilus* refoulaient l'air dans les réservoirs et l'emmagasinaient à une haute pression. Vers quatre heures, le capitaine Nemo m'annonça que les panneaux de la plate-forme allaient être fermés. Je jetai un dernier regard sur l'épaisse banquise que nous allions franchir. Le temps était clair, l'atmosphère assez pure, le froid très-vif, douze degrés au-dessous de zéro ; mais le vent s'étant calmé, cette température ne semblait pas trop insupportable.

Une dizaine d'hommes montèrent sur les flancs du *Nautilus* et, armés de pics, ils cassèrent la glace autour de la carène qui fut bientôt dégagée. Opération rapidement pratiquée, car la jeune glace était mince encore. Tous nous rentrâmes à l'intérieur. Les réservoirs habituels se remplirent de cette eau tenue libre à la flottaison. Le *Nautilus* ne tarda pas à descendre.

J'avais pris place au salon avec Conseil. Par la vitre ouverte, nous regardions les couches inférieures de l'Océan austral. Le thermomètre remontait. L'aiguille du manomètre déviait sur le cadran.

À trois cents mètres environ, ainsi que l'avait prévu le capitaine Nemo, nous flottions sous la surface ondulée de la banquise. Mais le *Nautilus* s'immergea plus bas encore. Il atteignit une profondeur de huit cents mètres. La température de l'eau, qui donnait douze degrés à la surface, n'en accusait plus que onze. Deux degrés étaient déjà gagnés[1]. Il va sans dire que la température du *Nautilus*, élevée par ses appareils de chauffage, se maintenait à un degré très-supérieur. Toutes les manœuvres s'accomplissaient avec une extraordinaire précision.

« On passera, n'en déplaise à monsieur, me dit Conseil.

— J'y compte bien ! » répondis-je avec le ton d'une profonde conviction.

Sous cette mer libre, le *Nautilus* avait pris directement le chemin du pôle, sans s'écarter du cinquante-deuxième méridien. De 67° 30′ à 90°, vingt-deux degrés et demi en latitude restaient à parcourir, c'est-à-dire un peu plus de cinq cents lieues. Le *Nautilus* prit une vitesse moyenne de vingt-six milles à l'heure, la vitesse d'un train express. S'il la conservait, quarante heures lui suffisaient pour atteindre le pôle.

Pendant une partie de la nuit, la nouveauté de la situation nous retint, Conseil et moi, à la vitre du salon. La mer s'illuminait sous l'irradiation électrique du fanal. Mais elle était déserte. Les poissons ne séjournaient pas dans ces eaux prisonnières. Ils ne trouvaient là qu'un passage pour aller de l'Océan antarctique à la mer libre du pôle. Notre marche était rapide. On la sentait telle aux tressaillements de la longue coque d'acier.

Vers deux heures du matin, j'allai prendre quelques heures de repos. Conseil m'imita. En traversant les coursives, je ne rencontrai point le capitaine Nemo. Je supposai qu'il se tenait dans la cage du timonier.

Le lendemain 19 mars, à cinq heures du matin, je repris mon poste dans le salon. Le loch électrique m'indiqua que la vitesse du *Nautilus* avait été modérée. Il remontait alors vers la surface, mais prudemment, en vidant lentement ses réservoirs.

Mon cœur battait. Allions-nous émerger et retrouver l'atmosphère libre du pôle ?

Non. Un choc m'apprit que le *Nautilus* avait heurté la surface inférieure de la banquise, très-épaisse encore, à en juger par la matité du bruit. En effet, nous avions « touché » pour employer l'expression marine, mais en sens inverse et par mille pieds de profondeur. Ce qui donnait deux mille pieds de glaces au-dessus de nous, dont mille émergeaient[1]. La banquise présentait alors une hauteur supérieure à celle que nous avions relevée sur ses bords. Circonstance peu rassurante.

Pendant cette journée, le *Nautilus* recommença plusieurs fois cette même expérience, et toujours il vint se heurter contre la muraille qui plafonnait au-dessus de lui. À de certains instants, il la rencontra par neuf cents mètres, ce qui accusait douze cents mètres d'épaisseur dont deux cents mètres s'élevaient au-dessus de la surface de l'Océan[2]. C'était le double de sa hauteur au moment où le *Nautilus* s'était enfoncé sous les flots.

Je notai soigneusement ces diverses profondeurs, et j'obtins ainsi le profil sous-marin de cette chaîne qui se développait sous les eaux.

Le soir, aucun changement n'était survenu dans notre situation. Toujours la glace entre quatre cents et cinq cents mètres de profondeur. Diminution évidente, mais quelle épaisseur encore entre nous et la surface de l'Océan !

Il était huit heures alors. Depuis quatre heures déjà, l'air aurait dû être renouvelé à l'intérieur du *Nautilus*, suivant l'habitude quotidienne du bord. Cependant, je ne souffrais pas trop, bien que le capitaine Nemo n'eût pas encore demandé à ses réservoirs un supplément d'oxygène.

Mon sommeil fut pénible pendant cette nuit. Espoir et crainte m'assiégeaient tour à tour. Je me relevai plusieurs fois. Les tâtonnements du *Nautilus* continuaient. Vers trois heures du matin, j'observai que la surface inférieure de la banquise se rencontrait seulement par cinquante mètres de profondeur. Cent cinquante pieds nous séparaient alors de la surface des eaux. La banquise redevenait peu à peu ice-field. La montagne se refaisait la plaine.

Mes yeux ne quittaient plus le manomètre. Nous remontions toujours en suivant, par une diagonale, la surface resplendissante qui étincelait sous les rayons électriques. La banquise s'abaissait en dessus et en dessous par des rampes allongées. Elle s'amincissait de mille en mille.

Enfin, à six heures du matin, ce jour mémorable du 19 mars, la porte du salon s'ouvrit. Le capitaine Nemo parut.

« La mer libre ! » me dit-il.

CHAPITRE XIV

LE PÔLE SUD

Je me précipitai vers la plate-forme. Oui ! La mer libre. À peine quelques glaçons épars, des ice-bergs mobiles ; au loin une mer étendue ; un monde d'oiseaux dans les airs, et des myriades de poissons sous ces eaux qui, suivant les fonds, variaient du bleu intense au vert olive. Le thermomètre marquait trois degrés centigrades au-dessus de zéro. C'était comme un printemps relatif enfermé derrière cette banquise, dont les masses éloignées se profilaient sur l'horizon du nord.

« Sommes-nous au pôle ? demandai-je au capitaine, le cœur palpitant.

— Je l'ignore, me répondit-il. À midi nous ferons le point.

— Mais le soleil se montrera-t-il à travers ces brumes ? dis-je en regardant le ciel grisâtre.

Le Nautilus *fut bloqué. (Page 511.)*

— Si peu qu'il paraisse, il me suffira, répondit le capitaine. »

À dix milles du *Nautilus*, vers le sud, un îlot solitaire s'élevait à une hauteur de deux cents mètres. Nous marchions vers lui, mais prudemment, car cette mer pouvait être semée d'écueils.

Une heure après, nous avions atteint l'îlot. Deux heures plus tard, nous achevions d'en faire le tour. Il mesurait quatre à cinq milles de circonférence. Un étroit canal le séparait d'une terre considérable, un continent peut-être, dont nous ne pouvions apercevoir les limites. L'existence de cette terre semblait

Le capitaine Nemo parut. (Page 518.)

donner raison aux hypothèses de Maury. L'ingénieux Américain a remarqué, en effet, qu'entre le pôle sud et le soixantième parallèle, la mer est couverte de glaces flottantes, de dimensions énormes, qui ne se rencontrent jamais dans l'Atlantique nord. De ce fait, il a tiré cette conclusion que le cercle antarctique renferme des terres considérables, puisque les ice-bergs ne peuvent se former en pleine mer, mais seulement sur des côtes. Suivant ses calculs, la masse des glaces qui enveloppent le pôle austral forme une vaste calotte dont la largeur doit atteindre quatre mille kilomètres.

Cependant, le *Nautilus*, par crainte d'échouer, s'était arrêté à trois encablures d'une grève que dominait un superbe amoncellement de roches. Le canot fut lancé à la mer. Le capitaine, deux de ses hommes portant les instruments, Conseil et moi, nous nous y embarquâmes. Il était dix heures du matin. Je n'avais pas vu Ned Land. Le Canadien, sans doute, ne voulait pas se désavouer en présence du pôle sud.

Quelques coups d'aviron amenèrent le canot sur le sable, où il s'échoua. Au moment où Conseil allait sauter à terre, je le retins.

« Monsieur, dis-je au capitaine Nemo, à vous l'honneur de mettre pied le premier sur cette terre.

— Oui, monsieur, répondit le capitaine, et si je n'hésite pas à fouler ce sol du pôle, c'est que, jusqu'ici, aucun être humain n'y a laissé la trace de ses pas. »

Cela dit, il sauta légèrement sur le sable. Une vive émotion lui faisait battre le cœur. Il gravit un roc qui terminait en surplomb un petit promontoire, et là, les bras croisés, le regard ardent, immobile, muet, il sembla prendre possession de ces régions australes. Après cinq minutes passées dans cette extase, il se retourna vers nous.

« Quand vous voudrez, monsieur, » me cria-t-il.

Je débarquai, suivi de Conseil, laissant les deux hommes dans le canot.

Le sol sur un long espace présentait un tuf de couleur rougeâtre, comme s'il eût été fait de brique pilée. Des scories, des coulées de lave, des pierres ponces le recouvraient. On ne pouvait méconnaître son origine volcanique. En de certains endroits, quelques légères fumerolles, dégageant une odeur sulfureuse, attestaient que les feux intérieurs conservaient encore leur puissance expansive. Cependant, ayant gravi un haut escarpement, je ne vis aucun volcan dans un rayon de plusieurs milles. On sait que dans ces contrées antarctiques, James Ross a trouvé les cratères de l'Erébus et du Terror[1] en pleine activité sur le cent soixante-septième méridien et par 77° 32' de latitude.

La végétation de ce continent désolé me parut extrêmement restreinte. Quelques lichens de l'espèce *Usnea melanoxantha* s'étalaient sur les roches noires. Certaines plantules microscopiques, des diatomées rudimentaires, sortes de cellules disposées entre deux coquilles quartzeuses, de longs fucus pourpres et cramoisis, supportés sur de petites vessies natatoires et que le ressac jetait à la côte, composaient toute la maigre flore de cette région.

Le rivage était parsemé de mollusques, de petites moules, de patelles, de buccardes lisses, en forme de cœurs, et particulièrement de clios au corps oblong et membraneux, dont la tête est formée de deux lobes arrondis. Je vis aussi des myriades de ces clios boréales, longues de trois centimètres, dont la baleine avale un monde à chaque bouchée. Ces charmants ptéropodes, véritables papillons de la mer, animaient les eaux libres sur la lisière du rivage.

Entre autres zoophytes apparaissaient dans les hauts fonds quelques arborescences coralligènes, de celles qui, suivant James Ross, vivent dans les mers antarctiques jusqu'à mille mètres de profondeur ;

puis, de petits alcyons appartenant à l'espèce *Procellaria pelagica*, ainsi qu'un grand nombre d'astéries particulières à ces climats, et d'étoiles de mer qui constellaient le sol.

Mais où la vie surabondait, c'était dans les airs. Là volaient et voletaient par milliers des oiseaux d'espèces variées, qui nous assourdissaient de leurs cris. D'autres encombraient les roches, nous regardant passer sans crainte et se pressant familièrement sous nos pas. C'étaient des pingouins aussi agiles et souples dans l'eau, où on les a confondus parfois avec de rapides bonites, qu'ils sont gauches et lourds sur terre. Ils poussaient des cris baroques et formaient des assemblées nombreuses, sobres de gestes, mais prodigues de clameurs.

Parmi les oiseaux, je remarquai des chionis, de la famille des échassiers, gros comme des pigeons, blancs de couleur, le bec court et conique, l'œil encadré d'un cercle rouge. Conseil en fit provision, car ces volatiles, convenablement préparés, forment un mets agréable. Dans les airs passaient des albatros fuligineux d'une envergure de quatre mètres, justement appelés les vautours de l'Océan, des pétrels gigantesques, entre autres des *quebrantehuesos*[1], aux ailes arquées, qui sont grands mangeurs de phoques, des damiers, sortes de petits canards dont le dessus du corps est noir et blanc, enfin toute une série de pétrels, les uns blanchâtres, aux ailes bordées de brun, les autres bleus et spéciaux aux mers antarctiques, ceux-là « si huileux, dis-je à Conseil, que les habitants des îles Féroë se contentent d'y adapter une mèche avant de les allumer. »

« Un peu plus, répondit Conseil, ce seraient des lampes parfaites ! Après ça, on ne peut exiger que la nature les ait préalablement munis d'une mèche ! »

Après un demi-mille, le sol se montra tout criblé de nids de manchots, sortes de terriers disposés pour la ponte, et dont s'échappaient de nombreux oiseaux. Le capitaine Nemo en fit chasser plus tard quelques centaines, car leur chair noire est très-mangeable. Ils poussaient des braiements d'âne. Ces animaux, de la taille d'une oie, ardoisés sur le corps, blancs en dessous et cravatés d'un liseré citron, se laissaient tuer à coups de pierre sans chercher à s'enfuir.

Cependant, la brume ne se levait pas, et, à onze heures, le soleil n'avait point encore paru. Son absence ne laissait pas de m'inquiéter. Sans lui, pas d'observations possibles. Comment déterminer alors si nous avions atteint le pôle ?

Lorsque je rejoignis le capitaine Nemo, je le trouvai silencieusement accoudé sur un morceau de roc et regardant le ciel. Il paraissait impatient, contrarié. Mais qu'y faire ? Cet homme audacieux et puissant ne commandait pas au soleil comme à la mer.

Midi arriva sans que l'astre du jour se fût montré un seul instant. On ne pouvait même reconnaître la place qu'il occupait derrière le rideau de brume. Bientôt cette brume vint à se résoudre en neige.

« À demain, » me dit simplement le capitaine, et nous regagnâmes le *Nautilus* au milieu des tourbillons de l'atmosphère.

Pendant notre absence, les filets avaient été tendus, et j'observai avec intérêt les poissons que l'on venait de haler à bord. Les mers antarctiques servent de refuge à un très-grand nombre de migrateurs, qui fuient les tempêtes des zones moins élevées pour tomber, il est vrai, sous la dent des marsouins et des phoques. Je notai quelques cottes australes, longs d'un décimètre, espèce de cartilagineux blanchâtres traversés de bandes livides et armés d'aiguillons, puis des chimères antarctiques, longues de trois pieds, le corps très-allongé, la peau blanche, argentée et lisse, la tête arrondie, le dos muni de trois nageoires, le museau terminé par une trompe qui se recourbe vers la bouche. Je goûtai leur chair, mais je·la trouvai insipide, malgré l'opinion de Conseil qui s'en accommoda fort.

La tempête de neige dura jusqu'au lendemain. Il était impossible de se tenir sur la plate-forme. Du salon où je notais les incidents de cette excursion au continent polaire, j'entendais les cris des pétrels et des albatros qui se jouaient au milieu de la tourmente. Le *Nautilus* ne resta pas immobile, et, prolongeant la côte, il s'avança encore d'une dizaine de milles au sud, au milieu de cette demi-clarté que laissait le soleil en rasant les bords de l'horizon.

Le lendemain 20 mars, la neige avait cessé. Le froid était un peu plus vif. Le thermomètre marquait deux degrés au-dessous de zéro. Les brouillards se levèrent, et j'espérai que, ce jour-là, notre observation pourrait s'effectuer.

Le capitaine Nemo n'ayant pas encore paru, le canot nous prit, Conseil et moi, et nous mit à terre. La nature du sol était la même, volcanique. Partout des traces de laves, de scories, de basaltes, sans que j'aperçusse le cratère qui les avait vomis. Ici comme là-bas, des myriades d'oiseaux animaient cette partie du continent polaire. Mais cet empire, ils le partageaient alors avec de vastes troupeaux de mammifères marins qui nous regardaient de leurs doux yeux. C'étaient des phoques d'espèces diverses, les uns étendus sur le sol, les autres couchés sur des glaçons en dérive, plusieurs sortant de la mer ou y rentrant. Ils ne se sauvaient pas à notre approche, n'ayant jamais eu affaire à l'homme, et j'en comptais là de quoi approvisionner quelques centaines de navires.

« Ma foi, dit Conseil, il est heureux que Ned Land ne nous ait pas accompagnés !

— Pourquoi cela, Conseil ?

— Parce que l'enragé chasseur aurait tout tué.

— Tout, c'est beaucoup dire, mais je crois, en effet, que nous n'aurions pu empêcher notre ami le Canadien de harponner quelques-uns de ces magnifiques cétacés. Ce qui eût désobligé le capitaine Nemo, car il ne verse pas inutilement le sang des bêtes inoffensives.

— Il a raison.

— Certainement, Conseil. Mais, dis-moi, n'as-tu pas déjà classé ces superbes échantillons de la faune marine ?

— Monsieur sait bien, répondit Conseil, que je ne suis pas très-ferré sur la pratique. Quand monsieur m'aura appris le nom de ces animaux...

— Ce sont des phoques et des morses.

— Deux genres, qui appartiennent à la famille des pinnipèdes, se hâta de dire mon savant Conseil, ordre des carnassiers, groupe des unguiculés, sous-classe des monodelphiens, classe des mammifères, embranchement des vertébrés.

— Bien, Conseil, répondis-je, mais ces deux genres, phoques et morses, se divisent en espèces, et si je ne me trompe, nous aurons ici l'occasion de les observer. Marchons. »

Il était huit heures du matin. Quatre heures nous restaient à employer jusqu'au moment où le soleil pourrait être utilement observé. Je dirigeai nos pas vers une vaste baie qui s'échancrait dans la falaise granitique du rivage.

Là, je puis dire, qu'à perte de vue autour de nous, les terres et les glaçons étaient encombrés de mammifères marins, et je cherchais involontairement du regard le vieux Protée, le mythologique pasteur qui gardait ces immenses troupeaux de Neptune. C'étaient particulièrement des phoques. Ils formaient des groupes distincts, mâles et femelles, le père veillant sur sa famille, la mère allaitant ses petits, quelques jeunes, déjà forts, s'émancipant à quelques pas. Lorsque ces mammifères voulaient se déplacer, ils allaient par petits sauts dus à la contraction de leur corps, et ils s'aidaient assez gauchement de leur imparfaite nageoire, qui, chez le lamantin, leur congénère, forme un véritable avant-bras. Je dois dire que, dans l'eau, leur élément par excellence, ces animaux à l'épine dorsale mobile, au bassin étroit, au poil ras et serré, aux pieds palmés, nagent admirablement. Au repos et sur terre, ils prenaient des attitudes extrêmement gracieuses. Aussi, les anciens, observant leur physionomie douce, leur regard expressif que ne saurait surpasser le plus beau regard de femme, leurs yeux veloutés et limpides, leurs poses charmantes, et les poétisant à leur manière, métamorphosèrent-ils les mâles en tritons, et les femelles en sirènes.

Je fis remarquer à Conseil le développement considérable des lobes cérébraux chez ces intelligents cétacés. Aucun mammifère, l'homme excepté, n'a la matière cérébrale plus riche. Aussi, les phoques sont-ils susceptibles de recevoir une certaine éducation ; ils se domestiquent aisément, et je pense, avec certains naturalistes, que, convenablement dressés, ils pourraient rendre de grands services comme chiens de pêche.

La plupart de ces phoques dormaient sur les rochers ou sur le sable. Parmi ces phoques proprement dits qui n'ont point d'oreilles externes, — différant en cela des otaries dont l'oreille est saillante, — j'observai plusieurs variétés de sténorhynques, longs de trois mètres, blancs de poils, à têtes de bull-dogs, armés de dix dents à chaque mâchoire, quatre incisives en haut et en bas et deux grandes canines découpées en forme de fleur de lis. Entre eux se glissaient des éléphants marins, sortes de phoques à trompe courte et mobile, les géants de l'espèce, qui sur une circonférence de vingt pieds mesuraient une longueur de dix mètres. Ils ne faisaient aucun mouvement à notre approche.

« Ce ne sont pas des animaux dangereux ? me demanda Conseil.

— Non, répondis-je, à moins qu'on ne les attaque. Lorsqu'un phoque défend son petit, sa fureur est terrible, et il n'est pas rare qu'il mette en pièces l'embarcation des pêcheurs.

— Il est dans son droit, répliqua Conseil.

— Je ne dis pas non. »

Deux milles plus loin, nous étions arrêtés par le promontoire qui couvrait la baie contre les vents du sud. Il tombait d'aplomb à la mer et écumait sous le ressac. Au-delà éclataient de formidables rugissements, tels qu'un troupeau de ruminants en eût pu produire.

« Bon, fit Conseil, un concert de taureaux ?

— Non, dis-je, un concert de morses.

— Ils se battent ?

— Ils se battent ou ils jouent.

— N'en déplaise à monsieur, il faut voir cela.

— Il faut le voir, Conseil. »

Et nous voilà franchissant les roches noirâtres, au milieu d'éboulements imprévus, et sur des pierres que la glace rendait fort glissantes. Plus d'une fois, je roulai au détriment de mes reins. Conseil, plus prudent ou plus solide, ne bronchait guère, et me relevait, disant :

« Si monsieur voulait avoir la bonté d'écarter les jambes, monsieur conserverait mieux son équilibre. »

Arrivé à l'arête supérieure du promontoire, j'aperçus une vaste plaine blanche, couverte de morses. Ces animaux jouaient entre eux. C'étaient des hurlements de joie, non de colère.

Les morses ressemblent aux phoques par la forme de leurs corps et par la disposition de leurs membres. Mais les canines et les incisives manquent à leur mâchoire inférieure, et quant aux canines supérieures, ce sont deux défenses longues de quatre-vingts centimètres qui en mesurent trente-trois à la circonférence de leur alvéole. Ces dents, faites d'un ivoire compact et sans stries, plus dur que celui des éléphants, et moins prompt à jaunir, sont très-recherchées. Aussi les morses sont-ils en butte à une chasse inconsidérée qui les détruira bientôt jusqu'au dernier, puisque les chasseurs, massacrant indistinctement les femelles pleines et les jeunes, en détruisent chaque année plus de quatre mille.

En passant auprès de ces curieux animaux, je pus les examiner à loisir, car ils ne se dérangeaient pas. Leur peau était épaisse et rugueuse, d'un ton fauve tirant sur le roux, leur pelage court et peu fourni. Quelques-uns avaient une longueur de quatre mètres. Plus tranquilles et moins craintifs que leurs congénères du nord, ils ne confiaient point à des sentinelles choisies le soin de surveiller les abords de leur campement.

Après avoir examiné cette cité des morses, je songeai à revenir sur mes pas. Il était onze heures, et si le capitaine Nemo se trouvait dans des conditions favorables pour observer, je voulais être présent à son opération. Cependant, je n'espérais pas que le soleil se montrât ce jour-là. Des nuages écrasés sur l'horizon le dérobaient à nos yeux. Il semblait que cet astre jaloux ne voulût pas révéler à des êtres humains ce point inabordable du globe.

Cependant, je songeai à revenir vers le *Nautilus*. Nous suivîmes un étroit raidillon qui courait sur le sommet de la falaise. À onze heures et demie, nous étions arrivés au point de débarquement. Le canot échoué avait déposé le capitaine à terre. Je l'aperçus debout sur un bloc de basalte. Ses instruments étaient près de lui. Son regard se fixait sur l'horizon du nord, près duquel le soleil décrivait alors sa courbe allongée.

Je pris place auprès de lui et j'attendis sans parler. Midi arriva, et, ainsi que la veille, le soleil ne se montra pas.

C'était une fatalité. L'observation manquait encore. Si demain elle ne s'accomplissait pas, il faudrait renoncer définitivement à relever notre situation.

En effet, nous étions précisément au 20 mars. Demain, 21, jour de l'équinoxe, réfraction non comptée, le soleil disparaîtrait sous l'horizon pour six mois, et avec sa disparition commencerait la longue nuit polaire. Depuis l'équinoxe de septembre,

Le capitaine Nemo gravit un roc. (Page 521.)

il avait émergé de l'horizon septentrional, s'élevant par des spirales allongées jusqu'au 21 décembre. À cette époque, solstice d'été de ces contrées boréales, il avait commencé à redescendre, et le lendemain il devait leur lancer ses derniers rayons.

Je communiquai mes observations et mes craintes au capitaine Nemo.

« Vous avez raison, monsieur Aronnax, me dit-il, si demain, je n'obtiens la hauteur du soleil, je ne pourrai avant six mois reprendre cette opération.

Des milliers d'oiseaux... (Page 523.)

Mais aussi, précisément parce que les hasards de ma navigation m'ont amené, le 21 mars, dans ces mers, mon point sera facile à relever, si, à midi, le soleil se montre à nos yeux.

— Pourquoi, capitaine ?

— Parce que, lorsque l'astre du jour décrit des spirales si allongées, il est difficile de mesurer exactement sa hauteur au-dessus de l'horizon, et les instruments sont exposés à commettre de graves erreurs.

— Comment procéderez-vous donc ?

— Je n'emploierai que mon chronomètre, me répondit le capitaine Nemo. Si demain, 21 mars, à midi, le disque du soleil, en tenant compte de la réfraction, est coupé exactement par l'horizon du nord, c'est que je suis au pôle sud.

— En effet, dis-je. Pourtant, cette affirmation n'est pas mathématiquement rigoureuse, parce que l'équinoxe ne tombe pas nécessairement à midi.

— Sans doute, monsieur, mais l'erreur ne sera pas de cent mètres, et il ne nous en faut pas davantage. À demain donc. »

Le capitaine Nemo retourna à bord. Conseil et moi, nous restâmes jusqu'à cinq heures à arpenter la plage, observant et étudiant. Je ne récoltai aucun objet curieux, si ce n'est un œuf de pingouin, remarquable par sa grosseur, et qu'un amateur eût payé plus de mille francs. Sa couleur isabelle, les raies et les caractères qui l'ornaient comme autant d'hiéroglyphes, en faisaient un bibelot rare. Je le remis entre les mains de Conseil, et le prudent garçon, au pied sûr, le tenant comme une précieuse porcelaine de Chine, le rapporta intact au *Nautilus*.

Là je déposai cet œuf rare sous une des vitrines du musée. Je soupai avec appétit d'un excellent morceau de foie de phoque dont le goût rappelait celui de la viande de porc. Puis je me couchai, non sans avoir invoqué, comme un Indou, les faveurs de l'astre radieux.

Le lendemain, 21 mars, dès cinq heures du matin, je montai sur la plate-forme. J'y trouvai le capitaine Nemo.

« Le temps se dégage un peu, me dit-il. J'ai bon espoir. Après déjeuner, nous nous rendrons à terre pour choisir un poste d'observation. »

Ce point convenu, j'allai trouver Ned Land. J'aurais voulu l'emmener avec moi. L'obstiné Canadien refusa, et je vis bien que sa taciturnité comme sa fâcheuse humeur s'accroissaient de jour en jour. Après tout, je ne regrettai pas son entêtement dans cette circonstance. Véritablement, il y avait trop de phoques à terre, et il ne fallait pas soumettre ce pêcheur irréfléchi à cette tentation.

Le déjeuner terminé, je me rendis à terre. Le *Nautilus* s'était encore élevé de quelques milles pendant la nuit. Il était au large, à une grande lieue d'une côte, que dominait un pic aigu de quatre à cinq cents mètres. Le canot portait avec moi le capitaine Nemo, deux hommes de l'équipage, et les instruments, c'est-à-dire un chronomètre, une lunette et un baromètre.

Pendant notre traversée, je vis de nombreuses baleines qui appartenaient aux trois espèces particulières aux mers australes, la baleine franche ou « right-whale » des Anglais, qui n'a pas de nageoire dorsale, le hump-back, baleinoptère à ventre plissé, aux vastes nageoires blanchâtres, qui malgré son nom[1], ne forment pourtant pas des ailes, et le finback, brun-jaunâtre, le plus vif des cétacés. Ce puissant animal se fait entendre de loin, lorsqu'il projette à une grande hauteur ses colonnes d'air et de vapeur, qui ressemblent à des tourbillons de fumée. Ces différents mammifères s'ébattaient par troupes dans les eaux tranquilles, et je vis bien que ce bassin du pôle antarctique servait maintenant de refuge aux cétacés trop vivement traqués par les chasseurs.

Je remarquai également de longs cordons blanchâtres de salpes, sortes de mollusques agrégés, et des méduses de grande taille qui se balançaient entre le remous des lames.

À neuf heures, nous accostions la terre. Le ciel s'éclaircissait. Les nuages fuyaient dans le sud. Les brumes abandonnaient la surface froide des eaux. Le capitaine Nemo se dirigea vers le pic dont il voulait sans doute faire son observatoire. Ce fut une ascension pénible sur des laves aiguës et des pierres ponces, au milieu d'une atmosphère souvent saturée par les émanations sulfureuses des fumerolles. Le capitaine, pour un homme déshabitué de fouler la terre, gravissait les pentes les plus raides avec une souplesse, une agilité que je ne pouvais égaler, et qu'eût enviée un chasseur d'isards.

Il nous fallut deux heures pour atteindre le sommet de ce pic moitié porphyre, moitié basalte. De là, nos regards embrassaient une vaste mer qui, vers le nord, traçait nettement sa ligne terminale sur le fond du ciel. À nos pieds, des champs éblouissants de blancheur. Sur notre tête, un pâle azur, dégagé de brumes. Au nord, le disque du soleil comme une boule de feu déjà écornée par le tranchant de l'horizon. Du sein des eaux s'élevaient en gerbes magnifiques des jets liquides par centaines. Au loin, le *Nautilus*, comme un cétacé endormi. Derrière nous, vers le sud et l'est, une terre immense, un amoncellement chaotique de rochers et de glaces dont on n'apercevait pas la limite.

Le capitaine Nemo, en arrivant au sommet du pic, releva soigneusement sa hauteur au moyen du baromètre, car il devait en tenir compte dans son observation.

À midi moins le quart, le soleil, vu alors par réfraction seulement, se montra comme un disque d'or et

dispersa ses derniers rayons sur ce continent abandonné, à ces mers que l'homme n'a jamais sillonnées encore.

Le capitaine Nemo, muni d'une lunette à réti-
cules, qui, au moyen d'un miroir, corrigeait la réfraction, observa l'astre qui s'enfonçait peu à peu
au-dessous de l'horizon en suivant une diagonale
très-allongée. Je tenais le chronomètre. Mon cœur
battait fort. Si la disparition du demi-disque du soleil coïncidait avec le midi du chronomètre, nous
étions au pôle même.

« Midi ! m'écriai-je.

— Le pôle sud ! » répondit le capitaine Nemo
d'une voix grave, en me donnant la lunette qui
montrait l'astre du jour précisément coupé en deux
portions égales par l'horizon.

Je regardai les derniers rayons couronner le pic
et les ombres monter peu à peu sur ses rampes.

En ce moment, le capitaine Nemo, appuyant sa
main sur mon épaule, me dit :

« Monsieur, en 1600, le Hollandais Ghéritk, entraîné par les courants et les tempêtes, atteignit 64°
de latitude sud et découvrit les New-Shetland. En
1773, le 17 janvier, l'illustre Cook, suivant le trente-
huitième méridien, arriva par 67° 30' de latitude, et
en 1774, le 30 janvier, sur le cent neuvième méridien,
il atteignit 71° 15' de latitude. En 1819, le Russe
Bellinghausen se trouva sur le soixante-neuvième
parallèle, et en 1821, sur le soixante-sixième par 111°
de longitude ouest. En 1820, l'Anglais Brunsfield fut
arrêté sur le soixante-cinquième degré. La même
année, l'Américain Morrel, dont les récits sont
douteux, remontant sur le quarante-deuxième méridien, découvrait la mer libre par 70° 14' de latitude.
En 1825, l'Anglais Powell ne pouvait dépasser le
soixante-deuxième degré. La même année, un simple
pêcheur de phoques, l'Anglais Weddel s'élevait
jusqu'à 72° 14' de latitude sur le trente-cinquième

méridien, et jusqu'à 74° 15′ sur le trente-sixième. En 1829, l'Anglais Forster, commandant le *Chanticleer*, prenait possession du continent antarctique par 63° 26′ de latitude et 66° 26′ de longitude. En 1831, l'Anglais Biscoë, le 1ᵉʳ février, découvrait la terre d'Enderby par 68° 50′ de latitude, en 1832, le 5 février, la terre d'Adélaïde par 67° de latitude, et le 21 février, la terre de Graham par 64° 45′ de latitude. En 1838, le Français Dumont-d'Urville, arrêté devant la banquise par 62° 57′ de latitude, relevait la terre Louis-Philippe ; deux ans plus tard, dans une nouvelle pointe au sud, il nommait par 66° 30′, le 21 janvier, la terre Adélie, et huit jours après, par 64° 40′, la côte Clarie. En 1838, l'Anglais Wilkes s'avançait jusqu'au soixante-neuvième parallèle sur le centième méridien. En 1839, l'Anglais Balleny découvrait la terre Sabrina, sur la limite du cercle polaire. Enfin, en 1842, l'Anglais James Ross, montant l'*Erebus* et le *Terror*, le 12 janvier, par 76° 56′ de latitude et 171° 7′ de longitude est, trouvait la terre Victoria ; le 23 du même mois, il relevait le soixante-quatorzième parallèle, le plus haut point atteint jusqu'alors ; le 27, il était par 76° 8′, le 28, par 77° 32′, le 2 février, par 78° 4′, et en 1842, il revenait au soixante-onzième degré qu'il ne put dépasser. Eh bien, moi, capitaine Nemo, ce 21 mars 1868, j'ai atteint le pôle sud sur le quatre-vingt-dixième degré, et je prends possession de cette partie du globe égale au sixième des continents reconnus.

— Au nom de qui, capitaine ?

— Au mien, monsieur ! »

Et ce disant, le capitaine Nemo déploya un pavillon noir, portant un N d'or écartelé sur son étamine. Puis, se retournant vers l'astre du jour dont les derniers rayons léchaient l'horizon de la mer :

« Adieu, soleil, s'écria-t-il ! Disparais, astre radieux ! Couche-toi sous cette mer libre, et laisse une nuit de six mois étendre ses ombres sur mon nouveau domaine ! »

CHAPITRE XV

ACCIDENT OU INCIDENT ?

Le lendemain, 22 mars, à six heures du matin, les préparatifs de départ furent commencés. Les dernières lueurs du crépuscule se fondaient dans la nuit. Le froid était vif. Les constellations resplendissaient avec une surprenante intensité. Au zénith brillait cette admirable Croix du Sud, l'étoile polaire des régions antarctiques.

Le thermomètre marquait douze degrés au-dessous de zéro, et quand le vent fraîchissait, il causait de piquantes morsures. Les glaçons se multipliaient sur l'eau libre. La mer tendait à se prendre partout. De nombreuses plaques noirâtres, étalées à sa surface, annonçaient la prochaine formation de la jeune glace. Évidemment, le bassin austral, gelé pendant les six mois de l'hiver, était absolument inaccessible. Que devenaient les baleines pendant cette période ? Sans doute, elles allaient par-dessous la banquise chercher des mers plus praticables. Pour les phoques et les morses, habitués à vivre sous les plus durs climats, ils restaient sur ces parages glacés. Ces animaux ont l'instinct de creuser des trous dans les ice-fields et de les maintenir toujours ouverts. C'est à ces trous qu'ils viennent respirer ; quand les oiseaux, chassés par le froid, ont émigré vers le nord, ces mammifères marins demeurent les seuls maîtres du continent polaire.

Cependant, les réservoirs d'eau s'étaient remplis, et le *Nautilus* descendait lentement. À une profondeur de mille pieds, il s'arrêta. Son hélice battit les flots, et il s'avança droit au nord avec une vitesse de quinze milles à l'heure. Vers le soir, il flottait déjà sous l'immense carapace glacée de la banquise.

Les panneaux du salon avaient été fermés par prudence, car la coque du *Nautilus* pouvait se heurter à quelque bloc immergé. Aussi, je passai cette journée à mettre mes notes au net. Mon esprit était tout entier à ses souvenirs du pôle. Nous avions atteint ce point inaccessible sans fatigues, sans danger, comme si notre wagon flottant eût glissé sur les rails d'un chemin de fer. Et maintenant, le retour commençait véritablement. Me réserverait-il encore de pareilles surprises ? Je le pensais, tant la série des merveilles sous-marines est inépuisable ! Cependant, depuis cinq mois et demi que le hasard nous avait jetés à ce bord, nous avions franchi quatorze mille lieues, et sur ce parcours plus étendu que l'Équateur terrestre, combien d'incidents ou curieux ou terribles avaient charmé notre voyage : la chasse dans les forêts de Crespo, l'échouement du détroit de Torrès, le cimetière de corail, les pêcheries de Ceyland, le tunnel arabique, les feux de Santorin, les millions de la baie de Vigo, l'Atlantide, le pôle sud ! Pendant la nuit, tous ces souvenirs, passant de rêve en rêve, ne laissèrent pas mon cerveau sommeiller un instant.

À trois heures du matin, je fus réveillé par un choc violent. Je m'étais redressé sur mon lit et j'écoutais au milieu de l'obscurité, quand je fus précipité brusquement au milieu de la chambre. Évidemment, le *Nautilus* donnait une bande considérable après avoir touché.

Je m'accotai aux parois et je me traînai par les coursives jusqu'au salon qu'éclairait le plafond lumineux. Les meubles étaient renversés. Heureusement, les vitrines, solidement saisies par le pied, avaient tenu bon. Les tableaux de tribord, sous le déplacement de la verticale, se collaient aux tapis-series, tandis que ceux de bâbord s'en écartaient d'un pied par leur bordure inférieure. Le *Nautilus* était donc couché sur tribord, et, de plus, complè-tement immobile.

À l'intérieur j'entendais un bruit de pas, des voix confuses. Mais le capitaine Nemo ne parut pas. Au moment où j'allais quitter le salon, Ned Land et Conseil entrèrent.

« Qu'y a-t-il ? leur dis-je aussitôt.

— Je venais le demander à monsieur, répondit Conseil.

— Mille diables ! s'écria le Canadien, je le sais bien, moi ! Le *Nautilus* a touché, et à en juger par la gîte qu'il donne, je ne crois pas qu'il s'en tire comme la première fois dans le détroit de Torrès.

— Mais au moins, demandai-je, est-il revenu à la surface de la mer ?

— Nous l'ignorons, répondit Conseil.

— Il est facile de s'en assurer, » répondis-je.

Je consultai le manomètre. À ma grande surprise, il indiquait une profondeur de trois cent soixante mètres.

« Qu'est-ce que cela veut dire ? m'écriai-je.

— Il faut interroger le capitaine Nemo, dit Conseil.

— Mais où le trouver ? demanda Ned Land.

— Suivez-moi, » dis-je à mes deux compagnons.

Nous quittâmes le salon. Dans la bibliothèque, personne. À l'escalier central, au poste de l'équi-page, personne. Je supposai que le capitaine Nemo devait être posté dans la cage du timonier. Le mieux était d'attendre. Nous revînmes tous trois au salon.

Je passerai sous silence les récriminations du Canadien. Il avait beau jeu pour s'emporter. Je le laissai exhaler sa mauvaise humeur tout à son aise, sans lui répondre.

Nous étions ainsi depuis vingt minutes, cherchant à surprendre les moindres bruits qui se produisaient à l'intérieur du *Nautilus*, quand le capitaine Nemo entra. Il ne sembla pas nous voir. Sa physionomie, habituellement si impassible, révélait une certaine inquiétude. Il observa silencieusement la boussole, le manomètre, et vint poser son doigt sur un point du planisphère, dans cette partie qui représentait les mers australes.

Je ne voulus pas l'interrompre. Seulement, quelques instants plus tard, lorsqu'il se tourna vers moi, je lui dis en retournant contre lui une expression dont il s'était servi au détroit de Torrès :

« Un incident, capitaine ?

— Non, monsieur, répondit-il, un accident cette fois.

— Grave ?

— Peut-être.

— Le danger est-il immédiat ?

— Non.

— Le *Nautilus* s'est échoué ?

— Oui.

— Et cet échouement est venu ?...

— D'un caprice de la nature, non de l'impéritie des hommes. Pas une faute n'a été commise dans nos manœuvres. Toutefois, on ne saurait empêcher l'équilibre de produire ses effets. On peut braver les lois humaines, mais non résister aux lois naturelles. »

Singulier moment que choisissait le capitaine Nemo pour se livrer à cette réflexion philosophique. En somme, sa réponse ne m'apprenait rien.

« Puis-je savoir, monsieur, lui demandai-je, quelle est la cause de cet accident ?

— Un énorme bloc de glace, une montagne entière s'est retournée, me répondit-il. Lorsque les ice-bergs sont minés à leur base par des eaux plus chaudes ou par des chocs réitérés, leur centre de gravité remonte. Alors ils se retournent en grand, ils culbutent. C'est ce qui est arrivé. L'un de ces blocs, en se renversant, a heurté le *Nautilus* qui flottait sous les eaux. Puis, glissant sous sa coque et le relevant avec une irrésistible force, il l'a ramené dans des couches moins denses, où il se trouve couché sur le flanc.

— Mais ne peut-on dégager le *Nautilus* en vidant ses réservoirs, de manière à le remettre en équilibre ?

Ce fut une ascension pénible. (Page 534.)

— C'est ce qui se fait en ce moment, monsieur. Vous pouvez entendre les pompes fonctionner. Voyez l'aiguille du manomètre. Elle indique que le *Nautilus* remonte, mais le bloc de glace remonte avec lui, et jusqu'à ce qu'un obstacle arrête son mouvement ascensionnel, notre position ne sera pas changée. »

En effet, le *Nautilus* donnait toujours la même bande sur tribord. Sans doute, il se redresserait, lorsque le bloc s'arrêterait lui-même. Mais à ce

« Adieu, soleil ! s'écria-t-il. » (Page 536.)

moment, qui sait si nous n'aurions pas heurté la partie supérieure de la banquise, si nous ne serions pas effroyablement pressés entre les deux surfaces glacées ?

Je réfléchissais à toutes les conséquences de cette situation. Le capitaine Nemo ne cessait d'observer le manomètre. Le *Nautilus*, depuis la chute de l'iceberg, avait remonté de cent cinquante pieds environ, mais il faisait toujours le même angle avec la perpendiculaire.

Soudain un léger mouvement se fit sentir dans la coque. Évidemment, le *Nautilus* se redressait un peu. Les objets suspendus dans le salon reprenaient sensiblement leur position normale. Les parois se rapprochaient de la verticalité. Personne de nous ne parlait. Le cœur ému, nous observions, nous sentions le redressement. Le plancher redevenait horizontal sous nos pieds. Dix minutes s'écoulèrent.

« Enfin, nous sommes droit ! m'écriai-je.

— Oui, dit le capitaine Nemo, se dirigeant vers la porte du salon.

— Mais flotterons-nous ? lui demandai-je.

— Certainement, répondit-il, puisque les réservoirs ne sont pas encore vidés, et que vidés, le *Nautilus* devra remonter à la surface de la mer. »

Le capitaine sortit, et je vis bientôt que, par ses ordres, on avait arrêté la marche ascensionnelle du *Nautilus*. En effet, il aurait bientôt heurté la partie inférieure de la banquise, et mieux valait le maintenir entre deux eaux.

« Nous l'avons échappé belle ! dit alors Conseil.

— Oui. Nous pouvions être écrasés entre ces blocs de glace, ou tout au moins emprisonnés. Et alors, faute de pouvoir renouveler l'air... Oui ! nous l'avons échappé belle !

— Si c'est fini ! » murmura Ned Land.

Je ne voulus pas entamer avec le Canadien une discussion sans utilité, je ne répondis pas. D'ailleurs, les panneaux s'ouvrirent en ce moment, la lumière extérieure fit irruption à travers la vitre dégagée.

Nous étions en pleine eau, ainsi que je l'ai dit ; mais, à une distance de dix mètres, sur chaque côté du *Nautilus*, s'élevait une éblouissante muraille de glace. Au-dessus et au-dessous, même muraille. Au-dessus, parce que la surface inférieure de la banquise se développait comme un plafond immense. Au-dessous, parce que le bloc culbuté, ayant glissé peu à peu, avait trouvé sur les murailles latérales deux points d'appui qui le maintenaient dans cette position. Le *Nautilus* était emprisonné dans un véritable tunnel de glace, d'une largeur de vingt mètres environ, rempli d'une eau tranquille. Il lui était donc facile d'en sortir en marchant soit en avant soit en arrière, et de reprendre ensuite, à quelques centaines de mètres plus bas, un libre passage sous la banquise.

Le plafond lumineux avait été éteint, et cependant, le salon resplendissait d'une lumière intense. C'est que la puissante réverbération des parois de glace y renvoyait violemment les nappes du fanal. Je ne saurais peindre l'effet des rayons voltaïques sur ces grands blocs capricieusement découpés, dont chaque angle, chaque arête, chaque facette, jetait une lueur différente, suivant la nature des veines qui couraient dans la glace. Mine éblouissante de gemmes, et particulièrement de saphirs qui croisaient leurs jets bleus avec le jet vert des émeraudes. Çà et là des nuances opalines d'une douceur infinie couraient au milieu de points ardents comme autant de diamants de feu dont l'œil ne pouvait soutenir l'éclat. La puissance du fanal était centuplée, comme celle d'une lampe à travers les lames lenticulaires d'un phare de premier ordre.

« Que c'est beau ! Que c'est beau ! s'écria Conseil.

— Oui ! dis-je, c'est un admirable spectacle. N'est-ce pas, Ned ?

— Eh ! mille diables ! oui, riposta Ned Land. C'est superbe ! Je rage d'être forcé d'en convenir. On n'a jamais rien vu de pareil. Mais ce spectacle-là pourra nous coûter cher. Et, s'il faut tout dire, je pense que nous voyons ici des choses que Dieu a voulu interdire aux regards de l'homme ! »

Ned avait raison. C'était trop beau. Tout à coup, un cri de Conseil me fit retourner.

« Qu'y a-t-il ? demandai-je.

— Que monsieur ferme les yeux ! que monsieur ne regarde pas ! »

Conseil, ce disant, appliquait vivement ses mains sur ses paupières.

« Mais qu'as-tu, mon garçon ?

— Je suis ébloui, aveuglé ! »

Mes regards se portèrent involontairement vers la vitre, mais je ne pus supporter le feu qui la dévorait.

Je compris ce qui s'était passé. Le *Nautilus* venait de se mettre en marche à grande vitesse. Tous les éclats tranquilles des murailles de glace s'étaient alors changés en raies fulgurantes. Les feux de ces myriades de diamants se confondaient. Le *Nautilus*, emporté par son hélice, voyageait dans un fourreau d'éclairs.

Les panneaux du salon se refermèrent alors. Nous tenions nos mains sur nos yeux tout imprégnés de ces lueurs concentriques qui flottent devant la rétine, lorsque les rayons solaires l'ont trop violemment frappée. Il fallut un certain temps pour calmer le trouble de nos regards.

Enfin, nos mains s'abaissèrent.

« Ma foi, je ne l'aurais jamais cru, dit Conseil.

— Et moi, je ne le crois pas encore ! riposta le Canadien.

— Quand nous reviendrons sur terre, ajouta Conseil, blasés sur tant de merveilles de la nature, que penserons-nous de ces misérables continents et

des petits ouvrages sortis de la main des hommes !
Non ! le monde habité n'est plus digne de nous ! »

De telles paroles dans la bouche d'un impassible
Flamand montrent à quel degré d'ébullition était
monté notre enthousiasme. Mais le Canadien ne
manqua pas d'y jeter sa goutte d'eau froide.

« Le monde habité ! dit-il en secouant la tête.
Soyez tranquille, ami Conseil, nous n'y reviendrons
pas ! »

Il était alors cinq heures du matin. En ce moment, un choc se produisit à l'avant du *Nautilus*. Je
compris que son éperon venait de heurter un bloc
de glace. Ce devait être une fausse manœuvre, car
ce tunnel sous-marin, obstrué de blocs, n'offrait pas
une navigation facile. Je pensai donc que le capitaine
Nemo, modifiant sa route, tournerait ces obstacles
ou suivrait les sinuosités du tunnel. En tout cas, la
marche en avant ne pouvait être absolument enrayée. Toutefois, contre mon attente, le *Nautilus*
prit un mouvement rétrograde très-prononcé.

« Nous revenons en arrière ? dit Conseil.

— Oui, répondis-je. Il faut que, de ce côté, le tunnel soit sans issue.

— Et alors ?...

— Alors, dis-je, la manœuvre est bien simple.
Nous retournerons sur nos pas, et nous sortirons
par l'orifice sud. Voilà tout. »

En parlant ainsi, je voulais paraître plus rassuré
que je ne l'étais réellement. Cependant le mouvement
rétrograde du *Nautilus* s'accélérait, et marchant à
contre-hélice, il nous entraînait avec une grande rapidité.

« Ce sera un retard, dit Ned.

— Qu'importe, quelques heures de plus ou de
moins, pourvu qu'on sorte.

— Oui, répéta Ned Land, pourvu qu'on sorte ! »

Je me promenai pendant quelques instants du
salon à la bibliothèque. Mes compagnons, assis, se

taisaient. Je me jetai bientôt sur un divan, et je pris un livre que mes yeux parcoururent machinalement.

Un quart d'heure après, Conseil, s'étant approché de moi, me dit :

« Est-ce bien intéressant ce que lit monsieur ?

— Très-intéressant, répondis-je.

— Je le crois. C'est le livre de monsieur que lit monsieur !

— Mon livre ? »

En effet, je tenais à la main l'ouvrage des *Grands Fonds sous-marins*. Je ne m'en doutais même pas. Je fermai le livre et repris ma promenade. Ned et Conseil se levèrent pour se retirer.

« Restez, mes amis, dis-je en les retenant. Restons ensemble jusqu'au moment où nous serons sortis de cette impasse.

— Comme il plaira à monsieur, » répondit Conseil.

Quelques heures s'écoulèrent. J'observais souvent les instruments suspendus à la paroi du salon. Le manomètre indiquait que le *Nautilus* se maintenait à une profondeur constante de trois cents mètres, la boussole, qu'il se dirigeait toujours au sud, le loch, qu'il marchait avec une vitesse de vingt milles à l'heure, vitesse excessive dans un espace aussi resserré. Mais le capitaine Nemo savait qu'il ne pouvait trop se hâter, et qu'alors, les minutes valaient des siècles.

À huit heures vingt-cinq, un second choc eut lieu[1]. À l'arrière, cette fois. Je pâlis. Mes compagnons s'étaient rapprochés de moi. J'avais saisi la main de Conseil. Nous nous interrogions du regard, et plus directement que si les mots eussent interprété notre pensée.

En ce moment, le capitaine entra dans le salon. J'allai à lui.

« La route est barrée au sud ? lui demandai-je.

— Oui, monsieur. L'ice-berg en se retournant a fermé toute issue.

— Nous sommes bloqués ?

— Oui. »

CHAPITRE XVI

FAUTE D'AIR

Ainsi, autour du *Nautilus*, au-dessus, au-dessous, un impénétrable mur de glace. Nous étions prisonniers de la banquise ! Le Canadien avait frappé une table de son formidable poing. Conseil se taisait. Je regardai le capitaine. Sa figure avait repris son impassibilité habituelle. Il s'était croisé les bras. Il réfléchissait. Le *Nautilus* ne bougeait plus.

Le capitaine prit alors la parole :

« Messieurs, dit-il d'une voix calme, il y a deux manières de mourir dans les conditions où nous sommes. »

Cet inexplicable personnage avait l'air d'un professeur de mathématiques qui fait une démonstration à ses élèves.

« La première, reprit-il, c'est de mourir écrasés. La seconde, c'est de mourir asphyxiés. Je ne parle pas de la possibilité de mourir de faim, car les approvisionnements du *Nautilus* dureront certainement plus que nous. Préoccupons-nous donc des chances d'écrasement ou d'asphyxie.

— Quant à l'asphyxie, capitaine, répondis-je, elle n'est pas à craindre car nos réservoirs sont pleins.

— Juste, reprit le capitaine Nemo, mais ils ne donneront que deux jours d'air. Or, voilà trente-six heures que nous sommes enfouis sous les eaux, et déjà l'atmosphère alourdie du *Nautilus* demande à être renouvelée. Dans quarante-huit heures, notre réserve sera épuisée.

— Eh bien, capitaine, soyons délivrés avant quarante-huit heures !

— Nous le tenterons, du moins, en perçant la muraille qui nous entoure.

— De quel côté ! demandai-je.

— C'est ce que la sonde nous apprendra. Je vais échouer le *Nautilus* sur le banc inférieur, et mes hommes, revêtus de scaphandres, attaqueront l'iceberg par sa paroi la moins épaisse.

— Peut-on ouvrir les panneaux du salon ?

— Sans inconvénient. Nous ne marchons plus. »

Le capitaine Nemo sortit. Bientôt des sifflements m'apprirent que l'eau s'introduisait dans les réservoirs. Le *Nautilus* s'abaissa lentement et reposa sur le fond de glace par une profondeur de trois cent cinquante mètres, profondeur à laquelle était immergé le banc de glace inférieur.

« Mes amis, dis-je, la situation est grave, mais je compte sur votre courage et sur votre énergie.

— Monsieur, me répondit le Canadien, ce n'est pas dans ce moment que je vous ennuierai de mes récriminations. Je suis prêt à tout faire pour le salut commun.

— Bien, Ned, dis-je en tendant la main au Canadien.

— J'ajouterai, reprit-il, qu'habile à manier le pic comme le harpon, si je puis être utile au capitaine, il peut disposer de moi.

— Il ne refusera pas votre aide. Venez, Ned. »

Je conduisis le Canadien à la chambre où les hommes du *Nautilus* revêtaient leurs scaphandres. Je fis part au capitaine de la proposition de Ned, qui fut acceptée. Le Canadien endossa son costume de mer et fut aussitôt prêt que ses compagnons de travail. Chacun d'eux portait sur son dos l'appareil Rouquayrol auquel les réservoirs avaient fourni un large contingent d'air pur. Emprunt considérable, mais nécessaire, fait à la réserve du *Nautilus*. Quant aux lampes Ruhmkorff, elles devenaient inutiles au milieu de ces eaux lumineuses et saturées de rayons électriques.

Lorsque Ned fut habillé, je rentrai dans le salon dont les vitres étaient découvertes, et, posté près de Conseil, j'examinai les couches ambiantes qui supportaient le *Nautilus*.

Quelques instants après, nous voyions une douzaine d'hommes de l'équipage prendre pied sur le banc de glace, et parmi eux Ned Land, reconnaissable à sa haute taille. Le capitaine Nemo était avec eux.

Avant de procéder au creusement des murailles, il fit pratiquer des sondages qui devaient assurer la bonne direction des travaux. De longues sondes furent enfoncées dans les parois latérales ; mais après quinze mètres, elles étaient encore arrêtées par l'épaisse muraille. Il était inutile de s'attaquer à la surface plafonnante, puisque c'était la banquise elle-même qui mesurait plus de quatre cents mètres de hauteur. Le capitaine Nemo fit alors sonder la surface inférieure. Là, dix mètres de parois nous séparaient de l'eau. Telle était l'épaisseur de cet ice-field. Dès lors, il s'agissait d'en découper un morceau égal en superficie à la ligne de flottaison du *Nautilus*. C'était environ six mille cinq cents mètres cubes à détacher, afin de creuser un trou par lequel nous descendrions au-dessous du champ de glace.

Le travail fut immédiatement commencé et conduit avec une infatigable opiniâtreté. Au lieu de creuser autour du *Nautilus*, ce qui eût entraîné de plus grandes difficultés, le capitaine Nemo fit dessiner l'immense fosse à huit mètres de sa hanche de bâbord. Puis, ses hommes la taraudèrent simultanément sur plusieurs points de sa circonférence. Bientôt, le pic attaqua vigoureusement cette matière compacte, et de gros blocs furent détachés de la masse. Par un curieux effet de pesanteur spécifique, ces blocs, moins lourds que l'eau, s'envolaient pour ainsi dire à la voûte du tunnel, qui s'épaississait par le haut de ce dont il diminuait par le bas. Mais peu importait, du moment que la paroi inférieure s'amincissait d'autant.

Après deux heures d'un travail énergique, Ned Land rentra épuisé. Ses compagnons et lui furent remplacés par de nouveaux travailleurs auxquels nous nous joignîmes, Conseil et moi. Le second du *Nautilus* nous dirigeait.

L'eau me parut singulièrement froide, mais je me réchauffai promptement en maniant le pic. Mes mouvements étaient très-libres, bien qu'ils se produisissent sous une pression de trente atmosphères.

Quand je rentrai, après deux heures de travail, pour prendre quelque nourriture et quelque repos, je trouvai une notable différence entre le fluide pur que me fournissait l'appareil Rouquayrol et l'atmosphère du *Nautilus*, déjà chargée d'acide carbonique. L'air n'avait pas été renouvelé depuis quarante-huit heures, et ses qualités vivifiantes étaient considérablement affaiblies. Cependant, en un laps de douze heures, nous n'avions enlevé qu'une tranche de glace épaisse d'un mètre sur la superficie dessinée, soit environ six cents mètres cubes. En admettant que le même travail fût accompli par douze heures, il fallait encore cinq nuits et quatre jours pour mener à bonne fin cette entreprise.

« Cinq nuits et quatre jours ! dis-je à mes compagnons, et nous n'avons que pour deux jours d'air dans les réservoirs.

— Sans compter, répliqua Ned, qu'une fois sortis de cette damnée prison, nous serons encore emprisonnés sous la banquise et sans communication possible avec l'atmosphère ! »

Réflexion juste. Qui pouvait alors prévoir le minimum de temps nécessaire à notre délivrance ? L'asphyxie ne nous aurait-elle pas étouffés avant que le *Nautilus* eût pu revenir à la surface des flots ? Était-il destiné à périr dans ce tombeau de glace avec tous ceux qu'il renfermait ? La situation paraissait terrible. Mais chacun l'avait envisagée en face, et tous étaient décidés à faire leur devoir jusqu'au bout.

Suivant mes prévisions, pendant la nuit, une nouvelle tranche d'un mètre fut enlevée à l'immense

Les murailles latérales se rapprochaient peu à peu. (Page 553.)

alvéole. Mais, le matin, quand, revêtu de mon scaphandre, je parcourus la masse liquide par une température de six à sept degrés au-dessous de zéro, je
remarquai que les murailles latérales se rapprochaient peu à peu. Les couches d'eau éloignées de
la fosse, que n'échauffaient pas le travail des hommes et le jeu des outils, marquaient une tendance à
se solidifier. En présence de ce nouveau et imminent
danger, que devenaient nos chances de salut, et
comment empêcher la solidification de ce milieu
liquide, qui eût fait éclater comme du verre les
parois du *Nautilus* ?

Étendu sur un divan. (Page 560.)

Je ne fis point connaître ce nouveau danger à mes deux compagnons. À quoi bon risquer d'abattre cette énergie qu'ils employaient au pénible travail du sauvetage ? Mais, lorsque je fus revenu à bord, je fis observer au capitaine Nemo cette grave complication.

« Je le sais, me dit-il de ce ton calme que ne pouvaient modifier les plus terribles conjonctures. C'est un danger de plus, mais je ne vois aucun moyen d'y parer. La seule chance de salut, c'est d'aller plus vite que la solidification. Il s'agit d'arriver premiers. Voilà tout. »

Arriver premiers ! Enfin, j'aurais dû être habitué à ces façons de parler !

Cette journée, pendant plusieurs heures, je maniai le pic avec opiniâtreté. Ce travail me soutenait. D'ailleurs, travailler, c'était quitter le *Nautilus*, c'était respirer directement cet air pur emprunté aux réservoirs et fourni par les appareils, c'était abandonner une atmosphère appauvrie et viciée.

Vers le soir, la fosse s'était encore creusée d'un mètre. Quand je rentrai à bord, je faillis être asphyxié par l'acide carbonique dont l'air était saturé. Ah ! que n'avions-nous les moyens chimiques qui eussent permis de chasser ce gaz délétère ! L'oxygène ne nous manquait pas. Toute cette eau en contenait une quantité considérable et en la décomposant par nos puissantes piles, elle nous eût restitué le fluide vivifiant. J'y avais bien songé, mais à quoi bon, puisque l'acide carbonique, produit de notre respiration, avait envahi toutes les parties du navire. Pour l'absorber, il eût fallu remplir des récipients de potasse caustique et les agiter incessamment. Or, cette matière manquait à bord, et rien ne la pouvait remplacer.

Ce soir-là, le capitaine Nemo dut ouvrir les robinets de ses réservoirs, et lancer quelques colonnes

d'air pur à l'intérieur du *Nautilus*. Sans cette précaution, nous ne nous serions pas réveillés.

Le lendemain, 26 mars, je repris mon travail de
mineur en entamant le cinquième mètre. Les parois
latérales et la surface inférieure de la banquise
s'épaississaient visiblement. Il était évident qu'elles
se rejoindraient avant que le *Nautilus* fût parvenu à
se dégager. Le désespoir me prit un instant. Mon
pic fut près de s'échapper de mes mains. À quoi
bon creuser, si je devais périr étouffé, écrasé par
cette eau qui se faisait pierre, un supplice que la
férocité des sauvages n'eût pas même inventé. Il me
semblait que j'étais entre les formidables mâchoires
d'un monstre qui se rapprochaient irrésistiblement.

En ce moment, le capitaine Nemo, dirigeant le
travail, travaillant lui-même, passa près de moi. Je
le touchai de la main et lui montrai les parois de
notre prison. La muraille de tribord s'était avancée
à moins de quatre mètres de la coque du *Nautilus*.

Le capitaine me comprit et me fit signe de le suivre. Nous rentrâmes à bord. Mon scaphandre ôté, je
l'accompagnai dans le salon.

« Monsieur Aronnax, me dit-il, il faut tenter quelque héroïque moyen, ou nous allons être scellés dans
cette eau solidifiée comme dans du ciment.

— Oui ! dis-je, mais que faire ?

— Ah ! s'écria-t-il, si mon *Nautilus* était assez fort
pour supporter cette pression sans en être écrasé ?

— Eh bien ? demandai-je, ne saisissant pas l'idée
du capitaine.

— Ne comprenez-vous pas, reprit-il, que cette
congélation de l'eau nous viendrait en aide ! Ne
voyez-vous pas que par sa solidification, elle ferait
éclater ces champs de glace qui nous emprisonnent,
comme elle fait, en se gelant, éclater les pierres les
plus dures ! Ne sentez-vous pas qu'elle serait un
agent de salut au lieu d'être un agent de destruction !

— Oui, capitaine, peut-être. Mais quelque résistance à l'écrasement que possède le *Nautilus*, il ne pourrait supporter cette épouvantable pression et s'aplatirait comme une feuille de tôle.

— Je le sais, monsieur. Il ne faut donc pas compter sur les secours de la nature, mais sur nous-mêmes. Il faut s'opposer à cette solidification. Il faut l'enrayer. Non-seulement, les parois latérales se resserrent, mais il ne reste pas dix pieds d'eau à l'avant ou à l'arrière du *Nautilus*. La congélation nous gagne de tous les côtés.

— Combien de temps, demandai-je, l'air des réservoirs nous permettra-t-il de respirer à bord ? »

Le capitaine me regarda en face.

« Après-demain, dit-il, les réservoirs seront vides ! »

Une sueur froide m'envahit. Et cependant, devais-je m'étonner de cette réponse ? Le 22 mars, le *Nautilus* s'était plongé sous les eaux libres du pôle. Nous étions au 26. Depuis cinq jours, nous vivions sur les réserves du bord ! Et ce qui restait d'air respirable, il fallait le conserver aux travailleurs. Au moment où j'écris ces choses, mon impression est tellement vive encore, qu'une terreur involontaire s'empare de tout mon être, et que l'air semble manquer à mes poumons !

Cependant, le capitaine Nemo réfléchissait, silencieux, immobile. Visiblement, une idée lui traversait l'esprit. Mais il paraissait la repousser. Il se répondait négativement à lui-même. Enfin, ces mots s'échappèrent de ses lèvres :

« L'eau bouillante ! murmura-t-il.

— L'eau bouillante ? m'écriai-je.

— Oui, monsieur. Nous sommes renfermés dans un espace relativement restreint. Est-ce que des jets d'eau bouillante, constamment injectée par les pompes du *Nautilus*, n'élèveraient pas la température de ce milieu et ne retarderaient pas sa congélation ?

— Il faut l'essayer, dis-je résolument.

— Essayons, monsieur le professeur. »

Le thermomètre marquait alors moins sept degrés à l'extérieur. Le capitaine Nemo me conduisit aux cuisines où fonctionnaient de vastes appareils distillatoires qui fournissaient l'eau potable par évaporation. Ils se chargèrent d'eau, et toute la chaleur électrique des piles fut lancée à travers les serpentins baignés par le liquide. En quelques minutes, cette eau avait atteint cent degrés. Elle fut dirigée vers les pompes pendant qu'une eau nouvelle la remplaçait au fur et à mesure. La chaleur développée par les piles était telle que l'eau froide, puisée à la mer, après avoir seulement traversé les appareils, arrivait bouillante aux corps de pompe.

L'injection commença, et trois heures après, le thermomètre marquait extérieurement six degrés au-dessous de zéro. C'était un degré de gagné. Deux heures plus tard, le thermomètre n'en marquait que quatre.

« Nous réussirons, dis-je au capitaine, après avoir suivi et contrôlé par de nombreuses remarques les progrès de l'opération.

— Je le pense, me répondit-il. Nous ne serons pas écrasés. Nous n'avons plus que l'asphyxie à craindre. »

Pendant la nuit, la température de l'eau remonta à un degré au-dessous de zéro. Les injections ne purent la porter à un point plus élevé. Mais comme la congélation de l'eau de mer ne se produit qu'à moins deux degrés, je fus enfin rassuré contre les dangers de la solidification.

Le lendemain, 27 mars, six mètres de glace avaient été arrachés de l'alvéole. Quatre mètres seulement restaient à enlever. C'étaient encore quarante-huit heures de travail. L'air ne pouvait plus être renouvelé à l'intérieur du *Nautilus*. Aussi, cette journée alla-t-elle toujours en empirant.

Une lourdeur intolérable m'accabla. Vers trois heures du soir, ce sentiment d'angoisse fut porté en moi à un degré violent. Des bâillements me disloquaient les mâchoires. Mes poumons haletaient en cherchant ce fluide comburant, indispensable à la respiration, et qui se raréfiait de plus en plus. Une torpeur morale s'empara de moi. J'étais étendu sans force, presque sans connaissance. Mon brave Conseil, pris des mêmes symptômes, souffrant des mêmes souffrances, ne me quittait pas. Il me prenait la main, il m'encourageait, et je l'entendais encore murmurer :

« Ah ! si je pouvais ne pas respirer pour laisser plus d'air à monsieur ! »

Les larmes me venaient aux yeux de l'entendre parler ainsi.

Si notre situation, à tous, était intolérable à l'intérieur, avec quelle hâte, avec quel bonheur, nous revêtions nos scaphandres pour travailler à notre tour ! Les pics résonnaient sur la couche glacée. Les bras se fatiguaient, les mains s'écorchaient, mais qu'étaient ces fatigues, qu'importaient ces blessures ! L'air vital arrivait aux poumons ! On respirait ! On respirait !

Et cependant, personne ne prolongeait au-delà du temps voulu son travail sous les eaux. Sa tâche accomplie, chacun remettait à ses compagnons haletants le réservoir qui devait lui verser la vie. Le capitaine Nemo donnait l'exemple et se soumettait le premier à cette sévère discipline. L'heure arrivée, il cédait son appareil à un autre et rentrait dans l'atmosphère viciée du bord, toujours calme, sans une défaillance, sans un murmure.

Ce jour-là, le travail habituel fut accompli avec plus de vigueur encore. Deux mètres seulement restaient à enlever sur toute la superficie. Deux mètres seulement nous séparaient de la mer libre. Mais les réservoirs étaient presque vides d'air. Le peu qui restait devait être conservé aux travailleurs. Pas un atome pour le *Nautilus* !

Lorsque je rentrai à bord, je fus à demi suffoqué. Quelle nuit ! Je ne saurais la peindre. De telles souffrances ne peuvent être décrites. Le lendemain, ma respiration était oppressée. Aux douleurs de tête se mêlaient d'étourdissants vertiges qui faisaient de moi un homme ivre. Mes compagnons éprouvaient les mêmes symptômes. Quelques hommes de l'équipage râlaient.

Ce jour-là, le sixième de notre emprisonnement, le capitaine Nemo, trouvant trop lents la pioche et le pic, résolut d'écraser la couche de glaces qui nous séparait encore de la nappe liquide. Cet homme avait conservé son sang-froid et son énergie. Il domptait par sa force morale les douleurs physiques. Il pensait, il combinait, il agissait.

D'après son ordre, le bâtiment fut soulagé, c'est-à-dire soulevé de la couche glacée par un changement de pesanteur spécifique. Lorsqu'il flotta on le hala de manière à l'amener au-dessus de l'immense fosse dessinée suivant sa ligne de flottaison. Puis, ses réservoirs d'eau s'emplissant, il descendit et s'emboîta dans l'alvéole.

En ce moment, tout l'équipage rentra à bord, et la double porte de communication fut fermée. Le *Nautilus* reposait alors sur la couche de glace qui n'avait pas un mètre d'épaisseur et que les sondes avaient trouée en mille endroits.

Les robinets des réservoirs furent alors ouverts en grand et cent mètres cubes d'eau s'y précipitèrent, accroissant de cent mille kilogrammes le poids du *Nautilus*.

Nous attendions, nous écoutions, oubliant nos souffrances, espérant encore. Nous jouions notre salut sur un dernier coup.

Malgré les bourdonnements qui emplissaient ma tête, j'entendis bientôt des frémissements sous la coque du *Nautilus*. Un dénivellement se produisit. La glace craqua avec un fracas singulier, pareil à celui du papier qui se déchire, et le *Nautilus* s'abaissa.

« Nous passons ! » murmura Conseil à mon oreille.

Je ne pus lui répondre. Je saisis sa main. Je la pressai dans une convulsion involontaire.

Tout-à-coup, emporté par son effroyable surcharge, le *Nautilus* s'enfonça comme un boulet sous les eaux, c'est-à-dire qu'il tomba comme il eût fait dans le vide !

Alors toute la force électrique fut mise sur les pompes qui aussitôt commencèrent à chasser l'eau des réservoirs. Après quelques minutes, notre chute fut enrayée. Bientôt même, le manomètre indiqua un mouvement ascensionnel. L'hélice, marchant à toute vitesse, fit tressaillir la coque de tôle jusque dans ses boulons, et nous entraîna vers le nord.

Mais que devait durer cette navigation sous la banquise jusqu'à la mer libre ? Un jour encore ? Je serais mort avant !

À demi étendu sur un divan de la bibliothèque, je suffoquais. Ma face était violette, mes lèvres bleues, mes facultés suspendues. Je ne voyais plus, je n'entendais plus. La notion du temps avait disparu de mon esprit. Mes muscles ne pouvaient se contracter.

Les heures qui s'écoulèrent ainsi, je ne saurais les évaluer. Mais j'eus la conscience de mon agonie qui commençait. Je compris que j'allais mourir.

Soudain je revins à moi. Quelques bouffées d'air pénétraient dans mes poumons. Étions-nous remontés à la surface des flots ? Avions-nous franchi la banquise ?

Non ! C'étaient Ned et Conseil, mes deux braves amis, qui se sacrifiaient pour me sauver. Quelques atomes d'air restaient encore au fond d'un appareil. Au lieu de le respirer, ils l'avaient conservé pour moi, et, tandis qu'ils suffoquaient, ils me versaient la vie goutte à goutte ! Je voulus repousser l'appareil. Ils me tinrent les mains, et pendant quelques instants, je respirai avec volupté.

Mes regards se portèrent vers l'horloge. Il était onze heures du matin. Nous devions être au 28 mars. Le *Nautilus* marchait avec une vitesse effrayante de quarante milles à l'heure. Il se tordait dans les eaux.

Où était le capitaine Nemo ? Avait-il succombé ? Ses compagnons étaient-ils morts avec lui ?

En ce moment, le manomètre indiqua que nous n'étions plus qu'à vingt pieds de la surface. Un simple champ de glace nous séparait de l'atmosphère. Ne pouvait-on le briser ?

Peut-être ! En tout cas, le *Nautilus* allait le tenter. Je sentis, en effet, qu'il prenait une position oblique, abaissant son arrière et relevant son éperon. Une introduction d'eau avait suffi pour rompre son équilibre. Puis, poussé par sa puissante hélice, il attaqua l'ice-field par en dessous comme un formidable bélier. Il le crevait peu à peu, se retirait, donnait à toute vitesse contre le champ qui se déchirait, et enfin, emporté par un élan suprême, il s'élança sur la surface glacée qu'il écrasa de son poids.

Le panneau fut ouvert, on pourrait dire arraché, et l'air pur s'introduisit à flots dans toutes les parties du *Nautilus*.

CHAPITRE XVII

DU CAP HORN À L'AMAZONE

Comment étais-je sur la plate-forme, je ne saurais le dire. Peut-être le Canadien m'y avait-il transporté. Mais je respirais, je humais l'air vivifiant de la mer. Mes deux compagnons s'enivraient près de moi de ces fraîches molécules. Les malheureux, trop longtemps privés de nourriture, ne peuvent se jeter inconsidérément sur les premiers aliments qu'on leur présente. Nous, au contraire, nous n'avions pas à nous modérer, nous pouvions aspirer à pleins poumons les atomes de cette atmosphère, et c'était la brise, la brise elle-même qui nous versait cette voluptueuse ivresse !

« Ah ! faisait Conseil, que c'est bon, l'oxygène ! Que monsieur ne craigne pas de respirer. Il y en a pour tout le monde. »

Quant à Ned Land, il ne parlait pas, mais il ouvrait des mâchoires à effrayer un requin. Et quelles puissantes aspirations ! Le Canadien « tirait » comme un poêle en pleine combustion.

Les forces nous revinrent promptement, et, lorsque je regardai autour de moi, je vis que nous étions seuls sur la plate-forme. Aucun homme de l'équipage. Pas même le capitaine Nemo. Les étranges marins du *Nautilus* se contentaient de l'air qui circulait à l'intérieur. Aucun n'était venu se délecter en pleine atmosphère.

Les premières paroles que je prononçai furent des paroles de remerciements et de gratitude pour mes deux compagnons. Ned et Conseil avaient prolongé mon existence pendant les dernières heures de cette longue agonie. Toute ma reconnaissance ne pouvait payer trop un tel dévouement.

« Bon ! monsieur le professeur, me répondit Ned Land, cela ne vaut pas la peine d'en parler ! Quel mérite avons-nous eu à cela ? Aucun. Ce n'était qu'une question d'arithmétique. Votre existence valait plus que la nôtre. Donc il fallait la conserver.

— Non, Ned, répondis-je, elle ne valait pas plus. Personne n'est supérieur à un homme généreux et bon, et vous l'êtes !

Je respirais. (Page 561.)

— C'est bien ! c'est bien ! répétait le Canadien embarrassé.

— Et toi, mon brave Conseil, tu as bien souffert.

— Mais pas trop, pour tout dire à monsieur. Il me manquait bien quelques gorgées d'air, mais je crois que je m'y serais fait. D'ailleurs, je regardais monsieur qui se pâmait et cela ne me donnait pas la moindre envie de respirer. Cela me coupait, comme on dit, la respir... »

Conseil, confus de s'être jeté dans la banalité, n'acheva pas.

Aussitôt voilà Conseil renversé. (Page 572.)

« Mes amis, répondis-je vivement ému, nous sommes liés les uns aux autres pour jamais, et vous avez sur moi des droits...

— Dont j'abuserai, riposta le Canadien.

— Hein ? fit Conseil.

— Oui, reprit Ned Land, le droit de vous entraîner avec moi, quand je quitterai cet infernal *Nautilus*.

— Au fait, dit Conseil, allons-nous du bon côté ?

— Oui, répondis-je, puisque nous allons du côté du soleil, et ici le soleil, c'est le nord.

— Sans doute, reprit Ned Land, mais il reste à savoir si nous rallions le Pacifique ou l'Atlantique, c'est-à-dire les mers fréquentées ou désertes. »

À cela je ne pouvais répondre, et je craignais que le capitaine Nemo ne nous ramenât plutôt vers ce vaste Océan qui baigne à la fois les côtes de l'Asie et de l'Amérique. Il compléterait ainsi son tour du monde sous-marin, et reviendrait vers ces mers où le *Nautilus* trouvait la plus entière indépendance. Mais si nous retournions au Pacifique, loin de toute terre habitée, que devenaient les projets de Ned Land ?

Nous devions, avant peu, être fixés sur ce point important. Le *Nautilus* marchait rapidement. Le cercle polaire fut bientôt franchi, et le cap mis sur le promontoire de Horn. Nous étions par le travers de la pointe américaine, le 31 mars, à sept heures du soir.

Alors toutes nos souffrances passées étaient oubliées. Le souvenir de cet emprisonnement dans les glaces s'effaçait de notre esprit. Nous ne songions qu'à l'avenir. Le capitaine Nemo ne paraissait plus, ni dans le salon, ni sur la plate-forme. Le point reporté chaque jour sur le planisphère et fait par le second me permettait de relever la direction exacte du *Nautilus*. Or, ce soir-là, il devint évident, à ma grande satisfaction, que nous revenions au nord par la route de l'Atlantique.

J'appris au Canadien et à Conseil le résultat de mes observations.

« Bonne nouvelle, répondit le Canadien, mais où va le *Nautilus* ?

— Je ne saurais le dire, Ned.

— Son capitaine voudrait-il, après le pôle sud, affronter le pôle nord, et revenir au Pacifique par le fameux passage du nord-ouest ?

— Il ne faudrait pas l'en défier, répondit Conseil.

— Eh bien, dit le Canadien, nous lui fausserons compagnie auparavant.

— En tout cas, ajouta Conseil, c'est un maître homme que ce capitaine Nemo, et nous ne regretterons pas de l'avoir connu.

— Surtout quand nous l'aurons quitté ! » riposta Ned Land.

Le lendemain, premier avril, lorsque le *Nautilus* remonta à la surface des flots, quelques minutes avant midi, nous eûmes connaissance d'une côte à l'ouest. C'était la Terre du Feu, à laquelle les premiers navigateurs donnèrent ce nom en voyant les fumées nombreuses qui s'élevaient des huttes indigènes. Cette Terre du Feu forme une vaste agglomération d'îles qui s'étend sur trente lieues de long et quatre-vingts lieues de large, entre 53° et 56° de latitude australe, et 67° 50′ et 77° 15′ de longitude ouest. La côte me parut basse, mais au loin se dressaient de hautes montagnes. Je crus même entrevoir le mont Sarmiento, élevé de deux mille soixante-dix mètres au-dessus du niveau de la mer, bloc pyramidal de schiste, à sommet très-aigu, qui, suivant qu'il est voilé ou dégagé de vapeurs, « annonce le beau ou le mauvais temps, me dit Ned Land.

— Un fameux baromètre, mon ami.

— Oui, monsieur, un baromètre naturel, qui ne m'a jamais trompé quand je naviguais dans les passes du détroit de Magellan. »

En ce moment, ce pic nous parut nettement découpé sur le fond du ciel. C'était un présage de beau temps. Il se réalisa.

Le *Nautilus*, rentré sous les eaux, se rapprocha de la côte qu'il prolongea à quelques milles seulement. Par les vitres du salon, je vis de longues lianes, et des fucus gigantesques, ces varechs porte-poires, dont la mer libre du pôle renfermait quelques échantillons ; avec leurs filaments visqueux et polis, ils mesuraient jusqu'à trois cents mètres de longueur ; véritables câbles, plus gros que le pouce, très-résistants, ils servent souvent d'amarres aux navires. Une autre herbe, connue sous le nom de velp, à feuilles longues de quatre pieds, empâtées dans les concrétions coralligènes, tapissait les fonds. Elle servait de nid et de nourriture à des myriades de crustacés et de mollusques, des crabes, des seiches. Là, les phoques et les loutres se livraient à de splendides repas, mélangeant la chair du poisson et les légumes de la mer, suivant la méthode anglaise.

Sur ces fonds gras et luxuriants, le *Nautilus* passait avec une extrême rapidité. Vers le soir, il se rapprocha de l'archipel des Malouines, dont je pus, le lendemain, reconnaître les âpres sommets. La profondeur de la mer était médiocre. Je pensai donc, non sans raison, que ces deux îles, entourées d'un grand nombre d'îlots, faisaient autrefois partie des terres magellaniques. Les Malouines furent probablement découvertes par le célèbre John Davis, qui leur imposa le nom de Davis-Southern Islands. Plus tard, Richard Hawkins les appela Maiden-Islands, îles de la Vierge. Elles furent ensuite nommées Malouines, au commencement du dix-huitième siècle, par des pêcheurs de Saint-Malo, et enfin Falkland par les Anglais auxquels elles appartiennent aujourd'hui.

Sur ces parages, nos filets rapportèrent de beaux spécimens d'algues, et particulièrement un certain fucus dont les racines étaient chargées de moules qui sont les meilleures du monde. Des oies et des canards s'abattirent par douzaines sur la plate-forme et prirent place bientôt dans les offices du bord. En fait de poissons, j'observai spécialement des osseux appartenant au genre gobie, et surtout des boulerots, longs de deux décimètres, tout parsemés de taches blanchâtres et jaunes.

J'admirai également de nombreuses méduses, et
les plus belles du genre, les chrysaores particulières
aux mers des Malouines. Tantôt elles figuraient une
ombrelle demi-sphérique très-lisse, rayée de lignes
d'un rouge brun et terminée par douze festons
réguliers ; tantôt c'était une corbeille renversée d'où
s'échappaient gracieusement de large feuilles et de
longues ramilles rouges. Elles nageaient en agitant
leurs quatre bras foliacés et laissaient pendre à la
dérive leur opulente chevelure de tentacules. J'aurais
voulu conserver quelques échantillons de ces délicats zoophytes ; mais ce ne sont que des nuages, des
ombres, des apparences, qui fondent et s'évaporent
hors de leur élément natal.

Lorsque les dernières hauteurs des Malouines
eurent disparu sous l'horizon, le *Nautilus* s'immergea entre vingt et vingt-cinq mètres et suivit la côte
américaine. Le capitaine Nemo ne se montrait pas.

Jusqu'au 3 avril, nous ne quittâmes pas les parages de la Patagonie, tantôt sous l'Océan, tantôt à sa
surface. Le *Nautilus* dépassa le large estuaire formé
par l'embouchure de la Plata, et se trouva, le 4 avril,
par le travers de l'Uruguay, mais à cinquante milles
au large. Sa direction se maintenait au nord, et il
suivait les longues sinuosités de l'Amérique méridionale. Nous avions fait alors seize mille lieues depuis notre embarquement dans les mers du Japon.

Vers onze heures du matin, le tropique du Capricorne fut coupé sur le trente-septième méridien, et
nous passâmes au large du cap Frio. Le capitaine
Nemo, au grand déplaisir de Ned Land, n'aimait
pas le voisinage de ces côtes habitées du Brésil, car
il marchait avec une vitesse vertigineuse. Pas un
poisson, pas un oiseau, des plus rapides qui soient,
ne pouvaient nous suivre, et les curiosités naturelles de ces mers échappèrent à toute observation.

Cette rapidité se soutint pendant plusieurs jours,
et le 9 avril, au soir, nous avions connaissance de la

pointe la plus orientale de l'Amérique du Sud qui forme le cap San Roque. Mais alors le *Nautilus* s'écarta de nouveau, et il alla chercher à de plus grandes profondeurs une vallée sous-marine qui se creuse entre ce cap et Sierra Leone sur la côte africaine. Cette vallée se bifurque à la hauteur des Antilles et se termine au nord par une énorme dépression de neuf mille mètres. En cet endroit, la coupe géologique de l'Océan figure jusqu'aux petites Antilles une falaise de six kilomètres, taillée à pic, et, à la hauteur des îles du cap Vert, une autre muraille non moins considérable, qui enferment ainsi tout le continent immergé de l'Atlantide. Le fond de cette immense vallée est accidenté de quelques montagnes qui ménagent de pittoresques aspects à ces fonds sous-marins. J'en parle surtout d'après les cartes manuscrites que contenait la bibliothèque du *Nautilus*, cartes évidemment dues à la main du capitaine Nemo et levées sur ses observations personnelles.

Pendant deux jours, ces eaux désertes et profondes furent visitées au moyen des plans inclinés. Le *Nautilus* fournissait de longues bordées diagonales qui le portaient à toutes les hauteurs. Mais, le 11 avril, il se releva subitement, et la terre nous réapparut à l'ouvert du fleuve des Amazones, vaste estuaire dont le débit est si considérable qu'il dessale la mer sur un espace de plusieurs lieues.

L'Équateur était coupé. À vingt milles dans l'ouest restaient les Guyanes, une terre française sur laquelle nous eussions trouvé un facile refuge. Mais le vent soufflait en grande brise, et les lames furieuses n'auraient pas permis à un simple canot de les affronter. Ned Land le comprit sans doute, car il ne me parla de rien. De mon côté, je ne fis aucune allusion à ses projets de fuite, car je ne voulais pas le pousser à quelque tentative qui eût infailliblement avorté.

Je me dédommageai facilement de ce retard par d'intéressantes études. Pendant ces deux journées des 11 et 12 avril, le *Nautilus* ne quitta pas la surface de la mer, et son chalut lui ramena toute une pêche miraculeuse en zoophytes, en poissons et en reptiles.

Quelques zoophytes avaient été dragués par la chaîne des chaluts. C'étaient, pour la plupart, de belles phyctallines, appartenant à la famille des actinidiens, et entre autres espèces, le *Phyctalis protexta*, originaire de cette partie de l'Océan, petit tronc cylindrique, agrémenté de lignes verticales et tacheté de points rouges que couronne un merveilleux épanouissement de tentacules. Quant aux mollusques, ils consistaient en produits que j'avais déjà observés, des turritelles, des olives-porphyres, à lignes régulièrement entrecroisées dont les taches rousses se relevaient vivement sur un fond de chair, des ptérocères fantaisistes, semblables à des scorpions pétrifiés, des hyales translucides, des argonautes, des seiches excellentes à manger, et certaines espèces de calmars, que les naturalistes de l'antiquité classaient parmi les poissons-volants, et qui servent principalement d'appât pour la pêche de la morue.

Des poissons de ces parages que je n'avais pas encore eu l'occasion d'étudier, je notai diverses espèces. Parmi les cartilagineux : des pétromyzons-pricka, sortes d'anguilles, longues de quinze pouces, tête verdâtre, nageoires violettes, dos gris bleuâtre, ventre brun argenté semé de taches vives, iris des yeux cerclé d'or, curieux animaux que le courant de l'Amazone avait dû entraîner jusqu'en mer, car ils habitent les eaux douces ; des raies tuberculées, à museau pointu, à queue longue et déliée, armées d'un long aiguillon dentelé ; de petits squales d'un mètre, gris et blanchâtres de peau, dont les dents, disposées sur plusieurs rangs, se recourbent en arrière, et qui sont vulgairement connus sous le nom de pantoufliers ; des lophies-vespertilions, sortes de triangles isocèles rougeâtres, d'un demi-mètre, auxquels les pectorales tiennent par des prolongations charnues qui leur donnent l'aspect de chauves-souris, mais que leur appendice corné, situé près des narines, a fait surnommer licornes de mer ; enfin quelques espèces de balistes, le curassavien dont les flancs pointillés brillent d'une éclatante couleur d'or, et le caprisque violet clair, à nuances chatoyantes comme la gorge d'un pigeon.

Je termine là cette nomenclature un peu sèche, mais très-exacte, par la série des poissons osseux que j'observai : passans, appartenant au genre des aptéronotes, dont le museau est très-obtus et blanc de neige, le corps peint d'un beau noir, et qui sont munis d'une lanière charnue très-longue et très-déliée ; odontognathes aiguillonnés, longues sardines de trois décimètres, resplendissant d'un vif éclat argenté ; scombres-guares, pourvus de deux nageoires anales ; centronotes-nègres, à teintes noires, que l'on pêche avec des brandons, longs poissons de deux mètres, à chair grasse, blanche, ferme, qui, frais, ont le goût de l'anguille, et secs, le goût du saumon fumé ; labres demi-rouges, revêtus d'écailles seulement à la base des nageoires dorsales et anales ; chrysoptères, sur lesquels l'or et l'argent mêlent leur éclat à ceux du rubis et de la topaze ; spares-queues-d'or, dont la chair est extrêmement délicate, et que leurs propriétés phosphorescentes trahissent au milieu des eaux ; spares-pobs, à langue fine, à teintes orange ; sciènes-corb à caudales d'or, acanthures-noirauds, anableps de Surinam, etc.

Cet « et cœtera » ne saurait m'empêcher de citer encore un poisson dont Conseil se souviendra longtemps et pour cause.

Un de nos filets avait rapporté une sorte de raie très-aplatie qui, la queue coupée, eût formé un disque parfait et qui pesait une vingtaine de kilogrammes. Elle était blanche en dessous, rougeâtre en dessus, avec de grandes taches rondes d'un bleu foncé et cerclées de noir, très-lisse de peau, et terminée par une nageoire bilobée. Étendue sur la plate-forme, elle se débattait, essayait de se retourner par des mouvements convulsifs, et faisait tant d'efforts qu'un dernier soubresaut allait la précipiter à la mer. Mais Conseil, qui tenait à son poisson, se précipita sur lui, et, avant que je ne pusse l'en empêcher, il le saisit à deux mains.

Aussitôt, le voilà renversé, les jambes en l'air, paralysé d'une moitié du corps, et criant :

« Ah ! mon maître, mon maître ! Venez à moi. »

C'était la première fois que le pauvre garçon ne me parlait pas « à la troisième personne. »

Le Canadien et moi, nous l'avions relevé, nous le frictionnions à bras raccourcis, et quand il reprit ses sens, cet éternel classificateur murmura d'une voix entrecoupée :

« Classe des cartilagineux, ordre des chondroptérygiens, à branchies fixes, sous-ordre des sélaciens, famille des raies, genre des torpilles !

— Oui, mon ami, répondis-je, c'est une torpille qui t'a mis dans ce déplorable état.

— Ah ! monsieur peut m'en croire, riposta Conseil, mais je me vengerai de cet animal.

— Et comment ?

— En le mangeant. »

Ce qu'il fit le soir même, mais par pure représaille, car franchement, c'était coriace.

L'infortuné Conseil s'était attaqué à une torpille de la plus dangereuse espèce, la cumana. Ce bizarre animal, dans un milieu conducteur tel que l'eau, foudroie les poissons à plusieurs mètres de distance, tant est grande la puissance de son organe électrique dont les deux surfaces principales ne mesurent pas moins de vingt-sept pieds carrés.

Le lendemain, 12 avril, pendant la journée, le *Nautilus* s'approcha de la côte hollandaise, vers l'embouchure du Maroni. Là vivaient en famille plusieurs groupes de lamantins. C'étaient des manates qui, comme le dugong et le stellère, appartiennent à l'ordre des sréniens. Ces beaux animaux, paisibles et inoffensifs, longs de six à sept mètres, devaient peser au moins quatre mille kilogrammes. J'appris à Ned Land et à Conseil que la prévoyante nature avait assigné à ces mammifères un rôle important. Ce sont eux, en effet, qui, comme les phoques, doivent paître les prairies sous-marines et détruire ainsi les agglomérations d'herbes qui obstruent l'embouchure des fleuves tropicaux.

« Et savez-vous, ajoutai-je, ce qui s'est produit, depuis que les hommes ont presque entièrement anéanti ces races utiles ? C'est que les herbes putréfiées ont empoisonné l'air, et l'air empoisonné, c'est la fièvre jaune qui désole ces admirables contrées. Les végétations vénéneuses se sont multipliées sous ces mers torrides, et le mal s'est irrésistiblement développé depuis l'embouchure du Rio de la Plata jusqu'aux Florides ! »

Et s'il faut en croire Toussenel[1], ce fléau n'est rien encore auprès de celui qui frappera nos descendants, lorsque les mers seront dépeuplées de baleines et de phoques. Alors, encombrées de poulpes, de méduses, de calmars, elles deviendront de vastes foyers d'infection, puisque leurs flots ne posséderont plus « ces vastes estomacs, que Dieu avait chargés d'écumer la surface des mers. »

Cependant, sans dédaigner ces théories, l'équipage du *Nautilus* s'empara d'une demi-douzaine de manates. Il s'agissait, en effet, d'approvisionner les cambuses d'une chair excellente, supérieure à celle du bœuf et du veau. Cette chasse ne fut pas intéressante. Les manates se laissaient frapper sans se défendre. Plusieurs milliers de kilos de viande, destinée à être séchée, furent emmagasinés à bord.

Ce jour-là, une pêche, singulièrement pratiquée, vint encore accroître les réserves du *Nautilus*, tant ces mers se montraient giboyeuses. Le chalut avait rapporté dans ses mailles un certain nombre de poissons dont la tête se terminait par une plaque ovale à rebords charnus. C'étaient des échénéides, de la troisième famille des malacoptérygiens subbrachiens. Leur disque aplati se compose de lames

Là vivaient en famille des groupes. (Page 573.)

Il l'attaqua à coups de harpon. (Page 583.)

cartilagineuses transversales mobiles, entre lesquelles l'animal peut opérer le vide, ce qui lui permet d'adhérer aux objets à la façon d'une ventouse.

Le rémora, que j'avais observé dans la Méditerranée, appartient à cette espèce. Mais, celui dont il s'agit ici, c'était l'échénéide ostéochère, particulier à cette mer. Nos marins, à mesure qu'ils les prenaient, les déposaient dans des bailles pleines d'eau.

La pêche terminée, le *Nautilus* se rapprocha de la côte. En cet endroit, un certain nombre de tortues marines dormaient à la surface des flots. Il eût été difficile de s'emparer de ces précieux reptiles, car le moindre bruit les éveille, et leur solide carapace est à l'épreuve du harpon. Mais l'échénéide devait opérer cette capture avec une sûreté et une précision extraordinaires. Cet animal, en effet, est un hameçon vivant, qui ferait le bonheur et la fortune du naïf pêcheur à la ligne.

Les hommes du *Nautilus* attachèrent à la queue de ces poissons un anneau assez large pour ne pas gêner leurs mouvements, et à cet anneau, une longue corde amarrée à bord par l'autre bout.

Les échénéides, jetés à la mer, commencèrent aussitôt leur rôle et allèrent se fixer au plastron des tortues. Leur ténacité était telle qu'ils se fussent déchirés plutôt que de lâcher prise. On les halait à bord, et avec eux les tortues auxquelles ils adhéraient.

On prit ainsi plusieurs caouannes, larges d'un mètre, qui pesaient deux cents kilos. Leur carapace, couverte de plaques cornées grandes, minces, transparentes, brunes, avec mouchetures blanches et jaunes, les rendaient très-précieuses. En outre, elles étaient excellentes au point de vue comestible, ainsi que les tortues franches qui sont d'un goût exquis.

Cette pêche termina notre séjour sur les parages de l'Amazone, et, la nuit venue, le *Nautilus* regagna la haute mer.

CHAPITRE XVIII

LES POULPES

Pendant quelques jours, le *Nautilus* s'écarta constamment de la côte américaine. Il ne voulait pas, évidemment, fréquenter les flots du golfe du

Mexique ou de la mer des Antilles. Cependant, l'eau n'eût pas manqué sous sa quille, puisque la profondeur moyenne de ces mers est de dix-huit cents mètres ; mais, probablement ces parages, semés d'îles et sillonnés de steamers, ne convenaient pas au capitaine Nemo.

Le 16 avril, nous eûmes connaissance de la Martinique et de la Guadeloupe, à une distance de trente milles environ. J'aperçus un instant leurs pitons élevés.

Le Canadien, qui comptait mettre ses projets à exécution dans le golfe, soit en gagnant une terre, soit en accostant un des nombreux bateaux qui font le cabotage d'une île à l'autre, fut très-décontenancé. La fuite eût été très-praticable si Ned Land fût parvenu à s'emparer du canot à l'insu du capitaine. Mais en plein Océan, il ne fallait plus y songer.

Le Canadien, Conseil et moi, nous eûmes une assez longue conversation à ce sujet. Depuis six mois nous étions prisonniers à bord du *Nautilus*. Nous avions fait dix-sept mille lieues, et, comme le disait Ned Land, il n'y avait pas de raison pour que cela finît. Il me fit donc une proposition à laquelle je ne m'attendais pas. Ce fut de poser catégoriquement cette question au capitaine Nemo : Le capitaine comptait-il nous garder indéfiniment à son bord ?

Une semblable démarche me répugnait. Suivant moi, elle ne pouvait aboutir. Il ne fallait rien espérer du commandant du *Nautilus*, mais tout de nous seuls. D'ailleurs, depuis quelque temps, cet homme devenait plus sombre, plus retiré, moins sociable. Il paraissait m'éviter. Je ne le rencontrais qu'à de rares intervalles. Autrefois, il se plaisait à m'expliquer les merveilles sous-marines ; maintenant il m'abandonnait à mes études et ne venait plus au salon.

Quel changement s'était opéré en lui ? Pour quelle cause ? Je n'avais rien à me reprocher. Peut-être notre présence à bord lui pesait-elle ? Cependant, je ne devais pas espérer qu'il fût homme à nous rendre la liberté.

Je priai donc Ned de me laisser réfléchir avant d'agir. Si cette démarche n'obtenait aucun résultat, elle pouvait raviver ses soupçons, rendre notre situation pénible et nuire aux projets du Canadien. J'ajouterai que je ne pouvais en aucune façon arguer de notre santé. Si l'on excepte la rude épreuve de la banquise du pôle sud, nous ne nous étions jamais mieux portés, ni Ned, ni Conseil, ni moi. Cette nourriture saine, cette atmosphère salubre, cette régularité d'existence, cette uniformité de température, ne donnaient pas prise aux maladies, et pour un homme auquel les souvenirs de la terre ne laissaient aucun regret, pour un capitaine Nemo, qui est chez lui, qui va où il veut, qui par des voies mystérieuses pour les autres, non pour lui-même, marche à son but, je comprenais une telle existence. Mais nous, nous n'avions pas rompu avec l'humanité. Pour mon compte, je ne voulais pas ensevelir avec moi mes études si curieuses et si nouvelles. J'avais maintenant le droit d'écrire le vrai livre de la mer, et ce livre, je voulais que, plus tôt que plus tard, il pût voir le jour.

Là encore, dans ces eaux des Antilles, à dix mètres au-dessous de la surface des flots, par les panneaux ouverts, que de produits intéressants j'eus à signaler sur mes notes quotidiennes ! C'étaient, entre autres zoophytes, des galères connues sous le nom de physalies-pélagiques, sortes de grosses vessies oblongues, à reflets nacrés, tendant leur membrane au vent et laissant flotter leurs tentacules bleus comme des fils de soie, charmantes méduses à l'œil, véritables orties au toucher qui distillent un liquide corrosif. C'étaient, parmi les articulés, des annélides longs d'un mètre et demi, armés d'une trompe rose et pourvus de dix-sept cents organes locomoteurs, qui serpentaient sous les eaux et jetaient en passant toutes les lueurs du spectre solaire. C'étaient, dans l'embranchement des poissons, des raies-mobulars, énormes cartilagineux longs de dix pieds et pesant six cents livres, la nageoire pectorale triangulaire, le milieu du dos un peu bombé, les yeux fixés aux extrémités de la face antérieure de la tête, et qui, flottant comme une épave de navire, s'appliquaient parfois comme un opaque volet sur notre vitre. C'étaient des balistes-américains, pour lesquels la nature n'a broyé que du blanc et du noir, des gobies-plumiers, allongés et charnus, aux nageoires jaunes, à la mâchoire proéminente, des scombres de seize décimètres, à dents courtes et aiguës, couverts de petites écailles, appartenant à l'espèce des albacores. Puis, par nuées, apparaissaient des surmulets, corsetés de raies d'or de la tête à la queue, agitant leurs resplendissantes nageoires ; véritables chefs-d'œuvre de bijouterie consacrés autrefois à Diane, particulièrement recherchés des riches Romains, et dont le proverbe disait : « Ne les mange pas qui les prend ![1] » Enfin, des pomacanthes-dorés, ornés de bandelettes émeraude, habillés de velours et de soie, passaient devant nos yeux comme des seigneurs de Véronèse ; des spares-éperonnés se dérobaient sous leur rapide nageoire thoracine ; des clupanodons de quinze pouces s'enveloppaient de leurs lueurs phosphorescentes ; des muges battaient la mer de leur grosse queue charnue ; des corégones rouges semblaient faucher les flots avec leur pectorale tranchante, et des sélènes argentées, dignes de leur nom[2], se levaient sur l'horizon des eaux comme autant de lunes aux reflets blanchâtres.

Que d'autres échantillons merveilleux et nouveaux j'eusse encore observés, si le *Nautilus* ne se fût peu à peu abaissé vers les couches profondes ! Ses plans inclinés l'entraînèrent jusqu'à des fonds de deux mille et trois mille cinq cents mètres. Alors la vie animale n'était plus représentée que par des encrines, des étoiles de mer, de charmantes pentacrines tête de méduse, dont la tige droite supportait un petit calice, des troques, des quenottes sanglantes et des fissurelles, mollusques littoraux de grande espèce.

Le 20 avril, nous étions remontés à une hauteur moyenne de quinze cents mètres. La terre la plus rapprochée était alors cet archipel des îles Lucayes[1], disséminées comme un tas de pavés à la surface des eaux. Là s'élevaient de hautes falaises sous-marines, murailles droites faites de blocs frustes disposés par larges assises, entre lesquels se creusaient des trous noirs que nos rayons électriques n'éclairaient pas jusqu'au fond.

Ces roches étaient tapissées de grandes herbes, de laminaires géants, de fucus gigantesques, un véritable espalier d'hydrophytes digne d'un monde de Titans.

De ces plantes colossales dont nous parlions, Conseil, Ned et moi, nous fûmes naturellement amenés à citer les animaux gigantesques de la mer. Les unes sont évidemment destinées à la nourriture des autres. Cependant, par les vitres du *Nautilus* presque immobile, je n'apercevais encore sur ces longs filaments que les principaux articulés de la division des brachioures, des lambres à longues pattes, des crabes violacés, des clios particuliers aux mers des Antilles.

Il était environ onze heures, quand Ned Land attira mon attention sur un formidable fourmillement qui se produisait à travers les grandes algues.

« Eh bien, dis-je, ce sont là de véritables cavernes à poulpes, et je ne serais pas étonné d'y voir quelques-uns de ces monstres.

— Quoi ! fit Conseil, des calmars, de simples calmars, de la classe des céphalopodes ?

— Non, dis-je, des poulpes de grande dimension. Mais l'ami Land s'est trompé, sans doute, car je n'aperçois rien.

— Je le regrette, répliqua Conseil. Je voudrais contempler face à face l'un de ces poulpes dont j'ai tant entendu parler et qui peuvent entraîner des navires dans le fond des abîmes. Ces bêtes-là, ça se nomme des krak...

— Craque suffit, répondit ironiquement le Canadien.

— Krakens, riposta Conseil, achevant son mot sans se soucier de la plaisanterie de son compagnon.

— Jamais on ne me fera croire, dit Ned Land, que de tels animaux existent.

— Pourquoi pas ? répondit Conseil. Nous avons bien cru au narwal de monsieur.

— Nous avons eu tort, Conseil.

— Sans doute ! mais d'autres y croient sans doute encore.

— C'est probable, Conseil, mais pour mon compte, je suis bien décidé à n'admettre l'existence de ces monstres que lorsque je les aurai disséqués de ma propre main.

— Ainsi, me demanda Conseil, monsieur ne croit pas aux poulpes gigantesques ?

— Eh ! qui diable y a jamais cru ? s'écria le Canadien.

— Beaucoup de gens, ami Ned.

— Pas des pêcheurs. Des savants, peut-être !

— Pardon, Ned. Des pêcheurs et des savants !

— Mais moi qui vous parle, dit Conseil de l'air le plus sérieux du monde, je me rappelle parfaitement avoir vu une grande embarcation entraînée sous les flots par les bras d'un céphalopode.

— Vous avez vu cela ? demanda le Canadien.

— Oui, Ned.

— De vos propres yeux ?

— De mes propres yeux.

— Où, s'il vous plaît ?

— À Saint-Malo, repartit imperturbablement Conseil.

— Dans le port ? dit Ned Land ironiquement.

— Non, dans une église, répondit Conseil.

— Dans une église ! s'écria le Canadien.

— Oui, ami Ned. C'était un tableau qui représentait le poulpe en question !

— Bon ! fit Ned Land, éclatant de rire. Monsieur Conseil qui me fait poser !

— Au fait, il a raison, dis-je. J'ai entendu parler de ce tableau ; mais le sujet qu'il représente est tiré d'une légende, et vous savez ce qu'il faut penser des légendes en matière d'histoire naturelle ! D'ailleurs, quand il s'agit de monstres, l'imagination ne demande qu'à s'égarer. Non-seulement on a prétendu que ces poulpes pouvaient entraîner des navires, mais un certain Olaüs Magnus[1] parle d'un céphalopode, long d'un mille, qui ressemblait plutôt à une île qu'à un animal. On raconte aussi que l'évêque de Nidros dressa un jour un autel sur un rocher immense. Sa messe finie, le rocher se mit en marche et retourna à la mer. Le rocher était un poulpe.

— Et c'est tout ? demanda le Canadien.

— Non, répondis-je. Un autre évêque, Pontoppidan de Berghem[2], parle également d'un poulpe sur lequel pouvait manœuvrer un régiment de cavalerie !

— Ils allaient bien, les évêques d'autrefois ! dit Ned Land.

— Enfin, les naturalistes de l'antiquité citent des monstres dont la gueule ressemblait à un golfe, et qui étaient trop gros pour passer par le détroit de Gibraltar.

— À la bonne heure ! fit le Canadien.

— Mais dans tous ces récits, qu'y a-t-il de vrai ? demanda Conseil.

— Rien, mes amis, rien du moins de ce qui passe la limite de la vraisemblance pour monter jusqu'à la fable ou à la légende. Toutefois, à l'imagination des conteurs, il faut sinon une cause, du moins un prétexte. On ne peut nier qu'il existe des poulpes et des calmars de très-grande espèce, mais inférieurs cependant aux cétacés. Aristote a constaté les dimensions d'un calmar de cinq coudées, soit trois mètres dix. Nos pêcheurs en voient fréquemment dont la longueur dépasse un mètre quatre-vingts. Les musées de Trieste et de Montpellier conservent des squelettes de poulpes qui mesurent deux mètres. D'ailleurs, suivant le calcul des naturalistes, un de ces animaux, long de six pieds seulement, aurait des tentacules longs de vingt-sept. Ce qui suffit pour en faire un monstre formidable.

— En pêche-t-on de nos jours ? demanda le Canadien.

— S'ils n'en pêchent pas, les marins en voient du moins. Un de mes amis, le capitaine Paul Bos, du Havre, m'a souvent affirmé qu'il avait rencontré un de ces monstres de taille colossale dans les mers de l'Inde. Mais le fait le plus étonnant et qui ne permet plus de nier l'existence de ces animaux gigantesques, s'est passé il y a quelques années, en 1861[1].

— Quel est ce fait ? demanda Ned Land.

— Le voici. En 1861, dans le nord-est de Ténériffe, à peu près par la latitude où nous sommes en ce moment, l'équipage de l'aviso l'*Alecton* aperçut un monstrueux calmar qui nageait dans ses eaux. Le commandant Bouguer s'approcha de l'animal, et il l'attaqua à coups de harpon et à coups de fusil, sans grand succès, car balles et harpons traversaient ces chairs molles comme une gelée sans consistance. Après plusieurs tentatives infructueuses, l'équipage parvint à passer un nœud coulant autour du corps du mollusque. Ce nœud glissa jusqu'aux nageoires caudales et s'y arrêta. On essaya alors de haler le monstre à bord, mais son poids était si considérable qu'il se sépara de sa queue sous la traction de la corde, et, privé de cet ornement, il disparut sous les eaux.

— Enfin, voilà un fait, dit Ned Land.

— Un fait indiscutable, mon brave Ned. Aussi at-on proposé de nommer ce poulpe « calmar de Bouguer. »

— Et quelle était sa longueur ? demanda le Canadien.

C'était un calmar de dimensions colossales. (Page 585.)

— Ne mesurait-il pas six mètres environ ? dit Conseil, qui posté à la vitre, examinait de nouveau les anfractuosités de la falaise.

— Précisément, répondis-je.

— Sa tête, reprit Conseil, n'était-elle pas couronnée de huit tentacules, qui s'agitaient sur l'eau comme une nichée de serpents ?

— Précisément.

— Ses yeux, placés à fleur de tête, n'avaient-ils pas un développement considérable ?

— Oui, Conseil.

— Et sa bouche, n'était-ce pas un véritable bec de perroquet, mais un bec formidable ?

— En effet, Conseil.

— Eh bien ! n'en déplaise à monsieur, répondit tranquillement Conseil, si ce n'est pas le calmar de Bouguer, voici, du moins, un de ses frères. »

Je regardai Conseil. Ned Land se précipita vers la vitre.

« L'épouvantable bête ! » s'écria-t-il.

Je regardai à mon tour, et je ne pus réprimer un mouvement de répulsion. Devant mes yeux s'agitait un monstre horrible, digne de figurer dans les légendes tératologiques.

C'était un calmar de dimensions colossales, ayant huit mètres de longueur. Il marchait à reculons avec une extrême vélocité dans la direction du *Nautilus*. Il regardait de ses énormes yeux fixes à teintes glauques. Ses huit bras, ou plutôt ses huit pieds, implantés sur sa tête, qui ont valu à ces animaux le nom de céphalopodes avaient un développement double de son corps et se tordaient comme la chevelure des furies. On voyait distinctement les deux cent cinquante ventouses disposées sur la face interne des tentacules sous forme de capsules semi-sphériques. Parfois ces ventouses s'appliquaient sur la vitre du salon en y faisant le vide. La bouche de ce monstre, — un bec de corne fait comme le bec

Un de ces longs bras glissa par l'ouverture. (Page 589.)

d'un perroquet, — s'ouvrait et se refermait verticalement. Sa langue, substance cornée, armée elle-
même de plusieurs rangées de dents aiguës, sortait
en frémissant de cette véritable cisaille. Quelle fantaisie de la nature ! Un bec d'oiseau à un mollusque !
Son corps, fusiforme et renflé dans sa partie
moyenne, formait une masse charnue qui devait
peser vingt à vingt-cinq mille kilogrammes. Sa
couleur inconstante, changeant avec une extrême
rapidité suivant l'irritation de l'animal, passait successivement du gris livide au brun rougeâtre.

De quoi s'irritait ce mollusque ? Sans doute de la présence de ce *Nautilus*, plus formidable que lui, et sur lequel ses bras suceurs ou ses mandibules n'avaient aucune prise. Et cependant, quels monstres que ces poulpes, quelle vitalité le créateur leur a départie, quelle vigueur dans leurs mouvements, puisqu'ils possèdent trois cœurs !

Le hasard nous avait mis en présence de ce calmar, et je ne voulus pas laisser perdre l'occasion d'étudier soigneusement cet échantillon des céphalopodes. Je surmontai l'horreur que m'inspirait son aspect, et, prenant un crayon, je commençai à le dessiner.

« C'est peut-être le même que celui de l'*Alecton*, dit Conseil.

— Non, répondit le Canadien, puisque celui-ci est entier et que l'autre a perdu sa queue !

— Ce ne serait pas une raison, répondis-je. Les bras et la queue de ces animaux se reforment par rédintégration, et depuis sept ans, la queue du calmar de Bouguer a sans doute eu le temps de repousser.

— D'ailleurs, riposta Ned, si ce n'est pas celui-ci, c'est peut-être un de ceux-là ! »

En effet, d'autres poulpes apparaissaient à la vitre de tribord. J'en comptai sept. Ils faisaient cortége au *Nautilus*, et j'entendais les grincements de leur bec sur la coque de tôle. Nous étions servis à souhait.

Je continuai mon travail. Ces monstres se maintenaient dans nos eaux avec une telle précision qu'ils semblaient immobiles, et j'aurais pu les décalquer en raccourci sur la vitre. D'ailleurs, nous marchions sous une allure modérée.

Tout à coup le *Nautilus* s'arrêta. Un choc le fit tressaillir dans toute sa membrure.

« Est-ce que nous avons touché ? demandai-je.

— En tout cas, répondit le Canadien, nous serions déjà dégagés, car nous flottons. »

Le *Nautilus* flottait sans doute, mais il ne marchait plus. Les branches de son hélice ne battaient pas les flots. Une minute se passa. Le capitaine Nemo, suivi de son second, entra dans le salon.

Je ne l'avais pas vu depuis quelque temps. Il me parut sombre. Sans nous parler, sans nous voir peut-être, il alla au panneau, regarda les poulpes et dit quelques mots à son second.

Celui-ci sortit. Bientôt les panneaux se refermèrent. Le plafond s'illumina.

J'allai vers le capitaine.

« Une curieuse collection de poulpes, lui dis-je, du ton dégagé que prendrait un amateur devant le cristal d'un aquarium.

— En effet, monsieur le naturaliste, me répondit-il, et nous allons les combattre corps à corps. »

Je regardai le capitaine. Je croyais n'avoir pas bien entendu.

« Corps à corps ? répétai-je.

— Oui, monsieur. L'hélice est arrêtée. Je pense que les mandibules cornées de l'un de ces calmars se sont engagées dans ses branches. Ce qui nous empêche de marcher.

— Et qu'allez-vous faire ?

— Remonter à la surface et massacrer toute cette vermine.

— Entreprise difficile.

— En effet. Les balles électriques sont impuissantes contre ces chairs molles où elles ne trouvent pas assez de résistance pour éclater. Mais nous les attaquerons à la hache.

— Et au harpon, monsieur, dit le Canadien, si vous ne refusez pas mon aide.

— Je l'accepte, maître Land.

— Nous vous accompagnerons, dis-je, » et, suivant le capitaine Nemo, nous nous dirigeâmes vers l'escalier central.

Là, une dizaine d'hommes, armés de haches d'abordage, se tenaient prêts à l'attaque. Conseil et moi, nous prîmes deux haches. Ned Land saisit un harpon.

Le *Nautilus* était alors revenu à la surface des flots. Un des marins, placé sur les derniers échelons, dévissait les boulons du panneau. Mais les écrous étaient à peine dégagés, que le panneau se releva avec une violence extrême, évidemment tiré par la ventouse d'un bras de poulpe.

Aussitôt un de ces longs bras se glissa comme un serpent par l'ouverture, et vingt autres s'agitèrent au-dessus. D'un coup de hache, le capitaine Nemo coupa ce formidable tentacule, qui glissa sur les échelons en se tordant.

Au moment où nous nous pressions les uns sur les autres pour atteindre la plate-forme, deux autres bras, cinglant l'air, s'abattirent sur le marin placé devant le capitaine Nemo et l'enlevèrent avec une violence irrésistible.

Le capitaine Nemo poussa un cri et s'élança au-dehors. Nous nous étions précipités à sa suite.

Quelle scène ! Le malheureux, saisi par le tentacule et collé à ses ventouses, était balancé dans l'air au caprice de cette énorme trompe. Il râlait, il étouffait, il criait : À moi ! à moi ! Ces mots, *prononcés en français*, me causèrent une profonde stupeur ! J'avais donc un compatriote à bord, plusieurs, peut-être ! Cet appel déchirant, je l'entendrai toute ma vie.

L'infortuné était perdu. Qui pouvait l'arracher à cette puissante étreinte ? Cependant le capitaine Nemo s'était précipité sur le poulpe, et, d'un coup de hache, il lui avait encore abattu un bras. Son second luttait avec rage contre d'autres monstres qui rampaient sur les flancs du *Nautilus*. L'équipage se battait à coups de hache. Le Canadien, Conseil et moi, nous enfoncions nos armes dans ces masses charnues. Une violente odeur de musc pénétrait l'atmosphère. C'était horrible.

Un instant, je crus que le malheureux, enlacé par le poulpe, serait arraché à sa puissante succion. Sept bras sur huit avaient été coupés. Un seul, brandissant la victime comme une plume, se tordait dans l'air. Mais au moment où le capitaine Nemo et son second se précipitaient sur lui, l'animal lança une colonne d'un liquide noirâtre, secrété par une bourse située dans son abdomen. Nous en fûmes aveuglés. Quand ce nuage se fut dissipé, le calmar avait disparu, et avec lui mon infortuné compatriote !

Quelle rage nous poussa alors contre ces monstres ! On ne se possédait plus. Dix ou douze poulpes avaient envahi la plate-forme et les flancs du *Nautilus*. Nous roulions pêle-mêle au milieu de ces tronçons de serpents qui tressautaient sur la plate-forme dans des flots de sang et d'encre noire. Il semblait que ces visqueux tentacules renaissaient comme les têtes de l'hydre. Le harpon de Ned Land, à chaque coup, se plongeait dans les yeux glauques des calmars et les crevait. Mais mon audacieux compagnon fut soudain renversé par les tentacules d'un monstre qu'il n'avait pu éviter.

Ah ! comment mon cœur ne s'est-il pas brisé d'émotion et d'horreur ! Le formidable bec du calmar s'était ouvert sur Ned Land. Ce malheureux allait être coupé en deux. Je me précipitai à son secours. Mais le capitaine Nemo m'avait devancé. Sa hache disparut entre les deux énormes mandibules, et miraculeusement sauvé, le Canadien, se relevant, plongea son harpon tout entier jusqu'au triple cœur du poulpe.

« Je me devais cette revanche ! » dit le capitaine Nemo au Canadien.

Ned s'inclina sans lui répondre.

Ce combat avait duré un quart d'heure. Les monstres vaincus, mutilés, frappés à mort, nous laissèrent enfin la place et disparurent sous les flots.

Le capitaine Nemo, rouge de sang, immobile près du fanal, regardait la mer qui avait englouti l'un de ses compagnons, et de grosses larmes coulaient de ses yeux.

CHAPITRE XIX

LE GULF-STREAM

Cette terrible scène du 20 avril, aucun de nous ne pourra jamais l'oublier. Je l'ai écrite sous l'impression d'une émotion violente. Depuis, j'en ai revu le récit. Je l'ai lu à Conseil et au Canadien. Ils l'ont trouvé exact comme fait, mais insuffisant comme effet. Pour peindre de pareils tableaux, il faudrait la plume du plus illustre de nos poëtes, l'auteur des *Travailleurs de la Mer*[1].

J'ai dit que le capitaine Nemo pleurait en regardant les flots. Sa douleur fut immense. C'était le second compagnon qu'il perdait depuis notre arrivée à bord. Et quelle mort ! Cet ami, écrasé, étouffé, brisé par le formidable bras d'un poulpe, broyé sous ses mandibules de fer, ne devait pas reposer avec ses compagnons dans les paisibles eaux du cimetière de corail !

Pour moi, au milieu de cette lutte, c'était ce cri de désespoir poussé par l'infortuné qui m'avait déchiré le cœur. Ce pauvre Français, oubliant son langage de convention, s'était repris à parler la langue de son pays et de sa mère, pour jeter un suprême appel ! Parmi cet équipage du *Nautilus*, associé de corps et d'âme au capitaine Nemo, fuyant comme lui le contact des hommes, j'avais donc un compatriote ! Était-il seul à représenter la France dans cette mystérieuse association, évidemment composée d'individus de nationalités diverses ? C'était encore un de ces insolubles problèmes qui se dressaient sans cesse devant mon esprit !

Le capitaine Nemo rentra dans sa chambre, et je ne le vis plus pendant quelque temps. Mais qu'il devait être triste, désespéré, irrésolu, si j'en jugeais par ce navire dont il était l'âme et qui recevait toutes ses impressions ! Le *Nautilus* ne gardait plus de direction déterminée. Il allait, venait, flottait comme un cadavre au gré des lames. Son hélice avait été dégagée, et cependant, il s'en servait à peine. Il naviguait au hasard. Il ne pouvait s'arracher du théâtre de sa dernière lutte, de cette mer qui avait dévoré l'un des siens !

Dix jours se passèrent ainsi. Ce fut le 1er mai seulement que le *Nautilus* reprit franchement sa route au nord, après avoir eu connaissance des Lucayes à l'ouvert du canal de Bahama. Nous suivions alors le courant du plus grand fleuve de la mer, qui a ses rives, ses poissons et sa température propres. J'ai nommé le Gulf-Stream.

C'est un fleuve, en effet, qui coule librement au milieu de l'Atlantique, et dont les eaux ne se mélangent pas aux eaux océaniennes. C'est un fleuve salé, plus salé que la mer ambiante. Sa profondeur moyenne est de trois mille pieds, sa largeur moyenne de soixante milles. En de certains endroits, son courant marche avec une vitesse de quatre kilomètres à l'heure. L'invariable volume de ses eaux est plus considérable que celui de tous les fleuves du globe.

La véritable source du Gulf-Stream, reconnue par le commandant Maury, son point de départ, si l'on veut, est situé dans le golfe de Gascogne. Là, ses eaux, encore faibles de température et de couleur,

commencent à se former. Il descend au sud, longe
l'Afrique équatoriale, échauffe ses flots aux rayons
de la zone torride, traverse l'Atlantique, atteint le
cap San-Roque sur la côte brésilienne, et se bifurque en deux branches dont l'une va se saturer encore des chaudes molécules de la mer des Antilles.
Alors, le Gulf-Stream, chargé de rétablir l'équilibre
entre les températures et de mêler les eaux des tropiques aux eaux boréales, commence son rôle de
pondérateur. Chauffé à blanc dans le golfe du Mexique, il s'élève au nord sur les côtes américaines,
s'avance jusqu'à Terre-Neuve, dévie sous la poussée
du courant froid du détroit de Davis, reprend la
route de l'Océan en suivant sur un des grands cercles du globe la ligne loxodromique[1], se divise en
deux bras vers le quarante-troisième degré, dont
l'un, aidé par l'alizé du nord-est, revient au Golfe de
Gascogne et aux Açores, et dont l'autre, après avoir
attiédi les rivages de l'Irlande et de la Norwége, va
jusqu'au-delà du Spitzberg, où sa température tombe
à quatre degrés, former la mer libre du pôle.

C'est sur ce fleuve de l'Océan que le *Nautilus* naviguait alors. À sa sortie du canal de Bahama, sur
quatorze lieues de large, et sur trois cent cinquante
mètres de profondeur, le Gulf-Stream marche à
raison de huit kilomètres à l'heure. Cette rapidité
décroît régulièrement à mesure qu'il s'avance vers
le nord, et il faut souhaiter que cette régularité
persiste, car, si, comme on a cru le remarquer, sa
vitesse et sa direction viennent à se modifier, les climats européens seront soumis à des perturbations
dont on ne saurait calculer les conséquences.

Vers midi, j'étais sur la plate-forme avec Conseil.
Je lui faisais connaître les particularités relatives au
Gulf-Stream. Quand mon explication fut terminée,
je l'invitai à plonger ses mains dans le courant.

Conseil obéit, et fut très-étonné de n'éprouver
aucune sensation de chaud ni de froid.

« Cela vient, lui dis-je, de ce que la température des eaux du Gulf-Stream, en sortant du golfe du Mexique, est peu différente de celle du sang. Ce Gulf-Stream est un vaste calorifère qui permet aux côtes d'Europe de se parer d'une éternelle verdure. Et, s'il faut en croire Maury, la chaleur de ce courant, totalement utilisée, fournirait assez de calorique pour tenir en fusion un fleuve de fer fondu aussi grand que l'Amazone ou le Missouri. »

En ce moment, la vitesse du Gulf-Stream était de deux mètres vingt-cinq par seconde. Son courant est tellement distinct de la mer ambiante, que ses eaux comprimées font saillie sur l'Océan et qu'un dénivellement s'opère entre elles et les eaux froides. Sombres d'ailleurs et très-riches en matières salines, elles tranchent par leur pur indigo sur les flots verts qui les environnent. Telle est même la netteté de leur ligne de démarcation, que le *Nautilus*, à la hauteur des Carolines[1], trancha de son éperon les flots du Gulf-Stream, tandis que son hélice battait encore ceux de l'Océan.

Ce courant entraînait avec lui tout un monde d'êtres vivants. Les argonautes, si communs dans la Méditerranée, y voyageaient par troupes nombreuses. Parmi les cartilagineux, les plus remarquables étaient des raies dont la queue très-déliée formait à peu près le tiers du corps, et qui figuraient de vastes losanges longs de vingt-cinq pieds ; puis, de petits squales d'un mètre, à tête grande, à museau court et arrondi, à dents pointues disposées sur plusieurs rangs, et dont le corps paraissait couvert d'écailles.

Parmi les poissons osseux, je notai des labres-grisons particuliers à ces mers, des spares-synagres dont l'iris brillait comme un feu, des sciènes longues d'un mètre, à large gueule hérissée de petites dents, qui faisaient entendre un léger cri, des centronotes-nègres dont j'ai déjà parlé[2], des coryphènes bleus,

relevés d'or et d'argent, des perroquets, vrais arcs-
en-ciel de l'Océan, qui peuvent rivaliser de couleur
avec les plus beaux oiseaux des tropiques, des blen-
nies-bosquiens à tête triangulaire, des rhombes
bleuâtres dépourvus d'écailles, des batrachoïdes recouverts d'une bande jaune et transversale qui figure un *t* grec, des fourmillements de petits gobies-
bos pointillés de taches brunes, des diptérodons à
tête argentée et à queue jaune, divers échantillons de
salmones, des mugilomores, sveltes de taille, brillant

Le poulpe brandissait la victime comme une plume. (Page 590.)

d'un éclat doux, que Lacépède a consacrés à l'aimable compagne de sa vie, enfin un beau poisson, le chevalier-américain, qui, décoré de tous les ordres et chamarré de tous les rubans, fréquente les rivages de cette grande nation où les rubans et les ordres sont si médiocrement estimés.

J'ajouterai que, pendant la nuit, les eaux phosphorescentes du Gulf-Stream rivalisaient avec l'éclat électrique de notre fanal, surtout par ces temps orageux qui nous menaçaient fréquemment.

Un grand navire capeyait sous petite vapeur. (Page 604.)

Le 8 mai, nous étions encore en travers du cap Hatteras, à la hauteur de la Caroline du Nord. La largeur du Gulf-Stream est là de soixante-quinze milles, et sa profondeur de deux cent dix mètres. Le *Nautilus* continuait d'errer à l'aventure. Toute surveillance semblait bannie du bord. Je conviendrai que dans ces conditions, une évasion pouvait réussir. En effet, les rivages habités offraient partout de faciles refuges. La mer était incessamment sillonnée de nombreux steamers qui font le service entre New-York ou Boston et le golfe du Mexique, et nuit et jour parcourue par ces petites goëlettes chargées du cabotage sur les divers points de la côte américaine. On pouvait espérer d'être recueilli. C'était donc une occasion favorable, malgré les trente milles qui séparaient le *Nautilus* des côtes de l'Union.

Mais une circonstance fâcheuse contrariait absolument les projets du Canadien. Le temps était fort mauvais. Nous approchions de ces parages où les tempêtes sont fréquentes, de cette patrie des trombes et des cyclones, précisément engendrés par le courant du Gulf-Stream. Affronter une mer souvent démontée sur un frêle canot, c'était courir à une perte certaine. Ned Land en convenait lui-même. Aussi rongeait-il son frein, pris d'une furieuse nostalgie que la fuite seule eût pu guérir.

« Monsieur, me dit-il ce jour-là, il faut que cela finisse. Je veux en avoir le cœur net. Votre Nemo s'écarte des terres et remonte vers le nord. Mais je vous le déclare, j'ai assez du pôle Sud, et je ne le suivrai pas au pôle Nord.

— Que faire, Ned, puisqu'une évasion est impraticable en ce moment ?

— J'en reviens à mon idée. Il faut parler au capitaine. Vous n'avez rien dit, quand nous étions dans les mers de votre pays. Je veux parler, maintenant que nous sommes dans les mers du mien. Quand je songe qu'avant quelques jours, le *Nautilus* va se trouver à la hauteur de la Nouvelle-Écosse, et que là, vers Terre-Neuve, s'ouvre une large baie, que dans cette baie se jette le Saint-Laurent, et que le Saint-Laurent, c'est mon fleuve à moi, le fleuve de Québec, ma ville natale ; quand je songe à cela, la fureur me monte au visage, mes cheveux se hérissent. Tenez, monsieur, je me jetterai plutôt à la mer ! Je ne resterai pas ici ! J'y étouffe ! »

Le Canadien était évidemment à bout de patience. Sa vigoureuse nature ne pouvait s'accommoder de cet emprisonnement prolongé. Sa physionomie s'altérait de jour en jour. Son caractère devenait de plus en plus sombre. Je sentais ce qu'il devait souffrir, car moi aussi, la nostalgie me prenait. Près de sept mois s'étaient écoulés sans que nous eussions eu aucune nouvelle de la terre. De plus, l'isolement du capitaine Nemo, son humeur modifiée, surtout depuis le combat des poulpes, sa taciturnité, tout me faisait apparaître les choses sous un aspect différent. Je ne sentais plus l'enthousiasme des premiers jours. Il fallait être un Flamand comme Conseil pour accepter cette situation, dans ce milieu réservé aux cétacés et autres habitants de la mer. Véritablement, si ce brave garçon, au lieu de poumons avait eu des branchies, je crois qu'il aurait fait un poisson distingué !

« Eh bien, monsieur ? reprit Ned Land, voyant que je ne répondais pas.

— Eh bien, Ned, vous voulez que je demande au capitaine Nemo quelles sont ses intentions à notre égard ?

— Oui, monsieur.

— Et cela, quoiqu'il les ait déjà fait connaître ?

— Oui. Je désire être fixé une dernière fois. Parlez pour moi seul en mon seul nom, si vous voulez.

— Mais je le rencontre rarement. Il m'évite même.

— C'est une raison de plus pour l'aller voir.

— Je l'interrogerai, Ned.

— Quand ? demanda le Canadien en insistant.

— Quand je le rencontrerai.

— Monsieur Aronnax, voulez-vous que j'aille le trouver, moi ?

— Non, laissez-moi faire. Demain...

— Aujourd'hui, dit Ned Land.

— Soit. Aujourd'hui, je le verrai, » répondis-je au Canadien, qui, en agissant lui-même, eût certainement tout compromis.

Je restai seul. La demande décidée, je résolus d'en finir immédiatement. J'aime mieux chose faite que chose à faire.

Je rentrai dans ma chambre. De là, j'entendis marcher dans celle du capitaine Nemo. Il ne fallait pas laisser échapper cette occasion de le rencontrer. Je frappai à sa porte. Je n'obtins pas de réponse. Je frappai de nouveau, puis je tournai le bouton. La porte s'ouvrit.

J'entrai. Le capitaine était là. Courbé sur sa table de travail, il ne m'avait pas entendu. Résolu à ne pas sortir sans l'avoir interrogé, je m'approchai de lui. Il releva la tête brusquement, fronça les sourcils, et me dit d'un ton assez rude :

« Vous ici ! Que me voulez-vous ?

— Vous parler, capitaine.

— Mais je suis occupé, monsieur, je travaille. Cette liberté que je vous laisse de vous isoler, ne puis-je l'avoir pour moi ? »

La réception était peu encourageante. Mais j'étais décidé à tout entendre pour tout répondre.

« Monsieur, dis-je froidement, j'ai à vous parler d'une affaire qu'il ne m'est pas permis de retarder.

— Laquelle, monsieur ? répondit-il ironiquement. Avez-vous fait quelque découverte qui m'ait échappé ? La mer vous a-t-elle livré de nouveaux secrets ? »

Nous étions loin de compte. Mais avant que j'eusse répondu, me montrant un manuscrit ouvert sur sa table, il me dit d'un ton plus grave :

« Voici, monsieur Aronnax, un manuscrit écrit en plusieurs langues. Il contient le résumé de mes études sur la mer, et, s'il plaît à Dieu, il ne périra pas avec moi. Ce manuscrit, signé de mon nom, complété par l'histoire de ma vie, sera renfermé dans un petit appareil insubmersible. Le dernier survivant de nous tous à bord du *Nautilus* jettera cet appareil à la mer, et il ira où les flots le porteront. »

Le nom de cet homme ! Son histoire écrite par lui-même ! Son mystère serait donc un jour dévoilé ? Mais, en ce moment, je ne vis dans cette communication qu'une entrée en matière.

« Capitaine, répondis-je, je ne puis qu'approuver la pensée qui vous fait agir. Il ne faut pas que le fruit de vos études soit perdu. Mais le moyen que vous employez me paraît primitif. Qui sait où les vents pousseront cet appareil, en quelles mains il tombera ? Ne sauriez-vous trouver mieux ? Vous, ou l'un des vôtres ne peut-il... ?

— Jamais, monsieur, dit vivement le capitaine en m'interrompant.

— Mais moi, mes compagnons, nous sommes prêts à garder ce manuscrit en réserve, et si vous nous rendez la liberté...

— La liberté ! fit le capitaine Nemo se levant.

— Oui, monsieur, et c'est à ce sujet que je voulais vous interroger. Depuis sept mois nous sommes à votre bord, et je vous demande aujourd'hui, au nom de mes compagnons comme au mien, si votre intention est de nous y garder toujours.

— Monsieur Aronnax, dit le capitaine Nemo, je vous répondrai aujourd'hui ce que je vous ai répondu il y a sept mois : Qui entre dans le *Nautilus* ne doit plus le quitter.

— C'est l'esclavage même que vous nous imposez !

— Donnez-lui le nom qu'il vous plaira.

— Mais partout l'esclave garde le droit de recouvrer sa liberté ! Quels que soient les moyens qui s'offrent à lui, il peut les croire bons !

— Ce droit, répondit le capitaine Nemo, qui vous le dénie ? Ai-je jamais pensé à vous enchaîner par un serment ? »

Le capitaine me regardait en se croisant les bras.

« Monsieur, lui dis-je, revenir une seconde fois sur ce sujet ne serait ni de votre goût ni du mien. Mais puisque nous l'avons entamé, épuisons-le. Je vous le répète, ce n'est pas seulement de ma personne qu'il s'agit. Pour moi l'étude est un secours, une diversion puissante, un entraînement, une passion qui peut me faire tout oublier. Comme vous, je suis homme à vivre ignoré, obscur, dans le fragile espoir de léguer un jour à l'avenir le résultat de mes travaux, au moyen d'un appareil hypothétique confié au hasard des flots et des vents. En un mot, je puis vous admirer, vous suivre sans déplaisir dans un rôle que je comprends sur certains points ; mais il est encore d'autres aspects de votre vie qui me la font entrevoir entourée de complications et de mystères auxquels seuls ici, mes compagnons et moi, nous n'avons aucune part. Et même, quand notre cœur a pu battre pour vous, ému par quelques-unes de vos douleurs ou remué par vos actes de génie ou de courage, nous avons dû refouler en nous jusqu'au plus petit témoignage de cette sympathie que fait naître la vue de ce qui est beau et bon, que cela vienne de l'ami ou de l'ennemi. Eh bien, c'est ce sentiment que nous sommes étrangers à tout ce qui vous touche, qui fait de notre position quelque chose d'inacceptable, d'impossible, même pour moi, mais d'impossible pour Ned Land surtout. Tout homme, par cela seul qu'il est homme, vaut qu'on songe à lui. Vous êtes-vous demandé ce que l'amour de la liberté, la haine de l'esclavage, pouvaient faire naître de projets de vengeance dans une nature comme celle du Canadien, ce qu'il pouvait penser, tenter, essayer ?... »

Je m'étais tu. Le capitaine Nemo se leva.

« Que Ned Land pense, tente, essaye tout ce qu'il voudra, que m'importe ? Ce n'est pas moi qui l'ai été chercher ! Ce n'est pas pour mon plaisir que je le garde à mon bord ! Quant à vous, monsieur Aronnax, vous êtes de ceux qui peuvent tout comprendre, même le silence. Je n'ai rien de plus à vous répondre. Que cette première fois où vous venez de traiter ce sujet soit aussi la dernière, car une seconde fois, je ne pourrais même pas vous écouter. »

Je me retirai. À compter de ce jour, notre situation fut très-tendue. Je rapportai ma conversation à mes deux compagnons.

« Nous savons maintenant, dit Ned, qu'il n'y a rien à attendre de cet homme. Le *Nautilus* se rapproche de Long-Island. Nous fuirons, quel que soit le temps. »

Mais le ciel devenait de plus en plus menaçant. Des symptômes d'ouragan se manifestaient. L'atmosphère se faisait blanchâtre et laiteuse. Aux cyrrhus à gerbes déliées succédaient à l'horizon des couches de nimbo-cumulus. D'autres nuages bas fuyaient rapidement. La mer grossissait et se gonflait en longues houles. Les oiseaux disparaissaient, à l'exception des satanicles, amis des tempêtes. Le baromètre baissait notablement et indiquait dans l'air une extrême tension des vapeurs. Le mélange du stormglass se décomposait sous l'influence de l'électricité qui saturait l'atmosphère. La lutte des éléments était prochaine.

La tempête éclata dans la journée du 18 mai, précisément lorsque le *Nautilus* flottait à la hauteur de Long-Island, à quelques milles des passes de New-York. Je puis décrire cette lutte des éléments, car au lieu de la fuir dans les profondeurs de la mer, le capitaine Nemo, par un inexplicable caprice, voulut la braver à sa surface.

Le vent soufflait du sud-ouest, d'abord en grand frais, c'est-à-dire avec une vitesse de quinze mètres à la seconde, qui fut portée à vingt-cinq mètres vers trois heures du soir. C'est le chiffre des tempêtes.

Le capitaine Nemo, inébranlable sous les rafales, avait pris place sur la plate-forme. Il s'était amarré à mi-corps pour résister aux vagues monstrueuses qui déferlaient. Je m'y étais hissé et attaché aussi, partageant mon admiration entre cette tempête et cet homme incomparable qui lui tenait tête.

La mer démontée était balayée par de grandes loques de nuages qui trempaient dans ses flots. Je ne voyais plus aucune de ces petites lames intermédiaires qui se forment au fond des grands creux. Rien que de longues ondulations fuligineuses, dont la crête ne déferle pas, tant elles sont compactes. Leur hauteur s'accroissait. Elles s'excitaient entre elles. Le *Nautilus*, tantôt couché sur le côté, tantôt dressé comme un mât, roulait et tanguait épouvantablement.

Vers cinq heures, une pluie torrentielle tomba, qui n'abattit ni le vent ni la mer. L'ouragan se déchaîna avec une vitesse de quarante-cinq mètres à la seconde, soit près de quarante lieues à l'heure. C'est dans ces conditions qu'il renverse des maisons, qu'il enfonce des tuiles de toits dans des portes, qu'il rompt des grilles de fer, qu'il déplace des canons de vingt-quatre. Et pourtant le *Nautilus*, au milieu de la tourmente, justifiait cette parole d'un savant ingénieur : « Il n'y a pas de coque bien construite qui ne puisse défier à la mer ! » Ce n'était pas un roc résistant, que ces lames eussent démoli, c'était un fuseau d'acier, obéissant et mobile, sans gréement, sans mâture, qui bravait impunément leur fureur.

Cependant j'examinais attentivement ces vagues déchaînées. Elles mesuraient jusqu'à quinze mètres de hauteur sur une longueur de cent cinquante à cent soixante-quinze mètres, et leur vitesse de propagation, moitié de celle du vent, était de quinze mètres à la seconde. Leur volume et leur puissance s'accroissaient avec la profondeur des eaux. Je compris alors le rôle de ces lames qui emprisonnent l'air dans leurs flancs et le refoulent au fond des mers où elles portent la vie avec l'oxygène. Leur extrême force de pression, — on l'a calculée, — peut s'élever jusqu'à trois mille kilogrammes par pied carré de la surface qu'elles contrebattent. Ce sont de telles lames qui, aux Hébrides, ont déplacé un bloc pesant quatre-vingt-quatre mille livres. Ce sont elles qui, dans la tempête du 23 décembre 1864, après avoir renversé une partie de la ville de Yéddo, au Japon[1], faisant sept cents kilomètres à l'heure, allèrent se briser le même jour sur les rivages de l'Amérique.

L'intensité de la tempête s'accrut avec la nuit. Le baromètre, comme en 1860, à la Réunion, pendant un cyclone, tomba à 710 millimètres. À la chute du jour, je vis passer à l'horizon un grand navire qui luttait péniblement. Il capeyait sous petite vapeur pour se maintenir debout à la lame. Ce devait être un des steamers des lignes de New-York à Liverpool ou au Havre. Il disparut bientôt dans l'ombre.

À dix heures du soir, le ciel était en feu. L'atmosphère fut zébrée d'éclairs violents. Je ne pouvais en supporter l'éclat, tandis que le capitaine Nemo, les regardant en face, semblait aspirer en lui l'âme de la tempête. Un bruit terrible emplissait les airs, bruit complexe, fait des hurlements des vagues écrasées, des mugissements du vent, des éclats du tonnerre. Le vent sautait à tous les points de l'horizon, et le cyclone, partant de l'est, y revenait en passant par le nord, l'ouest et le sud, en sens inverse des tempêtes tournantes de l'hémisphère austral.

Ah ! ce Gulf-Stream ! Il justifiait bien son nom de roi des tempêtes ! C'est lui qui crée ces formidables cyclones par la différence de température des couches d'air superposées à ses courants.

À la pluie avait succédé une averse de feu. Les gouttelettes d'eau se changeaient en aigrettes fulminantes. On eût dit que le capitaine Nemo, voulant une mort digne de lui, cherchait à se faire foudroyer. Dans un effroyable mouvement de tangage, le *Nautilus* dressa en l'air son éperon d'acier, comme la tige d'un paratonnerre, et j'en vis jaillir de longues étincelles.

Brisé, à bout de forces, je me coulai à plat ventre vers le panneau. Je l'ouvris et je redescendis au salon. L'orage atteignait alors son maximum d'intensité. Il était impossible de se tenir debout à l'intérieur du *Nautilus*.

Le capitaine Nemo rentra vers minuit. J'entendis les réservoirs se remplir peu à peu, et le *Nautilus* s'enfonça doucement au-dessous de la surface des flots.

Par les vitres ouvertes du salon, je vis de grands poissons effarés qui passaient comme des fantômes dans les eaux en feu. Quelques-uns furent foudroyés sous mes yeux !

Le *Nautilus* descendait toujours. Je pensais qu'il retrouverait le calme à une profondeur de quinze mètres. Non. Les couches supérieures étaient trop violemment agitées. Il fallut aller chercher le repos jusqu'à cinquante mètres dans les entrailles de la mer.

Mais là, quelle tranquillité, quel silence, quel milieu paisible ! Qui eût dit qu'un ouragan terrible se déchaînait alors à la surface de cet Océan ?

CHAPITRE XX

PAR 47° 24' DE LATITUDE
ET 17° 28' DE LONGITUDE

À la suite de cette tempête, nous avions été rejetés dans l'est. Tout espoir de s'évader sur les atterrages de New-York ou du Saint-Laurent s'évanouissait. Le pauvre Ned, désespéré, s'isola comme le capitaine Nemo. Conseil et moi, nous ne nous quittions plus.

J'ai dit que le *Nautilus* s'était écarté dans l'est. J'aurais dû dire, plus exactement, dans le nord-est. Pendant quelques jours, il erra tantôt à la surface des flots, tantôt au-dessous, au milieu de ces brumes si redoutables aux navigateurs. Elles sont principalement dues à la fonte des glaces, qui entretient une extrême humidité dans l'atmosphère. Que de

À la pluie avait succédé une averse de feu. (Page 604.)

navires perdus dans ces parages, lorsqu'ils allaient reconnaître les feux incertains de la côte ! Que de sinistres dus à ces brouillards opaques ! Que de chocs sur ces écueils dont le ressac est éteint par le bruit du vent ! Que de collisions entre les bâtiments, malgré leurs feux de position, malgré les avertissements de leurs sifflets et de leurs cloches d'alarme !

Aussi, le fond de ces mers offrait-il l'aspect d'un champ de bataille, où gisaient encore tous ces vaincus de l'Océan ; les uns vieux et empâtés déjà ; les

« C'est ici ! » dit le capitaine Nemo. (Page 615.)

autres jeunes et réfléchissant l'éclat de notre fanal
sur leurs ferrures et leurs carènes de cuivre. Parmi
eux, que de bâtiments perdus corps et biens, avec
leurs équipages, leur monde d'émigrants, sur ces
points dangereux signalés dans les statistiques, le
cap Race, l'île Saint-Paul, le détroit de Belle-Île, l'estuaire du Saint-Laurent ! Et depuis quelques années
seulement que de victimes fournies à ces funèbres
annales par les lignes du Royal-Mail, d'Inmann, de
Montréal, le *Solway*, l'*Isis*, le *Paramatta*, l'*Hungarian*,
le *Canadian*, l'*Anglo-Saxon*, le *Humboldt*, l'*United-
States*, tous échoués, l'*Artic*, le *Lyonnais*, coulés par
abordage, le *Président*, le *Pacific*, le *City-of-Glasgow*,
disparus pour des causes ignorées, sombres débris
au milieu desquels naviguait le *Nautilus*, comme s'il
eût passé une revue des morts !

Le 15 mai, nous étions sur l'extrémité méridionale
du banc de Terre-Neuve. Ce banc est un produit des
alluvions marines, un amas considérable de ces
détritus organiques, amenés soit de l'Équateur par
le courant du Gulf-stream, soit du pôle boréal, par
ce contre-courant d'eau froide qui longe la côte
américaine. Là aussi s'amoncellent les blocs erra-
tiques charriés par la débâcle des glaces. Là s'est
formé un vaste ossuaire de poissons, de mollusques
ou de zoophytes qui y périssent par milliards.

La profondeur de la mer n'est pas considérable
au banc de Terre-Neuve. Quelques centaines de brasses au plus. Mais vers le sud se creuse subitement
une dépression profonde, un trou de trois mille
mètres. Là s'élargit le Gulf-Stream. C'est un épanouissement de ses eaux. Il perd de sa vitesse et de
sa température, mais il devient une mer.

Parmi les poissons que le *Nautilus* effaroucha à
son passage, je citerai le cycloptère d'un mètre, à dos
noirâtre, à ventre orange, qui donne à ses congénères un exemple peu suivi de fidélité conjugale, un
unernack de grande taille, sorte de murène éme-

raude, d'un goût excellent, des karraks à gros yeux, dont la tête a quelque ressemblance avec celle du chien, des blennies, ovovivipares comme les serpents, des gobies-boulerots ou goujons noirs de deux décimètres, des macroures à longue queue, brillant d'un éclat argenté, poissons rapides, aventurés loin des mers hyperboréennes.

Les filets ramassèrent aussi un poisson hardi, audacieux, vigoureux, bien musclé, armé de piquants à la tête et d'aiguillons aux nageoires, véritable scorpion de deux à trois mètres, ennemi acharné des blennies, des gades et des saumons ; c'était le cotte des mers septentrionales, au corps tuberculeux, brun de couleur, rouge aux nageoires. Les pêcheurs du *Nautilus* eurent quelque peine à s'emparer de cet animal, qui, grâce à la conformation de ses opercules, préserve ses organes respiratoires du contact desséchant de l'atmosphère et peut vivre quelque temps hors de l'eau.

Je cite maintenant, — pour mémoire, — des bosquiens, petits poissons qui accompagnent longtemps les navires dans les mers boréales, des ables-oxyrhynques, spéciaux à l'Atlantique septentrional, des rascasses, et j'arrive aux gades, principalement à l'espèce morue, que je surpris dans ses eaux de prédilection, sur cet inépuisable banc de Terre-Neuve.

On peut dire que ces morues sont des poissons de montagnes, car Terre-Neuve n'est qu'une montagne sous-marine. Lorsque le *Nautilus* s'ouvrit un chemin à travers leurs phalanges pressées, Conseil ne put retenir cette observation :

« Ça ! des morues ! dit-il ; mais je croyais que les morues étaient plates comme des limandes ou des soles ?

— Naïf ! m'écriai-je. Les morues ne sont plates que chez l'épicier, où on les montre ouvertes et étalées. Mais dans l'eau, ce sont des poissons fusifor-

mes comme les mulets, et parfaitement conformés
pour la marche.

— Je veux croire monsieur, répondit Conseil.
Quelle nuée, quelle fourmilière !

— Eh ! mon ami, il y en aurait bien davantage,
sans leurs ennemis, les rascasses et les hommes !
Sais-tu combien on a compté d'œufs dans une seule
femelle ?

— Faisons bien les choses, répondit Conseil. Cinq
cent mille.

— Onze millions, mon ami.

— Onze millions. Voilà ce que je n'admettrai
jamais, à moins de les compter moi-même.

— Compte-les, Conseil. Mais tu auras plus vite
fait de me croire. D'ailleurs, c'est par milliers que les
Français, les Anglais, les Américains, les Danois, les
Norwégiens, pêchent les morues. On les consomme
en quantités prodigieuses, et sans l'étonnante fécondité de ces poissons, les mers en seraient bientôt
dépeuplées. Ainsi, en Angleterre et en Amérique seulement, cinq mille navires montés par soixante-
quinze mille marins, sont employés à la pêche de la
morue. Chaque navire en rapporte quarante mille
en moyenne, ce qui fait vingt-cinq millions. Sur les
côtes de la Norwége, même résultat.

— Bien, répondit Conseil, je m'en rapporte à
monsieur. Je ne les compterai pas.

— Quoi donc ?

— Les onze millions d'œufs. Mais je ferai une
remarque.

— Laquelle ?

— C'est que si tous les œufs éclosaient, il suffirait
de quatre morues pour alimenter l'Angleterre, l'Amérique et la Norwége. »

Pendant que nous effleurions les fonds du banc
de Terre-Neuve, je vis parfaitement ces longues
lignes, armées de deux cents hameçons, que chaque
bateau tend par douzaines. Chaque ligne entraînée

par un bout au moyen d'un petit grappin, était retenue à la surface par un orin fixé sur une bouée de
liége. Le *Nautilus* dut manœuvrer adroitement au
milieu de ce réseau sous-marin.

D'ailleurs il ne demeura pas longtemps dans ces
parages fréquentés. Il s'éleva jusque vers le quarante-
deuxième degré de latitude. C'était à la hauteur de
Saint-Jean de Terre-Neuve et de Heart's Content, où
aboutit l'extrémité du câble transatlantique.

Le *Nautilus*, au lieu de continuer à marcher au
nord, prit direction vers l'est, comme s'il voulait
suivre ce plateau télégraphique sur lequel repose le
câble, et dont des sondages multipliés ont donné le
relief avec une extrême exactitude.

Ce fut le 17 mai, à cinq cents milles environ de
Heart's Content, par deux mille huit cents mètres
de profondeur, que j'aperçus le câble gisant sur le
sol. Conseil, que je n'avais pas prévenu, le prit
d'abord pour un gigantesque serpent de mer et s'apprêtait à le classer suivant sa méthode ordinaire.
Mais je désabusai le digne garçon, et pour le conso-
ler de son déboire, je lui appris diverses particularités de la pose de ce câble.

Le premier câble fut établi pendant les années
1857 et 1858 ; mais, après avoir transmis quatre
cents télégrammes environ, il cessa de fonctionner.
En 1863, les ingénieurs construisirent un nouveau
câble, mesurant trois mille quatre cents kilomètres
et pesant quatre mille cinq cents tonnes, qui fut embarqué sur le *Great-Eastern*. Cette tentative échoua
encore.

Or, le 25 mai, le *Nautilus*, immergé par trois mille
huit cent trente-six mètres de profondeur, se trouvait précisément en cet endroit où se produisit la
rupture qui ruina l'entreprise. C'était à six cent
trente-huit milles de la côte d'Irlande. On s'aperçut,
à deux heures après-midi, que les communications
avec l'Europe venaient de s'interrompre. Les électri-

ciens du bord résolurent de couper le câble avant
de le repêcher, et à onze heures du soir, ils avaient
ramené la partie avariée. On refit un joint et une
épissure ; puis le câble fut immergé de nouveau.
Mais, quelques jours plus tard, il se rompit et ne
put être ressaisi dans les profondeurs de l'Océan.

Les Américains ne se découragèrent pas. L'audacieux Cyrus Field, le promoteur de l'entreprise, qui
y risquait toute sa fortune, provoqua une nouvelle
souscription. Elle fut immédiatement couverte. Un
autre câble fut établi dans de meilleures conditions.
Le faisceau de fils conducteurs isolés dans une
enveloppe de gutta-percha, était protégé par un ma-
telas de matières textiles contenu dans une armature métallique. Le *Great-Eastern* reprit la mer le 13
juillet 1866.

L'opération marcha bien. Cependant un incident
arriva. Plusieurs fois, en déroulant le câble, les
électriciens observèrent que des clous y avaient été
récemment enfoncés dans le but d'en détériorer
l'âme. Le capitaine Anderson, ses officiers, ses ingénieurs, se réunirent, délibérèrent, et firent afficher
que si le coupable était surpris à bord, il serait jeté
à la mer sans autre jugement. Depuis lors, la crimi-
nelle tentative ne se reproduisit plus.

Le 23 juillet, le *Great-Eastern* n'était plus qu'à huit
cents kilomètres de Terre-Neuve, lorsqu'on lui télé-
graphia d'Irlande la nouvelle de l'armistice conclu
entre la Prusse et l'Autriche après Sadowa. Le 27, il
relevait au milieu des brumes le port de Heart's
Content. L'entreprise était heureusement terminée,
et par sa première dépêche, la jeune Amérique
adressait à la vieille Europe ces sages paroles si
rarement comprises : « Gloire à Dieu dans le ciel, et
paix aux hommes de bonne volonté sur la terre. »

Je ne m'attendais pas à trouver le câble électrique
dans son état primitif, tel qu'il était en sortant des
ateliers de fabrication. Le long serpent, recouvert

de débris de coquilles, hérissé de foraminifères, était encroûté dans un empâtement pierreux qui le protégeait contre les mollusques perforants. Il reposait tranquillement, à l'abri des mouvements de la mer, et sous une pression favorable à la transmission de l'étincelle électrique qui passe de l'Amérique à l'Europe en trente-deux centièmes de seconde. La durée de ce câble sera infinie sans doute, car on a observé que l'enveloppe de gutta-percha s'améliore par son séjour dans l'eau de mer.

D'ailleurs, sur ce plateau si heureusement choisi, le câble n'est jamais immergé à des profondeurs telles qu'il puisse se rompre. Le *Nautilus* le suivit jusqu'à son fond le plus bas, situé par quatre mille quatre cent trente et un mètres, et là, il reposait encore sans aucun effort de traction. Puis, nous nous rapprochâmes de l'endroit où avait eu lieu l'accident de 1863.

Le fond océanique formait alors une vallée large de cent vingt kilomètres, sur laquelle on eût pu poser le Mont-Blanc sans que son sommet émergeât de la surface des flots. Cette vallée est fermée à l'est par une muraille à pic de deux mille mètres. Nous y arrivions le 28 mai, et le *Nautilus* n'était plus qu'à cent cinquante kilomètres de l'Irlande.

Le capitaine Nemo allait-il remonter pour atterrir sur les Îles Britanniques ? Non. À ma grande surprise, il redescendit au sud et revint vers les mers européennes. En contournant l'île d'Émeraude, j'aperçus un instant le cap Clear et le feu de Fastenet, qui éclaire les milliers de navires sortis de Glasgow ou de Liverpool.

Une importante question se posait alors à mon esprit. Le *Nautilus* oserait-il s'engager dans la Manche ? Ned Land qui avait reparu depuis que nous ralliions la terre, ne cessait de m'interroger. Comment lui répondre ? Le capitaine Nemo demeurait invisible. Après avoir laissé entrevoir au Canadien les rivages d'Amérique, allait-il donc me montrer les côtes de France ?

Cependant le *Nautilus* s'abaissait toujours vers le sud. Le 30 mai, il passait en vue du Land's End, entre la pointe extrême de l'Angleterre et les Sorlingues[1], qu'il laissa sur tribord.

S'il voulait entrer en Manche, il lui fallait prendre franchement à l'est. Il ne le fit pas.

Pendant toute la journée du 31 mai, le *Nautilus* décrivit sur la mer une série de cercles qui m'intriguèrent vivement. Il semblait chercher un endroit qu'il avait quelque peine à trouver. À midi, le capitaine Nemo vint faire son point lui-même. Il ne m'adressa pas la parole. Il me parut plus sombre que jamais. Qui pouvait l'attrister ainsi[2] ? Était-ce sa proximité des rivages européens ? Sentait-il quelque ressouvenir de son pays abandonné ? Qu'éprouvait-il alors ? des remords ou des regrets ? Longtemps cette pensée occupa mon esprit, et j'eus comme un pressentiment que le hasard trahirait avant peu les secrets du capitaine.

Le lendemain, 1er juin, le *Nautilus* conserva les mêmes allures. Il était évident qu'il cherchait à reconnaître un point précis de l'Océan. Le capitaine Nemo vint prendre la hauteur du soleil, ainsi qu'il avait fait la veille. La mer était belle, le ciel pur. À huit milles dans l'est, un grand navire à vapeur se dessinait sur la ligne de l'horizon. Aucun pavillon ne battait à sa corne, et je ne pus reconnaître sa nationalité.

Le capitaine Nemo, quelques minutes avant que le soleil passât au méridien, prit son sextant et observa avec une précision extrême. Le calme absolu des flots facilitait son opération. Le *Nautilus* immobile ne ressentait ni roulis ni tangage.

J'étais en ce moment sur la plate-forme. Lorsque son relèvement fut terminé, le capitaine prononça ces seuls mots :

« C'est ici ! »

Il redescendit par le panneau. Avait-il vu le bâtiment qui modifiait sa marche et semblait se rapprocher de nous ? Je ne saurais le dire.

Je revins au salon. Le panneau se ferma, et j'entendis les sifflements de l'eau dans les réservoirs. Le *Nautilus* commença de s'enfoncer, suivant une ligne verticale, car son hélice enrayée ne lui communiquait plus aucun mouvement.

Quelques minutes plus tard, il s'arrêtait à une profondeur de huit cent trente-trois mètres et reposait sur le sol.

Le plafond lumineux du salon s'éteignit alors, les panneaux s'ouvrirent, et à travers les vitres, j'aperçus la mer vivement illuminée par les rayons du fanal dans un rayon d'un demi-mille.

Je regardai à bâbord et je ne vis rien que l'immensité des eaux tranquilles.

Par tribord, sur le fond, apparaissait une forte extumescence qui attira mon attention. On eût dit des ruines ensevelies sous un empâtement de coquilles blanchâtres comme sous un manteau de neige. En examinant attentivement cette masse, je crus reconnaître les formes épaissies d'un navire, rasé de ses mâts, qui devait avoir coulé par l'avant. Ce sinistre datait certainement d'une époque reculée. Cette épave, pour être ainsi encroûtée dans le calcaire des eaux, comptait déjà bien des années passées sur ce fond de l'Océan.

Quel était ce navire ? Pourquoi le *Nautilus* venait-il visiter sa tombe ? N'était-ce donc pas un naufrage qui avait entraîné ce bâtiment sous les eaux ?

Je ne savais que penser, quand, près de moi, j'entendis le capitaine Nemo dire d'une voix lente :

« Autrefois ce navire se nommait le *Marseillais*. Il portait soixante-quatorze canons et fut lancé en 1762. En 1778, le 13 août, commandé par La Poype-Vertrieux, il se battait audacieusement contre le

Preston. En 1779, le 4 juillet, il assistait avec l'escadre de l'amiral d'Estaing à la prise de Grenade. En
1781, le 5 septembre, il prenait part au combat du
comte de Grasse dans la baie de la Chesapeak. En
1794, la république française lui changeait son nom.
Le 16 avril de la même année, il rejoignait à Brest
l'escadre de Villaret-Joyeuse, chargé d'escorter un
convoi de blé qui venait d'Amérique sous le
commandement de l'amiral Van Stabel. Le 11 et le
12 prairial, an II, cette escadre se rencontrait avec
les vaisseaux anglais. Monsieur, c'est aujourd'hui le
13 prairial, le 1er juin 1868. Il y a soixante-quatorze
ans, jour pour jour, à cette place même, par 47° 24′
de latitude et 17° 28′ de longitude, ce navire, après
un combat héroïque, démâté de ses trois mâts, l'eau
dans ses soutes, le tiers de son équipage hors de
combat, aima mieux s'engloutir avec ses trois cent
cinquante-six marins que de se rendre, et clouant
son pavillon à sa poupe, il disparut sous les flots au
cri de : Vive la République !

— Le *Vengeur* ! m'écriai-je[1].

— Oui ! monsieur. Le *Vengeur* ! Un beau nom ! »
murmura le capitaine Nemo en se croisant les bras.

CHAPITRE XXI

UNE HÉCATOMBE

Cette façon de dire, l'imprévu de cette scène, cet
historique du navire patriote froidement raconté
d'abord, puis l'émotion avec laquelle l'étrange personnage avait prononcé ses dernières paroles, ce
nom de *Vengeur*, dont la signification ne pouvait
m'échapper, tout se réunissait pour frapper profondément mon esprit. Mes regards ne quittaient plus

le capitaine. Lui, les mains tendues vers la mer, considérait d'un œil ardent la glorieuse épave. Peut-être ne devais-je jamais savoir qui il était, d'où il venait, où il allait, mais je voyais de plus en plus l'homme se dégager du savant. Ce n'était pas une misanthropie commune qui avait enfermé dans les flancs du *Nautilus* le capitaine Nemo et ses compagnons, mais une haine monstrueuse ou sublime que le temps ne pouvait affaiblir.

Le Vengeur *! m'écriai-je. (Page 616.)*

Cette haine cherchait-elle encore des vengeances ? L'avenir devait bientôt me l'apprendre.

Cependant, le *Nautilus* remontait lentement vers la surface de la mer, et je vis disparaître peu à peu les formes confuses du *Vengeur*. Bientôt un léger roulis m'indiqua que nous flottions à l'air libre.

En ce moment, une sourde détonation se fit entendre. Je regardai le capitaine. Le capitaine ne bougea pas.

« Misérable, veux-tu donc !... » (Page 622.)

« Capitaine ? » dis-je.

Il ne répondit pas.

Je le quittai et montai sur la plate-forme. Conseil et le Canadien m'y avaient précédé.

« D'où vient cette détonation ? demandai-je.

— Un coup de canon, » répondit Ned Land.

Je regardai dans la direction du navire que j'avais aperçu. Il s'était rapproché du *Nautilus* et l'on voyait qu'il forçait de vapeur. Six milles le séparaient de nous.

« Quel est ce bâtiment, Ned ?

— À son gréement, à la hauteur de ses bas mâts, répondit le Canadien, je parierais pour un navire de guerre. Puisse-t-il venir sur nous et couler, s'il le faut, ce damné *Nautilus* !

— Ami Ned, répondit Conseil, quel mal peut-il faire au *Nautilus* ? Ira-t-il l'attaquer sous les flots ? Ira-t-il le canonner au fond des mers ?

— Dites-moi, Ned, demandai-je, pouvez-vous reconnaître la nationalité de ce bâtiment ? »

Le Canadien, fronçant ses sourcils, abaissant ses paupières, plissant ses yeux aux angles, fixa pendant quelques instants le navire de toute la puissance de son regard.

« Non, monsieur, répondit-il. Je ne saurais reconnaître à quelle nation il appartient. Son pavillon n'est pas hissé. Mais je puis affirmer que c'est un navire de guerre, car une longue flamme se déroule à l'extrémité de son grand mât. »

Pendant un quart d'heure, nous continuâmes d'observer le bâtiment qui se dirigeait vers nous. Je ne pouvais admettre, cependant, qu'il eût reconnu le *Nautilus* à cette distance, encore moins qu'il sût ce qu'était cet engin sous-marin.

Bientôt le Canadien m'annonça que ce bâtiment était un grand vaisseau de guerre, à éperon, un deux-ponts cuirassé. Une épaisse fumée noire s'échappait de ses deux cheminées. Ses voiles serrées se confondaient avec la ligne des vergues. Sa corne ne portait aucun pavillon. La distance empêchait encore de distinguer les couleurs de sa flamme, qui flottait comme un mince ruban.

Il s'avançait rapidement. Si le capitaine Nemo le laissait approcher, une chance de salut s'offrait à nous.

« Monsieur, me dit Ned Land, que ce bâtiment nous passe à un mille, je me jette à la mer, et je vous engage à faire comme moi. »

Je ne répondis pas à la proposition du Canadien, et je continuai de regarder le navire qui grandissait à vue d'œil. Qu'il fût anglais, français, américain ou russe, il était certain qu'il nous accueillerait, si nous pouvions gagner son bord.

« Monsieur voudra bien se rappeler, dit alors Conseil, que nous avons quelque expérience de la natation. Il peut se reposer sur moi du soin de le remorquer vers ce navire, s'il lui convient de suivre l'ami Ned. »

J'allais répondre, lorsqu'une vapeur blanche jaillit à l'avant du vaisseau de guerre. Puis, quelques secondes plus tard, les eaux troublées par la chute d'un corps pesant, éclaboussèrent l'arrière du *Nautilus*. Peu après, une détonation frappait mon oreille.

« Comment ? ils tirent sur nous ! m'écriai-je.

— Braves gens ! murmura le Canadien.

— Ils ne nous prennent donc pas pour des naufragés accrochés à une épave !

— N'en déplaise à monsieur... — Bon, fit Conseil en secouant l'eau qu'un nouveau boulet avait fait jaillir jusqu'à lui. — N'en déplaise à monsieur, ils ont reconnu le narwal, et ils canonnent le narwal.

— Mais ils doivent bien voir, m'écriai-je, qu'ils ont affaire à des hommes.

— C'est peut-être pour cela ! » répondit Ned Land en me regardant.

Toute une révélation se fit dans mon esprit. Sans doute, on savait à quoi s'en tenir maintenant sur l'existence du prétendu monstre. Sans doute, dans son abordage avec l'*Abraham-Lincoln*, lorsque le Canadien le frappa de son harpon, le commandant Farragut avait reconnu que le narwal était un bateau sous-marin, plus dangereux qu'un cétacé surnaturel ?

Oui, cela devait être ainsi, et sur toutes les mers, sans doute, on poursuivait maintenant ce terrible engin de destruction !

Terrible en effet, si comme on pouvait le supposer, le capitaine Nemo employait le *Nautilus* à une œuvre de vengeance ! Pendant cette nuit, lorsqu'il nous emprisonna dans la cellule, au milieu de l'Océan Indien, ne s'était-il pas attaqué à quelque navire ? Cet homme enterré maintenant dans le cimetière de corail, n'avait-il pas été victime du choc provoqué par le *Nautilus* ? Oui, je le répète. Il en devait être ainsi. Une partie de la mystérieuse existence du capitaine Nemo se dévoilait. Et si son identité n'était pas reconnue, du moins, les nations coalisées contre lui, chassaient maintenant, non plus un être chimérique, mais un homme qui leur avait voué une haine implacable !

Tout ce passé formidable apparut à mes yeux. Au lieu de rencontrer des amis sur ce navire qui s'approchait, nous n'y pouvions trouver que des ennemis sans pitié.

Cependant les boulets se multipliaient autour de nous. Quelques-uns, rencontrant la surface liquide, s'en allaient par ricochet se perdre à des distances considérables. Mais aucun n'atteignit le *Nautilus*.

Le navire cuirassé n'était plus alors qu'à trois milles. Malgré sa violente canonnade, le capitaine Nemo ne paraissait pas sur la plate-forme. Et cependant, l'un de ces boulets coniques, frappant normalement la coque du *Nautilus*, lui eût été fatal.

Le Canadien me dit alors :

« Monsieur, nous devons tout tenter pour nous tirer de ce mauvais pas. Faisons des signaux ! Mille diables ! On comprendra peut-être que nous sommes d'honnêtes gens ! »

Ned Land prit son mouchoir pour l'agiter dans l'air. Mais il l'avait à peine déployé, que terrassé par une main de fer, malgré sa force prodigieuse, il tombait sur le pont.

« Misérable, s'écria le capitaine, veux-tu donc que je te cloue sur l'éperon du *Nautilus* avant qu'il ne se précipite contre ce navire ! »

Le capitaine Nemo, terrible à entendre, était plus terrible encore à voir. Sa face avait pâli sous les spasmes de son cœur, qui avait dû cesser de battre un instant. Ses pupilles s'étaient contractées effroyablement. Sa voix ne parlait plus, elle rugissait. Le corps penché en avant, il tordait sous sa main les épaules du Canadien.

Puis, l'abandonnant et se retournant vers le vaisseau de guerre dont les boulets pleuvaient autour de lui :

« Ah ! tu sais qui je suis, navire d'une nation maudite ! s'écria-t-il de sa voix puissante. Moi, je n'ai pas eu besoin de tes couleurs pour te reconnaître ! Regarde ! Je vais te montrer les miennes ! »

Et le capitaine Nemo déploya à l'avant de la plate-forme un pavillon noir, semblable à celui qu'il avait déjà planté au pôle sud.

À ce moment, un boulet frappant obliquement la coque du *Nautilus*, sans l'entamer, et passant par ricochet près du capitaine, alla se perdre en mer.

Le capitaine Nemo haussa les épaules. Puis, s'adressant à moi :

« Descendez, me dit-il d'un ton bref, descendez, vous et vos compagnons.

— Monsieur, m'écriai-je, allez-vous donc attaquer ce navire ?

« — Monsieur, je vais le couler.

— Vous ne ferez pas cela !

— Je le ferai, répondit froidement le capitaine Nemo. Ne vous avisez pas de me juger, monsieur. La fatalité vous montre ce que vous ne deviez pas voir. L'attaque est venue. La riposte sera terrible. Rentrez.

— Ce navire, quel est-il ?

— Vous ne le savez pas ? Eh bien ! tant mieux ! Sa nationalité du moins restera un secret pour vous. Descendez. »

Le Canadien, Conseil et moi, nous ne pouvions qu'obéir. Une quinzaine de marins du *Nautilus* entouraient le capitaine et regardaient avec un implacable sentiment de haine ce navire qui s'avançait vers eux. On sentait que le même souffle de vengeance animait toutes ces âmes.

Je descendis au moment où un nouveau projectile éraillait encore la coque du *Nautilus*, et j'entendis le capitaine s'écrier :

« Frappe, navire insensé ! Prodigue tes inutiles boulets ! Tu n'échapperas pas à l'éperon du *Nautilus*. Mais ce n'est pas à cette place que tu dois périr ! Je ne veux pas que tes ruines aillent se confondre avec les ruines du *Vengeur* ! »

Je regagnai ma chambre. Le capitaine et son second étaient restés sur la plate-forme. L'hélice fut mise en mouvement. Le *Nautilus*, s'éloignant avec vitesse, se mit hors de la portée des boulets du vaisseau. Mais la poursuite continua, et le capitaine Nemo se contenta de maintenir sa distance.

Vers quatre heures du soir, ne pouvant contenir l'impatience et l'inquiétude qui me dévoraient, je revins vers l'escalier central. Le panneau était ouvert. Je me hasardai sur la plate-forme. Le capitaine s'y promenait encore d'un pas agité. Il regardait le navire qui lui restait sous le vent à cinq ou six milles. Il tournait autour de lui comme une bête fauve, et l'attirant vers l'est, il se laissait poursuivre. Cependant, il n'attaquait pas. Peut-être hésitait-il encore ?

Je voulus intervenir une dernière fois. Mais j'avais à peine interpellé le capitaine Nemo, que celui-ci m'imposant silence :

« Je suis le droit, je suis la justice ! me dit-il. Je suis l'opprimé, et voilà l'oppresseur ! C'est par lui que tout ce que j'ai aimé, chéri, vénéré, patrie, femme, enfants, mon père, ma mère, j'ai vu tout périr ! Tout ce que je hais est là ! Taisez-vous ! »

Je portai un dernier regard vers le vaisseau de guerre qui forçait de vapeur. Puis, je rejoignis Ned et Conseil.

« Nous fuirons ! m'écriai-je.

— Bien, fit Ned. Quel est ce navire ?

— Je l'ignore. Mais quel qu'il soit, il sera coulé avant la nuit. En tout cas, mieux vaut périr avec lui que de se faire les complices de représailles dont on ne peut pas mesurer l'équité.

— C'est mon avis, répondit froidement Ned Land. Attendons la nuit[1]. »

La nuit arriva. Un profond silence régnait à bord. La boussole indiquait que le *Nautilus* n'avait pas modifié sa direction. J'entendais le battement de son hélice qui frappait les flots avec une rapide régularité. Il se tenait à la surface des eaux, et un léger roulis le portait tantôt sur un bord, tantôt sur un autre.

Mes compagnons et moi, nous avions résolu de fuir au moment où le vaisseau serait assez rapproché, soit pour nous faire entendre, soit pour nous faire voir, car la lune, qui devait être pleine trois jours plus tard, resplendissait. Une fois à bord de ce navire, si nous ne pouvions prévenir le coup qui le menaçait, du moins nous ferions tout ce que les circonstances nous permettaient de tenter. Plusieurs fois, je crus que le *Nautilus* se disposait pour l'attaque. Mais il se contentait de laisser se rapprocher son adversaire, et, peu de temps après, il reprenait son allure de fuite.

Une partie de la nuit se passa sans incident. Nous guettions l'occasion d'agir. Nous parlions peu, étant trop émus. Ned Land aurait voulu se précipiter à la mer. Je le forçai d'attendre. Suivant moi, le *Nautilus* devait attaquer le deux-ponts à la surface des flots, et alors il serait non-seulement possible, mais facile de s'enfuir.

À trois heures du matin, inquiet, je montai sur la plate-forme. Le capitaine Nemo ne l'avait pas quittée. Il était debout, à l'avant, près de son pavillon, qu'une légère brise déployait au-dessus de sa tête. Il ne quittait pas le vaisseau des yeux. Son regard, d'une extraordinaire intensité, semblait l'attirer, le fasciner, l'entraîner plus sûrement que s'il lui eût donné la remorque !

La lune passait alors au méridien. Jupiter se levait dans l'est. Au milieu de cette paisible nature, le ciel et l'Océan rivalisaient de tranquillité, et la mer offrait à l'astre des nuits le plus beau miroir qui eût jamais reflété son image.

Et quand je pensais à ce calme profond des éléments, comparé à toutes ces colères qui couvaient dans les flancs de l'imperceptible *Nautilus*, je sentais frissonner tout mon être.

Le vaisseau se tenait à deux mille de nous. Il s'était rapproché, marchant toujours vers cet éclat phosphorescent qui signalait la présence du *Nautilus*. Je vis ses feux de position, vert et rouge, et son fanal blanc suspendu au grand étai de misaine. Une vague réverbération éclairait son gréement et indiquait que les feux étaient poussés à outrance. Des gerbes d'étincelles, des scories de charbons enflammés, s'échappant de ses cheminées, étoilaient l'atmosphère.

Je demeurai ainsi jusqu'à six heures du matin, sans que le capitaine Nemo eût paru m'apercevoir.

Le vaisseau nous restait à un mille et demi, et avec les premières lueurs du jour, sa canonnade recommença. Le moment ne pouvait être éloigné où, le *Nautilus* attaquant son adversaire, mes compagnons et moi, nous quitterions pour jamais cet homme que je n'osais juger.

Je me disposais à descendre afin de les prévenir, lorsque le second monta sur la plate-forme. Plusieurs marins l'accompagnaient. Le capitaine Nemo ne les vit pas ou ne voulut pas les voir. Certaines dispositions furent prises qu'on aurait pu appeler « le branle-bas de combat » du *Nautilus*. Elles étaient très-simples. La filière qui formait balustrade autour de la plate-forme, fut abaissée. De même, les cages du fanal et du timonier rentrèrent dans la coque de manière à l'affleurer seulement. La surface du long cigare de tôle n'offrait plus une seule saillie qui pût gêner sa manœuvre.

Je revins au salon. Le *Nautilus* émergeait toujours. Quelques lueurs matinales s'infiltraient dans la couche liquide. Sous certaines ondulations des lames, les vitres s'animaient des rougeurs du soleil levant. Ce terrible jour du 2 juin se levait.

À cinq heures, le loch m'apprit que la vitesse du *Nautilus* se modérait. Je compris qu'il se laissait approcher. D'ailleurs les détonations se faisaient plus violemment entendre. Les boulets labouraient l'eau ambiante et s'y vissaient avec un sifflement singulier.

« Mes amis, dis-je, le moment est venu. Une poignée de main, et que Dieu nous garde ! »

Ned Land était résolu, Conseil calme, moi nerveux, me contenant à peine.

Nous passâmes dans la bibliothèque. Au moment où je poussais la porte qui s'ouvrait sur la cage de l'escalier central, j'entendis le panneau supérieur se fermer brusquement.

Le Canadien s'élança sur les marches, mais je l'arrêtai. Un sifflement bien connu m'apprenait que l'eau pénétrait dans les réservoirs du bord. En effet, en peu d'instants, le *Nautilus* s'immergea à quelques mètres au-dessous de la surface des flots.

Je compris sa manœuvre. Il était trop tard pour agir. Le *Nautilus* ne songeait pas à frapper le deux-ponts dans son impénétrable cuirasse, mais au-dessous de sa ligne de flottaison, là où la carapace métallique ne protége plus le bordé.

Son regard semblait l'attirer. (Page 625.)

Nous étions emprisonnés de nouveau, témoins obligés du sinistre drame qui se préparait. D'ailleurs, nous eûmes à peine le temps de réfléchir. Réfugiés dans ma chambre, nous nous regardions sans prononcer une parole. Une stupeur profonde s'était emparée de mon esprit. Le mouvement de la pensée s'arrêtait en moi. Je me trouvais dans cet état pénible qui précède l'attente d'une détonation épouvantable. J'attendais, j'écoutais, je ne vivais que par le sens de l'ouïe !

L'énorme vaisseau s'enfonçait lentement. (Page 629.)

Cependant, la vitesse du *Nautilus* s'accrut sensiblement. C'était son élan qu'il prenait ainsi. Toute sa coque frémissait.

Soudain, je poussai un cri. Un choc eut lieu, mais relativement léger. Je sentis la force pénétrante de l'éperon d'acier. J'entendis des éraillements, des raclements. Mais le *Nautilus*, emporté par sa puissance de propulsion, passait au travers de la masse du vaisseau comme l'aiguille du voilier à travers la toile !

Je ne pus y tenir. Fou, éperdu, je m'élançai hors de ma chambre et me précipitai dans le salon.

Le capitaine Nemo était là. Muet, sombre, implacable, il regardait par le panneau de bâbord.

Une masse énorme sombrait sous les eaux, et pour ne rien perdre de son agonie, le *Nautilus* descendait dans l'abîme avec elle. À dix mètres de moi, je vis cette coque entr'ouverte, où l'eau s'enfonçait avec un bruit de tonnerre, puis la double ligne des canons et les bastingages. Le pont était couvert d'ombres noires qui s'agitaient.

L'eau montait. Les malheureux s'élançaient dans les haubans, s'accrochaient aux mâts, se tordaient sous les eaux. C'était une fourmilière humaine surprise par l'envahissement d'une mer !

Paralysé, raidi par l'angoisse, les cheveux hérissés, l'œil démesurément ouvert, la respiration incomplète, sans souffle, sans voix, je regardais, moi aussi ! Une irrésistible attraction me collait à la vitre !

L'énorme vaisseau s'enfonçait lentement. Le *Nautilus*, le suivant, épiait tous ses mouvements. Tout à coup, une explosion se produisit. L'air comprimé fit voler les ponts du bâtiment comme si le feu eût pris aux soutes. La poussée des eaux fut telle que le *Nautilus* dévia.

Alors le malheureux navire s'enfonça plus rapidement. Ses hunes, chargées de victimes, apparurent, ensuite ses barres, pliant sous des grappes d'hom-

mes, enfin le sommet de son grand mât. Puis, la
masse sombre disparut, et avec elle cet équipage de
cadavres entraînés par un formidable remous...

Je me retournai vers le capitaine Nemo. Ce terrible justicier, véritable archange de la haine, regardait toujours. Quand tout fut fini, le capitaine
Nemo, se dirigeant vers la porte de sa chambre,
l'ouvrit et entra. Je le suivis des yeux.

Sur le panneau du fond, au-dessous des portraits
de ses héros, je vis le portrait d'une femme jeune
encore et de deux petits enfants. Le capitaine Nemo
les regarda pendant quelques instants, leur tendit
les bras, et, s'agenouillant, il fondit en sanglots.

CHAPITRE XXII

LES DERNIÈRES PAROLES
DU CAPITAINE NEMO

Les panneaux s'étaient refermés sur cette vision
effrayante, mais la lumière n'avait pas été rendue
au salon. À l'intérieur du *Nautilus*, ce n'étaient que
ténèbres et silence. Il quittait ce lieu de désolation,
à cent pieds sous les eaux, avec une rapidité prodigieuse. Où allait-il ? Au nord ou au sud ? Où fuyait
cet homme après cette horrible représaille ?

J'étais rentré dans ma chambre où Ned et Conseil
se tenaient silencieusement. J'éprouvais une insurmontable horreur pour le capitaine Nemo. Quoi
qu'il eût souffert de la part des hommes, il n'avait
pas le droit de punir ainsi. Il m'avait fait, sinon le
complice, du moins le témoin de ses vengeances !
C'était déjà trop.

À onze heures, la clarté électrique réapparut. Je
passai dans le salon. Il était désert. Je consultai les

divers instruments. Le *Nautilus* fuyait dans le nord avec une rapidité de vingt-cinq milles à l'heure, tantôt à la surface de la mer, tantôt à trente pieds au-dessous.

Relèvement fait sur la carte, je vis que nous passions à l'ouvert de la Manche, et que notre direction nous portait vers les mers boréales avec une incomparable vitesse.

À peine pouvais-je saisir à leur rapide passage des squales au long nez, des squales-marteaux, des roussettes qui fréquentent ces eaux, de grands aigles de mer, des nuées d'hippocampes, semblables aux cavaliers du jeu d'échec, des anguilles s'agitant comme les serpenteaux d'un feu d'artifice, des armées de crabes qui fuyaient obliquement en croisant leurs pinces sur leur carapace, enfin des troupes de marsouins qui luttaient de rapidité avec le *Nautilus*. Mais d'observer, d'étudier, de classer, il n'était plus question alors.

Le soir, nous avions franchi deux cents lieues de l'Atlantique. L'ombre se fit, et la mer fut envahie par les ténèbres jusqu'au lever de la lune.

Je regagnai ma chambre. Je ne pus dormir. J'étais assailli de cauchemars. L'horrible scène de destruction se répétait dans mon esprit.

Depuis ce jour, qui pourra dire jusqu'où nous entraîna le *Nautilus* dans ce bassin de l'Atlantique nord ? Toujours avec une vitesse inappréciable ! Toujours au milieu des brumes hyperboréennes ! Toucha-t-il aux pointes du Spitzberg, aux accores de la Nouvelle-Zemble ? Parcourut-il ces mers ignorées, la mer Blanche, la mer de Kara, le golfe de l'Obi, l'archipel de Liarrov, et ces rivages inconnus de la côte asiatique ? Je ne saurais le dire. Le temps qui s'écoulait, je ne pouvais plus l'évaluer. L'heure avait été suspendue aux horloges du bord. Il semblait que la nuit et le jour, comme dans les contrées polaires, ne suivaient plus leur cours régulier. Je me sentais entraîné dans ce domaine de l'étrange où se mouvait à l'aise l'imagination surmenée d'Edgard Poë. À chaque instant, je m'attendais à voir, comme le fabuleux Gordon Pym, « cette figure humaine voilée, de proportion beaucoup plus vaste que celle d'aucun habitant de la terre, jetée en travers de cette cataracte qui défend les abords du pôle ![1] »

J'estime, — mais je me trompe peut-être, — j'estime que cette course aventureuse du *Nautilus* se prolongea pendant quinze ou vingt jours, et je ne sais ce qu'elle aurait duré, sans la catastrophe qui termina ce voyage. Du capitaine Nemo, il n'était plus question. De son second, pas davantage. Pas un homme de l'équipage ne fut visible un seul instant. Presque incessamment, le *Nautilus* flottait sous les eaux. Quand il remontait à leur surface afin de renouveler son air, les panneaux s'ouvraient ou se refermaient automatiquement. Plus de point reporté sur le planisphère. Je ne savais où nous étions.

Je dirai aussi que le Canadien, à bout de forces et de patience, ne paraissait plus. Conseil ne pouvait en tirer un seul mot, et craignait que, dans un accès de délire et sous l'empire d'une nostalgie effrayante, il ne se tuât. Il le surveillait donc avec un dévouement de tous les instants.

On comprend que, dans ces conditions, la situation n'était plus tenable.

Un matin, — à quelle date, je ne saurais le dire, — je m'étais assoupi vers les premières heures du jour, assoupissement pénible et maladif. Quand je m'éveillai, je vis Ned Land se pencher sur moi, et je l'entendis me dire à voix basse :

« Nous allons fuir ! »

Je me redressai.

« Quand fuyons-nous ? demandai-je.

— La nuit prochaine. Toute surveillance semble avoir disparu du *Nautilus*. On dirait que la stupeur règne à bord. Vous serez prêt, monsieur ?

— Oui. Où sommes-nous ?

— En vue de terres que je viens de relever ce matin au milieu des brumes, à vingt milles dans l'est.

— Quelles sont ces terres ?

— Je l'ignore, mais quelles qu'elles soient, nous nous y réfugierons.

— Oui ! Ned. Oui, nous fuirons cette nuit, dût la mer nous engloutir !

— La mer est mauvaise, le vent violent, mais vingt milles à faire dans cette légère embarcation du *Nautilus* ne m'effraient pas. J'ai pu y transporter quelques vivres et quelques bouteilles d'eau à l'insu de l'équipage.

— Je vous suivrai.

— D'ailleurs, ajouta le Canadien, si je suis surpris, je me défends, je me fais tuer.

— Nous mourrons ensemble, ami Ned. »

J'étais décidé à tout. Le Canadien me quitta. Je gagnai la plate-forme, sur laquelle je pouvais à peine me maintenir contre le choc des lames. Le ciel était menaçant, mais puisque la terre était là dans ces brumes épaisses, il fallait fuir. Nous ne devions perdre ni un jour ni une heure.

Je revins au salon, craignant et désirant tout à la fois de rencontrer le capitaine Nemo, voulant et ne voulant plus le voir. Que lui aurais-je dit ? Pouvais-je lui cacher l'involontaire horreur qu'il m'inspirait ! Non ! Mieux valait ne pas me trouver face à face avec lui ! Mieux valait l'oublier ! Et pourtant !

Combien fut longue cette journée, la dernière que je dusse passer à bord du *Nautilus* ! Je restais seul. Ned Land et Conseil évitaient de me parler par crainte de se trahir.

À six heures, je dînai, mais je n'avais pas faim. Je me forçai à manger, malgré mes répugnances, ne voulant pas m'affaiblir.

À six heures et demie, Ned Land entra dans ma chambre. Il me dit :

« Nous ne nous reverrons pas avant notre départ. À dix heures, la lune ne sera pas encore levée. Nous profiterons de l'obscurité. Venez au canot. Conseil et moi, nous vous y attendrons. »

Puis le Canadien sortit, sans m'avoir donné le temps de lui répondre.

Je voulus vérifier la direction du *Nautilus*. Je me rendis au salon. Nous courions nord-nord-est avec une vitesse effrayante, par cinquante mètres de profondeur.

Je jetai un dernier regard sur ces merveilles de la nature, sur ces richesses de l'art entassées dans ce musée, sur cette collection sans rivale destinée à périr un jour au fond des mers avec celui qui l'avait formée. Je voulus fixer dans mon esprit une impression suprême. Je restai une heure ainsi, baigné dans les effluves du plafond lumineux, et passant en revue ces trésors resplendissant sous leurs vitrines. Puis, je revins à ma chambre.

Là, je revêtis de solides vêtements de mer. Je rassemblai mes notes et les serrai précieusement sur moi. Mon cœur battait avec force. Je ne pouvais en comprimer les pulsations. Certainement, mon trouble, mon agitation m'eussent trahi aux yeux du capitaine Nemo.

Que faisait-il en ce moment ? J'écoutai à la porte de sa chambre. J'entendis un bruit de pas. Le capitaine Nemo était là. Il ne s'était pas couché. À chaque mouvement, il me semblait qu'il allait m'apparaître et me demander pourquoi je voulais fuir ! J'éprouvais des alertes incessantes. Mon imagination les grossissait. Cette impression devint si poignante que je me demandai s'il ne valait pas mieux entrer dans la chambre du capitaine, le voir face à face, le braver du geste et du regard !

C'était une inspiration de fou. Je me retins heureusement, et je m'étendis sur mon lit pour apaiser en moi les agitations du corps. Mes nerfs se calmèrent un peu, mais, le cerveau surexcité, je revis dans un rapide souvenir toute mon existence à bord du *Nautilus*, tous les incidents heureux ou malheureux qui l'avaient traversée depuis ma disparition de l'*Abraham-Lincoln*, les chasses sous-marines, le détroit de Torrès, les sauvages de la Papouasie, l'échouement, le cimetière de corail, le passage de Suez, l'île de Santorin, le plongeur crétois, la baie de Vigo, l'Atlantide, la banquise, le pôle sud, l'emprisonnement dans les glaces, le combat des poulpes, la tempête du Gulf-Stream, le *Vengeur*, et cette horrible scène du vaisseau coulé avec son équipage !... Tous ces événements passèrent devant mes yeux, comme ces toiles de fond qui se déroulent à l'arrière-plan d'un théâtre. Alors le capitaine Nemo grandissait démesurément dans ce milieu étrange. Son type s'accentuait et prenait des proportions surhumaines. Ce n'était plus mon semblable, c'était l'homme des eaux, le génie des mers.

Il était alors neuf heures et demie. Je tenais ma tête à deux mains pour l'empêcher d'éclater. Je fermais les yeux. Je ne voulais plus penser. Une demi-heure d'attente encore ! Une demi-heure d'un cauchemar qui pouvait me rendre fou !

En ce moment, j'entendis les vagues accords de l'orgue, une harmonie triste sous un chant indéfinissable, véritables plaintes d'une âme qui veut briser ses liens terrestres. J'écoutai par tous mes sens à la fois, respirant à peine, plongé comme le capitaine Nemo dans ces extases musicales qui l'entraînaient hors des limites de ce monde.

Puis, une pensée soudaine me terrifia. Le capitaine Nemo avait quitté sa chambre. Il était dans ce salon que je devais traverser pour fuir. Là, je le rencontrerais une dernière fois. Il me verrait, il me parlerait peut-être ! Un geste de lui pouvait m'anéantir, un seul mot, m'enchaîner à son bord !

Cependant, dix heures allaient sonner. Le moment était venu de quitter ma chambre et de rejoindre mes compagnons.

Il n'y avait pas à hésiter, dût le capitaine Nemo se dresser devant moi. J'ouvris ma porte avec précaution, et cependant, il me sembla qu'en tournant sur ses gonds, elle faisait un bruit effrayant. Peut-être ce bruit n'existait-il que dans mon imagination !

Je m'avançai en rampant à travers les coursives obscures du *Nautilus*, m'arrêtant à chaque pas pour comprimer les battements de mon cœur.

J'arrivai à la porte angulaire du salon. Je l'ouvris doucement. Le salon était plongé dans une obscurité profonde. Les accords de l'orgue résonnaient faiblement. Le capitaine Nemo était là. Il ne me voyait pas. Je crois même qu'en pleine lumière, il ne m'eût pas aperçu, tant son extase l'absorbait tout entier.

Je me traînai sur le tapis, évitant le moindre heurt dont le bruit eût pu trahir ma présence. Il me fallut cinq minutes pour gagner la porte du fond qui donnait sur la bibliothèque.

J'allais l'ouvrir, quand un soupir du capitaine Nemo me cloua sur place. Je compris qu'il se levait. Je l'entrevis même, car quelques rayons de la bibliothèque éclairée filtraient jusqu'au salon. Il vint vers moi, les bras croisés, silencieux, glissant plutôt que marchant, comme un spectre. Sa poitrine oppressée se gonflait de sanglots. Et je l'entendis murmurer ces paroles, — les dernières qui aient frappé mon oreille :

« Dieu tout-puissant ! assez ! assez ! »

Était-ce l'aveu du remords qui s'échappait ainsi de la conscience de cet homme ?...

Éperdu, je me précipitai dans la bibliothèque. Je montai l'escalier central, et, suivant la coursive supérieure, j'arrivai au canot. J'y pénétrai par l'ouverture qui avait déjà livré passage à mes deux compagnons.

« Partons ! Partons ! m'écriai-je.

— À l'instant ! » répondit le Canadien.

L'orifice évidé dans la tôle du *Nautilus* fut préalablement fermé et boulonné au moyen d'une clef anglaise dont Ned Land s'était muni. L'ouverture du canot se ferma également, et le Canadien commença à dévisser les écrous qui nous retenaient encore au bateau sous-marin.

Soudain un bruit intérieur se fit entendre. Des voix se répondaient avec vivacité. Qu'y avait-il ? S'était-on aperçu de notre fuite ? Je sentis que Ned Land me glissait un poignard dans la main.

« Oui ! murmurai-je, nous saurons mourir ! »

Le Canadien s'était arrêté dans son travail. Mais un mot, vingt fois répété, un mot terrible, me révéla la cause de cette agitation qui se propageait à bord du *Nautilus*. Ce n'était pas à nous que son équipage en voulait !

« Maelstrom ! Maelstrom ! » s'écriait-il !

Le Maelstrom[1] ! Un nom plus effrayant dans une situation plus effrayante pouvait-il retentir à notre oreille ? Nous trouvions-nous donc sur ces dangereux parages de la côte norwégienne ? Le *Nautilus* était-il entraîné dans ce gouffre, au moment où notre canot allait se détacher de ses flancs ?

On sait qu'au moment du flux, les eaux resserrées entre les îles Feroë et Loffoden sont précipitées avec une irrésistible violence. Elles forment un tourbillon dont aucun navire n'a jamais pu sortir. De tous les points de l'horizon accourent des lames monstrueuses. Elles forment ce gouffre justement appelé le « Nombril de l'Océan, » dont la puissance d'attraction s'étend jusqu'à une distance de quinze kilomètres. Là sont aspirés non-seulement les navires, mais les baleines, mais aussi les ours blancs des régions boréales.

C'est là que le *Nautilus*, — involontairement ou volontairement peut-être, — avait été engagé par son capitaine. Il décrivait une spirale dont le rayon diminuait de plus en plus. Ainsi que lui, le canot, encore accroché à son flanc, était emporté avec une vitesse vertigineuse. Je le sentais. J'éprouvais ce tournoiement maladif qui succède à un mouvement de gyration trop prolongé. Nous étions dans l'épouvante, dans l'horreur portée à son comble, la cir-

Le canot lancé au milieu du tourbillon. (Page 640.)

culation suspendue, l'influence nerveuse annihilée,
traversés de sueurs froides comme les sueurs de
l'agonie ! Et quel bruit autour de notre frêle canot !
Quels mugissements que l'écho répétait à une distance de plusieurs milles ! Quel fracas que celui de
ces eaux brisées sur les roches aiguës du fond, là où
les corps les plus durs se brisent, là où les troncs
d'arbres s'usent et se font « une fourrure de poils, »
selon l'expression norvégienne !

J'étais couché dans la cabane d'un pêcheur. (Page 640.)

Quelle situation ! Nous étions ballottés affreusement. Le *Nautilus* se défendait comme un être humain. Ses muscles d'acier craquaient. Parfois il se dressait, et nous avec lui !

« Il faut tenir bon, dit Ned, et revisser les écrous ! En restant attachés au *Nautilus*, nous pouvons nous sauver encore... ! »

Il n'avait pas achevé de parler, qu'un craquement se produisait. Les écrous manquaient, et le canot, arraché de son alvéole, était lancé comme la pierre d'une fronde au milieu du tourbillon.

Ma tête porta sur une membrure de fer, et, sous ce choc violent, je perdis connaissance.

CHAPITRE XXIII

CONCLUSION

Voici la conclusion de ce voyage sous les mers. Ce qui se passa pendant cette nuit, comment le canot échappa au formidable remous du Maelstrom, comment Ned Land, Conseil et moi, nous sortîmes du gouffre, je ne saurai le dire. Mais quand je revins à moi, j'étais couché dans la cabane d'un pêcheur des îles Loffoden[1]. Mes deux compagnons, sains et saufs, étaient près de moi et me pressaient les mains. Nous nous embrassâmes avec effusion.

En ce moment, nous ne pouvons songer à regagner la France. Les moyens de communications entre la Norwége septentrionale et le sud sont rares. Je suis donc forcé d'attendre le passage du bateau à vapeur qui fait le service bi-mensuel du Cap Nord.

C'est donc là, au milieu de ces braves gens qui nous ont recueillis, que je revois le récit de ces aventures. Il est exact. Pas un fait n'a été omis, pas un détail n'a été exagéré. C'est la narration fidèle de cette invraisemblable expédition sous un élément inaccessible à l'homme, et dont le progrès rendra les routes libres un jour.

Me croira-t-on ? Je ne sais. Peu importe, après tout. Ce que je puis affirmer maintenant, c'est mon droit de parler de ces mers sous lesquelles, en moins de dix mois[1], j'ai franchi vingt mille lieues, de ce tour du monde sous-marin qui m'a révélé tant de merveilles à travers le Pacifique, l'Océan Indien, la mer Rouge, la Méditerranée, l'Atlantique, les mers australes et boréales !

Mais qu'est devenu le *Nautilus* ? A-t-il résisté aux étreintes du Maelstrom ? Le capitaine Nemo vit-il encore ? Poursuit-il sous l'Océan ses effrayantes représailles, ou s'est-il arrêté devant cette dernière hécatombe ? Les flots apporteront-ils un jour ce manuscrit qui renferme toute l'histoire de sa vie ? Saurai-je enfin le nom de cet homme ? Le vaisseau disparu nous dira-t-il, par sa nationalité, la nationalité du capitaine Nemo ?

Je l'espère. J'espère également que son puissant appareil a vaincu la mer dans son gouffre le plus terrible, et que le *Nautilus* a survécu là où tant de navires ont péri ! S'il en est ainsi, si le capitaine Nemo habite toujours cet Océan, sa patrie d'adoption, puisse la haine s'apaiser dans ce cœur farouche ! Que la contemplation de tant de merveilles éteigne en lui l'esprit de vengeance ! Que le justicier s'efface, que le savant continue la paisible exploration des mers ! Si sa destinée est étrange, elle est sublime aussi. Ne l'ai-je pas compris par moi-même ? N'ai-je pas vécu dix mois de cette existence extra-naturelle ? Aussi, à cette demande posée, il y a six mille ans, par l'Ecclésiaste[2] : « Qui a jamais pu sonder les profondeurs de l'abîme ? » deux hommes entre tous les hommes ont le droit de répondre maintenant. Le capitaine Nemo et moi.

DOSSIER

CHRONOLOGIE
1828-1905

1828. *8 février* : Naissance à Nantes de Jules-Gabriel Verne, fils de Pierre-Gabriel Verne, avoué, et de Sophie Allotte de La Fuÿe.

1829. Naissance de son frère Paul, avec qui Jules restera lié toute sa vie. Trois sœurs suivront, Anna en 1836, Mathilde en 1839, Marie en 1842.

1833-1846. Jules fréquente l'institution de Mme Sambin, veuve d'un capitaine au long cours disparu en mer, puis l'école Saint-Stanislas (1837-1840), le petit séminaire de Saint-Donatien (1840-1844), et enfin le Lycée royal de Nantes, pour les années de rhétorique et de philosophie (1844-1846). En 1840, la famille Verne s'installe dans l'île Feydeau, non loin du port. Les étés se passent à partir de 1838 dans la maison de campagne de Chantenay, un faubourg de Nantes.

1846. Il obtient son baccalauréat sans difficulté. Il commence des études de Droit à Nantes, afin de succéder à son père dans sa charge d'avoué.

1847. *Avril* : Jules se rend à Paris pour passer ses examens de première année de Droit, mais aussi parce que sa famille cherche à l'éloigner de Nantes où ont lieu les fiançailles de sa cousine Caroline Tronson, dont il est amoureux depuis longtemps. Il est reçu à ses examens. Il écrit une tragédie en 5 actes et en vers, *Alexandre VI*.

1848. *Juin* : Retour à Paris, aussitôt après les journées de juin. Il est reçu à ses examens de Droit (2e année).
Novembre : Jules Verne obtient de son père l'autorisation de continuer ses études à Paris. Il s'installe dans une chambre modeste, 24, rue de l'Ancienne-Comédie. Grâce à son oncle Châteaubourg, qui a épousé la sœur aînée de Chateaubriand, il fréquente quelques salons

littéraires, dont celui de Mme de Barrère. Il entre en relations avec Alexandre Dumas père. Sa vocation littéraire et théâtrale se déclare.

1849. Il écrit de nombreuses pièces de théâtre, tragédies en vers en 5 actes, comédies, vaudevilles. Il fréquente assidûment le Théâtre historique, que Dumas ouvre le *21 février*. Il obtient sa licence en Droit.

1850. *12 juin :* Grâce à la bienveillance d'Alexandre Dumas, il fait jouer au Théâtre historique une comédie en un acte et en vers, *Les Pailles rompues*. Succès médiocre : il n'y a que 12 représentations. Verne se lie avec son voisin, le musicien Aristide Hignard, originaire de Nantes comme lui. C'est le début d'une longue amitié. Verne écrira pour Hignard plusieurs livrets. Il fréquente aussi le salon du pianiste Talexy.

1851. Jules Verne se consacre de plus en plus à la littérature. Il a plusieurs pièces en chantier. En *mars*, il fait part à son père de sa décision d'embrasser la carrière littéraire. Il se lie avec Jacques Arago, frère de l'astronome et grand voyageur. Il rencontre grâce à lui des savants et des explorateurs.
Une nouvelle de Jules Verne, *Les Premiers Navires de la marine mexicaine*, paraît en *juillet* dans le *Musée des familles*, grâce à l'appui de son directeur, Pitre-Chevalier. Une seconde paraît en *août*, *Un voyage en ballon*.
Novembre : Il devient secrétaire du Théâtre lyrique dirigé par Édouard Seveste, fonction peu gratifiante qu'il occupera jusqu'en 1855.

1852. *Juin :* *Les Châteaux en Californie, ou Pierre qui roule n'amasse pas mousse*, comédie-proverbe écrite en collaboration avec Pitre-Chevalier, paraît dans le *Musée des familles*.
Juillet : Martin Paz, nouvelle, paraît dans le *Musée des familles*.

1853. Nombreuses pièces en chantier. Il travaille, en collaboration avec le librettiste Charles Wallut, à plusieurs comédies.
18 avril : Le Colin-Maillard, opéra-comique écrit avec Michel Carré, musique de Hignard, est joué au Théâtre lyrique.

1854. *Avril : Maître Zacharius*, nouvelle fantastique, paraît dans le *Musée des familles*.
Juin : Mort d'Édouard Seveste.

1855. *Mars : Un hivernage dans les glaces*, nouvelle, paraît dans le *Musée des familles*. Il travaille à une comédie satirique en 5 actes et en vers, *Les Heureux du jour*.

6 juin : *Les Compagnons de la marjolaine*, opéra-comique écrit avec Michel Carré, musique de Hignard, est joué au Théâtre lyrique.

1856. *20 mai* : À Amiens, au mariage d'un ami, il rencontre la sœur de la mariée, Honorine Morel née Devianne (ou Deviane, ou de Viane), « une jeune veuve très aimable » de 26 ans qui a deux filles. Son frère est agent de change à Amiens. Jules qui projette d'épouser la jeune femme presse son père de l'aider financièrement pour l'achat d'une participation à la charge d'agent de change Eggly, 72, rue de Provence à Paris. Pierre Verne, réticent, finit par accepter.

1857. *10 janvier* : Jules Verne épouse Honorine Morel née Devianne, à la mairie du IIIᵉ arrondissement et à l'église Saint-Eugène. Le jeune ménage s'installe à Paris. Vie modeste, déménagements fréquents. Jules Verne partage son temps entre la littérature et la Bourse.

1858. *13 février* : *Monsieur de Chimpanzé*, opéra bouffe de Jules Verne et Michel Carré, musique de Hignard, est joué aux Bouffes-Parisiens.

1859. *Juillet-août* : Voyage en Écosse, en compagnie du musicien Hignard.

1860. *1ᵉʳ septembre* : *L'Auberge des Ardennes*, opéra-comique de Jules Verne et Michel Carré, musique de Hignard, est joué au Théâtre lyrique. Verne fait la connaissance de Nadar.

1861. *1ᵉʳ juin* : *Onze jours de siège*, comédie en 3 actes de Jules Verne et Charles Wallut écrite en 1853, est joué au théâtre du Vaudeville.
Juin-août : Voyage en Scandinavie avec Hignard.
3 août : Naissance de Michel Verne, fils de l'écrivain.

1862. Verne travaille à une « histoire de ballon » qui va devenir un roman, intitulé d'abord *Voyage en l'air*, puis *Cinq semaines en ballon*.
Été : Par l'intermédiaire de Dumas et du romancier Brichet, Verne rencontre l'éditeur Hetzel. Après modifications, celui-ci accepte de publier son roman.
23 octobre : Signature du premier contrat avec Hetzel. Le *Voyage en l'air*, tiré à 2 000 exemplaires, sera payé à l'auteur 500 F.

1863. *31 janvier* : Publication de *Cinq semaines en ballon*. Grand succès, favorisé par la « ballomanie » ambiante. Jules Verne travaille au *Voyage au pôle Nord*, première version du *Capitaine Hatteras*, et à *Voyage au centre de la Terre*.
Juillet : Nadar lance la « Société d'encouragement

pour la locomotion aérienne au moyen d'appareils plus lourds que l'air », dont Jules Verne est l'un des deux censeurs.

4 octobre : Première ascension du *Géant*, aérostat construit par Nadar.

Décembre : Jules Verne soutient les projets de Nadar en publiant un article dans le *Musée des familles* : « À propos du *Géant* ».

1864. *1ᵉʳ janvier* : Deuxième contrat avec Hetzel. Jules Verne recevra 3 000 F pour les deux volumes du *Capitaine Hatteras*, qui seront tirés à 10 000 exemplaires.

20 mars : Hetzel lance le *Magasin d'éducation et de récréation*, bimensuel destiné à la jeunesse. Dans le premier numéro commence la publication des *Anglais au pôle Nord*, première partie des *Voyages et aventures du capitaine Hatteras*. Le feuilleton se poursuivra jusqu'au *5 décembre 1865*.

Avril : « Edgard [*sic*] Poe et ses œuvres » paraît dans le *Musée des familles*.

Octobre-décembre : *Le Comte de Chanteleine*, roman historique écrit en 1852 et remanié en 1861, paraît dans le *Musée des familles*.

Voyage au centre de la Terre paraît chez Hetzel le 25 novembre, sans publication préoriginale. Une version augmentée paraîtra en 1867.

1865. Jules Verne travaille aux *Enfants du capitaine Grant* et à un *Robinson* qui sera refusé par Hetzel.

14 septembre-14 octobre : *De la Terre à la Lune* paraît en feuilleton dans le *Journal des débats*, puis en volume chez Hetzel.

Octobre : *Les Forceurs de blocus*, dans le *Musée des familles*.

11 décembre : Troisième contrat avec Hetzel. Verne s'engage à fournir trois volumes par an. Il touchera 3 000 F par volume, soit 750 F par mois. Il renonce à ses droits sur les éditions illustrées de ses romans, se privant ainsi d'une source importante de revenus.

1866. Verne travaille au troisième volume de *Grant* et au *Voyage sous les eaux*, futur *Vingt mille lieues sous les mers*. Il accepte de continuer, pour Hetzel, la *Géographie illustrée de la France et de ses colonies*, commencée par Théophile Lavallée, travail qui va l'occuper quinze mois.

Mars : L'écrivain et sa famille s'installent au Crotoy, à l'embouchure de la Somme, où ils ont déjà fait plusieurs séjours. Ils gardent un logement à Paris.

26 novembre : Les *Aventures du capitaine Hatteras* paraissent chez Hetzel dans le format grand in-8° illustré, inaugurant la série des *Voyages extraordinaires*. Le format in-18 restera celui de l'édition courante.

1867. *Mars-avril* : Voyage en Amérique, en compagnie de son frère Paul, sur le *Great-Eastern*. Départ de Liverpool le *26 mars*, arrivée à New York le *9 avril*, après 14 jours d'une traversée mouvementée. Jules Verne visite New York et se rend par le train aux chutes du Niagara. Retour à Brest le *27 avril*. La relation romancée de ce voyage paraîtra en 1871 sous le titre *Une ville flottante*. Le feuilleton des *Enfants du capitaine Grant*, commencé dans le *Magasin d'éducation et de récréation* le 20 décembre 1865, se termine le *5 décembre*. Les deux premiers volumes ont paru en *mai* et *juillet*. Jules Verne travaille à *Vingt mille lieues sous les mers* et à *Autour de la Lune*.

1868. *Janvier* : Publication du troisième volume des *Enfants du capitaine Grant*.
Mai : Jules Verne essaie son nouveau bateau, le *Saint-Michel*, dans un voyage entre le Crotoy et le Havre.
Août : Voyage à Londres avec le *Saint-Michel*. Jules Verne termine le premier volume de *Vingt mille lieues sous les mers*.

1869. *20 mars* : Le *Magasin d'éducation et de récréation* commence la publication en feuilleton de *Vingt mille lieues sous les mers*. Elle durera jusqu'au 20 juin 1870. Le premier volume in-18 paraîtra le *28 octobre*.
4 novembre-8 décembre : *Autour de la Lune* paraît en feuilleton dans le *Journal des débats*.

1870. *13 janvier* : *Autour de la Lune* paraît en volume chez Hetzel. Jules Verne travaille à une nouvelle version de son *Robinson*, qui deviendra en 1875 *L'Île mystérieuse*. Il termine le premier volume de l'*Histoire des grands voyages et des grands voyageurs*, qui paraîtra fin *avril* sous le titre *La Découverte de la Terre*.
25 juin : Hetzel publie le deuxième volume in-18 de *Vingt mille lieues sous les mers*.
9 août : Jules Verne reçoit la croix de la Légion d'honneur.
9 août-6 septembre : *Une ville flottante* paraît en feuilleton dans le *Journal des débats*.
Pendant la guerre, Verne est garde national au Crotoy, tandis que sa famille est à Amiens. Il accueille favorablement le renversement de l'Empire et la proclamation de la République.

1871. Jules Verne se montre violemment hostile à la Commune. Il continue à travailler, malgré les temps difficiles, à plusieurs projets de roman : *Les Naufragés du Chancellor*, les *Aventures de trois Russes et de trois Anglais*, *Le Tour du monde en quatre-vingts jours*. La littérature ne suffisant plus à nourrir sa famille, il songe à revenir à la Bourse.

Juillet : Jules Verne s'installe à Amiens, 23 boulevard Guyencourt.

17 juillet : Hetzel publie *Une ville flottante*, suivi des *Forceurs de blocus*.

Été-automne : Verne travaille au *Pays des fourrures*.

25 septembre : Nouveau contrat avec Hetzel qui assure à Jules Verne 1 000 F mensuels pour deux volumes par an.

3 novembre : Mort de Pierre Verne, père de l'écrivain.

16 novembre : *Vingt mille lieues sous les mers* paraît en édition grand in-8° illustrée.

20 novembre : *Aventures de trois Russes et de trois Anglais dans l'Afrique australe* commence à paraître dans le *Magasin d'éducation et de récréation*. Le feuilleton durera jusqu'au 5 septembre 1872.

1872. *Mars-avril* : *Une fantaisie du docteur Ox* paraît dans le *Musée des familles*.

8 mai : Jules Verne est élu à l'Académie d'Amiens. Le *28 juin*, pour sa réception, il lit des extraits du *Tour du monde en quatre-vingts jours*. Les *Voyages extraordinaires* sont couronnés par l'Académie française.

29 août : Hetzel publie *Aventures de trois Russes et de trois Anglais dans l'Afrique australe* (édition in-8° illustrée le *31 octobre*).

20 septembre : *Le Pays des fourrures* paraît en feuilleton dans le *Magasin d'éducation et de récréation* (jusqu'au *5 décembre 1873*).

6 novembre-22 décembre : *Le Tour du monde en quatre-vingts jours* paraît en feuilleton dans *Le Temps*, avec un grand succès.

1873. *30 janvier* : Hetzel publie *Le Tour du monde en quatre-vingts jours*, qui sera le plus grand succès de librairie de Jules Verne (108 000 exemplaires en 1904 pour l'édition in-18). L'écrivain travaille à *L'Île mystérieuse*, nouveau titre du *Robinson*.

Mars : Jules Verne achète une maison 44, boulevard Longueville à Amiens.

19 juin : Hetzel publie le premier volume du *Pays des fourrures* (le second paraîtra le *27 octobre* et l'édition in-8° illustrée en *novembre*).

28 septembre : Verne monte en ballon pour la première fois à Amiens, sur le *Météore* de l'aéronaute Eugène Godard. Le récit de cette ascension paraît dans le *Journal d'Amiens* des *29-30 septembre*, puis en plaquette sous le titre *Vingt-quatre minutes en ballon*.

Novembre : Verne travaille avec d'Ennery à une adaptation théâtrale du *Tour du monde en quatre-vingts jours*, non sans démêlés avec son premier collaborateur, Victor Cadol, qui prétend avoir participé au scénario du roman.

1874. *1er janvier :* *L'Île mystérieuse* paraît en feuilleton dans le *Magasin d'éducation et de récréation* (jusqu'au *15 décembre 1875*). Jules Verne commence à se préoccuper de la conduite de son fils Michel, qu'il fait interner dans la clinique du docteur Blanche, puis à la maison de redressement de Mettray.

27 avril : Hetzel publie *Le Docteur Ox*.

10 septembre : Le premier volume in-18 de *L'Île mystérieuse* paraît chez Hetzel (deuxième volume le *12 avril 1875*, troisième volume le *28 octobre 1875*, édition grand in-8° illustrée en *novembre 1875*). Jules Verne travaille à *Quatre ans dans le monde solaire*, futur *Hector Servadac*.

7 novembre : Première représentation du *Tour du monde en quatre-vingts jours* au théâtre de la Porte-Saint-Martin. Immense succès. Il y aura 414 représentations (jusqu'au *19 décembre 1875*).

17 décembre : Le *Chancellor* paraît en feuilleton dans *Le Temps* (jusqu'au *24 janvier 1875*).

1875. *29 janvier :* Le *Chancellor* paraît en volume in-18 chez Hetzel (édition grand in-8° illustrée en *septembre*). Jules Verne travaille au *Courrier du Czar*, futur *Michel Strogoff*.

1876. *1er janvier-15 décembre :* *Michel Strogoff* paraît en feuilleton dans le *Magasin d'éducation et de récréation*. Difficultés persistantes avec Michel Verne, élève au lycée de Nantes, qui accumule les dettes et a de mauvaises fréquentations.

Jules Verne a commandé, aux Chantiers du Havre, un nouveau *Saint-Michel* sur lequel il fait de courts voyages pendant l'été. Il travaille à *Hector Servadac* et aux *Indes noires* et projette *Le Héros de quinze ans* (futur *Capitaine de quinze ans*).

14 août : Le premier volume in-18 de *Michel Strogoff* paraît chez Hetzel (deuxième volume et édition grand in-8° illustrée en *novembre*).

1877. *1ᵉʳ janvier-15 décembre* : *Hector Servadac* paraît en feuilleton dans le *Magasin d'éducation et de récréation*.
10 janvier : Procès intenté à Jules Verne par le journaliste René de Pont-Jest, qui lui reproche d'avoir plagié dans *Voyage au centre de la Terre* sa nouvelle « La tête de Mimer ». L'affaire traînait depuis 1863. Pont-Jest est débouté.
28 mars-22 avril : *Le Temps* publie en feuilleton *Les Indes noires*, qui paraissent chez Hetzel le *26 avril* (édition grand in-8° illustrée en *septembre*).
2 avril : Les Verne donnent à Amiens un grand bal travesti, sur le thème « de la Terre à la Lune ». Honorine, gravement malade, ne peut y assister.
19 juillet : Le premier volume d'*Hector Servadac* paraît chez Hetzel (deuxième volume le *7 novembre*, édition grand in-8° illustrée en *novembre*).
Pendant l'été, la famille Verne est à Nantes. Jules Verne travaille à *Un capitaine de quinze ans*.
Octobre : Avec les gains de l'*Histoire des grands voyages et des grands voyageurs*, Jules Verne achète pour 55 000 F le *Saint-Michel III*, yacht à vapeur de 28 mètres, avec sept hommes d'équipage.

1878. *1ᵉʳ janvier-15 décembre* : *Un capitaine de quinze ans* paraît en feuilleton dans le *Magasin d'éducation et de récréation*.
Janvier-février : Michel Verne, d'abord incarcéré « par voie de correction paternelle » à la prison de Nantes, est embarqué comme pilotin à bord d'un navire en partance pour les Indes. Le voyage durera 18 mois.
Mai-août : Verne, son frère Paul, son neveu Maurice, Jules Hetzel fils et l'avocat Raoul Duval font une croisière sur le *Saint-Michel III*, le long des côtes d'Espagne, du Portugal, du Maroc et d'Algérie.
1ᵉʳ juillet : Hetzel publie le premier volume d'*Un capitaine de quinze ans* (deuxième volume et édition in-8° illustrée en *novembre*). Verne travaille à *L'Assassiné volontaire* (futures *Tribulations d'un Chinois en Chine*) et à *La Maison à vapeur*. À l'automne, il remanie un scénario de Paschal Grousset, *L'Héritage de Langevol*, qui deviendra *Les Cinq Cents Millions de la Bégum*.
26 décembre : *Les Enfants du capitaine Grant*, pièce écrite avec d'Ennery, au théâtre de la Porte-Saint-Martin (il y aura 114 représentations jusqu'au *15 avril 1879*).

1879. *1ᵉʳ janvier-15 décembre* : *Les Cinq Cents Millions de la Bégum* paraissent en feuilleton dans le *Magasin d'éducation et de récréation*.

Juillet : Retour de Michel Verne, après un an et demi de navigation. Les relations entre le père et le fils ne sont pas meilleures.

2 juillet-7 août : *Les Tribulations d'un Chinois en Chine* paraissent en feuilleton dans *Le Temps*. Le volume in-18 sera publié chez Hetzel le *11 août* (édition grand in-8° illustrée en *novembre*).

Été : Deuxième croisière du *Saint-Michel III* avec Michel Verne en Angleterre et en Écosse.

18 septembre : Hetzel publie l'édition in-18 des *Cinq Cents Millions de la Bégum* (édition grand in-8° illustrée en *octobre*).

Décembre : À la suite de scènes de plus en plus violentes, Verne finit par mettre son fils à la porte. Il le fait surveiller par le commissaire de police d'Amiens.

1880. *1er janvier-15 décembre* : *La Maison à vapeur* paraît en feuilleton dans le *Magasin d'éducation et de récréation*. Jules Verne travaille à *La Jangada*.

Mars-avril : Michel Verne s'enfuit avec une actrice du Théâtre municipal d'Amiens, Thérèse Taton. Le mariage aura lieu en 1884 sans le consentement de l'écrivain qui accordera cependant au jeune couple une pension mensuelle.

5 juillet : Hetzel publie le premier volume in-18 de *La Maison à vapeur* (deuxième volume et édition grand in-8° illustrée en *novembre*).

17 novembre : *Michel Strogoff*, pièce écrite avec d'Ennery, est joué au Châtelet. Immense succès (386 représentations jusqu'au *13 novembre 1881*).

1881. *1er janvier-1er décembre* : *La Jangada* paraît en feuilleton dans le *Magasin d'éducation et de récréation*. Jules Verne travaille à *L'École des Robinsons* et au *Rayon vert*.

Juin : Nouvelle croisière du *Saint-Michel III* jusqu'à Copenhague en compagnie de Paul Verne, du fils de celui-ci et de l'avocat Robert Godefroy.

20 juin : Hetzel publie le premier volume in-18 de *La Jangada* (deuxième volume et édition grand in-8° illustrée en *novembre*).

1882. *1er janvier-1er décembre* : *L'École des Robinsons* paraît en feuilleton dans le *Magasin d'éducation et de récréation* (publication chez Hetzel en *novembre*). Jules Verne travaille à *Kéraban-le-têtu*.

17 mai-23 juin : *Le Rayon vert* paraît en feuilleton dans *Le Temps* (publication in-18 chez Hetzel le *24 juillet*, édition grand in-8° illustrée en *octobre*).

Octobre : Jules Verne quitte le boulevard Longueville

pour s'installer dans une vaste maison bourgeoise, 2, rue Charles-Dubois.

25 novembre : *Voyage à travers l'impossible*, pièce fantastique écrite avec d'Ennery, est joué au théâtre de la Porte-Saint-Martin (97 représentations jusqu'au *11 février 1883*).

1883. *1ᵉʳ janvier-15 décembre* : *Kéraban-le-têtu* paraît en feuilleton dans le *Magasin d'éducation et de récréation*. Jules Verne remanie un scénario de Paschal Grousset, *Le Diamant bleu*, qui deviendra *L'Étoile du Sud*. Il travaille à *L'Archipel en feu* et à *Mathias Sandorf*. Michel Verne enlève une jeune pianiste encore mineure, Jeanne Reboul. Pour l'épouser, il obtiendra le divorce. Il en aura trois enfants.

1ᵉʳ juin : Le premier volume in-18 de *Kéraban-le-têtu* paraît chez Hetzel (deuxième volume et édition in-8° illustrée en *novembre*).

3 septembre : *Kéraban-le-têtu*, pièce de Jules Verne, est joué à la Gaîté. Succès médiocre (50 représentations jusqu'au *16 octobre*).

1884. *1ᵉʳ janvier-15 décembre* : *L'Étoile du Sud* paraît en feuilleton dans le *Magasin d'éducation et de récréation*.

15 mai : Le *Saint-Michel III* quitte Nantes pour une grande croisière en Méditerranée. Jules Verne est accompagné de son frère Paul, de son neveu Maurice, de Jules Hetzel fils et de l'avocat Raoul Duval. Escales à Vigo, Gibraltar, Oran où l'écrivain retrouve sa femme et son fils, Alger, Bône. Voyage de Bône à Tunis en chemin de fer dans des conditions difficiles. Jules Verne est reçu fastueusement par le bey. La croisière se poursuit par Malte, la Sicile, Naples, Civita-Vecchia. À Rome, le *7 juillet*, l'écrivain est reçu en audience privée par le pape Léon XIII. Le voyage se poursuit par voie de terre vers Florence, Venise et Milan. Les impressions recueillies pendant ce voyage serviront à la rédaction de *Mathias Sandorf*.

29 juin-3 août : *L'Archipel en feu* paraît en feuilleton dans *Le Temps* (en volume in-18 le *14 août*, édition grand in-8° illustrée en *octobre*).

6 novembre : *L'Étoile du Sud* paraît en volume in-18 chez Hetzel (édition grand in-8° illustrée le *13 novembre*).

1885. *1ᵉʳ janvier-15 novembre* : *L'Épave du Cynthia*, roman dont l'essentiel est d'André Laurie (pseudonyme de Paschal Grousset), paraît en feuilleton sous la double signature dans le *Magasin d'éducation et de récréation* (édition in-8° en *août*). Jules Verne travaille au *Billet de loterie*, à *Robur-le-Conquérant*, ébauche *La Dernière Esclave* (futur *Nord contre Sud*) et *Le Chemin de France*. Il commence à prendre de l'avance sur son programme de deux volumes annuels.

8 mars : Honorine Verne donne à nouveau un grand bal costumé à Amiens. Thème : « la grande auberge du Tour du Monde ».

16 juin-20 septembre : Mathias Sandorf paraît en feuilleton dans *Le Temps*. Le premier volume in-18 sera publié chez Hetzel le *27 juillet*, le deuxième le *17 août*, le troisième le *26 octobre*, et l'édition grand in-8° illustrée en *novembre*.

Début de la baisse des tirages des romans de Jules Verne : après *Robur-le-Conquérant*, ils ne dépasseront plus 10 000 exemplaires (en format in-18), puis 8 000, puis 7 000, 6 000, et finalement 4 000. Jules Verne commence à éprouver des ennuis d'argent et devra réduire son train de vie.

1886. *1er janvier-1er novembre : Un billet de loterie* paraît en feuilleton dans le *Magasin d'éducation et de récréation*. Verne travaille à *Nord contre Sud*.

15 février : Jules Verne vend le *Saint-Michel III* pour 23 000 F au Nantais Martial Noé, qui le revendra au prince de Monténégro.

10 mars : Dans une crise de folie, Gaston, fils aîné de Paul Verne, tire sur son oncle deux coups de revolver. L'écrivain est blessé au pied. La balle n'ayant pu être extraite, il restera infirme et marchera toujours avec difficulté.

17 mars : Mort de Pierre-Jules Hetzel à Monte-Carlo. Son fils Louis-Jules lui succède à la tête de la maison d'édition.

29 juin-18 août : Robur-le-Conquérant paraît en feuilleton dans le *Journal des débats* (en volume in-18 le *23 août*, édition grand in-8° illustrée en *octobre*).

Novembre : Un billet de loterie paraît en volume chez Hetzel (édition in-18 et grand in-8° illustrée).

20 novembre : reprise du *Tour du monde en quatre-vingts jours* au théâtre du Châtelet (131 représentations jusqu'au 20 mars 1887).

1887. *1er janvier-1er décembre : Nord contre Sud* paraît en feuilleton dans le *Magasin d'éducation et de récréation*. Verne travaille à *Deux ans de vacances* et à *Famille sans nom*. Il se rapproche de son fils.

17 février : Mort de Sophie Verne, mère de l'écrivain.

Jules Verne va vendre la maison de famille de Chantenay.

26 mai : Le premier volume de *Nord contre Sud* paraît chez Hetzel (second volume et édition illustrée en *novembre*).

31 août-30 septembre : *Le Chemin de France* paraît en feuilleton dans *Le Temps* (en volume le *1ᵉʳ octobre*).

20 novembre-1ᵉʳ décembre : tournée de conférences en Belgique et en Hollande. Verne lit des extraits de ses œuvres, et le conte « La famille Raton ».

1888. *1ᵉʳ janvier-15 décembre :* *Deux ans de vacances* paraît en feuilleton dans le *Magasin d'éducation et de récréation*. Verne travaille au *Voyage à reculons* (futur *César Cascabel*) et à *Sans dessus dessous*.

Mai : Aux élections municipales d'Amiens, Verne est élu sur une liste républicaine. Il s'occupera des questions relatives aux beaux-arts.

17 juillet : Le premier volume de *Deux ans de vacances* paraît chez Hetzel (deuxième volume en *novembre*, édition illustré en *septembre*).

Été : Rapprochement de Jules et de Michel Verne, qui commencent une collaboration littéraire.

1889. *1ᵉʳ janvier-1ᵉʳ décembre :* *Famille sans nom* paraît en feuilleton dans le *Magasin d'éducation et de récréation*. Verne travaille à *Mistress Branican* et au *Château des Carpathes*.

Février : La revue américaine *The Forum* publie *In the Year 2889*, nouvelle signée Jules Verne mais écrite par son fils Michel. Le texte sera repris en 1890 dans les *Mémoires de l'Académie d'Amiens*, et en 1910 dans le recueil posthume *Hier et demain*, sous le titre *La Journée d'un journaliste américain en 2889*. C'est le signe d'un rapprochement entre les deux hommes. L'écrivain apprécie sa nouvelle bru, et l'influence bénéfique qu'elle exerce sur son mari.

20 mai : Le premier volume de *Famille sans nom* paraît chez Hetzel (deuxième volume en *novembre*, édition illustré en *septembre*).

Novembre : *Sans dessus dessous* paraît chez Hetzel, sans publication préoriginale.

1890. *1ᵉʳ janvier-15 décembre :* *César Cascabel* paraît en feuilleton dans le *Magasin d'éducation et de récréation*. Verne travaille à *Claudius Bombarnac* et achève *Mistress Branican*. Sa santé se détériore.

9 août : Le premier volume de *César Cascabel* paraît

chez Hetzel (deuxième volume et édition illustrée en *novembre*).

1891. *1ᵉʳ janvier-15 décembre* : *Mistress Branican* paraît en feuilleton dans le *Magasin d'éducation et de récréation*. Verne termine *Le Château des Carpathes*. Michel Verne, qui s'est lancé dans les affaires, est dans une situation difficile et son père doit le soutenir financièrement.

3 août : Le premier volume de *Mistress Branican* paraît chez Hetzel (deuxième volume et édition illustrée en *novembre*).

1892. *1ᵉʳ janvier-15 décembre* : *Le Château des Carpathes* paraît en feuilleton dans le *Magasin d'éducation et de récréation*. Jules Verne travaille à *P'tit Bonhomme* et aux *Mirifiques aventures de Maître Antifer*. Il esquisse *L'Île à hélice*. Il devient président de l'Académie d'Amiens.

10 octobre-7 décembre : *Claudius Bombarnac* paraît en feuilleton dans *Le Soleil* (volume en *novembre*).

1893. *1ᵉʳ janvier-15 décembre* : *P'tit Bonhomme* paraît en feuilleton dans le *Magasin d'éducation et de récréation*. Verne travaille à *L'Île à hélice* et termine *Mirifiques aventures de Maître Antifer*. Baisse des tirages et des revenus.

20 octobre : Le premier volume de *P'tit Bonhomme* paraît chez Hetzel (deuxième volume et édition illustrée en *novembre*).

1894. *1ᵉʳ janvier-15 décembre* : *Mirifiques aventures de Maître Antifer* paraît en feuilleton dans le *Magasin d'éducation et de récréation*. Verne travaille de plus en plus vite et prend de l'avance sur son programme de publications. Le *11 août*, il annonce à Hetzel comme terminés *L'Île à hélice*, *Un drame en Livonie* et *L'Orénoque*, et déclare «flâner à la recherche de l'ouvrage de 1898». *Seconde patrie* et *Face au drapeau* sont en cours.

23 août : Le premier volume de *Mirifiques aventures de Maître Antifer* paraît chez Hetzel (deuxième volume et édition illustrée en *novembre*).

1895. *1ᵉʳ janvier-15 décembre* : *L'Île à hélice* paraît dans le *Magasin d'éducation et de récréation*. Verne travaille à *Face au drapeau*, à *Clovis Dardentor* et au *Sphinx des glaces*, suite des *Aventures d'Arthur Gordon Pym* d'Edgar Poe.

16 mai : Le premier volume de *L'Île à hélice* paraît chez Hetzel (deuxième volume et édition illustrée en *novembre*).

1896. *1ᵉʳ janvier-15 juin :* Face au drapeau paraît en feuilleton
        dans le *Magasin d'éducation et de récréation* (en volume
        le *16 juillet*).
        1ᵉʳ juillet-15 décembre : *Clovis Dardentor* paraît en
        feuilleton dans le *Magasin d'éducation et de récréation*
        (en volume le *19 novembre*).
        Novembre-décembre : Le chimiste Eugène Turpin,
        s'étant reconnu dans le personnage de Thomas Roch,
        l'inventeur à demi fou de *Face au drapeau*, intente à
        Jules Verne un procès en diffamation. L'écrivain, dé-
        fendu par Raymond Poincaré, gagne son procès.

1897. *1ᵉʳ janvier-15 décembre :* Le Sphinx des glaces paraît en
        feuilleton dans le *Magasin d'éducation et de récréation*.
        Verne travaille au *Testament d'un excentrique*.
        27 février : Mort de Paul Verne, frère de l'écrivain.
        Jules Verne est très affecté par cette disparition. Sa
        santé devient de plus en plus précaire et son humeur
        s'assombrit.
        24 juin : Le premier volume du *Sphinx des glaces* pa-
        raît chez Hetzel (deuxième volume et édition illustrée
        en *novembre*).

1898. *1ᵉʳ janvier-15 décembre :* Le Superbe Orénoque paraît en
        feuilleton dans le *Magasin d'éducation et de récréation*.
        Verne travaille à la *Nouvelle Suisse* (future *Seconde
        patrie*), suite du *Robinson suisse* de Rudolph Wyss.
        Jules Verne, antidreyfusard (au contraire de son fils),
        adhère à la Ligue de la patrie française.
        23 juin : Le premier volume du *Superbe Orénoque*
        paraît chez Hetzel (deuxième volume et édition illus-
        trée en *novembre*).

1899. *1ᵉʳ janvier-15 décembre :* Le Testament d'un excentrique
        paraît en feuilleton dans le *Magasin d'éducation et de
        récréation*. Verne travaille au *Volcan d'or*, qui ne paraî-
        tra pas de son vivant.
        3 août : Le premier volume du *Testament d'un excen-
        trique* paraît chez Hetzel (deuxième volume et édition
        illustrée en *novembre*).

1900. *1ᵉʳ janvier-15 décembre :* Seconde patrie paraît en feuille-
        ton dans le *Magasin d'éducation et de récréation*. Verne
        travaille à *La Grande Forêt* (futur *Village aérien*) et au
        Serpent de mer (futures *Histoires de Jean-Marie Cabi-
        doulin*).
        26 juillet : Le premier volume de *Seconde patrie* paraît
        chez Hetzel (deuxième volume et édition illustrée en
        novembre).
        Octobre : Jules Verne quitte l'hôtel particulier de la rue

Charles-Dubois pour revenir dans la maison moins onéreuse qu'il avait habitée jusqu'en 1882, 44, boulevard Longueville. C'est à l'occasion de ce déménagement sans doute qu'il brûle de nombreux papiers et une partie de sa correspondance. Il vivra de plus en plus retiré.

1901. *1er janvier-15 juin :* La Grande Forêt paraît en feuilleton dans le *Magasin d'éducation et de récréation.* L'édition in-18 sera publiée en *juillet* sous le titre *Le Village aérien* (édition illustrée en *avril*). Jules Verne travaille aux *Frères Kip,* roman inspiré par un fait divers réel, l'histoire des frères Rorique, condamnés injustement pour assassinat, et au *Secret de Wilhelm Storitz.* Il souffre de la cataracte, et sa vue devient de plus en plus mauvaise.

1er juillet-15 décembre : Les *Histoires de Jean-Marie Cabidoulin* paraissent en feuilleton dans le *Magasin d'éducation et de récréation.* Les volumes in-18 et in-8° seront publiés en *novembre*.

1902. *1er janvier-15 décembre :* Les Frères Kip *paraissent en feuilleton dans le* Magasin d'éducation et de récréation. *Verne travaille à* Maître du monde *et à* Bourses de voyage.

15 janvier : Verne écrit à Mario Turiello qu'il a 16 volumes prêts à paraître, soit huit ans d'avance sur son programme de publication.

21 juillet : Le premier volume des *Frères Kip* paraît chez Hetzel (deuxième volume et édition illustrée en *novembre*).

1903. *1er janvier-15 décembre :* Bourses de voyage *paraît en feuilleton dans le* Magasin d'éducation et de récréation (premier volume en *juillet*, deuxième volume et édition illustrée en *novembre*).

1904. *1er janvier-15 juin :* Un drame en Livonie *paraît en feuilleton dans le* Magasin d'éducation et de récréation (en volume en *juillet*). Jules Verne travaille à *La Mer saharienne* (future *Invasion de la mer*).

1er juillet-15 décembre : Maître du monde, *où revient le personnage de Robur, paraît en feuilleton dans le* Magasin d'éducation et de récréation (en volume en *novembre*).

Jules Verne souffre de diabète. Sa santé s'aggrave à la fin de l'année.

1905. *1er janvier-1er août :* L'Invasion de la mer *paraît dans le* Magasin d'éducation et de récréation (en volume en *juillet*).

17 mars : Une crise de diabète se déclare.
24 mars : Mort de Jules Verne.
2 et 3 mai : Michel Verne publie dans *Le Figaro* et *Le Temps* la liste des romans de Jules Verne restant à paraître.

Les romans posthumes de Jules Verne, remaniés par son fils Michel, ont été publiés chez Hetzel au rythme de deux volumes annuels jusqu'en 1910 :
1905 : *L'Invasion de la mer, Le Phare du bout du monde.*
1906 : *Le Volcan d'or* (2 vol.).
1907 : *L'Agence Thompson et C*ie (2 vol.), entièrement de la main de Michel Verne.
1908 : *La Chasse au météore, Le Pilote du Danube.*
1909 : *Les Naufragés du Jonathan* (2 vol.).
1910 : *Le Secret de Wilhelm Storitz, Hier et demain* (recueil de nouvelles).

Le dernier des *Voyages extraordinaires*, *L'Étonnante Aventure de la mission Barsac*, est paru chez Hachette, qui avait racheté la maison Hetzel en 1914 : édition in-8° illustrée en 1919, édition in-18 en 1920.

NOTICE

GENÈSE DE *VINGT MILLE LIEUES SOUS LES MERS*

Le premier signe d'un projet de roman sous-marin apparaît dans la correspondance de Jules Verne un an après la fameuse lettre d'incitation qu'il avait reçue de George Sand en juillet 1865[1]. Dans une lettre à Pierre-Jules Hetzel, datée « Chantenay, 10 août », l'écrivain annonce à son éditeur qu'il est « en plein au travail et perdu dans la Nouvelle-Zélande », mais qu'il prépare aussi son « *Voyage sous les eaux* » : « Mon frère et moi, nous arrangeons toute la mécanique nécessaire à l'expédition. Je pense que nous emploierons l'électricité, mais ce n'est pas encore décidé tout à fait[2]. » L'allusion à la Nouvelle-Zélande, c'est-à-dire à la troisième partie des *Enfants du capitaine Grant*, à laquelle Jules Verne travaille pendant l'été 1866, permet de dater avec précision cette première évocation d'un futur roman sous-marin. Peu après, dans une nouvelle lettre à Hetzel[3], Jules Verne confirme que l'idée de ce roman ne le quitte pas : « Tout en faisant le 3ᵉ volume de *Grant*, je ne puis m'empêcher de penser au *Voyage sous les eaux*. J'y compte beaucoup. » C'est donc de l'été 1866 et du début de l'automne qu'il faut dater le plan du roman qui va

1. Voir sur ce point la préface de notre édition.
2. Bibliothèque nationale, Archives Hetzel, don nᵒ 18693, NAF 17004, t. 1, fᵒ 14. *Correspondance inédite de Jules Verne et de Pierre-Jules Hetzel*, t. 1, Genève, Slatkine, 1999, lettre 20, p. 41. Chantenay est le nom du village proche de Nantes où est située la maison de campagne de la famille Verne, dans laquelle Jules Verne passe l'été 1866.
3. BNF, fᵒ 17. *Correspondance*, lettre 21, p. 42. Lettre datée « Chantenay, mardi ».

devenir, plus de trois ans après, *Vingt mille lieues sous les mers*.

Ce projet si séduisant sera pourtant retardé. La rédaction des *Enfants du capitaine Grant* n'est pas terminée, l'éditeur, toujours pointilleux, exige des corrections. Et surtout, un obstacle de taille va s'opposer, pendant plus d'un an, à la mise en œuvre de l'entreprise. Hetzel, en effet, confie à Jules Verne, à la fin de 1866, un projet d'un tout autre genre. Il s'agit de la *Géographie illustrée de la France et de ses colonies*, ouvrage ébauché par Théophile Lavallée, mais abandonné par celui-ci en raison de sa mauvaise santé. Jules Verne, toujours à court d'argent, ne pouvait refuser ce travail fastidieux mais bien payé. « Du reste, cela ne m'ennuie pas, écrit-il à son père le 29 janvier 1867. Je pense avoir le temps de faire néanmoins le premier volume du *Voyage sous les Océans* dont le plan est entièrement terminé, et qui sera réellement merveilleux. Mais il ne faut pas que je perde une minute[1]. » En fait, l'année 1867 sera occupée tout entière par la rédaction de ce pensum géographique qui comptera finalement 100 livraisons, sans que Jules Verne puisse sérieusement penser à autre chose. En juillet, du Crotoy où il passe l'été, il donne à son éditeur des nouvelles de l'ouvrage, d'une façon qui montre qu'il ne perd pas de vue son projet de roman sous-marin : « Je travaille ferme, mais, comme vous le dites, mon cher Hetzel, il faudra bien, après 15 mois d'abstinence, que mon cerveau éclate ; ce sera tant mieux pour le *Voyage sous les eaux* ; il y aura pléthore, et je me promets de m'en donner à cœur joie[2]. » Malheureusement, cette libération est encore lointaine.

Pourtant, dès le 5 septembre 1867, le *Magasin d'éducation et de récréation* annonce le roman comme presque achevé : « M. Jules Verne met la dernière main [...] à un livre qui sera le plus extraordinaire de tous, un *Voyage sous les eaux*. Six mois passés au bord de la mer, dans une retraite absolue, ont été nécessaires au consciencieux et dramatique écrivain pour rassembler les matériaux de ce livre curieux. » Cette étonnante déclaration s'explique mieux si l'on sait qu'au même moment paraissait en feuilleton dans *Le Petit Journal* un roman d'Aristide Roger (pseudonyme du docteur Jules Rengade, médecin et vulgarisateur), *Les Aventures extraordinaires du savant Trinitus*, dont le sujet et le sous-titre, *Voyage sous les flots*, avaient de quoi inquiéter l'écrivain et son éditeur.

---

1. Olivier Dumas, « 191 lettres de Jules Verne à sa famille », dans *Jules Verne*, La Manufacture, 1988 (lettre 137, p. 430).
2. BNF, f° 54. *Correspondance*, lettre 35, p. 62.

C'est donc pour éviter une possible accusation de plagiat que Jules Verne annonce, bien qu'il soit encore loin d'être prêt, la publication de son futur roman sous-marin. Il récidive même le 28 octobre dans une lettre au directeur du *Petit Journal* (parue le 1er novembre), dans laquelle il réclame l'antériorité : « J'ai commencé, il y a un an, un livre qui a pour titre *Voyage sous les eaux*. Si cet ouvrage n'a pas encore paru, c'est que j'ai dû l'abandonner momentanément pour un travail considérable : la *Géographie illustrée de la France*, aujourd'hui en cours de publication, dont M. Th. Lavallée avait écrit la préface, et que la mort l'a empêché de continuer. D'ailleurs, ce *Voyage sous les eaux* a déjà été annoncé dans le *Magasin d'éducation et de récréation*, publié par J. Hetzel. Voulez-vous être assez bon, Monsieur, pour insérer cette lettre dans votre journal, afin de me mettre à l'abri de toute réclamation à propos de l'analogie du sujet de ces deux ouvrages[1] ? »

Jules Verne est donc impatient, en cette fin d'année 1867, d'en finir avec l'interminable *Géographie*, dont le premier volume va paraître le 21 novembre. Mais il s'en faut encore de beaucoup que l'ensemble soit achevé. Au début de l'automne, Verne déclare à Hetzel qu'il lui reste 45 livraisons à faire. Un peu plus tard, il ne prévoit pas de « finir sa copie » avant avril 1868[2]. Le 6 novembre, il annonce à son éditeur que 65 livraisons sont terminées : « plus que 35, et nous plongerons au fond des Océans[3] ». A son père, il écrit dans les derniers jours de 1867 : « Grâce à Honorine [sa femme], j'aurai fini la *Géographie* la semaine prochaine, au moins comme texte ; je n'aurai plus que les épreuves à corriger ! ouf ! quelle année ! Pour me reposer, je vais me mettre au *Voyage sous les eaux*. Ce sera un vrai plaisir[4]. » Mais un nouveau retard se produit. Enfin, le 11 février 1868, Verne peut annoncer à Hetzel qu'il aura « fini le texte de la *Géographie* dans une quinzaine de jours[5] ». C'est donc seulement au début du printemps de 1868, alors qu'il lui reste encore à corriger les épreuves du second volume de la *Géographie*, que le romancier peut se remettre à son roman sous-marin. Il s'est bien écoulé quinze mois, comme il le prévoyait, depuis que le projet du *Voyage sous les eaux* a été abandonné.

1. Lettre citée par M. Astier, « Le *Nautilus* a-t-il eu un précurseur ? », *Bulletin de la Société Jules Verne*, 1re série, n° 2, février 1936, p. 76-80.
2. BNF, fos 41 et 65-66. *Correspondance*, lettres 42 et 43, p. 72-73.
3. BNF, fos 63-64. *Correspondance*, lettre 45, p. 75.
4. Olivier Dumas, *op. cit.*, lettre 145, p. 438.
5. BNF, fos 76-77. *Correspondance*, lettre 48, p. 78.

RÉDACTION DE *VINGT MILLE LIEUES SOUS LES MERS*

Jules Verne, sans attendre, se replonge dans son roman. Il l'écrit à son père le 10 mars 1868 : « Je suis en plein dans le *Voyage sous les eaux*, qui s'appellera réellement *Vingt mille lieues sous les mers*. J'y travaille avec un plaisir extrême, et j'espère que cela sera fort curieux[1]. » Le ton est le même, au même moment, dans une lettre à son éditeur : « Je travaille avec rage. Il m'est venu une bonne idée qui naît bien du sujet. Il faut que cet inconnu n'ait plus aucun rapport avec l'humanité dont il s'est séparé. Il n'est plus sur *terre* et se passe de la terre. La mer lui suffit, mais il faut que la mer lui fournisse tout, *vêtement et nourriture*. Jamais il ne met le pied sur un continent. [...] Je crois que cette situation "absolue" donnera beaucoup de relief à l'ouvrage. Ah ! mon cher Hetzel, si je ratais ce livre-là, je ne m'en consolerais pas. Je n'ai jamais eu un plus beau sujet entre les mains[2]. » Soutenu par cet enthousiasme, le romancier avance vite. En juin, il annonce à son éditeur le premier volume pour la fin de juillet. Mais il lui faudra ensuite, selon son habitude, reprendre entièrement cette rédaction pour la rendre définitive. Il espère cependant pouvoir en terminer pour septembre, de façon à paraître en feuilletons dans le nouveau volume du *Magasin d'éducation et de récréation*, le 20 septembre[3]. En juillet, la rédaction a pris un peu de retard : « Je ne pourrai donner à Riou [l'illustrateur] le manuscrit de *25.000 lieues sous les mers* avant la fin d'août. J'aurai fini fin juillet, mais j'ai tout à récrire. La difficulté est de rendre très vraisemblables ces choses très invraisemblables, et j'espère y être arrivé[4]. » En août, il promet de livrer « complet » le premier volume de « *20.000 lieues sous les eaux* » pour le 1er octobre : « J'espérais avoir fini plus tôt, mais je récris tout, et c'est long. Ah ! le beau sujet, mon cher Hetzel, le beau sujet[5] ! » Le 30 septembre 1868 enfin, il peut annoncer à son père qu'il a « entièrement terminé le premier volume de *Vingt mille lieues sous les mers*, et très avancé le second[6] ».

1. Olivier Dumas, *op. cit.*, lettre 148, p. 441.
2. BNF, f°s 71-72. *Correspondance*, lettre 49, p. 80. Datation probable, mars 1868.
3. Lettre à Hetzel datée « Crotoy, dimanche », BNF, f° 111. *Correspondance*, lettre 54, p. 84. Datation probable, juin 1868.
4. Lettre à Hetzel datée « Crotoy, jeudi », BNF, f° 55. *Correspondance*, lettre 55, p. 85. Datation probable, juillet 1868.
5. Lettre à Hetzel datée « Crotoy, mardi », BNF, f° 89. *Correspondance*, lettre 56, p. 86. Datation probable, août 1868.
6. Olivier Dumas, *op. cit.*, lettre 154, p. 448.

Cependant, le premier volume ne paraîtra pas en feuilleton, comme Jules Verne l'avait espéré, à partir de l'automne. L'impression des placards n'est pas terminée, les dessins de Riou ne satisfont pas l'écrivain. Il l'écrit de Nantes, à la fin de l'année, à son éditeur : « J'ai reçu les croquis de Riou. J'ai des observations à faire. Je vais lui écrire en les renvoyant. Je pense qu'il faut faire les personnages beaucoup plus petits, et montrer les salons beaucoup plus *en grand*. Ce ne sont que des coins de salon, qui ne donnent pas l'idée des merveilles du *Nautilus*. Il devra dessiner tous les détails avec une extrême finesse[1]. » Il approuve, en revanche, l'idée de Hetzel de prendre pour modèle du capitaine Nemo dans les illustrations le colonel Charras, républicain, quarante-huitard, exilé après le coup d'État de Louis-Napoléon Bonaparte, et qui venait de mourir à Bâle en 1865 : « Très bonne, très excellente idée de prendre le colonel Charras pour type du capitaine Nemo. Que je suis bête de ne pas y avoir songé ! Je ne connais rien de plus énergique que cette figure[2] ! » En janvier 1869, toujours à Nantes, il prévoit de se mettre « à récrire le 2ᵉ volume des *Vingt mille lieues sous les mers* dans les premiers jours de février. De manière à l'avoir à peu près terminé pour [s]on retour à Paris, au commencement de mars[3] ». Le 17 février, il rappelle à son éditeur que la publication est prévue dans le *Magasin* à partir du 20 mars, et lui annonce que « le texte et les bois sont à [sa] disposition ». Il faudra « donner toujours 2 chapitres à la fois. C'est coupé pour cela[4] ». Et de fait, c'est bien le 20 mars 1869, avec le début du volume XI du *Magasin d'éducation et de récréation*, que commencera le feuilleton du roman, qui se poursuivra pendant plus d'un an, jusqu'au 20 juin 1870[5].

L'AFFAIRE DU « POLONAIS »

Tandis que *Vingt mille lieues sous les mers* commence à paraître dans le *Magasin*, Hetzel, à son habitude, revoit le manuscrit du roman et ne ménage pas ses observations cri-

---

1. BNF, fᵒˢ 128-129. *Correspondance*, lettre 60, p. 89. Datation probable, fin décembre 1868.
2. *Ibid.*, p. 90.
3. BNF, fᵒˢ 74-75. *Correspondance*, lettre 63, p. 94.
4. BNF, fᵒˢ 97-98. *Correspondance*, lettre 66, p. 98.
5. Dans le *Magasin*, le roman est sous-titré *Tour du monde sous-marin*.

tiques. Nous n'avons conservé qu'une seule lettre concernant les remaniements proposés à Jules Verne[1], mais elle nous éclaire sur le degré d'intervention de l'éditeur dans le texte de son romancier. Hetzel regrette en effet que Verne n'ait pas su tirer de ses personnages et de ses situations tout le parti possible, et qu'il n'ait pas « poussé jusqu'à trois volumes ». Il lui suggère donc, pour « corser » son livre, d'ajouter un certain nombre d'épisodes : une évasion manquée de Ned Land, le sauvetage de petits Chinois enlevés par des pirates : « Ils ne sont pas dangereux, ils sont drôles […]. On pourrait en garder un à bord. Personne ne le comprend, il ne comprend personne, il égayerait le *Nautilus*. » Il est heureux que Jules Verne n'ait pas cédé à la tentation de ce comique trop facile.

Le principal sujet de controverse, entre l'écrivain et son éditeur, concerne la personnalité de Nemo. Le premier signe de cette divergence apparaît dans une lettre de l'été 1867, alors que Jules Verne est tout entier occupé par la *Géographie de la France*, ce qui montre que le problème date des premiers plans du roman, établis l'été précédent : « Pour être franc, écrit Verne, je regrette mon Polonais ; je m'étais habitué à lui, nous étions bons amis, et d'ailleurs, c'était plus net, plus franc[2]. » C'est la première allusion à une querelle qui va opposer les deux hommes pendant plus d'un an et qui prendra un tour plus aigu en avril-mai 1869, à propos de l'épisode du navire coulé par le *Nautilus* à la fin du roman. Cette scène s'explique mieux si l'on sait que Jules Verne avait prévu de faire de son capitaine un grand seigneur polonais, en lutte contre la Russie, à la fois pour l'indépendance de son pays, et pour venger sa famille massacrée par l'occupant. La question polonaise était alors à la mode. La Pologne, rayée de la carte depuis 1795, partagée entre la Prusse, l'Autriche et la Russie, était agitée périodiquement de mouvements de libération dont le dernier, férocement réprimé par le pouvoir tsariste, venait d'avoir lieu en 1863-1864. Depuis l'époque romantique, les libéraux français étaient tout acquis à la cause de l'indépendance polonaise, et Jules Verne partageait ces sympathies. Il est donc naturel qu'il ait songé à faire de son héros libertaire un noble polonais. Mais Hetzel ne l'entendait pas de cette oreille : définir ainsi le capitaine, c'était braver la stricte censure russe, c'était risquer de s'aliéner un vaste marché, car les livres français, et ceux de Hetzel en particulier, étaient

1. Lettre à Jules Verne datée « dimanche, 3 heures du matin », coll. P. Gondolo della Riva. *Correspondance*, lettre 70, p. 101-102. Datation probable, avril 1869.
2. BNF, f° 54. *Correspondance*, lettre 35, p. 62. Datation probable, juillet 1867.

largement diffusés en Russie. C'était même courir le risque de voir le gouvernement français, soucieux d'éviter un incident diplomatique, interdire la vente en France. C'est donc pour des raisons commerciales que l'éditeur s'opposait à une conception du personnage à laquelle l'écrivain était attaché. Sur ce point, Jules Verne n'obtint jamais gain de cause. Il lui fallut renoncer à l'explication « franche », et rester dans l'imprécision. Il ne s'y est pas résigné sans regrets.

C'est surtout à propos de la scène finale de l'éperonnement du navire que l'échange de lettres fut vif. Hetzel souhaitait que Verne la fasse disparaître, ou du moins atténue l'horreur inspirée par le capitaine. Tout en acceptant jusqu'à un certain point, le romancier se justifie : « Supposez Nemo un *Polonais*, et le navire coulé un navire *russe*, y aurait-il l'ombre d'une objection à élever ? Non, cent fois non[1] ! » Peu après, il revient à la charge : « N'oubliez pas ce que je vous disais dans ma dernière lettre. Si Nemo eût été un Polonais *dont la femme fût morte sous le knout et les enfants morts en Sibérie*, et que ce Polonais se fût trouvé en face d'un navire russe, avec la possibilité de le détruire, tout le monde admettrait sa vengeance. Vous seriez ce Polonais, que vous agiriez ainsi, et moi comme vous[2]. » La question lui tient tellement à cœur qu'il y revient encore, un peu plus tard, dans une longue lettre : « Vous dites : mais il commet une infamie ! Je réponds non ; supposez toujours ce qui était l'idée première du livre, un seigneur polonais, dont les filles ont été violées, la femme tuée à coups de hache, le père mort sous le knout, un Polonais dont tous les amis périssent en Sibérie et dont la nationalité va disparaître de l'Europe sous la tyrannie des Russes ! si cet homme-là n'a pas le droit de couler des frégates russes partout où il les rencontrera, alors la vengeance n'est plus qu'un mot. Moi, dans cette situation, je *coulerais*, et sans remords. Pour ne pas sentir comme je sens à ce propos, il faudrait n'avoir jamais haï[3] ! » Cette violence étonnante fait mieux comprendre l'attachement de Jules Verne à son personnage, et tout ce que le thème de la vengeance évoque dans son esprit de résonances intimes. Mais le romancier fait ressortir aussi le côté bénéfique du capitaine : « Nemo ne court pas sur les navires pour les couler ; il n'attaque pas ; il répond aux attaques. Mais *nulle part*, quoi qu'en dise votre lettre, je

1. BNF, f°s 67-68. *Correspondance*, lettre 71, p. 103. Datation probable, printemps 1869.
2. BNF, f° 48. *Correspondance*, lettre 72, p. 104. Datation probable, printemps 1869.
3. BNF, f°s 109-110. *Correspondance*, lettre 79, p. 112. Datation probable, printemps 1869.

n'en ai fait un homme qui tue pour tuer. C'est une nature généreuse dont les sentiments s'exercent à l'occasion dans le milieu où il vit. Sa haine de l'humanité est suffisamment expliquée par ce qu'il a souffert en lui-même et dans les siens[1]. » Finalement, Verne put sauver son personnage, et conserver à l'épisode du « coulage » toute sa force dramatique. On comprend, par cet exemple, combien ses rapports avec Hetzel étaient complexes. Verne avait parfois du mal à se défendre de l'envahissante présence de son éditeur, et il acceptait de plus ou moins bonne grâce les corrections ou les modifications imposées. Mais sur l'essentiel, il ne cédait pas. Cette attitude est très bien résumée dans la même lettre à Hetzel : « Faites vos observations, et là-dessus, je tiendrai compte de tout ce qui sera possible. J'ai toujours agi ainsi, et jusqu'ici, nous ne nous en sommes pas mal trouvés[2]. »

PUBLICATION, RÉCEPTION, POSTÉRITÉ

Le feuilleton de *Vingt mille lieues sous les mers* se poursuivit régulièrement dans Le *Magasin d'éducation et de récréation* jusqu'au 20 juin 1870 (t. XIII, n° 151), trop lentement au gré de l'écrivain qui souffrait de se voir « émietté » en livraisons trop brèves[3]. Le premier volume était paru en librairie, dans l'édition petit format sans illustrations, à la fin d'octobre 1869. Il ne semble pas que cette publication ait particulièrement attiré l'attention de la critique. Jules Verne s'en explique dans une lettre à son père du 27 décembre 1869 : « Je n'ai point cherché à obtenir d'articles pour les *20.000 lieues sous les Mers*. J'attends que le second volume ait paru, car le premier seul ne peut donner une idée de l'ouvrage. Ce sera donc pour l'année prochaine[4]. » Le deuxième volume parut en juin 1870, mais la guerre bientôt déclarée avec la Prusse, et les bouleversements qui s'ensuivirent gênèrent quelque peu sa carrière immédiate. Insuccès d'ailleurs tout relatif et bientôt corrigé, puisque le tirage du roman, dans son édition populaire in-18, atteignait en 1904, un an avant la mort de Jules Verne, 50 000 exemplaires, chiffre considérable pour l'époque, plaçant *Vingt mille lieues sous les mers* en troisième position dans la liste des meilleures ventes des *Voyages extra-*

1. BNF, f°s 103-104. *Correspondance*, lettre 74, p. 106-107. Datation probable, printemps 1869.

2. *Ibid.*, p. 108.

3. BNF, f°s 134-135. *Correspondance*, lettre 96, p. 129. Datation probable, début 1870.

4. Olivier Dumas, *op. cit.*, lettre 156, p. 450.

ordinaires, après *Le Tour du monde en quatre-vingts jours* (108 000) et *Cinq semaines en ballon* (76 000). L'édition grand in-8° illustrée[1], sur laquelle l'écrivain ne touchait aucun droit, parut seulement en novembre 1871[2], avec un an de retard dû à la guerre et aux troubles politiques de l'Année terrible. Les articles de journaux qui signalent la publication du roman sont en général de peu d'intérêt. Ce sont pour la plupart des commandes de l'éditeur, les grands critiques ne s'intéressant guère à ce type de littérature[3]. *Le Temps* du 18 juin 1870, *Le Figaro* du 21 août 1871, rendent compte de l'ouvrage. Un article de Charles Clément, dans le *Journal des débats* du 22 décembre 1871, résume la tonalité générale, en louant « ce volume qui captive comme un ouvrage d'imagination, et qui laisse dans l'esprit une foule de notions réellement scientifiques ». Éducation, récréation : l'œuvre de Jules Verne est enfermée pour longtemps dans cette formule réductrice et commode.

Dans l'esprit du romancier, *Vingt mille lieues sous les mers* avait été remplacé, dès la fin de sa rédaction, par d'autres préoccupations : la préparation d'*Une ville flottante*, le premier volume de l'*Histoire des grands voyages et des grands voyageurs*, un projet déjà ancien de *Robinson* qui allait devenir *L'Île mystérieuse*. Pour ce grand travailleur, une œuvre chassait l'autre, quand ce n'était pas deux ou trois en même temps. Pourtant, Verne a gardé pour son roman sous-marin une sorte de prédilection. On en trouve la preuve, d'abord, dans le retour de Nemo et du *Nautilus* dans *L'Île mystérieuse*, même si le navire immobilisé n'est plus qu'un palais, avant d'être un tombeau. Nemo et le *Nautilus* reparaîtront encore dans une médiocre pièce à grand spectacle écrite en collabo-

---

1. Édition illustrée de 111 dessins par de Neuville et Riou, gravés par Hildibrand. L'édition in-8° a ainsi bénéficié du travail de deux des meilleurs illustrateurs de la maison Hetzel. Alphonse de Neuville (1836-1885) est surtout connu comme peintre militaire. Il a laissé beaucoup de scènes de combats de la guerre de 1870, dont certaines connurent un grand succès (*Le Bivouac devant Le Bourget*, *Les Dernières Cartouches*, *Le Cimetière de Saint-Privat*). Il a participé aux éditions illustrées d'*Autour de la Lune* et du *Tour du monde en quatre-vingts jours*. Édouard Riou (1838-1900) s'est fait connaître comme peintre paysagiste, mais surtout comme illustrateur. Influencé par Gustave Doré, il a collaboré à de nombreuses revues illustrées (*Le Monde illustré*, *Le Tour du monde*, *L'Illustration*). Il a illustré Victor Hugo, Walter Scott, et la plupart des premiers romans de Jules Verne (*Cinq semaines en ballon*, *Voyage au centre de la Terre*, *Le Capitaine Hatteras*, *Les Enfants du capitaine Grant*).

2. L'édition grand in-8° illustrée a été d'abord vendue sous forme de livraisons, mises en vente à partir du 21 juillet 1870.

3. Voir sur ce point l'article de Simone Vierne, « Jules Verne devant la critique de son temps », dans *Jules Verne, Textes et langages X*, Université de Nantes, 1984, p. 15-25.

ration par Jules Verne et Adolphe d'Ennery et représentée au théâtre de la Porte-Saint-Martin de novembre 1882 à février 1883, *Voyage à travers l'impossible*. D'autres sous-marins figurent encore dans l'œuvre, comme des répliques un peu affadies du sous-marin de Nemo : ainsi les *Electrics* du docteur Antekirtt (*Mathias Sandorf*), le *Tug* et le *Sword* dans *Face au drapeau*, ou l'*Épouvante* de Robur dans *Maître du monde*. S'ils n'ont pas la richesse et la grandeur du *Nautilus*, ils n'en témoignent pas moins de l'attention que l'écrivain a toujours prêtée à ce navire « moderne » par excellence, et à ses possibilités dramatiques.

L'influence de *Vingt mille lieues sous les mers* s'est étendue bien au-delà de l'œuvre de Verne, chez les écrivains contemporains et jusqu'aux générations suivantes. Alexandre Bessot de Lamothe dans *Les Secrets de l'océan* (1879), André Laurie dans *Atlantis* (1895), Paul d'Ivoi dans *Le Corsaire Triplex* (1898), Gustave Le Rouge dans *Le Sous-Marin « Jules Verne »* (1902), le Capitaine Danrit dans *Les Robinsons sous-marins* (1908), Gaston Leroux dans *Le Capitaine Hyx* (1917), entre bien d'autres, ont repris et varié des thèmes empruntés au roman de Jules Verne. Le cinéma s'est emparé dès ses débuts de *Vingt mille lieues sous les mers*, sans jamais réussir à produire une œuvre majeure. La première adaptation, en 1905, est américaine. Georges Méliès, en 1907, réalise un *200 000 lieues sous les mers* très librement inspiré du roman, dont la copie est perdue. La seule version retenue par l'histoire du cinéma est celle du réalisateur américain Richard Fleischer (1954), où James Mason en Nemo et Kirk Douglas en Ned Land sont les protagonistes d'une adaptation fidèle et solide. Sans doute était-il impossible de rendre au cinéma ce qui fait le charme, la poésie, l'ambiguïté du chef-d'œuvre de Jules Verne, et qui n'appartient qu'à la littérature.

PRINCIPES D'ÉDITION

Le texte de *Vingt mille lieues sous les mers* proposé ici est celui de l'édition Hetzel grand in-8° de 1871, dernier état revu par Jules Verne. L'orthographe et la ponctuation originales ont été respectées. Seules les coquilles évidentes et les anomalies ont été corrigées. La terminologie scientifique (noms de poissons, de crustacés, de coquillages, d'algues, etc.), très souvent fautive dans sa forme, a été revue et rectifiée chaque fois que cela était possible. Les notes de bas de page appelées dans le texte par un astérisque sont de l'auteur.

BIBLIOGRAPHIE

I. MANUSCRITS

Il existe plusieurs manuscrits de *Vingt mille lieues sous les mers*. L'un a été offert par Jules Verne au comte de Paris en 1878, et se trouve toujours dans la bibliothèque de ses descendants. Un autre a été offert par Michel Verne en 1906 au prince Roland Bonaparte, qui l'a légué en 1924 à la Société de géographie. Il est actuellement conservé dans le fonds de la Société au Département des Cartes et Plans de la Bibliothèque nationale. Il se compose de plusieurs états différents qui ont été décrits par Marcel Destombes dans un article du *Bulletin de la Société Jules Verne*, n° 35-36, 3ᵉ et 4ᵉ trimestres 1975, p. 59-70 : «Le manuscrit de *Vingt mille lieues sous les mers* de la Société de géographie de Paris».

II. CORRESPONDANCE

On pourra suivre la genèse de *Vingt mille lieues sous les mers* dans les lettres de Jules Verne à sa famille publiées par Olivier Dumas à la suite de sa biographie de *Jules Verne* (La Manufacture, 1988, p. 237 et suivantes) [voir notamment les lettres n° 137, 145, 148, 151, 154] et dans la *Correspondance inédite de Jules Verne et de Pierre-Jules Hetzel*, établie par Olivier Dumas, Piero Gondolo della Riva et Volker Dehs, t. I, 1863-1874, Genève, Slatkine, 1999 [voir notamment les lettres n° 20, 35, 43, 49, 55, 56, 57, 59, 60, 63, 70, 71, 72, 73, 74, 77, 79, 88, 89, 96].

III. PRINCIPALES ÉDITIONS DE *VINGT MILLE LIEUES SOUS LES MERS* (PAR ORDRE CHRONOLOGIQUE)

Éd. Hetzel, in-18, t. 1, 1869, *Bibliographie de la France* du 13 novembre (mise en vente le 28 octobre) ; t. 2, 1870, *Bibliographie de la France* du 25 juin (mise en vente le 13 juin) [éd. originale].

Éd. Hetzel, in-8 jésus, 1871, *Bibliographie de la France* du 9 décembre (mise en vente le 16 novembre) [édition illustrée de 111 dessins par de Neuville et Riou, gravés par Hildibrand].

Hachette, « Nouvelle collection illustrée des œuvres de Jules Verne », 2 vol., 1928.

Hachette, « Bibliothèque verte », 2 vol., 1947.

Hachette, « Le Livre de poche Jules Verne », 1966.

Édito-service, *Les Œuvres de Jules Verne*, préface de Gilbert Sigaux, Genève, 2 vol., 1966.

Éd. Rencontre, *Œuvres romancées complètes de Jules Verne*, préfaces de Gilbert Sigaux et de Charles-Noël Martin, Lausanne, 49 vol., 1970.

Twenty Thousand Leagues under the Sea, préface et notes de Walter James Miller, New York, Thomas Y. Crowell Company, 1976.

GF-Flammarion, chronologie, introduction et archives de l'œuvre par Simone Vierne, 1977.

Hachette, « Le Livre de poche », préface de Christian Chelebourg, 1990.

Presses Pocket, introduction et dossier de Jean Delabroy, 1991.

Twenty Thousand Leagues under the Sea, traduction anglaise avec notes et commentaires par William Butcher, Oxford University Press, 1998.

Jules Verne, *Les Romans de l'eau*, édition présentée et commentée par Claude Aziza, éd. Omnibus, 2001.

IV. PRINCIPALES ÉTUDES SUR JULES VERNE
(PAR ORDRE CHRONOLOGIQUE)

1. Bibliographie

Gondolo della Riva, Piero, *Bibliographie analytique de toutes les œuvres de Jules Verne*, Société Jules Verne, 2 vol., 1977 et 1985.

2. Biographies

ALLOTTE DE LA FUŸE, Marguerite, *Jules Verne, sa vie, son œuvre*, Kra, 1928 (rééd. Hachette, 1953).

MARTIN, Charles-Noël, *Jules Verne, sa vie et son œuvre*, Lausanne, éd. Rencontre, 1971. Nouvelle édition sous le titre *La Vie et l'œuvre de Jules Verne*, Michel de l'Ormeraie, 1978.

JULES-VERNE, Jean, *Jules Verne*, Hachette, 1973.

SORIANO, Marc, *Jules Verne, biographie (le cas Verne)*, Julliard, 1978.

DUMAS, Olivier, *Jules Verne*, La Manufacture, 1988. Nouvelle édition sous le titre *Voyage à travers Jules Verne*, Montréal, Stanké, 2000.

LOTTMAN, Herbert, *Jules Verne*, Flammarion, 1996.

AVRANE, Patrick, *Jules Verne*, Stock, 1997.

DEKISS, Jean-Paul, *Jules Verne*, éd. du Félin, 1998.

3. Entretiens

Entretiens avec Jules Verne, 1873-1905, réunis et commentés par Daniel Compère et Jean-Michel Margot, Genève, Slatkine, 1998.

4. Études générales

ESCAÏCH, René, *Voyage au monde de Jules Verne*, Plantin, 1955.

MORÉ, Marcel, *Le Très Curieux Jules Verne*, Gallimard, 1960.

MORÉ, Marcel, *Nouvelles explorations de Jules Verne*, Gallimard, 1963.

MACHEREY, Pierre, *Pour une théorie de la production littéraire*, Maspero, 1966 [p. 183-266 : «Jules Verne, ou le récit en défaut»].

DIESBACH, Ghislain de, *Le Tour de Jules Verne en 80 livres*, Julliard, 1969.

CHESNEAUX, Jean, *Une lecture politique de Jules Verne*, Maspero, 1971. Nouvelle édition revue sous le titre *Jules Verne. Un regard sur le monde. Nouvelles lectures politiques*, Bayard, 2001.

VIERNE, Simone, *Jules Verne et le roman initiatique*, éd. du Sirac, 1973.

HUET, Marie-Hélène, *L'Histoire des « Voyages extraordinaires ». Essai sur l'œuvre de Jules Verne*, Minard, 1973.

SERRES, Michel, *Jouvences sur Jules Verne*, éd. de Minuit, 1974.

RIVIÈRE, François, *Jules Verne, images d'un mythe*, éd. Henri Veyrier, 1978.

ROBIN, Christian, *Un monde connu et inconnu : Jules Verne*, Nantes, Association Nantes par le livre, 1978.

DELABROY, Jean, *Jules Verne et l'imaginaire*, thèse de doctorat, Université de Paris-III, 1980.

NOIRAY, Jacques, *Le Romancier et la machine*, t. II, *Jules Verne, Villiers de l'Isle-Adam*, Corti, 1982 [sur Jules Verne, p. 11-237].

TADIÉ, Jean-Yves, *Le Roman d'aventures*, PUF, 1982 [sur Jules Verne, p. 69-112].

VIERNE, Simone, *Jules Verne*, Balland, 1986, coll. «Phares».

VIERNE, Simone, *Jules Verne, mythe et modernité*, PUF, 1989.

MARTIN, Andrew, *The Mask of the Prophet*, Oxford, Clarendon Press, 1990.

BUTCHER, William, *Verne's Journey to the Center of the Self*, Londres, MacMillan, 1990.

COMPÈRE, Daniel, *Jules Verne écrivain*, Genève, Droz, 1991.

COMPÈRE, Daniel, *Jules Verne, parcours d'une œuvre*, Encrage, 1996.

CHELEBOURG, Christian, *Jules Verne. L'œil et le ventre, une poétique du sujet*, Minard, 1999.

TADIÉ, Jean-Yves, *Regarde de tous tes yeux, regarde ! Jules Verne*, Gallimard, coll. « L'un et l'autre », 2005.

5. Revues

On se reportera aux revues spécialisées : le *Bulletin de la Société Jules Verne*, les *Cahiers du Centre d'études verniennes et du Musée Jules Verne* de Nantes, le *Bulletin du Centre de documentation Jules Verne* d'Amiens devenu *Revue Jules Verne*, et la *Revue des lettres modernes*, série Jules Verne.

On consultera aussi les numéros spéciaux des revues *Arts et lettres* (n° 15, 1949), *L'Arc* (n° 29, 1966), *Cahiers de l'Herne* (n° 25, 1974), *Magazine littéraire* (n° 119, décembre 1976), *Europe* (n° 112-113, avril-mai 1955 : « Jules Verne » ; n° 595-596, novembre-décembre 1978 : « Jules Verne » ; n° 619-620, novembre-décembre 1980 : « Hetzel » ; n° 909-910, janvier-février 2005 : « Jules Verne »), *La Nouvelle Revue maritime* (n° 386-387, mai-juin 1984 : « Jules Verne et la mer »), *Textes et langages* (n° X, 1984 : « Jules Verne »).

6. Colloques

Jules Verne écrivain du XIXᵉ siècle (Colloque d'Amiens, 1977), Minard, 2 vol., 1978 et 1980 (t. I : *Nouvelles recherches sur Jules Verne et le Voyage* ; t. II *Filiations, rencontres, influences*).

Jules Verne et les sciences humaines (Colloque de Cerisy, 1978), UGE, coll. « 10-18 », 1979.

Modernités de Jules Verne (Colloque d'Amiens, 1985), PUF, 1988.

V. ÉTUDES PORTANT
SUR *VINGT MILLE LIEUES SOUS LES MERS*

BORNECQUE, Jacques-Henri, « Le sous-marin ivre de Rimbaud », *Revue des sciences humaines*, janvier-mars 1954, p. 57-66.

BARTHES, Roland, « *Nautilus* et bateau ivre », dans *Mythologies*, Seuil, 1957.

TERRASSE, Pierre, « George Sand et *Vingt mille lieues sous les mers* », *Bulletin de la Société Jules Verne*, n° 22, 2ᵉ trimestre 1972, p. 143-147.

MARTIN, Charles-Noël, « George Sand et le *Nautilus* », *Bulletin de la Société Jules Verne*, n° 26-27, 2ᵉ et 3ᵉ trimestres 1973, p. 36-45.

BUISINE, Alain, « Cas limite de la description : l'énumération. L'exemple de *Vingt mille lieues sous les mers* », dans *La Description*, Université de Lille, 1974.

LUBIN, Georges, « George Sand et *Vingt mille lieues sous les mers* », *Bulletin de la Société Jules Verne*, n° 29-30, 1ᵉʳ et 2ᵉ trimestres 1974, p. 141-144.

VIERNE, Simone, « Puissance de l'imaginaire », *Cahiers de l'Herne*, « Jules Verne », 1974, p. 152-171.

FOUCRIER, Chantal, « Jules Verne et l'Atlantide », dans *Nouvelles recherches sur Jules Verne et le voyage*, Minard, 1978, p. 97-111.

DUMAS, Olivier, « Le coin du bibliophile. Les variantes de *Vingt mille lieues sous les mers* », *Bulletin de la Société Jules Verne*, n° 105, 1ᵉʳ trimestre 1993, p. 34-35.

LACROIX, Michaël, « Présence et influence de *Vingt mille lieues sous les mers* dans l'œuvre poétique d'Arthur Rimbaud », *Bulletin de la Société Jules Verne*, n° 147, 4ᵉ trimestre 2003, p. 2-51.

BUTCHER, William, « Les épisodes fantômes de *Vingt mille lieues sous les mers* », *Europe*, janvier-février 2005, p. 121-136.

NOTES

Page 52.

1. *Skippers et masters* : ces termes, qui signifient capitaines ou patrons de navires, ne font que redoubler, en anglais, l'expression précédente.

2. Le professeur Aronnax évoque ici quatre figures éminentes de zoologistes ayant appartenu ou appartenant comme lui au Muséum d'Histoire naturelle de Paris : Georges Cuvier (1769-1832), fondateur de l'anatomie comparée, et auteur d'une *Histoire naturelle des poissons* (1828) ; Bernard de Lacépède (1756-1825), auteur d'une *Histoire naturelle des poissons* et d'une *Histoire naturelle des cétacés* (1788-1804) ; Auguste André Marie Dumeril (1812-1870), auteur d'une *Histoire naturelle des poissons* (1865) ; Jean Louis Armand de Quatrefages de Bréau (1810-1892), auteur de plusieurs ouvrages sur les animaux marins. Les deux derniers noms sont précédés d'un M. de politesse, car les deux savants étaient vivants au moment où Jules Verne a publié la première édition de son roman.

Page 53.

1. Une lieue marine équivaut approximativement à 5,5 kilomètres. Mais Jules Verne donne la plupart du temps à cette mesure la valeur d'une lieue terrestre, soit environ 4 kilomètres.

Page 54.

1. Jules Verne ne fait pas allusion au roman d'Herman Melville qui, bien que datant de 1851, ne fut traduit en français qu'en 1941. Il se réfère à une légende écossaise évoquée dans *Les Mystères de l'océan* d'Arthur Mangin (1864), p. 297.

2. *Kraken* : « espèce de poulpe, qui serait, dit-on, d'une grandeur prodigieuse » (*Grand Dictionnaire universel du XIXᵉ siècle* de Pierre Larousse). Le Kraken, monstre marin légendaire

des parages de Norvège, serait un poulpe géant, de plusieurs milles de circonférence. Son existence est évoquée et discutée par Arthur Mangin (*Les Mystères de l'océan*, p. 292 et suivantes) et par Alfred Frédol (*Le Monde de la mer*, p. 310 et suivantes).

3. Aristote et Pline l'Ancien ont admis l'existence des monstres marins, respectivement dans *La Nature des animaux* et au livre IX de l'*Histoire naturelle*. Éric Pontoppidan dit le Jeune (1698-1764), évêque de Bergen, est l'auteur d'un *Essai sur l'histoire naturelle de la Norvège* (1752-1754), dans lequel il admet l'existence du serpent de mer et du Kraken. Paul Heggede, ou plutôt Paul Égède (1708-1789), missionnaire danois, laissa de nombreuses relations sur le Groenland et des récits de voyages. Quant à Harrington, capitaine du *Castilian*, son rapport parut en 1857 dans le *Times*. Pontoppidan, Paul Egède et Harrington sont cités dans *Les Mystères de l'océan* d'Arthur Mangin (p. 295-303).

4. Allusion plaisante à la métaphore de « l'hydre de l'anarchie », que *Le Constitutionnel*, organe de la bourgeoisie conservatrice, avait contribué à lancer sous la monarchie de Juillet (Balzac y fait allusion dans sa *Monographie de la presse parisienne*, parue en 1843). Le *Grand Dictionnaire* de Pierre Larousse, à l'article « Pieuvre », parle « du serpent de mer autrefois aperçu par *Le Constitutionnel* ». Ce journal, longtemps inféodé à Thiers, s'était rallié à l'Empire après le coup d'État, au point d'en devenir une sorte d'organe officieux. Jules Verne et Hetzel, tous deux républicains comme Pierre Larousse, se moquent d'un même ennemi politique.

Page 55.

1. L'abbé François Moigno (1804-1884), célèbre vulgarisateur scientifique, fut rédacteur en chef du *Cosmos*, revue scientifique hebdomadaire, de 1852 à 1862.

2. Jeu de mots sur une célèbre formule qui n'est pas de Linné, mais de Leibniz (*Nouveaux Essais*, IV, 16) : « la nature ne fait pas de sauts » (*natura non facit saltus*).

3. Allusion à un passage du récit de Théramène dans *Phèdre* (acte V, sc. 6, v. 1527-1530), dont tous les lecteurs de Jules Verne se souvenaient à l'époque : « Hippolyte lui seul, digne fils d'un héros,/Arrête ses coursiers, saisit ses javelots,/Pousse au monstre, et d'un dard lancé d'une main sûre,/Il lui fait dans le flanc une large blessure. »

Page 60.

1. Ces « mauvaises terres », en anglais *badlands*, désignent un secteur aride et fortement érodé du Dakota du Sud et du

nord-ouest du Nebraska, terres riches en échantillons minéralogiques et en fossiles.

Page 63.

1. Les *monitors* étaient des navires cuirassés apparus pendant la guerre de Sécession, presque entièrement immergés et munis d'une tour mobile abritant un canon. Leur pont très plat était totalement libre, et l'accès à bord se faisait par des panneaux étanches. Le *Nautilus* se rapproche des monitors dans son apparence extérieure.

Page 64.

1. Un mille marin vaut 1 852 mètres. Quinze milles correspondent donc à plus de 27 000 mètres de profondeur ! À l'époque où parut le roman, l'exploration des grands fonds sous-marins n'était pas achevée, et permettait toutes les conjectures. Le *Nautilus*, quant à lui, descendra jusqu'à 16 000 mètres dans l'Atlantique Sud (deuxième partie, chapitre XI). Rappelons que les plus grandes profondeurs sous-marines, qui se trouvent au large des Philippines (fosse des Mariannes) ne dépassent pas 11 000 mètres.

2. *Fondrier* : se dit des corps qui sont trop lourds pour flotter, notamment des bois.

3. *Un Narwal géant* : Jules Verne, suivant en cela l'exemple d'Alfred Frédol dans *Le Monde de la mer*, respecte l'orthographe originale de ce mot emprunté aux langues scandinaves.

Page 67.

1. Jules Verne donne à ce hardi marin le nom d'un héros (nordiste) de la guerre de Sécession, l'amiral David Glascoe Farragut. Celui-ci avait été reçu avec de grands honneurs lors d'une tournée européenne en 1867-1868. Il s'était arrêté à Toulon à la fin de 1867.

2. Curieusement, Jules Verne emploie au féminin ce mot anglais qui signifie « jetée », mais aussi « appontement », « embarcadère ». Une note de l'auteur, au chapitre suivant (p. 73), précise qu'il s'agit d'une « sorte de quai spécial à chaque bâtiment ».

Page 68.

1. C'est l'hôtel, situé à l'angle de la Cinquième Avenue et de la Vingt-Troisième Rue, où Jules Verne lui-même était descendu en avril 1867, lors de son bref séjour aux États-Unis.

2. Le passage du Nord-Ouest, situé entre le Groenland et la Terre de Baffin, représente la route maritime la plus courte pour aller de l'Atlantique Nord à l'océan Pacifique. De nombreux explorateurs l'ont cherché à partir du XVIIIe siècle. En 1845, le navigateur anglais Sir John Franklin se perdit corps et biens en tentant de rejoindre l'océan Arctique. Les recherches entreprises vainement pour le retrouver durèrent dix ans, et contribuèrent à attirer l'attention du grand public européen sur ce problème géographique. Le passage du Nord-Ouest ne fut finalement découvert qu'en 1906, par le Norvégien Amundsen.

Page 69.

1. Jules Verne donne au domestique du professeur Aronnax le nom d'un inventeur, Jacques-François Conseil, qu'il avait connu au Tréport en 1866, au moment où il préparait son roman. Celui-ci avait conçu les plans d'un bateau de sauvetage sous-marin qui avait été expérimenté en 1858 à Paris sans grand succès.

Page 71.

1. Le babiroussa est une espèce de cochon à grandes canines vivant dans les îles de l'archipel indien. Il est étonnant qu'Aronnax revienne d'une expédition dans le Nebraska avec un babiroussa vivant !

Page 75.

1. Erreur de Jules Verne. En 1867, les États-Unis ne regroupaient que 37 États. C'est seulement en 1889 que le drapeau américain a compté 39 étoiles, avec l'adhésion à l'Union du Dakota du Nord, après celle du Colorado en 1875.

Page 76.

1. Dieudonné (ou Déodat) de Gozon, grand maître des hospitaliers de Saint-Jean de Jérusalem au XIVe siècle. La légende rapporte qu'il délivra l'île de Rhodes d'un serpent monstrueux qui dévastait l'île.

Page 77.

1. Allusion au monstre de la mythologie grecque, Argos, doté de cent yeux dont il ne fermait jamais plus de la moitié pour dormir.

Page 85.

1. Jules Verne fait allusion à une anecdote qu'il avait déjà évoquée plus en détail au chapitre XXII de *De la Terre à la Lune*, à propos de l'influence de la Lune sur les maladies nerveuses.

Page 86.

1. *Le 30 juin* : inadvertance de Jules Verne. On sait que la dernière apparition du « narwal » remonte au 2 juillet, et que la conversation entre Aronnax et Ned Land, au chapitre précédent (p. 79), se déroule « par une magnifique soirée du 30 juillet, c'est-à-dire trois semaines après notre départ ». L'*Abraham Lincoln* a donc dû quitter New York vers le 9 juillet. La chronologie revient brusquement d'un mois en arrière, et l'année 1867, dans le roman, compte deux mois de juillet !

Page 90.

1. « Souleur : frayeur subite, saisissement » (Littré). Terme familier et archaïque déjà au XIXᵉ siècle.

Page 96.

1. Les pholades et les salpes sont des mollusques qui ont la particularité d'être fortement phosphorescents.

Page 104.

1. *Normalement*, c'est-à-dire perpendiculairement.

2. *Cette malencontreuse journée du 6 novembre* : en fait, celle du 5. En effet, le « narwal » est repéré par Ned Land le soir du 4 novembre (p. 92-93). La poursuite commence le lendemain matin et s'achève « vers onze heures du soir environ » (p. 110) par la collision entre le *Nautilus* et l'*Abraham Lincoln* : nous sommes donc bien toujours le 5 novembre.

Page 107.

1. Byron est resté célèbre pour sa traversée à la nage de l'Hellespont (détroit des Dardanelles) en 1810. Quant à Edgar Poe (que Jules Verne orthographie toujours *Edgard* Poe), Baudelaire signale dans son article biographique « Edgar Poe, sa vie et ses œuvres », publié en 1856 en guise de préface à sa traduction des *Histoires extraordinaires*, que l'écrivain américain avait, dans sa jeunesse, « gagné un pari de nageur qui dépasse la mesure ordinaire du possible ».

Page 118.

1. *Mobilis in mobile* : Jules Verne propose plus loin (p. 128) la traduction de cette devise : « Mobile dans l'élément mobile. »

2. Le contexte montre qu'il ne s'agit pas ici des habitants de la Calédonie (l'Écosse), mais de la Nouvelle-Calédonie, possession française depuis 1853. Le Calédonien, écrit le *Grand Dictionnaire* de Pierre Larousse, « professe la polygamie et était naguère anthropophage ».

Page 120.

1. L'expression se trouve dans la *Lettre sur les sourds et muets* : « Remarquez en passant combien la langue des gestes est métaphorique » (Diderot, *Œuvres*, Laffont, coll. « Bouquins », t. IV, p. 18).

Page 121.

1. Louis-Pierre Gratiolet (1815-1865), physiologiste, spécialiste d'anatomie comparée et de physiologie du cerveau, enseigna au Muséum d'Histoire naturelle et à la Sorbonne. Joseph Engel (1816-1874), anatomiste autrichien, est l'auteur de *Recherches sur la forme du crâne*, et d'une étude sur *La Charpente osseuse de la face humaine* (1850). La mode de la physiognomonie, science fondée par Lavater, qui définit le caractère par l'interprétation des traits du visage, s'est poursuivie pendant tout le XIXᵉ siècle.

2. La chirognomonie s'intéresse aux rapports de la main et du caractère. Jules Verne connaissait le chevalier d'Arpentigny, expert en chirognomonie, qui l'avait mis en relation avec Alexandre Dumas.

Page 123.

1. *L'habeas corpus* : bill voté par le Parlement de Londres en 1679, qui garantit la liberté individuelle de chaque citoyen britannique, et s'oppose donc à toute détention arbitraire.

Page 146.

1. Jules Verne donne au navire du capitaine Nemo le nom du premier sous-marin de l'histoire de la navigation, le *Nautilus* de Robert Fulton (1800). Ce nom avait été repris en 1857 par l'Américain Hallett pour un sous-marin présenté à Paris en 1858 et 1867. Venu du grec *nautilos* (« matelot ») par l'intermédiaire du latin scientifique, il évoque à la fois la

qualité essentielle du submersible (navire « marin » par excellence), et le mollusque nommé « nautile » puis « argonaute », parfait navigateur dont il sera question au chapitre I de la deuxième partie.

Page 147.

1. Ce pasteur est Protée, dieu de la mythologie grecque, chargé de faire paître les troupeaux d'animaux marins appartenant à Poséidon (dont Neptune est l'équivalent latin). Il possédait le pouvoir d'adopter la forme de tout être vivant ou même de tout élément. Jules Verne l'évoque à plusieurs reprises dans le roman.

Page 149.

1. Les holothuries sont des animaux marins à corps mou, de la classe des échinodermes, dont les habitants de la Malaisie et de l'Indonésie se nourrissent habituellement.

Page 150.

1. La forme « vêtit », au présent de l'indicatif, est bien celle qui figure dans l'édition originale. Elle résulte d'un alignement de la conjugaison du verbe « vêtir » sur le modèle du deuxième groupe dont on trouve des exemples, entre autres, chez Voltaire, Buffon, Chateaubriand.

2. Ce poète est Michelet, qui évoque dans *La Mer* (livre I, chapitre V) « l'infini vivant de la mer, les milliards de milliards d'êtres qu'elle fait et défait sans cesse ». Cette expression est citée dans *Les Mystères de l'océan* d'Arthur Mangin (p. 94). Elle se retrouve dans *Le Monde de la mer* d'Alfred Frédol, p. 103 : « Les Infusoires, les Foraminifères et les Polypes existent dans la mer par milliards de milliards. C'est l'infini vivant ! »

Page 153.

1. La bibliothèque du *Nautilus* contient l'ensemble de la littérature gréco-latine et française, des origines jusqu'à l'époque contemporaine, dans les trois genres principaux : la poésie (d'Homère à Victor Hugo), l'histoire (de Xénophon à Michelet), le roman (de Rabelais à George Sand). Pour la période contemporaine, les trois écrivains cités sont des inspirateurs directs de *Vingt mille lieues sous les mers* : Hugo, l'auteur des *Travailleurs de la mer* ; Michelet, celui de *La Mer* ; George Sand, qui donna peut-être à Jules Verne l'idée de son roman (voir la préface de cette édition).

2. La bibliothèque scientifique du capitaine Nemo contient les ouvrages des savants européens les plus éminents du XIXe siècle dans toutes les disciplines : géographie (Humboldt,

Petermann), physique (Arago, Foucault, Faraday, Tyndall), chimie (Sainte-Claire Deville, Berthelot), mathématiques (Chasles), sciences naturelles (Milne-Edwards, Agassiz, Quatrefages), astronomie (le jésuite italien Angelo Secchi). Le commandant Matthew Fontaine Maury (1806-1873), Américain d'origine française, fut un spécialiste d'hydrographie et de météorologie marine. Jules Verne fait souvent allusion à ses travaux.

3. Joseph Bertrand (1822-1900) enseigna les mathématiques à l'École polytechnique, à l'École normale supérieure, au Collège de France et à la Sorbonne. Il fut élu à l'Académie française en 1884. Il ne dédaignait pas la vulgarisation scientifique. « Son charmant livre, *Les Fondateurs de l'astronomie moderne*, est digne de la faveur que le public continue de lui témoigner après quatre éditions », écrit le *Grand Dictionnaire* de Pierre Larousse. Jules Verne s'était adressé à lui en 1864, lorsqu'il préparait *De la Terre à la Lune*.

4. Lapsus de Jules Verne pour « une époque antérieure », conservé par toutes les éditions Hetzel.

Page 157.

1. Il s'agit d'Henri Milne-Edwards (1800-1885), plutôt que de son fils Alphonse (1835-1900), trop jeune encore pour avoir pu être le « maître » du professeur Aronnax, dont nous savons qu'il est âgé de 40 ans en 1867. Tous deux furent des savants physiologistes, spécialistes des mollusques et des crustacés. Les allusions à Milne-Edwards sont fréquentes dans le roman.

Page 158.

1. La Nouvelle-Hollande, premier nom de l'Australie, découverte au début du XVIIe siècle par des navigateurs hollandais.

Page 171.

1. Robert Wilhelm Bunsen (1811-1899), physicien allemand, inventeur d'une pile électrique à l'acide nitrique (1841). Heinrich Daniel Ruhmkorff (1803-1877), électricien allemand établi à Paris, inventeur de la bobine d'induction qui porte son nom.

Page 175.

1. *Fondriers* : voir ci-dessus p. 64, note 2.

Page 178.

1. Sans doute Henri Jansen (1741-1812), qui fut bibliothécaire du prince de Talleyrand, et traduisit en français de

nombreux ouvrages d'histoire et d'histoire naturelle, et des récits de voyages.

Page 180.

1. Il s'agit de la dette publique de la France à la fin du second Empire, et non de l'indemnité de cinq milliards que la France dut verser à l'Allemagne après la défaite de 1870. Mais les lecteurs de l'édition grand in-8°, parue après la guerre, firent la confusion. Comme l'écrit Marguerite Allotte de La Fuÿe, première biographe de l'écrivain, « en 1872, cette phrase sembla prophétique. La France, pour laquelle cinq milliards représentaient la tragique rançon de ses malheurs, frissonna d'émotion et cette émotion mit, autour du front de Jules Verne, une auréole qu'il n'attendait point » (*Jules Verne, sa vie, son œuvre*, Simon Kra, 1928, p. 178).

Page 185.

1. Jules Verne fait souvent allusion à Maury dans son roman. Il ne semble pas que celui-ci ait eu à souffrir, comme Galilée auquel il est associé, une véritable persécution. Le *Grand Dictionnaire* de Pierre Larousse affirme même que « le gouvernement de l'Union lui prêta constamment l'aide la plus généreuse dans tous ses travaux ». Verne fait sans doute allusion au fait que Maury, au moment de la guerre de Sécession, se démit de ses fonctions à Washington pour entrer au service des Confédérés, ce qui nuisit ensuite à sa carrière.

Page 187.

1. Alexandre du Sommerard (1779-1842), archéologue et collectionneur, avait réuni dans l'hôtel de Cluny un ensemble d'objets d'art du Moyen Âge et de la Renaissance, qui, après sa mort, fut acquis par l'État et transformé en musée (1843).

Page 190.

1. Christian-Gottfried Ehrenberg, naturaliste allemand (1795-1876). Ce spécialiste des infusoires est l'auteur d'un traité sur *La Phosphorescence de la mer*, « modèle de minutieuse investigation » (*Grand Dictionnaire* de Pierre Larousse), dans lequel il attribue les phénomènes de phosphorescence à la présence d'animalcules marins.

Page 201.

1. Seul exemple dans le roman de l'« incompréhensible langage » propre au capitaine Nemo et à l'équipage du *Nautilus*. Le premier manuscrit conservé au Département des Cartes et

Plans de la Bibliothèque nationale propose une version légèrement différente : *Nautron restoll loui virch*, qui devient dans le second manuscrit celle que nous connaissons. Au début du chapitre XVIII du roman (ci-dessous p. 229), cette phrase est censée signifier « nous n'avons rien en vue ». Cependant, Jules Verne était trop amateur de logographes et de langages secrets, il y a trop de messages cryptés dans ses œuvres (dans *Voyage au centre de la Terre*, *La Jangada*, *Mathias Sandorf*, notamment), pour que les exégètes n'aient pas été tentés d'y chercher un sens caché moins banal. Voir par exemple l'explication avancée par Marc Soriano dans *Jules Verne, biographie (le cas Verne)*, Julliard, 1978, p. 350. Mais aucune traduction proposée jusqu'à ce jour n'est véritablement convaincante. C'est une énigme soumise à la sagacité des lecteurs. On pourrait seulement remarquer que *nautron* est proche de *Nautilus*, que *respoc* évoque, par un simple déplacement de lettre, le nom de l'île Crespo, où les passagers du *Nautilus* iront bientôt chasser (aux chapitres XVI et XVII de la première partie du roman), et surtout que c'est l'anagramme du mot anglais *corpse* (cadavre). On n'en est pas beaucoup plus avancé !

Page 203.

1. Affleurement dans le texte de la nationalité originelle de Nemo, qui aurait dû être un grand seigneur polonais, si Hetzel ne l'avait pas interdit (voir la préface).

Page 206.

1. L'ingénieur et poète Louis Denayrouze (1848-1910) perfectionna, avec l'aide de son frère Auguste, l'invention de l'ingénieur des mines Benoît Rouquayrol, un « aérophore » destiné au sauvetage des mineurs dans les milieux où l'air est irrespirable. C'était l'ancêtre du scaphandre autonome.

Page 207.

1. Sur le chimiste allemand Ruhmkorff, voir ci-dessus p. 171, note 1.

Page 209.

1. Ce chimiste autrichien est inconnu des dictionnaires et des encyclopédies.

Page 216.

1. La forme correcte est *ooze* : vase, limon.

Page 220.

1. *Test* : enveloppe calcaire qui protège le corps des animaux invertébrés.

Page 221.

1. Ce « spirituel naturaliste » est Alfred Frédol, dans *Le Monde de la mer*, p. 48.

Page 230.

1. Habitant de l'île de Candie, nom que porta la Crète du Moyen Âge au XIXᵉ siècle.

Page 236.

1. Si de telles profondeurs ont été effectivement relevées au XIXᵉ siècle, c'était à partir de mesures erronées : la profondeur de l'Atlantique Sud ne dépasse pas 5 000 à 6 000 mètres. Quant à la profondeur moyenne des océans, elle n'est pas de 7 kilomètres comme le croyait Jules Verne, mais de la moitié seulement.

Page 237.

1. L'archipel des Sandwich est l'ancien nom des îles Hawaii, découvertes en 1778 par le navigateur anglais James Cook. C'est là que l'explorateur trouva la mort, massacré par les indigènes.
2. L'orthographe des noms de lieux est quelque peu inexacte. Haouaï est la forme francisée de Hawaii, il faut lire Mauna-Kea au lieu de Mouna-Rea.

Page 238.

1. Il semble que Jules Verne fasse ici une confusion entre Athénée, médecin grec vivant à Rome au Iᵉʳ siècle ap. J.-C., et Athénée de Naucratis, rhéteur et grammairien grec des IIᵉ et IIIᵉ siècles ap. J.-C. Ce dernier est l'auteur du *Banquet des savants* (les *Deipnosophistes*), vaste compilation en 15 livres de citations, d'anecdotes, de renseignements de toutes sortes.
2. Sans doute Alcide d'Orbigny (1802-1857), voyageur, naturaliste, professeur au Muséum d'Histoire naturelle de Paris comme Pierre Aronnax, qui a laissé de nombreux traités de paléontologie, de zoologie, et notamment un *Tableau méthodique de la classe des céphalopodes* (1826) et une *Monographie des céphalopodes cryptodibranches* (1839-1848). Il peut s'agir aussi de son frère Charles d'Orbigny (1806-1876), maître d'œuvre d'un *Dictionnaire universel d'histoire naturelle* en 16 volumes (1839-1849) que Jules Verne a consulté pour son roman.

Page 239.

1. Jean Macé (1815-1894), professeur dans une institution pour jeunes filles d'Alsace et ami de collège de l'éditeur Hetzel, fut avec Jules Verne un des piliers du *Magasin d'éducation et de récréation*, le journal pour la jeunesse lancé par Hetzel le 20 mars 1864. Il en dirigeait la partie éducative. *Les Serviteurs de l'estomac* figurent au sommaire du premier numéro, en compagnie des *Anglais au pôle Nord* de Jules Verne. L'édition en volume date de 1866. La même année, Jean Macé fonda la Ligue de l'enseignement, qui joua un grand rôle dans la promotion de l'école laïque.

Page 242.

1. Charles Robert Darwin (1809-1882), biologiste anglais, auteur de la théorie de l'évolution des espèces. Il a exposé le processus de formation des atolls coralliens dans *Les Récifs de corail, leur structure et leur distribution* (1842).

Page 244.

1. L'archipel Viti, ancien nom des îles Fidji.

Page 245.

1. Erreur de Jules Verne, ou plutôt du typographe, présente dans toutes les éditions. James Cook n'a commencé ses voyages dans l'océan Pacifique qu'en 1768. Il faut lire sans doute 1774.

Page 246.

1. Le capitaine anglais Peter Dillon éclaircit le premier, en 1827, les circonstances de la disparition de La Pérouse, en 1788, dans les parages de l'île de Vanikoro. La traduction française du récit de Dillon, *Voyages aux îles de la mer du Sud, à la recherche de La Pérouse*, parut en 1836.

Page 247.

1. Dans une lettre à Lucilius, *Epist.*, 78, 23.

Page248.

1. Une toise vaut six pieds, c'est-à-dire à peu près 1,95 mètre. 476 toises font donc 928 mètres.

Page 249.

1. La Nouvelle-Géorgie, autre nom des îles Salomon.

Page 250.

1. Lascar : « nom donné dans la mer des Indes orientales aux matelots indiens tirés de la classe des parias » (Littré).

2. Un pierrier est un petit canon que l'on chargeait avec des pierres au lieu de boulets.

Page 251.

1. La Louisiade, archipel situé au sud-est de la Nouvelle-Guinée, découvert par Bougainville en 1767.

Page 252.

1. Saumon : masse de métal non dégrossie, telle qu'elle est sortie de la fonte.

Page 259.

1. Sur la Nouvelle-Hollande, voir ci-dessus p. 158, note 1.

2. Louis-Grégoire Do mény de Rienzi, savant et voyageur (1789-1843), auteur d'un _Dictionnaire géographique_.

3. Les Andamènes sont, au sens strict du terme, les habitants des îles Andaman, situées dans le golfe du Bengale. Mais la _Grande Encyclopédie_ (t. II, p. 1007) signale qu' « ils appartiennent à la race nègre et se rapprochent des Papous de Guinée ». Jules Verne emploie donc ce terme pour désigner les Papous de Nouvelle-Guinée.

Page 266.

1. Orthographe erronée pour _stipe_, tige cylindrique des plantes arborescentes, couronnée par un panache de feuilles.

Page 294.

1. Dumont d'Urville est mort avec sa famille dans la catastrophe de Bellevue (près de Meudon) qui fit 55 victimes, le 8 mai 1842.

Page 298.

1. Aegri somnia : « les rêves d'un malade ». Citation d'Horace, _Art poétique_, vers 7.

Page 313.

1. Sur Gratiolet, voir ci-dessus p. 121, note 1. Alfred Moquin-Tandon (1804-1863), savant zoologiste et botaniste, fut docteur en médecine à 24 ans, professeur d'histoire naturelle à la Faculté de médecine de Paris, membre de l'Académie de

médecine. Il a publié de nombreuses études, et, sous le pseudonyme d'Alfred Frédol, un ouvrage sur *Le Monde de la mer*
(posthume, 1865), qui est une des principales sources de
Jules Verne pour *Vingt mille lieues sous les mers*.

Page 314.

1. *Phlegmasie* : inflammation.

Page 316.

1. Erreur de Jules Verne : le chirurgien de marine marseillais J.-Antoine Peyssonel est né en 1694. Jules Verne
confond la date de sa naissance avec celle de ses travaux.
C'est en 1750, selon Arthur Mangin (*Les Mystères de l'océan*,
p. 231), que Peyssonel a rangé le corail parmi les zoanthaires.
Il rencontra d'abord l'hostilité du monde savant, et dut s'exi-
ler en Angleterre.

2. Citation d'Alfred Frédol, *Le Monde de la mer*, p. 112 :
« Tout en *s'arborisant*, le Polype se *minéralise*. »

Page 318.

1. Ce penseur est Michelet, toujours dans *La Mer* (livre II,
chapitre IV). Michelet écrit : « Il est des êtres incertains, les
corallines, par exemple, que les trois règnes se disputent.
Elles tiennent de l'animal, elles tiennent du minéral ; finalement, elles viennent d'être adjugées aux végétaux. Peut-être
est-ce le point réel où la vie obscurément se soulève du sommeil de pierre, sans se détacher encore de ce rude point de
départ, comme pour nous avertir, nous si fiers et placés si
haut, de la fraternité ternaire, du droit que l'humble minéral
a de monter et s'animer, et de l'aspiration profonde qui est au
sein de la Nature. »

Page 331.

1. Le fusil à aiguille Chassepot, en service dans l'armée
française depuis 1866. Le fusil Remington, à système de rotation rétrograde, équipait l'armée américaine depuis 1867.

2. Sur Lacépède, voir p. 52, note 2.

Page 332.

1. Voir ci-dessus p. 220, note 1.

Page 334.

1. Aristote dans son *Histoire des animaux*, Athénée dans
Les Deipnosophistes (voir ci-dessus p. 238, note 1), Pline l'ancien dans l'*Histoire naturelle*, Oppien dans *Les Halieutiques*,

poème sur la pêche du IIe siècle ap. J.-C. Le *Grand Dictionnaire* de Pierre Larousse note à propos de l'argonaute qu'« Aristote, Athénée, Oppien, Pline et d'autres, en ont fait l'emblème de la navigation, et ont décrit ses mœurs et son industrie sous les couleurs les plus poétiques ».

Page 338.

1. Amboine, île de l'archipel des Moluques, aujourd'hui Pulau Ambon.

Page 339.

1. Nouvel accroc dans la chronologie. Il s'agit en réalité du 28 janvier, puisque la fin du chapitre précédent se situe le 27 janvier (p. 338). La chronologie sera rétablie normalement au début du chapitre IV (ci-dessous p. 370), et nous reviendrons au 29 janvier.

Page 340.

1. Il s'agit de l'ouvrage classique d'Henry Charles Sirr, *Ceylon and the Cingalese* (Londres, 1850, 2 vol.).

Page 345.

1. *Hyalin* : transparent comme le verre.

Page 348.

1. *Rogueurs* : Jules Verne a trouvé ce mot absent de tous les dictionnaires dans *Le Monde de la mer* d'Alfred Frédol (p. 264), qui sert de source très précise à tout le passage.

Page 350.

1. *J'ai dû me marier* : au sens de « j'aurais dû me marier », « j'ai failli me marier ».

Page 361.

1. *Cyrrhes*, pour cirrhes : tentacules ou antennes filiformes.

Page 371.

1. Effet de vraisemblance historique : l'action du chapitre IV de la deuxième partie se situe fin janvier 1868, et le canal de Suez ne fut inauguré que le 17 novembre 1869.

Page 373.

1. Lire Hadramaout, région méridionale de l'Arabie.
2. Al Edrisi ou Idrisi, géographe arabe du XIIe siècle. Son grand ouvrage, *Divertissement de celui qui désire parcourir le monde*, a été traduit en français par Amédée Jaubert en 1836-1840.

Page 374.

1. Le lac Asphaltite est l'ancien nom de la mer Morte.

Page 376.

1. On appelait *Échelles du Levant* les ports des côtes de Grèce et de Turquie où les navires européens faisaient escale.

Page 377.

1. Sur d'Orbigny, voir ci-dessus p. 238, note 2.

Page 378.

1. Strabon, historien et géographe grec né au Ier siècle av. J.-C., auteur d'une célèbre *Géographie*.

Page 379.

1. Les vents étésiens sont des vents du nord qui soufflent périodiquement dans la Méditerranée au moment de la canicule.

2. Arrien, écrivain grec du IIe siècle ap. J.-C., historien de l'expédition d'Alexandre et auteur d'un ouvrage sur l'Inde ; Agatharchide de Cnide, historien et géographe grec de la fin du IIe siècle av. J.-C., auteur d'un ouvrage *Sur la mer Érythrée* ; Artémidore d'Éphèse, géographe grec de la fin du IIe siècle av. J.-C., auteur d'un *Périple* ou *Description de la terre*.

Page 384.

1. Jules Verne exprime ici sa reconnaissance envers Ferdinand de Lesseps (1805-1894), le fondateur de la Compagnie du canal de Suez. Celui-ci, fervent lecteur de l'écrivain, avait demandé pour lui en février 1870 la Légion d'honneur. Le décret fut signé par l'impératrice en août, quelques jours avant la chute de l'Empire.

Page 385.

1. « Ils ont des oreilles et n'entendront pas », (Psaume 115, verset 6).

Page 398.

1. On appelait au XIXe siècle *Archipel grec* ou simplement *Archipel* l'ensemble de la mer Égée avec ses îles. Jules Verne publiera en 1884 *L'Archipel en feu*.

Page 406.

1. Citation de Virgile, *Géorgiques*, IV, 387-388 : « Il y a dans le gouffre de Carpathos, royaume de Neptune, un devin, le

dieu céruléen Protée » (trad. E. de Saint-Denis, Les Belles-Lettres). Sur Protée, voir ci-dessus p. 147, note 1. La légende attribuait à Protée le don de prophétie.

2. En 1867, la Crète faisait toujours partie de l'Empire ottoman. Une insurrection avait éclaté en 1866, réclamant le départ des Turcs et le rattachement à la Grèce, qui ne fut effectif qu'en 1913.

Page 408.

1. Le cap Matapan ou Ténare, au sud du Péloponnèse, à l'extrémité du Magne. Le *pesce*, le poisson, en italien.

Page 414.

1. *Cerigo*, nom vénitien de Cythère, utilisé du Moyen Âge au XIXᵉ siècle.

2. Cet éloge de la Méditerranée se trouve au livre IV de *La Mer*, chapitre II : « Telle qu'elle est, cette belle mer, avec ses climats puissants, elle trempe admirablement l'homme. »

Page 417.

1. *La Propontide*, ancien nom de la mer de Marmara.

Page 420.

1. Dans la mythologie grecque, Arachné était une jeune fille de Lydie, si habile dans l'art du tissage et de la broderie qu'elle n'hésita pas à défier Athéna elle-même. Pour la punir, la déesse déchira l'ouvrage d'Arachné, et la transforma en araignée.

Page 427.

1. Rufus Festus Avienus, géographe et poète du IVᵉ siècle ap. J.-C., traducteur en latin de poèmes géographiques grecs.

Page 435.

1. C'est bien le texte de toutes les éditions depuis l'originale. Ce curieux emploi du présent dans un récit au passé peut s'expliquer par une recherche d'actualisation forte. Aronnax se replace exactement dans la situation d'attente et de « malaise insupportable » où il se trouvait alors.

Page 436.

1. Ce panthéon du capitaine Nemo réunit la plupart des grands héros dévoués, depuis la fin du XVIIIᵉ siècle et pendant l'époque romantique, à la cause de la liberté. Thadée Kos-

ciusko (1746-1817), chef de l'insurrection polonaise contre la Russie en 1794, fut battu et blessé, après de brillants succès, à la bataille de Maciejowice (octobre 1794). C'est là qu'il aurait poussé le fameux cri de désespoir « finis Poloniae » (fin de la Pologne). Il mourut dans l'exil en Suisse. Michelet l'évoque dans ses *Légendes démocratiques du Nord*. Markos Botzaris (v. 1789-1823), un des chefs de la guerre d'Indépendance grecque, s'illustra dans la défense de Missolonghi (1822-1823), et mourut en combattant les Turcs à la bataille de Carpenitze. Il était souvent comparé à Léonidas, le héros des Thermopyles. Daniel O'Connell (1775-1847), patriote irlandais, fonda en 1823 l'Association catholique, et lutta pour l'émancipation de son pays. George Washington (1732-1799), chef de la guerre d'Indépendance et premier président des États-Unis, et Abraham Lincoln (1809-1865), artisan de l'abolition de l'esclavage aux États-Unis (1863), sont suffisamment connus. Ce dernier venait d'être assassiné au moment où Jules Verne forma le premier projet de *Vingt mille lieues sous les mers*. Daniele Manin (1804-1857), patriote italien du Risorgimento, chassa les Autrichiens de Venise (mars 1848) et projeta d'établir en Italie une république fédérale. Il défendit sa ville contre le retour des Autrichiens, mais dut capituler en août 1849. Il mourut dans l'exil à Paris. John Brown (1800-1859), militant antiesclavagiste, fut condamné à mort et pendu en Virginie le 2 décembre 1859 pour avoir excité les esclaves à la révolte. Son exécution causa dans le monde entier une émotion considérable. Victor Hugo a laissé trois dessins représentant le gibet de John Brown.

Page 456.

1. Théopompe de Chios, historien grec du IVe siècle av. J.-C., parle des Méropes comme d'un peuple légendaire du nord de l'Europe.

Page 457.

1. Énumération chronologique un peu hétéroclite : trois philosophes de l'Antiquité, Origène, Grec chrétien d'Égypte vivant au IIIe siècle ap. J.-C., commentateur des Écritures ; Porphyre et Jamblique, philosophes néoplatoniciens du IIIe siècle ap. J.-C. Trois géographes de l'époque moderne : J.-B. Bourguignon d'Anville (1697-1782), auteur de traités d'histoire et de cartes du monde méditerranéen ; Conrad Malte-Brun (1775-1826), journaliste et géographe d'origine danoise, auteur d'un *Précis de géographie universelle* (à moins qu'il ne s'agisse de son fils Victor-Adolphe (1816-1889), également géographe) ; Alexandre de Humboldt (1769-1859), illus-

tre naturaliste et voyageur allemand, auteur de *Cosmos* ou *Description physique du monde* (1847-1851).

2. Autre énumération d'auteurs anciens et modernes : Posidonius, philosophe grec stoïcien des IIe et Ier siècles av. J.-C. ; Pline l'Ancien, souvent cité par Jules Verne ; Ammien-Marcellin, historien latin du IVe siècle de notre ère ; Tertullien, écrivain latin chrétien des IIe et IIIe siècles ; sur Engel, voir ci-dessus p. 121, note 1 ; Sherer est peut-être Jean-Frédéric Schérer, orientaliste strasbourgeois du XVIIIe siècle, auteur d'un traité *De diluviis veterum* (*Du déluge chez les Anciens*) ; Tournefort (1656-1708), voyageur, botaniste et médecin, a été professeur au Muséum et au Collège de France ; Buffon (1707-1788) est suffisamment connu. Il a parlé de l'Atlantide dans *Les Époques de la nature* (sixième Époque). Marie Armand Pascal d'Avezac (1799-1875), historien, géographe et érudit, a laissé beaucoup d'études sur la géographie de l'Afrique et de l'Atlantique.

3. Platon a parlé de l'Atlantide dans le *Timée* (21a et suiv.) et surtout dans le *Critias* (108e et suiv.) qui sont deux dialogues différents. Jules Verne résume le début du *Critias*.

Page 460.

1. Jean-Sylvain Bailly, savant et homme politique (1736-1793), propose dans ses *Lettres sur l'Atlantide de Platon et sur l'ancienne histoire de l'Asie* (1779) et dans son *Histoire de l'astronomie ancienne* (1781) l'hypothèse d'un peuple « antédiluvien », d'une civilisation avancée, qui aurait disparu dans un cataclysme, non sans léguer aux époques postérieures une partie de ses connaissances et de ses coutumes. L'hypothèse de Bailly fait partie des nombreuses conjectures sur les origines de la civilisation qui furent avancées au XVIIIe siècle. Elle fut sévèrement critiquée par les savants de l'époque (Delambre et d'Alembert notamment), ce qui explique la restriction de Jules Verne : « au point de vue purement imaginaire ». Bailly fut maire de Paris jusqu'en 1791 et mourut guillotiné sous la Terreur.

Page 470.

1. *Héliotrope* signifie en effet « qui se tourne vers le soleil ».

Page 473.

1. Dans *L'Antiquaire* (chapitre VI) Sir Arthur Wardour et sa fille Miss Isabelle sont surpris par la marée et ne doivent leur salut qu'à l'intervention du mendiant Edie Ochiltrie et d'un

jeune étranger, Lovel (merci à Michel Crouzet de m'avoir éclairé).

Page 475.

1. Sur Maury, voir ci-dessus p. 153, note 2. Le titre exact de l'ouvrage de Maury est *Géographie physique de la mer* (1856).

Page 482.

1. Voir ci-dessus p. 236, note 1.

Page 483.

1. Francis Leopold McClintock (1819-1907), marin anglais qui explora les mers arctiques et participa aux recherches pour retrouver le navigateur Franklin (voir ci-dessus p. 68, note 2).

Page 486.

1. Ce passage établit une relation entre le texte et l'image possible seulement dans l'édition illustrée (dans l'édition grand in-8° p. 320), en même temps qu'il crée un effet de vraisemblance.

2. On se demande ce que deviennent, dans ces conditions, les fragiles bibelots et les précieuses collections du *Nautilus* ! Cette remarque vaut aussi pour l'épisode du combat contre les cachalots, au chapitre suivant. De même lorsque le *Nautilus* défonce la banquise à coups d'éperon (ci-dessous deuxième partie, chapitre XVI), ou lorsqu'il brave la tempête (deuxième partie, chapitre XIX).

Page 493.

1. Sur le passage du Nord-Ouest, voir ci-dessus p. 68, note 2.

Page 494.

1. Allusion au premier voyage de Sindbâd dans *Les Mille et Une Nuits* (538ᵉ et 539ᵉ nuits). Sindbâd et ses compagnons font relâche sur une île couverte d'une végétation merveilleuse, mais il s'agit en fait « d'un énorme animal marin qui s'est échoué là depuis si longtemps que le sable l'a recouvert et en a fait comme une île sur laquelle ont poussé des arbres depuis la nuit des temps ». Ayant senti la chaleur des feux allumés par les marins débarqués, il se remet en mouvement et s'enfonce dans la mer (*Sindbâd de la mer et autres contes des Mille et Une Nuits*, trad. Jamal Eddine Bencheikh, Folio classique, p. 356-358).

Page 498.

1. Chanson populaire chez les Anglo-saxons des États-Unis du Nord, mais moins à sa place dans la bouche d'un Québécois comme Ned.

Page 499.

1. Dans *Le Monde de la mer*, p. 542. Sur Alfred Frédol, voir ci-dessus p. 313, note 1.

Page 501.

1. *Ragot* : « sanglier qui a quitté les compagnies et qui n'a pas encore trois ans » (Littré).

Page 503.

1. L'*ice-blink* (de l'anglais *to blink*, clignoter) est un phénomène d'optique dû à la réverbération qui se présente sous la forme d'une colonne brillante dressée dans le ciel.

Page 506.

1. Le diorama, procédé inventé par Daguerre en 1822, consistait en une toile transparente plane, sur laquelle étaient peints des paysages, des vues de villes ou des scènes diverses. Des jeux d'éclairages permettaient de créer des effets de clair-obscur, de varier les couleurs et de donner l'illusion du mouvement.

Page 507.

1. Christophe Hansteen (1784-1873), astronome norvégien, auteur de *Recherches sur le magnétisme terrestre* (1819). Louis-Isidore Duperrey (1786-1865), marin et savant, membre de l'Académie des sciences. Il dressa de nombreuses cartes dans le Pacifique et l'Atlantique Sud.

Page 508.

1. Lire les *palchs*, champs de glaces brisées circulaires, suivant la définition donnée p. 505.

Page 516.

1. Curieuse précision, puisque nous sommes passés de douze à onze degrés (au-dessous de zéro). C'est un degré seulement de gagné. Si les eaux profondes ne gèlent pas à cette température, c'est parce que leur densité est trop élevée, comme Nemo l'a expliqué plus haut p. 513.

Page 517.

1. Erreur de calcul du professeur Aronnax : s'il y a 1 000 pieds de glace immergée, il ne peut pas y avoir mille

pieds de glace émergée, mais seulement 250, puisque lui-même vient de nous expliquer (p. 513) que « la partie immergée de cette banquise est à la partie émergeante comme quatre est à un ». Il est vrai que Nemo corrige immédiatement (p. 513), en déclarant que « pour un pied que les ice-bergs ont au-dessus de la mer, ils en ont trois au-dessous ». Mais même avec cette échelle, le calcul d'Aronnax est faux : 1 000 pieds immergés doivent donner 333 pieds émergés.

2. Nouvelle erreur : si 900 mètres sont immergés, il y a bien, selon l'échelle du capitaine Nemo, 1 200 mètres d'épaisseur totale. Mais la partie émergée devrait être de 300 mètres et non de 200. Si l'on adopte l'échelle d'Aronnax, une profondeur de 900 mètres suppose une hauteur émergée de 225 mètres et une épaisseur totale de 1 125 mètres.

Page 522.

1. James Ross (1800-1862), navigateur anglais, explorateur des mers polaires, lança de 1839 à 1843 plusieurs expéditions vers le pôle Sud. Il donna le nom de ses navires, l'*Erebus* et le *Terror*, à deux volcans découverts en 1841 sur le continent antarctique. L'aéronef de Robur, l'*Albatros*, survole malgré lui l'Erebus et le Terror au chapitre XIV de *Robur le conquérant*.

Page 523.

1. *Quebrante-huesos* : en espagnol « briseur d'os », à cause de la robustesse de leur bec et de la force de leurs ailes.

Page 573.

1. Le baleinoptère, ou baleine « ailée » (du grec *pteron*, « aile »), en raison de la forme allongée de sa nageoire dorsale.

Page 547.

1. Puisque le *Nautilus* marche à contre-hélice depuis cinq heures du matin, qu'il est maintenant huit heures vingt-cinq, et que sa vitesse est de vingt milles à l'heure, il faut en déduire que la longueur de l'étroit tunnel de glace dans lequel il est enfermé est d'à peu près 70 milles marins, soit 130 kilomètres, ce qui est tout de même peu vraisemblable.

Page 573.

1. Alphonse Toussenel (1803-1885), disciple de Fourier, journaliste, pamphlétaire, « écrivain ingénieux, spirituel et paradoxal » selon le *Grand Dictionnaire* de Pierre Larousse, s'intéressa à la zoologie et à la chasse. Il a laissé un ouvrage

sur *L'Esprit des bêtes* (1847) et un autre sur *Le Monde des oiseaux* (1852).

Page 579.

1. Le *Grand Dictionnaire* de Pierre Larousse, à l'article « Surmulet », indique que « les Romains en faisaient grand cas et aimaient à observer sur leurs tables la dégradation de couleurs qu'il présente en mourant. Ils le payaient à des prix très élevés, d'où est venu le proverbe : "Ne le mange pas qui le prend" ».

2. Sélènes, du grec *Sélènè*, la Lune.

Page 580.

1. Les îles Lucayes, ancien nom des îles Bahamas.

Page 582.

1. Ces renseignements sont tirés du *Monde de la mer*, d'Alfred Frédol (p. 310). Jules Verne suit sa source de très près.

2. Sur l'évêque Pontoppidan, voir ci-dessus p. 54, note 3. Berghem est la ville de Bergen, en Norvège.

Page 583.

1. Nouvel emprunt au *Monde de la mer*, d'Alfred Frédol. L'épisode du calmar monstrueux repéré par l'*Alecton* y est rapporté en détail (p. 314-317). Frédol donne le véritable nom du commandant, Bouyer et non Bouguer, qui provient d'une fausse lecture de Jules Verne.

Page 591.

1. Hommage rendu par Jules Verne, sous le second Empire, au grand opposant de Guernesey. Verne et Hetzel réaffirment ici leurs opinions républicaines. *Les Travailleurs de la mer*, parus à Bruxelles en mars 1866, ont été publiés par Hetzel en édition illustrée en 1869. Il s'agit, avec *La Mer* de Michelet, d'un des grands textes modèles de *Vingt mille lieues sous les mers*, et l'épisode du combat de Nemo contre les poulpes se place tout entier sous l'invocation du combat de Gilliatt contre la pieuvre.

Page 593.

1. Ligne courbe suivie par un navire lorsqu'il coupe les méridiens toujours sous le même angle.

Page 594.

1. C'est-à-dire à la latitude des deux États américains de Caroline du Nord et du Sud.

2. Ci-dessus, deuxième partie, chapitre XVII, p. 571.

Page 604.

1. Yedo est l'ancien nom de Tokyo. En réalité, les vagues dont il est question ne furent pas celles d'une tempête, mais d'un raz de marée causé par un tremblement de terre, qui détruisit la ville de Tokyo le 23 décembre 1854 (et non 1864 comme le texte l'indique par erreur, sans doute par suite d'une faute d'impression). La date correcte est donnée par Alfred Frédol, *Le Monde de la mer*, p. 14.

Page 614.

1. Îles de l'océan Atlantique situées au large de la pointe de la Cornouaille anglaise. En anglais, Isles of Scilly.

2. Qui, pronom interrogatif neutre, mis pour « qu'est-ce qui ». Emploi classique archaïsant.

Page 616.

1. Le capitaine Nemo relate ici un épisode héroïque des guerres navales franco-anglaises pendant la Révolution qui constitue certainement, à la fin du XVIIIᵉ siècle et pendant tout le XIXᵉ, un des plus célèbres exemples patriotiques proposés à la mémoire nationale. L'histoire, la peinture, la musique, la chanson ont immortalisé l'événement. Les poètes Lebrun, Marie-Joseph Chénier, Parny, ont consacré des odes au *Vengeur*. En mars 1868 encore, un drame portant ce titre avait été représenté au Châtelet.

Page 624.

1. Curieuse contradiction, puisque Aronnax vient de déclarer que le navire serait « coulé avant la nuit ». En fait, il ne le sera qu'à l'aube du jour suivant.

Page 632.

1. L'évocation du roman d'Edgar Allan Poe renforce l'atmosphère fantastique dans laquelle baigne la fin de *Vingt mille lieues sous les mers*, et prépare l'épisode final, la descente dans le Maelström, placée elle aussi sous l'invocation du conteur américain. La citation de *Gordon Pym* est tirée approximativement de la traduction de Baudelaire (Michel Lévy, 1858). Jules Verne s'est toujours intéressé à l'œuvre de Poe. Il avait fait paraître en avril 1864, dans le *Musée des familles*, un article sur « Edgard Poe et ses œuvres ». Il publiera en 1897 une suite aux *Aventures d'Arthur Gordon Pym*, *Le Sphinx des glaces*.

Page 637.

1. Ce tourbillon, situé au large des côtes de Norvège, a été rendu célèbre auprès du public français par la nouvelle d'Edgar Poe, « Une descente dans le Maelström », qui fait partie des *Histoires extraordinaires*, publiées en France chez Michel Lévy en 1856 dans une traduction de Baudelaire.

Page 640.

1. Les îles Loffoden ou Lofoten, au large de la côte norvégienne, par 68 degrés de latitude Nord.

Page 641.

1. En fait, en sept mois et demi (du 6 novembre 1867 jusque vers le 20 juin 1868).

2. *L'Ecclésiaste*, 7, 24. La même question se trouve dans *Job* 38, 16.

LEXIQUE DES TERMES DE MARINE

EMPLOYÉS DANS
VINGT MILLE LIEUES SOUS LES MERS

Accore : adj. ; se dit d'une côte élevée, verticale ou fortement inclinée ; subst. au pluriel, les accores : rivages escarpés, ou partie submergée d'une côte rocheuse.

Amariner : prendre possession d'un navire ; d'où s'emparer de, capturer.

Artimon : mât de l'arrière, le plus petit mât d'un grand bâtiment.

Barres : pièces qui supportent les parties supérieures des mâts.

Bau : poutre transversale qui soutient le pont d'un navire ou maintient les deux flancs dans l'écartement voulu. Le grand bau ou maître bau indique la plus grande largeur du navire.

Beaupré : mât incliné ou horizontal à l'avant d'un navire.

Bordé : ensemble des bordages, c'est-à-dire des planches ou des tôles qui recouvrent la membrure d'un navire.

Bosse : bout de fort cordage amarré par un de ses bouts au navire, et servant à retenir un objet.

Bossé : retenu avec des bosses, amarré.

Brasse : mesure de longueur équivalant à 5 pieds ou 1,62 mètre environ.

Cadène : chaîne de fer servant à amarrer les haubans contre les bordages.

Capot : sur le pont d'un navire, abri fixe au-dessus de l'ouverture de l'escalier.

Corne : vergue du mât d'artimon où l'on arbore le pavillon national.

Corvette : navire de guerre plus petit que la frégate.

Coulée : courbure de la carène d'un navire.

Drome : ensemble de diverses pièces de rechange (avirons, vergues, etc.) rangées sur le pont d'un navire.

Drosse : cordage qui sert à la manœuvre du gouvernail.

Dunette : partie d'un navire située à l'arrière, sur le pont, et qui est plus élevée que le reste du pont.

Échoué au plein : échoué au moment où la marée est la plus forte.

Encablure : distance équivalant à 120 brasses, ou 200 mètres environ.

Engagé : navire engagé, qui est couché sur le flanc.

Estrope : anneau de cordage que l'on ajuste dans la rainure d'une poulie.

Étambot : pièce de bois située à l'arrière de la quille, qui porte le gouvernail.

Éviter : se dit d'un navire qui exécute un mouvement de rotation sur ses ancres, au changement de vent ou de marée.

Flot : marée montante.

Flûte : gros bâtiment destiné au transport des troupes ou des munitions.

Foraine (rade) : rade ouverte aux vents et aux vagues du large.

Frégate : navire de guerre de moyenne grandeur, de forme allongée et bon marcheur.

Gaillard d'avant : extrémité surélevée du pont supérieur située à l'avant d'un navire, à l'opposé de la dunette.

Gantier : étai, chevron (mot picard).

Garant : cordage employé pour manœuvrer un palan.

Goélette : navire léger à deux mâts.

Hauban : cordage ou câble servant à assujettir un mât.

Jusant : marée descendante.

Lisse : assemblage de planches posées transversalement et servant de garde-fou.

Loch : appareil composé d'une partie flottante immobile rattachée à une ligne marquée de nœuds que l'on dévide à partir d'un navire en mouvement, afin d'en mesurer la vitesse.

Martingale : arc-boutant placé au-dessous et à la tête d'un mât de beaupré.

Nager : ramer vigoureusement.

Nageur : rameur.

Nœud : mesure qui sert à évaluer la vitesse d'un navire. Équivaut à un mille marin par heure, soit 1 852 mètres.

Organeau : gros anneau de fer.

Orin : cordage rattachant un objet immergé (ancre, filet) à une bouée qui en signale l'emplacement.

Perroquet : mât gréé sur une hune et portant une voile carrée.

Préceintes : ceinture de bordages plus épais servant à renforcer la coque d'un navire.

Relais des flots : terrain laissé à découvert à marée basse.

Rhumb : chacune des 32 divisions qui partagent également le cercle de l'horizon, et qui indiquent la direction du vent ou du navire. L'ensemble des rhumbs forme la rose des vents.

Safran : partie verticale du gouvernail qui fend l'eau.

Saisine : cordage garni d'un croc qui sert à saisir les objets du bord.

Sous-barbes : cordages ou chaînes qui maintiennent le beaupré par-dessous.

Tableau d'arrière : partie plate de la poupe, qui porte le nom du navire.

Tillac : pont supérieur d'un navire.

Vent (au) : dans la direction du vent.

Vent (sous le) : dans la direction opposée au vent.